당
www.b-books.co.kr

www.b-books.co.kr

대표님을 위하여

# 대표님을 위하여

1판 1쇄 찍음 2020년 10월 7일
1판 1쇄 펴냄 2020년 10월 16일

지은이 | 1그램
펴낸이 | 정 필
펴낸곳 | (주)뺄미디어

기획·편집 | 이영은
표지·디자인 | 차소정

출판등록 | 2002년 9월 11일 (제1081-1-132호)
주소 | 경기도 부천시 소향로17, 303(두성프라자)
전화 | (032)651-6513 팩스 | (032)651-6094
E-mail | dahyangs@naver.com
블로그 | http://blog.naver.com/dahyangs
비북스 | http://b-books.co.kr

값 9,000원

ISBN 979-11-6565-535-8 03810

DAHYANG
ROMANCE STORY

# 대표님을 위하여

1그램 장편 소설

## CONTENTS

1장

"헤어지자."

또다.

또 차이기 일보 직전이다. 윤이는 잡고 있던 포크와 나이프를 내려놓고 냅킨으로 입가 주변을 닦았다.

"무슨 이유로?"

의외로 담담하게 묻는 윤이에 태훈은 복장이 터진다는 얼굴을 했다.

"그게 정말 궁금해서 묻는 거야?"

궁금하지 않다. 늘 자신을 찼던 남자들의 이유는 똑같았으니까. 그럼에도 태훈은 조금 다르길 바랐다. 다른 남자들과 달리 태훈만큼은 특별하다고 생각했으니까.

"내가 다른 남자랑 바람이 난 것도 아니고 너를 상대로 사기를 친 것도 아닌데, 궁금하잖아. 그러……."

Rrrrrr.

윤이의 말은 식탁에 올려놓은 휴대 전화로 인해 끝까지 이어지지 못했다. 태훈이 잔뜩 짜증 섞인 눈빛으로 윤이의 휴대 전화를 노려보았다.

"받지 마."

"대표님이셔. 받아야 해."

"그니까! 네 대표인 거 아니까, 받지 말라고!"

목에 핏대까지 세우며 버럭 고함을 내지르는 바람에 주변에 있던 사람들의 시선이 순식간에 둘에게 쏠렸다.

윤이는 창피해서 고개를 푹 수그렸다. 그 와중에도 휴대 전화는 끊길 생각 없이 계속 울렸다.

"받아야 해. 이건 일이잖아."

"……넌 대표랑 연애하고 있는 거야."

"뭐?"

얼토당토않은 소리를 해 대는 태훈에 윤이는 기가 막혔다.

"말 가려서 하자. 태훈아."

"아니. 내 말 틀린 거 없어. 남자 친구인 나보다 전화 통화도 훨씬 많이 하고, 훨씬 많은 시간을 함께 보내잖아."

"무슨 그런 말 같잖은 소리를 하고 있어? 회사 일 때문에 어쩔 수 없이 붙어 있고 연락하는 게 연애랑 똑같아?"

"업무는 핑계 아니야? 정말 '어쩔 수 없이' 가 맞느냐고."

"이태훈."

들을수록 기분이 나빠 정색을 하는 사이 휴대 전화가 끊어졌다. 하지만 윤이는 절대 안심하지 않았고 태훈도 인상을 풀지 않았다.

"억지 쓰지 마. 이태훈. 공사 구분 정도는 해야지."

"그래. 그런데 지금은 '사' 아니야? 진짜 공사 구분 못 하는 건……."

Rrrrr.

둘 다 휴대 전화는 다시 울릴 거라는 것을 알고 있었기 때문이다.

"기다려. 금방 받고 올 테니까."

윤이가 휴대 전화를 들고 일어선 순간, 태훈이 손에 끼고 있던 반지를 빼서 던져 버렸다.

"우리 오늘 6주 만에 만나는 거였어. 거기다가 주말이고! 알고는 있어? 그런데 또 그 대표님인지 나발인지 모를 놈의 전화를 받고 가 버릴 생각이야?"

"태훈아."

"지난 1년 동안 연애하면서 매일 회사다, 야근이다, 업무다, 그래 거기까지는 이해해. 내가 그동안 혹시 이해 못 해 준 적 있어?"

윤이는 할 말이 없었다. 태훈은 전에 사귀던 다른 남자들에 비해 이해심이 많은 편이었다. 하지만 이번엔 그에게도 분명한 한계가 온 거였다.

"그렇게 매일 이해만 해 주던 내게 너는 어떻게 했어? 영화 보다가 가고, 놀이동산에서 나 아이스크림 사러 간 사이에 문자 하나 달랑 보내 놓고 가고…… 심지어는 내 생일날 갔던 호텔에서조차 나를 혼자 두고 갔어. 너."

그때의 서러움이 떠오르는지, 태훈은 울컥했다. 윤이는 여전히 손에서 울리는 휴대 전화 때문에 정말 미칠 것 같았다.

"그놈은 너 없으면 양치질도 못 할 놈이야."

"그건 좀 심하잖아."

"그래도 화 한번 안 냈어. 그런 나에게 너 이러면 안 되잖아."

듣고 보니 그랬다. 윤이는 죄인이었고 일에 환장해 남자 친구를 외롭게 만든 못난 년이 되어 있었다. 그래도 미안한 건 미안한 거였다.

"그래. 정말 미안해. 그렇다고…… 일을 그만둘 수는 없잖아."

"그만둬. 내가 너 먹여 살릴게."

태훈이 아주 당당하게 대답했지만, 윤이는 조금도 동요하지 못했다.

현실은 가혹하다.

금수저가 아닌 이상, 젊은 나이에도 대부분은 '빚'이라는 것을 짊어진다.

윤이도 그 '대부분'에서 벗어나지 못한 케이스였다.

4대 보험 다 떼고 370만 원에 상여금 120% 지급, 모든 식사를 공짜로 제공하며 이것저것 혜택이 아주 많은 이 대기업의 직원 자리 중 하나가 지금 자신의 자리이다.

그거에 반해 태훈은 자신의 월급보다도 못 받고 있으며 거기다 다니고 있는 회사도 조금 불안한 개인 사업장이었다.

"나 빚 많은 거 알잖아."

윤이의 말에 태훈이 잠시 흠칫하며 입술을 다문다. 역시, 돈은 사랑보다 힘이 세다.

그러는 사이, 이제 전화는 세 번째 울리고 있었다.

이번에는 정말 무슨 일이 있어도 받아야 했다.

"태훈아, 나 전……."

"그냥, 헤어지자. 정말로 오늘은 너한테 이 말 하려고 온 거니까."

"뭐? 이별하려고 온 거였다고?"

"그 빌어먹을 대표님 비서로 평생 살면서 늙어 죽어."

태훈은 그대로 레스토랑을 뛰쳐나갔다.

"이태훈!"

아무리 자신의 행동이 못마땅해도 그렇지, 어떻게 저런 막말을 할 수가 있지?

윤이는 당장 달려가 방금 한 말 취소하라고 태훈의 입술을 틀어 버리고 싶은 것을 참고서 전화를 받았다.

"여보세요?"

— 일하기 싫으면 관둬도 상관없다고 몇 번 말했을 텐데.

전화 두 번 안 받았다고 그는 4년 동안 함께 일했던 비서를 잠시 자를 생각 했나 보다.

잔인한 놈.

윤이는 속으로 길게 한숨을 내쉬며 입술을 떼어 냈다.

"죄송합니다. 그런데 무슨 일이세요?"

— WEL호텔, 2021호로 정장 한 벌 사 와.

"네. 대……."

뚜뚜뚜뚜.

제 할 말만 딱 하고 전화를 끊어 버린 대표 신강우에 윤이는 휴대 전화를 있는 힘껏 노려보았다.

하지만 더 이상의 여유를 부려서는 안 된다. 윤이는 자신이 외운 강우의 단골 맞춤 정장 숍에 얼른 전화를 걸었다.

"15분 뒤에 도착할 것 같아요. 저희 대표님 옷 좀 준비해 주세요."

혹시 몰라서 미리 몇 벌 맞춰 놓고 관리를 하게 한 것을 다행이라고 생각하며 윤이는 서둘러 일어났다.

잠시 다른 대기업을 다녀 볼까도 생각해 본 적 있지만, 게임과 모바일, 메신저, 애플리케이션 등 각종 콘텐츠를 다루고 있는 이 회사의 업무가 흥미롭고 재밌었다.

대한민국에서 이런 분야로는 명불허전 1위를 달리고 있는 회사가 아니던가? 그리고 다른 회사에서 '덜 지랄맞은' 상사를 만나리라는 확신도 없다. 그건 이 회사에 들어오기 전에 이미 경험을 해 본 일이었다.

대략, 6개월 정도 일했던 이전 회사의 상사는 정말 상상조차 하고 싶지 않을 정도로 최악이었다.

적어도 신강우는 바람을 피우는 유부남이 아니라서 그의 모친인 이사장님께 머리끄덩이가 잡힐 일도 없다. 변태도 아니라서 정말 다행이다.

그리고 다른 회사에 붙을 거라는 확신 또한 없었다.

무엇보다도 4년 동안, 계속해서 남자 친구들에게 차이고, 발에 땀이 나도록 뛰어다니고, 급기야 꿈에서까지 일을 하는 것을 겪다 보니, 신강우의 지랄맞은 성격에 어느 정도 적응을 하게 되었다.

올라탄 택시의 창밖을 바라보았다. 수많은 커플들이 팔짱을 끼고 서로를 애정 서린 눈빛으로 바라보고 있었다.

순간, 태훈이 생각났다. 휴대 전화를 열어 그의 번호를 누르려다가 실소가 터졌다.

"아차, 나 방금 차였지."

다시 한번 이해해 달라고, 봐 달라고 연락해 볼까? 잡아 볼까?

아주 잠시 그런 고민을 하기도 했지만, 윤이는 결국 그의 번호를 누르지 못했다.

그를 또 힘들지 않게 할 자신이 없었고 바쁘지 않을 자신이 없었다.

"후우……."

서운하고 속상하다. 하지만 늘 그랬듯이 그 감정이 제게 그리 오래 머무르지는 않을 거라고 윤이는 확신했다.

서운하고 속상할 틈이 없을 정도로 바쁠 것이다. 신강우의 비서는 늘 그래 왔으니까.

□ ◆ □

"높은 곳은 엔간히 좋아해요."

20층으로 향하는 엘리베이터 안에서 그의 브라운 계열 정장을 손에 든 윤이는 어차피 혼자 내뱉고 혼자 삼킬 불만을 터트렸다.

"정말, 복권에만 당첨되어 봐라. 내가 반드시 신 대표 얼굴에 사원증을 집어 던지리라."

그래도 엘리베이터에서 내렸을 때는 자신을 심하게 뒤흔들었던 모든 감정을 억누르고 차분한 서 비서로 돌아와 그가 머무르고 있다는 방 앞에 섰다.

윤이가 손가락을 뻗어 벨을 눌렀다.

대답 대신, 문이 벌컥 열리고 옆으로 길게 째진 눈이라 가만히 있어도 매우 까칠하고 차갑게 보이는 얼굴의 소유자인 강우가 모습을 드러냈다.

4년 동안 늘 봐 왔지만, 자신의 몸을 전부 집어삼켜 버릴 것 같은 그의 큰 체격은 매우 위압적이다.

"옷 가지고 왔습니다."

"들어와."

그가 으리으리한 저택의 본가를 놔두고 호텔에서 잠을 자게 된 이유를 윤이는 아주 잘 알고 있다.

다소 일에 미쳐 있는 건지 아니면 여자에게 관심이 없는 건지 알 수 없고 알고 싶지도 않지만, 그 이유로 그는 종종 집에서 쫓겨난다.

아마 어제도 그의 아버지인 BK그룹의 신동구 회장이 자신의 하나뿐인 아들의 '장가' 문제로 그와 싸웠을 것이 뻔했다.

싸움에 질 것만 같으면 신 회장이 습관처럼 내뱉는 말이 있다.

*'네가 장가를 안 가서 우리 BK그룹과 신씨 집안의 대를 끊으려고 드는구나. 그러는 놈이 따뜻한 곳에서 자고 배불리 먹을 자격 없다. 나가라. 이 집에서 나가라!'*

그래서 그는 그 집을 나왔을 거다.

새로 가져온 정장을 건네고 그가 입었던 옷을 주섬주섬 챙기고 있을 때, 뒤에서 목소리가 날아왔다.

"점심 먹었나?"

그와 직접 일을 하지 않는 여직원들이 늘 까마귀처럼 깍깍거리며 좋아하는 중저음의 목소리가.

"대충 먹었습니다."

조금 전에 본격적으로 식사하려고 할 때 하필이면 태훈이가 헤어지자고 했고, 상사로부터 전화가 걸려 왔다.

원래 아침밥을 잘 챙겨 먹지 않으니, 따지고 보면 오후 2시가 다 되어가는 이 시간 동안 제대로 된 밥 한 끼를 먹지 못했다.

"그럼 고기……."

그래서일까, 그가 눈짓한 고기가 아주 먹음직스러웠다.

호텔 룸서비스로 주문한 소고기는 분명, 특급 한우일 거고 그 맛과 식감이 아주 뛰어날 거였다.

저걸, 같이 먹자고 하려는 건가? 회사에서도 따로 식사하는데?

"좀 썰어 줘."

"네?"

맥이 확 빠지는 말이었다.

"썰기가 귀찮아서 그래. 고기 좀 썰어 주고 가라고. 밥 먹었으니까, 힘은 좀 있을 거 아니야. 덩어리째 뜯어 먹을 수는 없잖아."

왜 귀찮으니까, 먹여 달라고까지 하지.

업무에 관한 것은 조금도 귀찮아하지 않는 상사는 때로는 저런 사소한 일에 매우 귀차니즘을 보일 때가 있었다.

"네. 대표님. 썰어 드리죠."

윤이는 어금니를 꽉 물었다.

"지금 기분 나빠서 어금니 문 거야?"

"설마요."

윤이는 기꺼이 나이프와 포크를 들었다. 그리고 칼질 한 번에도 아주 잘 썰릴 것만 같은 부드러운 소고기를 썰었다. 그의 시선이 아주 강렬하게…… 고기를 향해 있었다.

이 인간은 알까?

내가 방금 전 본인 때문에 1년 넘게 사귀어 왔던, 유일하게 결혼까지 생각했던 남자에게 차이고 왔다는 사실을.

그리고 그게 벌써 네 번째라는 사실을.

뭐, 만약 알고 있더라도 달라지는 건 없겠지.

'그러게 그런 귀찮은 걸 왜 해?'

하는 눈빛으로 쯧쯧 혀만 찰 것이 분명했다.

"표정 봐. 설마, 그 고기를 나라고 생각하고 썰고 있는 건 아니겠지?"

그의 지적에 윤이가 멋쩍게 웃었다.

"그럴 리가요. 그렇다면 이깟 나이프로 자르지 않았겠죠."

윤이가 살금살금 웃자 강우가 정색했고 윤이는 다시 무표정으로 돌아와 고기를 썰었다.

"다 썰었습니다."

"그럼 가 봐."

"네. 그럼 맛있게 드시고 월요일에 뵙겠습니다."

그에게 인사하고 돌아서 나오던 윤이는 문득 그런 의문이 들었다.

오늘은 주말이다. 그런데 그가 새로운 정장을 가져오라는 지시를 내렸다.

물론, 하루 입은 옷을 다음 날 또 입는 것을 아주 극혐하는 그의 성격에 그렇다고 치자.

문제는 이것이다. 주말에 쫓겨날 경우에 그는 정장이 아닌 편안한 운동복이나 사복을 준비해 오라는 지시를 내릴 때가 많았다. 그렇다는 건, 주말에도 회사로 출근한다는 건가? 그런데 나를 이렇게 그냥 보내 준다?

모든 것이 의문이었지만 다시 들어가서 물어볼 수도 없는 노릇이었기에 윤이는 엘리베이터 앞으로 걸어갔다.

그러다 무언가가 파앗, 하고 머릿속을 스쳤다.

굳게 닫혀 있는 호텔 방 문을 바라보며 윤이는 낮게 중얼거렸다.

"결국, 맞선을 보러 가시는 건가?"

그러다 고개를 내저었다.

"저 무드라고는 손톱만큼도 없는 남자의 여자는 누가 될지, 벌써부터 불쌍해진다. 불쌍해져. 그래도 저 능력에 권력에 외모와 피지컬도 꽤 훌륭하니 예쁜 여자 만나겠지."

땡!

"우이 씨. 깜짝이야."

도착했다고 울리는 엘리베이터 소리에 윤이가 화들짝 놀라며 안으로 올라탔다.

□ ◆ □

맞선을 보라고 아무리 이런저런 협박을 해도 통하지 않는 아들에게 아버지는 결국, 마지막 비장의 카드를 꺼내 드셨다.

'가정 하나도 이루지 못하는 네놈이 무슨 회사야? 당장 대표직에서 내려와. 내가 이번에 주주 총회 열어서 너를 어떻게든 그 대표직에서 끌어내리겠어!'

'아버지.'

'똑똑히 알아 둬. 3개월 안에 너 연애든 결혼이든 안 하면 그 자리에서 쫓겨날 줄 알라고!'

'대체 싫다는데 왜 이렇게까지 하시는 거예요?'

'넌 아버지 마음 모른다. 부모 마음 몰라!'

'아버지야말로 아들 마음 정말 몰라주시는 것 같습니다.'

'더 이상 말대답하지 마. 내 결정은 변하지 않는다. 대표직 계속 지키고 싶으면 이번 년도 안에 무조건 여자 만나.'

전자와 건설을 주 사업으로 하는 BK그룹 중, 현재 강우가 대표이사로 있는 '잰덤'은 세 번째로 매출이 좋은 계열사였다.

막대한 매출을 올리고 있는 회사를 가지고 늘어진다는 건, 아버지 역시 굉장히 절실하다는 뜻이었다.

아들이 한 살, 한 살 더 먹어 갈 때마다 초조해하시더니 결국 제대로 폭발을 해 버리신 것이다.

그 절실한 69세 아버지의 뜻을 더 이상 외면할 수가 없었다. 그래서 나간 맞선이었는데.

[그때 이후로 연락이 없으시네요. 많이 바쁘신가요?]

여자는 딱히 마음에 들지 않고 연락을 하는 건 귀찮다. 그래서 강우는 답장을 보내지 않고 휴대 전화를 의자에 무심하게 던졌다.

회사 일을 보는 데 방해가 될, 매우 성가시고 스스로에게는 귀찮기만 할 연인.

하지만 아버지의 닦달에서 벗어나려면 어쨌든 그 연인이 필요했다.

한 3개월 정도만 가짜 애인을 해 줄 수 있는 강단 있는 여자, 어디 없나?

중요한 건, 강단 있는 여자였다.

강단 있는 가짜 애인이면, 공식적인 자리를 제외하고는 귀찮게 굴지도 않을 텐데.

강우가 굳이 3개월이라는 기간을 두고 집착하는 데는 그럴 만한 이유가 있었다.

대학 시절, 잠시 교제를 했던 여자는 강우를 매우 피곤하게 했다.

하루에도 열 통 이상의 전화를 하는 건 기본이고 늘 의심을 달고 살며 자신의 마음을 제대로 알아주지 못한다고 징징거리기 일쑤였다.

그런 여자에게 헤어지자고 했을 때, 여자는 강우를 쉽게 놓아주지 않았다.

연애를 했던 4개월보다 더 오랜 시간 동안, 여자에게 시달려야 했다.

'여자'와 '연애'라는 것에 아주 제대로 질린 거였다.

그러니 4개월보다 적은 3개월이라는 기간을 정해 서로 깔끔하게 돌아설 수 있을 만한 관계를 원하는 거였다.

하지만 그런 계약 연애를 하겠다고 선뜻 나서 주는 여자는 없을 것 같았다.

강우는 낮게 한숨을 내쉬며 입술을 굳게 다물었다.

"에? 그럼 너 또 차인 거야?"

목소리 크기가 다소 조심스럽지 못한 정아 때문에 주변에 있던 사람들의 시선이 전부 쏠리고 말았다.

윤이는 손으로 얼굴을 가렸다.

"네 덕에 여기 있는 사람들 내가 남자한테 차인 여자라는 거 다 알게 되었다."

"벌써 몇 번째지? 한 네 번째 되나?"

창피해하는 윤이가 무색하게 정아는 손가락으로 숫자까지 세며 다시 한 번 이별의 상처를 상기시켜 주었다.

갑작스럽게 목이 탄다. 윤이는 차가운 물을 들이켰다.

"다섯 번째지?"

"네 번째거든?"

그 와중에 숫자를 잘못 센 정아에 정정해 주는 꼴이라니.

"그래. 네 번이나, 다섯 번이나."

"설마, 이번에도 신 대표님 때문이야?"

"……따지고 보면 그런 거지."

"아휴, 처음에는 남자들이 그거 하나 이해 못 해 주고 왜 이렇게 밴댕이 소갈딱지처럼 구나 싶었는데, 아닌가 보다. 확실히! 신 대표님한테 문제가 있는 거네."

윤이는 차마 그 말을 부정하지 못하고 긴 한숨과 함께 점심 메뉴로 선택한 국수를 한 움큼 입에 쑤셔 넣었다.

"이 정도면 신 대표님이 네 외로움과 인생을 책임져야 하는 거 아니니?"

갑작스러운 정아의 말에 윤이는 국수 면발이 코로 나오는 줄 알았다.

"야. 상상도 하기 싫어."

"왜 상상도 하기 싫어? 다른 여직원들은 신 대표님과 상상 연애를 얼마나 많이 하는데."

"왜인지, 신 대표님이랑 연애하면 데이트 때도 내내 일해야 할 것 같아."

"너 일 좋아하던 거 아니었어?"

정아의 말에 윤이가 발끈했다.

"누가 일이 좋아서 해? 먹고살려고 하는 거지!"

"……."

"그리고 다른 여직원도 아니고 네가 그런 말을 하는 건 아니지. 너는 내 하소연으로 신 대표님이 어떤 사람인 줄 대강 알잖아."

"하긴, 그래도 내가 직접 겪지 않아서 그런가? 그냥 일에 미쳐 있으신 것 같은데, 그게 묘하게 섹시해 보이거든."

"아까는 문제가 있는 것 같다면서."

"그랬나?"

방금 전에 했던 말도 기억 못 하는 척하는 정아의 반응에 윤이는 기가 찼다.

목이 쉬고 눈물이 메마를 때까지 하소연하면 정아는 잠시 윤이의 편을 들어 준다. 하지만 결국, 강우의 외모에 매료되어 윤이의 발등을 찍었다.

"대표님이 너 좋아하는 거 아니야? 시도 때도 없이 불러내고, 오늘도 회의 길어지는 것만 아니었으면 따로 점심 먹었겠어?"

"그런 소리 하지 마. 쫌."

윤이는 '쫌'을 강조해서 발음하며 미간을 구겼다.

"왜 사람 일은 모르는 거잖아. 혹시 알아? 정말 그렇게 붙어 다니다가 정들지. 남녀 사이는 너무 확신하면 안 돼."

"그 정도만 하자."

뭐 그런 상상을 애초부터 아예 안 해 본 건 아닌 윤이였다. 객관적으로 보나 주관적으로 보나, 얼굴과 피지컬 하나만큼은 정말 완벽한 남자에게 반하지 않는 여자는 흔치 않으니, 윤이도 그 흔치 않은 여자 중 한 명이었다.

하지만 몇 번의 연애가 그로 인해서 깨지고, 상사인 그에게 비서로서 멘탈도 몇 번 깨지고 나니 이제는 애증의 존재가 되었다.

"슬퍼? 태훈 씨랑 헤어진 거?"

예고도 없이 불쑥 물어 오는 질문.

"몰라. 아직은 완전한 실감이 안 나서 그런가? 그런데 실감도 못 낼 거야. 엄청 바쁠 예정이거든."

"아, 이번에 파리에서 하는 오프라인 오픈 때문에?"

"응. 그거 때문에 대표님 출장에 뭐에. 아휴, 정신없을 거다."

"와, 그럼 너 또 프랑스 가는 거야?"

"놀러 가니. 일하러 가지. 그래서 하나도 안 즐거워."

정아는 인정한다는 듯이 고개를 끄덕이며 커피를 마셨다. 그러다 또다시 무언가가 번뜩, 떠오른 모양이다. 눈이 커다래졌다.

"그때쯤 너 생일이지?"

윤이가 잠시 생각했다.

"그러네. 하필이면 생일이랑 출장이 겹쳤네."

"생일에도 일하다니……."

"차라리 일하는 게 낫지. 한가한데, 생일이고 혼자 있으면 우울하잖아."

"긍정적이라서 좋다. 우리 윤이. 한국 돌아오면 맛있는 밥 사 줄게."

"맛있는 것도 맛있는 건데, 비싼 밥 사 줘."

어쩌면 차라리 이렇게 정신없는 일정이 나을지도 몰랐다. 윤이는 그러다 갑자기 묻고 싶은 말이 생겼다.

"정아야."

"응?"

"나 결혼할 수 있을까?"

"결혼하고 싶어?"

"당연하지. 난 늘 결혼하고 연애도 하고 싶어. 사랑받고 싶거든. 혼자 사는 거 싫어. 외로워."

윤이의 말에 정아가 간격을 좁혀 오며 진지한 얼굴을 했다.

"윤이야, 솔직하게 말해 줄까?"

물어 오는 정아에 대답 대신 윤이가 가볍게 고개를 끄덕였다.

"내 대답은 '아니'야."

"왜!"

"네가 신강우 대표님의 비서로 있는 이상, 결혼이든 연애든 힘들어."

반박할 수 없는 말이었다.

"그러니까, 둘 중에 하나를 선택해. 비서를 그만두든지, 신강우 대표님 이랑 결혼이나 연애를 하든지."

"자꾸 말도 안 되는 소리……."

"혹시 알아? 신강우 대표가 일부러 너 남자 못 만나게 하려고 그렇게 시도 때도 없이 공사 구분 못 하고 연락을 해 대는 건지?"

"그건 말도 안 되는 얘기야. 대표님은 나한테 남자가 있든 없든 신경 안 쓰는 성격이야. 전의 비서들한테도 그랬고."

"그럼 하나네."

정아는 그 나머지 하나를 알고 있었다.

"관둬야지. 뭐."

그건 더 있을 수 없는 일이었다. 이러나저러나 해결할 방법이 없어 윤이 의 한숨만 더욱 깊어졌다.


정아와 식사를 끝내고 윤이는 사무실로 향했다. 치약과 칫솔을 챙겨서 화장실을 가려는데, 대표실과 연결된 인터폰이 울렸다.

"네. 대표님."

— 나 지금 명동점 갈 거니까 바로 준비하지.

"네. 알겠습니다."

윤이는 다시 치약과 칫솔을 내려놓고 대신 자신의 가방과 구강 청결제 를 집어 들어 입에 부은 후 오물오물하며 재빠르게 화장실로 달려가 뱉고 서는 주차장으로 향했다.

로비에 있을 줄 알았던 그가 자동차 앞에 서 있었다.

"대표님!"

곁으로 다가간 윤이의 시야로 그의 등에 묻은 실밥이 보였다.

"잠시만요."

그녀는 뒷좌석에 올라타려던 그를 다급하게 불렀다.

"왜."

"실밥이 묻었네요."

윤이는 강우에게 묻은 실밥을 떼어 준 후 뒷좌석 문을 열어 주었다. 그러고는 운전석으로 올라타 시동을 걸었다.

"출발하겠습니다."

차를 출발시켜 막 도로에 진입했을 때 그의 목소리가 날아왔다.

"서 비서."

"네."

"또 차였나?"

혹시 이정아가 소문이라도 낸 건가? 이런, 민들레 씨의 반만도 못한 이정아 주둥아리!

"지금 로비에 있는 카페에서 서 비서가 남자한테 차였다고 직원들이 한창 떠들고 있던데."

완벽해 보여서 남들에게 늘 시기와 질투를 한 몸에 받고 있는 자신이 남자한테 차였다고 하니, 얼마나 그 뒷담화를 하느라 즐거울까. 그래, 실컷 해라. 그래서 너희 인생이 조금이라도 즐거워진다면.

윤이는 그렇게 착각이라는 늪에 빠져 살았다.

"아…… 네."

"이번에는 왜 차였는데."

그는 무심한 듯 물었다. 윤이가 남자에게 차였단 소문은 종종 들려왔다. 회사로 자주 데리러 오던 남자가 어느 순간 보이지 않았을 때. 언젠가 정아가 회식 자리에서 술에 취해 떠벌렸을 때. 심지어는 남자에게 차이는 장면을 다른 직원이 직접 목격하여 소문을 내던 때가 있었다. 그때마다 그 소문들은 상사인 강우의 귀에까지 들어갔었다.

*차였어?*

그래서 종종 그에게 이런 질문을 받곤 했었다.

그런데 직접적으로 '왜' 차였는지 물어보는 건 이번이 처음이었다.

혹시라도, 자신 때문이라는 것을 드디어 눈치챈 걸까?

그래도 너무 대놓고 너 때문에요, 라고 할 수는 없어 둘러말했다.

"……성격 차이요."

"아, 하긴. 서 비서 성격이 뭐, 그다지 좋은 편은 못 되지."

뭐라는 거야? 내 성격 말고 네 성격!

"혹시 술이라도 같이 마신 거야?"

"……술 안 마셨습니다."

"그 남자는 그래도 운이 좋았군."

강우가 저리 지적을 하는 데는 이유가 있다. 예전에 한번 회식 자리에서 술을 진탕 마시고 울며불며 강우에게 불만을 쏟아부었던 때가 있었다.

그만하고 가자는 강우의 손목을 잡고 늘어지며 바닥에 주저앉기까지 했다.

*'서 비서. 그만하고 가자. 어?'*

그때 앞에 앉아서 달래 주던 강우의 모습이 아직도 아른거린다.

거기서 끝냈어야 했는데, 술 취한 서윤이의 뇌는 쉽게 말을 들어주지 않았지.

그 뒤로 강우와 '술래잡기' 비슷한 것을 했다.

그러다 ATM 기계와 벽 사이에 끼는 바람에…….

지금도 생각하면 이불 킥을 할 정도로 창피한 기억. 그날 이후 본인이 술을 마시면 '개'라고 외쳤던 윤이는 벌써 여러 번 개가 되어 있었다.

강우는 윤이의 개가 되는 장면을 아주 선명하게 기억해 잊을 만하면 또 다시 들추어 사람 염장을 질렀다.

"아무튼 성격을 좀 바꿔 봐. 안 그러면 너 또 차인다."

"그런가요? 그렇죠, 제 성격이······!"

윤이는 성질이 났고 어딘가에 화풀이라도 하고 싶던 그때, 끼어드는 차를 향해 일부러 클랙슨을 세게 눌렀다.

빵— 빵! 빵!

한 번만 쳐도 될 것을 세 번 연속으로 후려쳤다.

"저 봐. 저 성깔머리."

뒤에서 들려오는 강우의 나지막한 목소리. 윤이는 남몰래 어금니를 꽉 깨물었다.

"어떤 남자가 좋아하겠어. 저런 성질머리를."

늘 입만 열면 사람 속 뒤집는 당신의 깐죽거리는 성격 역시 좋아할 여자 없을 거거든?

"죄송합니다. 그런데 차가 너무 갑자기 껴들어서."

"차이고 다니지 마."

"네?"

차가 끼어들어 죄송하다는데 갑자기 차이고 다니지 말라니?

"내 사람이 없어 보이는 건 싫으니까."

무심하게 날아든 그의 목소리. '내 사람'이라는 단어에 윤이는 알 수 없는 어떤 감정에 휘말렸다. 그건, 서운함이었다.

내 사람이라고 생각하면 좀 아껴 주고 덜 부려 먹지. 허구한 날 불러서 부려 먹는 사람이 할 말은 아니지 않나? 암튼, 내가 시집 못 가면 다 당신 때문인 줄 알아.

윤이가 속으로 잔뜩 불만을 느끼고 있을 때였다.

Rrrrr. Rrrrr.

강우의 휴대 전화가 울렸다. 그는 화면을 확인하더니 받지 않고 옆쪽으로 던져 놓았다.

윤이가 신경이 쓰여 백미러로 쳐다보았지만, 그는 아랑곳하지 않고 제사업 계획서만 들여다보고 있었다.

전화는 그대로 끊기는 듯싶었지만…….

Rrrrr. Rrrrr.

바로 다시 울렸다. 이번에도 강우는 남은 신경을 쓰든지 말든지, 지 혼자 신경을 안 쓰고 있었다.

다시 끊긴 전화.

Rrrrr. Rrrrr.

이번에는 윤이의 휴대 전화가 울리기 시작했다. 그제야 강우가 반응을 보였다.

전화를 받기 위해 윤이가 블루투스 이어폰을 낀 순간, 그것이 강우의 손에 의해 쏙 빠졌다.

"대표님?"

"받지 마."

"회장님 전화인 것 같던데."

"그러니까 받지 말라고."

또 무슨 사고를 친 거야?

미리 앞당겨서 진행하기로 한 신 회장의 생신 잔치를 그가 미리 말해 주지 않았던 일이 떠오른다. 그래 놓고 자기도 깜빡하고 아버지 생신 잔치에 참석하지 못했던 강우. 그리고 그다음 날 들이닥쳤던 신 회장.

당시 서른두 살의 다 큰 아들을 지팡이로 때리시겠다고 돌아다니시는 걸 저지하려다 윤이가 대신 맞게 된 적이 있었다. 정말 머리가 부서지는 줄 알았다.

아마 그날 신 회장님이 더 열이 받았던 이유는 난리를 치는 자신과는 다르게 매우 여유로웠던 아들의 반응 때문이었겠지.

그거 말고도 몇 가지 일이 더 있었는데, 생각도 하기 싫다. 그래서 윤이는 지금 이 전화가 매우 불안했다.

"그러다가 회장님께서 또 사무실에 찾아오시기라도 하면 어쩌시려고요?"

"명동 시찰 끝나고 전화드릴 거야."

"정말이죠?"

그 뒤로도 몇 번이고 전화가 울렸지만, 강우 때문에 끝내 받지 못했다.

얼마 가지 않아 이번에 명동에 새롭게 신축된 쇼핑몰에 입점한 2호점이 있는 곳에 도착했다.

엘리베이터에 올라탔다. 오프라인점이 있는 7층에 도착했다.

달달한 팝콘 냄새가 코끝을 스쳤다. 명동 2호점은 영화관 바로 옆에 자리 잡고 있었다.

"팝콘 사 줘?"

강우가 물었고 윤이가 그를 올려다보았다.

"너 캐러멜 팝콘 좋아하잖아."

예전에 이곳에서 일을 보고 회의 때문에 회사로 다시 돌아가는 길에 입이 심심해서 커피와 캐러멜 팝콘을 주문해 먹은 적이 있다.

한 입 먹어 보라는 윤이의 제안에 강우는 단건 싫다며 질색하는 표정을 지었었다. 하지만 그날, 윤이는 '적당히'를 한도 초과 하며 캐러멜 팝콘 세 통을 사 먹었다.

"회의 들어가야 하잖아요."

"절제도 할 줄 알고, 대단하네."

강우가 윤이의 머리를 쓰다듬어 주었다. 칭찬이지만 칭찬 같지 않아 기분이 썩, 유쾌하진 않았다.

"먼저 들어가서 점장한테 서류 좀 넘겨줘. 나 손 좀 씻고 갈 테니까."

"네. 대표님."

몸을 틀어 매장으로 향하던 윤이의 시선에 낯익은 뒷모습이 보였다.

얼마 전 헤어졌던 태훈이었다. 그런데 그가 입이 찢어져라 웃고 있었다. 그것도 웬 긴 머리를 한 여자 앞에서.

"뭐야? 저 그림?"

거기다가 여자의 얼굴에 뭐가 묻었는지 그것을 떼어 주고 있었다.

헤어진 지, 주말 포함하여 겨우 3일 됐다. 저런 자연스러운 스킨십이 나오는 것을 보니 적어도 3일 이상은 만났던 사이임이 분명했다.

"이태훈……!"

온몸이 부들부들 떨려 왔지만, 이성을 잃어서는 안 된다. 지금 자신은 엄연히 업무차 상사와 함께 이곳에 온 것이다. 사고를 쳐서는 안 된다.

발끝에서부터 머리끝까지 차오르는 분노를 겨우 달래며 돌아섰는데, 차마 듣지 말아야 할 목소리가 들리고 말았다.

"어머? 윤이 아니니?"

알은척을 해 오는 목소리를 무시할 수는 없어 뒤를 돌았다. 태훈이 놀란 얼굴을 하고 서 있었다.

"나야, 효진이. 기억 안 나?"

아무것도 모르는 대학교 동창 효진은 아주 해맑은 얼굴을 하고서는 윤이를 반가워했다.

그 옆에서 태훈의 얼굴 근육은 잔뜩 찌그러지고 있었다. 어떻게 이런 거지 같은 일이 제게 일어난 걸까.

"기억 안 날 리가. 우리 조별 과제도 자주 했잖아."

"그래. 그랬지. 아차, 내 남자 친구. 이태훈이라고."

윤이는 부글부글한 눈빛을 하고서 태훈과 가볍게 묵례를 했다.

"자기, 화장실 급하다고 하지 않았어?"

"응. 윤이야 가지 말고 있어. 나 화장실 금방 다녀올게."

다급하게 효진을 화장실로 보내 버린 태훈은 윤이와의 간격을 한 걸음 좁혀 왔다.

"세상 참 좁지?"

윤이의 물음에 태훈도 살짝 당황한 눈치다.

"그러게. 좁네. 서윤이 너, 효진이한테 절대 우리 사이 이야기할 생각 마."

"바람피웠니?"

"뭐? 바람? 말조심해."

"그래 놓고 내가 바빠서라니, 뭐니 하면서 온갖 핑계를 댄 거야? 네가 나쁜 놈 되기 싫어서 날 무심한 여자로 만든 거잖아. 너 정말 찌질하다."

윤이는 아주 잠시나마 태훈에게 미안해했던 자신이 안쓰럽고 불쌍했다.

"나한테 사과해. 바람이나 피웠으면서 나를 아주 무심한 여자로 만든 거 사과하라고."

"싫어. 너한테 사과할 이유 없어. 그러게 왜 나를 그렇게 외롭게 됐어? 다 네 잘못이야."

"그렇다고 바람을 피워? 연인이 외롭게 한다고 모두가 바람을 피우지는 않아. 그건 치졸하고 못난 놈들이나 하는 짓이야."

"바람 아니야! 그리고 뭐? 치졸하고 못난 놈?"

"한 번도 바람을 안 피운 남자는 있어도 한 번만 바람을 피운 남자는 없다는 얘기가 있어. 효진이 쟤, 대학생 때 나하고 꽤 친했던 애야. 애가 참 순수하고 착하지. 그런 애한테 네 실체는 말해 줘야지."

스스로가 불쌍해지는 기분은 정말 최악이다. 윤이는 효진이 있는 화장실로 발걸음을 옮기려 했지만, 태훈에게 팔목이 붙들리고 말았다.

"아."

손목이 마치 부러질 것처럼 아팠다. 그래도 한때 자신이 좋아하고 자신을 좋아해 주던 사람이라 생각하니 갑자기 낯설고 무섭고 서러움이 북받쳐 올랐다.

"서윤이. 그냥 가라."

"이제 협박까지 하는 거야? 내가 무서워할 줄 알아? 더 화가 나서 참을 수가 없네."

그러면서도 자신을 이렇게 함부로 대하는 태훈이 괘씸해서 그냥 지나치고 싶지 않았다.

"서윤이. 이미 끝난 사이에 네가 대체 무슨 자격으로 참견이야!"

태훈이 격분하며 윤이를 거칠게 놓았다. 거의 패대기쳐지듯 윤이가 균형을 잃으며 넘어질 것처럼 비틀거렸다.

그때 바닥으로 막 넘어지려던 윤이의 허리를 누군가가 가볍게 감싸 안아 주었다. 덕분에 넘어지지는 않았는데…….

"대, 대표님."

윤이를 끌어안아 준 사람은 공교롭게도 강우였다. 귓가에서 들려오는 그의 일정한 심장 소리와 코끝에서 나는 은은한 시트러스 향에 윤이는 괜히 기분이 이상해졌다.

"당신."

그러는 사이 강우의 차가운 목소리가 태훈에게로 향했다. 강우가 태훈을 손가락으로 정확히 가리키고 있었다.

"내 사람한테 이렇게 무례한 행동을 한 것에 대한 대가를 감당할 수 있겠습니까?"

서늘할 정도로 차가운 강우의 목소리에 태훈이 잠시 흠칫하기도 했지만, 이내 바로 발끈했다.

"내 사람? 서윤이. 너도 바람피워 놓고 지금 뻔뻔하게 나한테 따지고 든 거야?"

붉으락푸르락한 얼굴로 다그치며 다가오는 태훈을 강우가 가로막았다. 윤이는 그의 커다란 등판이 오늘따라 매우 믿음직스러워 보였다.

"사람이 겁이 없는 건지, 머리가 없는 건지 알 수가 없네."

"뭐라고?"

"뇌를 거쳐 나오지 않은 말로 내 기분을 상하게 만든 대가를 단단히 치르게 해 줘야겠어."

"대표님……."

뒤에서 슬그머니 강우를 부르는 윤이의 호칭에 그제야 태훈이 아차 싶은 표정이었다. 재빠르게 머리를 굴리고 있는 듯 보였다.

윤이의 대표라면 'BK그룹'의 유일한 후계자. 이래저래 그의 성질을 건드려 봤자 이익을 보는 건 조금도 없을 것 같았다. 일단, 윤이와 저 남자가 바람을 피웠다는 건 심증일 뿐 그 어떤 물증도 없었다.

"자신이 한 말에 대해 책임질 각오, 되어 있지?"

"……."

"어디 가서 지금 네가 한 말들 지껄여 봐. 그게 사실이 아니라는 것이 밝혀지면 내가 어떻게 나올지, 궁금하지 않아?"

말이 짧아진 강우의 경고 같은 물음에 태훈은 마른침을 꼴깍 삼켰다.

"윤이야. 기다렸지? 회사에서 갑자기 전화가 와……."

태훈은 화장실에서 막 나온 효진의 손을 꽉 잡았다.

"효진아 가자."

"갑자기 왜, 아니, 잠깐만! 나 윤이한테 인사 좀……!"

무지막지한 힘으로 효진을 끌고 가는 태훈의 뒷모습을 윤이는 멍, 하니 바라보았다.

그러다 자신에게 와 닿는 시선이 느껴져 고개를 들었다. 강우가 자신을 내려다보고 있었다.

"죄송합니다. 이런 불미스러운 일을 만들어서."

"넌 성질머리도 있는 애가 왜 저런 놈한테는 지고 있어?"

"지고 있던 거 아니에요. 따지려는데 대표님이 오신 거라고요."

"손목 붙들리고 있었잖아."

"그건 물리적인 힘이라 어쩔 수 없었던 거고요."

"깨물어. 발로 차고."

"……."

"네 화 풀릴 때까지 깽판 치고 돈 물어 달라고 하면 나한테 말해. 두 번 다시 너랑 마주칠 일 없게 만들어 줄 테니까."

그가 웬일로 남의 일에 저렇게까지 열불이 나 있는 건지 알 수 없었다. 윤이가 의아함에 빤히 올려다보자 그가 말한다.

"뭐, 할 말 있어?"

"……왜 이렇게 제 편 들어 주세요? 왜 그렇게 화를 내시는 거고?"

"기분 나빠서. 너랑 나 사이를 '바람피웠다'고 지껄인 거. 너랑 연애라니……. 그건 아니잖아."

아, 그 말 때문에 저리 기분이 나빴던 거구나. 이제야 그가 이리 적극적인 대응을 한 것이 충분히 이해가 갔다.

"저 새끼 혼내 줘?"

"아니요."

"왜?"

"……같잖아서요. 저런 놈한테 시간 낭비, 돈 낭비, 감정 낭비 하나도 하고 싶지 않아요."

"혼내 줬으면 싶을 때 언제든 말해."

"든든하네요."

"이제 가지."

"네."

본인이 모욕당한 듯해 열받아서 저러는 것 같지만, 그래도 언제든 말하라고 해 준 사람이 제 상사 강우라서 정말 든든했다.

점심 먹으면서 정아와 함께 실컷 그를 뒷담화한 것과 속으로 욕한 것이 자꾸만 마음에 걸릴 정도로 그는 오늘 여러모로 윤이에게 감동을 줬다.

□ ◆ □

"네놈 왜 전화 안 받아! 서 비서는 내 전화 왜 안 받고!"

대표실에 들어서자마자 무섭게 달려드는 신 회장에 윤이는 저도 모르게 강우의 뒤로 숨어 버렸다.

예전에 그를 말리다가 지팡이로 머리 한 대 잘못 맞은 고통과 충격은 아직도 잊지 못할 일이니까.

강우가 제 뒤에 숨어 있는 윤이를 보며 미간을 구겼다. 윤이가 눈치를 보며 슬금슬금 나오던 순간, 신 회장의 불같은 목소리가 날아들었다.

"내가 너한테 분명히 경고했지? 이번 년도 안에 연애든 결혼이든 할 여자 안 데려오면 그 대표직에서 끌어내리겠다고."

이게 무슨 소리야?

신 회장이 원래 아들의 연애와 결혼에 굉장히 집착하는 것을 알고는 있었다만, 저렇게 무서운 조건들이 둘 사이에 오고 갔을 줄은 전혀 몰랐다.

이 회사를 직접 설립하고 키워 온 강우를 대표직에서 끌어내리면? '젠덤'은 어떻게 되는 거지? 내가 모시고 있는 상사가 '신강우'인데, 그가 내려가면 나는? 나는 어떻게 되는 거야?

"그렇게 맞선을 난장판으로 보고 나와서는 뭐 잘했다고 내 연락까지 안 받아?"

회장님의 말을 듣고 있자니 저렇게 격분하시는 이유를 어느 정도 알 것 같다.

강우는 분명 저번 주에 맞선을 보았을 것이다.

물론, 매우 엉망진창으로.

"아버지."

"아버지라고 부르지도 마! 나는 이렇게 말 안 듣는 아들 둔 적 없어! 그리고 네가 나를 만만하게 봤나 본데? 이번에는 이렇게 몇 마디 하는 걸로 안 끝낸다."

"……."

"네가 이놈의 회사 때문에 바빠서 여자 만날 시간이 없는 것 같으니 내가 배려해 주마. 이번 달 말에라도 당장! 주주들과 임원들 소집해서 나를 우습게 보고 약속을 지키지 않은 네놈의 버릇을 단단히 고쳐 놓을 거다!"

"……."

"우리 가문의 대를 끊어 놓으려고 안달 난 네놈에게 물려줄 회사 같은 거 없어!"

정말로 작정이라도 한 듯 신 회장은 강경하게 말한 후 미련 없이 대표실을 빠져나갔다.

"후……."

신 회장이 나가자마자 강우가 긴 한숨을 내쉬었다. 그리고 그 한숨이 매우 심상치 않다는 것을 윤이는 알아챘다.

"대표님. 회장님께서 무슨 말씀을 하시는 건지……. 대표직에서 끌어내리시다니요?"

윤이는 저도 모르게 목에 달린 사원증을 움켜잡았다.

이거 지키겠다고 지난 시간 동안 전 남자 친구한테 얼마나 많은 자존심을 내팽개쳤는데.

"걱정하지 마. 내가 대표직에서 내려가도 서 비서의……."

윤이가 슬쩍 강우를 올려다보았다. 그는 자신의 사원증을 바라보고 있었다.

"지킬 수 있으니까."

"네? 그게 무슨 말씀이신지."

"내 자리는 누구라도 채울 수 있지. 본부장도 있고."

그 능력 없는 놈?

"이사도 있고."

"무슨 그런 말 같지도 않은……!"

반사적으로 튀어나와 버린 말에 윤이는 화들짝 놀라 제 입술을 틀어막았다.

그러자 강우가 '방금 뭐라고 그랬어?'라는 의미를 담아 매우 불쾌한 눈으로 노려보았다.

"아니, 죄송합니다. 하지만 저는 대표님의 말을 무시하려던 건 아니구요. 대표님이 없는 '잰덤'은 생각해 본 적이 없어서요."

"그럼 나랑 같이 나가든가."

진짜 말도 안 되는 소리를 아무렇지도 않게 하는 강우에 윤이는 저절로 주먹이 쥐어졌다.

하지만 그것을 강우의 고운 면상에 날리는 대신, '화이팅' 자세를 취해 보였다.

"대표님. 방법이 있을 겁니다! 그리고 대표님은 반드시 그 방법을 찾아내셔야 하고, 찾아내실 거예요. 대표님께서 이 회사를 여기까지 올라오게 하기 위해 얼마나 많은 피, 땀, 눈물을 흘리셨습니까."

"그런 거 흘린 적 없어."

"정말 많은 노력 해 오셨잖아요. 이렇게 대표직에서 내려가시는 거…… 절대 안 돼요."

갑작스러운 침묵이 흘렀다.

윤이는 갑자기 말을 멈추고 느슨하게 팔짱을 끼더니 자신을 빤히 바라보는 강우의 눈빛에 눈을 어디다가 둬야 할지 몰랐다.

월급 오른 지도 얼마 안 됐고, 갚아야 할 빚은 여전하고. 비서실장이 된다면 집이랑 차도 마련해 주는 아주 파격적인 조건. 그리고 아이를 낳는다면 대학교까지 공짜로 보내 주는 이 회사에서 더 오래 일하고 싶었는데.

그렇게 사람 얼굴 빤히 쳐다보고 있지만 말고 무슨 해결책을 좀 생각해봐. 너 머리 똑똑하잖아!

윤이는 속으로 그렇게 울부짖고 있었다.

그런 제 속 터지는 마음을 아는 건지 모르는 건지, 그는 여전히 말없이 자신을 바라보다가 아주 뒤늦게 입술을 떼어 냈다.

"그럼 서 비서가 방법을 좀 찾아내 봐."

"방법이요?"

"그래. 나한테는 한 3개월 정도 가짜 연애를 해 줄 사람이 필요해. 그런 연애를 해 줄 사람을 좀 찾아봐."

"가짜 연애요?"

그런 걸 했다가 회장님께 걸리기라도 하면 또다시 노발대발하실 텐데. 윤이는 고개를 내저었다.

"그건 조금 위험한 것 같습니다, 대표님. 회장님께 걸리면 더 큰일 날 거고, 또 그런 연애를 해 줄 만한 사람도 없고."

"서 비서 잘 생각해 봐."

"네."

"너랑 내가 단둘이 출장도 가고, 야근으로 밤을 같이 새우는 경우도 많아. 그렇지?"

갑자기 느닷없는 말을 하는 그의 의도를 파악하기 위해 윤이가 머리를 굴렸다.

"그런데 어떤 여자가 그걸 다 이해해 줄까?"

"네?"

"내가 정말 한 여자를 사랑하게 돼서 연애나 결혼을 하게 된다면, 그 여자는 분명 서 비서를 신경 쓰게 될 거야. 그러면 나는 내 여자와 가정을 지키기 위해 서 비서를."

느슨하게 팔짱을 끼고 있던 강우가 한 손을 빼더니 제 목 쪽을 쓱, 그었다.

순간 윤이가 정신을 번쩍 차렸다. 충분히 가능성 있는 이야기였다.

"내 말뜻 알아듣겠어?"

"네. 알아들었습니다. 3개월, 제가 찾아보겠습니다."

결혼이고 연애고 뭐고, 사원증 날아가기 전에 윤이는 반드시 강우의 여자를 찾아야 했다.

□ ◆ □

"3개월이라……."

윤이는 일단 기획사를 통해 은밀하게 신인 여배우들과 미팅을 한번 가져 보았다. 그리고 그들 중에서 꽤 마음에 드는 여배우가 있어 3개월 연애 조건에 대해 설명하고 반드시 비밀을 준수해 줄 것을 약속받았다.

하지만 얘기가 끝나자마자 여배우가 화장실에서 제 친구에게 BK그룹 후계자와 연애하게 생겼다고, 스폰서 어쩌고저쩌고 떠들어 대며 몰래 통화하는 걸 들어 버린 바람에 물거품이 되었다.

강우 밑에서 수많은 일들을 해 보았지만, 이번 업무는 정말 버거운 일이었다.

"3개월······."

그렇게 고민을 하는 사이, 미리 일정이 잡혀 있던 프랑스 출장을 가기 위해 인천 공항으로 향했다.

주차장에 주차한 후, VIP 라운지로 가서 출국 절차를 전부 밟고 시간에 맞춰 비행기에 탑승했다.

"미적지근한 물 한 잔만 부탁드릴게요."

윤이는 자리에 앉기도 전에 승무원에게 부탁한 물을 강우에게 건넸다.

"얼른 약 드세요. 대표님."

무엇에든 겁이 없어 보이는 그에게는 비행기 공포증이 있었다. 어린 시절, 기다렸던 삼촌이 비행기 사고로 사망을 하게 된 이후에 얻게 된 병이라고 했다. 그래서 그가 출장을 갈 때마다 윤이는 늘 안정제를 챙겼다.

신입 때 한번 안정제를 깜빡하여 강우가 거친 호흡과 함께 반쯤 혼절을 했을 때를 떠올리면 정말 끔찍했다.

강우는 윤이가 건넨 물과 약을 삼켰다. 그것을 확인한 후, 윤이는 자신의 가방에서 라벤더 오일을 꺼냈다.

"손목 좀 줘 보세요."

"왜."

"이게 라벤더 향인데요. 마음 안정에 도움이 된대요. 조금 발라 드릴게요."

강우가 팔을 내밀자 윤이가 미끌미끌한 라벤더 오일을 살짝 묻혔다.

"향 괜찮으시죠?"

"어."

그가 무심하게 대답을 하면서 그제야 자신의 자리에 앉는 윤이를 가만히 바라보았다. 윤이가 가방에서 무언가를 또다시 꺼내 들었다.

"그리고 혹시 몰라서 이것도 챙겨 왔어요."

"그건 또 뭐야?"

"컬러링 북인데, 색칠하는 데 집중하고 있다 보면 괜찮아지나 봐요."

"나한테 색칠 공부 따위나 하고 있으라는 거야?"

"색칠 공부 따위라뇨. 이게 얼마나 심신 안정에 좋은 건데. 혹시 모르니 받아 두세요."

"챙겨 온 정성이 있으니까 받아는 두지."

그렇게 얼마 있지 않아 비행기가 이륙한다는 방송이 들려왔다. 강우는 잔뜩 긴장한 얼굴이었다. 활주로를 달리는 비행기에 그의 이마에는 송골송골한 땀까지 맺히기 시작했다.

윤이는 그런 그가 안쓰러워 보였다. 이런 두려움과 고통조차 한 회사의 대표라는 책임감 때문에 버텨 내야 한다는 것이.

"저번 출장 때처럼 제 손 잡으실래요?"

윤이가 쓱 내밀어 준 손.

"필요 없어."

"네."

윤이는 강우에게 야멸차게 거부당해 한없이 민망해진 손을 거두어 가려고 했지만 그러지 못했다. 커다랗고 차갑지만 부드러운 강우의 손이 그녀의 손을 덥석, 잡아 왔다.

"아주 잠깐은 필요한 것 같아."

"네."

4년 차. 처음에는 그가 참 무섭기도 했지만, 일만 잘하면 혼날 일이 전혀 없어 이제 더는 그가 무섭지 않다. 그저 미운 정 고운 정 다 들어 버린 상사였다.

"됐어. 이제."

비행기가 활주로를 달려 안전하게 이륙하자, 더는 볼일 없다는 듯이 제 손을 휙 치우는 강우에 윤이가 눈을 찌릿했다. 그러다 다시 제게로 날아오는 눈에 얼른 미소를 지으며 서류를 보는 척했다.

"방금 나 째려봤지?"

"눈에 뭐 들어간 거 같아서 굴리다가 마주친 거예요."

아, 먹고살기 힘들어.

얼마 지나지 않아 기내식이 나왔다. 강우는 속이 좋지 않다고 먹지 않았고 윤이는 맥주를 마시지 못한다는 아쉬움을 뒤로하고 그릇을 싹싹 비워 먹었다.

그렇게 몇 시간이 더 흘렀다. 윤이는 강우가 잠든 것을 보고 살며시 그의 코에 귀를 가져다 댔다.

일정한 숨소리.

그가 괜찮다는 것을 확인한 후, 휴대 전화로 20분 알람을 맞춰 놓고 눈을 감았다. 그리고 정말로 머리를 붙이자마자 곯아떨어졌다.

"……자고 일어나면 턱이 아프겠군."

그녀가 제 얼굴 쪽으로 다가왔을 때 이미 잠에서 깨어났던 강우는 입을 벌리고 잠든 윤이를 보며 낮게 중얼거렸다.

자신의 상태를 보겠다고 몇 시간 동안 옆에서 눈도 안 붙이고 알람을 맞추면서까지 쪽잠을 자는 비서. 본인의 역할이라고 하지만 그 이상을 해 주는 윤이는 강우에게 꽤나 각별한 직원이었다. 자신이 갈구는 건 허락해도 다른 사람은 그녀에게 함부로 대하는 꼴을 절대 보지 못하는 것이 바로 강우였다.

대표직에서 쫓겨나기 싫은 이유 중 하나가 윤이였다. 기스라도 날까 싶어서 매일 닦고 무슨 케이스까지 구해서 끼고 다니는 사원증을 계속 지켜 주고 싶었다. 어떻게 해서든 지켜 주고 싶었다.

"걱정 마. 서윤이. 네 사원증은 너의 검은 머리가 파뿌리 될 때까지 차고 다니게 해 줄 테니까."

훗날 자신이 명예 회장이 되는 순간까지도 곁에 있어 줬으면 하는 비서가 윤이였다.

강우가 접혀 있는 담요를 펴서 윤이의 몸에 덮어 주었다. 그녀의 입도 덮어 주고 싶었지만 그랬다가는 깰 것 같아서 그건 그냥 내버려 두기로 했다. 그리고 다시 조용히 눈을 감았다.

샤를 드 골 국제공항에 도착했다. 이후 일정이 쉴 틈 없이 진행되었다.

이번 면세점에 들어가게 된 매장을 시찰하고, 한국 지점에서 발령받은 직원들과 간단하게 점심을 먹고, 저녁에는 해외 관리팀과 투자 회사 대표와 함께 저녁 만찬을 함께했다.

그다음 날 또한 아침 댓바람부터 아주 부지런히 움직였다. 3일 동안 모든 업무를 처리해야 하니 일정은 빠듯했다.

그리고 드디어 귀국을 앞둔 마지막 일정.

"내일 일정은 공항 관리 팀장님과 간단한 미팅 있으시고요. 2호점 직원들과 미팅이 있으시고 월세 조정에 대한 회의가 있습니다."

"알았어. 서 비서도 이제 그만해. 나 좀 쉬게 가."

"네. 그럼 쉬세요."

강우의 호텔 방에서 나온 윤이가 자신의 방으로 들어왔다. 침대에 벌러덩 드러누운 후, 휴대 전화를 확인했다.

[생일 축하해! 우리 딸! 프랑스에서 돌아오면 맛있는 거 먹자.]
[어이, 친구. 생일을 축하하네.]

"피곤한데, 정말……."

윤이가 창밖으로 시선을 옮겼다. 에펠탑이 아주 아름답게 반짝이고 있었다.

"너무 예쁘잖아."

호텔 방 안에서만 보기에는 너무 유혹적일 정도로 아름다웠기에 윤이는 결국 참지 못하고 벌떡 일어났다.

"나가서 구경하고 바에 가서 한잔 마시자."

원래 해외 출장을 와도 이렇게 혼자 밖으로 나와 본 적은 없었다. 하지만 오늘은 자신의 생일이었고 그래서 그냥 잠들기에는 너무 아쉬웠다.

늦은 시간임에도 에펠탑 근처에는 야경을 보러 나온 사람들로 꽤 북적였다.

"아, 좋다."

선선한 바람과 여유로운 분위기.

"이래서 다들 프랑스는 낭만의 도시, 낭만, 낭만 하는구나."

어둠 속에서 반짝 빛나는 에펠탑이 꼭 보석 같다. 아니, 별을 박아 놓은 것 같기도 하다. 낮에는 그저 고철 덩어리 같았던 에펠탑에 넋을 놓아 버렸다.

하지만 감성에 한껏 취한 것도 잠시. 어디선가 슬슬 나는 구린내에 윤이는 자리에서 일어났다.

"으구, 이제 들어가자."

호텔 지상에 있는 루프탑 바를 떠올리며 걸음을 옮겼을 때였다.

「예쁜 아가씨.」

한 할머니가 길을 막고 섰다. 이것이 말로만 듣던 유럽 소매치기단인가 싶어서 윤이는 주변을 얼른 살폈다. 지금 수중에 들고 있는 거라곤 40유로가 전부인데.

「네. 무슨 일이세요?」

윤이의 입술 사이로 유창한 불어가 튀어나왔다.

「이 아름다운 목걸이가 생일을 맞이한 아가씨에게 매우 잘 어울릴 것 같은데.」

「제 생일인 거 어떻게 아셨어요?」

「나는 알 수 있어.」

"신기하네."

윤이는 그렇게 낮게 중얼거리며 할머니가 들고 있는 목걸이를 보았다.

큐빅이 박혀 있는 왕관 모양의 목걸이. 딱히 특별할 것도 없어 보이지만, 왜인지 목걸이가 매우 끌렸다.

「이것은 소원을 들어주는 목걸이지.」

소원을 들어주는 목걸이라. 그것이 꽤나 신비한 말이라서 불쑥 질문을 던졌다.

「공짜로 주시는 건가요?」

그러자 할머니는 정색하며 목걸이를 집어넣으셨다.

「농담이에요.」

「그렇지?」

「얼마예요?」

「32유로.」

꽤 비쌌지만, 그래도 생일을 맞이하여 아무에게도 받지 못한 선물을 스스로에게 준다 생각하고 하나 사기로 했다.

「여기요.」

「아주 간절한 소원이어야 해.」

「네?」

「소원 말이야. 이루어지길 원하는 소원은 너의 온 감정들이 전부 쏟아 부어져야 하는 것이라고.」

「아, 네.」

윤이가 다시 목걸이를 바라보았다. 반짝. 에펠탑에 박혀 있는 별을 빼다가 박은 것 같았다.

「예쁜 아가씨. 오늘 생일이지?」

「아닌데요?」

그런데 할머니가 이번엔 다른 여자에게 다가가 접근하는 것을 보았다.

"호구 됐네. 이게 무슨, 소원을 들어주는 목걸이겠어? 참."

할머니의 말을 믿을 수가 없었다. 그러면서도 윤이는 목걸이를 손에 꼭 쥐어 들고 다시 호텔로 돌아와 맨 꼭대기 층에 위치한 바로 향했다.

「어서 오세요.」

직원이 윤이를 향해 매력적인 미소를 보이며 인사했다. 윤이는 가볍게 묵례를 한 후, 자리에 앉았다.

「제일 맛있는 레드 와인으로 한 잔 주세요.」

「네.」

「비싸도 상관없으니까 무조건 맛있는 걸로 주세요. 오늘 제 생일이거든
요.」

「오, 생일 축하해요. 서비스로 간단하게 먹을 수 있는 치즈도 같이 줄게
요.」

「정말요? 너무 감사합니다! 혹시 크림치즈도 있나요?」

와인을 기다리는 동안 윤이는 목걸이를 착용해 보려고 했는데 그만 목
걸이에서 큐빅이 빠져 데굴데굴 굴러갔다.

"아!"

그것을 주우려고 일어나 손을 뻗던 윤이의 시야로 슬리퍼를 신은 남자
의 발이 등장했다. 윤이가 올려다보기도 전에 남자의 손이 먼저 큐빅을 집
어 들었다.

"그거 제 것⋯⋯."

윤이가 고개를 들었다. 그러자 눈앞에 강우가 서 있었다.

"전화는 왜 안 받아?"

"아, 전화하셨어요? 죄송해요. 휴대 전화 충전하느라 숙소에 두고 왔어
요."

"이 밤에 그것도 유럽에서 혼자 돌아다니는 게 얼마나 위험한 일인지
몰라?"

"그렇다고 대표님께 같이 나가자고 할 수는 없⋯⋯. 그것도 죄송합니다."

윤이는 생일이라서 더 이상 기분을 잡치고 싶지 않았다. 어차피 말대꾸
를 해 봤자 불리한 건 상사가 아니라 저였으니까.

"이리 줘 봐."

큐빅을 들고 있던 그가 손바닥을 보였다.

"네?"

"목걸이 이리 줘 보라고."

단호하고 차가운 그의 목소리에 '왜요?' 라고 묻지도 못하고 줄을 건네 주었다. 그는 목걸이 줄에 큐빅을 연결한 뒤 말했다.

"뒤돌아."

설마, 채워 주려는 건 아니겠지?

"뒤돌라고. 안 들려?"

왜인지 몸을 돌리면 그가 목걸이를 채워 줄 것 같아서 윤이는 선뜻 움직이지 못했다.

"그래. 그럼 돌지 마."

순간, 그가 가까이 다가왔다. 아니, 그의 입술이 가까이 다가왔다.

윤이는 저도 모르게 숨을 멈췄다. 하지만 적당한 간격에서 멈춘 그는 목걸이를 든 손을 윤이의 목 쪽으로 뻗어 왔다.

목덜미에 닿은 그의 손결이 간지러웠다. 그리고 그의 적당히 도톰하고 불그스름한 입술이 보였다.

기분이 말랑말랑하다고 느끼던 찰나에 그가 말했다.

"생일 축하해."

아주 다정한 목소리와 눈빛을 하고서는.

쿵.

몸 어디선가 장기 하나가 떨어진 것 같은 기분인데? 뭐지 이 기분은?

강우와 함께 있으면서 처음으로 느껴 본 이 낯선 감정이 윤이는 조금 혼란스러웠다. 선선한 바람과 낭만의 도시 파리. 분위기 탓인 걸까. 오늘 윤이의 눈에 강우가 멋있어 보이려고 했다.

잘생긴 남자가 많은 파리에서도 여자들의 시선을 한 몸에 받던 강우는 꾸미지 않은 머리를 수수하게 내리고 있어서 그런지 얼굴이 더 작아 보였다.

"목말라. 뭐 좀 마시자."

"네? 네."

자리를 잡은 강우를 따라간 윤이는 직원에게 시원한 맥주를 한 잔 추가로 주문했다. 곧이어 강우의 맥주와 윤이의 와인이 나왔다.

"그런데 제 생일인 거 어떻게 아셨어요?"

"아까 바텐더한테 생일이라고 말했잖아."

"아······. 기억하고 계셨던 게 아니구나. 그럼 방금 전에 왜 그러셨던 거예요?"

윤이는 제 목걸이를 어루만지며 물었다.

"뭐가?"

"갑자기 목걸이를 걸어 주셨잖아요."

"오늘 생일이잖아. 생일날까지 갈구면 서럽지 않겠어? 또 혼자 차겠다고 끙끙거리다가 큐빅 빠져서 잃어버리면 얼마나 썩은 표정을 짓겠어. 그 표정 보기도 싫고."

"아, 네."

무슨 원하는 대답이 있던 것도 아닌데 괜히 기분이 이상하다. 아무래도 프랑스 파리라는 도시는 그다지 좋은 기억으로 남을 것 같지 않았다.

윤이는 앞에 놓인 와인을 마셨다.

젠장, 맛있는 와인 달라고 했는데 왜 이렇게 쓴 거야! 아주 다디단 와인으로 달라고 할걸. 그녀는 메뉴마저 실패해서 우울한 기분이었다.

한편, 강우는 앞에 앉아 있는 윤이를 가만히 바라보았다.

와인이 입맛에 맞지 않는지 한 입 마시고 온갖 인상은 다 찌푸리더니 자신이 마시고 있는 맥주를 노리는 듯 바라보고 있다.

"맥주 시켜서 마셔."

"······아니에요. 내일 일정도 있고."

"누가 주야장천 마시래? 한 잔 정도는 괜찮잖아."

"아닙니다. 맥주는 그게 좀 어려워서요. 제가 맥주광이잖아요. 간단하게 한두 잔이 안 되더라구요. 와인 마시면 돼요."

시무룩한 윤이의 표정을 보고 있으려니 웃음이 나온다.

사실 강우는 오늘이 윤이의 생일인 걸 알고 있었다. 4년 동안 같이 일했는데, 생일을 몰랐을 거라고 생각하는 건가? 더군다나 2년 차 때 제 생일날에까지 회식한다며 술을 마시고 엉엉 울어 대던 애가.

윤이의 업무 능력은 틈이 없을 정도로 완벽하다. 외모는 차갑고 냉정해 보이기까지 하다.

하지만 그녀는 늘 술 앞에서 그 모든 것들이 무너진다.

그런데 이상하게도 그 무너지는 모습이 귀엽고 강우 자신만 보고 싶을 때가 있었다.


'……바에 가서 한잔 마시자.'


운동 좀 하려고 나섰다가 호텔 방 안에서 새어 나오는 윤이의 목소리를 들었다. 혼잣말을 어찌나 크게 하던지, 예민한 청각을 가진 강우로서는 안 들으려야 안 들을 수가 없었다.

그 뒤, 운동하고 씻은 후 올라왔지만 윤이는 보이지 않았다. 전화도 받지 않아 걱정이 돼서 루프탑 바까지 찾으러 왔는데 혼자 청승 떨기 일보 직전인 윤이를 발견했다. 공짜로 줘도 받지 않을 괴상한 디자인의 목걸이를 혼자 낑낑거리며 차고 있었다.

강우가 앞에 서 있는 바텐더를 바라보았다. 그가 고개를 내젓는다. 강우는 서둘러 달라는 제스처를 취했다.

"대표님."

에펠탑을 중심으로 펼쳐진 파리의 야경을 구경하던 윤이가 느닷없이 고개를 돌려 부르는 바람에 강우가 깜짝 놀랐다.

"그런데 왜 하필 3개월이세요?"

하지만 윤이는 그런 강우의 움직임을 눈치채지 못하고 물었다.

"3개월 이상은 사귀고 싶지 않아서. 3개월 미만은 너무 짧고."

"……."

"처음부터 기간을 정해 두는 건, 깔끔하게 헤어지기 위함이지."

"아……."

"근데 그 목걸이는 뭐야."

윤이의 취향이 정말 이해가 안 돼서 물었다.

"아, 이거 에펠탑 구경하고 있는데 한 할머니가 오셔서 소원 들어주는 목걸이라고 해서 샀어요."

"그런 걸 믿어?"

"아니요. 안 믿는데, 믿어요."

"그게 무슨 말이야."

"그러게요. 제가 말하고도 무슨 말인지 모르겠네요."

"믿지 마. 그런 거."

"그래도 이렇게 제 생일날 말동무라도 해 주셔서 감사해요."

말을 이으며 윤이는 와인을 한 모금 더 마셨다. 여전히 적응되지 않는 와인에 미간은 또 찌푸려졌다.

"내 3개월 애인 역할 해 줄 사람은 알아보고 있어?"

"……아, 그게 생각보다 구하기가 어려워서."

"일 안 해? 그 정도 연봉으로 만족하나 봐."

"정말로 완벽하게 비밀을 지켜 줄 만한 사람을 찾기가 힘들어서 그래요."

그때 말을 이어 가던 윤이가 강우의 어깨 너머의 무언가를 발견하고 눈이 휘둥그레졌다. 강우는 드디어 바텐더에게 부탁한 것이 준비가 되었다고 생각했다.

「생일 축하해요. 이 마카롱 케이크는 우리 파리에서도 유명한 알랭 들롱 셰프가 만든 케이크입니다. 아, 그리고 두 사람의 모습이 예뻐 보이는데 사진 한 장 남겨 줄까요?」

윤이가 강우를 바라보았다.

"찍고 싶어?"

"공짜니까요."

"그래. 찍어 그럼. 어차피 내가 이렇게 챙겨 준 거 안 잊어버리려면 사진이라도 남겨 놔야 하니까."

촛불이 켜져 있는 케이크를 앞에 두고 두 사람은 즉석 사진을 찍었다.

"잘 나왔네."

어딜 봐서 잘 나왔다는 거지? 본인이 잘 나왔다고 얘기하는 건가?

강우는 루프탑에서 바람을 심하게 맞이하고 있는 머리인데도 얼굴이 잘 나서 그런지 느낌 있어 보였다. 반면 자신은 바람에 싸대기를 맞고 있는 것처럼 보였다. 눈은 왜 또 감은 거야?

"얼른 촛불이나 불어."

사진을 테이블 위에 내려놓은 윤이가 묘한 표정을 보이다가 후, 하고 초를 불었다.

"생일 축하해. 태어나서 내 회사로 들어와 내 비서로 일해 줘서 무척이 나 고맙고."

"지금 고맙다고 하셨어요? 비서로서 일해 준 게?"

"응. 고맙다고 했어. 왜?"

"오늘 정말, 생일은 생일인가 보네요."

"이렇게라도 말하지 않으면 그 소원 들어준다는 목걸이에 나를 저주라 도 할까 싶어서."

"생일 챙겨 주시는 것도 그 이유 때문이에요?"

"응. 아마도."

하필이면 생일날 해외 출장에다 얼마 전 남자한테 차여서 시무룩한 윤 이를 달래 주고 싶은 마음에 4년 만에 처음으로 생일을 챙겨 주었다.

그런데 환하게 웃으며 좋아할 줄 알았는데 윤이는 의외로 반응이 없다. 강우는 싱겁다고 생각하며 파리의 야경을 바라보았다.

"한국 가기 싫다."

"이곳이 너무 아름다워서요?"

"아니. 아버지에게 들들 볶일 생각만 하면……."

"……."

"아무튼 하루라도 빨리 3개월 가짜 연애를 해 줄 사람 좀 구해 봐."

윤이는 대답이 없었다. 그런 윤이를 가만히 바라보는데 느닷없이 그녀가 눈을 맞춰 오더니 입을 열었다.

"대표님."

"왜."

"그 3개월 연애 말이에요."

"……."

"저랑 하실래요?"

서윤이와 연애라니. 단 한 번도 생각해 본 적 없는 일이었다. 그랬기에 강우는 조금의 망설임도 없이 단번에 대답을 내놓았다.

"뭐? 너랑 뭘 해?"

"다른 뜻은 없고요. 3개월짜리 연애를 해 주겠다는 사람도 없을뿐더러, 비밀이 보장되지 않아서 나중에 들키기라도 하면 회장님이 더욱 격노하실 거고, 행여나 기자 쪽으로 새어 나가기라도 하면 대표님의 이미지에 타격도 갈 것 같고."

"……."

"저만큼 대표님 비밀을 보장해 줄 사람 없잖아요. 무엇보다도 대표님이 하루라도 빨리 연애하길 저만큼 간절히 바라는 사람도 없을 테고."

그럴싸한 말이었지만 강우는 실소와 함께 고개를 내저었다.

"아니. 나는 가짜라도 너랑 '연애'는 안 해."

윤이는 '왜요?' 라고 묻지 않았다. 조금의 당황스러움도 없어 보였다. 마치 충분히 예상이라도 한 사람처럼.

"그러실 것 같았어요."

"말이 좋아 계약이지 3개월 동안 아버지 앞에서 '나 연애해요.' 티 내려면 손도 잡고 끌어안기도 하고, 암튼 별걸 다 해야 해. 너 그런 거 나랑 할 수 있겠어?"

할 수 있을 것 같은데, 라고 대답하고 싶었지만 강우가 말할 틈을 주지 않았다.

"그리고 너, 나랑 헤어지고 나면 회사 그만둬야 하잖아. 헤어진 여자 친구랑 업무적인 관계를 계속 이어 나갈 만큼 쿨한 남자 코스프레는 하고 싶지 않거든."

윤이가 그의 말에 무언가를 깨달은 듯 탄식했다.

"거기까진 생각 안 했어?"

"네……."

강우는 고개를 내저었다.

"비밀을 끝까지 보장하지 않으면 그에 대한 대가를 어떻게 물게 할 건지, 협박이든 뭐든 끝까지 비밀 보장 제대로 할 수 있는 사람으로 찾아봐."

"네. 알겠습니다. 그런데 내일 스케줄 때문에요, 저는 먼저 일어나고 싶은데."

"그렇게 해."

자리에서 일어나려던 윤이는 몇 입 먹지 않았지만 맛있던 케이크가 마음에 걸렸다.

"어차피 이거 안 드실 거죠? 그러면 제가 포장해 가도 되나요? 내일 조식 먹고 나서 디저트로 커피랑 먹고 싶어서요."

"그러든가."

윤이는 자리에서 일어나 바텐더에게 케이크를 포장해서 자신의 방으로 가져다 달라고 부탁했다.

"먼저 내려가 볼게요. 내일 뵙겠습니다."

뒤도 돌아보지 않고 윤이는 그대로 바를 빠져나갔다.

남은 맥주는 김이 빠져서 맛이 없었다. 강우는 딱 한 잔만 더 마시고 가야겠다는 생각으로 새로운 맥주를 시켰다.

직원이 시원한 맥주를 건네주고는 케이크를 가져갔다.

윤이가 앉아 있던 자리에는 그녀가 챙겨 가지 않은 사진만 덩그러니 놓여 있었다.

"아 진짜, 내가 미쳤지! 서윤이 너 제대로 미쳤지!"

방으로 돌아오자마자 윤이는 벽에 제 이마를 세게 박으며 자책했다.

물론 나중에 정신을 차려서 그럴싸한 해명을 하긴 했지만, 진심은 그것이 아니었기에 쪽팔렸다.

"분위기 때문이야. 온전히 분위기 때문이었다고. 나도 대표님이랑 절대 연애할 생각 단 한 번도 해 본 적 없었다고. 그냥 분위기……. 정말 사람 구하는 거 힘들어서…… 못 구하면 나 잘릴까 봐……."

애써 모든 변명을 전부 끌어모아 봤지만 마음이 추슬러질 리가 없었다.

윤이는 터덜터덜 걸어가 침대에 벌러덩 드러누웠다.

처음이라서 그랬다. 4년 동안 그와 숱하게 출장을 오고 갔지만 생일을 제대로 함께 맞이한 것도, 마주 보고 앉아서 와인을 마신 것도, 그가 목걸이를 채워 주고 자신의 생일을 챙겨 준 것도 전부 처음이라서.

그 처음이라는 것은 생전 느껴 보지 못했던 감정들을 느끼게 하기 마련이니까. 그래서 심장이 두근거렸고 문득 그런 생각을 했다.

'저 남자와 일이 아니라, 연애하면 어떤 느낌일까?'

생각이 깊어지자 자신도 모르게 3개월 가짜 연인이 되어 주겠다고 말을 한 것 같다. 아무리 그래도 상대는 신강우였는데.

"내가 정말 못 살아, 서윤이……."

인제 와서 이렇게 후회한들 시간을 되돌릴 수는 없을 거였다.

"혹시?"

윤이는 제 목에 매달려 있는 목걸이를 보며 말했다.

"소원이야, 시간을 되돌려 줘!"

필사적으로 매달리다시피 말했다.

"제발, 시간을 되돌려 줘! 그 말을 하기 전으로."

그리고 두 눈을 질끈 감았다가 떴다. 하지만 역시나 변한 건 아무것도 없었다.

"사기당한 거 맞네. 나 호구 맞네. 아이씨이!"

윤이가 있는 힘껏 다리를 허공에 찼다. 그러고 나서 다짐하고 또 다짐했다. 내일 부디, 제발, 표정 관리를 잘하게 해 달라고.

"……대표님이 부디, 아무 뜻 없이 받아들이셨기를."

이 와중에 에펠탑은 여전히 눈이 부시게 아름다웠다.

모든 일정을 끝내고 한국으로 돌아가는 비행기를 기다렸다.

윤이는 자신이 생각보다 표정 관리를 잘하는 여자라는 걸 깨닫고 다행스러워했다.

아니면 어제 아무 일도 없었다는 듯 태연한 강우의 태도 때문일 수도 있겠지만, 어쨌든 두 사람 사이에는 전과 똑같은 분위기가 흘렀다. 평소와 별반 다르지 않았다.

윤이는 비행기 안에서 미적지근한 물을 부탁해 그에게 약을 먹였다. 그러고는 이륙하는 비행기 안에서 그에게 또다시 손을 내밀려고 했지만, 강우는 조용히 눈을 감았다. 그래서 손을 잡아 주지는 못했다.

열두 시간이 넘는 비행을 끝내고 드디어 한국에 입국하게 되었다. 그리고 바로 받게 된 연락. 충청도 공장에 문제가 생겨서 담당자들이 전부 공장으로 모여 긴급회의를 연다는 내용이었다.

"바로 공장으로 가지."

"네, 알겠습니다. 여기서 잠시만 기다리세요. 바로 차 가지고 오겠습니다."

윤이는 강우를 게이트 앞에 세워 둔 뒤 주차장에서 차를 끌고 왔다. 이후 캐리어를 직접 싣기 위해 운전석에서 내렸지만.

"됐어. 올라타 있어."

강우가 두 개의 캐리어를 가볍게 트렁크에 싣는 바람에 아무것도 하지 않고 다시 운전석에 올라탔다.

"오랜 비행 때문에 피곤하실 텐데 집으로 가서서 회의는 화상으로 참여하시는 거 어떠세요?"

"괜찮으니까 공장으로 출발해."

"네."

사실 피곤한 건 윤이도 마찬가지였다. 하지만 그의 지시에 따라 충청도에 있는 공장으로 향해야 했다.

강과 산으로 둘러싸인 고속도로와 거친 비포장도로를 지나 두 사람은 공장에 도착했다.

곧바로 이어진 회의 시간은 길어졌다. 낮부터 시작된 회의는 초저녁이 되어서야 끝났고 두 사람은 다시 서울로 가기 위해 차에 올라탔다.

"수고하셨습니다. 대표님."

"그래. 너도 수고했어."

"아하암."

윤이가 저도 모르게 하품을 했다가 뒤에 강우가 있다는 것을 인식하고 얼른 입을 다물었다.

"턱이 자주 아프거나 하지 않아?"

"네? 안 아픈데요."

"생각보다 튼튼한가 보네."

"출발하겠습니다."

윤이는 집에 가서 얼른 쉬고 싶다는 생각뿐이었다. 그나마 다행인 건 내일이 주말이라는 거다. 하루 종일 침대에서 뒹굴며 쉴 생각으로 운전했다.

비포장도로를 지나 강과 산으로 둘러싸인 꼬불꼬불한 길을 내려오고 있었다. 차가 없는 도로는 한산하다 못해 음산해 보이기까지 했다.

뒤가 조용하다. 윤이가 백미러로 강우를 살폈다. 강우의 스케줄만 따라다닌 자신도 이렇게나 힘이 드는데, 여기저기 신경을 곤두세우며 회의를 진행한 강우는 더 피곤할 거였다.

그가 편안하게 잘 수 있도록 속도를 늦추려고 할 때였다.

"어? 어……!"

차 앞으로 고라니 한 마리가 불쑥 튀어나와 깜짝 놀란 윤이가 핸들을 세게 돌렸다.

순식간에 벌어진 일이었다. 차가 도로 가드레일을 들이박고 호수 쪽으로 속수무책 굴러떨어지기 시작했다. 몸이 이리저리 거칠게 들리며 흔들렸고 깨진 유리 파편들이 여기저기 날아다녔다.

"대표……!"

이 와중에도 윤이는 뒤에 있는 강우가 더 걱정되었다.

"서 비서."

순간 그의 목소리가 날아왔다. 혼란스러운 상황과 달리 차분한 목소리였다. 동시에 그가 팔로 거침없이 흔들리는 윤이를 보호하듯 감싸 왔다.

대표님, 대표님.

두렵고 무서웠다. 아프고 괴로웠다. 자신이 죽을지도 모른다는 상황을 맞닥뜨리는 것은 생각보다 겁나는 일이었다. 윤이는 저도 모르게 눈물을 계속해서 쏟아 냈다.

"흑. 어떡해. 무서…… 꺄악!"

"괜찮아, 윤이야. 괜찮아, 우린 괜찮을 거야."

하지만 정신없는 상황 속에서도 계속해서 저를 안아 주고 위로해 주는 강우 덕에 버틸 수 있었다. 그렇게 조금만 더 견디면 된다고 생각하던 찰나.

"대, 대표님!"

제 몸에서 그의 팔이 떨어져 나갔다. 그리고 그렇게 한없이 굴러떨어지던 자동차가 드디어 멈추었다.

불행 중 다행이라 해야 하나. 차가 뒤집히지는 않았지만 이미 윤이의 얼굴은 상처투성이가 되었다. 팔 어딘가도 부러진 것 같았다.

얼굴이 무언가에 찢긴 것처럼 아프다. 어디선가 불어오는 시원한 바람이 전혀 반갑지 않았다. 온몸을 두들겨 맞은 것처럼 피멍이 들고 욱신거렸다.

거친 숨을 몰아쉬며 윤이가 겨우 뒤를 돌아보았다.

"대표님 괜……. 대표님?"

하지만 강우가 보이지 않았다. 뒷좌석 창문이 전부 깨져 있었고 그가 늘 보고 있던 서류들이 엉망진창으로 흩어져 있었다.

"대표님…… 하아, 어떡해. 일단 119부터."

몸이 아픈 것도 아픈 거지만, 두려움에 눈물이 차올랐다. 여기저기 찢겨 피가 묻은 손으로 벌벌 떨며 휴대 전화를 찾았다.

대체 왜 자신과 강우에게 이런 일이 일어난 건지. 모든 것이 원망스럽고 두려웠다.

"휴대 전화가……."

하지만 어디로 튕겨 나갔는지 휴대 전화가 보이지 않았다.

"악!"

팔이 부러진 게 확실한 모양이다. 안전벨트를 풀기 위해 살짝 움직였는 데 순간적으로 극심한 고통이 몰려왔다.

"어떡해……. 정말 어떡해……."

짙은 어둠이 깔렸고 사람의 인기척은 조금도 없는 이곳에 덩그러니 혼자 남겨진 지금의 상황이 정말로 절망적이었다. 그저 모든 것이 꿈이길 바랐다. 간절하게 바라고 또 바랐다.

하지만 이건 꿈이 아니었고 윤이는 살고 싶었다. 그리고 반드시 강우를 찾고 싶었다.

몰려오는 팔의 고통을 참으려 악착같이 이를 악물고 안전벨트를 겨우 풀었다. 그러고 나서 주변을 살피며 휴대 전화를 찾았다. 간절했고 필사적 이었다.

그리고 자신의 휴대 전화를 뒷좌석 밑에서 발견했다. 팔을 뻗어도 닿지 않아 몸을 살짝 일으켜 겨우 손에 쥐고서 차에서 내렸다.

"대표님 대체 어디……."

주변을 두리번거렸지만 캄캄한 어둠 속에서 강우를 찾는 게 어려웠다. 윤이의 얼굴은 피와 눈물로 범벅이 되어 있었다.

그녀는 겨우 119에 신고를 해서 사고가 난 위치를 알렸다. 곧 출동하겠다는 구급대원들의 말을 듣고 전화를 끊은 윤이는 휴대 전화 플래시를 켜서 주변을 살폈다.

"대표님. 어디 계세요, 대표님!"

이루 말할 수 없는 두려움이 윤이를 덮치는 것 같았다. 몸도 몸이지만, 그를 다시는 볼 수 없을지도 모른다는 불길한 생각이 마음을 아프게 했다.

"대표님, 제발……! 대표님! 신강우!"

코끝이 시큰하고 목이 멨다. 윤이는 그 자리에서 목 놓아 강우의 이름을 처절하게 불렀다.

"어디 있어요! 제발 대답 좀 해 줘요. 제발……."

울부짖던 윤이의 귓전으로 구급차 소리가 들려왔다.

"신고자분!"

"여기, 저 여기 있어요!"

윤이가 부러지지 않은 한쪽 팔을 휘적거렸다. 그러자 구급대원들이 들것을 들고 조심스럽게 내려와 윤이를 부축하여 실었다.

"잠시만요. 일행이 있어요!"

"일행이요?"

"네. 남자이고 키가 187㎝ 정도 되고요, 어, 옷은 약간 블루 계열의 와이셔츠에 붉은빛의 넥타이, 그리고 브라운 계열의 재킷을 입은……!"

윤이가 강우의 인상착의를 말하는 동안 구급대원들이 들것을 빠르게 옮겼다. 그러고는 윤이를 구급차 안에 실어 넣었다.

"잠시만요! 저 혼자 이대로 못 가요. 대표님 찾아야 해요."

"환자분 그건 저희한테 맡기시고 일단 병원에 가서 검사와 치료를 받으셔야 합니다."

"안 돼요! 저 혼자 못 가요. 같이 가야 해요. 기다려야 해요."

생사가 어떻게 되었는지 알지도 못하는 강우를, 그 위급한 상황에서도 자신을 지키겠다고 벨트를 풀고 부둥켜안아 주고 있던 강우를 두고 혼자 갈 수가 없었다.

"나만 아니었어도 대표님이 차 밖으로 튕겨 나갈 일은 없었을 텐데. 저 이대로 혼자 병원 가서 치료 못 받아요."

윤이는 제대로 걷지도 못하는 다리의 고통을 악착같이 참아 내며 구급차에서 다시 내렸다.

"환자분!"

구급대원들이 사고가 난 지점에서 강우를 찾고 있었다.

"어디 계세요, 대표님! 제발 일어나란 말이야! 제발 대답 좀 하란 말이야!"

극심한 애절함이 묻어 있는 절규에 가까운 목소리로 있는 힘껏 외쳤다. 정말 미칠 것 같았다. 여태껏 한 번도 느껴 보지 못한 감정을 지금 느끼고 있었다.

"대표님…… 어디 계세요? 저 너무 무서워요."

절실함과 두려움이 사납게 몰아쳤다. 견딜 수 있을 거라는 용기를 전부 앗아가 버린 것 같았다.

윤이는 강우가 보고 싶었다. 정말로 강우를 잃을까 봐, 다시는 보지 못할까 봐 무서웠다.

"신강우! 어디 있냐고요, 신강우!"

울부짖는 목이 갈라졌다. 심한 갈증이 났지만 물을 마실 여유도 없었다. 그렇게 윤이는 구급대원들과 강우를 찾고 또 찾았다.

"아파……. 젠장, 너무 아파……."

그때 들려오는 강우의 목소리. 윤이는 소리가 나는 방향으로 몸을 돌렸다. 사고가 난 지점의 반대쪽이었다.

"저기예요, 저쪽에서……! 대표님 목소리가 들렸어요!"

윤이가 다리를 절뚝거리며 소리가 나는 쪽으로 향했다. 거침없이 가드레일을 넘으려고 하자 구급대원이 와서 말렸다.

"환자분!"

"저기에 있어요, 대표님이! 대표님! 제 말 들리세요?"

"아파…….'"

분명히 강우의 목소리였다.

"방금 들으셨죠!"

다그치듯 묻는 윤이에 구급대원은 그저 어리둥절한 얼굴이었다.

"방금 대표님이 '아파…….' 이러셨잖아요. 저기에 저희 대표님이 계시다구요! 제발 구해 주세요!"

윤이가 울며불며 방방 뛰고 애원하자 구급대원들은 급하게 걸음을 옮겨 윤이가 가리킨 곳을 수색했다. 성인 남자의 허리도 훨씬 지날 만한 큰 풀숲도 헤쳤다.

"찾았습니다!"

그리고 정말로 그곳에 강우가 있었다. 구급대원들이 들것으로 강우를 실어서는 끙끙거리면서 겨우 위로 올라왔다.

다행이다, 정말 다행이다.

강우를 찾았다는 안도감에 윤이의 눈에서는 또다시 눈물이 펑펑 쏟아지기 시작했다.

"대표님!"

윤이가 강우의 손을 잡았다. 강우가 희미하게 눈을 떠서 윤이를 바라보았다.

"이젠 괜찮을 거예요. 아무 걱정 마세요."

눈물이 차오르는 목울대를 겨우 억누르며 말했다. 하지만 그의 손에 힘이 사라지면서 윤이의 손을 놓아 버리고 말았다.

타박상, 그리고 팔과 다리의 골절을 입은 윤이에 비해 강우의 상태는 심각했다.

그는 병원에 와서도 깨어나지 못했다. 일명 코마 상태에 빠진 거였다. 날마다 회진하는 의사가 하는 말은 '경과를 조금 더 지켜봅시다.' 가 전부였다.

그래도 그가 사고가 일어났던 곳에서 즉사하지 않았던 건 무성하게 난 풀들 덕분이라고 했다.

하지만 그것이 윤이에게도 강우를 끔찍하게 아끼는 두 부모님에게도 별다른 위로가 되지는 못했다. 갑작스러운 사고는 그의 주변 몇몇 사람들의 일상을 송두리째 무너트렸다.

"나 때문인 거 같아. 쓸모없는 놈이라고 입방정 떨어서 그래. 내가."

신 회장은 자신의 입술을 탁탁 치면서 울부짖었다.

"그러지 말았어야 했어. 나 때문에 부정 탄 거야. 이 못난 아빠 때문에."

"강우야. 너 잠자는 거 별로 좋아하지도 않잖아. 왜 이렇게 오래 자. 어? 얼른 일어나. 강우야."

윤이는 목을 놓아 우는 강 여사와 그 옆에서 어깨를 들썩이며 숨죽여 우는 신 회장의 모습을 더는 볼 수가 없어서 병실을 나섰다.

병실을 나오자마자 윤이의 눈에서 투명한 눈물들이 후드득, 떨어졌다. 아무리 닦고 닦아도 흐르는 눈물이 멈추지 않았다.

"제발 일어나세요, 대표님. 일어나시기만 하면 저 정말 앞으로는 말대답 같은 거 안 하고 더 열심히 일할게요. 주말에도 매일 야근시키면서 부려 먹어도 돼요. 다 할게요. 대표님이 저 살려 주신 거, 제가 보답이라도 할 수 있게 제발 일어나세요."

윤이는 그가 이렇게까지 심각해진 것이 자신의 탓인 것만 같았다. 심하게 흔들리는 자신을 강우가 군이 안전벨트까지 풀어 잡지 않았다면……. 그가 자동차 밖으로 튕겨 나가는 일도 없었을 것이다.

"……나 때문이야. 뻔뻔하게 혼자 깨어나서는……."

윤이는 차오르는 눈물을 닦아 내며 팔 한쪽으로 휠체어 바퀴를 밀어 자신의 병실로 향했다. 그러는 중에도 어찌나 눈물이 차오르고 감정이 격해지는지. 아주 가까운 거리를 다녀오는 데 몇 분이나 소요된 건 그 이유 때문이었다.

"대표님에게 다녀오는 거야?"

정미가 와 있었다.

"응. 엄마."

울면서 들어오는 딸을 발견한 정미의 얼굴에 더욱 깊은 근심이 퍼져 나갔다.

"윤이야……"

"그냥 너무 죄송해서. 나 때문에 저렇게 되신 거잖아."

"정말 고맙고 미안한 분이시지."

"……"

"너희 대표님 강하신 분이잖아. 금방 일어나실 거야. 그러니까 그렇게 너무 자책하지 마. 대표님도 그걸 원하시진 않을 거야."

정미는 강우 걱정에 밥도 제대로 못 먹어 눈에 띄게 말라 가는 딸이 걱정스러웠다.

"그러다 대표님 일어나시기 전에 네가 쓰러지겠어. 뭐라도 좀 먹자."

정미는 자신이 싸 온 도시락 통을 상 위에 올려 펼쳤다. 평소 윤이가 좋아하던 엄마표 버섯전과 잡채, 오므라이스였다.

"얼른 먹어. 너 며칠째 물 한 모금 제대로 못 넘기고 있잖아."

정미가 윤이의 손에 숟가락을 쥐여 주었다.

"아차, 이것도 먹고."

뼈가 잘 붙는다는 도가니탕도 끓여 온 정미가 종이컵에 따라서 윤이에게 내밀었다.

"응. 잘 먹겠습니다."

윤이가 젓가락을 움직여 잡채를 조금 떠서 입으로 가져갔다. 하지만 평소라면 너무 맛있어서 이성을 잃고 몇 그릇씩 먹던 잡채가 맛이 없었다.

"……못 먹겠어."

"윤이야."

"미안해. 엄마가 정성스럽게 해 온 음식인데, 먹지도 않는 거 불효인 거 알면서도…… 못 먹겠어."

"……."

"차가 마구 굴러떨어질 때 정말 무섭고 두려웠어. 그런 나를 대표님이 끌어안아 줬어. 괜찮아 윤이야, 괜찮아, 라고 말해 주셨는데……. 본인 안전벨트까지 풀고 나를 달래 주신 거야."

어느새 또다시 강우를 떠올리니 코끝이 시큰해지고 목이 멨다.

강우와 함께 일을 하면서 이런 끔찍한 일이 일어날 거라고는 상상조차 하지 못했다. 프랑스 파리에서 그와 마주 보고 앉아서 맛없는 와인을 마시던 때가 너무 그리워졌다.

"엄마, 나 정말 무서워. 대표님 저렇게 누워 계신 지도 벌써 2주가 다 되어 가는데……. 우리 대표님 못 일어나시면 어떡하지? 그러면 나 어떻게 살지?"

무심한 눈빛과 목소리, 그러면서도 은근히 자신을 챙겨 주던 대표님. 다시는 그런 강우를 보지 못한다고 생각하면 정말 너무 슬퍼서 감당이 되지 않았다.

"아닐 거야. 분명히 일어날 거야. 그러니까 그런 생각 앞서서 하지 마. 윤이야 며칠 후면 대표님 일어나서 예전처럼 네 앞에서 웃기도 하고 잔소리도 하실 거야. 분명히."

정미는 고통과 애처로움에 몸부림치는 윤이를 꽉 끌어안아 주었다. 그런데도 윤이의 눈물은 쉽게 멈추지 못했다.

곧이어 정미와 윤이의 울음소리가 병실을 가득 채웠다.

□ ◆ □

엄마가 돌아가고 난 후, 저녁이 되어서 정아가 찾아왔다. 정아는 괜찮다는데도 안에만 있으면 안 된다면서 휠체어를 끌어 주며 병원 밖 공원으로 나가 주었다.

밤공기는 시원했지만, 강우로 인해서 뭉그러진 갑갑한 속을 뚫어 주지는 못했다.

"어머니한테 전화 왔었어. 너 오늘도 밥 한 끼 제대로 못 먹었다고 걱정이 많으셔. 이것아."

"……그래도 도저히 밥이 목구멍으로 넘어가지 않는 걸 어떡해. 회사 분위기는 좀 어때?"

"우울하고 어수선하지. 아무래도 대표님이 저렇게 의식도 없이 누워 계시니까."

"……."

"다들 하루라도 빨리 대표님이 무사히 일어나시길 바라고 있어. 후우. 정말 나도 믿겨지지가 않는다."

정아는 깊게 한숨을 내쉬며 무거운 표정을 지었다.

"지금 당장 할 수 있는 건 대표님을 위해서 기도드리는 것뿐이라니……. 아차, 네가 말한 급한 업무는 일단 USB에 다 담아 왔어."

"고마워."

윤이가 힘없이 대답했다.

"그 몸으로 업무 본다고 너무 무리하지 말고."

"대표님 금방 일어나실 거야. 누워 계시는 동안 업무 정리가 안 돼 있으면 당황하실 테니까 급한 건 일단 내가 잘 처리해 둬야지."

"이 몸으로 제대로 할 수는 있겠어?"

"그래도 해야지. 대표님께 너무 미안하니까."

"죄책감 느끼지 말라니까. 네 탓 아니잖아."

"아니. 내 탓이야. 내가 졸지만 않았어도, 내가 그 고라니만 제대로 피했어도 절대 이런 사고는 일어나지 않았을 거야."

울컥. 또다시 눈물이 차오른다.

"윤이야."

정아도 덩달아서 울먹이며 윤이의 손을 잡아 주었다. 두 여자의 손이 바르르, 떨렸다.

"매일 나 일 시켜 먹는다고 미워했던 거 너무 후회돼."

"……."

"그깟 연애 좀 안 하면 어떻고, 주말에 일 좀 하면 어떻다고……. 나 대표님 많이 미워하고 저주하고 그랬어. 정말 후회돼. 대표님은 그 위급한 상황에서도 나를 먼저 챙겨 주실 만큼 나를 아껴 주셨던 분인데. 나 정말 한심해."

결국 눈물이 터져 버린 윤이가 자신의 얼굴을 감싸고 어깨가 들썩일 정도로 울었다.

"대표님이 일어나시기만 한다면 앞으로 아무런 불만 없이 살아갈 거야. 정말 대표님을 위해서 모든 다 할 거야. 죽으라면 진짜 죽고, 가서 별을 따오라고 하면 우주선도 탈 거야."

그러다 얼른 눈물을 닦아 냈다.

"이제 울지도 말아야지. 괜히 내 눈물 때문에 부정 탈지도 모르니까."

그런 윤이가 안타까워 정아가 어깨를 다독여 주었다.

"너무 그러지 말자, 윤이야. 그래도 대표님 깨어나실 거라는 희망이 있잖아. 만약 그때 못 찾아서 시간 더 끌었으면 어쩔 뻔했어."

윤이가 낮게 고개를 끄덕였다.

"그런데 그날, 네가 대표님의 목소리를 듣고 찾았다고 했지?"

"응."

"꽤 멀리 떨어진 곳이었고 대표님은 거의 기절하다시피 다친 상태였는데, 그 소리를 어떻게 들은 거야?"

그러고 보니 그때는 정신이 없어서 몰랐는데, 당시 구급대원들이 병원으로 이송하던 중에 윤이에게 그 소리를 어떻게 들었냐고 물었던 것이 기억났다.

"신기하다. 사람이 살 운명이니까 네가 그 소리를 들을 수 있었던 거로 생각해. 대표님 분명히 깨어나실 거야."

정아의 말에 큰 위로를 받고 있던 그때였다.

"서윤이 환자!"

멀리서 간호사가 다급하게 윤이를 향해 달려왔다.

"어? 박 간호사님."

그녀는 윤이가 매일 하루에도 몇 번씩 강우가 있는 병실을 왔다 갔다 하면서 마음 졸여 하는 것을 안타깝게 봐 주던 간호사이기도 했다.

"헉. 헉. 헉."

바쁘게 뛰어온 것인지 박 간호사는 몸을 숙이고 거친 숨을 몰아쉬었다.

"박 간호사님 무슨 일이시기에 그러세요?"

"깨어……! 헉, 깨어나셨어요!"

"설마 저희 대표님 깨어나셨어요?!"

"네! 신강우 환자분 깨어나셨어요!"

"정아야!"

윤이의 외침에 정아가 이를 악물고 손에 힘을 주어 휠체어를 끌기 시작했다.

"조금만 비켜 주세요! 지나갈게요! 다들 미안해요!"

1분 1초라도 더 빨리 가기 위해 윤이는 앞에서 팔을 휘적거리며 안내 방송을 펼쳤다. 그리고 정아의 엄청난 속력과 힘으로 인해 윤이는 단숨에 강우의 병실 앞에 도착할 수 있었다.

"강우야! 드디어 일어났구나. 그래. 엄마는 네가 일어날 줄 알았어. 너는 누구보다도 강한 아이니까. 어디 보자, 우리 아가."

정말로 강우가 깨어 있었다. 정신이 없는지 그의 눈빛은 매우 공허해 보였다. 강 여사가 그런 강우의 얼굴을 애틋하게 어루만지며 안도의 눈물을 쏟아 내고 있었다.

강우가 이제 막 휠체어를 끌고 병실 안으로 들어오는 윤이를 바라보았다.

"대표님……."

윤이 역시 극심한 안도감을 느끼며 그에게 천천히 다가갔다.

"대표님."

그가 깨어났다는 감격에 한껏 젖어서 다가오는 윤이를 강우는 가만히 바라보며 앉아 있었다.

"강우야. 무슨 말이라도 해 봐."

자신의 뺨을 애틋하게 어루만지며 말하는 강 여사를 강우는 경계 서린 눈빛으로 바라보았다. 그러더니 이내 미간을 구기며 까칠한 얼굴을 뒤로 빼서 강 여사의 손길을 거부했다.

강 여사는 살짝 당황해 하며 옆에 서 있는 의사를 올려다보았다.

"아무래도 환자가 지금 막 깨어난 직후라 혼란스러울 겁니다. 일단 이 것저것 검사를 더 진행해 봐야 할 것 같습니다."

"악화되는 건 없겠죠, 선생님? 그래도 앞으로 치료하면 다시 예전처럼 돌아오는 거죠?"

"일단 검사를 진행해 보도록 하겠습니다."

의사와 강 여사가 대화를 주고받는 동안에도 강우의 시선은 오로지 한 발짝 떨어져 있는 윤이에게로만 향해 있었다. 금방이라도 무슨 말을 할 것 같은 사람처럼, 그렇게 집요하게 윤이를 바라보고 있었다.

"대표님 표정 말이야, 뭔가 되게 낯선 사람 같아 보였어."

정아의 말에 윤이도 공감을 하듯 낮게 고개를 끄덕였다. 결국, 강우는 깨어났던 그 자리에서 단 한마디도 하지 않고 바로 검사를 하러 내려갔다.

"윤이 너는 못 느꼈어?"

"아니. 나도 느꼈어."

"그렇지? 너도 느꼈지? 꼭 자기 부모님을 처음 보는 것처럼 쳐다보는 거."

공허한 눈빛으로 강 여사와 신 회장을 바라보던 강우의 모습이 선명했다.

"응."

"그런데 그 와중에 너를 보는 눈빛은 조금 달라 보였어."

마찬가지로 윤이도 느끼던 바였다. 혼란스러움 속에서도 무언가를 끝없이 갈구하는 듯한 그의 눈동자에 윤이는 고스란히 갇혀 있어야 했다. 그는 어떤 생각을 하면서 자신을 쳐다보고 있던 걸까.

"그렇지?"

다시 묻는 정아에 윤이가 낮게 고개를 끄덕였다.

"응. 그랬던 것 같아."

"……그래도 어쨌든 깨어나셨으니 다행인 거겠지, 뭐."

"얼른 가 봐. 늦었잖아."

"업무 보다가 모르는 거 있으면 물어보고 대표님 어떻게 되셨는지도 좀 알려 주고. 이제 대표님도 깨어나셨으니까 너도 밥 좀 챙겨 먹고!"

"알았어. 걱정해 줘서 고맙고 번거로울 텐데 매일 업무 가져다줘서 고마워. 조심히 들어가, 정아야."

정아를 배웅하고 제 병실로 돌아온 윤이는 끙끙거리며 침대에 앉았다. 그러다 강우가 보고 싶어 다시 몸을 일으켜 강우의 병실로 향했다.

검사를 받으러 간 그는 아직 돌아오지 않았다.

자신을 바라볼 때 처음 지었던 강우의 그 표정과 눈빛이 자꾸만 아른거리며 마음에 걸렸다.

## 2장

강우가 깨어난 후에도 윤이는 제대로 잠을 이루지 못했다. 그는 딱히 어떤 말을 하지 않고 윤이를 빤히 쳐다보거나, 잠드는 것이 일상이었다.

그렇게 삼 일 정도의 시간이 더 흘렀다. 오늘도 윤이는 아침 일찍 일어나 고양이 세수를 끝낸 후 곧바로 강우의 병실로 향했다.

그는 다사로운 햇살을 받으며 곤히 잠들어 있었다. 평소에 별로 잠도 없으신 분이 왜 저렇게도 오래 자나, 그동안 못 잤던 거 다 몰아서 자기라도 하는 걸까. 윤이는 또다시 마음이 쓰라렸다.

"서 비서 왔어?"

이곳에서 밤을 새우셨는지 강 여사가 병실에 딸린 화장실에서 씻은 얼굴로 나왔다. 그녀는 따로 간병인을 쓰지 않고 자신이 직접 아들을 간병했다. 원래도 자식에 대한 모성애가 아주 강한 분이셨다.

"네. 아침 식사 하셨어요?"

"아니. 나는 안 했어. 서 비서는?"

"저도⋯⋯."

"아무리 입맛 없어도 먹어야지. 그래야 뼈가 빨리 붙어. 우리 강우는 어쩔 수 없다 쳐도 서 비서마저 더 아프면 안 돼. 어머니도 속 많이 상하셨겠다. 입맛 없어도 무조건 먹어. 이제 우리 강우 깨어났으니 걱정 그만하고."

"네."

말은 그렇게 하면서도 강 여사의 표정이 매우 좋지 않다는 것을 윤이는 깨달았다.

"서 비서."

"네?"

"⋯⋯우리 강우 말이야."

아무래도 강우의 검사 결과에 대해서 말씀해 주실 거라고 직감한 윤이가 잔뜩 긴장했다.

"기억 상실증에 걸린 것 같대."

"네? 기억 상실증이요?"

윤이가 화들짝 놀라 물었다.

"응⋯⋯. 다른 곳에는 크게 문제가 없는데, 나와 제 아빠를 못 알아보더라고. 그렇게 좋아하던 제 회사나 다른 것들도 기억이 안 난다고 하고. 역행성 기억 상실일 확률이 크다는⋯⋯."

감정이 북받쳐 오르는지 강 여사는 더 이상의 말을 잇지 못했다. 윤이는 그런 강 여사를 안아 주며 다독였다. 기억 상실이라니 말도 안 돼⋯⋯.

그녀가 막막한 심정으로 강우를 바라보았다. 그는 여전히 단잠에 잠겨 있었다.

"금방 돌아올 거예요. 금방 깨어나신 것처럼 기억도 금방 돌아올 거예요."

강 여사를 달래 주며 그리 말했지만, 윤이 역시 깊어지는 걱정에서부터 쉽게 벗어날 수가 없었다. 그가 매일 매달려서 할 만큼 좋아하고 큰 책임감을 갖고 있던 회사 일마저도 잊어버렸다는 건 너무 잔인한 일이었다.

"그래. 의사가 하는 말이 그래도 일찍 깨어나고 말도 금방 하는 걸 보니, 기억도 금방 돌아 올 거라고 하더라."

그렇게 두 사람이 얘기를 나누고 얼마 지나지 않아 신 회장이 병실로 찾아왔다.

"오셨어요, 회장님."

"서 비서도 와 있었네."

강 여사와 윤이만큼이나 야윈 듯한 신 회장은 오자마자 잠든 아들을 애처롭게 쳐다보았다. 그러다 강 여사에게로 시선을 옮겼다.

"여보. 이러다가 당신이 더 아프겠어. 나랑 내려가서 아침 먹읍시다. 응?"

"나는 괜찮아요."

"그러지 말고 가서 식사하고 오세요. 나중에 대표님이 일어나셔서 저 때문에 어머니가 이렇게 고생하고 힘들어하셨다는 거 알면…… 마음 안 편하실 거예요."

옆에서 함께 안타까워하던 윤이도 말을 덧붙였다.

"우리 아들 마음 편하게는 해 줘야지. 그럼 우리 다녀올게. 대신 우리 먹고 나서 서 비서도 가서 밥 먹기야. 알았지?"

"네. 그럴게요."

강 여사가 못 이기는 척 일어서서 신 회장을 따라나섰다.

병실에 혼자 남겨진 윤이는 여전히 잠들어 있는 강우의 곁으로 다가갔다.

"기억 상실이라니……."

아직도 그 말이 믿기지 않았다. 그러면 앞으로 그는 어떻게 되는 걸까. 아니, 자신은 기억 상실에 걸린 상사를 위해서 어떤 것을 해 줘야 할까. 해 줄 수 있는 거라면 뭐든 다 해 줄 것이다.

하지만 비서로서 해 줄 수 있는 일에는 한계가 있다는 것을 알기에 그런 결심에도 윤이의 마음은 불편하기만 했다.

"후……."

윤이가 길게 한숨을 내쉬며 얼굴을 침대에 파묻었다. 강우와 함께했던 지난 4년의 시간들이 주마등처럼 스쳐 지나갔다. 그를 욕하고 조금 더 잘

해 주지 못한 것들이 후회로 몰려와서 눈물이 차오르게 했다.

"대표님…… 흑."

이불 위로 눈물을 후드득, 떨어트릴 때였다. 윤이는 누군가 제 머리를 쓰다듬는 느낌이 났고 얼굴을 드니 강우가 눈을 지그시 뜬 채로 그녀를 바라보고 있었다.

"일어나셨어요, 대표님?"

기억 상실에 걸렸으니, 나도 기억을 못 하시겠지?

윤이가 그러지 말아야지 하면서도 안타까운 눈빛으로 강우를 바라보고 있는데 그가 불쑥 말을 건네 왔다.

"서로 사랑하던 사이끼리 호칭이 왜 그래? 대표라니."

윤이가 큰 눈을 깜빡였다.

에……? 사랑하던 사이? 이게 뭔 개소……. 아니, 이게 뭔 소리야?

전혀 예상하지 못한 강우의 말에 윤이가 어리둥절해했다. 혹시 자신이 잠깐 엎드려 있다가 잠이 든 걸까? 이곳은 꿈속인 걸까?

"우리 사랑하던 사이였잖아."

또 한 번 확신에 찬 얼굴로 단정 짓는 강우의 말에 윤이는 정신을 번뜩 차렸다.

"아, 아닙니다. 저희는 그저 같이 일하는 비서와 상사 사이일 뿐이었어요."

"비밀 연애였나."

"아니에요. 비밀 연애도 아니고 연애 자체를……!"

"사고가 나기 직전에 내가 뭘 섭섭하게 했어? 왜 그런 거짓말을 하지?"

그가 고운 미간을 구겼다. 아파도 여전히 사나운 눈매였다.

"거짓말이 아닙니다. 저희는 정말 상사와 비서 사이일 뿐이었어요."

"상사와 비서 사이일 뿐이었다고?"

강우는 믿지 못하는 얼굴을 하고서 되물었다.

"네. 저희는 상사와 비서, 그 이상의 사이는 아니었습니다."

강우가 입술을 굳게 다물고 잠시 천장을 바라보며 생각에 잠겼다. 하지만 이내 이해되지 않는다는 듯 고개를 갸웃하며 다시 입술을 열었다.

"그럼 내가 너에게 목걸이를 걸어 주고, 네 생일에 같이 마주 보고 앉아서 밥을 먹고, 비행기에서 손을 잡고, 함께 사진을 찍고, 영화관에서 끌어안고. 그건 다 뭐지?"

강우가 말하는 것들은 분명 윤이의 머릿속에도 생생히 자리 잡고 있는 기억들이었다.

"그게 기억이 나세요?"

기억 상실에 걸렸다는 그가 예전 일을 기억한다는 것이 신기해서 되물었다.

"그것만 기억이 나세요."

"아니, 그건 그러니까, 대표님과 제가 출장을 갔는데 공교롭게 그날이 제 생일이었고…… 그 목걸이는 대표님이 사 주신 것이 아니라 제가 직접……."

"내 재킷."

"재킷이요?"

"사고 당시에 입고 있었던 재킷에서 너랑 다정하게 찍은 사진을 봤어. 케이크를 앞에 두고 프랑스 파리에서 찍은 사진이었지. 둘이 여행을 간 것 같던데."

"아니, 그건……."

그 사진은 왜 또 대표님이 갖고 계셨던 거야? 윤이는 난감함에 정말 미치고 팔짝 뛸 노릇이었다.

"왜. 내가 이렇게 병실에 누워서 책임지라고 할까 봐 인제 와서 아닌 척하는 거야?"

"무슨 말을 그렇게 하세요!"

윤이가 속상한 마음에 발끈했다.

"그런 게 아니라면 왜 거짓말을 해."

"거짓말이 아니라니까요!"

강우는 절대 믿지 않는 얼굴이었다. 그 와중에도 매우 잘생긴 얼굴이라 생각하며 윤이가 입술을 떼어 냈는데, 강우가 더 빨랐다.

"나에게 애틋한 사람이 아니라면 내가 모든 기억을 다 잊어버렸는데 왜 너만 기억을 하는 건데. 왜 너와 있었던 일들만 이렇게 생생하게 기억을 하고 있는 거냐고."

"그건 저도 모르죠."

"저 봐, 아픈 사람 책임지기 싫어서 그러는 거잖아. 너 참 의리 없다."

"의리요? 제가 의리 빼면 또 시체거든요?"

"거짓말에 뻔뻔하기까지. 대체 내가 뭘 그렇게 서운하게 한 거야?"

"뻔뻔? 책임지면 되잖아요!"

또 한 번 발끈해서 윤이가 저도 모르게 내뱉어 버린 말이었다.

"책임질게요. 어차피 대표님 깨어나기만 하면 뭐든 하려고 마음먹었던 게 저예요!"

여태껏 최선을 다해서 온갖 정색을 다 하고 있던 강우의 입꼬리가 슬쩍 올라갔다.

어차피 자신 때문에 더 크게 다친 강우였다. 그 부분에서는 윤이도 그에게 충분한 보답을 하기로 마음을 먹은 터였다.

그러니까 지금 윤이가 말한 '책임'이란 그런 의미였다. 강우가 말하는…….

"그래. 사랑했던 사람끼리는 어려울수록 더 뭉쳐야지."

사랑했던 사람끼리의 의리가 아니라!

"아니, 그런데 저희는 정말……."

"윤이야!"

갑작스러운 강 여사의 등장에 윤이는 입만 벌린 채 아무 말도 하지 못했다.

"강우 네가 몰라서 그렇지 네 여자 친구인 윤이가 얼마나 밤낮으로 네 걱정을 했는지 몰라. 윤이 야윈 것 좀 봐 봐."

에?

윤이는 강 여사의 말에 놀라서 눈이 휘둥그레졌다.

"아니, 이사장님 지금 무슨 말씀을……."

"우리 윤이!"

강 여사가 윤이를 있는 힘껏 끌어안았다.

"이제 강우도 깨어났으니 가서 마음 편하게 식사라도 좀 하자. 강우야 잠깐만 기다려. 엄마랑 네 여자 친구 윤이랑 잠깐 밥이라도 먹고 올게."

"이사장님, 방금 밥 드시고 온……."

"윤이가 너 안 일어났다고 밥 한 끼도 못 먹었거든. 얼른 먹이고 올게."

강 여사는 윤이를 억지로 휠체어에 태워서는 손잡이를 쥐었다.

"여보. 우리 강우 좀 잠깐."

그러고는 뒤에서 놀라서 서 있는 신 회장에게 곁눈질을 하고서는 윤이가 탄 휠체어를 끌고 재빠르게 병실을 빠져나와 휴게실로 향했다.


"저, 이사장님. 아까 그게 무슨 말씀이신지 저는 정말……!"

"서 비서 지금부터 내 부탁 좀 들어줘."

강 여사는 윤이의 손을 꼭 붙들고 말했다.

"네? 무슨 부탁이요?"

"강우는 지금 최고의 심신 안정이 필요하대. 의사 선생님이 그러시더라고. 기억이 안 나는 강우에게 억지로 예전의 기억을 심어 주면 많이 혼란스러워할 거라고. 정신적으로 스트레스를 받아서 기억이 돌아오는 데 방해를 할 수가 있대."

"……."

"그래서 부탁하는 거야. 우리 강우 기억 혼란스럽지 않게 그냥 기억하는 대로 서 비서가 좀 따라 줘. 어?"

윤이의 눈동자가 심하게 일렁였다. 극심한 갈등에 입이 마르는 것 같았다. 강우를 위해서라면 충분히 들어줄 수 있는 부탁이었다.

하지만 나중에 기억이 돌아오면? 자신과 '가짜'라도 연애는 하지 않겠다고 말한 그의 기억이 돌아온다면? 그래서 자신을 속인 걸 알게 된다면…….

"하지만……."

"집에 빚이 있다고 했지?"

"네, 그렇기는 하지만……."

"그 빚 우리가 갚아 줄게. 그리고 서 비서 연봉도 올려 주고."

"……하지만 이사장님. 나중에 대표님이 이 사실을 알게 되면……."

"그건 절대 걱정하지 마. 그것도 내가 다 알아서 해 줄게."

하지만 강 여사의 다짐에도 윤이는 마음에 걸리는 것이 하나 있었다.

"이건 엄밀히 말하면 대표님을 속이는 거예요."

"아니야. 속이는 게 아니야. 서 비서가 강우를 살리는 거야. 지금 가장 중요한 건 강우의 건강 회복이잖아."

"……."

"자신을 위해서 한 거짓말이라고 하면 강우도 분명 이해해 줄 거야. 다른 건 다 잊어도 서 비서를 기억할 정도면, 강우도 평소에 서 비서를 무척이나 아꼈다는 뜻이잖아. 어쩌면 부모인 우리보다 더……."

아꼈다는 말은 충분히 받아들여졌다. 그러지 않고서는 자신이 위험해질 것을 알면서 벨트를 풀고서는 윤이를 지키려고 하지는 않았을 것이다.

그래, 지금 가장 중요한 건 강우의 회복이다. 자신이 계속 진실을 알려주려고 하면 강우는 더 큰 혼란스러움을 겪을지도 모른다.

그를 위해서라면 죽을 각오도, 하늘의 별을 따다 줄 각오도 이미 충분히 되어 있던 윤이였다. 망설일 이유가 없었다.

"알겠습니다. 이사장님."

그의 기억이 온전히 돌아올 때까지만이라도 그의 여자 친구가 되어 주기로 다짐했다. 그것이 그를 위한 일이라면 윤이는 무조건 할 생각이었다.

그의 가짜 애인이 되자마자 윤이에게 변화가 찾아왔다. 그것은 바로 병실 이동이었다. 윤이와 같은 병실을 쓰고 싶다는 강우의 한마디에 그의 커다란 개인 병실은 2인실이 되었다.

그리고 윤이는 지금 제 침대에 아주 어색하게 앉아서 강우의 시선을 고스란히 받고 있었다. 예전에도 무던히 받았던 그 시선이 지금은 왜 이렇게 신경이 쓰이는 걸까. 시선을 의식하다 보니 불편하여 숨이 크게 쉬어지고 자꾸만 콧구멍이 벌렁거리는 것 같았다.

윤이는 강우에게 내내 벌렁거리는 콧구멍을 보여 줄 수는 없다고 판단했다.

"저, 대표님. 그만 쳐다보시면 안 될까요? 너무 부담스러워서요."

참다못해 말해 버리고 말았다. 그러자 강우가 고운 미간을 구겼다.

"좀 보면 안 돼? 그동안 얼마나 보고 싶었으면 혼수상태에서 깨어나자마자 네 얼굴이 가장 먼저 떠올랐겠어. 그런 내가 안쓰러워서라도 좀 보게 허락해 주면 안 되냐고."

"……혼수상태에서 깨어나자마자 왜 제 얼굴이 가장 먼저 떠오르셨을까요……? 참 별난 일이에요."

"그야 당연한 거 아니야? 사랑하는 사람이니까."

그거 정말 아닌데…….

윤이는 '사랑'이라는 단어를 강우에게서 듣게 될 줄은, 더군다나 자신을 이렇게 불편하게 만드는 단어가 될 줄은 상상도 못 했다.

"그리고 말끝마다 대표님, 대표님 하는 것도 집어치우고 존댓말도 하지 마."

"네?"

"너한테 존댓말 들으면 자꾸 상사나 늙은이 취급 당하는 것 같으니까 하지 말고 말 놓으라고."

"그래도 어떻게 대표님께……!"

"혹시 우리가 사고가 일어나기 전에 이별했나? 대판 싸우기라도 했어?"

이별이고 나발이고 우리는 사랑 자체를 하지 않았습니다! 라고 울부짖고 싶었지만, 강우의 심신 안정과 강 여사와의 약속을 상기시키며 윤이는 입술을 꾹 다물었다.

"그래서 선 그으려고 이렇게 벽 세우는 거야? 꼬박꼬박 대표님이라는 호칭 붙여 가면서?"

"……."

"분명히 나를 불렀잖아. 신강우라고."

그건, 너무 위급해서 부른 이름이었다. 분명 그의 머릿속에서 오류가 많이 생긴 듯 띄엄띄엄 기억하는 것 같았다.

거짓말을 잘하는 성격은 아니지만 모든 것은 자신이 사랑하는 대표님을 위한 일이다, 생각하며 윤이는 두 눈 딱 감고 말했다.

"……제가 대표님이라는 호칭 떼고 반말하면 되는 거죠?"

"그래. 예전처럼."

그에게 반말했던 건 사고가 났을 때 딱 한 번뿐이었다. 물론, 평소에도 수없이 그렇게 하고 싶었던 것을 억누르며 참았던 윤이기에 이번에 큰마음 먹고 저질러 보기로 했다.

"알았어. 됐지?"

자신은 불편해 죽겠는데 강우는 뭐가 그리도 만족스러운지 환하게 웃는다. 그래, 당신이 웃으면 그걸로 됐어.

"윤이야."

늘 '서 비서'라는 호칭으로 부르던 무뚝뚝한 목소리가 다정하게 변하자 기분이 이상했다.

"으응?"

"아무래도 너랑 이별할 때의 기억을 지우고 싶었나 봐. 그건 생각나지 않는 걸 보니까."

또 이별 타령이네.

"내가 너한테 어떤 상처를 줬는지, 기억을 못 해서 미안해. 그리고 상처를 준 것도 미안하고."

"미안해하실 것 없으세요, 대표……."

습관처럼 튀어나온 존댓말과 호칭이 마음에 들지 않는지 평온했던 강우의 얼굴이 또다시 포악해지기 시작했다.

"미안해할 거 없어."

윤이는 얼른 제 말을 정정했다.

"당신이 나한테 잘못한 거 없으니까."

"그럼 네가 잘못해서 헤어진 건가?"

"아니! 우리는 헤어진 적이 없어. 왜냐하면 우리는……!"

아, 혼란. 혼란.

윤이는 또다시 불쑥 튀어나와 버린 충동을 눌러 담고 거짓말을 했다.

"아무튼 서로 잘못한 것은 없다고 생각해."

"그래. 과거가 뭐가 중요해. 중요한 건, 지금이지."

"……."

"내가 널 사랑하고 있는 지금."

그가 자신을 비추고 있는 햇살만큼이나 다사로운 미소를 지어 보였다. 전에는 절대 볼 수 없었던 다정한 미소에 윤이는 잠시 넋이 나갔다가 겨우 정신을 차렸다.

기억이 고장 난 걸까, 그의 마음이 고장 난 걸까. 사랑한다니……. 지금 나를 사랑하고 있다니. 사랑이라는 것이 정확히 무엇인지나 알고 저런 소리를 하는 걸까? 정말 뭐가 어떻게 흘러가고 있는지 알 수가 없다.

혹시 그의 기억이 완전히 오류가 난 것일까. 아니면 사고가 나기 전부터 자신을 마음에 품고 있었던 것은 아닐…….

*'아니. 나는 가짜라도 너랑 '연애'는 안 해.'*

어, 그래. 그건 아닌 듯싶다.

"윤이야."

한참 사념에 잠겨 있던 윤이는 저를 부르는 강우의 목소리에 고개를 들어 올렸다.

"너 너무 웃겨. 표정이 자꾸 바뀌어. 시시때때로."

"에?"

"귀여워. 계속 쳐다보는데도 질리지가 않을 정도로 귀여워."

강우에게서 생전 들어 본 적 없는 말들을 들으려니 너무 오글거려서 미칠 것 같았다.

"나랑 같이 사고가 났다고 들었어. 그래도 너는 많이 다치지 않아 정말 다행이라는 생각이 들어."

어쩌면, 지금 강우가 하는 이 말과 감정만큼은 오류가 아닐 수도 있다. 그런 생각이 들자 윤이는 마음이 뭉클해졌다.

"우리 몸 다 나아서 퇴원하면 프랑스나 다시 한번 가자."

"프랑스?"

그러다 그가 불쑥 프랑스 얘기를 꺼냈다.

"그때를 떠올리면 기분이 참 좋아. 네가 분명 무척 환하게 웃고 있었거든. 와인이 입맛에 안 맞았는지 미간을 구기기도 했는데, 진짜 귀여웠어."

"아, 그래?"

"응. 다 나으면 함께 다시 가자. 반드시."

"그래. 알았어. 가자. 같이. 그런데 나는 지금은 피곤해서 좀 자, 자도 될까?"

머리가 너무 복잡할 때는 자는 게 최고다. 아무래도 여전히 강우를 바라보며 내뱉는 반말이 어색해서 더듬고 말았다.

어색함에 긴장하는 윤이와 달리 강우는 매우 편안하고 덤덤한 모습으로 자신이 덮고 있는 이불을 살짝 거두어 냈다. 그러고는 침대에서 내려오려 했다.

"왜, 왜 내려오세요?"

습관적으로 존댓말이 튀어나왔다.

"옆에 같이 눕고 싶어서."

정말, 그의 목소리로 이런 말을 듣는 것이 너무 적응이 되지 않았다.

"제가 갈게요."

"존댓말 듣기 싫다니까. 왜 그래?"

강우는 제 침대에 윤이가 누울 수 있는 공간을 만들었다.

그의 커다란 품이 따뜻해 보였다. 그래서였을까. 충동적으로 그에게 안겨 보고 싶다는 생각도 들었다. 정확히는 그의 심장 소리를 가까이서 들어 보고 싶은 것일지도. 지금 이렇게 강우가 다시 깨어난 것은 분명 기적이니까. 그와 함께하는 지금 이 순간이 매우 꿈만 같으니까……. 그 기적을 절실하게 느끼고 싶었고 이게 꿈이 아니라는 것 또한 확인하고 싶었다.

윤이가 침대에서 일어나 절뚝거리며 강우에게로 다가갔다. 그러고는 그가 만들어 놓은 따뜻한 자리에 천장을 보고 일자로 누웠다.

그런 윤이의 목 아래로 강우의 팔이 밀려 들어와 아주 가볍게 들어 올리더니, 푹신한 베개를 깔아 주었다. 그리고 아예 본격적으로 윤이를 쳐다볼 예정인지 몸을 옆으로 돌려 머리를 괴는 자세를 취했다.

윤이는 되도록 신경 쓰지 않으려고 눈을 꾹 감고 머릿속에 양을 그리기 시작했다.

그때, 강우의 손이 윤이의 머리를 어루만져 주었다.

"잘 자."

그 어느 때보다 다정한 목소리와 처음으로 느껴 보는 보드라운 손길이었다.

"이제 관자놀이 아픈 건 괜찮아?"

윤이가 묻자, 강우가 낮게 고개를 끄덕인다.

"응. 그러니까 나 아픈 거 싫으면 계속 이렇게 내 옆에 붙어 있어."

"그래."

당신 옆에 붙어 있는 건, 내 전문이지.

"편안했던 것 같아."

"뭐가?"

"비행기 안에서…… 네가 내 손을 잡아 줄 때 말이야."

"아."

그건 별일도 아니었다.

"분명 연애라는 거, 여자라는 거 지겹고 진절머리 나고 싫었는데."

"……."

"너랑 있는 순간들은 편안했어. 분명히."

그의 머리를 쓰다듬는 손길과 자신이 내쉬는 작은 숨소리마저 놓치지 않고 바라보는 시선이 매우 부담스러웠다.

"그리고 기억이 나."

"……."

"난 분명, 널 잃을까 봐 두려워했어."

하지만 그것도 잠시. 사실 긴장하고 머리가 복잡해서 그다지 잠이 오지 않았는데, 그의 간질거리는 손길의 감촉 때문인지 점점 나른해져 왔다.

그리고 인지하지 못하는 사이, 윤이가 까무룩 잠이 들려는 찰나였다. 눈 위로 쏟아지던 햇살이 가려지고 포근한 이불이 몸을 감싸 왔다.

"자는 것도 예쁘네. 입을 좀 많이 벌려서 그렇지. 뭐, 그것도 예쁘긴 하지만."

그의 마지막 목소리와 함께 윤이는 그대로 완벽하게 잠이 들었다.

"뭐? 뭐? 연, 연애?"

그날 저녁, 강우는 치료를 받으러 갔고 윤이는 자신을 찾아온 정아에게 그동안의 일을 모두 털어놓았다.

"응. 이건 전부 대표님의 심신 안정과 빠른 쾌유를 위해서 결정한 일이야."

그러고는 정아에게 부탁해서 사 온 마카롱을 크게 베어 먹었다. 강우가 깨어나니 한시름 놓인 건지 잠시 주춤했던 식욕이 다시 살아나는 것 같았다.

"아무리 그래도 그렇지. 나중에 아니라는 사실 알고 나면 대표님이 꽤나 큰 배신감에 충격받고 너 미워할 것 같은데."

"……내가 본인을 위해서 한 거짓말인데, 설마 내치기야 하겠어?"

"그건 잘 모르겠다. 장담할 수 없어. 그래도 나보다는 네가 대표님에 대해 더 잘 알 테니까."

"나중의 일은 나중에 생각할 거야. 지금 가장 중요한 건, 대표님의 심신 안정뿐이니까."

"그래. 그렇기는 하지."

"솔직히 내쳐져도 상관없어. 대표님이 그걸 원하신다면, 나 회사 그만 둘 거야."

진심이었다. 그 정도로 윤이는 아주 단단한 결심을 하고 있었다. 정말로 지금 당장 바라는 건 단 한 가지뿐이었다. 강우의 건강 회복. 그것이 강우를 위한 일이라는 것을 알기에 윤이는 다른 것에는 신경 쓰고 싶지 않을 정도였다.

윤이의 결심에 정아가 안타까운 표정을 지었다.

"너의 거짓말을 선의로 받아들이시길 바라야지."

"응."

정아가 슬쩍 곁눈질하자 윤이가 그 시선을 바로 알아챘다.

"왜? 나한테 뭐 할 말 있어?"

"아니. 그런데 아무리 대표님을 위한 가짜 연애라고 해도 어쨌든 대표님은 진짜 연애를 했다고 생각하고 계신 거잖아?"

"그렇지. 잠깐 이별을 했다고 생각하는데, 아무튼 내가 자기 여자 친구였다고 확신을 하고 있지."

"……어, 그러면."

분명 할 말이 있는데 머뭇거리는 정아에 윤이가 고개를 갸웃했다.

"무슨 말이 하고 싶어서 그렇게 뜸을 들이는 거야?"

"어, 그러니까 말이야."

정아는 제 턱을 어루만지고 머리를 긁적였다.

"정아야?"

윤이가 다시 한번 다그치듯 되물었다.

"……스킨십도 해야겠네?"

느닷없이 튀어나온 스킨십이라는 단어에 윤이는 저도 모르게 마른침을

80

꿀꺽 삼켰다.

"스, 스킨십?"

"그래. 스킨십. 연인이니까."

순간 머릿속에서 그와 진한 키스를 하고, 옷을 벗은 그가 관능적인 몸짓으로 자신을 끌어안는 것이 상상되었다.

그런데 이런 상상을 하는 것이 매우 발칙하고 당황스럽기만 할 뿐…… 싫지가 않았다. 그건 아무래도 오늘 그가 머리를 쓰다듬어 주던 손길이 너무 좋았다, 라는 인식이 제대로 박혀서 그런 듯싶었다.

"괜찮겠어? 아니, 대표님을 걱정해야 하는 건가?"

"이야기가 왜 또 그쪽으로 흘러가지? 됐어. 쓸데없는 걱정 하지 말고 얼른 집에나 가. 늦었는데. 그리고 아, 아픈 사람끼리 뭘 해, 뭘 하기는?"

"알았어."

"여기는 병원이야. 그리고 기억만 오류 났을 뿐 정말 연인 사이는 아니었으니까 그런 스킨십 같은 건 없을 확률이 크지."

"……."

"아무리 연인 사이라고 하더라도."

"너 되게 의식하고 있구나."

정아의 말에 윤이는 순간 할 말을 잃었다. 사실 의식했다. 정아의 말을 공감하지 않을 수가 없었기에 '스킨십'이라는 단어는 뇌리에 아주 깊이 박혀 버렸고 그것이 멋대로 그려지는 상상의 그림이 윤이는 당황스러웠다.

"큼."

"무슨 상상 했어?"

"뭐! 아무튼 너는 내 가장 친한 친구라서 말한 거니까 이 얘기 절대 다른 사람한테 하면 안 돼."

"나 입 무거운 거 알잖아."

정아에게 괜히 말했나 싶지만, 어쨌든 정아는 가장 친한 친구라 자주 볼 사이였다. 아무것도 모르는 정아가 괜히 강우 앞에서 진실을 말해 버리면 그가 혼란스러워할 것을 알기에 미리 입을 맞춰 놔야 할 필요가 있었다.

"그럼 나 가 볼게."

"응. 조심히 가고, 오늘도 피곤할 텐데 병원까지 마카롱 가져다준 거 고마워."

윤이는 정아를 배웅하고 병실로 향했다. 그리고 얼마 있지 않아 치료를 끝낸 강우가 병원 직원들의 부축을 받으며 들어왔다.

"뭐 하고 있었어?"

"잠깐 친구가 왔었어요. 그래서 얘기 좀 하고 왔어."

"그래? 친구 누구?"

"정아라고……. 걔도 우리 회사 다녀요."

"아."

전혀 기억 안 난다는 표정이다. 사실은 그가 기억 상실에 걸리기 전에도 정아라는 인물을 알지 못했다. 그러니 저런 반응을 보이는 건 당연했다.

가만히 자신을 바라보던 강우가 손을 뻗어 윤이의 입술을 엄지로 쓱, 문질렀다.

'스킨십도 해야겠네? 연인이니까.'

순간 떠오른 정아의 말에 깜짝 놀란 윤이가 몸을 뒤로 뺐다.

"왜? 왜 갑자기 입술을 막 만지고 그러세요?"

놀라서 튀어나온 존댓말에 강우가 또다시 정색하는 눈빛을 확인한 윤이가 덧붙였다.

"요오—가 파이어라고 알아?"

정말이지 아무 말 대잔치.

"그게 갑자기 뭔 소리야?"

강우가 이해 못 하겠다는 듯이 되묻자 윤이는 체념했다.

"나도 몰라. 그런데 갑자기 입술을 만지니까 당황해서……."

"키스도 한 사이일 텐데 고작 입술 한번 만진 거로 그렇게 당황해 하다니."

아니, 당황스러움과 쑥스러움은 엄연히 다른 감정인데. 그렇게 생각하고 있는데 그의 시선이 어느새 윤이의 입술로 향해 있었다.

'스킨십도 해야겠네? 연인이니까.'

또 한 번 정아의 그 목소리가 떠올랐다.

윤이는 용기 내 강우를 마주 보았다. 반쯤 느슨하게 뜬 눈은 미묘한 갈망이 번져 더욱 짙어져 있었다. 주변을 감도는 공기 온도도 한껏 달라져 있었다.

윤이는 순간적으로 직감했다. 그는 분명, 자신에게 입을 맞추려는 것이었다.

'연인이니까.'

그렇지. 연인이라면 이런 분위기에서 충분히 키스할 수 있지.

하지만 나는 그의 진짜 연인이 아닌데……. 그렇지만, 이사장님께 최선을 다하겠다고 약속했고 괜히 그를 밀쳐 냈다가 더 아프기라도 하면?

그러는 사이, 강우의 입술이 천천히 윤이의 입술을 향해 다가오고 있었다.

피해야 해, 말아야 해?

그런데 이 와중에도 그의 적당히 도톰하며 불그스름하고 촉촉한 입술이 참으로 눈에 띄었다.

강우의 숨결이 바로 지척까지 다가왔다. 아파도 악착같이 씻는 버릇이 있는 그에게서는 은은한 비누 향이 났다. 그러자 몸 어딘가가 간질간질했다.

"너는 기억하고 있는 거지?"

그런 윤이에게 강우가 낮은 목소리로 물었다.

"뭘?"

"나와 함께했던 시간들 말이야."

"……그, 그렇지."

"그러면 우리가 한 키스도 기억해?"

그런 추억 같은 건 없었다. 윤이가 막 입술을 떼어 내려는데 병실 밖이 소란스러웠다.

"제가 진작 찾아왔어야 했는데 급하게 처리할 일들 때문에 늦었습니다. 그동안 상심이 크셨죠, 어머니?"

"응. 정말 우리 강우 못 깨어나는 줄 알고……. 그래도 다행이지. 깨어나기는 해서."

"네. 정말 천만다행입니다."

밖에서 강 여사와 남자의 대화 소리가 들렸고 바로 병실 문이 드르륵, 하고 열렸다. 윤이는 반사적으로 얼른 몸을 뒤로 빼다가 침대 위에 벌러덩 드러누웠다.

하지만 강우는 꿈쩍하지 않고 그 자세로 길게 한숨을 내쉬다가 짜증과 허탈한 눈빛으로 문 쪽을 바라보았다.

"강우야!"

애틋한 목소리로 강우를 부르며 들어온 사람은 다름 아닌 그의 절친 재훈이었다. 현재 미국에서 변호사로 활동하는 그는 1년에 두세 번 정도 한국에 놀러 왔고 그때마다 늘 강우를 만났기 때문에 윤이와도 아는 사이였다.

"강우야. 엄마도 왔어. 서 비……. 아니, 윤이야."

강 여사가 윤이를 향해서도 눈을 찡긋거리며 웃었다. 윤이는 가볍게 묵례했다.

다행스럽게도 두 사람은 방금 전까지 병실 안에서 벌어졌던 은밀한 사건(?)에 대해서는 눈치채지 못한 듯싶었다. 윤이는 다행이라 생각했다.

Rrrrr.

그때 강 여사의 휴대 전화가 울렸다.

"어? 여보세요? 나 잠깐 전화 통화 좀 하고 올게."

강 여사가 밖으로 나가고 재훈의 인사는 계속 이어졌다.

"진작 왔어야 했는데, 정말 중요하고 급한 재판 때문에 바로 오지 못했어. 미안해 친구야."

울컥하며 잔뜩 눈물에 젖어 말을 잇는 친구를 강우는 별 감흥 없는 눈빛으로 쳐다보았다.

"……녀석, 기억 상실이라더니 정말 친구도 못 알아보는 눈빛이구나."

윤이가 기억하기로는 강우가 기억 상실에 걸리기 전에도 분명 저런 눈빛으로 재훈을 쳐다봤었다.

"친구야! 우리가 함께했던 그 좋은 추억들을 전부 기억하지 못한다고 하니, 너무 슬프고…… 괴롭구나."

재훈이 강우를 와락 끌어안으려 하는 모습을 보고 윤이는 자리에서 일어섰다. 아무래도 두 사람의 재회를 방해하고 싶지 않아서였다.

하지만 윤이는 단 한 발자국도 병실 밖으로 나가지 못했다. 강우가 재훈을 밀쳐 내고 나가려는 윤이의 병원복을 움켜잡았기 때문이었다.

"어디 가?"

"오랜만에 만난 친구분과 대화 좀 나누라고. 자리 비켜 줄게."

윤이의 반말을 재훈이 잘못 들었다고 생각했는지 커다래진 눈으로 목을 살짝 빼고 두 사람을 번갈아 쳐다보았다.

"누군지 몰라. 그러니까 나가지 말고 내 옆에 있어."

강우는 재훈에게 눈길도 주지 않고 윤이에게 말했다. 그러고는 병원복을 쥐고 있던 손을 놓고 윤이의 작은 손을 잡았다.

"나가지 말고 내 옆에 있어……? 아니, 손은 또 왜 잡고? 뭐야?"

그러나 재훈은 의외로 지금의 상황을 금방 파악했다.

"설마 둘이 연애하고 있었던 거야?"

물론, 진실이 아닌 눈에 보이는 대로만.

강우의 손은 커다랗고 따뜻했다. 마치 모든 것으로부터 보호라도 해 주겠다는 듯이 잡은 그의 단단한 손에 윤이의 감정이 이상했다. 자주 잡던 손인데 오늘따라 갑자기 뛰는 심장에 윤이는 당황스러웠다.

윤이는 살포시 강우를 보았다. 수수한 머리를 하고서는 자신을 올려다 보고 있는 그가 애처로운 표정을 짓는 중인 사나운 대형견 같았다.

그가 자신을 예전과는 다른 태도로 대하고 있기 때문일까. 윤이도 그가 너무나 다르게 느껴지는 거 같았다.

"도대체 두 사람 언제부터 연애했던 거야? 그런 기미 전혀 없었잖아?"

재훈이 여전히 손을 잡고 있는 윤이와 강우를 번갈아 손짓하며 말했다.

"아니지, 강우 네가 윤이 씨를 좀 특별하게 생각하긴 했지."

재훈의 말에 윤이가 눈썹을 꿈틀거렸다. 저건 또 뭔 말이야?

"서 비서 귀엽다고 종종 말하긴 했었잖아. 일도 잘하고, 가끔 말대답해서 그렇지 호흡도 잘 맞는 편이라서 오래오래 같이 일하고 싶다고."

강우가 친구에게 저런 말을 한 적이 있었구나. 윤이는 강우에게 은근히 감동을 받았다.

"그때 고깃집 갔을 때도 먹으면서 '서윤이가 좋아하겠네.' 라고 했잖아. 소고기라면 소 한 마리도 먹어 치울 애라면서……."

방금 감동받았다는 거 취소. 아무리 그래도 소 한 마리를 어떻게 먹니?

"그리고 무엇보다도 네가 연애한다고 막 떠들고 다니는 애는 또 아니고, 대학 시절 때 그 스토커에게 시달려서 '연애'의 '연' 자도 못 꺼내게 하면서 진절머리를 치더니, 서 비서님의 어디가 너의 그 경계를 뚫어 버리고 사랑이라는 감정을 피우게 만든 거냐?"

"말 참 많다. 너."

쉬지 않고 단숨에 많은 말들을 꺼낸 재훈을 빤히 바라보며 강우는 질린다는 얼굴을 했다.

"나 말 많은 거 하루 이틀이야? 더군다나 내가 말로 먹고사는 직업인데. 아차, 너는 기억 못 하지. 맞아. 나 말 아주 많은 놈이야. 그래도 너는 다 받아 주던 친구였다. 인마."

"내가 생각 이상으로 인내심이 강하고 이해심도 넓은 사람이었나 보네."

"그건 그렇고, 서 비서님과 어떻게 사귀게 되었는지에 대한 기억은 정말 없는 거야?"

"응. 없어."

두 사람의 대화가 오고 가는 동안 윤이는 맨발로 레고를 밟고 있는 기분이었다. 이사장님이 미리 언질이라도 해 주셨으면 좋으련만, 그런 것도 없던 모양이다.

강우를 보던 재훈의 시선이 윤이에게로 옮겨졌다. 윤이가 잇몸을 드러내며 억지로 웃었다.

"언제부터였던 거예요? 서 비서님?"

강우의 시선도 천천히 윤이를 향했다.

"서 비서님은 아실 거 아니에요."

재훈이 확신에 찬 목소리로 흥미진진하다는 표정을 지었다.

"어, 그러니까 그게……."

윤이는 계산을 제대로 해야 했다. 태훈과 헤어진 것이 두 달이 조금 넘었으니까 그 날짜를 기준으로 계산을 해야 했다.

"두 달 정도요."

"두 달?"

재훈은 살짝 실망한 눈치였다. 하지만 강우는 그저 덤덤한 눈빛으로 윤이를 보았다.

"네. 두 달 정도 됐어요."

"생각보다 얼마 안 되었네……. 그래도 4년 동안 함께하면서 다른 사람들은 느끼지 못했던 다른 끈끈한 무언가가 두 사람 사이에 있을 것 같네요."

재훈의 그 말엔 차마 부정하지 못했다. 다른 사람에게는 없고 강우에게만 있는 무언가 특별한 정이 있는 건 사실이었다. 자신이 없으면 안 될 것 같은 막중함. 이건 분명, 다른 누구에게도 느껴 보지 못한 오롯이 강우에게만 느끼는 감정이긴 하다.

"그런데 두 사람 잘 어울려."

재훈의 말에 윤이는 애써 웃어 보였다. 그 순간까지도 강우의 시선은 윤이에게 머물러 있었다.

그 뒤로 재훈은 입에 모터가 달린 사람처럼 빠르게 많은 대화를 쏟아붓고 사라졌다. 윤이도 정신없던 시간이었다.

"경호원을 좀 붙여야겠어."

재훈이 가고 나서 강우가 고개를 내저으며 말했다.

"경호원?"

"쟤 출입 금지 하려면 말이야."

강우는 귀가 먹먹하다는 듯이 손바닥으로 툭툭 치고서는 그대로 침대에 누웠다.

"아직도 저 목소리가 귀에서 울리는 것 같아."

전에도 재훈과 전화 한 통만 하고 나면 저렇게 녹초가 되어 버렸던 강우다.

"그건 그렇고……."

팔을 이마에 얹고 눈을 감고 있던 강우가 말문을 열었다.

"우리가 연애한 지, 정말 두 달밖에 안 됐어?"

윤이는 괜히 그의 눈치를 살피며 고개를 끄덕였다.

"두 달밖에 안 됐단 말이지……."

그는 무언가 골똘히 생각이라도 하는 것처럼 잠시 침묵했다. 윤이는 그가 무슨 생각을 하는지 알 수 없어 불안하고 초조했다.

하지만 다행히도 그 침묵은 그리 오래가지 않았다.

"연애를 한 기간이 생각보다 너무 짧지만, 그래도 함께하는 시간 동안 내가 너를 정말 특별하게 생각했던 것 같네."

윤이는 그의 말에 반박할 수 없었다. 그가 의식을 차렸을 때, 가장 먼저 떠오른 사람은 비서인 자신이라고 했다. 그리고 비록 조각조각 찢어진 기억이지만 그가 기억하고 있는 유일한 사람 역시, 비서인 윤이뿐이었다.

그래서일까. 윤이는 문득 궁금해졌다. 사고가 나기 전에 강우에게 자신은 정말 어떤 존재였을까.

"어쨌든 정말 다행이라는 생각이 들어. 내가 다시 이렇게 깨어나서 너를 보고 있다는 게."

"그러게요. 저도 정말 다행이라는 생각 들어요. 대표님이 깨어나셔서 절 바라보고 계신다는 게."

"처음에는 연인 사이에 왜 저렇게 존댓말을 쓰고 대표님이라고 하는지 이해 못 했는데, 이제 조금 이해할 수 있을 것 같아."

"……."

"몇 년 동안 대표로 모셨던 나를 갑자기 남자 친구로 대하려 하니 적응하기 쉽지 않았겠지."

여전히 착각을 너무 깊게 하고 있지만, 윤이는 기꺼이 그의 말에 공감해 주었다.

"네. 아무래도……."

"4년이라고 했나? 내가 너의 대표로 지낸 게."

"네. 4년 됐습니다."

"그럼 조금 기다려 줘야겠네. 대표가 아닌 네 남자로서, 내가 원하는 호칭을 들으려면."

강우는 기억 상실에 걸린 게 아니라, 그의 몸에 아예 다른 영혼이 들어온 것 같았다.

"두 달이라. 어쩌면 스킨십이 없었을지도 모르겠네."

"아, 네. 맞아요. 저희 아직 안 했어요."

윤이는 따로 변명할 것 없이 이때다 싶어 얼른 덧붙였다.

"아까 내가 가까이 다가가서 놀라고 당황스러웠겠다."

"네. 조금."

"조심할게. 앞으로."

강우가 여유롭게 웃으며 윤이의 머리를 쓰다듬어 주었다. 손길이 다정했다. 그러다 그가 흠칫하더니 윤이를 보고 얼굴에 힘주며 웃었다.

"그건 그렇고 머리 좀 감아."

"……네. 오늘 저희 어머니 오시는데, 바로 감을게요."

"그래."

그가 다소 찝찝해하며 윤이의 머리에서 손을 떼어 냈다. 아파도 깔끔떠는 건 여전했다.

윤이는 조용히 한숨을 내쉬었다. 정말 이게 잘하는 게 맞나 싶어서 마음이 무겁다가도 편안해 보이는 그의 표정을 보고 있으면 잘하고 있는 것 같아서 위로가 되었다.

그렇다고 계속 이 거짓 연극을 이어 갈 수도, 그에게 더한 거짓말을 할수도 없었다. 그저 그가 자신에게 더 깊이 빠지기 전에(?) 얼른 기억이 돌아오기를 바랄 뿐이었다.

□ ◆ □

발을 내디뎠다. 바스락, 메마른 풀숲을 밟는 소리가 들려왔다. 윤이는 고개를 들어 주변을 살폈다. 아무것도 보이지 않는 칠흑 같은 어둠만이 시야를 차지하고 있었다. 덜컥, 겁이 났다.

여긴 어디, 나는 누구?

이 와중에 머릿속에 익숙한 멜로디의 말로 장난을 치는 본인이 한심스러울 정도였다. 윤이는 정신 차리기 위해 자신의 뺨을 살짝 두들기며 한걸음 더 나아갔다.

"엄마야!"

발이 순식간에 땅으로 꺼졌다. 진흙에 빠진 발은 쉽게 움직여지지 않았다.

"어떡해. 내 발!"

아무리 낑낑거려도 발은 빠지지 않고 뒤로 벌러덩 넘어지기만 했다. 엉덩이까지 빠지고 난리가 났다.

"으아아. 엄마야."

가뜩이나 무거운 엉덩이가 더 무거워졌고 손쓸 틈도 없이 윤이의 몸은 반쯤 진흙에 잠겼다. 무서웠다.

*"까약!"*

그 와중에 위쪽에서 나는 여자의 비명 소리에 윤이가 다급하게 시선을 올렸다. 혹시 자신을 도와줄 사람일지도 모른다는 희망을 품었지만, 그 희망은 곧 박살 났다.

비명을 지르는 여자는 운전석에서 처참하게 흔들리며 추락하고 있는 자신의 모습이었다. 그리고 자신을 안아 주고 있는 강우.

*"대표님……."*

하지만 강우의 모습을 오래 보지는 못했다. 그는 곧 비참할 정도로 구르고 있는 자동차 창문으로 튕겨 나왔다. 커다란 몸이 저항 한번 제대로 하지 못하고 그대로 날아가 땅에 박히듯 떨어졌다.

*"대, 대표님……."*

그는 높고 풍성한 풀숲에서 힘겹게 숨을 헐떡였다. 다채롭게 빛나는 밤하늘을 바라보며 그의 가빴던 숨은 점점 희미해지기 시작했다. 눈꺼풀이 무거운 듯 버겁게 겨우겨우 감았다가 뜨던 그가 시선을 옮겨 진흙에 빠져 있는 윤이를 바라보았다.

*"……윤이야."*

자신을 부르는 강우에 윤이는 마음이 급했다.

*"대표님!"*

그에게 가기 위해서 악착같이 몸을 빼 보려고 했지만, 도저히 마음대로 되지 않았다. 그러는 사이 강우의 눈은 완전히 감겼고 더는 숨을 쉬는 것 같지도 않았다.

*"안 돼! 대표님, 대표님!"*

목이 메고 코끝이 시큰해졌다. 마음이 너무 아파서 강우를 부를 수가 없었다. 갑자기 풀들이 길게 자라더니 강우를 덮기 시작했다.

*"어? 안, 안 돼."*

그러자 강우의 모습이 서서히 사라지기 시작했다. 윤이는 그저 성대 결절에 걸린 거위처럼 울부짖으며 강우를 애타게 쳐다볼 뿐이었다.

"윤이야. 윤이야."

뺨이 뜨거운 눈물로 흠뻑 젖었다는 것을 깨달은 순간, 윤이는 제 귀에 들리는 강우의 목소리에 눈을 떴다. 그런데 조금 전까지 눈앞에 펼쳐져 있던 풍경은 사라지고 병원복을 입은 강우가 자신을 쳐다보고 있었다.

"대표님!"

윤이는 벌떡 일어나 강우를 와락 끌어안았다. 그에게 아무 일도 일어나지 않았다는 안도감에서 나온 반사적인 행동이었다. 아직도 생생한 꿈에 진정이 되지 않아 작은 어깨가 두려움과 슬픔에 들썩였다.

"악몽이라도 꾼 거야?"

그가 제 품에 안겨 벅찬 숨을 내쉬는 윤이의 등을 쓰다듬어 주며 물었다. 윤이는 겨우 고개를 끄덕이며 그의 어깨에 얼굴을 파묻었다. 그래도 이렇게 강우의 목소리와 숨소리를 듣고 손길을 느끼니 한결 낫다는 생각이 들었다.

안도가 되고 나니, 그의 품에 안겼다는 사실이 각성되면서 민망함과 부끄러움이 확 올라왔다. 윤이가 눈을 휘둥그레 뜨며 빠르게 그의 품에서 빠져나왔다. 얼굴이 다 홧홧거리는 것이 금방이라도 터질 것같이 달아올랐다.

"왜, 더 안겨 있지. 진정이 덜 된 것 같은데."

"아, 아니에요. 충분히 진정되었어요."

"아니야. 너 덜 됐어."

"저 정말 진정되었어요."

"그러면 내가 안 된 걸로 치고 좀 더 안고 있자."

강우가 말을 이으며 다시 윤이를 안아 주었다.

"대표님이 왜 진정이 안 되세요?"

"네가 저승사자한테 끌려가는 줄 알고 놀랐어."

"……."

"네가 어디로 가 버릴까 봐 무서워서 안고 있는 거야."

그런 이유라면 안겨 있는 것이 인지상정인 것 같았다. 불안한 마음 달래겠다는데, 어떻게 매몰차게 뿌리치나? 못 할 짓이다.

하지만 그 생각도 잠시뿐이었다. 악몽에 얼마나 시달렸는지 윤이의 병원복은 땀에 흠뻑 젖어 있었다.

"지금 땀을 너무 많이 흘려서……."

"괜찮아. 어제는 침도 흘리던데 뭐."

"네?"

"다 괜찮다고. 너잖아. 서윤이."

그의 품에 안겨 있는 것이 불편한데 불편하지 않다. 그의 다정한 손길이 등을 어루만져 주는 것도, 귓가에 일정하게 닿는 그의 숨결도 다 불편한데 불편하지 않다. 정말, 이상한 기분이었다.

그로부터 얼마간의 시간이 더 흘렀다. 강우는 물리 치료를 받으러 가고 윤이는 노트북을 켰다.

의사는 놀라울 정도로 강우의 회복 능력이 좋다고 했다. 물론, 체력 쪽에서만. 단기 기억 상실에 걸린 상사는 그토록 집착하던 업무 세포도 고장이 났는지 회사 일에 전혀 관심이 없어졌다. 하지만 오히려 그것이 나은 것 같았다. 괜히 업무에 대한 집착이 남게 되면 자연히 스트레스를 받을 터였고, 그 스트레스가 그의 회복을 방해했을 것이 분명했다.

그래도 언젠가는 돌아올 그의 기억과 업무 집착 세포에 대비하여 윤이는 자신의 선에서 최선을 다해 일했다.

침대에 꼼짝없이 앉아서 엉덩이와 허리가 욱신거려 올 때쯤에 치료를 끝낸 강우가 돌아왔다.

"뭐 하고 있어?"

부축을 받으며 윤이의 옆자리에 앉은 강우가 노트북을 들여다보았다. 그는 매서운 눈으로 윤이가 작성한 서류를 집요하게 쳐다보았다. 간간이 미간이 구겨지고 고개가 갸웃해지고…….

지금 윤이가 작성하고 있는 건 강우가 사고가 나기 직전에 봐야 했던 공장 문제의 원인과 그것을 해결했다는 관계자들의 보고서였다.

　"기억나세요?"

　한마디로 강우가 사고가 나기 직전에 처리해야 했던 업무였다. 그러면 마무리를 짓지 못한 업무에 대한 찜찜함이 남아 있었을 것이다.

　"공장에 뭔 문제가 생겼었어?"

　하지만 그는 기억하지 못했다.

　"네. 그런데 해결되었대요."

　"다행이네. 좀 쉬고 싶은데."

　강우의 말에 윤이가 고개를 끄덕였다. 자신의 침대로 돌아가고 싶다는 말을 하는 줄 알고 그를 부축하려 일어나는데, 그가 꼼짝하지 않고 윤이를 쳐다보았다.

　"침대로 돌아가서 쉬려 하신 거 아니에요?"

　"누가 혼자 쉬겠대?"

　아직도 펼쳐져 있는 윤이의 노트북을 닫은 강우는 본의 아니게 윤이에게 내쫓기고 있던 몸을 틀었다. 그러고는 노트북을 미련 없이 아예 치워 버리고 책상도 내렸다. 그러자 두 사람은 나란히 침대에 기대어 앉을 수 있었다.

　"간간이 생각이 나는 것들이 있어."

　그는 윤이의 어깨에 살포시 자신의 작은 얼굴을 기대며 말문을 열었다.

　"어떤 것들이 떠오르세요?"

　윤이는 그의 기억이 돌아오고 있나 싶어서 눈을 반짝였다.

　"밤늦도록 일하고 있던 거. 그리고 너도 늘 항상 같이 있었지."

　그의 목소리는 덤덤했다. 윤이가 제 어깨에 기댄 강우를 쳐다보았다. 그의 정수를 보는 건 처음이었다. 머리숱이 아주 꽉 차 있는 것이 탈모는 절대 없을 것 같다는 쓸데없는 생각을 잠시 해 보았다. 아파도 아침저녁으로 머리를 감아 대는 병적으로 깔끔한 그의 머리카락에서는 은은한 샴푸 향이 났다.

　"그것도 생각나. 야근 도중에 커피 좀 타 오라고 시켰더니, 탕비실에서 내 욕 하면서도 내 취향대로 커피를 타던 너의 뒷모습."

"그런 건, 그냥 잊으셨으면 좋겠어요."

"그래도 침 안 뱉은 게 어디야."

"……그런 건, 너무 확신하지 않는 것도 좋으실 것 같구요."

강우가 윤이에게 기대고 있던 고개를 번쩍 들었다.

"너, 설마."

"안 뱉었어요. 제가 욱하는 성질은 있어도 우욱, 하는 성질은 아주 싫어 하거든요."

믿지 않을 줄 알았던 그는 윤이의 한마디에 바로 수긍하며 다시 어깨에 기대었다. 그러더니 자신의 커다란 손으로 윤이의 손을 잡았다. 그의 갑작스러운 스킨십에 놀라서 윤이는 저도 모르게 움찔했다. 강우는 윤이의 작은 손가락 하나하나 매만지며 바라보았다.

"손바닥에 주름이 많은 편이네."

"그래도 손등은 예쁘죠?"

"응. 손가락도 고른 게 예뻐. 그리고 작아서 귀여워."

강우가 손깍지를 꼈다. 그러는 사이 윤이는 벽에 걸린 시계를 슬쩍 보았다. 이맘때쯤이면 이사장님과 신 회장님이 모습을 드러내실 시간이었다.

하지만 휴대 전화도 병실 문 너머도 잠잠했다.

"부모님 오시지 말라고 그랬어. 내가."

그런 윤이의 생각을 눈치 빠른 강우가 금방 알아차리고 말했다.

"왜요?"

"너랑 있는 시간 방해받기 싫어서."

사람의 확신이라는 것이 이렇게나 무서운 것이다. 사람이 만들어 낸 '단언'은 뇌를 마비시키고 없던 감정까지 피어오르게 하며 사람을 아예 바꿔 버리기도 한다.

지금 윤이가 보고 있는 강우가 그랬다. 아무리 급해도 너랑 '연애'는 절대 안 하겠다고 호언장담하던 그는 윤이는 내 '여자 친구'라고 단언하는 순간부터 주인 없으면 절대 안 되는 반려견처럼 온종일 달라붙어 있었다.

"제가 그렇게 좋아요?"

지금도 손깍지를 끼고 어깨에 얼굴을 기댄 채 앉아 있는 강우를 넌지시 내려다보며 물었다. 그러자 그가 살포시 고개를 올려 윤이를 마주 보았다.

"응. 좋아."

"……."

"너랑 단둘이 있는 게 제일 좋고 편해."

엷게 미소를 지으며 대답했고 그 대답을 듣는 순간 윤이는 복잡한 심경이 들었다. 자신이 좋다는 강우의 감정은 '진심'일 수도 있고, 진심이라는 방패를 잠시 들고 있는 거짓말일 수도 있다. 감정이 미묘해지는 순간이었다.

□ ◆ □

의상들이 정갈하게 널려 있고, 한구석에는 제주도 여행을 갈 때쯤에 가지고 갈 만한 캐리어들이 메이크업 도구들로 채워져 펼쳐져 있었다.

그리고 뒤로 완전히 넘기다시피 한 의자에 요즘 최고 주가를 기록한다고 해도 과언이 아닐 정도로 엄청난 인기를 누리고 있는 3년 차 여배우 서아는 눈을 감고 누워 있었다.

옆에 쌓인 대본, 밖에서 분주하게 움직이고 있는 스태프들, 그리고 환자와 병원 관계자들, 소식을 듣고 찾아온 일반 시민들이 구경하는 공간. 드라마 촬영 현장이었다. 나름 순탄해 보이는 곳이지만, 사실 밴 안의 상황은 그렇지 못했다.

"정말 이럴 거야?"

매니저는 애가 탄다는 얼굴로 서아를 쳐다보았다.

"내가 몇 번을 말해? 액션 장면에서 대역 배우 쓰기로 해 놓고서는 갑자기 이러는 게 어디 있냐고."

액션 장면이라고 해 봤자 복도 좀 뛰고 행패 부리는 조폭 출신 보호자에게 좀 맞다가 같이 때리는 것뿐이었다. 사실 처음부터 액션 배우를 쓰기로 했지만, 그 액션 배우가 다치는 바람에 대처를 못 한 감독에 매니저도 화가 났지만, 상황이 어쩔 수가 없었다. 그걸 조금만 이해해 달라는데도 서아는 싫다고 목에 핏대를 세우고 거부했다.

"갑작스럽게 바꾼 것에 대해서 감독님도 아까 오셔서 미안하다고 하셨고, 그러니까 이번만 화 풀고 나가서 촬영하자. 다시는 이런 일 만들지 않겠다고 감독님이 약속했어."

데뷔하자마자 조연으로 출연한 드라마가 대박이 터졌다. 서아는 그 흔하다는 무명 생활 없이 단숨에 스타로 급상승했다.

"조금만 더 기다려 봐. 감독이 직접 이 밴 문을 열고 나한테 사과하기 전까지 안 나가. 열받은 건 난데, 사과를 왜 오빠한테 해? 기가 막혀."

매니저는 이 바닥에서 10년째 일하고 있었지만, 데뷔한 지 얼마 안 된 배우가 이렇게까지 건방진 건 처음 보았다.

"서아야. 너 이러다가 스태프 누군가가 마음먹고 SNS에 글 올리면 한순간에……."

서아가 매니저를 째려보았다.

"재를 뿌려요, 재를."

앙칼진 그녀의 지적에 매니저는 입을 다물었다. 미우나 고우나 제 배우인데 정말 재라도 뿌리고 있는 것 같아서였다. 이제 겨우 세 번째 신인데 벌써부터 삐거덕거리는 서아를 촬영이 끝날 때까지 케어할 생각에 머리가 지끈거렸다.

그때, 감독이 이쪽으로 다가오고 있었다. 서아는 그곳을 힐끔 보더니 괜히 손톱을 만지며 딴청을 피웠다. 곧 문이 열리고 감독이 화를 억누르는 표정으로 서아를 보았다.

"서아 씨, 내가 갑자기 대역 바꾼 것에 대해서 미안하게 생각하고 있어. 그러니까 인제 그만 촬영하지."

손톱을 만지고 있던 서아가 몸을 일으켰다.

"네. 그렇게 할게요. 대신 한 번에 커트해 주세요. 안 그러면 저 정말 안

할 거예요. 맞는 거 딱 질색이거든요."

"그래. 그렇게 할게."

더 행패를 부리면 어쩌나 했던 매니저가 그나마 안도했다.

"들어가자."

서아가 밴에서 나와 매니저를 따라서 병원 안으로 들어갔다. 병원에는 실제로 입원해 있는 환자들과 간호사, 의사들이 있었다. 그들은 서아가 움직이는 발걸음을 따라 시선을 옮겼다. 무슨 동물원 원숭이 바라보듯 구경하는 사람들의 시선이 싫어서 서아는 고개를 숙였다.

"꼭 이렇게까지 나와야 해?"

"네. 온종일 병실에 있으려니 답답하잖아요."

"난 병실에 단둘이 있는 게 답답하지 않고 좋은데 왜. 넌 답답해?"

그때, 옆쪽에서 여자와 남자의 대화 소리가 들렸다. 그리고 곧이어.

"저기요! 여기로 지나다니시면 안 돼요."

그들을 제지하는 스태프의 퉁명스러운 목소리가 들려왔다.

"왜 안 됩니까?"

그런 스태프에게 낮고 차가운 남자의 목소리가 되돌아왔다.

"대표님, 그냥 지나가요."

절절매는 듯한 여자의 목소리에 서아가 고개를 올렸다. 휠체어에 나란히 앉은 남자와 여자가 자신들을 제지하는 스태프를 올려다보고 있었다. 척 보아도 체격 자체가 상당히 좋아 보이는 남자는 앉아 있음에도 불구하고 서 있는 스태프만큼이나 커 보였다.

그리고 남자의 얼굴은 굉장히 낯이 익었다.

"딱 보면 몰라요? 눈이 삐었나. 드라마 촬영 하고 있으니까 다른 쪽으로 지나가라고요."

스태프는 이해가 가지 않을 정도로 아니꼬운 말로 남자를 대했다.

"전세 냈습니까?"

"네. 전세 냈어요."

"얼마 주고 냈습니까? 내가 그거 다 갈아엎어 버리고 더 큰 금액으로 전세 내 버리게."

세게 나오는 남자에 스태프가 미간을 구겼다.

"어?"

그때였다. 서아의 곁에 있던 매니저가 휠체어에 탄 남자를 보고 낮은 탄식을 내뱉었다. 서아가 매니저에게 시선을 옮겼다.

"왜 그래요?"

"머리를 내리고 있어서 처음에는 못 알아봤는데, 신강우잖아?"

"신강우요?"

"BK그룹의 잰덤 대표."

서아는 남자를 보았다. 늘 정장 차림에 깔끔한 포마드 머리를 한 이미지가 강했던 그가 이마를 가려 내린 머리에 병원복 차림을 하고 있어서 알아보는 데 시간이 좀 걸린 듯했다.

아무것도 모르는 겁 없는 어린 스태프는 그 남자를 상대하고 있었다. 일단, 서아는 몸을 옆으로 돌려 제 얼굴 상태를 살폈다. 촬영 들어가기 직전이라 나쁘지 않았다.

대한민국에서 상위권에 드는 재벌과 친하게 지내서 나쁠 일은 없었다. 무엇보다도 잘나간다는 남배우들만큼의 비주얼을 가진 저런 재벌이라면 더욱 탐이 났다. 서아는 자신 정도면, 저런 재력과 외모를 가진 남자가 곁에 있어야 한다고 생각하는 여자였다.

그리고 이곳에서 만난 건, 분명 서아의 꿈을 이뤄 보라며 하늘이 준 기회다.

"하, 진짜. 좀 비켜 달라면 비켜 줄 것이지, 진짜 사람 짜증 나게."

"짜증 나게? 진짜 네 인생 짜증 나게 해 줘?"

"대표님. 제발……."

발끈하는 강우와 옆에서 그런 강우를 막고 있는 여자. 말끝마다 '대표님'이라고 하는 것을 보니 강우 밑에서 일하는 직원인 듯했다.

서아는 입술에 미소를 장착하고 실랑이를 벌이고 있는 세 사람에게 걸어갔다. 그러고선 스태프를 슬쩍 밀어 내며 강우 앞에 섰다.

"안녕하세요."

인사하는 서아에 강우는 사납게 인상을 쓰며 올려다보았다. '뭡니까?' 하는 매서운 눈빛에 서아는 순간 움찔했지만 이내 자신의 주무기인 눈웃음을 치며 무마했다.

"저 모르세요? 신강우 대표님?"

서아를 노려보던 강우의 시선이 옆에 있는 여자에게 향했다.

"아, 여배우 김서라입니다."

"김서아입니다."

잘못된 여자의 정보에 서아가 발끈했다.

"아, 네. 네. 김서아 씨입니다."

"나와의 관계는."

강우의 물음에 여자는 눈을 굴리더니 대답했다.

"음, 아무것도 없습니다. 제가 아는 선에서는."

"근데 왜 알은척이야?"

"그건 저도 모르겠는데요."

사람 면전에 대고 저렇게 대화를 나누는 둘에 서아는 기가 찼다. 사업을 하니 바쁜 사람일 수 있다. 하지만 자신을 모른다는 건 이해가 안 갔다. 요즘 계약된 CF만 해도 10개 이상이 된다. 어느 광고판에서도 쉽게 볼 수 있는 사람이 자신인데.

하지만 서아는 철저한 가면을 쓰고 강우를 대했다.

"드라마 촬영 한다고 피해를 드린 것 같아서 사과의 말씀 드리려고 알은척해 본 거예요."

이어지는 서아의 말에도 강우의 사납게 구겨진 표정에는 아무런 변화가 없었다. 서아는 한쪽 머리를 귀 뒤로 넘기며 더욱 눈웃음쳤다. 그럴수록 강우의 얼굴은 더 구겨질 뿐이었다.

"사과를 그렇게 비웃으면서 합니까?"

강우의 지적에 서아는 저도 모르게 표정을 굳혔다. 다들 예쁘다고 난리가 난 눈웃음을 보고 비웃음이라니?

"대표님, 이제 정말 그만하세요. 저 불편해서 그냥 병실로 돌아가 버리고 싶어지니까요."

아까부터 계속 쩔쩔매던 여자의 말에 절대 풀어지지 않을 것 같았던 강우의 매서운 눈매가 슬쩍 풀어졌다.

"그럴래? 나도 그게 좋을 것 같긴 한데."

"아니요. 그냥 혼자 나갔다 올게요."

"같이 가."

강우는 그렇게 말하고서는 여자와 함께 인사도 없이 서아를 지나치려 했다. 그래서 서아는 저도 모르게 그런 강우의 앞길을 막았다.

"왜 이러세요?"

이번에는 강우가 아닌 옆에 있는 여자가 반응했다.

"제가 이 병원에서 앞으로 3개월 정도 촬영을 하거든요. 오고 갈 때, 알은척해도 될까요?"

하지만 서아는 여자가 아닌 강우를 보며 대답했다.

"아는 사이도 아닌데, 굳이 알은척할 필요 있습니까?"

조금의 망설임도 없이 강우는 그렇게 대답하고 다시 여자와 휠체어를 타고 사라졌다.

"서아야 들어가자."

매니저의 다독임을 받으면서도 서아는 강우가 사라진 쪽을 째려보았다.

감히 날 무시해? 워낙 잘난 놈이라 그럴 수도 있다고 이해하면서도 한편으로는 강우에 대한 괘씸함에 마음이 부글부글 끓었다.

□ ◆ □

약간의 소동을 겪고 강우와 윤이는 공원에 가서 가볍게 바람을 쐬고 다시 병실로 돌아왔다. 그리고 갑작스러운 물리 치료사의 스케줄 변동 때문에 강우는 평소보다 훨씬 이른 시간에 물리 치료를 받으러 갔다.

병실에 혼자 남은 윤이는 업무를 보려고 했지만, 병원이라는 곳은 사람을 참 나른하고 나태하게 만들기도 한다. 미친 듯이 쏟아지는 잠을 이기지 못하고 결국 아주 긴 낮잠을 잤다.

이후 휴대 전화 벨 소리가 울릴 때야 잠에서 깨어났다. 언제 치료를 받고 온 건지 자신의 옆에서 잠든 강우도 덩달아 깨어나고 있었다.

"시끄러."

강우가 벨 소리에 심기 불편함을 티 내며 대신 휴대 전화를 집어 윤이에게 건넸다. 발신인은 정아였다.

"어, 정아야."

— 나 지금 병원 앞인데 여기 드라마 촬영 하나 봐. 배우들 와 있어!

정아가 살짝 흥분한 목소리로 소리쳤다.

"알고 있어."

— 나 조금만 구경하고 올라갈게.

"응. 그렇게 해. 아니면, 내가 내려갈까?"

— 아니야, 아니야. 한 5분 정도만 구경하다가 올라갈게! 어머, 저 사람 이신욱이죠? 진짜 대박, 잘생겼다!

정아의 전화가 그대로 끊겼다.

"누구야?"

"정아요."

"왜?"

"오늘 사내망 통해서 올라온 기획안이랑 공지 사항 좀 USB에 옮겨서 가져다 달라고 했거든요."

"아픈데 일하지 마."

확실히 상사가 아닌 남자 친구인 강우는 말도 안 되게 다정한 듯했다. 아픈 몸으로 업무까지 보는 여자 친구가 안쓰러워 걱정해 주는 줄 알았다.

적어도 다음 말이 들려오기 전까진.

"그러다가 더디게 낫고, 그러면 회사에 복귀하는 데도 더 오래 걸리니까."

"아."

"쉴 때는 제대로 쉬어 줘야 하는 거야."

강우가 집착하듯이 매달리던 업무에 손 하나 까딱 안 하는 이유를 대충 알 것 같았다.

"전 이제 괜찮아요. 대표님이 다시 자리로 돌아가셨을 때, 불편하지 않으시게끔 미리 정리 정도는 하고 싶어요. 그래야 제 마음이 편하기도 하구요."

"그래. 몸도 아픈데 마음이라도 편해야지. 너 하고 싶은 대로 해."

윤이의 의견에 강우가 더는 토 달지 않았다.

"병원 밥은 맛없는데 허기는 지고. 뭐라도 시켜 먹을까?"

"그럴까요?"

"뭐 먹고 싶은 거 있어?"

"음…… 간단하게 피자나 치킨 어떠세요?"

"그래. 너 먹고 싶은 거로 시켜."

"마침 박 간호사님이 병실로 배달 가능한 가게의 전단지를 주셨거든요."

윤이가 가게 전단지를 꺼내기 위해서 서랍장을 열었을 때였다. 노크 소리가 들리고 연예인을 본 탓에 잔뜩 흥분한 정아가 들어왔다.

"윤이야 나 왔어!"

윤이에게 인사하던 정아는 그 옆에서 팔짱을 끼고 자신을 빤히 올려다보고 있는 강우를 발견했다.

"안녕하세요. 대표님."

반갑고도 살가운 정아의 인사에 강우는 가볍게 눈짓으로 인사를 받을 뿐이었다.

"부탁한 기획안이랑 자료들 USB에 담아 왔어."

"고마워. 저녁은?"

"아직 안 먹었지."

"잘됐다. 우리 지금 피자 시켜 먹……."

말을 이어 가던 윤이를 강우가 팔꿈치로 툭 쳤다. 더는 말을 잇지 말라는 뜻이었다. 윤이가 슬쩍 쳐다보자 강우가 작은 목소리로 말했다.

"둘이 있고 싶어. 어색한 분위기에서 먹기 싫고."

"제 부탁 때문에 퇴근하고 병실까지 찾아와 준 친구를 어떻게 저녁도 안 먹이고 보내요?"

윤이는 강우를 슬쩍 밀어 내며 침대에서 내려왔다. 그리고 서 있는 정아의 가방을 뺏어서 소파 위에 내려놓았다.

"우리 지금 저녁 시킬 생각이야. 같이 먹고 가."

"그래도 돼?"

정아가 강우의 눈치를 살피며 재차 물었다.

"당연하지. 그래도 되죠?"

윤이가 눈에 힘을 주며 강우에게 물었다. 강우는 말없이 침대에 기대앉았다. 윤이는 고개를 내저으며 소파에 앉아 전화로 이것저것 넉넉하게 저녁을 주문했다.

"그런데 확실히 대표님 안색 많이 좋아지셨다."

정아가 윤이의 곁에 앉으면서 말했다.

"그렇지?"

"퇴원은 언제쯤 하신대?"

"물리 치료 때문에 최소 6주 정도는 더 있어야 할 듯."

"최소 6주? 아휴, 답답하겠다. 너나 대표님이나."

"응. 사람이 너무 나태해지더라."

"그러면 밑에 촬영장 자주 내려가서 구경해. 방금 살짝 구경하고 왔는데도 너무 재밌더라. 이신욱 알지? 걔 보니까 없던 생기가 막 돌아."

정아의 말에 윤이는 이신욱보다는 여자 배우 서아가 떠올랐다. 머리카락을 귀 뒤로 넘기며 보였던 눈웃음, 그리고 강우를 향해 알은척해 오는 상냥한 목소리. 앞으로 오고 가다가 계속 알은척을 하겠다는 친근감까지.

그렇게 생각하지 않으려 해도, 분명 서아가 강우에게 어느 정도의 호감을 보인다는 증거처럼 느껴졌다. 강우가 정말 자신의 남자 친구가 아니지만, 괜히 마음이 불편했다.

"그런데 너 하루 종일 아까처럼 대표님이랑 붙어 있는 거야?"

이 병실로 들어온 정아가 처음 본 장면은 한 침대 위에서 강우와 꼭 붙어 있던 윤이의 모습이었다. 윤이는 머쓱한 표정을 지었다.

응, 태어난 지 얼마 되지 않은 코알라처럼 온종일 붙어 있으려고 들어.

라고 말하고 싶었지만, 대표의 '위신'이라는 게 있으니 그리 말할 수는 없었다.

"아니, 잠깐 대화하려고 붙어 있던 거야."

"아…… 부럽다."

"뭐가 부러워."

"부럽지. 남자 친구가 저런 외모와 몸매를 소유하고 있어 봐. 매 순간 얼마나 짜릿하겠어."

힐끔 돌아본 그곳에 강우가 심각한 얼굴로 전단지를 쳐다보고 있었다.

"음, 이것도 끌리는군."

혼잣말로 중얼거리는 그를 보며 윤이는 고개를 내저었다.

"……뭐래."

"이신욱도 남신이라고 생각했는데, 대표님을 여기서 보니 이신욱도 별거 아닌 것 같기는 하다."

그렇게 정아와 수다를 떨다 보니 어느새 주문한 음식이 도착했다. 그리고 세 사람은 딱히 이렇다 할 대화 없이 식사를 끝냈다.

윤이는 정아를 병원 로비까지 배웅해 주었다. 촬영은 끝났는지 복잡했던 로비가 어느 정도 한산해져 있었다.

"조심히 들어가고 매번 고마워."

"얼른 쾌유해서 회사에서 만나고 싶다. 내가 귀찮은 것보다 여기 너무 답답하잖아."

"응. 나도 얼른 그러고 싶어. 여기 정말 답답해."

"또 올게."

"응. 또 봐."

정아를 보내고 바로 병실로 들어갈까 하다가 산산한 저녁 바람이 너무 기분 좋게 불어서 망설여졌다. 윤이는 아주 잠시만 병원 공원을 돌다 가야 겠다고 생각하며 공원 쪽으로 몸을 틀었다.

한산하면서도 시원한 바람이 불어오는 공원에 있으니 이것이 '힐링'이 구나, 라는 생각이 저절로 들었다. 오랜만에 올려다본 밤하늘에는 영롱한 달과 제 영역에서 찬란하게 빛나고 있는 별들로 가득했다. 윤이의 눈과 감 성을 단숨에 사로잡고 입을 헤ー 벌리게 했다.

"너무 예쁘다."

"네가 더 예뻐."

옆에서 불쑥 튀어나온 강우의 목소리에 윤이가 깜짝 놀랐다. 돌아보니 강우가 윤이와 똑같은 휠체어를 타고 곁으로 다가오고 있었다.

"왜 나오셨어요?"

"배웅을 온종일 하려나 싶어서, 너 데려가려고 내려왔어."

어떻게 사람이 이렇게 변할 수 있나 싶다. 그게 아직까지도 적응되질 않 았다.

"참, 신기해요."

"뭐가?"

"……대표님 원래 이런 분 아니셨거든요."

"그러면? 내가 어떤 분이었는데?"

"무뚝뚝하고 냉정한 분이셨죠."

3개월 여자 친구가 되어 주겠다고 자신의 제안을 단번에 거절할 만큼.

윤이는 차마 그 말은 하지 못하고 단숨에 들이켠 숨과 함께 삼켜 버렸다.

"그건 내 성격이라 어쩔 수 없지."

"그건 그렇죠."

"다정하고 따뜻한 남자가 이상형이야?"

"그런 남자 싫어할 여자는 없을걸요?"

조금의 망설임도 없이 단번에 대답하는 윤이가 마음에 안 들었는지, 강우가 미간을 살짝 구기며 입술을 떼어 냈다.

"그래도 넌 날 좋아하잖아."

"네?"

"4년을 같이 일했는데, 내 성격 모르지 않을 거 아냐. 따뜻하고 다정한 너의 이상형보다 내가 더 좋다는 거지."

말을 잇다 보니 뭔가 뿌듯한 마음이 차오르나 보다. 그의 표정이 그렇게 바뀌고 있었다. 구겨진 미간은 풀어지고 입꼬리가 슬쩍 올라가 있었다.

"네. 들어 보니 그러네요."

"인제 그만 들어가자. 병원복도 얇고 추워."

"네."

잠시 멈춰 두었던 휠체어를 다시 움직이려 했다.

"어?"

근데 조금 전까지만 해도 잘 움직이던 전동 휠체어가 말을 듣지 않았다. 앞서가던 강우가 휠체어를 잠시 멈추고 돌아보았다.

"왜 그래?"

"휠체어가 갑자기 안 움직여요! 왜 이러지?"

아무리 버튼을 눌러 봐도 꼼짝하지 않는다. 놀란 윤이를 향해 강우가 다시 돌아왔다. 그가 윤이 대신 버튼을 눌렀지만 역시 움직이지 않았다.

"고장 났나 보네."

그는 별 대수롭지 않다는 듯이 말했다.

"이게 왜 갑자기 고장이……."

"이리 와 앉아."

강우가 제 무릎 위를 손짓했다.

"네?"

"여기서 밤새울 거야?"

"아니, 그런 게 아니라, 직원 불러다 주세요."

"싫어."

"왜요?"

"내가 안고 가고 싶으니까."

그는 당당하게 말했다.

"그리고 주변에 사람도 너무 많고 어둡잖아. 내가 직원 데리러 간 사이에 너 혼자 두는 거 안 내켜."

자꾸만 헷갈린다. 자신을 단 한 번도 이성으로 바라본 적 없을 강우가 이 순간만큼은 자신을 끔찍이도 사랑해 주고 있는 것 같다는 혼란스러움.

그의 기억이 돌아온다면, 두 사람의 연애는 당연히 없던 일이 될 확률이 높았다. 그랬기에 윤이는 강우에게 더 이상의 기대도, 설렘도 없어야 하는 것이 맞다.

하지만 그것이 머릿속으로는 인식되는데, 마음으로는 인식되지 못한 모양이다. 일정하게 뛰던 심장 박동이 조금 더 빨라지는 것을 보면…….

"저 무거워요."

"알아."

"어떻게 알아요?"

"당연히 성인 여자가 무겁겠지, 안 무겁겠어? 못해도 40kg은 훨씬 넘을 텐데."

"50kg 훨씬 넘어요."

"그래도 괜찮아. 너 100kg 된다고 해도 내가 안아 주고 업어 줄게. 그러니까 빨리 와서 앉아. 나 추워. 감기 걸려서 네 곁에 못 붙어 있게 하지 말고."

윤이가 몸을 일으켜서 바로 강우의 무릎 위에 앉았다. 강우는 윤이의 팔을 자신의 어깨 위에 올려놓았다.

"위험할 수 있으니까 꽉 안겨."

"네."

힘이 밖으로 실리면 안 될 것 같아서 윤이는 강우 쪽으로 몸을 기울여 꼭 안았다. 그는 한쪽 팔로 윤이의 허리를 감싸서 고정한 후, 능숙한 운전으로 공원을 빠져나가 병원 로비로 들어섰다.

긴장되었다. 그 바람에 심장이 더 빨리 뛰었는데, 그 심장 소리를 행여나 강우가 들을까 봐 초조했다. 밖에서 부는 산산한 바람을 맞다가 실내에 들어와서 그런가? 강우의 품에 안긴 윤이는 따뜻하다 못해 홧홧할 정도로 뺨이 달아오르는 것만 같았다.

두 사람이 엘리베이터에 올라탔다. 텅 비어 있는 밀폐된 공간 속에 윤이는 여전히 강우의 품에 안긴 채였다.

한쪽 뺨이 뜨겁다. 자신을 쳐다보고 있는 강우의 시선 때문이란 것쯤은 굳이 확인하지 않아도 아주 잘 알고 있었다.

윤이는 그런 강우를 쳐다볼 수가 없었다. 눈이 마주치면 얼굴은 더 홧홧하게 달아오를 것 같고 심장은 더 빨리 뛸 것 같아서였다.

"윤이야."

그런 윤이의 마음을 알 턱이 없는 강우가 그녀를 넌지시 불렀다.

"네?"

그의 부름에 윤이가 고개를 돌렸다. 가까운 거리에서 마주 보고 있는 그의 눈동자는 자신을 가득 담고 있었다. 그동안 강우가 잘생긴 건 알고 있었지만, 그 잘생김으로 자신의 심장을 뛰게 하는 일은 없었다.

자신의 허리를 감싸고 있는 단단한 두 팔, 금방이라도 닿을 것같이 가까운 거리에 있는 입술, 그리고 그의 짙고 깊은 눈동자에 갇혀 있는 자신. 밀폐된 공간 속에서 오고 가는 살짝 달뜬 서로의 숨결.

윤이는 이 분위기가 미묘하다는 것을 금방 감지했다. 정말 이래서 남녀 사이는 모르는 일이라는 말이 나오는구나.

"넌 나의 어느 부분이 좋아?"

갑작스럽게 물어 오는 그의 질문에 윤이는 잠시 눈을 굴렸다.

그러는 사이, 두 사람의 병실이 있는 층에 도착했다. 엘리베이터 문이 열리고 강우는 느린 속도로 병실로 향했다. 강우의 무릎에 앉아서 안겨 가는 윤이를 간호사들과 몇몇 환자들이 힐끔거렸다. 사람들이 어떤 생각을 하고 자신들을 쳐다보는지 궁금하면서도 걱정되었다.

"날 신경 써. 다른 사람들 신경 쓰지 말고."

윤이는 그들의 시선이 무척 신경 쓰이는데, 강우는 그러지도 않은 모양이다. 다시 재촉하듯 묻는 그에게 곰곰이 생각하던 윤이가 진지하게 말했다.

"어…… 잘생긴 외모?"

마음에 들지 않는 대답인지 강우가 고운 미간을 구겼다.

"그건 누구나 할 수 있는 대답이잖아."

"그렇죠."

넌 좀, 특별하게 대답해 줬으면 좋겠어.

그가 윤이를 집요하게 바라보는 눈동자로 그렇게 말하는 것 같았다.

"츤데레 성격?"

이번에도 마음에 들지 않는지 구겨진 미간에 눈매까지 사나워졌다. 그의 사나운 눈매를 풀어 주고 싶지만, 윤이의 머릿속에 떠오르는 적절한 답이 없었다.

"진지하게 물어본 거야."

"진지하게 대답한 건데……."

윤이는 정말 츤데레 같은 강우의 성격이 좋았다. 아닌 척하면서 '내 사람'이라며 어디 가서 기죽는 것도 싫어해서 전 남자 친구를 혼내 주고 생일까지 챙겨 주던 남자.

조금만 마음에 안 드는 행동을 하면 '사원증 반납해.'라고 협박하면서도 막상 위험한 순간에 자신의 몸은 생각하지 않고 지켜 주던 사람. 그때 이미 윤이는 강우에 대한 마음이 깊어졌는지도 모르겠다. 윤이에게는 이보다 더 멋있고, 소중한 츤데레는 없었다.

"정말이에요. 저는 대표님이 츤데레라서 좋아요. 아닌 것 같으면서도 저 챙겨 주시는 거 정말 멋있고 고맙고…… 소중해졌어요. 그래서 대표님을 향한 마음이 아주 말랑말랑해졌죠."

덧붙이는 대답에 이제야 만족스러운지 강우의 미간이 슬그머니 풀렸다. 사납게 찢어졌던 눈매도 살짝 곡선을 그으며 휘어졌다. 병실 앞에 도착했고 문을 열고 안으로 들어갔다.

"얼마나 소중한데?"

다른 건 제쳐 두고 저 단어에만 꽂힌 모양이다.

"완전히 소중해요."

"난 전혀 못 느끼겠는데. 내가 서윤이의 완전히 소중한 사람이 맞는지, 아닌지."

그의 손등이 윤이의 뺨에 닿았다. 홧홧하게 달아오르는 뺨이 그의 적당히 차가운 손등에 식혀져야 하는데 더 뜨거워지는 것 같았다.

"열나는 거 아니야?"

"아니에요. 그건 그렇고…… 대표님은요? 제가 왜 좋았던 것 같아요?"

기왕 말이 나온 김에 윤이도 내심 궁금했던 것을 물었다.

"전에 말했잖아. 나는 너랑 붙어 있는 것이 가장 편했다고. 드문드문 기억나는 것 중에서 다른 여자들이랑 붙어 있을 땐 불편했던 기억이 많은데, 유일하게 너만 편했던 기억이 있어. 이렇게 오래오래, 어쩌면 평생 같이 붙어 있어도 괜찮겠구나 싶을 정도로."

분명, 기억의 오류일 것이다. 그가 저와 평생 붙어 있어도 괜찮겠구나, 싶었던 건 이성으로서가 아닌 직장 상사와 직원의 관계를 생각했을 때일 것이다.

"근데 생각해 보니까 너 질문이 좀 이상해."

"……."

"왜 좋았던 것 같냐니. 그건 과거잖아. 왜 좋아요? 라고 물었어야지."

그에게는 그렇게 들렸을 수도 있다. 윤이의 뺨을 식혀 주던 손등은 그대로 위로 올라가 그녀의 흐트러진 머리를 귀 뒤로 정리해 주었다. 부드러운 손길에 나른함이 몰려온다.

"좋아. 지금 너랑 이렇게 붙어 있는 거."

고즈넉한 밤과 잘 어울리는 중저음의 목소리가 달곰하게 귓가를 스쳤다.

지금 저와 붙어 있는 것이 좋다는 건, 감정의 오류일 것이다. 잘못된 과거의 기억이 가지고 온 감정의 오류.

그래서 전에도 몇 번이고 기대하지 말자고 스스로를 타이르고 협박했지만, 소용이 없었던 것 같다.

서로를 쳐다보는 눈동자가 유난히도 진득했다. 그의 손은 윤이의 머리카락에서 거두어지지 않았고 윤이는 강우의 손에 의해 감각이 더욱 미묘해지는 것 같았다.

윤이는 직감하고 있다. 지금 강우와 자신 사이에서 흐르고 있는 이 묘한 기류가 무엇을 뜻하는지. 심장이 벌렁벌렁 미친 듯이 뛴다. 그의 무릎 위에서 진작 내려왔어야 한다고 생각하면서도 머릿속에서는 자꾸만 다음 장면이 멋대로 펼쳐졌다. 그와 진하게 입을 맞추는 장면…….

윤이는 고개를 내저으며 그의 무릎에서 슬쩍 일어나 침대에 냉큼 앉았다. 맥 빠진 듯, 강우가 그런 윤이를 보며 실소했다.

"너 키스하기 싫어서 도망간 거지?"

"싫, 싫기보다는 아직 준비가 안 돼서……."

핑계가 아니었다. 정말, 준비가 안 되어 있었다. 마음도 몸도. 그에게 온전히 줘 버려서는 안 될 마음이 진한 키스나 스킨십으로 인해 불타오르기라도 할까 싶어 걱정되었다.

저녁을 먹고 정아를 배웅해 주느라 이도 닦지 못한 채 하는 키스는 최악이었다. 그러면서도 여자는 칠색 팔색 하던 상사가 제게 키스까지 하려던 것이 내심 신기하면서도 놀라웠다.

"저한테 키스하시려고 했어요?"

"응. 네 입술이 예뻐 보였거든."

윤이의 옆으로 올라온 강우는 자연스럽게 팔을 올려 그녀의 어깨를 감싸듯 안았다.

"그런데 아직 준비 안 되었다고 하니, 조금 더 기다려 주지 뭐. 그렇다고 너무 오래는 못 기다려."

강우가 윤이의 머리를 다정하게 쓰다듬어 주었다.

"……네. 그건 그렇고 대표님 정말, 저한테 푹 빠지신 것 같네요."

그는 인정하듯 웃으며 입술을 떼어 냈다.

"나 이렇게 사고 나기 전에 했던 데이트 중에서 가장 기억에 남는 거 있어?"

데이트한 적이 없으니, 기억에 남을 만한 것도 없었다.

"아니요."

"데이트를 많이 못 했지?"

"네. 뭐, 바빠서 못 한 편이었죠."

"우리 퇴원하면 못 했던 데이트 싹 다 몰아서 하자."

"……네."

여전히 쓰다듬어 주고 있는 강우의 손길에 윤이의 눈꺼풀이 점점 무거워지는 것 같았다. 한가한 저녁이었다.

신 회장은 아내인 강 여사가 아들이 보고 싶다며 온종일 들들 볶는 바람에 하는 수 없이 새벽에 병원으로 향해야 했다. 운전기사도 이미 퇴근하여 직접 운전해야 했다.

아내를 먼저 올려 보내고 주차를 마친 신 회장은 병실 앞에 서 있는 아내에 의아해했다.

"왜 안 들어가?"

병실 문을 향해 팔을 뻗는 신 회장을 강 여사가 냉큼 제지했다.

"우리 그냥 집에 가요. 여보."

"뭐?"

신 회장은 맥이 확 빠졌다. 기왕 온 김에 아들 얼굴이라도 보고 가고 싶은 것이 신 회장의 바람이기도 했다.

"여기까지 와서 뭘 그냥 가. 왜? 강우 잠들었어?"

힐끔, 작은 창문을 통해서 신 회장이 병실 안을 들여다보았다. 하지만 강우의 침대는 비어 있었다.

"강우 어디 갔어?"

"윤이 침대에서 잠들었어요."

강 여사는 좋아 죽겠다는 듯이 광대를 한껏 들어 올리며 대답했다.

"그래?"

솔깃한 것은 신 회장도 마찬가지였다. 다만 신경 쓰이는 건 아주 작은 이 창문이었다.

"이 작은 창문에 당장이라도 블라인드 달아야겠다. 행여나 누가 오고 가다가 보기라도 하면 큰일 나니까. 내일 방 비서 시켜서 당장 달아야겠네."

"좋은 생각이네요."

두 사람은 병실에서 몸을 돌려 엘리베이터로 향했다.

"서 비서한테는 별말 없고?"

신 회장의 말에 강 여사가 정색하며 찌릿, 째려보았다. 신 회장은 자신이 뭘 잘못했는지 몰랐지만 움찔했다.

"서 비서라니? 지금은 엄연히 강우랑 연애 중인데, '윤이'라고 불러야죠. 그 예쁜 이름이 있는데."

강 여사는 윤이를 아주 마음에 들어 하는 것 같았다. 그래서 신 회장은 초조하고 걱정되었다.

"며느리가 될 애일 수도 있는데, 계속 '서 비서'라고 하면 버릇 들어요. 이제부터라도 윤이라고 해요."

사실 아들의 '심신 안정'을 이유로 두 사람의 가짜 연애를 떠밀었지만, 신 회장은 윤이를 강우와 결혼까지 시킬 생각은 없었다. 사업하는 데 있어서 실질적으로 아들에게 필요한 배우자를 만들어 주고 싶었다.

"……여보, 솔직하게 말해서 나는 서 비서."

찌릿.

"아니, 윤이를 며느리로 들일 생각이 없어."

"그게 무슨 소리야?"

갑자기 반말이 튀어나왔다는 건 심기가 아주 많이 불편하다는 뜻이었다. 하지만 신 회장은 확실하게 해 두고 싶었다.

"지금 당장은 급하니까 어쩔 수 없이 연애라고 했지만, 나중에 강우가 거짓말이었다는 걸 알게 되면 싫어할 수도 있고. 그리고 무엇보다도 강우는 큰 사업을 해 나갈 애야. 그러기 위해서는 실질적으로 도와줄 수 있는 여자를 곁에 두는 게······."

"그렇다고 헌신짝 버리듯 윤이를 버려? 그리고 윤이가 강우에게 얼마나 실질적으로 큰 도움을 주는 애인지 몰라서 그러는 거야?"

강 여사의 눈이 더욱 매서워져서는 따져 물었다. 신 회장은 묘하게 긴장이 되어 마른침을 삼켰다.

"솔직히 우리 아들이지만, 강우 성격 유별나잖아. 윤이 들어오기 전에 비서 몇 명이 그만뒀냐고. 윤이 덕분에 자질구레한 일들 안 해서 업무에 집중할 수 있었던 거야. 그걸 모르냐고."

"일단, 알았어. 그 눈에 힘 좀 풀어. 무서워."

이렇게 대답하지 않으면 아내의 잔소리는 더욱 길어질 것 같았다. 신 회장은 일단 한 발자국 물러서기로 했다. 아내가 화를 내는 것만큼 이 세상에 무서운 일도 없기 때문이었다.

"지들이 싫어서 헤어지는 거 아닌 이상 당신, 애들 방해할 생각 말아요!"

강 여사는 단단히 힘을 주며 강건하게 경고한 후, 주차장에 도착해 조수석에 올라탔다. 신 회장은 깊은 한숨과 함께 운전석에 올라타야 했다.

"진작 달았어야 했어."

블라인드를 달고 있는 방 비서를 보며 강우는 팔짱을 끼고 만족스럽다는 듯이 고개를 끄덕였다. 방 비서는 야무지게 블라인드를 전부 달아 놓은 후에 돌아섰다.

"혹시, 뭐 더 필요하신 거 있으세요?"

"스크린을 좀 설치했으면 하는데."

갑작스러운 '스크린' 등장에 윤이와 방 비서가 고개를 갸웃했다.

"스크린이요?"

방 비서의 물음에 강우는 가볍게 고개를 끄덕였다.

"윤이랑 영화 좀 보려고. 노트북 따위로 보려니까 성에 안 차서."

"아아. 네. 그러면 오늘 오후 중으로 스크린도 달아 드릴게요."

"그래."

"그럼, 오후에 다시 찾아뵙겠습니다."

방 비서가 나가자마자 강우는 자신의 침대에서 내려와 윤이의 침대로 향했다.

하얗고 뭉글뭉글한 솜사탕 같은 구름이 한껏 차지하고 있는 창밖의 푸른 하늘이 눈에 띄었다. 병실에만 있기에는 너무 좋은 날씨였다. 그래서 윤이는 곁으로 다가와 자연스럽게 제 허리를 끌어안으며 누우려는 강우의 머리를 척, 막았다.

"왜?"

"밖에 날씨가 너무 좋아요."

"그래서. 나가자고?"

"네. 나가서 바람 쐬고 와요."

윤이가 힘차게 고개를 끄덕이며 대답하자, 강우는 몸을 일으켜서 휠체어에 앉았다. 그러고는 공원이 내다보이는 창문 밖을 힐끔거렸다.

"또 저 빌어먹을 촬영이 있나 보네. 사람이 너무 많아."

"아."

밖으로 못 나갈 거라는 아쉬움에 윤이가 금방 시무룩해졌다.

"그렇다고 안 나가겠다는 거 아니니까, 우울해하지 마."

곁으로 다시 다가온 강우가 윤이의 볼을 살짝 꼬집었다. 귀엽다는 듯 자신을 보며 옅게 웃는 강우를 보고 있으니, 윤이도 덩달아 기분이 좋아지는 것 같았다. 강우는 방 비서에게 전화해서 운전해 줄 경호원을 불러 달라고 했다.

"아예 밖으로 나가시게요?"

"응. 기왕이면 좋은 날씨 제대로 만끽시켜 줘야지."

나쁘지 않은 계획이었다. 밖으로 나가려면 일단 씻는 게 좋을 것 같아서 윤이는 침대에서 내려왔다.

"정말 좋은 생각인 것 같아요. 그럼 저 얼른 씻고 올게요!"

그가 사람을 시켜 고친 휠체어를 타고 윤이가 욕실 안으로 들어갔다. 샤워기를 틀어서 머리를 감고 이곳저곳도 씻었다. 오랜만에 나들이할 생각에 한껏 들떠서는 자신도 모르게 콧노래가 다 나왔다.

씻는 것을 마무리하고 밖으로 나오니 강우는 벌써 샤워를 마쳤는지 머리를 드라이어로 말리고 있었다.

"공용 샤워실에서 씻으신 거예요?"

"응. 이리 와. 머리 말려 줄게."

충분히 혼자 말릴 수도 있지만, 윤이는 강우가 손짓한 자리에 가서 앉았다. 그가 머리카락을 만져 주는 손길이 좋았기에 거절하고 싶지가 않았다.

자리에 앉자, 강우는 잠시 껐던 드라이어를 다시 켰다. 그러고는 윤이의 머리카락을 유한 손길로 들쑤시며 말려 주었다.

이렇게까지 다정한 남자였나 싶을 정도로 강우는 남자 친구로서는 꽤 자상한 편이었다. 나가자는 것도 귀찮다고 거절할 줄 알았는데, 병원에는 사람 많다며 아예 나들이를 준비해 주는 남자. 윤이는 괜스레 웃음이 흘러나왔다.

그는 젖은 구석 하나 없이 아주 꼼꼼하게 머리를 말렸다. 물기가 아주 조금이라도 남아 있으면 마치 독감에라도 걸리는 것처럼.

"대표님은 다 말리셨어요?"

윤이가 강우의 머리를 슬쩍 만지며 물었다. 아직 물기가 남아 있었다.

"드라이어 줘요. 이번에는 제가 머리를 말려 드리죠."

윤이가 강우의 머리카락 사이사이에 손가락을 집어넣어 털어 주며 머리를 말렸다.

"흐흐."

그런데 강우가 갑자기 웃음을 터트리며 몸을 휘청였다. 윤이는 강우의 머리카락에서 손을 뗐다.

"왜 그래요?"

"간지러워서."

"그래도 참아야죠. 머리 다 안 말리고 나가면 감기 걸릴 수도 있잖아요."

"응."

윤이가 다시 머리를 말리기 시작하자, 그가 간지러운지 어깨를 들썩이며 웃었다. 예민하기는. 윤이는 속으로 그렇게 생각하면서 뒤통수마저 예쁜 강우를 보며 미소 지었다.

"아이, 정말."

그런 그가 귀여워서 윤이도 자꾸만 웃음이 나왔다.

머리를 마저 말린 두 사람은 병원복 위에 가벼운 카디건만 걸치고 병실을 나왔다. 병원 앞에는 강우가 전화로 대기시켜 놓은 고급 세단과 경호원이 서 있었다. 경호원은 곧바로 두 사람의 휠체어를 트렁크에 실었다.

"모시겠습니다."

경호원이 뒷좌석 문을 열어 주었고 두 사람이 나란히 올라탔다.

"어디로 갈까요?"

두 사람을 태운 경호원이 운전석에 앉으며 물었다.

"가고 싶은 곳 있어?"

"어디가 좋을까요?"

"한강으로 가자."

"한강 좋네요."

두 사람의 대화를 들은 경호원은 바로 한강으로 출발하기 위해 시동을 걸었다. 그러자 지긋지긋한 병원에서 멀어지기 시작했다. 도로에 진입했고 막힘없이 달리는 자동차 안에서 윤이는 그리웠던 바깥세상을 구경했다.

출근할 때는 늘 무심하게 바라보았던 풍경들이 오늘따라 너무 반가웠다. 그래서 본의 아니게 창문에 빨판 힘 좋은 낙지처럼 붙어서 정신없이 구경했다.

"난생처음으로 눈이라도 본 강아지처럼 신나 하네."

강우가 뒤에서 웃음기를 머금은 목소리로 말했다.

"너무 오랜만에 나와서 그런가. 신나요."

"아니. 신나는 이유가 오랜만에 나와서가 아닐 거야. 잘 생각해 봐."

그의 갑작스러운 퀴즈에 윤이가 머리와 눈을 동시에 굴렸다.

"나랑 같이 나와서 그런 거야."

강우가 윤이를 대신해 답을 찾아 주었다.

"네? 아, 네. 그런 것 같아요."

"응. 누가 안 말리니까, 실컷 좋아하고 즐겨. 나랑 나와서 기쁜 마음을."

"……."

강우가 창문을 살짝 열었다. 적당히 시원한 바람이 안으로 비집고 들어왔다. 강우는 윤이의 손을 잡고 그녀의 작은 어깨에 살포시 얼굴을 기대었다.

바람이 실어 온 그의 머리카락에서 나는 향긋한 샴푸 향이 윤이의 코끝을 간지럽게 스쳤다.

쨍그랑!

남자가 던진 투명한 유리잔이 벽에 부딪쳐 큰 소리를 내며 깨졌다. 유리잔은 순식간에 산산조각이 되어 주변에 흐트러졌다.

"꺄아!"

주변 사람들이 놀라서 허둥지둥 룸을 빠져나갔다.

"인찬아. 왜 그러냐, 어? 진정 좀 해!"

유리잔을 던진 남자를 친구가 말렸지만 소용없었다.

"아, 놔 봐! 놔 봐아!"

인찬은 바닥에 주저앉아서는 고개를 들지 못하고 있는 여자를 향해 달려들려고 했다. 친구는 인찬을 다시 말렸다.

"그만해. 이러다가 사람들 몰리거나, 신고라도 들어오면 어쩌려고 이러냐."

"어떤 새끼가 신고를 해? 그리고 신고하면 뭐."

인찬은 당당했다.

"물론 아무 일 없다는 듯이 나오겠지만 그래도 네 아버지가 아시면……."

"안 닥쳐?"

불같이 화를 내는 인찬에 친구가 수그러졌다. 그런 친구를 세게 밀친 인찬은 여전히 바닥에 주저앉아 있는 여자를 향해 다가갔다. 그러더니 쭈그리고 앉아서는 여자의 머리를 손가락으로 기분 나쁘게 툭툭 쳤다.

"예쁘다, 예쁘다 해 줬더니 눈에 뵈는 게 없냐, 너?"

"……."

"그래 봤자 딴따라 주제에. 너 내 말 한마디면 그 자리에서 바닥으로 추락하는 건 시간문제야."

남자의 협박에 고개를 든 여자는 서아였다. 울지 않으려고 했지만, 의지와는 다르게 눈시울이 붉어지고 코끝이 시큰해졌다. 두려워서가 아니다. 분하고 억울해서였다.

"왜? 못 할 것 같아?"

"……."

"네가 돈이 많으면 뭐 얼마나 많아? 나보다 많아? 네가 백이 있으면 얼마나 많으냐고, 나 보다 많으냐고."

인찬은 계속 서아의 이마를 손가락으로 툭툭 밀치며 비아냥거렸다.

인찬하고는 몇 번의 만남을 가졌다. 재벌에다가 얼굴도 준수한 편이라서 만나는 동안 나쁘지 않다고 생각했는데, 강우를 보고 나니 인찬이라는 존재가 다소 시시하게 느껴졌다. 더 좋은 명품이 이미 눈을 사로잡아 버렸으니, 지금 갖고 있는 명품이 하찮게 보이는 건 어쩌면 당연했다.

그래서 헤어짐을 얘기했고 인찬은 잡았다. 자존심도 없냐며 그를 못난 남자 취급을 한 서아를 인찬은 또 잡았고, 서아는 참을 수가 없어서 인찬의 뺨을 때렸다.

그 뒤로 인찬은 무자비한 손길로 서아를 대했다. 분노 조절을 참지 못하고 모두 나가라는 뜻으로 유리잔을 집어 던지기도 했다.

계속 제 머리를 치는 인찬의 팔을 서아가 세게 치고서는 있는 힘껏 노려보았다. 그러자 인찬이 피식 웃었다.

"왜? 억울해?"

"내가 가만있을 것 같아?"

"아니. 가만있지 않을 것 같아."

인찬은 당당하게 대답했다.

"나가서 여기저기 소문 퍼트려. 덴미큐그룹 김인찬하고 사귀다가 '시시하다'로 자존심을 건드려서 귀싸대기 맞았다고."

"……."

"내가 너 때린 건 뭐, 증거도 없고 증거가 나오더라도 나는 그냥 잠깐 사과만 하면 끝이야. 어차피 사람들은 금방 잊어. 그리고 뭐, 네가 나를 고소한다고 해도 내가 아는 변호사만 몇 명인데?"

틀린 말이 아니었다. 이 룸에는 CCTV도 없고 이런 일이 생길 거라고는 예상도 못 한 서아가 따로 녹음기를 준비해 놓은 것도 아니었다. 그리고 무엇보다도 이제 겨우 데뷔 3년 차 연예인이 재벌을 이기는 건, 하늘의 달을 따는 것보다 더 힘든 일이었다.

"근데 너는 나를 고소하는 순간, 영화랑 드라마에 나오는 데 제약이 걸리겠지."

그래도 이렇게 막무가내인 남자를 용서할 마음은 없었다. 서아는 힘 빠져 있던 몸을 일으켜서 테이블 위로 향했고 눈앞의 유리잔을 들어 남자에게 뿌렸다.

"야!"

그러고는 인찬이 그랬던 것처럼 똑같이 유리잔을 집어 던져 깨트렸다.

"저게!"

"인찬아!"

다시 서아에게 덤벼들려는 인찬을 친구가 막았다. 서아는 분노에 이글이글하는 눈으로 인찬을 쏘아보았다.

"나 이렇게 만든 거, 반드시 후회하게 해 줄 거야. 당신."

서아는 그대로 룸을 나왔다. 곧바로 집으로 향했고, 밤이 새도록 분해서 잠을 제대로 이루지도 못한 상태에서 다음 날 매니저가 데리러 온 밴에 올라탔다.

"서아야, 오늘 촬영……. 어? 너 얼굴이 왜 이래!"

매니저가 서아의 부은 뺨을 보고 화들짝 놀랐다.

"별거 아니야."

서아는 여전히 분노에 찬 눈으로 말했다.

"별거 아니라니? 뺨이 이렇게 부었는데!"

"별거 아니라잖아!"

서아가 신경질을 확 부렸다. 매니저는 서아의 심기를 건드리지 않으려고 더는 말을 덧붙이지 않았다.

인찬의 횡포를 이렇게 넘어갈 생각은 없다. 자신에게 굴욕과 치욕스러움을 안겨 준 것의 몇 배로 되갚아 줄 생각이었다.

하지만 그러려면 꼭 필요한 것이 있다. 인찬을 꼼짝달싹 못 하게 만들 인물. 그러니까 인찬보다 더 많은 권력과 재력을 가진 자.

그러다 서아의 머릿속에 누군가가 파앗, 하고 지나갔다. 병원복을 입고 휠체어에 앉아서 스태프에게 사악한 기운을 내뿜던 남자.

"……그래. 신강우 정도라면 충분히 대적할 수 있겠다."

가뜩이나 가까이 두고 싶었던 강우가 이제는 제 자존심을 회복하는 데 아주 필요한 남자가 되었다. 서아는 주먹을 꽉 쥐었다.

□　◆　□

휠체어를 타고 한강을 실컷 돌아다녔는데도 병원으로 가는 것이 아쉬워서 두 사람은 근처에 있는 편의점으로 향했다. 간단하게 음료나 한잔하려고 들어왔는데, 막상 컵라면 냄새를 맡으니 없던 허기가 생겼다.

"배 안 고프세요?"

"너 배고파?"

"네. 조금이요. 그래서 컵라면 하나 먹을까 하는데."

"먹어. 난 별생각 없어."

그는 라면 쪽에는 눈길도 주지 않고 생수 한 병을 손에 쥐며 말했다. 참, 입 짧은 남자였다.

"네."

라면을 고르고 나니 이걸로는 살짝 부족할 것 같아서 김밥도 추가로 집어 들었다. 잠시 맥주가 눈에 아른거렸지만, 참기로 했다.

계산한 후, 컵라면에 뜨거운 물을 붓고 밖에 펼쳐 놓은 파라솔에 두 사람이 마주 보고 앉았다. 윤이는 컵라면의 굳게 닫힌 뚜껑을 만지작거리며 면이 어서 익기를 기다렸다. 그러다 김밥이 떠올라서 비닐을 벗겼다.

"정말 안 드실 거예요?"

윤이가 김밥 하나를 집어서 그에게 들이대며 물었다. 그러자 강우가 윤이의 손목을 가볍게 잡아서 제 입 쪽으로 잡아당겨 받아먹었다.

"먹으라고 내민 손 민망할까 봐 먹는 거야."

그래. 그렇다고 치자. 속으로 그렇게 생각하며 윤이도 김밥 하나를 집어 먹었다. 강우는 윤이의 음료를 가져가서 뚜껑을 연 후에 내밀었다.

"내 기억 속의 나는 늘 일만 했던 것 같은데, 네 기억에도 그래?"

그가 잔잔하게 흘러가는 한강을 바라보며 물었다.

"네. 제 기억 속에서도 늘 일만 하셨어요."

"앞으로는 가끔 이런 곳에 와서 기분 전환도 좀 하고 쉬엄쉬엄해야 할 것 같아."

"한강 오시니까 좋으세요?"

"응. 너랑 와서 좋은 것 같기도 하고."

윤이가 한 번도 상상해 보지 못한 상황이었다. 상사인 강우와 한강에 휠체어를 타고 돌아다니다가 파라솔 아래에서 마주 보고 앉아 라면과 김밥을 먹을 줄은. 그리고 그 시간이 괜찮고 재미있을 줄은.

"라면 불겠다."

"아!"

윤이가 서둘러 뚜껑을 열었다. 뜨거운 김이 펄펄 올라왔다.

"후후 불어서 먹어. 급하게 먹다가 입 데지 말고."

"네."

강우의 말대로 윤이는 라면을 후후, 불며 먹으려고 입을 벌렸다. 그러다 턱을 괴고 그런 자신을 빤히 쳐다보고 있는 강우와 눈이 마주쳤다.

"라면…… 먹고 싶으세요?"

"먹고 싶어서 쳐다보는 거 아니야."

"그럼, 혹시 제가 너무 예뻐서?"

"먹어. 얼른."

"네."

분명 맛있어야 할 라면인데 윤이는 라면이 어떤 맛인지도 모르게 먹었다. 바로 앞에서 자신에게 눈을 떼지 않는 강우의 시선이 부담스러워서, 신경이 쓰여서, 미묘하게 설레었던 감정이 이제 다른 건 신경 쓰지 못할 정도로 너무 광대해져 버려서.

"맛있어?"

윤이가 고개를 끄덕이며 혹시 몰라 하나 더 챙겨 온 젓가락을 강우에게 건넸다. 그러자 강우가 컵라면으로 손을 뻗었다. 면발을 들어 입으로 가져다 대는 순간, 윤이의 입에 물려 있던 면발 하나가 서서히 공중으로 떠올랐다.

"……."

"……."

두 사람은 같은 면발 끝을 입에 물고 서로를 마주 보게 되었다. 면발을 물고 있는 그의 입술이 눈에 확 들어왔다. 아무것도 바른 것이 없는데, 한껏 물기를 머금은 것처럼 촉촉하고 불그스름한 입술에 얼굴이 확 달아올랐다.

자신의 이런 불순한 생각에 너무 당황한 윤이는 사레에 걸렸다.

"캑! 헉!"

사레로 기침을 하자마자 자신의 입에 있던 면발이 강우의 얼굴로 날아 가는 것을 보며 눈이 휘둥그레졌다. 그가 눈을 감은 채 굳어 있었다.

"죄송해요, 대표님!"

윤이가 팔을 뻗어서는 그의 고운 얼굴에 대롱대롱 매달려 있는 면발을 조심스럽게 떼어 냈다. 그가 몇 마디 할 줄 알았는데, 면발이 붙어 있을 때 는 한껏 정색하고 있던 얼굴에 슬그머니 웃음이 피어나기 시작했다.

"웃겨."

강우는 젓가락을 내려놓고 윤이에게 어서 먹으라는 듯이 손짓했다. 윤 이는 그런 강우를 힐끔 바라보며 라면을 마저 먹었다.

□ ◆ □

한강의 따뜻한 기운과 특유의 평화로움을 한껏 만끽한 후에 병실로 돌 아오니 스크린이 설치되어 있었다. 노트북에는 작은 쪽지도 붙어 있었다.

「영화 보실 수 있게 사이트 회원 가입까지 완료하였습니다.」

쪽지에는 아이디와 비밀번호도 적혀 있었다. 깨끗하게 씻고 나온 두 사람은 나란히 침대에 앉았고 강우는 익숙하게 스크린을 켰다.

"뭐 보고 싶어?"

"눈물 질질 짜는 슬픈 영화만 아니면 돼요."

"이건 어때?"

그가 선택한 것은 로맨스를 다룬 19금 영화였다.

"네?"

"왜?"

그의 취향에 놀라 반문하는 윤이에게 강우는 뻔뻔할 정도로 당당하게 되물었다.

"변태세요?"

"따라 하겠다는 것도 아닌데, 무슨 변태야?"

"……."

"그럼 이건 어때."

이번에는 범죄, 스릴러 장르의 19금 영화였다.

"왜 이렇게 19금을 좋아하세요?"

"왜, 좋아하면 안 돼? 19세도 훌쩍 넘겨 버린 어른인데."

"저 징그러운 것도 잘 못 보는데."

"취향이 이렇게 안 맞아서야, 원. 같이 영화 한 편 보기 정말 힘드네."

그가 낮게 중얼거리며 다시 노트북으로 시선을 돌렸다.

"취향도 안 맞는데 영화는 다음에 보고 나란히 누워서 취향에 맞는 서로의 얼굴이나 볼까?"

무심한 듯 여전히 노트북에 시선을 둔 채 묻는 강우에 윤이가 마른침을 삼켰다. 아직 잠이 오지 않을 정도로 정신이 아주 말짱하다 못해 쌩쌩하다. 그건, 그의 얼굴을 정말 오래 봐야 할지도 모른다는 뜻이었다.

강우는 오래 보기에는 너무 위험한 남자다. 그는 분명, 나란히 누워서 쳐다만 보고 있지 않을 거였다. 허리를 끌어안고, 때때로는 손등으로 뺨을 만지기도 하고, 느긋하면서도 도회적인 눈빛으로 자신의 입술도 바라보겠지. 그렇게 된다면, 윤이의 심장이 다시 벌렁벌렁하게 될 거고 꽁꽁 짓눌러 놓은 남자를 향한 욕망이 마구 들끓게 될지도 몰랐다. 특히, 이렇게 한껏 어두워진 밤에는 더욱.

"제가 골라 볼게요."

그래서 얼른 노트북을 뺏다시피 가져와서는 영화 목록들을 확인했다.

"어? 이거 좀 재밌을 것 같아요."

"애니메이션? 그렇게 유치한 거 보면서 시간 낭비 하고 싶지 않아."

"그럼, 이건 어떠세요?"

"너 공포 영화 잘 봐?"

"네. 저 정말 좋아해요."

"그게 왜 좋아?"

강우는 이해되지 않는다는 표정으로 물었다.

"짜릿하잖아요."

"안 무섭고?"

"네. 어차피 다 분장인 걸 아는데, 뭐가 무서워요?"

"안 무서우니까, 소리를 지르는 일도 놀라서 안기는 일도 없겠네?"

"그, 그렇죠?"

"어. 그러면 난 안 볼래."

정말, 강우와는 영화 취향이 너무 맞지 않았다.

"됐어. 다음에 봐."

결국 강우는 윤이가 보고 있는 노트북을 접고서는 그대로 가져가 자신의 빈 침대 위에 무심하게 던졌다.

"그렇게 노트북을 막 던지면 어떡해요? 바닥에 떨어져서 망가지기라도 하면 어쩌려고!"

"하나 사면 되지 뭐가 문제야."

요즘 회사도 아니고, 매일 병원에만 있으니 순간 그가 재벌이라는 것을 깜빡했다. 윤이는 금방 수긍했다.

"자자."

그가 먼저 누우며 앉아 있는 윤이를 안았다.

"자자고요?"

"그럼 안 자고 나랑 뭐 하고 싶은데?"

누워 있는 그가 윤이를 지그시 올려다보며 물었다.

그의 촉촉한 눈동자가 오늘따라 밤하늘에 흩뿌려 놓은 별처럼 빛났다. 느슨하게 감았다가 뜨는 눈꺼풀은 무거워 보였다. 피곤한 듯했다.

"피곤해요?"

"응."

"전에는 신기할 정도로 체력이 아주 강하셨는데."

"마음이 편안해서 그런 것 같아. 긴장을 풀고 있으니까."

"……."

"병실에 있으니까, 사람이 자꾸 처지고 늘어지는 것 같기도 하고."

그리 말하면서도 그의 손과 눈은 재촉하고 있었다. 얼른 누워, 라고. 하는 수 없이 윤이가 강우를 마주 보며 누웠다.

"오늘은 저 빈 침대에 가서 주무시면 안 돼요? 한동안 주인 못 찾아 텅 빈 침대가 불쌍해 보여요."

"너 악몽 꾸고 나서부터는 혼자 못 재우겠어."

"……."

"그리고 너 안고 있으면 따뜻해. 그래서 계속 안고 싶어."

강우가 윤이를 자신의 품으로 더욱 잡아당겼다. 그러고는 그녀의 머리에 뺨을 편안하게 기대고서는 눈을 감았다.

"진작 알았으면, 더 많이 안을 수 있었을 텐데. 아쉬워."

한껏 잠긴 목소리가 머리에서 울리는 것 같았다. 안고 있으니 맞닿은 그의 심장이 일정한 속도로 뛰고 있다는 것마저도 모두 느껴졌다.

시선을 슬쩍 아래로 두던 윤이가 깜짝 놀랐다. 벌어진 병원복 사이로 그의 상체가 보였다. 잔근육이 보기 좋게 자리 잡은 단단한 그의 가슴팍에 윤이는 정신이 다 몽롱했다. 시선을 어디에다가 둬야 할지 몰라서 그냥 좋은 곳에 뒀다.

강우의 단단한 대흉근에.

"대표님?"

살포시 불러 본 이름에 돌아오는 대답이 없다. 그는 그대로 잠이 든 듯했다. 윤이는 팔을 뻗어 그의 등을 쓸어 만지며 다독여 주었다.

"잘 자요."

화창했던 어제와는 다르게 금방이라도 비가 쏟아질 것처럼 하늘이 우중충했다. 그래서인지 보호자와 환자들로 제법 바글바글하던 공원도 한산했고, 기분이 괜히 감성적이게 젖어 가는 것 같았다.

어제 강우와 손을 잡으며 휠체어를 밀고 다녔을 때가 문득 떠올랐다. 산산한 바람과 한강 특유의 여유로움, 빵빵거리는 자동차의 클랙슨 소리마저도 좋았다.

"아, 따지고 보면 별건 없었지만, 정말 좋았어."

낮게 중얼거리던 윤이가 뒤에서 끌어안는 강우에 또다시 몸을 굳히며 긴장했다. 자신의 등에 그의 단단한 가슴이 닿는 것이 노골적으로 느껴졌다. 벌렁벌렁. 오늘도 그 바람에 심장이 거칠게 팔딱였다.

"뭘 그렇게 보고 있었어?"

"그냥, 우중충한 하늘이요."

"기분도 우중충하게 뭣 하러 저런 걸 보고 있어? 기분 좋게 날 봐."

강우가 커튼으로 창문을 대충 가리고서는 뒷걸음질로 침대에 앉은 후 윤이를 그대로 자신의 무릎 위에 앉혔다.

"아까 뭐 당긴다고 중얼거리지 않았어?"

"아, 막걸리요. 막걸리가 당긴다구요."

"막걸리?"

"네."

"너 맥주파잖아."

"어? 그걸 기억하세요?"

윤이가 눈을 동그랗게 뜨며 묻자, 강우가 허공에 눈길을 두었다.

"그러게, 기억이 나네."

자신이 말하고도 살짝 당황한 눈치다. 하지만 그의 얼굴은 금세 특유의 무표정으로 돌아왔다.

"퇴원하면 마시러 가자."

"네."

전에도 그랬지만, 그의 무릎에 앉아 있으면 유난히도 얼굴이 가까이 붙어 있게 된다. 가까운 거리에서 눈을 마주 보고 있는 것은 살짝 부끄러워서 이리저리 시선을 방황하다 보면 가장 눈에 띄는 것에 멈추게 된다.

이건 인간이라면 이성 앞에서 보일 수 있는 본능이다. 그리고 윤이의 눈에 띈 그의 가장 튀는 곳은 입술이다.

"어제는 그렇게 날씨가 좋더니."

"그러게요. 안 그래도 저도 그 생각 하고 있었어요."

"산산한 바람 느끼면서 한강 돌아다니던 거, 좋았는데."

그가 어제의 기억이 떠오르는지 엷은 미소를 지으며 회상했다. 하지만 그 와중에도 윤이의 시선은 그의 입술에 박혀 있었다.

사람은 누구나 한 번쯤 특별해 보인다든가, 예뻐 보인다든가, 멋있어 보일 때가 있다.

그리고 지금 강우가 그랬다. 그는 오늘따라 더 잘생겨 보였다.

"2주 후에 퇴원하려고."

"2주 후에요?"

"응. 병원이 너무 답답해서. 집에서 좀 쉬면서 통원 치료 받고 회사 나가야지."

"……."

"쉬는 거 좋은데, 더 쉬다가는 감도 못 잡을 것 같아서."

"네. 잘 생각하셨어요. 옆에서 더 잘 모실게요."

"집에 와 있을 거지?"

윤이가 눈을 깜빡이며 고개를 내저었다.

"아니요. 전 우리 집에서 살아야죠."

"누가 우리 집에서 살래? 회사 나가지 말고 집에 와서 같이 있자는 거지."

"아! 아, 그런 뜻이군요!"

멋대로 엉큼하게 해석한 것이 민망해서 괜히 더 과장되게 허벅지를 치며 큰 소리를 냈다.

"있어야죠, 당연히! 제가 아니면 누가 와 있겠어요?"

그가 윤이의 반응이 귀엽다는 듯이 피식 웃으며 한쪽 입꼬리를 올렸다. 아랫입술은 물기를 머금은 듯 매끈하고 복숭아처럼 작위적이지 않은 색을 띠고 있다.

뭐야, 입술에 뭐 바른 거야? 그러지 않고서야 입술이 뭐 저렇게 예뻐? 자꾸만 쳐다보게 되잖아? 너무 촉촉해 보여서 닿으면 무슨 느낌이 날지 궁금하기도 했다.

"윤이야."

"네?"

"너무 티 나. 너."

"……뭐, 뭐가요?"

"나랑 키스해 보고 싶다고 생각하고 있는 거."

"그런 생각은 한 적 없는데요! 그냥, 닿으면 무슨 느낌이 날지 궁금했던 거뿐이에요."

말을 하고도 아차, 싶었다. 그가 던진 미끼를 덥석 문 것 같기도 하고 당황스러움에 이성을 잡지 못하고 너무 충동적이었던 거 같아 윤이는 아찔했다.

강우가 그런 윤이를 빤히 쳐다보며 고개를 살짝 기울였다.

"그러니까, 그게……."

"궁금하면, 해 보면 되잖아."

윤이의 작고 뜨거운 뺨이 강우의 커다란 손에 감싸였다. 뺨을 어루만지는 손길이 기분 좋은 소름을 유발시켰다. 세포들이 긴장하면서도 한껏 들떠서 설레발을 치는 것 같기도 했다.

"지금, 키스하실 거예요? 저한테?"

초조함과 미묘한 설렘을 안고 물었다.

"왜? 안 돼?"

그가 만진 뺨은 금방이라도 터질 것처럼 더욱 뜨겁게 달아올랐다. 안 된다는 대답이 차마 입에서 떨어지지 않았다.

"해도 돼?"

반대로 묻는 말에도 대답할 수가 없었다. 대놓고 네, 키스해 주세요, 라고 말하는 건 정말 부끄러운 일이었다.

"키스해도 되면, 눈 감을래?"

"음!"

강우의 한마디에 윤이는 저도 모르게 눈을 질끈 감았다.

아, 나 지금 대표님이랑 키스하겠다고 적극적인 반응을 보이는 거야?

순간, 자신에게 뒤통수를 얻어맞은 것 같은 배신감이 들었다. 정말로 연애하는 사이도 아니면서 분위기에 휩쓸려, 그의 입술에 매료되어 이렇게 키스까지 하려는 자신이 발칙하게 느껴졌다.

"잠깐……."

그래서 키스하지 않으려고 입술을 떼어 낸 순간이었다. 그의 뜨겁고 말캉한 것이 조심성도 없이 단번에 입안으로 파고 들어왔다.

그의 입술은 생각 이상으로 더욱 촉촉하고 매끈했다. 안 된다고, 이러면 안 된다고 머리가 경고로 언성을 높이고 있는데도 들어오는 것을 거부할 수 없을 정도였다. 입안을 파고든 그는 마치 자신의 모든 것을 점령하려는 듯이 집요하면서도 맹렬하게 움직였다.

어정쩡하게 움직이던 윤이의 말캉거리는 혀가 금방 그에게 포식당해 이리저리 휘둘렸다. 숨결은 금방 헐떡여지고 정신은 아득해졌다. 여린 속살이 서로의 입안을 격하게 오고 갔다. 빨고 핥고 서로를 끈적하게 잡아당기자, 야한 소리가 주변을 채웠다.

거센 심장 소리가 서로를 원할수록 더욱 거칠게 뛰었다. 한껏 예민해진 감각들을 이제는 통제할 수 없을 정도였다. 기분 좋은 예민함에 윤이는 온몸이 짜릿했다.

그는 키스를 아주 잘했다. 키스가 이렇게까지 극심한 쾌감과 달콤한 감각을 줄 거라고는 생각해 본 적이 없을 정도였다. 저 끝자락에 서 있는 욕망을 그는 키스로 끌고 올라오는 것만 같았다.

"으음."

정신없이 그의 움직임을 따라가던 윤이는 순간, 강우의 목을 끌어안고 열정적으로 키스를 나누고 있는 본인의 모습을 깨달았다. 하지만 다른 행동을 취할 수도 없었다. 윤이는 이미 강우의 커다란 품에 완전히 붙들린 채였다. 그리고 무엇보다도 이 짜릿한 감각을 놓치고 싶지 않았다.

이판사판이다. 나중의 일은 나중에 생각하자, 하는 마음으로 윤이는 지금 이 순간에 충실하기로 했다.

그녀가 팔을 뻗어 그를 꽉 잡았다. 갑작스러운 윤이의 적극성에 그가 살짝 멈칫했지만, 이내 안으로 더욱 깊이 들어왔다.

서로의 타액과 달뜬 숨결이 한껏 엉겨 붙었다. 딱 달라붙은 두 사람은 그렇게 오래도록 떨어지지 않았다.

## 3장

키스……해 버렸다.

윤이는 씻기 위해 들어온 화장실 안에서 거울 속의 혼이 나간 자신을 쳐다보고 있었다. 본인으로서는 너무 갑작스러운 일이었지만, 강우의 입장에서는 아니었겠지? 그저 연애하고 있는 연인과 첫 키스를 나눴다고만 생각할 터였다.

강우와의 키스로 인해 윤이가 한껏 혼란스러워하고 있을 때였다.

"지나가다가 너 생각 나서 들렀어!"

"쓸데없는 짓을 했군."

밖이 소란스러웠다. 누군가가 온 듯했다. 윤이는 얼른 마무리하고 화장실을 나섰다. 병실에는 한쪽 손에 케이크를 든 재훈이 서 있었다.

"어? 안녕하세요. 윤이 씨."

"네. 오셨어요?"

윤이가 재훈을 향해 가볍게 묵례하며 인사했다.

"강우 생각 나서 왔는데, 빈손으로 오기 조금 뭐해서요. 윤이 씨가 좋아할 것 같기도 하고, 여기 맛있기로 유명하대요. 줄 서서 사 왔어요."

재훈이 윤이에게 케이크 박스를 건넸지만, 그것을 받지는 못했다. 중간에서 박스를 낚아챈 강우 때문이었다.

"케이크를 왜 내 여자 친구를 생각하며 사 와?"

사악한 경계가 도사리는 목소리였다.

"오해하지 말고."

"오해를 안 하게 생겼어? 줄까지 서서 내 여자 친구 케이크를 사 온 남자한테?"

강우는 케이크를 재훈의 품에 세게 던지듯 돌려주었다. 재훈이 도와 달라는 듯이 난감한 눈빛으로 윤이를 바라보았다.

"원래 케이크는 대부분의 여자가 좋아하잖아요. 그러니까 그렇게 말씀하신 거겠죠."

재훈의 SOS 눈빛을 받은 윤이가 설명했지만, 소용없었다.

"너 왜 얘 편 들어?"

"아니, 이건 편든 게 아니라."

"설마, 케이크 먹고 싶어서 그런 거야?"

"아니에요."

"다른 남자가 사 준 케이크 먹지 마. 내가 열 개라도 사 줄 테니까."

"사람이 케이크를 어떻게 열 개나 먹어요."

윤이는 아무래도 안 될 것 같아서 재훈에게 고개를 내저었다. 대신 빠르게 자리를 권했다.

"앉으세요."

"앉지 마."

앉으려던 재훈이 강우의 한마디에 궁둥이를 소파에 앉았다가 일으켰다.

"너 왜 그러냐, 정말?"

섭섭한 듯 재훈이 강우에게 투정 부렸다. 아마, 강우의 머릿속에는 재훈에 대한 기억이 조금도 없는 듯했다. 그랬기에 원래도 무뚝뚝하게 대한 친구에게 더욱 무뚝뚝하게 대할 수밖에 없었다. 하지만 그걸 잘 모르는 재훈의 입장도 이해는 간다. 친구를 위해서 온 자리에 그 친구가 너무 차갑게 대하니 서운하겠지.

"그러지 마세요. 대표님을 만나러 오신 분에게."

그래서 윤이는 아주 차분하게 강우를 달랬다.

"대표님을 아주 좋아해 주시던 친구분이세요. 얼른 앉으세요. 재훈 씨."

윤이의 말에 재훈은 앉으려던 자리에 다시 앉고, 강우는 더는 아무 말하지 않았다. 윤이는 선반에 마련되어 있는 커피 머신 앞으로 갔다.

"지금 여기에 다른 차는 없고 커피만 가능한데, 괜찮으세요?"

"네."

"따뜻한 아메리카노로 드릴게요."

"고마워요. 윤이 씨."

"대표님도 드실 거예요?"

"난 됐어."

고소한 커피 향이 병실 안을 금방 채웠다. 윤이는 자신과 재훈의 커피만 들고 소파로 돌아왔다.

"커피랑 케이크 같이 먹으면 꿀 조합인데!"

윤이가 박스를 열어 케이크를 꺼냈다. 일회용 포크 하나를 까서 강우에게 건넸지만, 그는 받지 않았다. 대신, 재훈을 쳐다보았다.

"할 말 있으면 빨리하고 가."

"친구끼리 굳이 뭐 할 말 있어야 만나는 거야?"

"어. 지금은 그래야 해."

"왜?"

"윤이랑 단둘이 있고 싶으니까. 할 말 없으면 얼른 일어나서 꺼…… 아니, 가 줬으면 해서."

"오늘 하루 종일 같이 붙어 있던 거 아니야?"

"하루 종일은 아니지. 아직 하루가 안 지났으니까. 단둘이 더 붙어 있어야 하니까 빨리 할 말 하고 가."

자신에게 너무 흠뻑 빠져서, 너무 좋아서, 계속 단둘이만 붙어 있고 싶어 하는 건 충분히 이해하는 바였다. 그래도 너무 여자에게 미쳐 있는 것 같은 모습을 주변 사람에게 보여 주는 건, 그다지 옳지 못하다는 생각이 들기도 했다.

윤이가 한마디 하려는데, 재훈의 목소리가 더 빨랐다.

"사귀기 전부터 맨날 윤이 윤이 하더니. 윤이 씨는 그거 모르죠?"

재훈이 윤이에게 시선을 옮겼다.

"어떤 거요?"

"예전에 강우랑 같이 이탈리안 레스토랑을 간 적이 있거든요. 시저 샐러드가 토핑되어 있는 피자를 시켜 먹었는데, 윤이 씨가 생각난다는 거예요."

"왜요? 로메인 상추 밭 하나를 다 갈아 치울 것 같대요?"

"네."

"헐."

이 남자는 진짜 누굴 돼지로 아나? 윤이는 강우를 째려보았다. 하지만 그는 생각나지 않는다는 듯이 무표정한 얼굴로 어깨를 으쓱일 뿐이었다.

"그러면서 이런 얘기도 덧붙였어요. 언제 한번 점심으로 같이 시저 샐러드를 먹었는데, '대표님, 이거 이름이 뭔 줄 아세요? 시져시져, 시져 샐러드예요.' 하면서 가당치도 않은 애교를 부렸다면서. 강우가 윤이 씨 얘기를 하더라고요."

"……그건 뒷담화 아닌가요?"

"근데 그때 강우 녀석 표정은 뒷담화가 아니었죠."

대꾸하지 않고 있는 강우를 윤이가 힐끔 쳐다봤다. 그는 팔짱을 끼고 수다를 이어 나가는 친구를 쳐다보고 있었다. 없는 기억의 쪼가리들을 더듬기라도 하는 듯.

"어떤 표정이었는데요?"

"웃고 있었어요. 꼭 귀여운 것을 보기라도 한 사람처럼. 그래서 제가 너

그러다가 서 비서님이랑 연애라도 하겠다, 하니까 정색하더라고요."

이야기가 잘 흘러가다가 왜 그쪽으로 가는지 모르겠다.

"그런데 결국 이렇게 둘이 연애를 하다니, 뭐 나야 진즉에 예상한 바이지만!"

"내가 이유는 말 안 했나?"

여태, 잠자코 재훈의 말을 듣고 있던 강우가 낮은 목소리로 물었다.

"뭘?"

"윤이랑 연애하지 않겠다는 이유."

"오래 보고 싶어서 그런다고 했어. 연애하고 헤어지고 나면, 비서와 상사 관계로도 지내기가 어려워지니까."

"……친하긴 했던 모양이군."

자신의 속 얘기를 한 것에 대해 강우는 이제 재훈의 존재를 어느 정도 인정했다.

"그래. 너의 유일한 친구야, 내가."

강우는 믿지 못한다는 불신의 눈빛으로 재훈을 보았다. 그 뒤로 재훈은 윤이를 위해서 사 왔다는 케이크 한 판을 거의 혼자 다 먹고 갔다. 그럴 거면 왜 사 온 건지…….

재훈이 돌아간 후에 강우는 침대에 앉아 한곳에 시선을 둔 채, 사념에 잠겨 있었다.

"무슨 생각 하세요?"

"……."

말을 시키는 것조차도 모를 정도로 그는 아주 깊은 생각에 빠져 있었다. 윤이는 그가 생각에서 헤어 나올 때까지 보채지 않고 기다려 주기로 했다.

그가 무슨 생각을 할까, 궁금했다. 느슨하게 감았다가 뜨는 눈꺼풀, 작게 벌려서 달싹이는 입술, 감정을 읽을 수 없는 고정된 눈길.

윤이는 강우가 만들어 놓은 침묵 속에서 그를 기다렸다. 그리고 한참 후에야 그는 깊은 생각에서 깨어났다.

강우가 몸을 일으켜 윤이가 앉아 있는 침대로 파고들듯 앉았다.

"무슨 생각 했어요?"

윤이가 궁금해서 물었다.

"너와는 상사와 비서 관계를 계속 유지할 수가 없어서 연애하지 않는다고 했던 내가."

"……."

"어쩌다가 너와 연애를 시작했을까, 그게 갑자기 궁금해져서. 그런데 아무리 기억하려고 해도 안 나는 게 조금은 답답해서."

그는 복잡하다는 얼굴로 말했다. 윤이는 양심이 번지 점프를 하는 것만 같았다. 그의 기억 속에는 당연히 없다. 사고로 인해서 단기 기억 상실증에 걸리지 않았다고 하더라도 없는 기억이다. 이유는 간단하다. 연애를 시작한 건 그가 아니라 자신과 강 여사님의 작전 때문에 벌어진 일이니까.

"그리고 또, 너랑 만약에라도 헤어지면."

"……."

"어쩌나 싶은 생각도 좀 들고."

복잡한 그의 얼굴에 희미한 미소가 떠올랐다. 행복해서 짓는 미소는 아니었다. 쓸쓸하고 허탈한 감정이 실려 있는 미소였다.

윤이는 아무 말도 하지 못하고 눈만 깜빡이며 가시방석에 앉은 것처럼 불편해했다.

"됐어. 지금에 충실해야지. 지나가 버린 과거랑 오지도 않을 미래 따위를 뭣 하러 걱정해. 그렇지?"

"……."

"옛날에는 어땠는지 모르겠지만, 지금 나는 네가 좋으니까. 지금 좋으면 된 거지, 뭐. 머리 아파."

말은 그렇게 하면서도 신경을 쓴 건지, 강우가 자신의 머리를 손으로 짚으며 미간을 구겼다. 통증은 점점 더해지는지 그의 얼굴은 더욱 고통스럽게 변했다.

"아무 생각 말고 쉬세요."

윤이가 그런 강우를 눕히며 달래 주었다. 그의 미간은 한참을 달래 주고 나서야 풀렸다. 깊게 생각하게 만들고 싶지 않았다. 그를 아프게 하고 싶지 않아서였다.

하지만 불편한 마음은 어쩔 수가 없어서 윤이는 제대로 잠을 자지 못하고 뒤척이다가 꼴딱 날밤을 새우고 말았다.

□ ◆ □

"윤이야, 무슨 일이야?"

강우가 물리 치료를 받으러 가는 시간에 맞춰 윤이는 강 여사와의 만남을 가졌다. 강 여사는 윤이의 전화에 바로 병원으로 달려왔다.

"천천히 오셔도 되는데."

"안 그래도 근처에 있었어. 그런데 무슨 일로 전화한 거야?"

오지 말라는 아들의 말에 한동안 병실에 발을 들이지 못했던 강 여사는 갑자기 제게 전화한 윤이에 놀란 기색이 역력했다.

"잠시만요."

윤이는 일단 커피 한 잔을 뽑아서 강 여사에게 건네주었다. 강 여사는 커피에는 눈길도 주지 않고 윤이를 쳐다보았다. 부른 이유를 어서 말해 달라는 무언의 독촉이었다.

윤이도 더는 뜸 들이지 않았다. 빙빙 돌려서 말하는 것보다 결과를 먼저 말해 주는 것이 좋을 것 같았다.

"다른 게 아니라 저…… 대표님 가짜 여자 친구 더는 못 하겠어요."

윤이의 말에 강 여사의 근심은 더욱 깊어졌다.

"그래. 힘들겠지. 좋아하지도 않는데 좋아하는 척하려니까 얼마나 힘들겠어?"

강 여사의 해석에 공감할 수 없었다. 윤이는 강우를 좋아하는 척하는 것이 아니라 거짓말을 하는 상황이 힘든 거였다.

"아니에요. 그건 힘들지 않아요. 그건 전에도 쭉 해 오던…… 아니, 그런 게 아니라. 아무튼 그건 안 힘들어요."

오히려 전에는 상사로서 좋아하는 '척'을 했던 윤이었다. 정아가 그러다가 이성으로서 정이라도 들면 어쩌느냐고 했던 말에 팔짝 뛰었던 윤이었다. 그럴 정도로 윤이는 지랄맞은 성격을 지닌 상사 강우를 남자로 생각해 본 적이 없다.

하지만 파리 출장 이후, 그가 보여 준 아주 작은 배려와 기억 상실 이후에 보인 남자 친구로서의 모습에서 윤이의 감정은 완전히 바뀌었다.

그가 좋다, 그것도 남자로서…….

그래서 더 많은 죄책감에 시달렸고 힘들었다.

"그럼 뭐가 힘들다는 거야?"

"대표님을 속이고 있는 거요."

"나중에 알면 보복할까 봐?"

"나중에 아시면, 상처받으실까 봐요."

"윤이가 우리 강우를 이렇게 생각하고 있다니."

자신이 짐작한 것과는 다른 의미의 대답을 내놓는 윤이에 강 여사는 살짝 감동한 눈치였다. 하지만 그건 잠시뿐이었다. 얼굴은 다시 걱정으로 물들어졌다.

"그럼 지금이라도 사실은 거짓말이었다고 말하는 것이 좋을까?"

"……그게 나을까요?"

"그러다가 혼란 오면 어떡해?"

강 여사의 말에 윤이가 쉽게 대답할 수가 없었다. 강 여사는 그런 윤이를 가만히 바라보았다.

"윤이야."

"네?"

"만약, 솔직하게 말한다면 네가 알고 있는 강우의 반응은 어떨 것 같니?"

"눈앞에서 당장 꺼지라고……."

윤이는 어려운 질문이 아니라는 듯 곧바로 대답했다. 그러자 강 여사가 한숨을 내쉬었다.

"맞아. 나도 내 아들이지만, 첫 반응이 그럴 것 같아."

"아닐 것 같기도 하고……."

"나도, 아닐 것 같기도 하지만."

두 사람은 눈을 마주쳤다. 서로 입 밖으로 말을 꺼내지는 않았지만, 눈빛은 동의하고 있었다. 강우의 첫 반응은 그럴 확률이 아주 크다고.

그러면 안 되는데, 이기적인 마음이 결정의 멱살을 잡고 뒤흔드는 것 같다. 그와 헤어지고 싶지가 않다.

"헤어지면 안 돼. 윤이야 나 강우가 이대로 영영 기억 못 돌아올까 봐, 예전 기억 떠올리려고 많이 아파하면 어쩌나, 많이 불안해."

그건 강 여사도 마찬가지인 듯했다. 그녀는 윤이의 손을 덥석 잡으며 부탁하듯 말했다.

"그러니까, 조금만 더 옆에 있어 주면 안 될까? 너하고 연인으로서 계속 붙어 있다 보면, 나중에 사실을 알게 되더라도 정 때문에 쉽게 밀어내지는 못할 거야."

"……."

"아무리 독한 놈이라도 그렇게는 못 하지. 암, 아무리 독한 놈이라도 그렇게는 못 해. 그리고 만약에 그렇게 한다 하더라도 걱정하지 마. 내가 책임지고 윤이 네가 지금 걱정하는 거 싹 다 해결해 줄 테니까."

강 여사의 말에 의아한 부분이 있었다.

"혹시, 이사장님은 저와 대표님이 진심으로 헤어지지 않길 바라고 계시는 거예요?"

"응."

한 치의 망설임도 없이 대답하는 강 여사의 태도에 윤이의 의아함은 더욱 깊어졌다.

"왜요?"

세상에는 '끼리끼리'라는 것이 존재하는 법이었다. 윤이는 자신과 강우의 위치를 아주 잘 알고 있다. 강우는 자신보다 훨씬 위에 있고 위에 있는 강우의 '끼리끼리'는 따로 존재한다는 것도. 그랬기에 망설임 없이 대답한 강 여사의 말에 의아할 수밖에 없었다.

"왜냐니? 윤이 네가 못난 거 하나 없는데, 내가 응원 안 할 이유가 없지."

"저는 대표님과 어울리지 않아요."

"그러면, 우리 강우랑 어울릴 여자는 누군데?"

"같은 재벌가의 자제라든지⋯⋯."

"우리 돈 많아서 더는 필요 없어."

윤이는 다시 입술을 열었다.

"대표님 맞선 보게 하셨잖아요."

"그건 걔가 하도 여자를 안 만나려고 하니까 그랬지. 우리가 아는 여자들 선에서 만나게 하려니까."

"아니면, 사업하실 때 뒤를 봐줄 수 있을 만한 권력을 지닌 자제분이 좋지 않을까요?"

"정직하게 사업해야지. 뒤를 봐주는 권력과 손잡고 비겁하게 사업하는 꼴은 내가 못 봐. 그리고 신강우 걔 성격에 누구한테 빌빌거릴 애도 아니고."

진정 멋있는 분이셨다. 윤이는 강 여사의 마인드에 감동하여 손이 발이 되도록 손뼉을 치고 싶을 정도였다.

"나는 윤이 마음에 들어. 솔직히 막말로 우리 아들 성격이 좀 지랄맞아? 그런 까탈스러운 성격 잘 받아 줄 정도로 인내심도 대단한 거 같고."

"⋯⋯."

"그리고 무엇보다 강우가 안전벨트까지 풀며 너를 지켜 주려고 했던 이유가 있을 거라 생각해. 그래서 윤이 네가 강우 기억 돌아올 때까지는 곁에 있어 줬으면 좋겠어. 그 녀석이 기억 돌아오고 나면 너를 지키려던 이유를 분명히 말해 줄 테니까."

"……."

"그리고 예전부터 느낀 건데, 난 윤이 너 좋아. 싹싹하고, 내숭 없고."

강 여사는 윤이의 손등을 어루만지며 달래 주듯 말했다.

"제가 밉지도 않으세요? 따지고 보면 대표님 저렇게 되신 거 다 저 때문이잖아요……."

"그게 왜 윤이 너 때문이야? 어쩔 수 없는 사고였던 거지."

"……."

"살아 있는 것만으로도 감사해. 그리고 우리 강우 발견 못 할 뻔한 거 윤이가 발견해 줬잖아. 윤이가 살린 거야. 우리 강우."

"이사장님……."

자신을 이렇게까지 이해해 주고 믿어 주는 강 여사에 윤이는 울컥했다.

"그러니까, 조금만 더 생각을 해 보자. 응?"

그래서 그녀의 부탁을 거절할 수 없었다. 이래저래 정말 난감하지만, 윤이는 강 여사의 말대로 조금만 더 깊게 생각해 보기로 했다.

□ ◆ □

"수고하셨습니다!"

오늘 찍을 분량을 전부 끝낸 서아는 카메라 밖에서 기다리고 있는 매니저에게로 다가갔다. 화려했던 조명이 꺼지자, 촬영장도 볼품없어지는 것 같았다.

"오늘 컨디션 안 좋아 보이는데 끝까지 최선 다해 준 거 고맙고, 수고했어."

"네."

"오늘 약속 있다고 했지? 누구랑 만나는 거야?"

상대하고는 미리 만나기로 얘기하지 않았기에 약속이라고 할 수는 없다. 하지만 매니저에게는 대충 그렇게 둘러댄 상태였다.

"그냥, 친구."

매니저에게 이번에 인찬과 부딪친 일에 대해 말할 수는 없었다. 어차피 하더라도 매니저와 회사 대표가 보일 반응을 대충 알고 있었다. 서아가 잘못한 것이 없음에도 사과를 해야 하겠지. 상대는 대기업 자제이자 가장 유력한 후계자이니까.

인찬의 회사 중 계열사 하나가 드라마, 영화 제작사였다. 기획사 대표 역시 사업가이기 때문에 돈으로 손해 보는 것은 싫겠지. 그렇다고 대표와 매니저가 나서서 인찬에게 사과하는 꼴은 더 보기 싫었다. 차라리 말을 하지 않는 편이 나았다.

"알았어. 그러면 집에는 몇 시쯤에 들어갈 거야?"

"늦게 안 들어갈 거야."

"그래야지. 내일도 촬영 빡빡하게 있는 거 알지? 내일은 잡지 인터뷰까지 있다고."

"알고 있어. 늦게 안 들어갈 테니까 인제 그만 가 봐. 나도 약속 장소로 가야 해."

"그래."

뭔가 석연찮은 건지, 매니저는 몇 번이고 돌아서 서아를 보다가 밴을 끌고 사라졌다. 서아는 완전히 사라진 밴을 확인한 후, 들고 있던 모자를 푹 눌러썼다. 혼자 돌아다닐 때 너무 많은 사람이 몰리는 건 질색이다.

서아는 강우가 입원해 있다는 VVIP 병실로 향했다. 엘리베이터에서 내려 그의 병실로 가기 위해 귀퉁이를 돌았을 때였다.

"훗!"

순식간에 일어난 일이었다. 서아의 티셔츠가 커피에 젖어 가고 있었다. 맞은편에서 귀퉁이를 돌던 사람이 커피를 들고 있었는데, 둘 다 걷는 속도가 빨라서 그대로 충돌하게 된 거였다.

신경질이 확 올라와서 얼굴을 찌푸린 순간, 서아는 바로 온순한 양이 되었다.

"어머! 어쩌면 좋아? 나 때문에 옷이 젖었네!"

눈앞에 있는 사람은 다름 아닌 BK그룹의 안주인이었다.

"괜찮으세요?"

그 안주인 옆에는 얼마 전 강우와 함께 있던 여자가 서 있었다. 그녀가 걱정스럽게 물었다.

"괜찮아요."

"전혀 괜찮아 보이지 않아요."

강 여사가 자신의 실수에 탄식하며 덧붙였다.

"그러지 말고 윤이야. 일단 너희 병실로 모셔. 화장실에서 기다리고 있을래요? 내가 방 비서한테 셔츠 사 오라고 할 테니까."

괜찮다고, 거절할까 하다가 서아는 그렇게 하겠다고 고개를 끄덕였다. 여자에 대해서도 알아보고 싶었고, 혹시나 병실로 가면 강우도 볼 수 있지 않을까 싶어서였다.

강 여사는 전화를 하러 가고 서아는 윤이를 따라서 병실로 들어섰다. 당연히 1인실일 줄 알았던 병실은 2인실이었고, 여느 호텔 못지않게 고급스러운 인테리어였다.

"화장실은 이쪽이에요."

"혼자 쓰는 병실이 아닌가 봐요?"

서아가 슬쩍 물어보았다. 윤이는 그걸 왜 묻느냐는 표정으로 서아를 대했다.

"혹시 신 대표님이랑 같이 써요?"

"그게 왜 궁금하시죠?"

윤이는 화장한 것 같지 않은데도 볼이 보기 좋게 불그스름했다. 홍조 같은데, 그게 꼭 복숭아처럼 예뻐 보였다.

"두 분이 무슨 사이인지 궁금해서요."

"왜요?"

윤이는 계속 어이없다는 표정으로 묻기만 했다.

"제가 신 대표님에게 관심이 있어서요."

"뭐요?"

직설적인 서아의 대답에 윤이는 동그란 눈을 크게 뜨고 물었다. 강아지 같다. 꼭 자신의 간식이라도 빼앗긴 강아지.

"아니, 저희 대표님에 대해서 뭘 안다고 관심을 가지세요?"

"얼굴, 피지컬, 능력. 뭐 굳이 깊게 알아야만 관심을 두나요? 그 정도면 충분히 관심 가질 만한 조건일 거 같은데."

"……하기는."

윤이는 쉽게 공감하다가 고개를 내저었다.

"저희 대표님에게 관심 꺼 주세요."

그러더니 곧 동그랗고 귀엽게 생긴 눈이 제법 표독해졌다.

"왜 그래야 하죠?"

"제가 대표님 여자 친구이니까요."

어느 정도 예상은 했다만, 정말 여자 친구라고 하니 서아는 반갑지 않았다. 하지만 당당하게 본인이 여자 친구라고 밝히는 여자 앞에서 강우에 대한 욕심을 대놓고 부릴 수는 없었다.

"몰랐네요."

"네. 몰랐으니까 그러셨겠죠."

두 사람이 대화를 이어 가고 있던 그때, 문이 열리고 강우가 들어왔다. 강우는 초대하지 않은 낯선 이의 방문이 굉장히 불쾌하고 경계하는 듯했다. 가뜩이나 그의 찢어진 눈매는 더 날카로워져서 아주 사납게 서아를 응시하고 있었다.

"어머니께서 복도에서 실수로 서아 씨에게 커피를 엎으셨어요. 그래서 어머니께서 지금 비서분을 시켜서 티셔츠를 가지러 가셨거든요. 그때까지 서아 씨를 여기서 기다리게 하는 게 맞는 것 같아서."

여자의 설명에 강우의 상황 파악은 끝난 듯했다. 그는 더는 관심 없다는 듯 서아에게서 시선을 거두었다.

"그래서 어머니 지금 아래에 계셔?"

"네."

"오늘 왜 오신 건데?"

"그냥 뭐, 대표님도 보고 싶으시고 저도 보고 싶으셔서?"

똑똑.

노크 소리가 들리고 쇼핑백을 든 강 여사가 안으로 들어왔다.

"아휴, 미안해요. 나 때문에 괜히 시간 뺏긴 거 아닌지 몰라. 바쁘신 분이."

"아니에요. 괜찮아요."

서아는 강 여사가 건넨 쇼핑백을 들고서 화장실 안으로 들어갔다. 커피로 젖은 옷을 갈아입고 나오자, 세 사람이 소파에 나란히 앉아 있었다.

"그냥 가려고 했는데, 아들 얼굴 보니까 발걸음이 또 안 떨어지네."

강 여사는 아들인 강우의 얼굴을 보며 싱글벙글 미소를 지었다. 테이블 위에는 이것저것 여러 과일이 놓여 있었다.

"옷은 괜찮아요?"

화장실에서 서아가 나온 걸 알아차린 강 여사 물었다.

"네. 디자인도 제 스타일이에요."

"정말 미안해요. 그러지 말고, 와서 과일 좀 먹고 가요."

서아가 슬쩍 강우를 쳐다보았다. 강우는 그저 딸기를 먹고 있는 윤이를 쳐다보고 있을 뿐이었다. 딸기의 과즙이 흐르자, 쯧쯧 혀를 차면서도 티슈를 건네주는 강우의 모습을 보며 서아는 맞은편에 앉았다.

"그냥 가려고 했는데……."

"그냥 가려고 했으면, 그냥 가시면 됩니다."

강우가 중저음으로 서아의 말을 똑, 잘랐다. 하지만 이미 서아는 소파에 앉은 후였다.

"강우야 그러지 마. 엄마가 실수해서 미안한 사람에게."

"그래요. 불편해요."

옆에 앉은 여자의 덧붙임에 강우는 입술을 닫고 서아를 외면하듯 고개를 돌렸다. 그러는 사이, 강 여사는 포크로 딸기 하나를 찍어 서아에게 건넸다.

"여배우 김서아 씨 맞죠?"

"네. 알아보시네요."

"그럼요. 요즘 제일 핫하잖아요. 백화점에 가도 있고 마트에 가도 있고 길거리에 돌아다녀도 광고판에 있고 심지어는 버스에도 있고."

그러게요, 제가 그렇게 유명한데 아드님은 그런 저를 전혀 몰라보셨네요.

덧붙이고 싶은 말을 꾹 참고 서아는 딸기를 먹으며 강우를 쳐다보았다. 달콤하고 상큼한 것이 입안 가득 퍼져 나갔지만, 기분이 좋지 못했다. 강우의 시선은 오로지 윤이에게로만 향해 있었다.

서아는 들고 있던 포크를 내려놓았다.

"잘 먹었습니다."

서아는 자리에서 일어섰다.

"더 먹고 가죠."

"아니에요. 바빠서요. 그럼 이만 가 볼게요."

"그럼, 다음에 기회가 된다면 또 봐요."

서아를 배웅해 주는 사람은 강 여사뿐이었다. 그렇게 밖으로 나온 서아는 같은 층에 있는 휴게실로 향했다.

그리고 얼마 있지 않아 병실에서 윤이와 강 여사가 다시 나왔다.

"작전대로 되네."

두 사람은 나란히 걸어가며 심각한 얼굴로 대화를 나누고 있었다. 엘리베이터로 사라지는 그들을 지켜본 서아는 다시, 강우의 병실로 향했다.

그리고 모자를 푹 눌러썼다.

똑똑―

"네."

노크하자 안에서 강우의 나지막한 대답이 들려왔다. 문을 열고 들어가니 그는 침대에 반쯤 누워서 서아를 쳐다보고 있었다.

"뭡니까?"

"죄송해요. 화장실에 휴대 전화를 두고 가서."

"빨리 갖고 나가요."

"네."

서아는 일부러 화장실에 두고 나왔던 휴대 전화를 집어 들었다.

"쉬고 계시는데 방해한 것 같아요. 죄송해요."

"죄송한 거 알면, 쓸데없이 말 시키지 말고 나가세요."

강우는 서아를 거들떠보지도 않고 세상 귀찮다는 목소리로 말했다. 아까 그 여자를 쳐다보던 눈빛, 표정, 반응과는 전혀 달랐다. 기분이 나쁘기보다는 자존심이 상했다. 눈을 아무리 씻고 봐도 여자는 자신보다 나은 구석이라고는 조금도 없었다. 그런 여자는 그토록 사랑스럽게 봐 놓고, 자신에게는 저렇게 차갑게 툴툴거리는 남자라?

한편으로는 누군가를 사랑하면, 더 멋지고 예쁜 여자가 나타나도 쉽게 흔들리지 않는 강한 의지력이 신기하고 멋있어 보이기도 했다.

"다음에 인연이 닿으면 또 뵈었으면 좋겠어요."

"그쪽이랑 제가 인연 닿을 게 뭐가 있습니까?"

"혹시 알아요? 제가 대표님 회사 광고 모델이 될지."

"광고 모델이 대표까지 만나려고 하다니, 꿈이 야무지십니다. 광고 모델은 광고 모델 관리 직원과 만나는 겁니다."

한마디도 지지 않는 남자다.

"뭐 합니까? 휴대 전화 찾았으면 그만 나가 보지?"

서아는 돌아서서 병실을 나왔다. 그때 간호사들이 수다를 떨며 다가오고 있었다. 서아는 슬쩍 모자를 올렸다.

"아니, 한 선생님 말이야 왜 그렇게 예민해? 일은 혼자 다……."

서아를 발견한 간호사들이 말을 멈췄다. 서아가 지나가자 그들은 가던 발걸음까지 멈춰서 소란을 떨었다.

"방금 김서아 맞지?"

"지금 신강우 환자 병실에서 나온 거야?"

"야, 대박. 둘이 뭐 있나 봐."

"그런데 신강우 대표 여자랑 병실 같이 쓰잖아. 그 비서!"

"맞아! 뭐지?"

아, 그 여자는 비서였구나. 서아는 깨달았다.

"너 신강우 환자한테 가던 길 아니야?"

"맞아. 상황 보고 말해 줄게."

간호사 한 명은 강우의 병실 안으로 들어갔다. 서아는 슬쩍 웃었다. 병실 안에 강우가 혼자 있고 여배우인 자신이 그곳에서 나왔다. 소문이 어떻게 날지, 내심 궁금했다.

커리어에 딱히 문제 될 건 없다. 자신의 이미지를 깎아 먹는 소문이 난다면, 사실대로 말하면 끝이다. 지나가던 길에 신강우 어머니가 실수로 커피를 부었고, 병실에서 옷을 갈아입다가 휴대 전화를 두고 와서 가지고 나온 것뿐이라고.

하지만 소문은 다른 방향으로 날 수도 있다. 예를 들자면, 신강우가 최고로 잘나가는 김서아와 연애 중인데 그것을 감추기 위해 비서를 이용했다. 그것도 아니면, 신강우가 양다리다.

어쨌든 훗날의 계획을 위해 신강우와 한 번쯤은 엮이는 것이 목표인 서아에게는 이러나저러나 상관없었다.

서아는 씩, 웃고서는 모자를 깊게 눌러쓰고 자리를 떴다.

"엄마야!"

강 여사를 배웅하고 다시 병실로 올라가려고 로비를 지나가던 윤이는 뒤에서 제 팔을 세게 붙잡는 누군가 때문에 화들짝 놀랐다. 돌아보니, 꼴도 보기 싫은 낯짝이 시야를 가득 채우고 있었다.

"뭐야, 너? 누가 네 멋대로 내 팔 잡고 알은척하래?"

윤이는 아주 세게 자신을 잡은 태훈을 뿌리쳤다. 그는 잘 먹고 잘 살고 있는 건지 자신과 사귈 때보다 훨씬 살이 찌고 혈색도 좋아 보였다.

그러든지 말든지. 윤이는 태훈이 자신을 잡았다는 것에 너무 큰 불쾌감을 느꼈다.

"어디 아픈 거야? 웬 병원복?"

"내가 아프든 말든, 네가 뭔 상관인데?"

좋은 목소리와 표정이 나올 수가 없었다. 퉁명스럽게 대하는 윤이에 태훈도 기분이 상한 듯했다.

"걱정돼서 물어보는 말에 꼭 그런 식으로 대답해야겠어?"

"내 걱정? 하아, 바람피워서 헤어진 남자 친구에게 걱정 같은 거 받고 싶지도 않거든?"

다시 제 갈 길 가려던 윤이를 태훈이 세게 잡았다.

"야, 말은 바로 해. 너야말로 나 두고 매일 네 대표랑 붙어먹었으면서!"

"뭐? 붙어먹어? 이게 말이라고 단 줄 아나!"

이래서 원수는 누구 하나 빠트려야 지나갈 수 있는 외나무다리에서 만나면 안 되는 거였다.

"그럼 아니야? 비서가 왜 상사 일 때문에 호텔까지 따라가야 하는데?"

"호텔?"

"내가 모를 줄 알았어? 너 그날, 나랑 헤어지고 호텔 갔잖아."

"몰래 따라왔니?"

"그래. 몰래 따라갔다. 설마, 나랑 헤어지고 또다시 그 대표에게 가나 싶어서 확인하고 싶었던 거지."

"……."

"내가 영화관에서 봤을 때는 효진이도 있고 해서 말 못 했는데, 두고두고 생각해 보니 무척 억울하더라고. 솔직하게 말해 봐. 정장 가지고 간 건, 그냥 쇼였지? 어느 비서가 상사 정장을 가져다주러 호텔까지 가느냐고!"

"그럴 만한 사정이 있었어. 모르면서 입 함부로 나불거리지 마."

"대체 그럴 만한 사정이 뭘까?"

태훈이 히죽거렸다. 꼴 보기 싫은 낯짝이라 주먹으로 한 대만 후려갈겨 버리고 싶었다. 요즘 강우와 가짜여도 연애를 하고 있으니 드는 생각이 있다. 태훈이 이토록 오징어였던가.

"이제 솔직하게 좀 말해 봐. 너도 네 대표랑 바람났었지?"

"개소리, 작작 해. 정말!"

"네 대표는 아쉬워서 어떡하냐? 너 이렇게 입원해서 같이 일도 못 할 텐데."

"……."

"대표가 매일 여기 와 있는 거 아니야?"

태훈과 만날 때 강우하고 바람난 적 없다. 하지만 지금 상황을 솔직하게 말할 수도 없었다. 이미 강우와 자신 사이를 오해하고 있는 태훈은 이 상황을 더욱 과하게 해석할 수도 있었다. 윤이는 더는 상대할 가치가 없다고 여겼다.

"서로 알은척하지 말자. 제발. 우리 반갑게 인사할 정도로 쿨한 성격 못 되잖아."

"아까 네가 나한테 말 함부로 나불거리지 말라고 그랬지?"

태훈의 질문에 윤이가 미간을 구겼다.

"너도 함부로 나불거리지 마. 나 이제 곧 효진이랑 결혼해. 난 효진이 무척 사랑해. 그러니까 우리 효진이 내연녀 취급 하지 말란 말이야."

태훈이 눈을 세게 부라리며 말했다. 서운한 건 없지만, 조금 서러웠다. 태훈은 윤이를 차갑게 지나쳤고 그 자리에 혼자 남겨진 윤이는 한숨을 크게 내쉬었다.

정말 별의별 꼴을 다 본다고 생각하며 돌아섰을 때였다. 눈앞에 서아가 서 있었다.

"아직 안 가셨네요?"

"네. 지금 가 보려고요."

"그렇구나. 그럼 안녕히 가세요."

가볍게 묵례하며 인사를 건네고 지나가려 했다.

"저기요."

그런 윤이를 서아가 불렀다.

"네?"

"제가 강우 씨한테 잠깐 호감 가진 거, 비밀로 해 주셨으면 해요."

윤이도 딱히 누군가에게 떠벌리고 다닐 생각은 없었다.

"네. 그럴게요."

"실례 많았어요. 얼른 쾌유하기를 바랄게요."

"네. 드라마 대박 나시구요."

윤이는 강우가 있는 자신의 병실로 향했다. 뒤에서 태훈을 빠르게 따라가고 있는 서아를 보지 못한 채.

□ ◆ □

어두운 공간.

윤이와 강우는 나란히 앉아서 유일하게 빛이 쏟아지고 있는 스크린을 응시했다. 서로 취향이 잘 맞지 않아 고르고 고르다 로맨스 영화를 보게 됐다.

강우는 윤이의 어깨를 감쌌고 윤이는 그런 강우의 몸에 살짝 기대고서는 팝콘을 먹으며 영화를 봤다. 여자와 남자는 비도 맞으면서 뛰어다니고, 호수에 발을 담그며 놀기도 했다. 자동차로 드라이브를 하고 서로 빵을 만들며 진한 스킨십을 해 보이기도 했다. 엄청나게 재미있는 영화는 아니었지만, 소소하게 볼만했다.

"퇴원하고 나서 시간 날 때, 저기 놀러 가자."

"저기 런던인데요?"

"응. 알아. 가자."

이어진 다음 장면에선 파티를 가기 위해 한껏 꾸민 여자를 위해 남자가 목걸이를 대신 걸어 주고 있었다.

"……목걸이."

그 장면을 보며 강우가 낮게 속삭였다. 옆에서 중독성 강한 팝콘을 먹으며 칼로리를 계산하고 있던 윤이가 그를 올려다보았다.

"내가 너한테 해 줬던 거, 기억나서."

"아……."

그건, 전에도 강우가 기억했던 부분이었다. 딱히 대수롭지 않게 고개를 끄덕이며 다시 영화를 보려던 윤이가 이상한 느낌을 받았다. 자신을 안고 있던 강우의 팔이 미세하게 떨리기 시작하더니, 곧 거두어졌다. 왜 이러나 싶어서 다시 올려다보니 강우가 자신의 관자놀이를 손으로 세게 누르고 있었다.

"또 머리가 아파요?"

"아, 깨질 것 같아."

그의 표정은 괴로움에 찌푸려져 있었고 쓰라린 고통을 맛본 것처럼 쓴 목소리가 흘러나왔다.

"생각을 많이 해서 그런가 봐요."

"……."

"의사 불러올게요."

윤이가 다급하게 이불을 거두어 냈다. 그런 윤이를 강우가 잡았다. 걱정스럽게 자신을 바라보는 윤이를 달래듯, 강우가 차분한 눈길로 쳐다보았다.

"그때도 이랬는데, 네가 안아 주니까 나았잖아."

"이번에도 안아 줄까요?"

"응."

윤이는 영화를 꺼 버렸다. 그러자 병실 안은 창문을 통해 들어오는 영롱한 달빛으로만 가득 찼다.

두 팔을 뻗는 윤이의 품으로 강우가 안겼다. 두 사람은 나란히 누웠고 윤이는 조용히 그의 등을 다독여 주었다. 그는 곧바로 잠이 들었다.

그가 아파했던 모습이 늦은 새벽까지 계속해서 윤이의 눈앞에 아른거리는 것 같았다. 그가 아프지 않길 바라고 좋은 꿈을 꾸길 원했다. 윤이는 그렇게 한동안 강우의 등을 달래 주듯, 다독여 주었다.

답답한 병실을 벗어날 수 있는 곳은 병원에서 딱 두 군데뿐이었다. 병원 내 공원, 아니면 옥상. 그래서 두 사람은 오늘도 갑갑한 병실을 벗어나 공원으로 도망치듯 산책에 나섰다.

"예전에는 몰랐는데, 멀쩡한 두 다리로 걸어 다니고 뛰어다니던 시절이 너무 그리워요."

사람은 뭔가를 잃어 봐야 그 전에는 알지 못했던 것들에 대한 소중함을 느끼게 될 때가 있다. 윤이가 지금 그랬다.

몽글몽글한 하얀색의 구름이 떠다니고 있는 청량한 하늘을 보며 윤이는 그리움에 잔뜩 젖어 들었다.

"가끔 따로 출근할 때, 버스 정류장에서 회사까지 걸어가는 길도 너무 그립구요. 그때는 택시 타기는 애매하고 걸어서는 10분이 조금 넘게 걸리니까 불만이 많았었는데."

"그러기도 한데, 난 지금 이 순간도 나쁘지 않은 것 같아. 물론 병실이 답답하고 몸이 불편해서 짜증이 나기는 하지만. 이틀 남은 퇴원이 조금 아쉽기도 해."

하늘을 쳐다보던 윤이의 시선이 곁에 있는 강우에게로 옮겨졌다. 그는 윤이가 방금까지 바라보고 있던 하늘을 보려고 고개를 들고 있었다.

"하늘이 저렇게 생겼었구나, 병원에 입원해서 알게 되었거든."

"……."

"너랑 이렇게 온종일 붙어 있는 것도 좋고."

병실까지 같다 보니 두 사람은 정말 온종일 붙어 있었다. 처음에는 그와 24시간 내내, 그것도 비서와 상사가 아닌 '연인' 사이로 붙어 있을 거란 생각에 마냥 불편하기만 했다.

하지만 이제는 아침에 일어나서 눈을 뜨면 가장 먼저 보고, 마주 보고 앉아서 식사하고, 시답지 않은 대화를 나누다가 TV를 보며 함께 웃다가, 그의 품에서 잠드는 이 시간이 익숙해져 갔다.

"너도 좋지?"

그가 문득 윤이에게 물었다. 윤이가 엷게 웃으며 고개를 끄덕였다.

"네."

그렇게 대답하던 두 사람의 뒤로 소란스러운 소리가 들렸다.

"아! 똑바로 던지라고!"

"오늘 처음 해 본다고 몇 번 말해? 사람이 어떻게 처음부터 잘하냐!"

뭔 소란인가, 확인해 보니 초등학생으로 보이는 두 아이가 캐치볼을 하고 있었다. 뭔가 잘 안 풀리는지 두 아이는 투덜거리며 다투고 있었다.

"너랑 수준 안 맞아서 못 하겠다."

"형은 뭘 얼마나 잘하는데!"

"너보다는 잘해. 어떻게 공을 자꾸 나한테만 못 던지냐?"

"우이 씨! 나 안 해! 재미도 없고! 형이 계속 뭐라고 하고! 짜증 나! 형 혼자 다 해!"

급기야 동생으로 보이는 아이가 볼을 아무렇게나 던졌다. 그리고 하필이면 강하게 던진 그 공이 윤이 쪽으로 날아오고 있었다.

피해야 하는데, 날아오는 공이 무서워서 피하질 못했다. 하지만 다행히도 윤이의 얼굴 정면으로 날아오던 공은 곁에 있던 강우의 커다란 손에 막혔다. 작지만 분명히 속도가 셌던 공이 강우의 손에 맞고는 힘없이 바닥에 떨어졌다.

"괜찮아?"

강우는 바로 윤이의 상태를 확인했다.

"전 괜찮은데! 대표님은 괜찮으세요?"

윤이가 괜찮다는 걸 확인한 강우의 얼굴은 바로 발끈하며 사악하게 변했다. 행여나 아이들에게 심하게 화를 내기라도 할까 봐 윤이는 은근히 걱정되었다.

윤이의 얼굴로 날아오던 공을 막아 준 강우의 손은 이번에는 아이들에게로 향했다.

"이리 와. 너희들."

손짓하는 강우에 아이들은 잔뜩 겁먹은 채 울상이 된 얼굴로 굳어진 몸을 움직이지 못했다.

"이리 오라고."

강우는 다시 한번 아이들을 향해 나지막한 목소리로 말했다. 결국, 아이들은 강우에게 쪼르르 다가왔다.

"공 줍고."

바닥에 떨어진 공을 손짓하는 강우의 말에 형인 듯한 아이가 공을 주웠다.

"이리 줘 봐, 그거."

강우가 이번에는 동생에게 글러브를 손짓했다. 동생이 고사리 같은 손을 빼서 건네주었다.

"여기요."

"멀리 가서 던져."

동생에게 글러브를 받은 강우가 공을 들고 있는 형에게 말했다. 형은 뒤로 뛰어가더니, 강우에게 냅다 공을 던졌다. 긴 팔이 날아온 공을 캐치했다. 이게 뭐 하는 건가 싶었지만 아이의 표정을 보니 알 수 있을 것 같았다.

캐치볼에 서툰 동생 때문에 짜증을 부리던 형의 얼굴은 어느새 재미를 느끼고 환하게 웃고 있었다.

"너 이거 재밌어?"

한참 공놀이를 하던 강우가 형에게 물었다.

"네. 재밌어요!"

"그럼 동생한테도 이 게임이 재미있다는 걸 네가 알려 줘. 동생이 이 게임에 재미가 들려서 계속 연습하다 보면 실력이 늘게 될 거고, 그러면 너도 이 재미있는 게임을 계속할 수 있게 되는 거잖아."

"네. 그럴게요!"

형이 씩씩하게 대답했다. 강우는 끼고 있던 글러브를 빼서 다시 동생에게 건넸다.

"쫄지 말고 배워. 포기하지 말고 계속하고. 그러다 보면 너도 이 게임이
재밌어질 거야."

"네!"

오동통한 볼살을 하고서는 대답하는 동생이 귀여웠는지 강우가 피식 웃
으며 아이의 뺨을 살짝 꼬집었다. 강우의 이런 모습 처음 본다. 두 아이는
다시 자신들이 있던 자리로 돌아가 게임을 시작했다.

"애들 좋아하시는 줄 몰랐어요."

"안 좋아해. 시끄럽고 같은 거 반복하면서 귀찮게 굴고."

"아까 아이 볼 꼬집으면서 웃으시던데."

"안 좋아하는데, 귀엽기는 하잖아."

"귀여운 게 좋아하는 거 아니에요?"

"귀여운 거랑 좋아하는 거랑은 다르지. 강아지를 귀여워해도 주인이 되
는 건 싫고, 아이를 귀여워해도 아빠가 되기는 싫거든."

그의 대답에 윤이는 묘한 기분이 들었다. 귀엽지만, 좋아하는 것은 아니다.

말을 잇던 강우가 미간을 구겼다.

"왜 그러세요?"

"방금 한 말들. 전에는 생각해 본 적 없던 거라서."

형은 여전히 서툰 동생에 발끈했다가 아직도 가지 않고 자신을 보고 있
는 강우에 애써 웃으며 게임을 했다.

"나도 동생이 있었으면 좋겠다는 생각을 해 본 적이 있어. 너도 외동딸
이라서 그런 생각 해 본 적 있지 않아?"

강우는 아이들을 보며 계속해서 대화를 이어 나갔다.

"네. 있어요."

"나는 남동생이 있었으면 했는데, 너는?"

"전 오빠요."

"왜?"

"그냥, 든든할 것 같아서요."

형으로 보이는 아이가 주머니에서 휴대 전화를 꺼냈다. 전화를 받더니, 곧 동생과 손을 잡는다. 그러고는 강우와 윤이에게 꾸벅 인사를 한 후에 병원 안쪽으로 걸어 들어갔다.

"윤이야."

그런 아이들을 바라보고 있던 윤이가 강우의 부름에 고개를 돌렸다.

"네?"

"오빠라고 불러 봐."

"네? 갑자기요?"

"이제 시간도 어느 정도 줬는데, 계속 대표님이라고 하는 거 듣기 싫어."

"그래도 전 계속 대표님이라고 부르고 싶어요. 퇴원하고 나서 회사로 복귀할 때, 제가 오빠라고 할 수는 없잖아요."

야무진 윤이의 대답에 강우도 딱히 부정하지는 않았다.

"들어가자."

두 사람은 공원에서 자신들의 병실이 있는 층으로 향했다. 엘리베이터에서 내려 병실로 가는 복도로 들어서자 모여 있던 간호사들이 흩어졌다. 분명, 간호사들은 자신들을 발견하자마자 흩어졌고 윤이는 그 장면을 보며 깊은 의아함을 가졌다.

"오늘도 저러네."

중요한 건 이게 한두 번이 아니라는 거였다. 어제 아침부터 시작된 이 반응은 오늘 오후까지 계속되고 있었다.

"이봐요. 간호사 선생님."

그걸 강우도 눈치챘는지, 마지막으로 달아나려는 간호사를 불렀다. '간호사 선생님'이라는 여섯 글자에는 그의 감정이 억눌러져 있었다.

"뭐, 뭐 몸이 불편한 곳이라도 있으세요?"

강우의 부름으로 붙잡힌 간호사가 당황한 기색을 보이며 물었다.

"방금, 저희를 보고 왜 도망들 간 겁니까?"

"도망이라뇨? 그런 적 없는데……! 다들 콜 들어와서 간 거예요."

대답하면서도 눈을 못 마주치는 간호사에 윤이까지도 확신했다. 간호사들이 자신들의 이야기를 주고받고 있었다는 것을.

"우리를 두고 속닥거리는 건 좋은데, 행여나 그 속닥거림으로 인해 우리가 조금이라도 피해를 보는 일이 생기면."

"……."

"그 대가를 치러야 할 각오, 제대로 하셔야 할 겁니다. 다른 간호사 동료분들에게도 꼭 전해 주시죠."

아무 말 없이 입술만 꾹 다무는 간호사를 뒤로한 채 강우와 윤이는 자신들의 병실로 돌아왔다. 돌아오고 나서도 마음이 편치 않은지 그의 표정은 사납게 굳어 있었다.

"화 푸세요. 저희 얘기 한 게 아닐 수도 있잖아요."

"반응 보면 딱 나오잖아. 우리 얘기 한 거야."

사실, 윤이도 그럴 확률이 높다고 생각했기 때문에 부정할 수는 없었다. 도대체 무슨 이야기가 오고 갔는지도 궁금했다.

하지만 지금 윤이가 더 신경 써야 할 것은 단단히 화가 난 듯 보이는 눈앞의 강우였다.

"만약 우리 얘기를 했다면 대표님 경고에 더는 하지 않을 거예요. 그러니까 너무 신경 쓰지 마세요. 대표님 속만 썩어요."

"알았어."

침대에 앉는 강우에게 윤이가 이불을 덮어 주었다.

"쉬세요."

"넌 어디 가게?"

"어디 안 가요."

"그럼 옆으로 와서 앉아."

그의 재촉 서린 목소리에 소파에 앉아서 휴대 전화로 이것저것 쇼핑 좀 하려던 윤이는 결국 일어섰다. 그러고선 강우의 곁으로 다가가 앉았다.

□ ◆ □

서아의 매니저는 당황스러움에 눈이 휘둥그레졌다. 촬영장인 병원 안에서 떠도는 소문 때문이었다. 그 소문은 촬영하러 온 스태프들에게까지 번져서는 매니저가 지나다닐 때마다 수군덕거렸다.

커피를 손에 든 매니저는 다급하게 서아가 대기하고 있는 밴의 문을 열었다.

"서아야!"

마지막까지 대본 체크를 하고 있던 서아가 매니저의 다급함에 깜짝 놀랐다.

"무슨 일 있어요?"

"그게 아니고, 병원 안에서 네 이야기가 떠돌고 있어서."

"무슨 소문이요?"

서아는 그 소문에 대해 대충 알 것 같지만, 모른 척 물었다.

"너 신강우랑 썸 타는 사이라고."

히죽, 웃음이 새어 나오려는 것을 간신히 참고 서아는 대신 당황한 기색을 보일 뿐이었다.

"설마, 맞아?"

"잠깐 도움 좀 받은 거예요. 썸 타는 그런 사이는 아니고."

"그래? 알았어."

연예계 소문은 날개 달린 것처럼 순식간에 퍼져 나가는 법이었다. 이렇게 촬영장에서 사람들의 입을 타다 보면 기자에게 들어가게 되어 있고, 기사는 포털 사이트를 금방 도배해 버린다.

처음엔 아니라고 해명을 한다. 하지만 그 뒤로 그와 계속 엮이다 보면, 공공연히 '김서아' 하면 '신강우'가 떠오르게 될 거였다. 그러면 그는 자신의 존재가 신경 쓰이게 될 것이고, 신경이 쓰이다 보면 미묘한 관심을 갖게 될 확률이 높았다.

서아의 목적은 일단, 거기에 있었다.

*'제가 대표님 여자 친구이니까요.'*

"설마, 한 회사의 대표가 비서랑 결혼이라도 하겠어? 그 집에서도 썩, 찬성은 안 하겠지."

지금은 콩깍지가 쓰여서 그 비서와 연애를 하고 있을지 몰라도, 주변의 반대와 별로라는 인식이 박히다 보면 누구나 흔들리게 되어 있다.

두 사람은 흔들리게 될 것이고 결국, 힘겨움을 이기지 못하고 헤어질 수도 있다. 서아는 그때를 노리고 있었다. 그래도 비서보다는 자신이 훨씬 나은 조건임은 명백한 사실이니까.

서아는 매니저가 가져다준 아메리카노를 한 잔 마셨다. 어서, 강우의 여자가 되어 자신에게 굴욕을 준 인찬의 코를 납작하게 뭉개 버리고 싶었다.

□ ◆ □

그저 당황스러웠다.

윤이는 포털 사이트를 장식하고 있는 검색어 1위 '신강우 대표'와 2위 '김서아' 그리고 3위 '신강우 김서아'를 보며 눈을 깜빡였다. 뒤통수 한 대를 갈겨 맞은 것처럼 기분이 얼떨떨했다.

"이게 어떻게 된 일이람⋯⋯."

아침에 물리 치료를 받으러 간 강우는 이 사실을 아직은 모를 거였다. 윤이는 강우가 알기 전에 빠르게 수습하고 싶었다. 일단, 자신이 알고 있는 기자들에게 전화해서 '사실이 아니다.'라는 기사를 내게 했다. 그리고 '스캔들'이라는 단어를 사용하여 작성한 인터넷 신문사에 일일이 전화를 하고 있을 때였다.

강 여사에게서 전화가 왔다.

"네!"

— 이게 어떻게 된 일이니? 왜 김서아랑 신우가 스캔들이 난 거야?

이미 소식을 전해 들은 강 여사의 목소리는 한껏 격앙되어 있었다.

"아무래도 그날 때문인 것 같아요."

— 그날, 우리도 다 같이 있었잖아?

"그러니까요. 저도 그게 너무 의아해요."

— 허위 사실 유포한 기자들 싹 다 고소할 거야. 마음 쓰지 말고, 신경도 쓰지 마. 내가 알아서 할 테니까. 알았지, 윤이야?

그저 든든하기만 한 강 여사의 말에 윤이는 안도의 한숨을 내쉬었다. 원래도 호탕한 성격의 그녀이지만, 요즘따라 그 호탕함을 한껏 더 느끼고 있는 중이었다.

"네."

— 되도록 강우 모르게 하고. 걔 알면 뒤집어질 수도 있어.

자신들을 보며 수군덕거리던 간호사에게 경고하던 강우의 모습이 떠올랐다. 강 여사의 말대로 이 사실을 강우가 알게 되면, 그냥 호락호락 넘어갈 리 없었다. 괜히 일을 키웠다가 강우의 심기를 건드리는 건, 윤이도 원하지 않는 그림이었다.

"그럴게요."

전화를 끊자마자 강우가 돌아왔다.

"오셨어요?"

그의 손에는 작은 흰색 상자가 들려 있었다.

"그거 뭐예요?"

"마카롱인데. 로비에 있는 카페에서 네 생각 나서 사 왔어."

"아."

강우가 윤이에게 상자를 건넸다. 상자를 열어 보니, 모양과 색이 예쁜 뚱뚱한 마카롱이 경이롭게 자리를 잡고 있었다.

"모양이 너무 예쁘고 맛있겠어요."

보기만 해도 군침이 돌고 기분이 좋을 정도로 마카롱은 먹음직스러워 보였다. 당황스러움을 감추기 위해서 윤이는 일부러 목소리를 한 톤 더 높이며 말했다.

"먹어 봐."

가장 눈에 띄는 분홍색 마카롱을 집어 들었다. 한 입 베어 먹자, 상큼한 딸기 향이 퍼졌다.

"음. 맛있어요."

마카롱 한 입에 즐거워하는 윤이가 보기 좋았는지, 강우가 피식 웃었다.

"먹을 거 사다 주는 보람을 느끼게 해 주네. 앞으로도 뭐 많이 사다 먹여야겠다."

"대표님도 좀 드세요."

윤이가 딸기 마카롱을 마저 입에 쏙 집어넣은 후, 초콜릿 마카롱 하나를 집어서 강우에게 건넸다.

"나도 딸기 마카롱 먹고 싶어."

강우의 말에 윤이는 오물오물하며 상자를 보았다. 딸기 마카롱은 이미 먹어 버려서 없었다.

"없는데, 어떡하죠? 내려가서 더 사 올까요?"

"있잖아. 거기."

그의 길고 커다란 손가락은 윤이의 입안을 가리키고 있었다. 윤이가 어리둥절해하며 입안에 있는 것을 삼켰다.

"없어요."

"있어."

가까이 다가온 그가 윤이의 턱을 가볍게 잡았다. 그의 작은 솜털이 다보이고 입술이 금방이라도 닿을 것처럼 가까웠다.

전에 그가 제게 해 주었던 황홀한 키스 생각에 심장이 미친 듯이 뛰었다. 지금 당장 키스를 한다고 해도 이상할 것 없었다. 원래 사랑하는 연인들은 눈만 마주쳐도 뽀뽀를 하고 애정 행각을 하는 건, 흔한 일이니까.

"있어. 여기."

그가 다시 한번 똑같은 말을 반복하며 입술 옆을 할짝댔다.

"음. 그, 그래요. 있어요. 여기."

딸기 마카롱의 부스러기가 그의 입속으로 들어갔다. 그는 부스러기를 천천히 씹으며 윤이를 바라보았다.

강우의 눈동자가 매우 예민해져 있었다. 하지만 윤이는 알고 있다. 그의 눈동자는 예민해서 날카로워진 것이 아니라, 자신을 원하고 있는 눈빛이라는 걸. 그리고 그 눈빛은 거부하고 싶지 않을 정도로 매우 유혹적이고 그의 입술은 마카롱보다 더 달콤하고 기분 좋은 감정을 선사하리란 것도 잘 알고 있다.

그래서 윤이는 다가오는 강우의 입술 위로 제 입술을 포개었다. 입안 가득 퍼져 있는 딸기 향을 전부 흡수라도 하려는 듯, 그는 어느 한 군데 빼먹지 않고 움직였다.

그의 움직임으로 윤이의 숨은 금방 가빠졌다. 뜨거운 숨결이 서로의 입안을 자비 없이 오고 갔다. 은은하게 퍼지는 딸기 향도 좋았고 그의 매끄러운 혀 놀림에 쿡쿡, 세포가 눌리며 기분 좋게 퍼지는 소름도 좋았다.

감은 속눈썹이 파르르 떨려 왔다. 아아, 그와의 키스가 이렇게까지 기분 좋은 감각을 주고 있으니, 계속하고 싶다는 생각이 머릿속을 가득 채웠다.

뜨거운 숨결이 자신의 안으로 더 들어오길 바라기도 했다. 윤이는 강우의 목을 끌어안으며 오래도록 달콤하면서도 뜨거운 숨결을 느꼈다.

강 여사가 제대로 처리를 했는지, 포털 사이트에서 '신강우'와 '김서아'의 연관 검색어가 싹 사라졌다. 하지만 윤이는 안도하지 못했다. 요즘에는 포털 사이트보다 더 전염성이 강한 SNS가 있다. 두 사람의 이야기는 계속 떠돌고 있을 것이다. 그나마 다행인 건, 강우는 SNS 자체에 관심이 없을뿐더러 사용할 줄도 모른다는 거였다.

그렇게 자신과 강 여사만 소란스러웠던 날이 지나고 퇴원 날이 다가왔다. 드디어 이 갑갑하고 사람 나태하게 만드는 병원에서 탈출한다는 기쁨에 아침부터 싱글벙글 웃음이 다 나왔다.

미리 사복 차림으로 갈아입은 윤이는 오전에 물리 치료를 받고 돌아온 강우가 옷 갈아입는 것을 도와주었다. 아직 팔 한쪽이 온전히 낫지 않아 깁스한 강우는 단추 하나를 푸는 것도 힘들어했다. 그래서 윤이가 그의 병원복 단추를 대신 풀어 주었다.

한 개씩 풀 때마다 그의 적당히 그을린 살결과 정성 들여 만든 조각상처럼 완벽한 잔근육의 몸매가 드러났다. 윤이는 저도 모르게 마른침을 꼴깍, 삼켰다. 이 어수선한 와중에도 저 몸이 또 눈에 확 들어오는 건 뭐람.

"눈을 못 떼네."

"네?"

강우의 한마디에 윤이가 고개를 들었다. 그제야 윤이는 자신이 그의 상체에 눈을 너무 박아 두었다는 걸 알게 되었다.

"만져 보고 싶어?"

"네. 아, 아니요!"

"왜 아니야? 서운하게."

"그게 왜 서운해요?"

"내 연인이 내 몸을 만지기 싫다는데, 그럼 서운하지 안 서운해?"

"듣, 듣고 보니 그렇지만, 지금 안 만져 보겠다는 거죠. 누가 평생 안 만져 본대요?"

윤이는 말을 하고 놀랐다. 세상에 자신이 이런 말을 다 할 줄 안다니. 그리고 무엇보다도 그와 어떻게 될지 모르는 상황에서 나중에 만지겠다는 것을 확신하다니. 정말, 미쳤구나. 서윤이!

윤이는 자신이 그의 여자 친구 역할에 너무 몰입하고 있다는 사실에 스스로를 핀잔했다.

"그래. 언제든 만지고 싶을 때 만져라."

그의 옷을 다 갈아입히고 나서 두 사람은 병실을 나섰다. 이미 방 비서가 와서 퇴원 절차를 끝내 놓은 상태라 두 사람은 자동차가 대기하고 있는 곳으로 향했다.

두 사람이 나오자 미리 대기하고 있던 경호원이 뒷좌석 문을 열어 주었다. 뒷좌석에 나란히 올라탔고 문이 닫혔다.

"그런데, 이건 뭐야?"

강우가 윤이의 재킷에 있는 것을 꺼냈다.

"아, 그거 파리에서 산 목걸이요."

"내가 걸어 주었던?"

"네."

공중에서 흔들거리는 목걸이를 강우는 빤히 쳐다보았다. 목걸이를 보며 뭔가를 떠올리고 있는 걸까? 윤이는 자동차가 출발하고 도로 위를 달리는 동안에도 목걸이에서 눈을 떼지 못하는 강우를 바라보고 있었다.

"싸구려네."

한참 후에 그에게서 나온 말은 고작, 그뿐이었다.

"버려. 더 좋은 거로 사 줄 테니까."

"안 돼요."

윤이는 강우에게서부터 자신의 목걸이를 가져왔다.

"이건 제 소원을 들어준 목걸이예요. 그래서 소중해요."

"소원?"

"네."

목걸이를 보면 그날의 두려움, 악몽과 슬픔이 고스란히 느껴진다. 앞으로도 이 목걸이를 볼 때마다 그런 느낌을 받을 수도 있다.

하지만 그것보다도 윤이의 마음을 더 크게 사로잡은 건 따로 있었다. 그가 목걸이를 채워 주던 순간, 그리고 믿거나 말거나 이 목걸이로 인해서 아무도 듣지 못했던 그의 목소리를 들었다. 이 목걸이는 분명, 강우를 살릴 수 있는 기적을 만들어 줬다.

"그런 걸 믿어?"

질문하던 강우의 미간이 확 찌푸려졌다. 그러다 눈동자가 혼란스러움에 요동쳤다.

"이 기분, 이 말, 어디서 느끼고 해 본 거 같은데."

"그날도 저에게 그렇게 물어보셨어요."

윤이는 정확하게 기억하고 있었다. 강우는 파리의 한 호텔 바에서 물었던 것과 똑같이 질문했다.

"이거, 내가 사 준 걸로 기억하는데. 내가 너한테 왜 이런 싸구려를 사 줬지?"

그에게는 또 다른 기억의 오류가 발생한 것 같았다. 평생 남자로 느껴지지 않을 것 같았던 강우가 윤이의 마음을 조금씩 두드렸다. 아니, 사실 조금이 아니라 갑자기 쏟아져 버린 폭우에 온몸이 젖어 든 것처럼, 그는 아주 세게 밀고 들어와 멋대로 자리를 잡았다.

윤이는 강우가 좋았다. 단순히 상사가 아니라 남자로서 좋아졌다.

그래서 조금 겁이 났다. 그가 자신의 거짓말을 알고 난 뒤에도 지금처럼 여자 친구로 다정하게 대해 줄까.

그런 생각 때문에 망설여졌고 마음속 깊은 곳에서 누군가가 외치는 것 같았다.

그의 기억이 조금이라도 더 느리게 돌아오려면, 시간을 조금 더 끌어서 서로 더 깊은 사이가 되려면, 솔직하지 않아야 한다고.

하지만 다른 곳에서도 외친다.

그 거짓말로 그를 속여서는 안 된다고. 만일 그가 네가 거짓말을 해서 이별을 선택한다면 너무 슬퍼하지 말고 그냥, 네가 한번 다시 잡아 보면 어떻겠냐고.

윤이는 후자를 택하기로 했다.

"대표님이 사 주신 거 아니에요. 제가 산 거예요."

그의 시선이 이해하지 못한다는 듯, 윤이를 응시했다. 자신이 충분히 이해할 수 있게 부연 설명을 하라는 듯이 독촉하는 것 같기도 했다.

"그날, 제 생일이었고…… 대표님과는 출장을 간 날이었어요."

"일정을 끝내고 혼자 바람을 쐬러 나갔다가 상인 할머니에게 산 목걸이예요. 스스로에게 준 선물이었어요. 그걸 들고 호텔 바로 갔었어요."

그날 있었던 일들을 천천히 떠올리며 윤이는 덤덤하게 말을 이어 나갔다.

"사 온 목걸이를 하려고 했는데, 떨어트렸고 그걸 대표님께서 주워 주셨어요. 제 생일인 걸 아시고 축하해 주러 올라오셨거든요."

강우는 윤이의 설명을 차분한 눈빛으로 들었다. 그러다 윤이의 손에 들린 목걸이를 내려다보았다.

"그럼 그렇지. 내가 이런 목걸이를 사 줬을 리가 없지. 그럼 난 네 생일을 위해서 무슨 선물을 해 줬어?"

물질적인 선물은 받지 않았다. 하지만 어떠한 물질적인 선물보다 더 오래도록 기억에 남을 만한 선물을 받았다.

"……그날의 분위기요."

비록 3개월이라는 계약 연애지만, 그의 여자 친구가 되고 싶다는 생각을 하게 된 날이었으니까.

"뭐?"

"그런 게 있어요."

윤이는 싱긋, 미소와 함께 대답하며 창밖으로 시선을 옮겼다. 한낮의 서울이 눈에서 빠르게 스쳐 지나간다. 그리웠고 반가운 풍경이었다.

□ ◆ □

자동차가 윤이의 집 앞에 멈췄다. 오랜만에 보는 자신의 오피스텔과 그 주변 풍경이 너무 반가운 나머지 감정이 솟아올라 윤이는 코끝이 다 시큰해지려고 했다.

"저 가 볼게요."

서둘러 내리던 윤이의 옷자락을 강우가 잡았다.

"뭐가 그렇게도 급해?"

"그래 보였어요? 집이 너무 반가워서 저도 모르게."

"차 한잔 마시고 갈래."

"그러실래요?"

앞좌석에 앉은 방 비서와 직원에게 점심을 먹고 오라며 카드까지 건넨 후에 내리는 것을 보면 그는 단순히 차 한잔만 마시고 갈 목적은 아닌 듯 보였다.

강우는 여전히 진동 휠체어를 타고 윤이는 어느 정도 호전이 되어 목발을 짚은 채 집으로 향했다. 병원의 커다란 엘리베이터가 아닌 작은 엘리베이터에 탄 것부터 시작하여 도어 록 비밀번호를 누르는 손길이 너무 오랜만이라서 낯설게 느껴질 정도였다.

윤이는 비밀번호를 열고 들어섰다. 늘 마시던 내 집의 공기, 늘 보던 내 집의 풍경, 늘 느끼던 내 집의 편안함!

"집에 오니까 그렇게 좋아?"

뭐가 마음에 안 드는지 사나운 눈매를 하고 무표정으로 묻는 강우에 윤이는 머리를 굴려 보았다. 그의 심기를 건드릴 만큼 실수한 것이 있나? 생각해 보았지만 없었고, 그래서 당당하게 대답했다.

"네."

"난 매일 붙어 있던 너랑 이제 떨어져 있을 생각에 조금 섭섭한데. 넌 살판났구나."

아, 그 이유 때문이었어?

"서운하죠! 너무 서운해요. 마치 저의 오른쪽 팔이 떨어져 나간 것 같은 기분이랄까?"

"늦었어."

그는 단호하게 말하고서는 안쪽으로 먼저 들어갔다. 뒤따라간 윤이가

주방으로 향했다. 찻장을 열어 오래도록 쓰지 않아 완전히 말라 버린 컵을
꺼냈다.

"뭐 마시고 싶으세요?"

벌써 휠체어에서 소파로 옮겨 앉은 강우가 그런 윤이를 못마땅하게 쳐
다보았다.

"내가 정말로 여기 차 마시러 올라왔겠어?"

"……."

"그것도 아픈 여자 친구 시켜서 차를 마시겠냐고."

대표였다면 비서에게 당연히 그랬을지도 모르겠으나, 그는 확실히 여자
친구에게는 제법 다정하고 따뜻한 남자 친구였다.

윤이는 들고 있던 컵을 그대로 다시 집어넣고서는 강우에게 다가갔다.

"떨어지기 아쉬우니까 올라오신 거죠?"

"그래."

한 달이 넘는 시간 동안 함께 병원 생활을 했다. 떨어지는 것이 아쉬울
수 있다. 윤이도 병실을 벗어나 집에 온 건 너무 행복하지만, 이제 눈을 뜨
자마자 잠드는 마지막 순간에도 그를 볼 수 없다는 것이 내심 아쉬웠다.

"나 없이 잘 잘 수 있겠어? 너 악몽 자주 꾸잖아."

그는 윤이의 머리를 쓰다듬으며 물었다.

"악몽 꾸면 일어나서 전화할게요."

"그래. 망설이지 말고 해."

어째, 이 남자는 갈수록 더 다정해진다. 자꾸만 나쁜 마음이 들게.

"통원 치료 할 때 같이 갈게요."

"그럴 필요 없어. 어차피 통원 치료 끝나고 너한테 들를 생각이었으니까."

강우는 소파에 몸을 기대고서는 집 안을 천천히 살폈다. 그의 눈이 느긋
하게 윤이의 공간을 담았다.

"내가 여기 와 본 적 있나? 조금 익숙한 것 같은데."

"몇 번 와 본 적 있어요."

"지금처럼?"

아니다. 회식 때 윤이가 고주망태가 되어서 데려다주는 길에 들렀던 집이다. 차마 그때의 기억은 자신도 민망해서 떠올리기 싫어 애써 변명하지 않았다.

그러는 와중에 피곤함이 몰려와 연속으로 하품이 터져 나왔다.

"더 있고 싶은데, 그러다가 네 입 찢어지겠다."

"……미안해요."

"쉬어. 갈 테니까."

"네."

아픈 기색도 없이 휠체어에 옮겨 탄 그가 신발장으로 향했다.

"내일부터 가정부 여사님 한 분 붙여 줄게. 오늘 내가 어지럽힌 거 청소한다고 덤벙거리다가 다치지 말고."

"감사합니다."

현관문을 열고 나간 강우가 따라 나오는 윤이에게로 몸을 돌렸다. 그러고는 아래로 내려오라는 듯 손짓했다.

윤이가 살포시 고개를 숙이자, 그가 상체를 세워 윤이의 입술에 가볍게 자신의 입술을 포개었다 떨어트렸다.

"내일 봐."

"……."

"윤이야."

아아, 정말 큰일이다. 그는 갈수록 더욱 달콤해지고 있었다.

☐ ◆ ☐

서아의 소속사 대표가 커다란 손으로 얼굴을 감싸 비비며 한숨을 깊게 내쉬었다. 그는 솟구쳐 오른 짜증을 이겨 내지 못한 듯 얼굴에 신경질이 가득했다.

"나 참, 기가 막혀서. 재벌이면 다야? 우리 서아가 뭐가 부족해서 만나지 마라 훈수질이야, 훈수질은?"

"그러게 말이에요. 대표님."

대표의 말에 매니저는 눈치를 살피며 말을 덧붙였다. 곁에 있던 서아는 기가 막혔다. 이야기는 이랬다.

이번 스캔들 일로 인해, BK그룹의 안주인인 강 여사가 직접 회사까지 찾아왔다. 그녀는 자기 아들과 서아의 관계를 확인하더니, 이내 두 번 다시는 이런 일이 생기지 않으면 좋겠다고 불쾌한 티를 냈다고 한다.

"서아야. 정말 네가 말한 대로 강 여사랑 부딪쳐서 신강우 병실 들어간 게 전부야?"

"옷 갈아입고 나왔는데, 휴대 전화를 두고 온 게 생각났어요. 다시 들어갔고, 그때는 같이 있었던 강 여사와 비서가 없었어요."

"아. 그거 때문인가 보네."

대표는 깊게 한숨 쉬며 소파에 몸을 기대었다.

"그런데 대표님."

그런 대표를 매니저가 조심스러운 목소리로 불렀다.

"왜."

"신강우와의 스캔들이 서아에게 그다지 나쁜 영향을 끼치는 것 같지는 않아요."

"그게 무슨 말이야?"

대표가 한쪽 눈썹을 치켜올리며 은근한 관심을 보였다.

"이번에 새롭게 촬영 들어가는 영화감독이랑 조감독이 하는 얘기 들었는데, 서아랑 신강우가 그런 사이라면 잘 보여야 하는 거 아니냐고……."

"투자자가 되어 줄 수도 있으니까?"

"네. 그렇죠."

매니저의 말에 대표가 피식, 웃었다. 틀린 말은 아니었다. 갑과 을이 확실한 이 바닥에서 신강우는 당연히 '갑'에 속한다. 그것도 누구 하나 쉽게 무시할 수 없을 정도로 명불허전의 '갑'이었다.

그래도 여전히 기분 나쁜 건 사실이었다.

"그렇기도 하겠네. 어떤 놈이 신강우한테 까불겠어?"

"……"

"후우, 됐어. 그래도 그쪽에서 그렇게 나오니까 기분 나빠. 앞으로 신강우랑 엮이지 않게 조심하도록 해."

서아의 대표는 이쪽 바닥의 대표들과는 다른 사고를 하고 있었다. 스폰서니 뭐니, 여기저기에서 손 뻗치는 유혹을 뿌리치며 뚝심 있게 나가는 타입이었다. 그게 좋아서 서아 역시 지금의 대표와 오래오래 일하고 싶은 마음이 있었다.

"괜히 스폰서니 뭐니, 말만 시끄러워질 수 있으니까."

대표가 경고했다.

"대답 안 해?"

"알겠어요."

적어도 강우와의 관계까지 막으려는 듯 무섭게 몰아붙이기 전까지는 말이다.

대표님, 두고 보세요. 신강우는 스폰서가 아니라 제 남자로 곁에 둘 겁니다. 더욱 화려해질 나를 위해 필요한 건 그 화려함을 더욱 빛내 줄 남자이니까.

지금, 서아에게는 그런 남자로 강우보다 적합한 남자는 없었다.

깊게 잠들어 있던 윤이가 깨어나게 된 것은 요란하게 울리는 전화벨 소리 때문이었다.

"흠!"

몸을 일으켜 베개 옆에 두었던 휴대 전화를 더듬거리는 손길로 잡아 받았다. 전화기 너머로는 잡음 소리가 희미하게 들렸다.

"여보세요?"

— 아직도 자는 거야?

강우였다. 윤이는 제 의지와 다르게 자꾸만 무거워지려는 눈꺼풀을 손으로 비비며 시계를 확인했다. 벌써 오후 1시가 다 되어 가고 있었다. 예전에는 이런 생활 방식은 상상도 못 했던 윤이였다. 내일부터는 무조건 예전처럼 아침형 인간이 되겠노라, 다짐하며 침대에서 내려왔다.

"치료 다 받으셨어요?"

— 응. 지금 방 비서 보냈으니까, 얼른 준비하고 내려와.

"방 비서님을요?"

— 내가 WEL호텔 레스토랑을 자주 갔었지?

그는 스테이크를 먹을 때는 WEL호텔 레스토랑밖에 안 갔다. 최고급 품질의 고기를 사용하는 것은 둘째 치고, 셰프가 직접 개발한 하나뿐인 소스가 입맛에 너무 잘 맞는다고 했다. 식성이 그다지 좋지 못하고 다소 까다로운 그가 유일하게 전부 다 먹어 버리는 음식이기도 했다.

"네? 네. 거기서 스테이크를 자주 드셨죠. 룸 이용 시에도 룸서비스로 많이 드셨고."

— 그래. 기억이 나서. 오랜만에 그 레스토랑 스테이크가 좀 먹고 싶어. 같이.

"아, 그러셨구나. 그럼 얼른 준비하고 나갈게요."

전화를 끊고 윤이는 바로 나갈 준비를 했다. 그리고 얼마 있지 않아, 자신을 데리러 왔다는 방 비서의 전화를 받고 밖으로 나왔다.

"수고가 많으세요. 방 비서님."

윤이는 조수석에 올라타며 방 비서에게 인사말을 전했다.

"아니에요. 이게 제가 할 일인데요, 뭘."

"대표님은 먼저 가 계신 건가요?"

"네. 잠시만요."

방 비서는 누군가에게 전화를 걸었다.

"대표님. 방 비서입니다. 지금 윤이 씨 탔습니다. 네. 알겠습니다."

가벼운 대화로 끝난 통화 내용이 궁금해서 윤이가 방 비서를 쳐다보았다.

"대표님께서 윤이 씨 바로 오면 먹을 수 있게 하신다고, 태우면 연락 달라고 하셨어요."

그의 센스에 입이 벌어질 정도다.

호텔로 가다 보니 떠오르는 일들이 몇 가지 있었다. 그가 이 호텔에 방문하는 건 스테이크를 먹기 위함도 있지만, 종종 가출이 이유가 되기도 했다. 독립해서 살기 때문에 가출이라는 말이 다소 적합하지 않을 수 있지만 윤이는 충분히 이해했다. 질긴 성격을 지닌 그의 아버지가 아들의 으리으리한 집에 본인의 강건한 의사를 밝히려고 자주 들락날락하기 때문이었다. 그런 아버지를 피해 그는 자주 이 호텔로 도망쳐 왔었다.

생각이 깊어지는 동안 자동차가 호텔 앞에 멈춰 섰다.

"레스토랑으로 올라가시면 지배인이 안내해 주실 겁니다."

"네. 수고하셨어요."

이곳까지 자신을 데려다준 방 비서에게 예의 바르게 인사를 한 후에 차에서 내렸다.

자주 와서 그런가. 호텔 직원들은 윤이를 향해 익숙한 듯 인사했다. 윤이는 레스토랑으로 향하는 엘리베이터에 올라탔다.

"예전에는 이 호텔로 정장 심부름 하고 고기 썰어 주러 왔었는데……."

얼마 전의 일을 회상하며 문득 혼자 중얼거렸던 말이 떠올랐다.


*'저 무드라고는 손톱만큼도 없는 남자의 여자는 누가 될지, 벌써부터 불쌍해진다. 불쌍해져. 그래도 저 능력에 권력에 외모와 피지컬도 꽤 훌륭하니 예쁜 여자 만나겠지.'*


"그 무드 없는 남자의 여자……. 그게 내가 될 줄이야. 물론, 능력과 외모가 꽤 훌륭한 예쁜 여자이긴 하지만."

땡!

도착했다고 알리는 엘리베이터 소리에 윤이가 화들짝 놀랐다.

"깜짝이야. 아니, 여기 엘리베이터에서는 왜 맨날 이런 촌스러운 소리가 나는 거야?"

윤이가 불평하며 엘리베이터에서 내려 레스토랑으로 걸어갔다. 지배인이 그런 윤이를 알아보고 강우가 있는 쪽으로 바로 안내를 했다.

서울의 전경이 모두 내려다보이는 창가 테이블이었다. 그는 윤이에게 등을 보인 채 창밖을 쳐다보고 있었다.

"저 왔어요."

창밖을 보던 강우가 윤이에게로 시선을 옮겼다.

"잘 잤어?"

그가 맞은편에 앉는 윤이를 향해 내뱉은 첫마디였다. 아무래도 병원에서 함께 지내면서 악몽을 꿨던 윤이가 계속 마음에 걸렸던 모양이다.

"네. 너무 푹 잤어요."

"그래. 얼굴이 좀 부은 것 같다."

"……."

인정하는 부분이기에 따지지 못했다.

"그래도 다행이네. 악몽은 안 꾼 것 같아서."

"계속 걱정하셨어요?"

"응."

"……."

"그날 네가 좀 시달렸어야지."

"그래서 혹시, 잠 못 주무신 거예요?"

"응."

그는 앞에 놓인 물을 한 잔 마셨다. 투명 유리잔을 집은 그의 길쭉한 손가락을 윤이는 가만히 쳐다보았다. 거친 부분 하나 없이 적당히 그을린 손등은 고와도 너무 고와 보였다. 그러면서도 도드라지는 힘줄은 미묘한 관능미를 내뿜고 있었다.

"내가 원래 잠을 잘 못 자는 타입이었나?"

"그랬던 것 같지는 않아요."

"혼자서도 잘 자는 타입이었지?"

"네. 여태껏 혼자 사셨으니까. 잠을 안 주무신 거지, 못 주무셨던 건 아닌 것 같아요. 제가 알고 있기론."

"그런데 혼자선 잠이 안 오더라고."

"……."

"한 달 넘게 널 안고 자는 게 습관이 된 건지, 뭔지."

큰일 났다. 이 남자가 자신에게 너무 중독되어 버린 것 같았다. 이제 저 없는 잠도 못 잔다는 이 남자를 어떻게 해야 할까. 윤이는 진심으로 고민되었다.

"잠자리가 바뀌어서 그런 거 아닐까요?"

"그런가? 어쨌든 너는 나 없이도 잘 잤다니, 잘했어."

말의 내용과 달리 딱히 잘한 게 없어 보이는 건, 기분 탓이겠지? 윤이는 그렇게 생각하고 싶었다.

그러는 사이 강우가 미리 주문했다는 스테이크가 두 사람 앞에 놓였다. 도톰하고 먹음직스러운 스테이크를 보니 또 생각나는 것이 있었다.

"스테이크 썰어 드릴까요?"

그는 스테이크를 좋아하는 것과 다르게 썰어 먹는 것을 귀찮아했었다. 그 습관은 바뀌지 않는지 강우가 윤이에게 자신의 접시를 내밀다가 직원을 불렀다.

"스테이크 좀 썰어다 주시겠습니까?"

"네. 그렇게 하겠습니다."

"너도 맡겨."

"아니요. 저는 썰어 먹는 재미를 느끼고 싶어요."

"특이한 곳에서 재미를 느끼네."

직원은 강우의 접시만 들고 사라졌다. 윤이는 스테이크를 썰었다. 부드러워서 그런지 고기가 잘 썰렸다.

"혼자 먹으니까 맛있어?"

그가 턱을 괴고 물었다. 윤이는 잘 썬 고기 한 조각을 슬쩍, 강우에게 내밀었다. 그러자 그의 사나운 눈매가 만족스럽게 휘어졌다.

"그래. 같이 먹어야 맛있는 거야."

그가 입을 벌려 고기를 받아먹었을 때였다. 두 사람 사이로 검은색 그림자가 드리워졌다. 강우와 윤이가 고개를 돌렸다.

"윤이야, 여기서 또 만나네!"

아아. 운명이란 정말로 늘 잔인하고 짓궂다. 만나고 싶은 사람은 아무리 기다려도 쉽게 만나지 못하고, 반갑지 않은 사람은 늘 자주 만나는 법이었다. 지금 윤이의 눈앞에 있는 효진이도 그랬다.

윤이는 재빠르게 주변부터 살폈다. 젠장, 멀찍이 있는 테이블에서 태훈이 자신과 강우를 노려보고 있었다.

"어? 어. 그래. 효진아."

"영화관에서 본 날 제대로 인사도 못 하고 가서 마음에 걸렸었거든."

"그런 건 굳이 마음에 안 걸려 해도 되는데."

윤이가 고개를 반대쪽으로 돌려 낮게 중얼거렸다.

"남자 친구 맞지? 그날도 같이 있었잖아."

효진은 강우를 단번에 알아보았다. 윤이가 머쓱한 눈길로 강우를 보았다. 효진이라는 존재가 귀찮게 느껴지면서도 강우는 자신을 소개하지 않는 윤이를 이해하지 못하는 눈길로 쳐다보고 있었다.

어서 소개하라는 듯, 눈짓하는 강우에 윤이는 안 떨어지고 싶어 하는 무거운 입술을 겨우 열었다.

"응. 그때는 아니었는데, 지금은 맞아."

"그때는 썸 타는 사이였구나? 그때도 느꼈지만, 남자 친구분 너무 잘생기고 어디서 많이 본 것 같아."

알았으니까, 인제 그만 가 줄래? 그러다가 어깨 너머의 네 남자 친구 눈에서 피 나오겠어. 하도 째려보고 있어서.

라고 말하고 싶었다. 하지만 효진은 이렇게까지 눈치코치가 없던 애였나, 싶을 정도로 끈질기게 말을 시켜 댔다.

"연예인이니?"

"어? 연예인은 아니야."

"그러면……."

"인사는 그 정도 했으면 된 것 같습니다. 이 자리 지금, 저희끼리 오붓하게 식사하러 온 자리라서요."

효진의 말이 강우의 단호한 목소리에 제지당했다. 효진은 살짝 무안해했다.

"네? 그러고 보니 제가 너무 붙잡고 말 많이 했죠? 죄송해요. 아, 다른 게 아니라 나 곧 결혼해. 윤이야."

그게 목표였구면. 들고 있던 핸드백에서 청첩장을 꺼낸 효진이 윤이에게 건넸다. 아무것도 모르고 순수한 표정으로 청첩장을 내미는 효진이 안타까울 뿐이었다.

"시간 있으면 와서 밥 먹고 가."

정말 축의금 한 푼 안 내고 밥만 먹으러 갈까 보다 했지만, 자신이 결혼식장에 갔다가는 태훈의 눈이 정말 어떻게 될지도 모르겠다는 생각이 들었다.

"그래. 축하해."

"고마워. 그럼 밥 맛있게 먹고 가. 좋은 시간 보내다 가세요."

효진은 태훈이 있는 자리로 돌아갔다. 들고 있던 청첩장을 찢어 버릴까, 구겨 버릴까, 태워 버릴까. 셋 중에 하나의 방법으로 반드시 해치울 생각을 하던 윤이의 볼을 강우가 살포시 톡톡 쳤다.

"저 여자랑 특별히 친했던 사이는 아니지?"

"……그래도 어느 정도 친하기는 했는데, 더는 친하게 지낼 수 없는 사이가 되었어요. 그런데 그게 티가 많이 났어요?"

"응. 그래서 내가 내쫓아 버린 거야. 잘했어?"

윤이가 고개를 끄덕였다.

"네. 너무 잘했어요."

"그런데 내가 저 여자랑 언제 한번 마주친 적 있나 봐."

"네. 영화관에서요."

"안 좋은 일로 마주친 거야?"

"……"

"그 얘기 할 때, 네 표정이 벌레라도 먹은 것처럼 썩어 있어서."

"그 정도는 아니었을 거예요."

다시 고기를 먹어 보려고 했지만, 태훈이 하도 째려보고 있어서 밥맛이 다 떨어져 버렸다. 윤이는 포크를 내려놓았다. 뭐 당당하다고 저렇게 대놓고 티를 내나 싶었다. 강우와 좋았던 분위기를 망쳐 버린 태훈에게 윤이도 슬슬 화가 나기 시작했다.

"그만 먹게?"

강우가 의외라는 듯 물었다.

"네. 배불러요."

"네가?"

"……종종 그럴 때가 있어요."

강우도 들고 있던 포크를 내려놓았다. 그는 입이 짧았기에 딱히 놀라운 일도 아니었다.

"기다려. 잠깐 화장실 다녀올게."

"네."

입 주변을 닦은 냅킨을 내려놓은 강우가 자리에서 일어섰다. 화장실로 향하는 강우를 태훈이 뒤따라가고 있는 것이 보였다. 윤이의 눈이 휘둥그 레졌다.

"설마, 무슨 말을 하려는 건 아니겠지?"

불안함이 소용돌이처럼 몰아치고 결국 윤이를 자리에서 일어서게 했다.

그리고 윤이는 레스토랑 밖으로 나왔을 때 자신이 태훈의 미끼를 물었다는 걸 알게 되었다. 강우는 보지 못했지만, 태훈이 레스토랑 문 앞에서 윤이를 기다리고 있었던 거였다. 윤이는 비열하게 웃고 있는 태훈의 낯짝에 침이라도 뱉고 싶었다.

"네 대표랑 바람피운 게 아니라고?"

태훈은 아직도 윤이가 강우와 바람을 피웠는지, 안 피웠는지에 대한 집착을 버리지 못하고 있었다. 이런 남자와 한때 결혼까지 생각했다니. 정말 남자 보는 눈이 발바닥에 달렸다는 생각에 스스로가 한심했다. 그러면서도 이런 남자와 끝까지 함께하지 않은 것에 감사했다. 자신이 흘려보낸 똥차에 올라탄 효진이 안타깝다 못해 조금 불쌍하기까지 했다.

"작작 하랬지. 알은척도 하지 말라고 했고."

"네 남자 친구 다리는 왜 그러냐? 너도 얼마 전에 병원에 입원해 있더니, 같이 다친 거냐?"

"관심 끄시지."

"또 둘이 붙어 있었구만."

저 비꼬는 주둥이에 주먹 한 대를 날리고 싶은 충동이 들었다.

"서윤이. 설마 해서 묻는 건데. 결혼식에 올 거야?"

"왜? 가 줬으면 좋겠어?"

"미쳤냐?"

"안 미쳐서 안 간다."

"너 내가 말하는데, 행여나 네 주변 사람들한테 '이태훈'이라는 인물이 바람피워서 헤어진 남자 친구라고 얘기하고 다니지 마. 그랬다가는 나도 너랑 네 대표가 맞바람 피웠다고 확, 소문내 버릴 테니까."

그의 경고가 하나도 무섭지 않았다. 윤이는 콧방귀를 뀌며 태훈을 무시하고 싶었다. 하지만 곧 화장실에서 나온 강우가 자신을 찾게 될 것이고, 태훈과 대화 나누는 걸 본다면 그냥 넘어갈 일은 없을 거였다. 상황 설명을 해야 하는 난감한 일이 발생하는 건 원하지 않았다.

"그때도 얘기했지만, 다시는 만나지 말자 우리. 제발."

다시 레스토랑으로 들어가기 위해 귀퉁이를 돈 순간, 윤이는 그 자리에서 주저앉을 뻔했다. 강우의 그림자는 놀란 윤이를 금방이라도 집어삼킬 것처럼 컸다.

"대표님."

사늘하게 식은 강우의 시선은 윤이가 아닌 그 너머를 향해 있었다. 그의 꼿꼿한 발걸음은 망설임도 없이 태훈에게로 향했다.

정말 큰일이 터질 것 같은 불길한 예감이 온몸을 관통했다. 기분 나쁜 소름이 곳곳에 피어나 머리가 어지러울 정도였다.

윤이는 빠르게 강우의 뒤를 따랐다.

"바람? 방금, 당신 바람이라고 했어?"

강우의 등장에 태훈은 살짝 긴장한 듯 속눈썹을 파르르 떨었다. 태훈은 갈등하고 있는 것 같았다. 끝까지 불도저처럼 밀고 나갈까, 아니면 겁을 먹은 강아지처럼 꼬리를 내리고 사라질까. 윤이는 태훈이 후자를 택하기를 바랐다.

하지만 불행하게도 태훈은 뒤에서 자신을 쳐다보고 있는 윤이와 눈이 마주치더니 눈빛이 변했다.

"그래요. 바람이라고 했어요. 틀린 말을 한 것도 아니잖아요? 그때는 긴가민가해서 따지지 못했는데, 오늘은 확실하게 할 수 있을 것 같아요. 내가."

그래도 선은 넘지 않을 생각인지 꼬박꼬박 존댓말을 썼다.

"그래. 당신이 생각하는 거 한번 확실하게 말해 봐. 인간이라면 자신이 한 말에 대해 책임질 각오는 되어 있겠지?"

"그때도 당신은 그렇게 말했었죠."

"뭐?"

"기억 안 나요? 영화관 앞에서. 그때도 당신은 그렇게 말했었잖아요."

강우는 기억나지 않는 장면인지 미간을 구겼다. 태훈은 그런 강우를 바라보며 목소리를 키웠다.

"아마 대략 두 달 전이지? 나랑 윤이가 헤어진 지 3일밖에 안 된 날이었으니까. 기억력 좋은 사람인 줄 알았는데, 의외로 아닌가 봐요?"

태훈의 비아냥거림에 자극이 된 듯 강우의 표정이 더욱 사납게 굳어졌다. 그의 한쪽 눈썹이 삐뚜름히 올라갔고 입꼬리에 사악한 미소가 달렸다.

"당신 대체 누군데 이렇게 자꾸 주제넘은 말로 내 기분을 상하게 만드는 겁니까?"

강우가 존댓말을 선택한 건, 태훈과는 확실히 다른 이유 때문일 거였다. 끊어지려는 이성을 다잡기 위해 존댓말을 선택했을 확률이 높았다. 강우는 그랬다. 회의 때나 계약을 할 때처럼 감정을 절제해야 할 때 존댓말을 선택했다.

윤이는 옆에서 안절부절못했다. 기분 좋게 고기 먹으러 왔다가 이게 뭔 꼴인가 싶었다.

"난 윤이와 1년 넘게 사귀었던 남자 친구였어요. 하지만 데이트를 한 횟수는 열 손가락 안에 들어요. 그 이유가 뭔 줄 알아요?"

"그 이유가 나 때문이겠어?"

"……."

"당신이 재미없는 남자여서 그런 거겠지."

턱을 까딱이며 단호하게 자신의 입장을 일단락 짓는 강우에 태훈의 눈동자가 하염없이 흔들렸다. 태훈은 자신이 '재미없는' 남자라고 생각해 본 적이 없는 듯했다. 새삼스러웠다.

"인생을 맡길 수 없는 남자였으니까 헤어진 거라고."

마치 방금 강우가 한 말이 사실이냐고 묻듯이 태훈이 윤이를 쳐다보았다.

"이제 안 거야?"

이렇게라도 대답하지 않으면, 그에게 당한 상처가 아물지 않을 것 같았다.

"재미없어서 차인 주제에 남 핑계나 대는 찌질한 짓 하기는."

강우의 말에 태훈이 주먹을 쥐었다.

"거짓말하지 마. 서윤이. 너 나 좋아했잖아. 네가 나랑 헤어진 이유 다른 거잖아!"

믿지 못하겠다는 듯이 고개를 내저으며 현실을 부정하는 태훈을 향해 윤이가 쯧쯧 혀를 찼다. 연애는 뒤끝이 좋아야 한다. 그의 뒤끝이 이렇게 안 좋으니 연애하면서 좋았던 순간들마저 사라져 버리고 원망만 남게 된다.

그래도 한때 결혼까지 생각했던 남자가 저렇게 최악이었다는 걸 깨닫는 건, 그다지 통쾌한 일은 아니었다. 시간 낭비, 감정 낭비. 돈으로 살 수도 없는 것들을 낭비한 것에 대해서 아쉬움이 씁쓸하게 몰려왔다.

"남의 여자한테 계속 질척이지 말고 인제 그만 좀 꺼지지?"

"그래. 그만해."

윤이도 태훈을 막았다.

"태훈 씨?"

자신의 남자 친구가 한동안 오지 않아서 찾으러 나온 효진의 목소리가 뒤에서 들렸다.

"무슨 일이에요?"

"아무 일 아니야."

태훈이 서둘러 자리에서 벗어나 효진에게 갔다. 효진에게 가는 순간까지도 태훈의 원망 서린 눈빛은 윤이에게서 거두어지지 않았다.

윤이는 왜인지 모르게 불안했다. 효진이 윤이에게 뭔가 할 말이 있어 보였지만, 태훈이 너무 세게 끌고 빠르게 가 버리는 바람에 아무 말도 건네지 못했다.

"쟤 왜 저렇게 깔끔하질 못하냐. 연애할 때도 저랬어?"

"저랬던 것 같기도 하고, 아닌 것 같기도 하고."

"그래. 생각도 하지 마. 떠올리기만 해도 스트레스 쌓이게 할 인간이야."

강우는 태훈을 향한 불쾌한 기색을 숨기지 않았다.

"저런 남자들 만나고 다니다가 나를 만나니까, 훨씬 연애할 맛 나지?"

딱히 연애할 '맛' 보다는 연애를 하는 느낌은 났다. 쇼이기는 하지만, 남자 친구와 계속 붙어 다니고 있는 이 상황이 말이다.

기억 상실에 걸린 지금도, 기억 상실에 걸리기 전인 예전에도 강우는 아무것도 모른다. 자신이 몇 명의 남자에게 차인 이유가 '본인' 때문이라는 것을.

"집에 갈까요?"

"그래. 너한테 물어볼 말도 있고."

강우는 할 말이 남은 듯 여지를 남기며 레스토랑 안으로 들어갔다. 효진과 태훈은 서로를 마주 보며 대화를 하다가 윤이의 등장에 눈동자를 돌렸다. 효진은 여전히 의아한 눈빛, 태훈은 원망 서린 눈빛이었다. 두 사람의 시선을 받으며 윤이는 자신의 테이블로 가서 가방을 챙겨 들고 나왔다.

"가자."

계산을 끝낸 강우가 앞장서서 걸어갔다.

호텔 앞으로 나오니, 미리 연락을 받은 직원이 자동차를 대기시켜 놨다. 뒷좌석에 올라타기 위해 휠체어에서 한쪽 다리로 잠시 일어선 강우는 새삼스럽게 무척 컸다.

이후 두 사람이 도착한 곳은 윤이의 집이었다.

"차 드릴까요?"

"아니. 앞에 앉아."

강우와 윤이는 식탁을 사이에 두고 서로를 마주 보았다.

"어떻게 된 건지 설명해 봐."

대상이 빠진 말이었지만, 윤이는 강우가 무엇을 듣고 싶어 하는지 알고 있었다. 레스토랑에서 이곳까지 오는 동안 윤이도 내내 마음에 걸렸던 일이었다.

"……바람피운 거 아니에요."

"하지만 시기가 적절하잖아."

"……."

"우리 입원한 지 얼마 안 되었을 때, 네가 우리 사귄 지 두 달 되었다고 했잖아. 그런데 그 남자는 영화관에서 우리가 본 날이 너랑 헤어진 지 3일 된 날이라고 말했어."

입이 바싹바싹 마르는 것 같았다. 함께 비밀 작전을 짰던 강 여사가 필요했다. 독단적으로 모든 것을 밝힐 수가 없었다.

"윤이야."

강우의 눈빛이 사나웠다. 대답을 촉구하고 있는 강우를 눈앞에 두고 구렁이가 담 넘어가는 것처럼 넘어가기는 글러 먹었다는 생각이 들었다.

삐질삐질. 입은 마르는데, 이마에서는 자꾸 땀이 난다. 윤이는 입술이 파르르 떨려 오는 것을 느꼈다.

원래 상사인 강우는 윤이에게 그다지 무서운 사람은 아니었다. 하지만 지금 이 순간, 자신을 잡으러 온 저승사자보다도 무서웠다.

진실을 말하면 그는 어떻게 반응할까. 강우에 대해 잘 알고 있기 때문에 윤이는 자꾸만 거짓말을 하고 싶었다.

"너랑 나. 바람피울 만큼 그렇게 몰상식한 인간들은 아니잖아. 특히 나."

그는 확신으로 빛나는 눈동자로 '나'를 더욱 강조하며 말했다. 그의 인내심이 언제 폭발해 버릴지 몰랐다.

"누가 거짓말을 하는 거야?"

"……"

"그 새끼야? 아니면, 너야?"

자신을 쳐다보는 눈동자의 사나움이 더욱 짙어지고 위태롭게 버티고 있는 것 같았다. 윤이는 더는 선택의 여지가 없다고 판단했다.

"왜 바로 말을 못 해?"

강 여사님에게는 죄송하지만, 윤이는 진실을 이야기해야 했다.

"잠시만요."

말을 하기에 앞서 윤이는 주방으로 가서 따가울 정도로 메마른 목에 차가운 물을 들이부었다.

"……후우."

시기가 너무 갑작스럽다는 것을 제외하면, 언젠가는 이런 날이 올 거라는 것쯤은 충분히 예상했었다.

다시 식탁으로 돌아간 윤이는 강우를 똑바로 마주 보았다.

"제가 거짓말을 하는 거예요."

그리고 꺼내는 데 있어서 어려울 줄 알았던 진실을 의외로 쉽게 고백했다. 동요할 줄 알았던 그의 눈동자는 잠잠하다. 그것이 윤이를 조금 긴장하게 했다.

"무슨 거짓말을 하는 건지 제대로 된 설명을 해야 할 거 아니야."

차라리 화를 내면 덜 무서울 것 같다는 생각이 들 정도로 그의 낯빛은 날카로웠다. 무슨 생각을 하고 있는지 쉽게 파악하기가 어려웠다. 그래서 낯설었고 낯설기에 무서웠다.

"저와 대표님은……."

짧은 시간이었지만, 윤이를 설레게 그의 모습이 주마등처럼 스쳐 지나간다. 이제 그 모습을 보지 못할 거라는 아쉬움과 서운함도 함께 느껴졌다.

"연애하던 사이가 아닙니다."

주변의 소리가 누군가로 인해서 모두 집어삼켜진 것 같다. 두 사람 사이를 떠도는 침묵과 강우의 고정된 시선이 윤이를 긴장하게 했다.

"……우리가 연인이 아니었다고."

"네."

윤이의 대답에 강우의 고운 미간이 사정없이 구겨졌다.

"네가 날 속인 거라고?"

"……."

이번에는 대답 대신 숨을 크게 들이쉬었다가 내쉬었다. 죄인이 된 것처럼 어깨가 무거웠다.

"네가 날 속여?"

"속인 건 정말 죄송하지만, 어쩔 수 없는 상황이었어요."

"아무리 어쩔 수 없는 상황이라고 해도 그렇지, 네가 날 속여?"

그의 호흡은 한껏 거칠어졌다.

"서윤이. 네가? 아픈 나를 속였어?"

"……."

"내 기억 속에 너는 참, 신뢰가 가고 믿을 만한 유일한 사람이었어. 그런 네가 나를 속여?"

버럭, 화를 내는 그에 윤이는 억울한 것이 있었다. 반역을 도모한 대역죄인 취급을 하는 듯한 강우에 윤이도 결국 울컥하고 말았다.

"그러게 제가 아니라고 했잖아요. 처음부터 제가 여자 친구라고 확신한 건 대표님이시잖아요."

"그게 아픈 사람한테 할 변명이야?"

"……."

"끝까지 아니라고 우겼어야지. 너 나중에는 결국 말 바꿨잖아."

"……그건 어쩔 수 없는 상황 때문이었어요. 제가 대표님 곁에 있지 않으면……."

"사람을 속이는 데 어쩔 수 없는 상황 같은 건 없어."

강우는 윤이의 말을 다 듣지 않고 잘라 버렸다. 코끝이 시큰해지고 목이 찢어질 것처럼 메었다. 눈에 눈물이 고이는지 그의 얼굴 형태도 제대로 보이지 않았다. 억울하면서 서러웠다.

"왜 내 말을 끝까지 안 들어 줘요?"

"듣기 싫으니까. 철석같이 믿었던 사람에게 제대로 뒤통수 맞는 것도 부족해서 발등까지 찍힌 기분인데……!"

"……."

"너 같으면, 그 사람 말을 듣고 싶겠어?"

고구마를 먹은 것처럼 속이 답답하다. 목에 달걀노른자가 박히기라도 한 것처럼 아무 말도 나오질 않는다.

윤이는 훌쩍이며 강우를 서러운 눈빛으로 쳐다보았다.

"내 앞에 두 번 다시는 나타나지 마."

괘씸한 윤이를 향해 강우는 쐐기를 박듯이 강한 어조로 말했다. 미치고 팔짝 뛸 노릇이었다. 강 여사님이 말려도 진작 진실을 고백할걸. 후회가 밀물처럼 몰려왔다.

그러다 윤이가 한 줄기의 희망 자락을 잡는 것처럼 말을 꺼냈다.

"기억 안 나시겠지만, 지금 이 와중에 이런 말을 하는 게 상황에 맞지 않을 수도 있지만, 대표님도 어쩔 수 없는 상황 때문에 누군가를 속이려고 하셨거든요?"

그가 차갑게 식은 눈빛으로 윤이를 노려보았다. 오늘 레스토랑에서 자신이 내민 고기를 받아먹을 때와는 너무 다른 눈빛이었다. 온몸이 시릴 정도였다.

"맞선을 강행하는 아버지를 속이기 위해서 3개월 동안 애인 역할을 해 줄 여자를 찾으셨다구요."

"기억 안 나."

그는 뻔뻔하게 대답했다.

"그리고 그 말이 진짜인지 아닌지, 거짓말을 한 네가 하는 말인데 내가 어떻게 믿어? 증거라도 있어?"

그런 걸, 윤이가 만들어 놓았을 리가 없다. 강우는 '3개월 대행 애인'을 늘 구해 오라고 구두로 지시했지만 녹음할 생각은 한 번도 해 본 적 없었다.

"이럴 거면 조금 전에 이태훈 보내고 나서도 왜 나한테 다정하게 굴었어요?"

"……."

"연애할 맛이 나느니 뭐니, 스트레스받으니 생각도 하지 말라면서 왜 나한테 다정하게 굴었냐구요."

"난 그 새끼가 거짓말을 하고 있을 거라고 확신했으니까."

"그렇게 확신하고 있었으면, 날 믿고 물어보지 말지……."

스스로가 생각하기에도 뻔뻔한 말이었다. 그래도 억울함에 조금의 하소연은 하고 싶어서 한 말이었다.

"넌, 네가 어쩔 수 없는 상황에서 한 거짓말이 나를 위한 거라고 여겼겠지? 하지만 아니야."

"……"

"난 바보가 된 것 같아. 너 좋다고 반려견처럼 온종일 졸졸 쫓아다니고, 쳐다보면서 웃고 좋아하고, 행여나 혼자서 잠도 못 잘까 봐 밤새도록 걱정하고, 훗날에 뭘 하자고 약속하는 내 모습을 보면서 얼마나 우스웠어?"

조금 전까지 화가 나 있던 그의 눈동자가 서글픔으로 바뀌었다. 그는 슬퍼 보였다.

"그런 적 없어요. 한 번도 대표님을 우습게 생각한 적 없다구요."

"그래도 이미 틀렸어. 네가 바로 대답하지 못했을 때, 내 기분이 어땠는 줄 알아?"

"……"

"심장이 쿵, 하고 내려앉았어. 아니기를 간절히 바랐어. 지랄맞은 직감이 제발 아니기를."

그는 절망했다.

"나한테 상처 준 너 보기 싫어."

그를 잡을 방법이 더는 없을 것 같다. 윤이는 그가 나갈 수 있게 길을 비켜 주었다. 현관문까지 걸어가던 그가 휠체어를 멈췄다. 등을 보이고 멈춰 있는 그의 어깨가 크게 들썩였다. 집 안은 그의 중저음 목소리 대신 침묵으로 가득했다. 윤이는 답답함에 자꾸만 한숨이 입술 사이를 비집고 나왔다. 그는 몸을 돌려 윤이를 쳐다보았다.

"나한테 할 말 없어?"

"……속여서 죄송해요."

또 한 번 죄인처럼 고개를 숙이며 윤이가 대답했다. 강우의 시선은 잠시 길을 잃은 사람처럼 허공을 맴돌았다.

"그게 끝이야?"

"믿어 주실지 모르겠지만, 전 정말 대표님을 우습게 생각한 적 없어요. 제가 대표님께 상처를 드린 것 같아서……."

"사표 내."

강우가 윤이의 말을 잘라 냈다.

"대표님……."

"그 정도는 각오하고 날 속였던 거 아니었어?"

"한 번만 절 이해해 주시면 안 될까요?"

"연인인 척, 거짓말이나 한 너랑 매일 마주 보고 같이 일하라고? 난 그렇게 못 해."

"……."

"그러니까, 당장 사표 내."

윤이가 입술을 꾹 다물었다. 그런 윤이에게서 강우는 다시 한번 돌아섰다. 혼자 덩그러니 남겨진 윤이는 다리에 힘이 풀려 그대로 바닥에 주저앉아 버리고 말았다.

□ ◆ □

초인종 소리가 거실 가득 울려 퍼졌다. 거실에서 반쯤 넋이 나가 있던 윤이가 몸을 일으켰다. 현관문을 여니 놀란 듯한 강 여사가 서 있었다.

"그게 정말이니? 강우가 모든 것을 알게 되었다고?"

"……죄송해요."

"들어가서 자세히 얘기하자."

강 여사는 지끈지끈 아려 오는 관자놀이를 손가락으로 달래 주며 안으로 들어섰다. 소파에 풀썩, 주저앉다시피 한 강 여사에게 윤이가 따뜻한 캐모마일차 한 잔을 건넸다.

"어쩌다가 알게 된 거야? 퇴원 때까지만 해도 전혀 모르던 기색이었잖아."

"그게……."

윤이는 오늘 레스토랑에서 있었던 일들을 전부 상세하게 말했다. 말을 이어 갈수록, 강 여사의 안색은 더욱 하얗게 질려 갔다. 그러다 이내 고개를 내저으며 큰 한숨과 함께 눈을 질끈 감았다.

"죄송해요."

"네가 죄송할 건 없지."

"……."

"많이 놀라고, 마음도 많이 불편했겠구나."

강 여사의 위로에 윤이는 울컥하고 감정이 치밀어 올랐다. 참자, 참자. 속으로 되새김질하며 다짐해 보았지만, 눈물샘은 쉽게 말을 듣지 않았다. 결국, 눈시울이 붉어지면서 투명한 눈물이 윤이의 손등 위로 후드득 떨어졌다.

"아이구, 어찌 보면 이게 다 나 때문이야. 나 때문에……."

강 여사는 얼른 티슈를 뽑아서 윤이에게 건넸다. 윤이는 어느새 뺨까지 잔뜩 적신 눈물을 닦았다.

"처음부터 강우에게 솔직하게 말하려던 너를 내 욕심으로 거짓말시킨 거니, 내 잘못이 크다. 내가 강우한테 가서 모든 진실을 얘기할게."

"그렇게 하셔도 제가 아마 더는 대표님과 일하기는 힘들 것 같아요."

이미 신뢰가 완전히 무너진 상태였다. 강건하고 한번 돌아서면 얄짤없는 그의 성격상 윤이를 다시 받아 주는 건 가능성이 아주 희박한 이야기였다.

하지만 더 큰 문제는 윤이에게 있었다. 윤이도 그에게 다시 돌아가는 일이 쉽지 않았다. 염치없고 민망하며 미안했다. 그리고 그에게 정이 떨어진 게 아니라 여전히 붙어 있어서 그런 감정들이 불쑥불쑥 튀어나올 것만 같았다.

"아니야, 윤이야. 내가 어떻게든 수습해 볼 테니까 너무 걱정하지 마."

강 여사가 약해지려는 윤이의 손을 잡고 부탁하듯 말했다. 하지만 윤이는 선뜻 대답이 나오지 않았다. 윤이의 약한 목이 바닥으로 천천히 떨어졌다.

"죄송해요."

"……."

"저 아무래도 대표님 곁으로 더는 못 돌아갈 것 같아요."

윤이의 목소리가 가느다랗게 떨렸다.

□ ◆ □

얼마간의 시간이 그렇게 흘러갔다.

윤이는 강 여사로부터 강우가 물리 치료를 끝내고 오늘 처음 회사에 복귀했다는 소식을 전해 들었다. 그래도 마지막은 강우를 보면서 끝내고 싶었다.

오랜만에 출근복을 입고 회사로 향했다. 익숙한 거리지만, 이제는 마지막인 거리들을 눈과 머릿속에 담으며 윤이는 회사에 도착했다.

로비에 들어서자마자 코끝을 스치는 고소한 커피 향, 자신에게 눈인사하며 반기는 안내 사원들과 보안팀을 지나 금색의 엘리베이터에 올라탔다. 그 안에서 특유의 라벤더 향이 느껴졌다. 위층으로 올라간 엘리베이터가 멈추고 문이 열렸다. 윤이는 복도를 천천히 거닐었다. 그리고 가장 많은 시간을 차지했던 13층의 자신의 사무실에 도착했다.

윤이는 깨끗하게 정리된 자신의 자리를 눈으로 힐끔 쳐다보았다. 그러다 탕비실로 가서 커피를 준비했다. 강우에게 마지막으로 건네줄 커피였다.

집무실 문을 노크하고 안으로 들어가니, 역시나 강우는 벌써 출근해서 서류를 보고 있었다. 윤이의 등장에 서류를 보던 눈이 망설임 없이 구겨졌다.

"내가 두 번 다시는 눈앞에 나타나지 말라고 했을 텐데?"

"사표 내려고 왔어요."

"그럼 사표나 내고 갈 것이지, 커피는 왜 들고 들어와?"

그 사달이 나고 얼마 뒤, 윤이는 강 여사의 전화를 받았었다. 강 여사가 강우에게 가서 온갖 협박, 부탁을 다 했지만, 너무 단호한 아들이 원망스러울 정도라고 했다.

그러지 말라고, 윤이는 강 여사를 달래고 전화를 끊었다. 그 뒤로 강 여사는 종종 찾아와서 윤이가 다시 마음을 되잡길 바랐지만, 끝까지 거절한 게 어찌 보면 다행이라는 생각이 들었다.

자신을 차갑게 바라보는 강우의 시선은 잠깐이라도 견디기가 버거웠다. 늘 의지하고 믿어 주고 아껴 주던 사람의 변한 눈빛에 윤이는 울컥했다.

"제가 타 드리는 커피도 이젠 싫으신 거예요?"

"당연한 걸 뭘 물어?"

윤이는 들고 있던 쟁반을 잠시 테이블에 내려놓고 주머니에서 사표 봉투를 꺼냈다.

"지금까지 감사했어요."

강우는 윤이가 건넨 사표에는 눈길도 주지 않은 채 여전히 냉랭한 눈빛으로 올려다보았다.

"인수인계는……."

"필요 없어. 너 말고도 인수인계해 줄 팀원은 많으니까."

"네. 다행이네요."

진심이었다. 그가 자신으로 인해서 힘든 일이 정말 없었으면 좋겠다. 마음도, 일도.

"몸은 좀 어떠세요?"

"오지랖 그만 떨고 좀 가지. 보다시피 내가 검토할 서류가 많아서."

강우의 책상 위에는 정말로 서류들이 무서울 정도로 쌓여 있었다. 겉으로 보기에 강우는 벌써 깁스도 풀고 괜찮아 보였다.

"기억은 아직 안 돌아온……."

탁!

강우가 서류를 아주 세게 책상 위로 던졌다.

"왜? 이제 사표 내서 상사도 아니니까, 말도 듣기 싫어?"

"그런 거 아니고, 정말 걱정돼서……."

"네가 날 걱정해 주면, 고맙다고 오는 질문에 꼬박꼬박 대답이라도 해 줄 줄 알았어?"

"주제넘었네요."

"알았으면 그만해."

"네. 가 볼게요."

어떤 말도 하지 않고 강우는 바로 서류로 시선을 옮겼다. 윤이는 그대로 집무실을 나왔다. 씁쓸하고 허탈했다.

□ ◆ □

정아가 들고 있던 맥주잔을 아주 세게 내려놓았다. 그 바람에 맥주 몇 방울이 윤이의 얼굴로 튀었다.

"이크!"

"괜찮아?"

"응. 괜찮아."

윤이가 티슈로 뺨을 닦았다. 윤이의 말을 듣고 잔뜩 흥분한 정아는 여전히 차분해질 기미가 보이지 않았다.

"어차피 너랑 대표님 사귄 지도 얼마 안 되었는데 감정이 깊어지지도 않았을 거 아니야? 그냥 얼굴에 철판 깔고 회사 계속 다녀!"

정아에게는 모든 사실을 말할 수는 없었다. 하지만 회사를 그만두게 되었으니, 그만둔 이유에 대해서는 말해야 했다.

윤이는 성격 차이로 강우와 헤어졌고, 헤어진 연인을 회사에서 만나기 껄끄럽다는 가장 그럴싸한 이유로 사표를 내고 왔다고 말했다.

"비서가 상사의 심부름도 많이 하는데, 헤어진 마당에 심부름까지 하기 싫어."

"하기는, 나 같아도 그랬겠다."

속상한 얼굴을 하고서 정아는 맥주를 들이켰다.

"여기 맥주 한 잔 더 주세요!"

자신을 위로하러 온 건지 맥주를 마시려고 온 건지 알 수 없지만, 어쨌든 정아는 벌써 맥주 네 잔째였다.

"배 안 불러?"

"불러."

"그런데 어떻게 그렇게 맥주를 계속 마셔?"

"그래서 계속 화장실 왔다 갔⋯⋯. 아니, 지금 그게 중요한 게 아니잖아 서윤이!"

"그렇지. 그게 중요한 게 아니지, 지금."

윤이가 정신 차리려는 듯 고개를 힘껏 내저었다. 이 와중에도 불쑥불쑥 강우가 걱정되었다. 아직 다 낫지 않은 몸으로 샤워라도 한다고 욕실에 들어갔다가 비누 밟고 자빠지는 건 아닌가, 자신의 배신으로 화가 나고 억울하고 서러워서 화병이라도 나는 거 아닌가.

"대표님 생각 해?"

앞에서 정아가 손을 흔들며 물었다.

"응? 응. 생각이 좀 나네."

홀짝. 앞에 놓인 소주를 들이켰다. 쓰고 뜨거웠다.

"짧게 연애한 건데, 많이 좋아했어?"

"그것보다는⋯⋯."

수십 번은 변덕을 떠는 강우 때문에 복권에만 당첨되면 사원증을 던지고 나가겠다고 수많은 다짐을 했었다. 좋은 조건 때문에 강우의 곁에 붙어 있는 거라고, 자신도 그렇게 알고 있는 줄 알았다.

하지만 지금 와서 돌이켜 보면 아닌 것 같다. 회사를 그만둔 후의 자신을 걱정하는 것이 아니라, 강우를 걱정하고 있는 것을 보면 말이다.

그랬다. 늘 윤이를 괴롭히고 고민하게 만들던 돈을 걱정하고 있는 게 아니고 강우를 걱정하고 있었다.

"좋아했어. 대표님을."

"⋯⋯."

"좋아했던 것 같아. 그것도 아주 많이."

정아가 조용히 윤이의 빈 잔을 소주로 채워 주었다.

"솔직히 우리 대표님, 업무나 보실 줄 알지 귀찮음이 많아서 고기 하나 혼자 썰어 먹지 못하시는 분인데."

"그 정도면 심각한 거 아니냐?"

"그래도 그리워."

"……"

"호텔로까지 불러내서 나 한 입도 안 주고 스테이크 썰고 가라고 했어도…… 그래도 그때가 그리워."

윤이의 목소리가 슬픔으로 가득 차 있었다.

"혼자 비행기도 못 타. 엄청 무서워해. 그래서 약도 챙겨 줘야 하고 손도 잡아 줘야 하거든."

결국, 눈물이 펑 하고 터져 버렸다. 윤이는 테이블에 얼굴을 묻고 어깨가 들썩일 정도로 울었다. 정이 들어도 너무 많이 든 것 같았다.

그렇게 한참을 울다가 몸을 일으킨 윤이에게 정아가 냅킨을 건넸다.

"아휴, 미안. 내가 이번에는 감정 조절을 잘 못했다."

"원래 예전에도 그다지 잘하는 편은 아니었어."

지적하는 정아를 윤이가 째려보았다. 그러자 정아가 맥주잔을 들었다.

"마시자. 너 오늘 실컷 울고 싶어 하는 것 같은데, 실컷 마시고 취해."

"……"

"오늘 네 눈물, 콧물, 울부짖음 내가 다 책임져 줄게."

남다른 정아의 위로에 윤이는 또다시 술잔을 들이켰다. 몇 번이고, 또 몇 번이고.

그러다가 필름이 그대로 끊겨 버렸다.

4장

"젠장."

강우의 손에서 다시 한번 서류가 날아갔다. 얼굴 가득 신경질이 붙은 강우가 인터폰을 눌렀다.

— 네. 대표님.

"들어와."

살벌함을 풍기는 강우에 비서는 잔뜩 주눅이 들어서 안으로 들어왔다. 금방이라도 울면서 뛰쳐나갈 것 같은 비서의 모습에도 강우에게 자비는 없었다.

"오타 체크 제대로 안 해? 너의 그 망할 능력 때문에 내가 할 일도 못 하고 있다는 거, 알고는 있어?"

"죄, 죄송합니다."

파리 지사에서 온 서류의 불어들이 엉망이었다. 집중력을 깨트리는 오타가 너무 많았다.

벌써 네 번째. 윤이 이후로 비서가 바뀐 숫자다. 그 안에는 경력자도 있었지만, 누구 하나 윤이의 반도 따라가지 못해서 강우의 속을 뒤집고 있었다.

모든 기억이 돌아와서 윤이가 일을 잘했다고 단정 짓는 것은 아니었다. 하지만 부분적으로 돌아온 기억과 지난날 윤이가 해 놓은 업무들과 비교해 보면 그녀는 정말 일을 잘했고 자신을 잘 아는 비서였다.

가뜩이나 업무 때문만이 아니라 틈만 나면 떠오르는 윤이 때문에 미치겠는데, 거기에 새로운 비서들이 한몫 더해 주고 있는 셈이었다.

"벌써 죄송하다는 말을 몇 번째 하는 거야!"

특히, 오타 체크에 대해서 지적한 건 오늘뿐만이 아니었다.

"죄, 죄송합니다!"

하지만 비서는 답답하게 똑같은 말만 반복하고 있었다. 윤이는 은근히 말대답하고, 술 마시면 진상이 되고, 때때로 뒤에서 제게 주먹질을 하기도 하고, 거짓말을 해서 신뢰가 바닥을 쳤지만, 일에서만큼은 정말 완벽했던 비서였다.

그리고 무엇보다도 강우가 아끼던 사람이었다.

"한 번만 더 이런 실수 해. 그건, 너 해고해 달라고 시위하는 거라고 생각할 테니까."

"……네에."

우는 것이 무슨 무기라도 되는 것처럼 비서는 그 자리에서 눈물을 뚝뚝 떨어트리며 서 있었다.

"뭐 할 말 있어?"

"아니요."

"그런데 왜 안 나가고 그러고 서 있어?"

훌쩍.

강우는 비서의 우는 소리가 듣기 싫었고 보는 것도 싫었다.

"일하기 싫은가 본데, 오늘 내로 비서실장에게 사표 내."

결국 비서는 울분을 토해 내며 대표실을 빠져나갔다. 윤이가 그만둔 후에는 대부분 이런 식이었다. 강우가 내쫓거나 스스로 잠적을 하거나, 둘 중

하나였다.

강우는 들끓어 오르는 분노를 겨우 억누르며 인터폰을 눌렀다. 새로운 비서를 구하라고 비서실장에게 전화하려다가 신경질이 치밀어 올라서 그대로 전화기를 집어 던졌다.

"이게 다 서윤이 때문이야."

그 어떤 복잡한 일들도 시간이 지나면 해결되었다. 윤이의 일도 그렇게 생각했다. 하지만 윤이의 일은 시간이 지날수록 강우를 더욱 복잡하고 혼란스럽게 만들었다.

*'그러게 제가 아니라고 했잖아요. 처음부터 제가 여자 친구라고 확신한 건 대표님이시잖아요.'*

여자 친구인 줄 알았다. 별안간 정신이 돌아왔을 때 가장 먼저 생각이 났던 건 윤이의 얼굴과 이름이었다. 그녀가 누구인지 파악하기도 전에 걱정이 먼저 솟구쳤고 보고 싶었다.

인생의 기억이 절반이 넘게 끊겨져 나갔음에도 불구하고 강우는 윤이를 떠올렸고, 그녀를 보자마자 혼란스럽고 걱정스러웠던 감정은 사라지고 안도가 찾아왔다. 그냥, 자신도 정리가 되지 않을 정도로 이상한 감정들이었다. 다른 것들은 별로 기억나는 것이 없었다.

그녀와 비행기 안에서 손을 잡고, 파리의 야경을 보면서 와인을 마시고, 그녀의 목에 목걸이를 채워 주고, 함께 영화관을 간 것…….

그 이상한 감정들은 그녀와 자신이 '연인' 사이라는 것을 확신한 후에 이해가 되었다. 여자 친구가 아니라는 윤이의 말을 믿을 수 없었던 건, 그 기억 속에서 자리 잡은 자신의 감정 또한 함께 떠올랐기 때문이었다.

편안하고 좋았다. 분명, 행복한 감정을 느끼고 있었다. 연인이 아니라면 쉽게 느낄 수 없는 감정이라고 판단한 거였다.

"……등신같이."

강우는 스스로에게 속은 것 같아 한심했다. 그렇다고 모든 게 다 자신의 잘못이라고는 생각하지 않았다. 윤이에게로 화가 나는 건 사실이었다.

아무리 상황이 그렇다고 해도, 절대로 해서는 안 되는 거짓말이 있었다. 좋아하는 마음을 갖고 연극한 것. 좋아하지도 않으면서 좋아한다는 거짓말로 자신을 속인 윤이에게 강우는 상처받았고 큰 배신감이 들었다.

*나한테 할 말 없어?*

그런 질문을 했던 건 강우가 듣고 싶었던 말이 있기 때문이었다. 그건 죄송하다는 말이 아니었다. 우습게 생각한 적 없다던 변명의 말도 아니었다.

아직 좋아하고 있다고, 비록 속였지만 사실 대표님을 남자로서 좋아하고 있다고……. 그 말이 듣고 싶었다. 적어도 그 순간마저도 윤이를 '소중한 사람'이라 생각하고 있던 강우는 그 말이 진심으로 듣고 싶었다.

"끝까지 괘씸해. 서윤이."

강우는 크게 한숨을 내쉬고 생각을 떨쳐 냈다. 다시 서류를 보려고 하던 그때 인터폰이 울렸다. 비서실장이었다.

"네."

─ 홍 비서가 울면서 제 방에 찾아와 사표를 냈는데, 알고 계십니까?

"네. 제가 내라고 했습니다."

─ …….

비서실장은 할 말을 잃은 듯했다. 혹시, 지금 보이지 않는 곳에서 주먹을 쥐거나 칼을 움켜잡고 있을지도 몰랐다. 지긋지긋하겠지. 한 달도 안 돼서 비서를 네 번이나 갈아 치우는 상사의 비위를 맞추려면.

"새로운 비서 이번 주 안으로 뽑아 주세요."

─ 대표님.

"왜요? 어렵습니까?"

강우의 목소리가 까칠하게 나왔다.

"월급을 얼마나 받아 가시길래 그런 일도 제대로 못 하시는 겁니까? 그 정도 능력밖에 안 되시면 비서실장님도!"

한껏 예민해져 있다 보니 입만 열면 못된 말만 술술 나온다. 강우도 그걸 알고 있었다.

— 아니, 그게 아니라, 갑자기 강 이사님께서 찾아오셨습니다. 지금, 대표님 집무실로 가셨습니다.

"어머니께서요?"

— 네. 화가 단단히 나신 것 같습니다.

강우가 인터폰을 끊자마자 집무실 문이 열리고 안으로 강 여사가 들어왔다. 비서실장의 말대로 그녀는 매우 화가 나 있는 상태였다.

"아주 잘났다, 잘났어! 그렇게 욱하는 네 성질머리대로 애꿎은 직원들만 달달 볶으니 인생 살맛 나니?"

"오셨어요?"

몸을 일으킨 강우가 덤덤하게 다가오자, 강 여사는 기가 막힌다는 듯이 본인의 가슴을 주먹으로 퍽퍽 쳤다.

"아휴, 내가 화병으로 죽고 말지. 하루가 멀다 하고 이 늙은 엄마는 아들 걱정에 피가 마르는데, 어떻게 우리 아들은 이렇게 아무렇지도 않으실까? 어?"

"……."

"아니지, 아무렇지 않은 건 아니지. 벌써 비서를 또 바꾸려는 걸 보면 말이야."

강우 자신이 저질러 놓은 짓이기에 부정할 수 없는 부분이었다.

강 여사는 소파에 앉아서 제 맞은편을 강우에게 눈짓했다. 강우는 어머니의 맞은편에 앉았다.

"그렇게 새로 입사한 비서마다 족족 내보내서 소문이 안 좋게라도 나면 어쩌려고 그래?"

"그럼, 마음에 안 들고 일도 제대로 못 하는 비서랑 일해야 합니까? 제가 제 돈 주고?"

"윤이가 일을 잘했지."

그건 인정하는 부분이었다. 그것도 아주 격하게.

"윤이 다시 불러. 지금이라도 늦지 않았어. 윤이 오늘까지는 취업 안 한 상태거든."

뒷말이 미묘했다.

"안 했으면 안 한 거지 '오늘까지'는 무슨 말씀입니까?"

"윤이 오늘 면접 보러 가."

강 여사가 시계를 보았다. 조금 전까지만 해도 화를 냈던 사람은 온데간데없이 사라지고 그녀는 벌써 여유로움을 찾은 상태였다.

"내가 추천해 준 자리야. 'JIROR' 회사 알지? 거기 손석원 본부장 비서 자리에 공석이 생겼다고 하기에 내가 추천했어."

"손석원 본부장 비서 자리를 어머니께서 추천해 주셨다고요?"

"응. 왜?"

일주일 전, 강우는 손석원 대표를 본 적 있다. 그의 그룹 창립 기념회에 초대받아서 간 자리였다. 그는 가식을 떨어야 할 그 자리에서조차도 망나니였다. 지나가는 여자들을 힐끔거리고 변태적인 말로 강우를 불쾌하게 만들기도 했다. 그런 저질스러운 것과는 같은 공기를 공유한다는 것조차 역겨울 정도였다. 그런데 그런 놈과 윤이가 일을 한다?

"그쪽에서 윤이 이력서 보고 매우 마음에 들어 하더라고. 네 밑에서 일했다고 하니까 아주 긍정적인 반응이었어."

"손석원 본부장님에 대해서 잘 아세요?"

"얼굴 훤칠하고 사업 잘하잖아. 아마 합격할 거야. 윤이."

순진한 얼굴로 말하는 것을 보니, 손석원의 실체에 대해서는 잘 모르는 듯했다. 하긴, 어른들 앞에서는 충분히 여러 개의 가면을 쓰고 사는 사람들이 이쪽 세계 사람들이다. 강 여사가 일어섰다.

"아무튼 너도 성질 작작 부려. 그러다가 이상하게 소문나서 괜히 아버지까지 신경 쓰이게 하지 말고."

집무실을 나가는 어머니의 뒷모습을 강우는 가만히 쳐다보았다.

혼자 남겨진 집무실. 강우는 손석원이 여자를 보며 히죽거리던 낯짝이 떠올랐다.

*'와, 저 여자 몸매 죽인다. 오늘 한번 마음먹고 침대로 데려가 볼까? 신강우 대표님은 여자 볼 때 주로 어디 보세요? 우리끼리는 이런 말 잘 하잖아요.'*

강우는 저도 모르게 벌떡 일어섰다. 머릿속을 채우는 불길하고 불쾌한 것들을 싹 다 박살 내 버리고 싶었다.

다른 이유는 없다. 절대 없다. 자신을 위한 일일 뿐이다. 그렇게 여기며 그는 자동차 키를 챙겼다.

□ ◆ □

"서윤이 씨, 들어오세요."

의자에 앉아 있던 윤이가 천천히 일어나서 직원이 안내해 주는 방으로 향했다. 면접관 세 명이 윤이를 쳐다보고 있었다. 오랜만에 보는 면접이라 그런지 긴장되었다.

대략 한 달가량을 집에만 박혀 있었다. 강우와의 헤어짐에 대한 후유증이 있어서 감정 추스를 시간이 필요했다. 마음 같아서는 더 쉬고 싶었지만, 비어 가는 통장 잔액이 현실을 깨닫게 했다. 윤이는 일을 구해야 했다.

그렇게 직장을 알아보던 도중 강 여사에게 연락을 받게 되었고 그녀의 추천으로 이곳에 오게 되었다.

*'잘 봐도 되고, 못 봐도 돼. 윤이 추천해 줄 곳은 많으니까. 조건 다 따져서 안 들어줄 것 같으면 지체하지 말고 나와.'*

강 여사는 오늘 아침에 면접을 잘 보라는 건지 말라는 건지, 알 수 없는 알쏭달쏭한 말을 했다. 어쨌든 강우를 잠시 잊고 윤이는 새로운 출발을 하기 위해 오늘 이 자리에 왔다.

윤이가 앉자 왼쪽에 앉은 중년의 남자가 안경을 치켜올리며 이력서를 다시 보았다.

"서윤이 씨? '잰덤' 대표인 신강우 씨 밑에서 오래 일했네요."

"네. 4년 일했습니다."

순간 수많은 추억이 머릿속을 스쳤다. 윤이는 고개를 내저었다. 면접에 집중하자!

윤이의 말에 세 사람이 서로 눈빛을 주고받았다.

"신강우 씨 어머니 되시는 강 이사장님의 적극 추천이 있었어요. 알고는 계시죠?"

"네. 저도 이사장님 추천으로 이곳에 지원하게 되었거든요."

"그 전의 직장에서 일하면서 특별하게 힘든 일이 있었나요?"

"딱히 그런 일은 없었습니다."

"그럼 왜 그만두게 되었나요? 그만둔 서윤이 씨를 강 여사님이 직접 추천해 준 것도 조금 의아해서요."

"개인적인 사정이 좀 있었습니다."

면접관들은 그 '개인적 사정'에 대해서 궁금해하는 눈치였다. 그래서 말을 빙빙 돌리는 척하며 재차 되물었다. 그것이 윤이에게는 마치 '신강우의 약점 잡기'라도 되는 것처럼 느껴졌다.

하지만 윤이는 끝까지 대답을 회피했다.

"강 이사장님의 추천은 있었지만, 면접 절차에 따라서 합격 여부를 전해 드리도록 하겠습니다."

"네."

그 후로 몇 개의 질문이 더 날아왔고, 제법 길었던 면접이 끝났다. 윤이가 인사를 하고서는 나왔다. 직원의 부름에 그다음 면접자가 안으로 들어갔다.

무척이나 떨렸던 심장은 많이 차분해져 있는 상태였다. 자신의 가방이 있는 면접 대기실로 가기 전까지만 해도.

면접 대기실로 들어온 윤이의 눈이 휘둥그레졌다. 책상에 삐딱하게 앉아서 삐딱한 눈빛으로 자신을 바라보고 있는 커다란 체격의 남자는 다름 아닌 강우였다.

윤이는 헛것이 다 보이는 건가 싶어 자신도 모르게 손을 뻗었다.

"뭐 하는 짓이야?"

그의 볼을 콕, 찌르자 강우가 즉각 반응했다. 불쾌하다는 듯이 미간을 구기는 그를 윤이는 가만히 쳐다보았다. 살이 좀 빠진 듯 그의 잘난 외모는 빈틈을 찾아볼 수 없는 완벽함으로 더욱 뚜렷했다.

"왜 여기 계세요?"

하지만 그의 외모에 계속 감탄만 하고 있을 수는 없었다.

"너 면접 보러 간다는 소식 전해 듣고."

그의 대답은 윤이의 버석하게 말랐던 심장에 생기를 불어넣어 주었다. 혹시, 자신과 다시 일할 생각이라도 있는 건가? 그래서 다른 회사 면접을 보러 온 자신을 데리러 온 것인가? 희망의 빛줄기가 윤이를 따뜻하게 비추는 것 같았다.

하지만 그다음으로 들려오는 강우의 말에 윤이는 자신이 김칫국을 한 사발 들이부었다는 걸 깨달았다.

"너처럼 책임감 없는 거짓말쟁이를 비서로 두고 지내게 될 손석원 본부장이 불쌍해서 알려 주려고 왔어."

"뭐라구요?"

"왜? 나 속여 놓고 다른 곳에서 잘 먹고 잘 살 줄 알았어?"

"거짓말쟁이는 그렇다 치고, 책임감이 없다뇨? 전 책임감 없게 행동한 적 없는데요?"

"'비서'가 지켜야 할 아주 중요한 사명감을 '거짓말'로 박살 낸 것 자체가 책임감 없는 행동인 거야. 다른 게 아니라."

윤이가 눈을 얇게 뜨고 강우를 노려보았다. 강 여사님이 모든 사실을 강우에게 털어놓았다고 했다. 그럼에도 여전히 자신을 원망하고, 면접장까지 쫓아온 강우가 미웠다.

"다 알고 계시잖아요. 제가 대표님에게 거짓말을 할 수밖에 없었던 이유."

"할 수밖에 없었던 이유 따위는 중요한 게 아니야. 네가 내 사람이었지, 내 어머니 사람이었어?"

또 말문 막히게 만든다. 그는 예쁜 모양을 가진 입술로 윤이의 감정이 상하는 말만 했다. 더 얘기를 주고받아 봤자 복장 터지는 소리만 들을 것이 뻔하기에 윤이는 서둘러 가방을 챙겼다.

"그러면 가서 말씀하세요. 저 거짓말쟁이에다가 신뢰가 바닥 쳐서 본인이 잘라 버린 비서였다고."

돌아섰지만, 윤이는 한 발자국도 움직일 수 없었다. 분명 자신의 뒤에 서 있던 강우가 앞길을 가로막고 서 있었기 때문이다.

"왜요? 저한테 뭐 더 하실 말씀 있으세요?"

"뭘 잘했다고 눈을 치켜뜨고 따져?"

"전 제가 죄송하다고 충분히 사과한 것 같은데요. 어차피 입만 열면 죄송하다는 말만 되풀이할 텐데, 똑같은 말 여러 번 듣는 거 싫어하는 분이 시잖아요. 신강우 씨."

"뭐? 신강우 씨?"

"이제 같이 일하는 직장 상사와 비서 사이도 아닌데, 굳이 대표님이라고 부를 필요 있나요?"

윤이의 말에 강우가 처음으로 입을 다물었다. 가뜩이나 사납게 생긴 눈매가 마음먹고 째려보니 더 살벌하다. 하지만 윤이는 기죽지 않고 당당하게 강우를 쳐다보았다.

"좀 비켜 주실래요? 저 집에 가야 하거든요?"

"이 회사는 다닐 생각 하지 마."

"못 다니게 하려고 오셨다면서요. 그러면 다닐 일 없겠죠."

억지로 대답하고서는 살짝 비켜 주는 강우를 지나 대기실을 나왔다.

그를 오랜만에 보니 모순적인 감정이 앞선다. 반갑기도 하고, 반갑지 않기도 하고.

"그건 그렇고 이 시간이면 회사에 있어야지, 왜 여기 와 있는 거야?"

일에 미쳐 살아서 때로는 점심도 거르고 새벽에 퇴근했다가 이른 아침에 출근하기도 했던 강우였다. 그 정도로 그는 업무를 볼 때 시간을 허투루 쓰는 법이 없었다. 그런데 자신의 면접을 방해하겠다고 금보다도 중요하게 여기는 시간을 투자해 여기까지 오다니, 대단한 정성이다 싶었다.

윤이가 로비에 도착한 엘리베이터에서 내리다가 흠칫했다. 맞은편에 있는 엘리베이터에서 강우가 내리고 있었다. 윤이는 모른 척 고개를 휙 돌렸다.

면접 본다고 긴장해서 아침도, 점심도 먹지 않았다. 그래서인지 긴장이 풀리고 나니 허기가 졌다. 회사 건물 밖으로 나와 지하철역으로 향하기 위해 먹자골목을 지나니 더욱 배가 고팠다.

"아, 뜨뜻한 국밥이나 한 그릇 때리고 가야겠다."

허한 마음을 따뜻한 국밥으로라도 달래는 게 좋을 것 같았다.

마침 보이는 국밥집으로 윤이는 들어갔다. 한가한 매장의 구석 쪽에 자리를 잡고 국밥 한 그릇과 소주 한 병도 시켰다.

"뭐 하는 거야? 대낮부터?"

주문한 소주가 나와 막 까고 있는데, 커다란 그림자가 생기더니 강우의 목소리가 날카롭게 날아왔다.

"왜 따라오셨어요?"

"너 따라온 거 아닌데? 나도 국밥 먹으러 온 건데?"

"국밥 같은 거 안 드시잖아요."

"네가 나에 대해서 뭘 안다고 아는 척이야. 이 배신자야."

"아는 척해서 죄송해요. 그럼 식사 맛있게 하세요. 저한테 오지랖 떨지 마시고."

"오지랖 떨지 마시고?"

강우는 자신을 향한 윤이의 말투에 충격을 받은 듯 다시 한번 되물었다.

"엄밀히 따지면, 이제 우리 두 사람 모른 척해도 되는 사이예요. 신강우 씨는 내가 꼴 보기 싫어서 잘라 버렸고, 저는 죄송하다고 계속 빌었는데 잘린 입장이라 기분 나빠서 더는 아는 척하기 싫다구요."

원래 이렇게까지 말하지 않으려고 했는데, 돌이켜 생각할수록 제 인생 망쳐 놓겠다고 안 하던 짓까지 악착같이 한 강우의 행동에 열불이 났다. 그래서 삐딱한 감정을 타게 되었고 그것이 필터 없이 그대로 튀어나왔다.

그런데 맞은편에 앉을 줄 알았던 강우가 가게 문 쪽으로 향했다.

"밥 먹는다면서요."

"밥맛 떨어졌어."

"……."

"그리고 너도 오지랖 떨지 마."

윤이도 더는 강우를 부르지 않았다. 그는 가게를 나가 금방 모습을 감추었다. 윤이는 때마침 나온 국밥에 소주 한 잔을 들이켰다.

"성질나."

모든 것이 엉망진창이 되어 버린 것 같아 울컥하고 눈물이 쏟아지려 했다.

□ ◆ □

쉬고 있던 윤이의 귀로 도어 록 열리는 소리가 들렸다. 윤이는 이불을 끌어다가 머리끝까지 올려 덮었다.

"이게 돼지우리지, 사람 사는 집이야? 서윤이!"

닦달에 가까운 엄마의 고함 소리에 윤이는 더 이상 평온하게 잠을 자기는 글렀구나 싶었다. 그래도 게으름에 흠뻑 빠져 버린 몸뚱어리는 이불 밖으로 쉽게 나오지 못했다.

"아휴, 대체 술을 얼마나 마신 거야!"

많이 마셨다. 그것도 고주망태가 되어 어떻게 집에 들어왔는지 기억도 안 날 정도로.

"면접은 어떻게 됐어?"

"……연락 안 와. 안 올 거야. 분명."

"왜? 오랜만에 보는 면접이라서 많이 떨었어?"

전 직장 상사가 훼방꾼이 되어 나타났다는 말은 차마 하고 싶지 않았다. 아무리 미워도 자신 말고 다른 사람이 강우를 욕하는 건 싫었다.

"그냥저냥."

윤이가 대충 대답하며 침대 옆에 있는 물을 마셨다. 미지근한 물이 들어가니, 속이 더 울렁거리는 것 같았다. 해장이 필요한데, 평소 해장으로 먹던 국밥은 생각도 하기 싫었다.

"윤이야. 그러지 말고, 차라리 이번에 맞선 봐서 시집가는 건 어때?"

뭐로 해장을 해야 하나, 고민하던 윤이의 귓가로 엄마의 상냥한 목소리가 들려왔다.

"맞선?"

"그래. 맞선. 혼자 살면 외롭다? 결혼하는 게 좋아."

문득, 우스운 생각이 들었다. 이제 일에 미쳐 있는 강우와 함께하지 않으니, 남자 친구를 만날 시간은 충분할 거였다. 그렇다면 전처럼 '넌 너무 바빠!'라는 말로 남자가 징징거리며 떠날 일도 없을 것 같았다.

"엄마, 나 빚 있잖아. 빚 있는 여자가 어떻게 결혼해? 나 남자한테 얹혀 사는 거, 적성에 안 맞아."

"나도 그 빚 신경 쓰이던 참이야. 그거 내가 갚아 줄게."

"엄마가 돈이 어디 있어서 갚아 줘?"

"너 시집보낼 돈은 모아 놨지. 엄마 집 팔아서 전세로 가도 되고."

지금 엄마가 사는 아파트는 윤이가 뭉클할 정도로 사연이 있는 아파트였다. 이제는 돌아가신 외할머니와 그렇게 좋아하는 자장면을 한 그릇만 시켜 나눠 먹으면서까지 악착같이 모은 돈으로 마련한 집이다. 엄마의 노후 대책이고 평생 살아야 할 보금자리이기도 했다. 그런 집을 딸 시집보내기 위해 쓰는 건 너무 아까웠고 불효녀가 되는 기분이었다.

"됐어."

"되긴 뭐가 돼."

"시집 안 간다는 거 아니야. 나 시집갈 거야. 대신, 내 빚은 내가 갚아서 간다는 거지."

"……아휴."

"나 아직 젊어서 일할 시간 많고, 돈도 많이 벌 수 있어. 그러니까 빚은 내가 갚는 게 편해. 나 위해서 모아 두었다는 돈은 나중에 엄마 늙어서 아프면 써."

정미는 윤이가 잼덤에서 퇴사한 것을 무척 아쉬워했다. 하지만 자신이 너무 티를 내면 윤이가 속상해하고 스트레스받을까 봐 말을 아꼈다.

"그런데 오늘 왜 왔어?"

"너 해장국으로 미역국 먹고 싶다며."

"내가?"

"그래. 어제 새벽에 전화해서 울면서 그랬잖아. 기억 안 나?"


*'아까 밥맛 떨어졌다고 한 거, 내 얼굴 보면서 그런 거죠? 어? 내 얼굴 보고 그런 거지! 신강우!'*


이런, 젠장.

엄마의 한마디에 윤이는 알코올에 가려져서 잠시 피해 있던 기억의 자락 하나를 발견하고 말았다.


— *대낮부터 술 처마시는 거 보고 이럴 줄 알았다. 집이야?*

*'내가 집이든지 말든지…….'*

— *설마 이 시간에 밖이야?*

한번 기억이 나기 시작한 것들은 막을 수도 없게 폭풍처럼 몰아치기 시작했다.

"아!"

술이 문제야. 아니지, 술을 마신 나는 너무 큰 문제야!

점점 더 선명해지는 어제 진상을 부리던 자신의 모습에 속으로 그렇게 울부짖으며 윤이는 머리를 쥐어뜯었다.

"얘가 왜 이래? 머리 아파?"

"아니, 그, 잠깐만. 내 휴대 전화, 휴대 전화가!"

재빠르게 휴대 전화를 찾았지만 보이지 않았다.

"어디 갔지? 내 휴대 전화?"

"휴대 전화 없어?"

"없어!"

"술 마시고 잃어버린 거 아니야? 아이고, 정신 좀 차려 이것아!"

한심하게 윤이를 바라보던 정미가 몸을 일으켜서 주방으로 향했다.

"이거 뭐야?"

그러더니 냉장고에 붙어 있는 쪽지를 눈짓했다. 윤이가 침대에서 허둥지둥 내려와 쪽지를 확인했다.

「휴대 전화 찾으러 와. 내 세탁비랑 함께.
                    – 신강우 씨」

이 쪽지가 이곳에 있다는 건, 그가 이곳에도 왔다는 것!

쪽지 내용이 궁금해 슬쩍 몸을 기울이는 정미의 눈을 피해 윤이는 쪽지를 감췄다.

"뭔데 그래?"

"별거 아니야."

"얼른 씻어. 지금 네 몰골…… 아휴. 미역국 끓여 줄 테니까."

"응."

윤이는 억지로 웃으며 화장실로 들어섰다. 그러곤 거울 앞에 섰다. 최악의 얼굴 상태였다.

"설마, 어제는 이 정도는 아니었겠지?"

휴대 전화를 찾으러 가야 하는데 강우를 마주칠 걸 생각하니 너무 낯 뜨겁고 민망했다.

"그냥 휴대 전화를 새로 사 버려?"

거울을 보며 윤이는 두 눈을 질끈 감았다.

엄마가 끓여 준 미역국을 든든하게 먹고 버스에 올라탔다.

어제 강우에게 부린 진상 짓이 너무 뚜렷하게 떠오르지만, 윤이는 마음을 단단하게 먹었다. 만약 강우가 어제의 일을 물어본다면 시종일관 모르쇠 하기로.

"그게 잘될지는 모르겠다만."

다시는 올 일이 없을 거라 생각했던 곳에서 내렸다. 긴장된 윤이의 발걸음이 강우가 있는 회사와의 거리를 빠르게 좁혀 갔다.

안내 데스크 직원에게 방문증을 받아서 강우가 있는 집무실로 올라갔다. 그런데 당연히 누군가가 있을 거라 생각했던 자신의 옛 자리는 비어 있었다.

"볼일 보러 나갔나."

혼잣말을 낮게 중얼거리며 집무실 앞에 섰다. 이곳을 또 오게 될 줄은 몰랐기에 기분이 싱숭생숭했다. 팔을 뻗어 노크했다.

"들어와."

마치 기다리고 있었다는 듯 그는 단번에 대답했다. 문을 열고 들어가자 오늘도 평소와 다를 바 없이 그는 사나운 기운을 품고서 서류를 보고 있었다.

"저 왔어요."

"나도 보고 있어."

윤이는 그가 앉아 있는 책상 앞으로 성큼성큼 다가갔다.

"휴대 전화 주세요."

"사과가 먼저 아닌가?"

"……한밤중에 전화해서 무례하게 행동한 거, 죄송해요."

"기억은 나나 봐?"

"잘 안 나요. 그런데 그냥 얼추 제가 상놈 짓을 한 것 같아서요."

강우와 눈을 마주치지 못할 것 같아서 괜히 그의 애꿎은 손가락 끝에 시선을 고정하며 말했다. 하지만 그런 자신과 달리 그의 시선은 오로지 제게 박혀 있다는 것을 윤이는 뜨거운 얼굴을 통해서 알 수 있었다.

"기억은 안 나도, 제대로 짐작하고 있으니 다행이네."

"다시 한번 죄송해요. 앞으로는 절대 이런 일 없게 할게요."

"뭘 어떻게 할 건데?"

"앞으로 절대 술 안 마실 거예요. 무슨 일이 있어도."

"아주 대단한 결심 하셨네."

비아냥거리는 그의 목소리에도 윤이는 반박하지 않았다. 백번을 생각해도 술 마시고 강우에게 진상 짓을 한 건 잘못한 일이기 때문이었다.

"저 꼴 보기 싫으시잖아요. 얼른 휴대 전화 주세요."

"세탁비는?"

"무슨 일이 있었는데요?"

그러고 보니 세탁비와 관련된 일은 기억이 나질 않았다. 설마, 최악의 짓을 저지른 건 아니겠지? 생각하며 윤이는 강우의 대답을 기다렸다.

"내 비싼 와이셔츠에 네 콧물, 눈물 다 묻혔잖아."

"다행이다."

"뭐가 다행이야?"

그의 옷에 묻힌 것이 콧물, 눈물이라서.

"아니에요. 세탁비 얼마 나왔어요?"

윤이가 핸드백에서 지갑을 꺼내며 물었다. 대답은 하지 않고 빤히 쳐다보는 그의 시선에 윤이는 지갑을 든 손을 아래로 툭, 떨어트렸다. 그가 정말 '세탁비' 때문에 자신을 부른 것이 아니라는 것쯤은 충분히 알고 있었다.

"가 봐."

강우가 서랍에서 휴대 전화를 꺼내 던지다시피 내주었다. 윤이가 바닥으로 떨어질 뻔한 휴대 전화를 겨우 받았다.

"가 볼게요. 건강하세요."

큰절이라도 올리고 싶은 마음이었지만, 참았다.

"넌 좋겠다. 난 하루에 세 시간도 못 자면서 업무 보고 있는데, 너는 태평하게 술이나 마시면서 남한테 주정이나 부리고."

"왜 아직 비서 안 뽑으셨어요?"

"뽑았어."

아, 역시 볼일 보러 간 거구나.

"수고하세요."

윤이가 인사를 하고 밖으로 나왔다. 그는 더는 잡지 않았다. 대신 뒤통수가 뚫어지기라도 할 것처럼 자신을 노려보는 것이 느껴졌다. 하지만 눈이 마주치면 돌로 변하는 메두사가 있다고 생각하며 절대 돌아보지 않고 집무실을 완벽하게 빠져나왔다.

엘리베이터를 타려고 기다리는데, 밑에서부터 누군가가 올라오는 듯싶었다. 새로운 비서인가 싶어서 은근한 긴장감에 얼굴을 굳히고 기다리고 있는데, 도착한 엘리베이터에서 내린 사람은 비서실장이었다.

"어? 실장님."

"서 비서!"

두 사람이 동시에 서로를 불렀다.

"뭐 전달하실 거 있으세요?"

그래서 저도 모르게 질문하다가 아차 싶었다. 이제는 이런 걸 물어볼 입장이 아니라는 걸 깨달은 것이다.

"제가 아직도 신강우 대표님의 비서인 줄 아나 봐요. 웃기죠?"

"요즘 어떻게 지내?"

"구직 활동 중이에요."

"혹시 벌써 면접까지 보기 시작한 거야?"

"네."

"그러지 말고, 그냥 다시 돌아오면 안 될까?"

"……."

"서 비서가 뭘 잘못했는지 모르겠지만, 일단 죄송하다고 계속 빌어 봐. 혹시 알아? 대표님 마음 풀어져서 서 비서 다시 쓸지. 두 사람 오래 일했고, 최고의 파트너였잖아. 서 비서만 한 사람 절대 못 찾아."

그러고 보니 실장의 얼굴이 많이 야위어 보였다. 다이어트를 해서가 아니라, 간이라도 나쁜 사람처럼 얼굴이 매우 푸석푸석하고 눈 그늘이 얼굴의 반을 가리고 있었다.

"혹시, 어디 아프세요?"

"내가 안 아프게 생겼어?"

실장은 금방이라도 울어 버릴 것처럼 시무룩해진 얼굴로 말했다. 그러고는 멀리 떨어져 있는 집무실을 힐끔거렸다. 문이 굳게 닫혀 있는 것을 확인한 후, 윤이의 옷자락을 끌어서 더욱 안쪽으로 향했다.

"요즘 대표님 히스테리 때문에 정말, 돌아 버릴 것 같아."

"히스테리요?"

"서 비서 그만두고 나서부터 장난 아니야. 출근하는 게 무서워질 정도라니까?"

"그 정도예요?"

"말도 마. 엊그저께도 애 하나 사표 냈어. 그게 벌써 네 번째였고."

실장은 지친다는 듯이 한숨을 길게 내쉬었다.

"또 비서를 구해야 하는데 그만둔 비서 한 명이 유명 블로거더라고. 거기에 글을 하나 올려서 말들이 많아. 누굴 뽑아도 또 마음에 안 든다면서 내쫓을까 봐 뽑는 것도 무서울 정도야. 한 달 동안 퇴사 처리를 네 번이나 했다니까?"

실장의 하소연을 들으니 윤이도 마음이 너무 불편했다. 이렇게 고생하는 원인이 자신에게도 조금 있는 것 같아서 눈도 제대로 마주치기가 힘들었다.

"내가 한 달 동안 그 꼴을 당하고 나니까 서 비서가 참 존경스럽더라고."

"……"

"어떻게 버텼어?"

"업무를 꼼꼼하고 완벽하게 하려다 보니 까다로우셔서 그렇지, 그 외에는 괜찮으신 분이에요. 실장님도 아시잖아요. 저는 그거 때문에 버텼죠."

실장은 전혀 공감하는 눈치가 아니었다.

"다시 잘 생각해 봐, 서 비서."

"네. 그럴게요."

힘들어하는 그의 희망을 박살 내고 싶지 않아 그렇게 대답했다. 하지만 윤이는 알고 있다. 죄송하다고 아무리 말해도 강우는 끝까지 사표를 쓰라고 강요했다. 그렇기에 실장의 희망대로 다시 이곳으로 돌아오지 못할 거라는 걸, 알고 있었다.

"이만 가 볼게요."

"그래. 조심히 가고."

"네."

실장과 헤어진 후 회사를 나왔다. 술을 마셔 숙취에 시달리는 몸만큼이나 마음도 무거웠다.

□ ◆ □

면접을 본 JIROR에서는 연락이 오지 않았다. 대신 강 여사의 연락을 받았다.

— 그래, 윤이야. 출근은 언제부터 하라고 하디?

강 여사는 윤이의 합격을 '확신'하는 말투로 말했다.

"안녕하세요. 이사장님. 저 아직 연락 못 받았어요. 아무래도 떨어진 거 같아요."

— 응? 떨어지다니?

첫마디부터 의아했던 강 여사의 말은 그다음에도 의아했다.

— 그럴 리가 없는데. 잠깐 기다려 봐라, 내가 다시 한번 확인해 볼 테니.

"……네."

전화를 끊고 기다렸다. 그러나 금방 걸려 올 줄 알았던 전화는 반나절이나 꼬박 기다리고 나서야 걸려 왔다.

— 어, 윤이야.

"네."

— 그 자리 말이야. 다른 사람한테로 갔나 봐. 어쩌면 좋니?

"괜찮아요. 다른 회사 찾아보면 되죠."

— 너에게 도움이 되어 주고 싶었는데.

"마음만으로도 감사합니다. 하지만 직장 구하는 건 제가 해야 할 일이니까 너무 마음에 담아 두지 마세요."

— 그래. 알았어. 다른 회사에 취업하면 나한테 바로 알려 줘.

"네."

— 그래. 수고했고 들어가.

"네. 이사장님도 쉬세요."

회사에 불합격한 것에 대해서 윤이는 아쉬울 것이 없었다. 이미 자신의 취업을 방해할 작정으로 온 강우를 만났을 때, 충분히 예상했던 일이었다.

노트북을 켰다. '비서'를 구하는 기업은 아주 많았다. 대기업, 중소기업, 개인 기업까지. 윤이는 그런 기업들을 하나하나 잘 살펴보며 이력서를 넣었다. 밤은 점점 깊어 가고 있었다.

□ ◆ □

신입 비서를 뽑는 족족 잘라 버리는 바람에 가뜩이나 할 말이 많은 비서 실장 태민은 불만이 이만저만 아니었다. 홧김에 작성한 사표를 낼까, 말까 심각하게 고민하고 있던 태민에게 강우는 또 다른 업무를 시켰다.

"네?"

강우가 내린 지시를 전해 들은 태민이 최악이라는 표정으로 반응했다.

"왜요?"

그런 태민을 향해 강우가 서늘한 기운을 내뿜으며 되물었다.

"그 이유를 여쭤봐도 될까요? 그러니까, 서 비서를 감시하라는 이유요."

"대답 꼭 해야 합니까?"

"……아니요. 꼭 하실 필요는 없죠."

태민은 속으로 깊게 한숨을 내쉬었다. 아, 할 일이 또 생겼다. 그냥, 정말 서랍 안에 고이 내버려 두었던 사표를 꺼내야 할까? 태민의 갈등은 더욱 깊어지는 것 같았다.

"이 일을 제대로 완수해 주신다면, 월급의 50%를 인센티브로 드리겠습니다."

"열심히 하겠습니다."

하지만 그 갈등은 바로 다음으로 들려 온 강우의 말에 흔적도 없이 사라졌다.

"비서로서 가장 갖춰야 할 덕목이 무엇인지 아십니까?"

"상사의 어떤 지시에도 비밀을 지키는 것입니다."

"네. 맞습니다. 아무에게도 알려서는 안 됩니다. 특히, 서 비서에게."

"네. 걱정하지 마세요. 대표님."

이미 떠나 버린 윤이를 왜 감시하라는 것인지, 대답하면서도 태민은 궁금해서 몸이 근질근질했다. 하지만 본인이 물어본다 한들 대답해 줄 강우가 아니라는 것을 알기에 포기했다. 그는 그저 자신의 월급 50%를 인센티 브로 받을 생각에 한껏 들떠 있을 뿐이었다.

□ ◆ □

바쁘고 귀찮아 죽겠는데 뭔 놈의 행사가 이렇게도 많은지 모르겠다.

강우는 원만한 관계를 유지하기 위해 다른 기업들의 행사에 본인이 참석해야 한다는 것에 굉장한 불만을 느끼고 있었다. 진정으로 축하해 줄 마음도 없는데, 그 자리에 가서 시답지 않은 대화를 나눠야 하는 것이 시간과 감정을 불필요한 곳에 소비하는 것 같아서 아깝기도 했다.

하지만 방금 전에도 언급했듯이, '원만한 관계'를 유지하기 위해 강우는 기꺼이 동창이자 자동차업계 2순위를 달리고 있다는 혁준의 아버지 칠순 잔치에 참석하게 되었다.

들고 온 화환과 흰색 백지 수표가 들어 있는 축의금을 건넨 후, 행사장 안으로 들어섰다. 고급스러움을 품은 대리석이 깔린 대규모 행사장은 벌써 많은 인파가 차지하고 있었다. 정치인들과 기자, 재벌들이 한껏 미소를 지으며 사진도 찍고 이런저런 대화를 나누고 있었다.

그리고 그곳에는 입만 열면 제 귀를 아프게 만드는 말 많은 재훈도 와 있었다.

"강우 왔다. 강우야! 신강우, 여기야, 여기!"

저렇게 두 팔을 벌리며 방방 뛰고 고함을 질러 부르지 않아도 될 것을 하는 재훈에 강우는 고개를 내저었다.

"내 전화 왜 안 받아? 만나서 같이 오려고 그랬는데."

"그런 생각 하고 있는 것 같아서 안 받았어."

"엉?"

재훈의 얼굴에 물음표가 가득 찼다.

"왔어?"

가까이 다가오는 강우를 향해 혁준이 손을 내밀었다. 혁준에 대한 기억은 별로 없다. 하지만 악수를 하는 건 예의로 해야 하는 인사이기에 강우는 손을 내밀었다.

"아버지 생신, 축하해."

"고맙다. 바빠서 못 올 줄 알았는데. 아, 이제 아픈 건 좀 괜찮아진 거야?"

"응."

"다행이네. 고등학교 때 그 흔한 감기도 안 걸리던 네가 교통사고 당했다고 해서 너무 놀랐어. 그래도 이렇게 회복하니까 정말 다행이라는 생각이 든다."

혁준뿐만이 아니라 주변에 있던 친구들 몇몇도 강우를 걱정하며 말했다.

"안녕하세요."

그때였다. 뒤에서 상냥한 여자의 목소리가 들려왔다. 앞에 있는 친구들의 눈동자가 휘둥그레졌다. 몇몇은 감추지 못하고 헤벌쭉 웃기도 했다.

어느 정도 건방지고 교만함이 깔린 재벌들을 저렇게 웃게 만든 이는 다름 아닌 서아였다. 강우는 잠시 그녀에게 눈길을 줬다가 별 관심이 없어 돌아섰다. 그런 강우의 바로 옆까지 서아가 다가왔다.

"오셨어요, 서아 씨? 스케줄이 바쁘셨을 텐데 이렇게 참석해 주셔서 감사합니다."

혁준이 서아를 가장 많이 반겼다. 광대가 정수리까지 올라갈 기세였다.

"저야말로 초대해 주셔서 감사합니다."

서아가 아래로 쏟아진 머리를 귀 뒤로 넘기며 싱긋, 웃었다. 특유의 우아한 분위기와 더불어 애간장까지 녹이게 만드는 눈웃음에 남자들의 입은 그대로 벌어졌다. 수많은 여자 연예인들과 예쁘다는 여자들을 봐 왔지만 서아가 가진 분위기를 본 적은 없었다. 그녀는 남자들의 성적인 본능을 자극할 만큼의 충분한 색기를 지니고 있었다.

"인사들 해. 다들 알지? 김서아 씨. 이번에 우리 광고 모델로 발탁되어서 파티에도 초대했어."

"아! 안녕하세요!"

"은안그룹의 최호원입니다. 이번에 새로 출시하게 될 라면 광고도 한번 같이해 주시죠."

앞다퉈 인사를 하려는 남자들로부터 강우는 한 발자국 물러섰다. 전혀 관심 없다는 눈길로 쳐다보던 강우는 아예 몸을 돌려 한적한 곳을 찾으려 두리번거렸다. 얼굴은 비쳤으니 대충 시간 보내다가 갈 생각이었다. 물론, 뒤따라오는 재훈이 없어야만 가능한 일이었다.

"와, 김서아 씨는 어떻게 볼 때마다 예쁜 거 같냐? 나 전에 너 병문안하러 갔다가 한번 봤었거든. 그런데 오늘 더 예쁜 거 같다, 어째?"

"그럼 가서 인사 나눠. 나 따라오지 말고."

"그런데 곰곰이 생각해 보니까, 김서아 씨 보는 일보다 너 보는 일이 더 힘들 것 같아. 그래서 쫓아가려고."

"그런 쓸데없는 판단 하지 말고."

하지만 재훈은 강우에게서 전혀 떨어질 기미를 보이지 않았다.

"그건 그렇고, 오늘 파티 끝나고 뭐 하냐? 윤이 씨랑 데이트 가?"

한껏 기대에 차서 물어보는 재훈의 얼굴을 강우는 한심하게 째려보았다. 이쯤 되면, 눈치가 있어야 하는데 그는 전혀 그래 보이지 않았다. 직업이 변호사가 맞는지, 심각하게 의심을 하게 될 정도였다.

"너 미국 언제 가냐?"

"안 가려고."

"왜?"

강우가 반사적으로 민감한 목소리가 되어 되물었다.

"여기가 좋아서."

간단한 재훈의 대답에 강우는 스스로가 왜 이렇게 피곤해지는지 알 수 없었다.

"그러지 말고, 나 너희 회사 법무팀에 취업⋯⋯."

"어. 안 돼."

재훈의 말이 다 끝나기도 전에 강우의 단호한 대답이 튀어나왔다.

"왜 안 돼?"

"넌 지금 나에게 취업 청탁을 하는 거잖아."

"누가 아예 꽂아 달래? 자리 남으니까, 내가 이력서 내고 들어간다는 거잖아."

"안 남아."

"채용하던데?"

"나이 제한 있어."

친구와 시답지 않은 말로 옥신각신하고 있을 때였다. 그 자리에 오래 머물 줄 알았던 서아가 강우와 재훈의 곁으로 다가왔다.

"오랜만에 보네요. 강우 씨."

서아의 인사에 재훈이 어리둥절한 눈빛으로 두 사람을 번갈아 쳐다보았다. 강우는 차가운 눈길로 서아를 쳐다보았다.

"잠깐이었지만, 저희 스캔들 났었잖아요. 많이 당황스러우셨죠? 제 직업상, 본의 아니게 곤란스럽게 해 드린 것 같아서 죄송하다는 말 전하려고 왔어요."

"본인이 일부러 터트려 놓고, 죄송하다는 사과라. 배우가 직업이라 그런지, 연기 잘하네요. 김서아 씨."

예상하지 못했는지 서아는 강우의 말에 표정이 확 굳어졌다. 하지만 바로 눈웃음을 치며 재훈을 쳐다보았다.

"저희 잠시, 대화 좀 나눠도 될까요?"

"예? 예."

여전히 어리둥절한 눈빛을 한 재훈이 한 발자국 뒤로 물러섰다.

"아니. 여기 있어. 별 얘기 나눌 것도 없거든."

하지만 강우가 살벌한 목소리로 붙잡는 바람에 재훈은 엉거주춤, 그 자리에 서 있어야 했다. 강우는 서아를 내려다보았다.

"본인이 연기한 이유에 대해서 얘기해 줄 셈입니까? 충분히 알고 있으니까, 보충 설명 필요 없습니다."

"왜 그런 오해를 하셨는지는 모르겠지만……."

"연예인이란, 굉장히 신경 쓸 것이 많은 민감한 직업이라고 할 수 있죠. 아까 본인도 인정하지 않았습니까."

'직업상' 이라는 말을 꺼낸 것을 언급하는 것 같았다. 서아는 입술을 다물고 강우를 올려다보았다. 본인에게 화를 내는 남자인데도 불구하고 오늘도 그는 자신이 품고 있는 깊은 남자다움을 풍기고 있었다. 서아는 핀잔을 듣고 있는 이 와중에도 그가 지나치게 잘생겼다고 느끼고 있는 스스로가 우스웠다.

"그런 사람이 남자가 혼자 있는 병실에 들어와 휴대 전화를 가져간다? 병원 안에는 상당히 많은 간호사와 소문 옮길 만한 환자들이 많았음에도 불구하고 말입니다."

"……."

"주변에 직원이나 매니저를 시켜서 해도 될 일을. 굳이. 그것도 병실에서 나갈 때 모자를 슬쩍 올리던데. 아직도 연기가 아닙니까?"

자신만 알고 있을 줄 알았던 치부를 들킨 것 같아 얼굴이 다 훗훗했다. 특히, 옆에서 '세상에 무슨 일이야.' 라는 눈빛으로 쳐다보고 있는 남자가 거슬렸다.

"인생 역전 하고 싶으면 본인 스스로 달려야지. 남 등에 업혀서 갈 생각 말고."

"이봐요, 신강우 씨. 정말 당신이 오해하는 것 같은데."

"그럼 내가 오해하지 않게 앞으로 행동 똑바로 해 주셨으면 합니다. 김서아 씨."

"……."

"멋대로 알은척하지도, 눈앞에서 알짱대지도 말라는 뜻입니다."

그는 끝까지 차가운 시선으로 서아를 노려본 후 자리를 떴다.

"같이 가, 강우야!"

그런 강우를 재훈이 허겁지겁 뒤따라갔다. 혼자 남겨진 서아는 콰악, 주먹을 쥐었다. 그래도 다행인 건, 강우와 자신의 대화가 워낙 구석에서 이루어져 주변 사람들이 많이 듣지 못했다는 것뿐이었다.

"왜 저렇게 건방져? 하기는 건방질 만하지."

자존심이 상할 만도 하지만, 서아에게는 강우에 대한 또 다른 감정이 새록새록 피어났다. 쉽게 설득이 되지 않는 남자. 예쁜 여자만 보면 어떻게든 하룻밤 재워 보려고 난리를 치는 그 전에 자신이 만났던 남자들과는 확실히 다른 것 같았다.

이미 사라져 버린 강우 쪽을 보며 서아가 씩 웃었다.

"오늘따라 유독 까칠해. 아무래도 여자 친구랑 헤어져서 그런 건가?"

얼마 전, 윤이를 본 건 우연이었다. 촬영을 허가해 준 대기업 사옥에서 촬영하다가 그곳에 면접을 보러 온 윤이를 발견했다. 아직 두 사람이 헤어졌는지 확실히 확인해 본 건 아니지만, 어느 정도 짐작이 갔다.

그의 '비서'라고 했던 그녀가 헤어진 것이 아니라면, 왜 굳이 다른 회사에서 면접을 보는 걸까? 서아는 두 사람이 헤어졌다고 99.9% 확신하고 있었다.

"김서아 씨."

강우에 대해서 생각하고 있던 서아의 뒤로 능글맞은 목소리가 들려왔다. 돌아보니, 아까 모여 있던 남자 중의 한 명이 샴페인을 들고 서 있었다.

"너무 아름다우시네요. 이렇게 아름다우신 분과 한자리에 있으니, 막 마음이 설레요."

"……."

"한 잔 드시겠어요?"

늘 서아에게 치근덕거리던 수많은 남자와 똑같은 표정과 눈빛, 말투와 행동이었다.

"아니요. 괜찮아요."

강우는 명품 같다. 돈만 있으면 무조건 살 수 있는 흔하게 남아도는 명

품이 아닌, 그것도 아주 많이 구하기 힘든 최상의 한정판 명품. 그래서일
까. 서아는 그 완벽한 명품이 자꾸 탐이 났다.

어떻게 해야지 저 명품을 손에 넣을 수 있을까?

진심으로 고민되었다.

□ ◆ □

'대표님!'

갑자기 뒤에서 들려오는 윤이의 목소리에 강우가 뒤돌아섰다. 윤이가
다가와서는 강우의 재킷에 묻어 있는 무언가를 떼어 내 주었다.

'실밥이 묻었네요.'

갑자기 불쑥, 떠오른 기억이다. 비서실장이 볼일이 있어서 직접 운전을
해서 출근한 강우는 주차장에서 느닷없이 떠오른 옛 기억에 혼란스러웠다.

실밥을 떼어 주며 배시시, 웃는 윤이의 얼굴이 선연하다. 그 뒤의 장면
도 떠오른다. 그날, 강우는 로비 카페에서 직원 한 명이 동료에게 윤이에
대해 떠들어 대는 소리를 들었다. 그 직원은 우연히 호텔 레스토랑에서 윤
이가 애인에게 차인 것을 봤다고 했다.

'비서는 대표의 얼굴이라고 할 수 있는데, 그런 비서의 사생활을 아무렇지
도 않게 옮기고 다니는 당신은 어디 가서 제 말도 그렇게 옮기고 다니겠습니
다?'

그 직원에게 비아냥거리며 경고했던 것부터 시작하여 자동차 안에서 윤
이에게 차이고 다니지 말라고 충고했던 것까지 떠오른다.

영화관에서의 기억은 오류였다. 윤이는 그날, 별 같잖지도 않은 오징어 같은 놈에게 밀쳐졌고 강우는 열이 받았다. 마음 같아서는 그 자리에서 그 남자의 명치를 주먹으로 내리꽂고 싶었지만, 그나마 이성적으로 협박을 한 건 윤이 때문이었다.

강우가 사고 치면, 그 사고의 뒷수습은 대부분 비서의 몫이었다. 더군다나 자신 때문에 상사가 그런 일에 휘말리게 된다면, 마음 여린 윤이는 죄책감에 어깨 하나 제대로 못 피고 살 것이 분명했다. 그런 꼴을 보고 싶지는 않았다.

그래도 혹시 몰라서 물었다.

'저 새끼 혼내 줘?'

'아니요.'

'왜?'

'……같잖아서요. 저런 놈한테 시간 낭비, 돈 낭비, 감정 낭비 하나도 하고 싶지 않아요.'

역시 그녀의 대답은 강우가 예상했던 그대로였다.

"하아……."

폭풍처럼 몰아닥치는 기억에 머리가 어지러웠다. 없던 빈혈까지 생긴 강우는 핸들에 몸을 기대었다. 눈앞이 다 캄캄할 정도로 심한 빈혈에 강우는 호흡도 불안정해졌다.

"서윤이……."

그녀는 자꾸만 강우를 힘들게 했다.

□ ◆ □

"에?"

윤이는 당황스럽기가 그지없었다. 그 이유는 간단했다. 지금, 문자로

'불합격'이라고 쓰여 있는 글자 때문이었다. 얼른 통화 버튼을 눌렀지만, 담당 인사부는 전화를 받지 않았다. 뭐가 잘못되어도 단단히 잘못되었다는 생각이 몰려왔다.

"이게 대체, 무슨 일이야. 정말?"

요 얼마간 회사 몇 군데에서 같은 일이 일어나고 있었다. 1차 서류 통과, 2차 면접 통과, 그리고 3차는 모든 것을 통과하고 윤이가 모시게 될 상사와 인사를 나누는 시간으로 면접이라고도 할 수 없는 일이었다.

그런데 이상하게도 그 3차만 봤다 하면 우수수, 면접에서 떨어지고는 했다.

"미치겠네."

이제 윤이에게는 여유가 별로 없었다. 비상금으로 남겨 둔 돈을 다 썼고, 적금을 깨야 할 판국이었다. 겨우 모은 적금을 건드리기 싫어서 더욱 악착같이 구인 활동을 했고, 대기업과 중소기업에서 떨어진 이력이 있는 윤이는 개인 기업 쪽으로 방향을 틀었다.

"여기도 안 붙으면, 진짜 호주 워킹 홀리데이로 떠나 버리자."

단단히 결심한 후에 윤이는 또다시 이력서를 넣었다.

"아!"

이력서를 전부 넣고 나니 벌써 초저녁이 되어 있었다.

"배고프네."

냉장고를 뒤져 봤지만 딱히 먹을 것이 없었고, 요 며칠 동안 배달 음식들만 시켜 먹으니 속이 더부룩한 것이 좋지 않았다. 그래서 윤이는 직접 장을 봐서 건강식으로 차려 먹기로 했다.

간단하게 씻고 옷을 주섬주섬 입은 후 집을 나섰다. 근처에 있는 대형 마트로 가서 카트를 끌고 이것저것 필요한 것들을 담아 장을 봤다. 기왕 나온 김에 떨어졌던 생필품들도 고르고 있을 때였다.

"뭐야?"

깜박한 물건이 생각나서 몸을 돌렸는데, 분명 태민이 숨는 걸 봤다.

"잘못 본 거겠……."

하지만 의심을 거둘 수는 없었다. 윤이는 다시 자신이 세워 둔 카트 쪽으로 가는 척하며 빠르게 몸을 돌렸다.

"이크!"

"실장님!"

다시 자신을 따라오려는 태민의 이름을 크게 부르며 그대로 달려갔다. 결국 도망가던 태민이 멈춰 섰다. 윤이는 빠르게 태민과의 간격을 좁혔다.

"지금 여기서 뭐 하세요? 왜 저를 보고 숨으시는 거예요?"

"숨, 숨은 적 없는데? 나는 화장실이 급해서."

"이 동네에는 왜 오셨는데요? 실장님 이 동네랑 아예 반대쪽에 사시잖아요. 설마, 화장실 가시려고 오신 거예요?"

"서 비서…… 그냥, 나 본 거 모른 척하면 안 될까?"

윤이는 순간 어떤 직감이 팍, 몰려왔다. 머릿속 한가득 강우의 얼굴이 스치는 걸 기분 탓으로 넘기기에는 마음 한구석이 불편했다.

"솔직하게 말씀해 주시면 모른 척해 드릴게요."

"솔직할 수 없어. 알잖아. 나 비서인 거."

"그러면 말씀드릴게요. 대표님에게. 저 쫓아다니다가 딱 들켰다고."

"……."

"대표님에게 직접 들으면 되겠죠, 뭐."

일부러 태민을 떠보려 단단히 쐐기를 박고서는 돌아섰다. 그런 윤이를 태민이 냉큼 잡았다.

"서 비서. 그러면 나 회사에서 쫓겨날지도 몰라."

울먹이며 하소연하듯 말하는 태민에 윤이의 마음이 무거워졌다. 강우가 왜 이런 일을 시켰는지 궁금했지만, 태민만 잡고 닦달할 순 없는 일이었다. 더군다나 비서는 입이 무거워야 한다는 것을 잘 알고 있는 윤이였다.

"알겠어요. 더는 안 물어볼게요. 그만 가 보세요."

"앞으로도 계속 미행은 해야 할 것 같은데……."

태민이 기어들어 가는 목소리로 말했다. 그가 이렇게 해야만 하는 이유에 대해 윤이는 충분히 이해했다.

"그렇게 하세요."

"미안해……."

"어쩔 수 없잖아요. 이해해요. 오늘은 그만 퇴근하시구요. 저 장만 보고 집에 들어갈 거거든요."

"알겠어."

대답하고 막 돌아섰을 때, 윤이의 시야로 익숙한 누군가가 장을 보고 있는 것이 들어왔다. 부인과 장을 보러 온 듯 보이는 남자는 다름 아닌, 오늘 자신에게 '불합격' 문자를 보낸 담당자였다. 윤이는 남자에게로 향했다.

"과장님!"

윤이의 등장에 남자는 화들짝 놀라며 손으로 제 얼굴을 가리고 황급하게 카트를 반대쪽으로 몰았다. 하지만 소용없었다. 아무것도 없는 윤이의 걸음이 더 빨랐다. 윤이는 반대쪽으로 향하는 카트를 콱, 잡았다.

"이미 합격은 한 거고, 본부장님과 의례적인 인사만 나누는 자리라면서요."

"그게, 본부장님께서 윤이 씨 마음에 안 든다고……."

"2차 면접 본 거, 녹화해서 본부장님께 보여 준 상황이라면서요!"

그 말인즉, 본부장을 통해서 2차 면접의 합격 여부가 결정됐다는 뜻이었다. 그러니 지금, 인사과장이 하는 말은 거짓으로 포장한 변명거리에 지나지 않았다.

하지만 더는 따지고 들 일도 아니었다.

"그래요. 뭐, 본부장님이 마음에 안 드셔서 그랬다는데."

윤이는 돌아섰다. 그리고 아직 가지 않은 태민을 보게 되었다. 그가 분명 제 뒤에 있는 인사과장과 사인을 주고받다가 화들짝 놀라서는 다급하게 돌아서 반대쪽으로 향했다. 순간, 머릿속에 스치는 것이 있었다.

"……설마."

집으로 돌아온 윤이는 장 봐 온 것을 거의 던지다시피 두고서는 바로 강우에게 전화했다. 오래갈 줄 알았던 신호는 의외로 빨리 끊기고 강우의 목소리로 바뀌었다.

— 왜.

"물어볼 게 있어서 전화했어요."

— 어딘데.

"집이에요."

— 술은.

"안 마셨어요."

— 말해, 그럼.

얼마 전에 술을 마시고 부린 행패 때문에 윤이는 민망함이 남아 있었다. 그래서 큼, 헛기침을 하고 말을 건넸다.

"확신은 아니지만, 혹시나 해서 묻는 거예요. 기분 나쁘실 수도 있는데, 저 다른 회사 합격 여부에 관여하고 계시는 건가요?"

— 어.

조금의 망설임도 없다. 아주 당당하게 대답하는 강우에 윤이의 미간이 있는 대로 구겨졌다.

"왜 그러시는 건데요?"

— 말했잖아. 나 배신하고 어디 가서 잘 먹고, 잘 살아갈 생각 하지 말라고.

"너무하세요. 정말."

울컥, 윤이는 감정이 치솟아 올랐다. 하지만 울지는 않았다.

"비서 말고도 할 일은 많아요."

— ……

"어디 끝까지 방해해 보세요. 그러면."

성질나서 전화를 끊어 버렸다. 그의 이름이 찍힌 전화가 다시 울렸지만, 받지 않았다.

그러고 말 줄 알았다. 하지만 30분 후, 집 안의 초인종이 울렸고 현관문을 열자 강우가 서 있었다. 그가 이 시간에 이곳까지 찾아올 거라고는 생각하지 못해서 놀랐다.

"여긴 왜 오신 거예요?"

"왜 전화 안 받아?"

"받기 싫으니까요."

"너는 네 할 말만 다 하면 끝이야?"

"그래서. 제가 제 말만 하고 끊은 게 기분 나빠서 따지러 오신 거예요?"

"이제 상사도 아니라고 안으로 들어오라는 말도 없이 문전 박대 하는 거야?"

강우는 윤이가 물어본 질문에 대답하지 않았다. 대신, 자신을 문을 반쯤만 열고 노려보고 있는 윤이에게 경고하듯 말했다.

윤이는 눈을 더 부라렸다. 자신의 인생을 반쯤은 망치고 있는 남자에게 배려 같은 걸 하고 싶지는 않았다.

"그게 싫으시면 돌아가세요."

"서윤이."

"제가 죄송하다고 몇 번이고 말했죠? 그걸 무시한 건 대표님이시잖아요. 제가 뭐 그 이상 어떻게 해야 했어요? 무릎이라도 꿇고 빌어요?"

그는 말없이 윤이를 쳐다보았다. 화가 난 거 같기도 하고, 슬퍼 보이기도 했다. 하지만 지금 윤이에게 그런 강우의 마음을 헤아릴 여유 같은 건 없었다. 생각할수록 열불이 났기 때문이다. 면접 본 회사 다섯 군데서 '불합격'이라는 소리를 들어야 했던 게 치욕스러웠고, 죄송하다고 몇 번이고 고개를 숙였음에도 불구하고 이렇게 유치하게 자신을 괴롭히는 강우에게 실망했다.

"제가 대표님에게 상처를 줬다고 했죠?"

"왜? 안 줬다고 우기게?"

"대표님도 저한테 상처 주셨어요. 불합격이라는 좌절을 주시고, 그렇게 방해하신 덕분에 제 빚은 더 쌓여 가고 있어요. 그리고 무엇보다도."

윤이는 잠시 말을 멈추었다. 그러지 말아야지, 하면서도 그와 함께했던 지난 4년의 기억이 미련처럼 남는다.

나쁜 것만 생각해야지, 했지만 좋은 것들만 떠오른다. 특히 그가 단기 기억 상실증에 걸리고 '연인'이라는 이름으로 함께했던 시간이 유난히 눈에 밟힌다. 그랬기에 더 서운하고 서러웠다.

"욱하는 성질은 있으셔도 마음 따뜻한 분이라고 생각했어요. 하지만 아닌 것 같아요. 저도 믿었던 대표님에게 배신당한 기분이라구요."

"……."

"이제 충분히 비긴 거 같으니까 적당히 하세요. 안 그러면 정말 있던 정도 죄다 떨어질 것 같으니까."

윤이는 강우를 밖에 세워 두고 그대로 문을 닫았다. 문 당장 열라고 으름장이라도 놓을 줄 알았는데, 의외로 잠잠하다. 그가 뭐 하고 있는지 궁금해서 밖을 몰래 쳐다보았다. 그는 살벌하게 문을 노려보고 있었다. 하지만 아주 잠시뿐, 크게 한숨을 내쉬더니 그대로 돌아섰다.

전화 안 받는다고 여기까지 쫓아와서 따지고 들다니. 평소의 강우가 할 만한 행동처럼 느껴지지 않아 낯설었다.

*내 사람한테 이렇게 무례한 행동을 한 것에 대한 대가를 감당할 수 있겠습니까?*

문득, 강우가 했던 말이 떠올라 윤이의 코끝을 찡하게 만들었다. 그때도 감동이었지만, 지금도 저 말을 떠올리면 마음 한구석이 따뜻해지는 기분이 든다.

그래서 더 서러웠다.

□ ◆ □

역시, 서류 면접은 언제나 하이패스처럼 통과가 되었다. 윤이는 정해진 면접 날짜에 맞춰 일찍 일어나 준비를 끝냈다.

무거워 보이지 않는 베이지색 계열의 정장을 입고서 '아, 에, 오, 이, 우'를 반복하며 회사 로비로 들어섰다. 대기업이 아닌 개인 기업은 커다란 사옥의 한 층만 사용하고 있는 듯했다. 모바일 게임 회사는 7층에 자리 잡고 있었다.

"진짜 여기에서도 불합격을 받으면, 바로 유학 학원으로 가는 거다. 서윤이."

안내 데스크로 가서 면접 안내 문자를 보여 주니 방문증을 건네주었다. 방문증을 받자마자 윤이는 주변부터 살폈다. 다행히 태민은 보이지 않았다.

방문증으로 보안대를 거쳐 안으로 들어갔다. 매일 밥을 먹는다고 배부른 것이 아니듯, 최근에 자주 면접을 봤다고 떨리지 않는 건 아니었다. 윤이는 떨렸다. 거울 속의 자신 또한 그렇게 말해 주고 있었다.

한껏 긴장한 모습으로 7층에 도착했고 면접 대기실로 향했다.

"안녕하세요."

대기실에 있는 직원을 향해 윤이가 상냥한 목소리로 인사했다.

"어서 오세요. 서윤이 씨죠?"

"네."

"면접 바로 진행할게요."

직원은 윤이를 면접실로 안내했다.

"면접은 저희 대표님과 팀장님께서 진행하실 거예요."

"대, 대표님께서요?"

"네."

대기업하고는 다른 방식이었다. 하지만 오히려 이런 방식이 나쁘지 않다고 생각했다. 강우가 이곳까지 영역을 넓혔다면 2차까지 '합격'이라고 해놓고서는 대표가 마음에 들어 하지 않는다고 '불합격'을 줄 일은 희박하기 때문이었다. 이곳, '스위트가든'의 채용 대상자는 대표 비서였으니 말이다.

똑똑—

직원이 노크하자 안에서 들어오라는 목소리가 들렸다. 윤이는 한 번 더 제 복장을 점검하고서는 마른침을 꿀꺽 삼켰다.

문이 열리고 들어가 보라는 직원의 눈짓을 받으며 윤이는 한 발자국, 한 발자국 천천히 안으로 발을 내디뎠다.

"안녕하세요. 서윤이……."

인사를 하고 일어서던 윤이의 시선으로 자신을 보며 싱긋, 웃고 있는 남자가 보였다. 윤이의 눈이 휘둥그레졌다.

"정운 선배?"

그 시절에도 촌스러움이라고는 전혀 없이 담백하고 훈훈했던 그는 딱히 변한 것이 없었기에 바로 알아볼 수 있었다. 조금 변한 것이 있다면, 더 '훈훈' 해졌다는 것이다. 그런 윤이를 향해, 그는 더욱 진한 눈웃음을 지으며 말했다.

"오랜만이네."

여전히 부드러운 목소리였다.

□ ◆ □

*'이제 충분히 비긴 거 같으니까 적당히 하세요. 안 그러면 정말 있던 정도 죄다 떨어질 것 같으니까.'*

그 말에 미치게 궁금한 상황을 알아보지 못했다. 강우는 태민에게 더는 윤이를 따라다니지 말라고 지시했다. 윤이의 상황을 알지 못하니, 궁금함이 온통 머릿속을 차지하고 있어서 다른 것에 집중할 수가 없었다. 다른 회사에 가서 적응을 잘하게 된다면, 분명 자신과 잰덤을 잊게 될 거였다. 잊게 된다면, 자신이 없어도 행복하게 살아가게 되겠지…….

서운함이 불쑥, 강우의 감정을 전부 지배하려 했다. 그러다 강우는 번쩍, 정신을 차렸다. 방금 자신이 느낀 '서운함'이 어떤 것인지에 대해 좀 더 면밀하게 파악해 볼 필요성을 느낀 거였다.

나를 배신하고 행복하게 살겠지, 이것인가, 나 없이도 행복하게 살겠지, 이것인가.

"대표님, 무슨 하실 말씀이라도……."

갈 길 안 가고 그 자리에 서서 자신을 빤히 쳐다보고 있는 강우에 태민이 일어섰다. 강우는 그 자리에서 일어날 사람이 윤이일 것만 같았다.

"……없습니다."

강우는 태민을 지나쳐 집무실 안으로 들어왔다.

사표를 내라고 한 것도, 회사에 더는 나오지 말고 서로 마주치는 일 없게 하자고 한 것도 전부 자신이었다. 그런데 왜, 꼭 미련이라도 남은 사람처럼, 이런 못난 짓을 하는 것도 자신일까.

"후우."

깊게 한숨을 내쉬며 온통 제 신경을 건드리는 윤이를 밀어내고자 했지만, 그게 되지 않았다. 지금, 그 멍청이가 뭘 하고 있을지 궁금해서 당장이라도 회사를 뛰쳐나가고 싶은 충동만 들 뿐이었다.

정운은 윤이가 다니던 캠퍼스뿐만이 아니라, 그 지역 일대의 대학교에서도 꽤 유명한 남자였다. 공부 잘하고, 키 크고, 아주 잘생긴 외모로.

"잘 지냈어?"

그는 눈웃음을 치며 담백한 목소리로 물었다.

"잘 지냈는데, 최근 들어 며칠 동안은 제대로 못 지냈어요."

"재취업 때문에?"

"네. 선배는요?"

"나는 잘 못 지내다가, 최근 들어 2년 동안 잘 지내게 됐어."

"회사 차리고 나서부터 잘 지내게 되신 거군요."

정운은 대답 대신 낮게 고개를 끄덕였다. 그러는 사이, 주문한 음식들이 나왔다. 면접을 본 후에 정운은 함께 점심을 먹자고 제안했고 윤이는 그 제안을 받아들였다. 그래서 두 사람은 지금, 이탈리안 레스토랑에서 서로를 마주 보고 앉아 있었다.

"그런 셈이지. 그리고 앞으로는 더 잘 지낼 것 같은 예감이 들어."

"그럴 거 같더라구요. 제가 여기 오기 전에 대충 조사해 봤는데, 이번에 모바일 게임 중국, 싱가포르, 대만에도 수출하신다면서요. 중국 가서 대박 나면, 선배 인생 이제 완전히 피는 거잖아요."

윤이의 말에 정운이 피식, 웃었다. 윤이는 고개를 갸웃했다.

"제가 잘못 알고 있는 건가요?"

"아니. 잘 알고 있어. 모든 걸 다 알고 있는 건 아니지만."

정운은 피자 한 조각을 윤이의 접시 위에 올려 주었다.

"얼른 먹어. 식으면 맛없다."

"네. 잘 먹을게요."

피자를 한 입 베어 먹던 윤이가 정운을 올려다보았다. 그는 피자를 먹지 않고, 피자를 먹고 있는 윤이를 바라보고 있었다. 그것도 귀여운 무언가를 보았다는 듯이 얼굴 가득 웃음꽃이 피어오른 채로.

이렇게 윤이를 바라보고 있자니, 대학 때 있었던 일이 떠오른다.

쾅!

'엄마야!'

본인이 닫아 놓고 화들짝 놀라는 윤이의 모습을 본 정운은 자신도 모르게 몸을 숨겼다. 윤이가 서 있는 캐비닛은 다름 아닌 정운, 자신의 캐비닛이었다.

별로 중요한 물건들을 두고 다니지 않아서 열쇠도 없는 캐비닛이었다.

금방이라도 찢어 버릴 기세로 캐비닛을 노려보던 윤이가 반대쪽으로 걸음을 옮겼다가 빠르게 다시 달려와 문을 열었다.

*'아무래도 안 되겠어!'*

그러다가 안에 있는 초콜릿과 편지를 뺐다. 넣을까, 말까 몇 번을 망설이다가 결국에는 자신의 가방에 넣고선 어깨가 축 처져 돌아가는 윤이의 모습이 아직도 선명했다.

"저, 선배…… 계속 그렇게 쳐다보시니까 제가 불편해서 체할 것 같아요."

윤이가 멋쩍은 웃음을 지으며 정운에게 말했다.

"아, 미안해. 잠깐 옛날 생각이 나서."

"어떤 생각 하셨어요?"

정운과 윤이는 같은 경영학과에 봉사 동아리를 함께한 선후배 사이였다. 그래서 다른 선후배들보다 훨씬 많이 붙어 다녔고 친했다.

"그냥, 이런저런. 우리 추억이 은근히 많잖아."

"그렇죠."

"나 자퇴하고 미국으로 유학 안 갔으면, 아마 더 친해졌을 텐데."

"네. 그랬을 거 같아요. 선배도 얼른 드세요. 피자치즈 말라 가요."

"그래."

아까와는 다르게 이번에는 윤이가 힐끔, 정운을 보았다.

대학교 때, 그를 보고 첫눈에 반했었다. 하지만 고백을 할 수는 없었다. 그에게 고백하는 수많은 여자를 제치는 것도 힘들었고 그는 너무 짧은 연애와 이별을 반복했다. 그리고 무엇보다도 한번 사귀었다가 헤어진 여자는 거들떠보지도 않는 그의 행동에 윤이는 그저 그의 친한 동생으로 오래오래 남아 있고 싶다는 생각을 했다.

그가 자퇴하고 미국으로 유학 간다는 말을 했을 때도 윤이는 고백하지 못했다. 떠나는 사람에게 고백이 무슨 소용일까 싶어서였다. 하지만 지금 생각해 보면 그때 고백하지 않았던 것이 참 다행이었다. 그때 괜히 고백해서 연애라도 했다가 헤어졌다면, 지금 같은 상황은 없었을 테니까.

"4년이나 일했으면 꽤 정들었을 텐데. 퇴직하고 나오는 길이 힘들었겠어."

인정하지 않을 수 없었다. 지금도 눈만 뜨면 바로 잼덤으로 출근해야 할 것만 같았다. 비서를 제대로 구하지 못하고 있다는 태민의 말을 듣고 나서는 더 걱정되기도 했다.

"네. 지금도 막 속이 편한 건 아니에요."

윤이는 자신도 모르게 그렇게 말했다가 흠칫, 놀랐다.

"그렇다고 새로운 직장에 지장을 주진 않을 거예요. 걱정하지 마세요."

"응. 별걱정 안 해."

피자가 분명 입안에서는 맛있었지만, 당기지 않았다. 윤이는 들고 있던 피자를 내려놓았다.

"왜? 그만 먹게? 입맛에 안 맞아?"

"그게 아니고, 제가 뭘 좀 먹고 왔더니. 죄송해요."

"아니야. 배부르면 안 먹는 게 맞지."

갑자기 앞으로 다른 사람과 일한다고 생각하니, 자꾸만 강우가 고구마가 되어 가슴팍에 억눌린 것처럼 신경이 쓰인다.

됐다, 됐어. 나 회사 못 다니게 하려고 온갖 방해를 다 하고 다닌 사람이 뭐가 예쁘다고 마음에 걸려 해?

윤이는 그렇게 생각하며 고개를 세차게 돌렸다.

"비서 쪽으로 갈 줄은 몰랐어. 너 회계에도 관심 많았었잖아."

"아. 사실 회계사 준비하면서 아르바이트하러 다녔어요. 사내에 있던 카페였는데, 거기 비서들이 자주 커피를 마시러 왔었어요. 멋있다고 생각했던 것 같아요."

"……."

"회계사 붙을 줄 알았는데, 자꾸 떨어지고……. 그러다가 재무팀에 취업했는데 적성에 안 맞아서 1년 정도 하다가 비서로 들어갔어요. 적성에 잘 맞더라구요."

"적성에 맞는 걸 하는 게 좋지."

"네. 선배는요? 어쩌다가 한국으로 다시 돌아오신 거예요?"

"향수병."

그의 말에 윤이는 공감했다. 윤이도 서울에 혼자 있을 때 느꼈던 것이었다.

"그거 버텨 내기 어렵죠."

"응. 그래서 돌아왔어."

정운이 윤이의 손가락을 보았다.

"결혼했어?"

"아니요. 아직."

"그런 거 같더라."

"왜요?"

"반지가 없어서."

"아……."

윤이는 자신이 결혼하지 못한 이유에 다른 것이 있는 줄 알고 살짝 예민하게 굴었던 것이 민망해졌다.

"왜? 내가 다른 소리라도 할 줄 알았어?"

"얼굴 못생겨서 시집 못 간 거라고 할 줄 알았어요."

"에? 네 얼굴이 못생겼다고? 전혀 안 못생겼는데."

"사실 알고 있어요."

윤이가 헤헤, 웃었다. 하지만 웃고 있어도 마음속까지 편안하게 웃을 수는 없었다.

"선배. 이제 들어가 보셔야 하는 거 아니에요? 점심시간 다 끝났을 거 같은데."

"그래야지. 윤이 너는 다음 주 월요일부터 출근하면 될 거 같아."

"네. 감사해요, 선배. 앞으로 최선을 다해서 최고의 비서가 되겠습니다."

"나야말로 감사하지. 너처럼 유능한 비서가 같이 일해 준다는데."

"아휴. 과찬이옵니다."

윤이는 손사래를 치며 칭찬에 부끄러워서 저도 모르게 광대를 올리며 웃었다. 고래도 춤추게 한다는 칭찬은 누구에게 들어도 참 기분 좋아지게 했다.

"가자."

"네."

두 사람은 레스토랑을 나와 간단하게 인사를 하고 돌아섰다. 윤이는 바로 집으로 가는 버스를 탈까, 하다가 날씨가 좋아서 조금 걷기로 했다.

아주 조금 걸었을 때였다.

"윤이야!"

뒤에서 자신을 부르는 정운의 목소리가 들렸다. 돌아보니, 그가 다급하게 뛰어와서는 가쁜 숨을 몰아쉬었다. 윙크하며 숨을 몰아쉬는 그를 지나가는 여자들이 힐끔거리며 수줍은 미소들을 지어 댔다.

"무슨 일이에요, 선배?"

"너 휴대 전화 두고 갔어. 레스토랑 직원이 가져다주더라고."

"아. 고마워요."

"버스 정류장이랑 지하철은 반대쪽인데."

"날씨가 좋아서 좀 걸으려구요."

"그러게. 걷기에 좋은 날씨네."

정운이 하늘을 올려다보며 중얼거렸다. 그러다 윤이의 어깨를 가볍게 쳤다.

"시간만 나면 같이 걷는 건데. 그래도 너무 무리해서 걷지 말고. 너 구두 신었잖아."

"네? 네. 그럴게요."

"그래. 잘 들어가."

"월요일에 뵙겠습니다."

그는 파란색 이온 음료 광고가 떠오를 만한 청량함을 갖고 다시 사라졌다. 그러고 보니, 정운을 보며 내내 드는 생각이 있었던 것 같다.

"저 선배는 왜 늙질 않나?"

사라지는 정운을 바라보던 윤이가 돌아섰다. 그러자 거짓말처럼 방금까지 신경 쓰고 있던 정운은 사라지고 강우가 떠올랐다.

"비서는 구했나 몰라."

걱정스러움에 내뱉었다가 크게 한숨을 쉬었다.

"이제 내 상사는 신강우가 아니라, 백정운이야. 백정운한테만 신경 쓰는 거야."

하지만 그 결심이 잘 진행될지는 윤이도 모르는 일이었다.

주말 오전의 평화로움을 깨트린 건, 하나뿐인 어머니셨다. 강우는 아침 7시가 되기도 전에 집으로 찾아온 강 여사로 인해 집중하고 있던 서류를 내려놓고 거실로 끌려 나오다시피 해서 소파에 앉아야 했다.

"소식 모르지? 윤이 취업했대!"

욱, 하고 성질머리가 튀어나오려는 것을 강우는 겨우 참았다. 아무 감정도 드리워지지 않은 무표정한 강우를 보니 강 여사는 답답한지 주먹으로 가슴을 퍽퍽 쳤다.

"네가 지금 이렇게 태평하게 업무나 보고 있을 때가 아니야."

"제가 잘라 버린 직원 다른 곳에 취업했다는 소식 듣고 뭐, 뛰쳐나가서 울며불며 매달리기라도 해야 한다는 겁니까? 어머니는?"

"어."

당연히 '그건 아니지.'라고 대답할 줄 알았던 어머니의 입으로 간단명료하면서도 망설임 없는 '어.'라는 대답이 나오자, 강우는 황당했다.

"어머니."

"너 윤이 아니었으면 지금 여기에 없었을지도 몰라."

"그게 지금, 하나밖에 없는 자식한테 하실 말씀이세요?"

"네가 살 수 있었던 게 윤이 때문이라고."

"그래서 애한테 거짓말까지 시키신 거예요?"

강우가 발끈하며 언성을 높였다. 가뜩이나 머리가 복잡하고 마음은 혼란스러운데, 그곳에 냅다 기름이라도 들이붓는 것 같은 어머니에게 신경질이 난 거였다.

"너도 윤이 신경 쓰이잖아."

하지만 곧 허를 찌르듯이 말하는 강 여사에 강우는 입을 다물 수밖에 없었다.

"윤이 다른 곳에 취업하는 거 싫어서, 일부러 훼방 놓은 거 아니야? 신뢰 없는 비서라느니, 너를 배신한 비서라느니 말해 가면서."

"누구한테 들으셨어요."

"JIROR 담당자한테 전해 들었어."

다른 누구에게도 누설하지 말라고 신신당부를 시켜 놨는데, 함부로 주둥이를 나불거려? 강우는 용서할 수가 없었다.

"담당자한테 가서 뭐라고 할 생각 말아라. 거긴 처음부터 내가 추천해 준 곳이야."

그런 강우를 강 여사가 부드러운 목소리로 달랬다.

"그리고 지금 그게 중요한 게 아니야. 윤이가 다른 곳에 취업했다는 사실이 중요한 거지."

"……."

"너도 윤이 성격 잘 알잖니? 새로 만난 상사에게 올인하게 될 거야. 그럼 너는 영원히 윤이의 머릿속에서 사라지는 거지."

그건, 강우도 충분히 예상하는 일이었다. 윤이의 성격이라면 그럴 거였다. 자신의 무릎 위에 앉아 수줍게 웃고, 젖은 제 머리를 말려 주고, 마주 보고 앉아서 전투적으로 치킨 닭 다리를 뜯던 윤이의 모습이 떠오른다.

지금 이 와중에 비서였을 때의 윤이가 아닌, 연인으로 착각하고 있을 때의 윤이가 떠오르는 건 강우에게 매우 치명적인 일이었다.

"잘 생각해 봐."

"……생각하고 말 것도 없습니다."

"강우야."

"돌아가세요. 저 할 일 많습니다."

강 여사는 고집불통인 아들을 더는 설득할 힘이 없어 그냥 일어섰다. 강우는 오래도록 그 자리에 남아서 생각에 잠겼다.

*'그럼 너는 영원히 윤이의 머릿속에서 사라지는 거지.'*

유쾌한 말도 상황도 아니었다. ……바란 적도 없는 일이었다. 하지만 그 와중에도 꼭 확인해 보고 싶은 것이 있었다. 그래서 비서실장에게 전화를 걸었다. 몇 번의 신호가 갔고 아직 잠에서 덜 깬 비서실장의 목소리가 새어 나왔다.

— 대, 대표님.

"주말에 미안해요."

— 괜찮습니다.

"다른 게 아니라."

어째, 면접 보러 다니는 곳마다 전부 하자 있는 데만 골라 다니는지, 강우의 걱정이 이만저만이 아니었다.

"서 비서 이번에 취업했다는데, 거기 대표 좀 조사해 줘요."

그래서 강우는 일단, 자신이 꼭 확인해 봐야 했다.

□ ◆ □

다사로운 햇살이 침대를 비집고 들어오기 전에 깼다. 윤이는 온전히 해가 뜨기도 전인 새벽의 공기를 오랜만에 느끼니 감회가 새로웠다.

차가운 공기를 느끼며 출근길에 나섰다. 4년 동안, 늘 다니던 길이 아닌 다른 방향으로 향하는 출근길이 아직은 매우 낯설었다. 하지만 곧 적응할 거라고 믿는다.

회사에 도착하니, 안내 데스크 직원이 미리 받아 둔 사원증을 건네주었다. 그것을 받아 들고 보안대를 통과하여 7층으로 향했다.

"안녕하세요. 서 비서님."

엘리베이터에서 내리자, 직원 몇 명이 인사를 건넸다. 그들은 이제 막 퇴근할 참인 듯했다.

"퇴근하시나 보네요."

"네. 서 비서님은 정말 일찍 오셨네요."

"앞으로도 계속 이렇게 출근할 것 같아요. 배워야 할 것들이 많으니까요. 수고 많으셨어요. 내일 봬요."

"네. 오늘 첫 출근이신데, 긴장하지 말고 파이팅 하세요."

직원들은 두 주먹까지 쥐며 윤이를 응원했다. 윤이가 감사하다는 의미로 함께 주먹을 쥐며 파이팅 의지를 다졌다.

윤이는 '대표실'이라고 쓰여 있는 문을 보고 걸음을 옮겼다. 문을 열고 들어가자 안에는 또 다른 문과 윤이의 자리로 예상되는 책상이 하나 놓여 있었다.

정말, 새로운 공간이었다.

윤이는 자신의 책상에 가방을 두고 바로 탕비실부터 체크했다. 정운이 즐겨 마시는 듯한 커피 원두를 확인했다. 작은 냉장고 문 앞에는 '점심 식사 후 30분'이라는 메모가 적혀 있었는데, 냉장고를 열어 보니 한약이 들어 있었다.

"기억해 둬야겠네."

자리로 돌아와 PC를 켜고 인터폰 옆에 있는 각 부서의 번호를 외웠다. 부팅된 PC는 보안으로 인해 비밀번호를 입력하고 들어가야 했다. 윤이는 바로 보안팀에 전화해서 비밀번호를 확인할 수 있었다.

비밀번호를 입력해서 접속할 때쯤, 문이 열리고 정운이 들어왔다.

"일찍 왔네?"

"오셨어요?"

두 사람이 동시에 말했다.

"커피 준비해 드릴게요."

"같이 마시자."

윤이가 망설이자, 정운이 덧붙였다.

"상사와 비서. 너무 딱딱한 관계 싫어. 그게 싫어서 후배인 너 일부러 뽑은 거고."

"네. 알겠습니다."

"오후에 쇼핑몰 몇 군데 갈 거야. 우리 게임 캐릭터가 협업 맺은 명품 인테리어 브랜드에서 물건 오픈하는 날이거든."

"네."

"들를 곳은 메일로 보내 줄게. 미리 체크해 둬."

"커피 가지고 금방 들어갈게요."

"응."

정운이 들어가고 윤이는 탕비실로 가서 커피를 두 잔을 뽑았다. 왜 이렇게 마음이 붕, 떠 있는 건지 모르겠다. 도저히 마음이 차분하게 가라앉질 않는다.

"후우."

고소한 커피 향이 밀폐된 탕비실을 가득 채웠다. 윤이는 커피를 들고 집무실로 들어갔다.

블랙과 화이트 대리석으로 모던한 느낌을 냈던 강우의 집무실과 분위기 자체가 다른 공간이었다. 벽 한쪽에는 생동감 넘쳐 보이는 게임 캐릭터가 박혀 있었고 전체적으로 파란색으로 꾸민 이 공간은 생기 있고 발랄해 보였다. 알고는 있었지만, 강우와 정운의 성향은 달라도 너무 달랐다.

"오랜만에 아침 일찍 일어난 거였지?"

"네."

윤이가 정운의 맞은편에 앉으며 대답하곤 커피를 건넸다.

"뜨거운 커피 맞아요?"

"아니."

"아, 아이스 즐겨 드세요?"

"응."

그가 싱긋 웃으며 대답했다.

"바꿔 드릴게요."

"아니야. 그냥 마시지 뭐. 내일부터는 아이스로 준비해 줘."

"미리 체크 못 해서 죄송해요."

"오늘 첫 출근인데, 이런 거까지 안 바라."

첫 출근부터 자신의 취향대로 커피를 타 오지 않았다며 노려보던 강우가 떠올랐다. 그러다 얼른 고개를 내저었다. 끝난 사람을 왜 자꾸 떠올려. 말을 안 듣고 멋대로 행동하는 눈치 없는 뇌가 원망스러웠다.

정운은 신경 쓰지 말라는 듯 손짓으로 윤이를 다독였다. 말리는 정운에 윤이도 그냥 앉아서 커피를 마셨다. 쓴맛을 좋아하던 강우의 커피와는 다르게 신맛이 나는 커피인 것 같았다.

"여기도 밤새는 일 많나 봐요."

잼덤에서도 종종 그런 일이 있었지만, 강우가 신경 쓰는 것은 메신저 부분과 오프라인 사업, 포털 사이트에 관한 게 대부분이었다. 게임은 최종적으로 보고만 받고 회의로 끝나고는 해서 밤새는 일이 많지 않았다.

"아무래도 그렇지. 특히 게임 출시를 앞둔 두 달 전에는 거의 죽기 살기로 하는 편이야."

"아……."

"그래서 너도 밤 많이 새야 할지도 몰라."

"……괜찮아요. 야근 수당만 나온다면."

윤이의 말에 정운이 하하하, 웃었다.

"그저 형식적인 상사였다면 이런 말 못 했겠지만, 선배라서 한번 대놓고 말해 본 거예요."

"잘했어."

윤이가 모르고 있는 사실이 하나 있었다. 그녀는 분명, 몇 개월 전만 해도 그저 형식적이던 '상사'인 강우에게도 웬만큼 할 말은 다 하고 지내던 비서였다.

"우리 회사는 절대로 커피 떨어지면 안 돼."

"네. 절대로 떨어트리는 일 없게 할게요."

정운은 단단히 결심하는 윤이가 여전히 귀엽다고 생각하며 피식, 웃었다.

"사실 조금 놀랐어요."

"왜?"

"저 캐릭터, 여기저기에서 많이 봤거든요. 선배가 만든 게임 회사 캐릭터일 줄은 상상도 못 했어요."

"혹시 좋아하던 캐릭터야?"

"앞으로 좋아해 보려고요."

"만족스러운 대답이네."

커피를 반쯤 마셨을 때 윤이는 정리를 하고 일어섰다.

"그 전에 대표님……."

"그냥 선배라고 불러. 그게 듣기 편해."

정운의 제안에 윤이는 잠시 머뭇거렸다. 하지만 상사가 그게 편하다고 하니 별것도 아닌데 맞춰 주는 것이 직원의 일이라고 생각했다.

"그럴게요. 그 전에 선배 일 봐주던 분이 최석윤 과장님 맞으시죠?"

"응."

"그분에게 인수인계받으면 되겠네요."

"아마 그럴 거야."

"그러면, 오후 몇 시쯤에 쇼핑몰로 출발하실 거예요?"

"같이 점심 먹고 가자."

"네. 알겠습니다."

자신이 마신 잔을 들고 일어선 윤이는 집무실을 나왔다. 그리고 자신에게 인수인계해 줄 최 과장을 만나러 가기 위해 사무실로 향했다.

□ ◆ □

잘못 본 줄 알았다. 하지만 아니었다. 정운과 함께 온 쇼핑몰에서 윤이는 강우와 마주쳤다. 그를 이곳에서 만나는 것이 이상한 일도 아니었다. 같이 일할 때도 자주 시찰 나오던 매장이었다.

그의 시선은 제 곁에 있는 정운에게로 향했다. 무미건조했던 눈빛이 사납게 변해 갔다.

"이거 너무 귀엽게 나오지 않았어?"

강우의 따가운 시선을 아직 알아차리지 못한 정운이 스탠드 위에 장식된 회사 대표 캐릭터를 손짓하며 물었다.

"그러게요. 너무 귀엽게 나왔네요."

"어린이들이 워낙 좋아해서 판매율을 기대해도 된다는 평가를 받았어."

"네. 안 그래도 아까 샘플로 꾸며 놓은 어린이 방을 보니, 캐릭터 벽지, 커튼, 침구 세트, 휴지통 등등 나와 있더라구요. 생동감 있고 귀여웠습니다."

"짧은 시간에 잘 봤네."

매장 안을 둘러보고 있는 자신과 정운을 아무 말도 없이 우두커니 서서 빤히 쳐다보는 강우가 자꾸만 신경 쓰였다.

"오셨어요. 대표님?"

그때, 매장 인테리어 디자이너가 정운의 곁으로 다가와 인사했다.

"안녕하세요. 실장님."

"이번에 의뢰받아서 어린이집 인테리어 2D 입체 작업 해 봤는데, 한번 보시겠어요?"

"그럴까요?"

"전 잠시만 더 둘러보면서 사진 좀 찍겠습니다."

진열해 놓은 것들을 사진으로 남겨 두면 좋을 것 같아 윤이가 제안했다. 정운은 고개를 끄덕이고서는 디자이너와 함께 사무실로 들어섰다.

윤이는 매장 사진을 찍었다. 하지만 도저히 무시할 수가 없어 카메라를 내리고 강우에게 걸어갔다.

"하실 말씀 있으세요?"

"새로운 상사와 일하니까, 할 만해?"

"네. 친절한 분이시거든요. 스트레스 안 받고 일 잘하고 있어요."

윤이가 차분한 목소리로 대답했다.

"넌 좋겠다. 머리 나빠서."

"네?"

"깔끔하게 다 지워 버린 거잖아. 나랑 있었던 일들."

자신이 괘씸하다는 듯이 쳐다보는 강우에 윤이는 의아했다.

"지워 버리는 게, 대표님에게도 속 편한 일 아닌가요?"

"네가 나에 대해서 그렇게 잘 알아?"

확신할 수 없는 것들은 대답하지 않는 것이 좋을 것 같았다. 그래서 윤이는 대답하지 않았다. 대신, 조금 신경 쓰이는 것을 해결하고자 했다.

"단추 하나 풀리셨네요."

강우의 풀어진 중간 와이셔츠 단추를 손짓했다. 강우는 잠글 생각은 하지 않고 쳐다보기만 했다.

"식사는 잘하고 계신 거죠?"

아무래도 살이 빠진 듯한 그의 얼굴에 윤이는 걱정이 돼서 저도 모르게 물었다가 고개를 내저었다.

"제가 오지랖을 떨었네요. 이만 가 볼게요. 조심히 들어가세요."

다시 매장 안으로 돌아온 윤이는 최대한 강우를 신경 쓰지 않고 사진 찍는 일에만 열중했다. 그런 자신을 한참 동안 뚫어져라 째려보다가 강우는 돌아섰다.

사람 마음 불편하게 만들려고 작정을 한 것 같다. 그래, 그게 작정한 것이라면 그는 분명 성공했다.

사진을 한창 찍고 있는데, 디자이너와 함께 사무실로 들어갔던 정운이 나왔다.

"그럼 앞으로도 잘 부탁드립니다."

"덕분에 재미있는 인테리어들 많이 만들 수 있을 것 같습니다."

디자이너와 정운은 서로 칭찬을 주고받으며 인사를 끝냈다.

매장을 나와서 주차장으로 가기 위해 에스컬레이터에 올라탔다. 앞에 탔던 정운이 뒤를 돌아 윤이를 바라보았다.

"조만간 환영 회식 하려고 하는데, 어때?"

"좋아요."

"뭐 먹고 싶은 거 있어? 주인공이니까, 네가 원하는 데로 가려고."

"전 아무거나 잘 먹어요."

"예전에도 그랬지. 뭐든 잘 먹어서 예뻤어."

"아, 그랬나요?"

윤이의 반응이 의외라는 듯이 정운이 어색한 미소를 지었다. 그 미소가 무슨 의미냐고 윤이가 눈썹을 치켜들고 고개를 갸웃했다.

"얼굴 안 붉히네. 예전에는 이런 말 하면 얼굴 붉어져서 귀여웠는데."

"그랬나요?"

이제는 '예쁘다.' 라는 칭찬 정도엔 얼굴이 붉어지지 않는다. 적어도 무릎 위에 앉아서 키스 정도는 해야……. 으악, 또 신강우 생각 했다!

윤이는 제 머릿속을 또 차지하려고 드는 강우 생각에 세차게 머리를 내저었다.

"먼저 들어가서 시동 걸고 있을래?"

주차장에 도착했을 때 정운은 울리는 휴대 전화를 들고서는 윤이에게 물었다.

"네."

그는 전화를 받았다. 은은한 미소를 지으며 누군가와 열심히 통화했다. 그런 그를 쳐다보다가 윤이는 태민에게 문자를 적었다.

[비서는 아직도 안 구해진 거예요?]

하지만 전송 버튼을 누르려다가 말았다.

"오지랖이야, 이것도. 실장님이 어련히 알아서 잘하실까."

혼잣말로 스스로를 채찍질하며 복잡한 머리를 감당하지 못하고 핸들에 엎드렸다.

□ ◆ □

도로 위를 달리는 자동차 안에는 백미러로 계속 강우를 힐끔거리는 태민이 운전을 하고 있었다. 지금 태민은 강우의 진료를 위해서 병원으로 가는 길이었다. 에어컨을 틀어서 가뜩이나 서늘한 공간이 강우가 풍기고 있는 분위기 때문에 더 추운 것 같았다.

"에어컨 좀 틀죠?"

그 와중에도 강우는 더위를 느끼는지 까칠한 목소리로 지시했다.

"튼 겁니다."

강우의 말에 태민이 냉큼 대답했다.

"그럼 더 세게 틀어요."

"네. 대표님."

에어컨 온도를 최대한 낮추며 태민은 백미러로 강우를 힐끔, 한 번 더 쳐다보았다. 그런데 하필이면 여태껏 창밖을 보며 혼자 씩씩거리던 강우와 덜컥 눈이 마주쳐 버렸다.

"뭐 할 말 있습니까?"

"없습니다."

"있는 거 다 아니까, 신경 쓰이게 하지 말고 말씀하시죠."

마치 그의 사냥감이라도 된 것 같은 기분이다. 다시 한번 아니라고 대답하려고 했지만, 백미러로 자신을 쳐다보는 '할 말 있음'에 대해 '확신'하는 상사의 눈빛을 피할 수가 없었다.

"……서 비서를 만나고 나서 계속 기분이 안 좋으신 것 같아서, 조금 걱정이 돼서……."

"무슨 걱정이 된다는 겁니까?"

앞으로 얼마나 더 히스테리를 부릴까, 하는 걱정.

"아무래도 기분이 안 좋은 상태로 업무를 보시면 집중하기 힘드실 테니까……."

이렇게 대답하면 어떤 말로 또 제 입에 재갈을 물릴까, 생각하며 태민은 조심스럽게 입을 열었다. 하지만 그는 인정한다는 듯이 사납게 치켜뜨던 눈길을 돌렸다. 그러고는 더는 대화를 하고 싶지 않다는 듯이 눈을 감고 몸을 기대었다.

"비서실장님."

눈을 감은 채 자신을 부르는 강우에 태민은 살짝 긴장하며 대답했다.

"네."

"아까 서 비서가 새로운 상사와 서 있는 거 보고 무슨 생각이 드셨습니까?"

"그냥, 적응 잘하고 있구나. 다행이다……."

강우가 감고 있던 눈을 천천히 떴다.

"전 무슨 기분이었는지 아십니까?"

"……글쎄요."

그는 근육이 다부지게 자리 잡은 흉근이 달싹일 정도로 크게 한숨을 쉬며 대답했다.

"화가 났습니다. 나에게는 서 비서와 함께 서 있는 사람이 상사가 아니라."

"……."

"남자로 보였거든요."

강우에게는 윤이 곁에 있는 사람이 단순히 상사처럼 보이지 않았다. 남자로 보였다. 그래서 화가 났다.

*'생동감 있고 귀여웠습니다.'*

온종일 자신의 기분을 오르락내리락하게 만들어 놓고서는 아무렇지 않게 생활하고 있는 윤이가 야속했고 서운하기도 했다.

믿었다. 그녀를 믿을 만한 기억이 완벽하게 없었지만, 사고가 나고 맨 처음 떠오르고 마주쳤을 때, 강우는 직감할 수 있었다. 자신은 이 여자를 무척 아끼고 있었다는 것을. 어머니보다, 아버지보다, 오랜 친구라는 재훈보다 훨씬 더 아끼고 있었다는 것을.

믿는 도끼에 발등 찍힌 게 너무 아프고 화나서 감정적으로 말한 게 사실이다. 그리고 강우는 지금, 감정적으로 행동했던 지난날의 자신의 모습을 후회하고 있었다.

그렇다. 윤이를 내쫓은 것을 지금, 후회하고 있다. 윤이가 일을 그만두고 다른 회사에 면접을 보러 다닌다고 하여 방해를 할 때까지만 해도 쉽게 인정할 수 없는 감정이었다. 하지만 윤이가 다른 남자 곁에 서 있는 것을 보며 강우는 인정할 수밖에 없었다. 윤이가 '행복'하길 바라지 않는 게 아니라, 다른 '남자'와 행복하지 않길 바라는 거였다.

틈만 나면 윤이의 손을 잡고 윤이와 입 맞추고 마주 보고 앉아서 밥을 먹고 나란히 누워서 영화를 보던 때가 떠오른다. 병실은 지긋지긋한데, 윤이와 함께 있었기에 버틸 수 있었다는 것 또한 인정할 수밖에 없었다.

*'모양이 너무 예쁘고 맛있겠어요.'*

주기적인 진료를 받아야 했고, 오늘이 그날이었다. 강우는 자동차에서 내려 병원 로비 안으로 들어섰다. 곳곳에 박혀 있는 윤이와의 추억이 강우의 머리를 어지럽히고 마음을 자꾸만 후려치는 것 같았다.

몇 발자국 걸었다가 멈춰 서고, 또다시 몇 발자국 걸었다가 멈춰 서기를 반복하며 강우는 윤이와 함께했던 공간을 눈에 새겨 넣었다.

보고 싶었다.

그녀가, 지금 당장. 눈앞에 나타나 주길 바랄 정도로.

보고 싶었다.

"정말, 매일 밥도 안 먹고 야근만 하느라 커피만 마시는 거 아니야?"

윤이는 자꾸만 드는 강우의 걱정에 업무에 집중할 수가 없었다. 살이 빠졌다고 해서 결코 초췌하거나 없어 보이지는 않았다. 그저 더욱 날카로운 턱선과 사납다 못해 예민해 보이는 눈매가 돋보일 뿐이었다. 그래도 그렇게 굶으면서 일만 하다가 과로로 쓰러지기라도 할까 봐 걱정이었다.

"옆에서 잔소리라도 좀 해 줘야 하는 건데…… 아, 됐어. 됐다고."

더는 제 상사도 아닌 강우를 걱정하지 말자고, 몇 번이나 다짐했다가 다시 떠올렸다가를 반복하고 있었다. 그러는 중에 휴대 전화가 울렸다.

"어? 정아야."

— 어디야?

"나 회사."

— 회사라고?

면접이니 뭐니, 정신이 없어서 정아에게는 제대로 된 상황 설명을 하지 못한 윤이였다.

"새롭게 취업했어. 오늘 일 끝나고 잠깐 만날까?"

— 나한테 말도 안 하고!

정아가 서운하다는 목소리를 냈다.

"미안해. 정신이 좀 없었어."

— 대신 오늘 나랑 실컷 떠들어. 어때?

"좋아."

— 몇 시쯤에 끝날 것 같은데?

"……음, 사실 잘 모르겠어."

— 나 오늘 월차 냈거든. 일 끝나고 연락해. 나 쇼핑도 좀 하고 보고 싶은 영화도 좀 보면서 기다리고 있을 테니까.

"그래. 알았어."

정아와 대충 약속을 잡고 다시 업무에 집중했다. 정운은 오늘 약속이 있다며 일찍 퇴근하면서 윤이에게도 정리하고 그만 들어가라고 했다. 하지만 윤이는 업무 시간을 다 채운 후에야 퇴근했다.

"들어간 지 얼마 안 돼서 빡빡하게 일할 줄 알았더니, 일찍 퇴근했네."

큰 쇼핑몰 안에 있는 한 음식점에서 만난 정아가 반갑게 웃으며 말했다.

"응. 그렇게 됐어. 음식은 시켰어?"

"팔보채에 짬뽕 시켰어. 오랜만에 고량주도 한잔할까?"

"그러자."

윤이가 맞은편에 앉으며 대답했다. 정아가 짜잔, 하고 자신의 열 손가락을 펴서 들이밀었다. 블링블링한 네일 아트가 박혀 있는 손톱이 부담스럽게 다듬어져 있었다.

"기분 전환 했어?"

"응. 아차, 회사 어디로 들어간 거야?"

"모바일 게임 회사인데, '스위트가든' 이라고."

"대표 비서?"

"응."

"할 만해?"

"출근한 지 얼마 안 됐어. 그래서 지금 분위기 파악하느라 할 만한지 판단하기엔 섣불러."

주문한 음식과 고량주가 나왔다. 작고 앙증맞은 도자기 술잔을 나눠 가진 두 사람은 투명한 고량주를 가득 채웠다. 자연스럽게 건배했고 들이마셨다.

"으윽."

"윽!"

두 사람이 동시에 같은 표정을 지으며 질색했다. 식도가 거하게 타들어 가는 기분이었다. 하지만 고량주가 또 그런 매력이 있는 술이었다.

소소한 대화를 나누며 한 잔, 두 잔 기울이다 보니 추가로 맥주 두 병을 주문했다. 정아는 취기가 올라오는지 뺨이 붉어지고 눈이 한껏 풀려 있었다.

"윤이야앙."

발음과 억양도 이상해진 걸 보니 조금이 아니고 많이 취한 듯싶었다. 직원이 가져온 맥주 두 병 중에 한 병을 슬쩍 환불하려 할 때, 정아가 윤이의 얇은 손목을 타악, 잡았다.

"어디서 맥주 뺏기야? 나 안 취했거든?"

"……확실해?"

"확실해!"

정아가 눈을 세게 뜨자 없던 쌍꺼풀이 생겼다. 불안했지만 정아가 이미 맥주 두 병을 다 따 버린 바람에 다시 환불을 할 수도 없는 상황이었다.

"적당히 마셔."

윤이는 그때까지도 몰랐다. 자신의 주량은 생각 못 하고 친구만 걱정하는 헛짓거리를 하고 있다는 사실을.

"나 궁금한 거 있어. 서윤이."

"월급 물어보지 마라. 더 적으니까."

"아니. 그거 말고."

"뭐?"

"우리 대표님한테는 연락 없어?"

이걸 연락한다고 말하기도, 아예 안 한다고 말하기도 애매한 상황이었다. 윤이는 망설였다.

"연락 없구나."

그런 윤이를 향해 정아가 탄식과 함께 확신하듯 대답했다.

"그래서 서운하지?"

"……뭐, 딱히."

애써 쿨한 척 대답하며 맥주를 들이켰다.

"대표님 참, 이해 못 할 사람이야."

정아가 여전히 잔뜩 풀린 눈으로 중얼거렸다.

"뭘?"

"솔직히 사람이 그게 쉬워? 자기가 위험한 상황에서 상대방 구하려는 행동이 쉽냐고."

"……."

"그 정도로 널 아꼈다는 거잖아. 그런데 이런 식의 이별? 옳지 않아. 화가 아주 많이 났어도 자신이 아끼는 사람이 계속 비서 하겠다는데, 하지도 못하게 하고……."

"난 아예 이해가 안 가는 것도 아니야. 이해해 달라고 했지만, 대표님이 저러시는 것도 충분히 납득돼."

턱을 괸 정아가 계속 말해 보라는 듯이 눈썹을 까딱였다.

"마음을 줬는데, 상대는 거짓말했다는 것에 배신감을 느끼신 거겠지."

"……."

"그렇기 때문에 상처가 크셨을 거고."

윤이가 차가운 맥주를 들이켰다.

"우울해지려고 해. 우리 다른 얘기 하자."

강우 얘기를 더 했다가는 정말, 술을 너무 많이 마셔 버릴 것 같았다.

"그래. 나 소개팅받은 얘기 해 줄게."

그 뒤로도 정아와 이런저런 대화를 나누다가 11시 마감을 알리는 직원의 말에 일어섰다.

□ ◆ □

다음 날. 점심시간이 되었고 윤이는 식사를 하기 위해 정운과 함께 회사를 나섰다.

"뭐 먹을래?"

"뭐 드시고 싶은 거 있으세요?"

"음, 딱히 떠오르는 게 없는데. 지금 너무 배고파서 뭘 먹어도 잘 먹을 것 같아."

"어제 친구를 만났는데 저희 회사 근처에 돈가스 맛집이 있대요."

"그럼 그거 먹자."

윤이는 그 자리에서 돈가스집 위치를 검색하여 능숙하게 찾아갔다. 가게는 벌써 웨이팅이 걸려 있었다.

"앞으로 15분 정도 기다려야 한다는데, 다른 곳으로 옮길까요?"

안쪽으로 들어가 직원에게 물어보고 나온 윤이가 문밖에 서 있는 정운을 향해 물었다.

"아니. 사람들 기다리니까 더 호기심 생기네. 15분 정도면 딱히 긴 것도 아니니까, 기다렸다가 먹어 보자."

"네."

사람들이 우르르 몰려 들어가고 나오며 몸이 부딪치는 복잡한 공간이었다. 윤이가 팔을 뻗어 정운을 보호했다. 정운의 기분이 묘했다.

"어제 퇴근하고 뭐 했어?"

정운은 15분이라는 시간에 지루함을 느끼며 윤이에게 넌지시 물었다.

"친구 만났어요."

"술 한잔했나 보네."

"어떻게 아셨어요?"

신기하다는 듯이 눈을 동그랗게 뜨고 묻는 윤이가 귀여워서 강우는 엷은 웃음이 새어 나왔다.

"그냥. 친구들 만나면 술 한 잔씩 잘하니까."

"아……."

"너 예전에는 막걸리 좋아했잖아. 요즘에도 막걸리 좋아해?"

"저 막걸리 못 마셔요."

확신해서 물어본 정운의 말에 윤이가 웃으며 대답했다. 정운은 머쓱해졌다.

"아, 그랬나?"

"헷갈릴 수도 있죠."

그러는 사이, 순서가 되었는지 직원이 두 사람을 불렀다. 두 사람은 직원의 안내를 받으며 안쪽으로 들어갔다.

윤이와 정운은 마주 보고 앉아서 가장 인기 있는 메뉴를 시켰다. 곧이어 돈가스가 두 사람 앞에 놓였다. 옛날식 돈가스로 썰어 먹어야 했다. 나이프와 포크를 든 정운이 돈가스를 썰었다. 바삭거리는 소리가 식욕을 자극했다.

한 입 크기로 썰어서 막 입으로 가져가는데, 윤이는 멍—하니 돈가스를 쳐다보고만 있었다.

"윤이야."

불러도 대답 없이 돈가스만 쳐다보고 있는 윤이에 정운이 고개를 갸웃했다.

"윤이야?"

이번에는 들고 있던 포크를 그녀의 시야에 대고 흔들어 보았다.

"아, 잘라 드릴까요?"

번쩍, 느닷없이 정신을 차린 듯 눈을 크게 뜬 윤이의 갑작스러운 제안에 정운은 의아했다.

"돈가스를?"

"네. 잘라 먹기 귀찮으시면 제가 잘라 드릴게요."

"그런 걸 귀찮아하는 사람이 어디 있어? 그리고 비서한테 어떻게 돈가스까지 썰어 달라고 그래."

정운은 고개를 내저었다.

"그렇죠. 어느 누가 비서한테 돈가스까지 썰어 달라고 하겠어요."

혼잣말을 중얼거린 윤이는 나이프와 포크를 들고 돈가스를 썰었다. 정운은 그녀가 한 입 먹을 때까지 가만히 바라보았다. 돈가스를 입에 넣은 그녀가 감탄했다.

"음! 맛집인 이유가 있네요. 맛있다."

감탄하며 끊임없이 아주 복스럽게 먹는 윤이를 보니 정운은 입맛이 돌았다. 생각해 보면 예전에도 종종 그랬던 것 같다.

"자주 오자. 여기."

"네. 그래요."

□ ◆ □

"아하아아암."

윤이가 늘어지게 하품했다. 찌뿌드드하게 굳은 몸으로 있는 힘껏 기지개를 켰다. 어깨를 짓누르고 있던 피로가 조금 풀리는 것 같기도 했다.

이것저것 정리를 하고 회사에 관하여 공부하다 보니 시간은 벌써 저녁 9시가 훌쩍 넘어 있었다.

"이제 슬슬 가자."

윤이는 정리하고 사무실을 나섰다. 회사 밑으로 내려와 로비를 지나서 버스 정류장으로 가려고 몸을 튼 윤이는 누군가 자신을 쳐다보는 것 같은 기분에 주변을 두리번거렸다.

"아니, 왜 또 온 거야?"

그러자 익숙한 고급 검정 세단이 하나 보였다. 운전석에 앉은 강우가 핸들에 몸을 기대고서는 윤이를 쳐다보고 있었다. 아니, 노려보고 있다고 하는 것이 더 적절해 보이는 눈빛이었다.

윤이는 강우에게로 다가갔다. 그러자 강우가 조수석 창문을 열었다.

"여기엔 무슨 일이세요?"

"지금 끝난 거야?"

아무렇지도 않게 묻는 그의 얼굴엔 피곤함이 역력했지만, 그 피곤함을 뚫고 잘생김이 더욱 크게 빛나고 있었다. 그렇다. 그는 오늘도 새삼스럽게 잘생겼다.

"네. 그런데 무슨 일이세요, 여기엔?"

저녁은 먹었는지 궁금했다. 평소에도 워낙 끼니를 잘 챙겨 먹지 않아서 신경 쓰였는데, 이제는 옆에서 챙겨 주지도 못하니까 더 걱정이 되었다. 그러다 오지랖이라 생각되어 고개를 저었다.

"뭐 이 거지 같은 동네에 드라이브하러 왔겠어?"

"거지 같은 동네라뇨."

"드라이브할 만한 동네는 아니잖아."

"그렇긴 하죠. 그러면 왜 오신 거예요."

벌써 세 번째 물어본 질문이다. 한 번만 더 딴소리하면 그냥 듣는 것을 포기하고 갈 길 가야겠다, 생각했다.

"너 보러 왔어."

무심하게 내뱉은 그의 대답에 윤이의 눈동자는 아주 잠시 흔들렸다. 하지만 그뿐이었다.

"왜요? 저한테 뭐 하실 말씀 있으세요?"

"밤이 늦었어. 타. 집에 데려다줄 테니까."

"별로 안 늦었고, 버스도 많아요. 그리고 이제 대표님이랑 있는 건 불편해요."

소심한 여자라고 손가락질해도 좋다. 하지만 윤이는 지금 강우에게 상당히 기분이 상한 상태였다. 아무리 자신이 싫어도 그렇지, 회사 몇 군데를 쫓아다니며 취업 못 하게 방해를 한 남자가 예뻐 보일 리가 없었다. 약간의 정이 남아 있다고 하더라도 미운 건 미운 거였다.

"뭐?"

그런 자신의 말에 다소 충격을 받은 듯 강우가 되물었다.

"그러면, 제 취업 방해하고 다닌 사람 좋다고 넙죽 올라탈 줄 알았어요?"

"그럴 만한 이유가 있었어."

"그럴 만한 이유요? 어떤 그럴 만한 이유요?"

운전석에 앉아 있던 강우가 내려 윤이의 곁으로 다가왔다. 그의 은은한 코튼 향이 코끝으로도 심장으로도 훅, 박히는 것 같았다.

"네가 다른 곳에 취업하지 않길 바랐으니까."

"배신했다고 굶어 죽길 바라신 거잖아요."

"그런 줄 알았지. 나도 처음에는."

오묘한 강우의 대답이 윤이는 혼란스러웠다. 말의 뜻을 나름대로 해석해 보려고 머리를 굴리고 있을 때였다. 핸드백에 있던 휴대 전화가 울렸다.

"잠시만요."

윤이는 바로 휴대 전화를 확인했다. 정운이었다.

"네, 선배."

— 집이야?

"아직이요. 이제 막 회사에서 나왔어요."

— 설마, 지금까지 야근한 거야?

"네. 할 게 많잖아요."

4년가량을 함께해 왔던 상사 앞에서 다른 상사의 전화를 받는다는 건 정말 기분을 묘하게 만들었다.

— 회사 앞이야? 나 지금 약속 끝나고 그쪽 지나가고 있는데, 기다려. 데리러…….

순식간에 일어난 일이었다. 윤이의 손에 들려 있던 휴대 전화를 강우가 빼앗아 그대로 통화 종료 버튼을 눌러 버렸다.

"지금, 나랑 대화하고 있었잖아."

"그렇다고 그렇게 전화를 끊어 버리시면 어떡해요?"

황당해하며 되묻는 사이에 휴대 전화가 다시 울렸다. 강우는 수신 거부를 누르더니, 아예 휴대 전화 전원을 꺼 버렸다.

"신강우 씨!"

"잘릴까 봐 무서워? 뭐가 무서워? 다시 돌아올 자리가 있는데!"

"설마 그 자리가 잼덤이에요?"

"그래."

강우의 대답은 전혀 반가운 것이 아니었다.

"저 이제 신강우 씨 밑에서는 일 안 해요."

"……."

"그 사달이 나고, 아무렇지 않게 하하호호 웃으면서 일 못 해요."

이미 어긋나 버린 관계였다. 다시 예전처럼, 그에게 모든 것을 헌신하듯 지낼 자신이 없었다.

"죄송해요. 제가 생각보다 감성적이고 프로답지 못해서."

윤이는 아직도 강우의 손에 들려 있는 휴대 전화를 빼앗았다. 전원을 켜자 정운에게서 온 부재중 전화가 표시되어 있었다. 막 통화 버튼을 누르려는데, 누군가의 목소리가 더 빨랐다.

"윤이야!"

소리가 나는 방향을 보니, 정운이 자동차에서 내려 이쪽으로 달려오고 있었다.

곁으로 다가온 정운은 강우를 바로 알아보는 듯했다. 정운이 잠시 두 사람의 분위기를 살피더니, 이내 강우에게 가볍게 묵례했다.

"안녕하세요. 잼덤의 신강우 대표님이시죠? 전 스위트가든의 백정운 대표입니다."

악수를 청하려고 내민 정운의 손을 특유의 오만한 눈빛으로 내려다본 강우는 별 반응을 보이지 않고 바로 윤이를 바라보았다.

"잠깐 자리 옮겨서 얘기 좀 해."

정운은 멋쩍은 듯, 옅게 소리를 내며 웃었다. 윤이는 그런 정운을 쳐다보았다.

"회사엔 왜 오셨어요?"

"할 말이 좀 있어서."

윤이는 크게 한숨을 내쉬고는 강우를 냉정한 눈빛으로 쳐다보았다.

"가 보세요. 전 대표님과 얘기 좀 해야 할 것 같아요."

언제나 그랬던 것 같다. 윤이의 선택은 친구도, 남자 친구도 아닌 늘 자신이 모시던 상사였다. 그랬기에 이번에도 마찬가지였다.

"가요, 선배. 아니, 대표님."

윤이는 자신을 찾아온 옛 상사인 강우가 아닌 지금 모시고 있는 상사 정운을 선택했다.

"서윤이."

자신을 부르는 강우를 외면하며 인사를 한 후, 정운과 자리에서 벗어났다. 자존심이 강한 강우는 달려와서 가는 길을 막거나 붙잡지 않았다.

"제가 운전할게요."

정운의 차 앞에 도착해 윤이가 먼저 운전석에 올라탔다. 벨트를 매는 윤이의 행동을 놓치지 않고 바라보는 강우의 시선이 적나라하게 느껴졌다. 하지만 윤이는 꿋꿋하게 앞만 보고 시동을 걸었다. 그러곤 조수석에 올라탄 정운을 확인한 후, 망설이지 않고 바로 출발했다.

"그런데 하실 말씀이 어떤 거예요?"

"괜찮은 거야?"

묻는 말에 묻는 말이 되돌아왔다.

"어떤 게 괜찮으냐고 물어보시는 거예요?"

"아직 신강우 대표한테 정이 많이 남아 있는 것 같아서."

"······함께한 시간이 4년이나 되는데 한 번에 정을 뚝, 잘라 낼 수는 없죠. 제 성격이 그렇게 냉정하지도 못하고요. 하지만 그뿐이에요. 다시 잰덤으로 돌아가거나, 신강우 대표님과 일할 생각은 없어요."

"······."

"혹시, 저랑 신강우 대표님 신경 쓰이세요?"

"조금?"

아무래도 잰덤 쪽도 모바일 게임을 다루다 보니 은근한 경계를 보이는 듯했다. 윤이는 자신이 큰 실수를 한 것만 같아서 마음이 불편했다.

"앞으로 주의할게요."

지나간 날은 잊고 현실에 충실할 것. 모든 인생은 그렇게 살아야 하는 게 맞는 거였다.

"그래. 너희 집 먼저 가. 너 데려다주고 우리 집까지는 내가 직접 운전해서 갈게."

"네."

□ ◆ □

[앞으로는 찾아오지 마세요]

강우는 윤이에게서 온 문자를 몇 번이고 쳐다보았다. 자존심은 뭉개지고 온몸이 따가울 정도로 화가 나고, 서운함에 한숨만 계속 터져 나왔다.

그러면서도 그 모든 감정을 밀쳐 내고 강우를 차지하고 있는 건 하나였다.

"이 와중에."

윤이가 또 보고 싶다. 간간이 기억이 돌아오면서 병실에서 윤이와 함께했던 날들도 문득 떠올랐다. 그때는 늘 함께하고 있기에, 눈을 뜨면 당연히 가장 먼저 볼 수 있었기에 보고 싶다는 생각을 해 본 적이 없었던 것 같다. 몸이 떨어지고 나서야 윤이를 향한 자신의 감정을 완전히 깨달은 것이 미련하고 바보처럼 느껴졌다.

"후우."

그건 그렇고, 스위트가든 대표와는 바로 헤어지고 집으로 갔을까? 혹시, 늦은 저녁을 함께 먹고 있지는 않을까? 와인 한잔하면서, 화사하게 미소 지으며 즐거워하고 있으려나?

"아, 맞다. 서윤이 맥주파지."

이런저런 생각들이 겹치자 강우는 밤잠을 설쳤다. 침대 위에서 몇십 번이나 뒤척이다가 화병에 걸린 사람처럼 심장이 홧홧해서 새벽의 어둠을 뚫고 주방으로 가서 찬물을 몇 번이고 들이켰다.

"찾아오지 말라."

그 말을 되새기니 갑자기 떠오르는 것이 있었다.

"……이렇게까지는 안 하려고 했는데."

어쩔 수 없었다.

찾아오지 말라고 하면 찾아오게 하는 수밖에.

윤이는 숨이 턱, 하고 막히는 것 같았다. 출근하는 길에 잠깐 듣게 된 라디오에서는 뉴스가 흘러나오고 있었다.

— '원스논' 대표가 비서를 폭행 및 협박한 혐의로 고소당했습니다. 본인이 지시한 일을 제대로 하지 않았다며, 집무실로 불러서 뺨을 두 차례 때린 후에도 화가 풀리지 않아……

원스논이라면, 윤이가 '불합격' 통보를 받게 된 회사였다. 저곳에 들어갔다면 정말 최악의 경험을 했을 수도 있겠다 싶어서 소름이 돋았다.

"안 들어가길 잘……."

갑자기 강우의 얼굴이 떠올랐다.

"설마, 알고 그러신 건가."

그런 거라면, 자신의 인생을 망치려는 것이 아니라, 지켜 주려고 그랬던 꼴이 되는 거였다. 생각이 깊어지려는 순간 휴대 전화가 울렸다.

"네. 대표님."

징운이었다.

— 어디쯤이야?

"저 지금 두 정거장 정도 남았습니다."

— 미안한데, 내가 어제 운동을 좀 무리하게 했더니 팔이 아프네.

"지금 바로 모시러 갈게요."

윤이는 정류장에서 내려 바로 택시를 잡아탔다. 그러고는 징운이 사는 아파트로 향했다.

단지 앞에 도착해 연락하니 징운이 나왔다. 그는 키를 건네주었고 함께 지상 주차장으로 가서 자동차에 올라탔다.

"아침부터 번거롭게 해서 미안해."

"아니에요. 이게 제 일인데요, 뭘. 가시면서 이거 좀 보실래요?"

윤이가 건넨 태블릿엔 이번 중국 모바일 게임 시장을 조사한 파일들이 들어 있었다. 대충 훑어보아도 아주 꼼꼼하게 조사한 티가 역력했다. 선호하는 것들과 선호하지 않는 것들은 비교하기 편하게 정리되어 있기도 했다.

"바탕 화면 보시면, 몇 가지의 파일들이 있습니다."

다음으로 건넨 것은 임직원들의 보고 요청을 서류로 작성한 파일, 오늘 하루 일정 파일, 나아가 한 달간의 일정도 깔끔하게 정리된 파일이었다. 확실한 건, 말을 해야지 가지고 왔던 전의 비서와는 다르게 윤이는 부지런했고 완벽했다.

"아침은 먹었어?"

"아니요. 안 먹었어요."

"그럼, 간단하게 샌드위치에 커피 한잔하고 갈까?"

아파트 단지 앞에 있는 카페를 손짓하며 정운이 말하자 윤이가 차의 시동을 껐다.

"네. 대표님께서 괜찮으시다면 그렇게 하세요."

"선배라고 부르는 거 조금 어려운가 봐."

"곰곰이 생각해 봤는데, 아무래도 공사는 구분하는 게 좋을 것 같아서요. 저 업무 되게 잘 보는 비서예요."

윤이는 뜬금없이 제 자랑을 하는 것 같아 민망해서는 얼른 말을 덧붙였다.

"그런데 제 능력이 괜히 낙하산 취급 받을까 봐 마음에 걸려요."

윤이가 모르는 것이 있다. 이력서를 보자마자 윤이인 것을 알아차린 정운이 바로 합격을 시켰다. 어떻게 보면 그녀는 낙하산이라면 낙하산이라고 할 수 있는 상황이었다.

"그래. 그게 좋겠다."

두 사람은 자동차에서 다시 내렸다. 카페로 걸어가는 사이에 정운의 휴대 전화가 울렸지만, 화면에 뜬 이름을 보고 받지 않았다.

[오빠, 정말 이럴 거야?]

메시지에도 역시 답장하지 않았다.

"들어가세요."

대신 문을 열어 주는 윤이에게 싱긋 웃어 보이며 정운이 걸음을 옮겼다.

두 사람은 서로가 원하는 샌드위치와 커피를 주문했다. 정운은 직원에게 물어볼 것이 있었다. 하지만 윤이가 더 빨랐다.

"그런데 이 아보카도샌드위치에 오이 들어가나요?"

갑자기 윤이가 직원에게 물었다.

"네. 오이가 조금 들어가요."

"아, 그러면 빼 주세요."

직원에게 말한 후 윤이는 정운을 올려다보았다.

"아직도 오이 못 드시죠?"

"그걸 기억해?"

"네."

성운은 새삼 그녀의 기억력을 신기해하며 빈자리에 앉았다. 얼마 있지 않아 벨이 울렸고 윤이가 반사적으로 일어나 주문한 것들을 가지고 돌아왔다.

이어서 윤이는 빨대를 뜯어서 정운의 아이스아메리카노에 꽂아 주고 샌드위치 종이를 벗겨 건넸다.

"고마워."

"맛있게 드세요."

"원래 아침 잘 먹어?"

"아니요. 아침 잘 안 먹어요."

하지만 그녀는 대답과 달리 샌드위치를 아주 크게 베어 물었다. 씹을수록 맛있는지, 음! 하는 감탄사까지 내뱉었다.

먹는 것에 집중하는 것 같다가도 정운이 주변을 두리번거리면 바로 원하는 것을 가져다주었다. 모자란 소스를 리필해 오거나, 냅킨을 건네주기도 했다. 그녀의 신경은 전부 정운에게 쏠려 있었다.

"샷 추가해서 더 드시겠어요?"

"아니, 괜찮아."

아침 잘 안 먹는다고 해 놓고서는 샌드위치 하나를 자신보다 빨리 먹어 해치운 윤이에 정운은 자꾸 웃음이 나왔다.

"왜 웃으세요?"

그런 정운을 향해 윤이가 미소를 장착한 얼굴로 고개를 갸웃하며 물었다.

"아침 안 먹는다는 애가 안 사 줬으면 큰일 날 뻔한 것처럼 잘 먹길래."

"아, 제가 원래 잘 먹지는 않는데 또 막상 먹으면 맛있게 잘 먹는 타입이라서."

"부족하지는 않고?"

"네. 충분해요."

그러면서 슬쩍 메뉴판을 쳐다보는 윤이가 귀여웠다.

"하나 더 먹어."

"이 집 샌드위치 맛있네요. 하나 포장해서 점심에 먹어야겠어요."

윤이가 일어나서 카운터로 향했다. 그러다 돌아서 정운을 보았다.

"대표님도 하나 더 드실래요?"

"난 괜찮아."

"네."

윤이가 샌드위치 하나를 더 포장한 후에 두 사람은 가게를 나와 다시 자동차에 올라탔다. 정운은 자신의 의자에 올려 두었던 태블릿을 켜며 머릿속에 있는 말을 꺼냈다.

"신강우 대표가 널 다시 찾아온 이유를 알겠네."

운전대를 잡고 빠져나가려던 윤이가 정운을 힐끔, 쳐다보았다.

"일 잘하는 비서, 놓치는 게 아까웠겠지. 어떤 개인적인 사정 때문에 그만둔 건지는 모르겠다만, 신강우 대표 좋은 비서 놓친 건 확실한 거 같아."

윤이는 정운에게 두었던 시선을 앞으로 돌려 능숙하게 주차장을 빠져나왔다.

5장

"매매가로 3억 9천에 내놓았다고 합니다."

태민의 말에 강우는 별 고민도 없이 대답했다.

"바로 계약해요."

처음에는 이해할 수 없었다. 멀쩡한 자신의 집을 두고 서울 외곽에 있다고 할 수 있는 낡은 오피스텔의 투룸을 매매하려는 상사의 심리를. 하지만 나중에 더 자세히 조사해 보니 충분히 이해가 갔던 태민이었다. 그곳에 현재 세 들어 사는 세입자는 다름 아닌, 서 비서 윤이였다.

*'나에게는 서 비서와 함께 서 있는 사람이 상사가 아니라 남자로 보였거든요.'*

그때 했던 상사의 말은 바보가 아닌 이상, 윤이를 좋아하고 있는 것으로 충분한 해석이 되었다. 그렇다고 상사를 100% 다 이해하는 것은 아니었다. 그는 윤이에게 접근하는 방식이 다소 극단적이고 특이했다. 보통의 남자들과는 확실히 다른 접근 방식이었다.

"그럼, 오늘 바로 계약하겠습니다."

그래도 어쩌하나, 시키는 대로 해야지. 나쁜 의도로 저러는 건 아닐 거라고 예상한다. 윤이가 면접 보러 다니는 곳마다, 별 이상스러운 상사들을 걸러 냈던 강우 아니던가.

하지만 그렇게 따지면 또 의아한 것이 있다. 태민은 얼마 전, '스위트가든'의 대표 백정운에 대한 정보를 강우에게 보고했다. 여자를 좋아하지만, 딱히 큰 사고는 친 적 없는 백정운 대표에 대해서 말했을 때, 강우가 당장이라도 윤이를 빼 올 줄 알았다. 그러나 그는 여전히 움직이지 않고 있다.

"보고 다 끝나신 거 아닙니까?"

"네? 네. 다 끝났습니다."

이만 나가 보라는 소리였다. 하는 수 없이 태민은 궁금함을 해결하지 못하고 상사의 방을 나섰다.

"정말, 알다가도 모를 분이셔."

저런 분 밑에서 4년 동안 일한 윤이가 새삼 신기할 따름이었다.

□ ◆ □

퇴근 후에 집으로 돌아온 윤이는 씻고 나와서 힘겨운 몸을 바로 침대에 눕히려고 했다. 그러니까, 어수선한 대화 소리와 함께 초인종이 눌리지만 않았어도 그렇게 했을 거였다.

"누구세요?"

"어, 아가씨. 나예요. 집주인."

찾아온 집주인이 그다지 반갑진 않았다. 윤이는 온 신경을 자극할 만한 불길함을 담으며 문을 열었다. 집주인 아주머니는 음료병을 들고 서 계셨다.

"안녕하세요. 들어오세요."

"아니야. 내가 바빠서, 일단 이거 받아요."

싱글벙글, 잇몸이 다 보일 정도로 웃으시며 음료병을 건넨 집주인 아주머니는 물어보기도 전에 찾아온 이유에 대해서 말했다.

"우리 집 팔렸어요."

그것도 아주 간단명료하게.

"안 그래도 아가씨 지금 여기서 산 지 4년째라서 계약 끝나 가잖아. 그렇죠?"

"네? 네. 그렇긴 한데……."

"어떻게 할까? 내가 바로 보증금을 줄까? 아니면, 새로운 주인이랑 이야기를 좀 해 볼래요?"

이 집의 보증금으로는 근처의 오피스텔을 구할 수 없었다. 전세가가 올라도 한참 올랐을 것이 분명했다. 그렇다고 월세를 내면서 사는 건 너무 부담스러웠다.

"집주인분이 이 집에서 사는 건 아니래요?"

"응. 아닐 것 같은데. 왜냐하면 그 집주인 재벌이거든요."

"네?"

"놀랐지? 나도 재벌이 우리 집 살 줄은 몰랐지. 비싸게 팔려서 기분 너무 좋아. 아, 지금 그게 중요한 게 아니고, 그러면 새로운 집주인이랑 연락을 한번 해 볼래요?"

'재벌'이라는 말을 듣자마자 떠오르는 인물이 하나 있었으니, 그것은 바로 자신의 전 직장 전 상사인 신강우의 얼굴이었다.

"설마, 새로운 집주인 성함이……."

"신강우 씨라고 하던데."

윤이의 눈이 위로 올라갔다. 입술 사이로 욕에 가까운 씩씩거리는 소리가 나자, 주인아주머니의 눈이 휘둥그레졌다.

"왜 그래, 아가씨?"

"아니에요. 제가 집주인한테 연락해 볼게요."

"번호 모르지 않아?"

"알아요. 이건 잘 마실게요."

"그래요. 지난 4년간 집 한 번도 망가트리지 않고 예쁘게 써 준 거 너무 고마워요. 앞으로 하는 일 다 잘되길 바랄게요. 아가씨."

"네. 감사합니다. 아주머니도 하시는 일 전부 다 대박 나시고 언제나 행복하세요."

서로 덕담을 주고받은 후 윤이는 문을 닫고 집 안으로 들어왔다. 식탁 위에 아주머니가 주신 음료병을 내려놓고 바로 휴대 전화를 찾았다. 신호는 얼마 가지 않아 강우의 목소리로 바뀌었다.

"저예요!"

— 알아.

"정말 왜 이러시는 거예요?"

— 나랑 계약 연장할 거야?

"……."

— 보증금 깎아 줄게.

정말 혹하는 제안이었다. 자존심도 없이 혹하면 안 되는 상황인데, 그걸 하필이면 또 강우에게 들켰다.

— 내일 일 끝나고 사무실로 와. 다른 약속 잡지 말고 와. 너한테 긴히 할 이야기도 있으니까.

"생각해 볼게요."

— 뭘?

"재계약이요."

— 그 돈으로 그만한 집을 그 근처에서 구할 수 있을 거라고 생각해? 괜한 객기 부리지 말고 재계약하러 와.

"정말 저한테 왜 그러시는 거예요?"

— 그건, 내일 얼굴 보고 직접 말할 거니까 와서 들어.

"……."

— 회의 중이야, 일단 끊는다.

전화는 그대로 끊겼다. 시계를 보았다. 오후 6시가 지났는데 회의 중이라니. 사원들이 또 강우를 '진상이다.' 라고 흉볼 것이 분명했다.

그건 그렇고, 강우의 말대로 지금 윤이가 가지고 있는 보증금으로 이 동네에서 이만한 집을 구하기는 어려웠다.

"집이 직장에서 더욱 멀어지는 건 너무 싫은데……."

야근을 많이 하다 보니 집이 멀면 오고 가다가 지치고 마는 윤이였다. 그렇다고 잘못했다며 싹싹 빌었음에도 끝까지 자신을 쫓아내 버린 남자에게 굽히고 들어가는 것은 너무 자존심 상했다. 그가 아무리 인제 와서 후회를 하고 있다고 한들, 한번 스크래치 난 윤이의 마음이 아무 일도 없다는 듯이 한 번에 싸악, 말짱해질 수는 없는 거였다.

"그래. 일단, 내일 무슨 이야기를 하는지 듣고 판단해 보자."

윤이는 그렇게 결론을 내렸다. 쉬려고 침대에 다시 누웠지만, 도저히 마음이 불편해서 제대로 쉴 수가 없었다.

□ ◆ □

"귀걸이 잘 어울린다."

출근한 정운이 제게 인사를 하는 윤이를 향해 말했다. 윤이는 꿀꿀한 기분을 전환하려고 산 귀걸이가 잘 어울린다는 말에 뿌듯했다.

"감사합니다."

"혹시, 오늘 저녁에 약속 있어?"

"무슨 일 있으세요?"

"혼자 저녁 먹기 싫어서, 약속 없으면 같이 먹으려고."

"……아, 죄송해요. 약속 있어요."

업무 때문이라면 강우에게 가는 것을 취소했겠지만, 듣고 보니 개인적인 약속인 것 같아 거절했다.

"아쉽네. 업무적으로 할 말 있다고 거짓말할걸."

그걸, 정운은 바로 눈치챈 듯했다.

"업무 때문이라면 네가 그 약속 취소하고 나랑 있어 줬을 것 같아서."

윤이는 아무 대답 없이 멋쩍게 웃었다.

"커피 준비할게요."

"그래."

정운은 탕비실로 향하는 윤이의 뒷모습을 아쉬운 듯 쳐다본 후 집무실로 들어갔다.

□ ◆ □

"서 비서."

태민은 퇴근길이던 로비에서 윤이를 만났다. 퇴사 이후에도 이렇게 회사를 자주 찾아오는 인물은 윤이가 처음이자, 마지막일 거였다.

"안녕하세요. 실장님."

"응. 대표님 뵈러 온 거지?"

"네."

"그래. 그럼, 잘 만나고 가."

"네. 오늘도 수고하셨고 조심히 퇴근하세요."

부동산 계약 문제 때문에 온 것이라고 태민은 확신했다. 제발, 두 사람이 너무 크게 싸우지 않기만을 바랐다.

윤이는 강우가 있는 집무실로 올라갔다. 여전히 익숙한 자신의 자리를 지나서 집무실 문 앞에 섰다. 노크하자, 안에서 들어오라는 강우의 목소리가 들렸다. 윤이는 상당히 굳은 얼굴을 하고서 안으로 들어섰다.

"정말 왜 이러시는 거예요?"

윤이는 들어가자마자 인사도 없이 따졌다.

"찾아가도 날 안 볼 것 같아서, 찾아오게 하려면 어쩔 수 없었어."

"제가 비서로서 다시 일하길 바라시는 거예요?"

이렇게 억지를 부리듯 말도 안 되는 것들로 자신의 속을 뒤집어 놓고 있는 강우의 행동 중 그 어떤 것도 이해할 수가 없었다. 그래서 혼란스러움이 가득한데 그런 자신의 심정을 아는지 모르는지, 강우는 생각을 읽을 수 없는 짙은 눈으로 윤이를 빤히 쳐다보기만 했다.

"그거 원하시는 거 아니잖아요."

"그래. 맞아. 네가 내 비서로 일하는 거, 원하지 않아."

"그럼 대체 왜 이러시는 거예요? 저 힘들게 하면서 삶의 희락을 느끼시는 거예요?"

"그런 거 아니야."

윤이의 발언이 불쾌하다는 듯이 강우가 미간을 구겼다.

"그러면 대체 왜 그러시는 거예요?"

"비서 말고, 여자 친구로 다시 돌아와."

여태껏 봇물 터진 듯 따지고 들던 목소리를 낼 수가 없었다. 그에게는 조금의 머뭇거림도 없었다. 자신을 배신자 취급 하며 다시는 보지 않을 것처럼 굴던 그가 비서도 아닌 여자 친구로 돌아오라고 하는 이유를 듣고 싶었다.

"왜요? 이사장님께서 맞선 보라고 하세요?"

"아니."

"그럼, 왜 저한테 그런 제안을 하시는 건데요?"

"왜겠어?"

머릿속에 말도 안 되는 정답이 떠올랐지만, 입술 밖으로 쉽게 나오지 않았다.

"내가 널 좋아하니까."

입술 밖으로 나오지 못한 정답이 강우의 목소리를 통해, 귓가로 날아들었다.

"대표님……."

"널 좋아한다고 내가."

"……."

"네가 자꾸 생각나. 함께한 추억들이 그리워. 다른 남자랑 서 있는 거 보면, 그게 상사든 네가 증오한다는 전 남자 친구든 열받고 짜증 나. 이게,

널 좋아하는 감정이라는 걸 모를 만큼 나는 멍청하지도 둔하지도 않아.”

“…….”

“내가 좋아하는 거야. 널.”

그는 확신에 찬 눈빛과 목소리로 윤이에게 고백했다.

살짝 놀라서, 그리고 그가 고백한 순간 거짓말처럼 그의 가짜 연인 행세를 했던 날들이 떠올라서 심장이 미묘하게 뛰었다.

“그래서 비서로 돌아오는 건 싫어. 나도 내가 좋아하는 여자 내 뒤치다꺼리하게 할 생각 없거든.”

은근한 설렘이 윤이의 얼떨떨한 감정마저 집어삼키려고 제 영역을 키우고 있었다. 하지만 윤이는 정신을 가다듬었다.

“새로 들어간 회사에 집중하고 싶어요.”

윤이는 자기 자신을 아주 잘 알고 있었다. 물론, 정운이 강우처럼 까탈스럽고 시도 때도 없이 불러 대는 상사가 아닐지라도 어쨌든, 윤이에게는 늘 상사가 1순위였다.

“……거절하는 거야? 내 고백을?”

그가 충격받아 어이가 없다는 표정으로 윤이에게 되물었다.

“네. 거절하는 거예요. 저한테는 백정운 대표님이 1순위인데, 감당하실 수 있겠어요?”

“사랑하는 남자 친구보다 더?”

“네. 모르셨어요? 저 대표님 밑에서 일하면서 남자 친구한테 네 번이나 차였어요. 그 이유가 하나같이 다 똑같아요. 넌, 네 대표밖에 모른다. 넌, 일밖에 모른다.”

“…….”

“그때는 대표님이 1순위였으니까요. 하지만 후회는 안 해요. 불평불만 많이 했지만…….”

후회하지 않는다는 건 진심이었다. 분명 윤이는 강우의 비서로 일할 때 행복했다.

"아무튼 고백은 거절입니다. 지금 그 회사 들어간 지 얼마 안 돼서 공부해야 할 것도 많고, 무엇보다도 백 대표님이 전 직장 상사인 신강우 씨를 아주 많이 신경 쓰고 있어요."

"신경 쓰이겠지. 내가 뭐, 얼핏 봐도 경계하는 게 의미 없을 정도로 본인보다 잘난 남자니까."

작게 중얼거리는 강우의 목소리를 애써 무시하고 윤이는 계속해서 자신이 할 말만 이어 갔다.

"오갈 곳 없는 저 받아 주신 거 감사해서라도 백 대표님 신경 쓰이게 해 드리고 싶지 않고, 일 더 잘하고 싶어요."

그는 가만히 윤이를 쳐다보기만 했다. 가뜩이나 냉하고 차가운 눈매가 더욱 날카로워지고 있다는 것을 느꼈다. 자신의 자존심을 어느 정도 내려 놓고 한 고백에 돌아온 것이 거절이라는 것에 강우는 조금 화가 난 듯했다. 하지만 그는 크게 한숨을 내쉬며 윤이에게는 꽤 신선하면서도 충격적인 말을 했다.

"얼마 정도 기다려 주면 되는 거야?"

"네?"

"그 회사에 적응할 시간."

"……."

"얼마 정도면 되냐고."

"저 기다리시게요?"

"응."

강우는 지금, 대화할 때마다 망설임이라는 것이 없었다. 자신을 기다리기까지 한다는 강우에 윤이는 놀라서 말을 잇지 못하고 벙쪄 있었다. 그런 윤이를 향해 그는 쐐기를 박듯 말했다.

"나 너 없으면 안 될 것 같아. 그러니까 말해 줘. 얼마나 기다려야 하는지."

"제가 10년 동안 기다리라고 하면 기다리실 거예요?"

"10년은 좀 너무하지 않냐?"

"몰라요. 언제가 될지."

"그럼, 최대 1년 기다릴게."

"네?"

"그때까지 적응해."

윤이가 눈을 끔뻑였다. 뭐가 잘못되어도 한참 잘못되었다. 지금 당당해야 하는 것은 고백을 받은 자신이어야 하는데, 어째 고백을 하고 차인 강우가 더 당당해 보였다.

"그걸 왜 대표님이 정하세요?"

"오래 기다리는 거 싫으니까."

"싫으면 그냥 짝사랑하세요."

"싫어. 짝사랑하면 너랑 아무것도 못 하잖아."

아무래도 어느 날부턴가 머릿속에 '음란 마귀'가 커다란 집을 짓고 살기 시작한 것 같다. 투덜투덜 싸우고 있는 이 와중에 그가 한 말로 인해, 윤이는 지난날 그와 함께했던 은근한 스킨십을 떠올렸다. 침대에 나란히 누워서 끌어안고 소소한 이야기를 나눈다든가, 그의 무릎 위에 앉아서 키스한 장면들이 점점 더 선명해져 윤이를 괴롭게 했다.

"아아!"

윤이가 세차게 고개를 내저었다.

"몰라요. 아무튼 저는 지금 대표님과 연애할 생각 없어요. 회사 일에 집중하고 싶으니까 그런 줄 아세요."

"대신 조건이 있어."

정말 이상한 상황이다. 조건까지 내세운 쪽은 고백을 거절한 자신이 아니라, 고백하고 차인 강우였다.

"전화 피하지 말고, 다른 남자 만나기 없기야."

"봐서요."

"정말 왜 그래?"

그와의 연애를 망설이는 건, 단순히 튕긴다거나 밀고 당기기를 하는 것이 아니다. 그를 좋아하지만, '비서'로서의 책임감이 윤이의 발목을 잡고 있다.

지금은 저 꼬라지가 되었지만, 결혼까지 생각했던 태훈도 외롭게 두었던 윤이였다. 강우라고 그 상대가 되지 말라는 법 없었다. 윤이는 강우를 남자 친구로 두고 외롭게 만들고 싶지 않았다. 차라리 처음부터 받아 주지 말고 그가 한 말대로 '희망 고문' 같은 건 시키지 않는 게 더 나을 것 같다는 판단이 든다. 그러면서도 자꾸만 마음 한편이 그에게 끌리는 건 어쩔 수 없었다.

"시간을 좀 주세요. 생각할 시간."

"그러면, 내일 다시 만나."

"그렇게 빨리 결정을 내릴 만한 사안이 아니잖아요."

"저녁 먹어."

"⋯⋯."

"자주 보자고. 매일 보던 너, 매일 못 보니까 나는 답답해지고 보고 싶고 안달 나니까."

"저 내일 회식해요."

"그럼 늦게 끝나겠네. 끝나고 무조건 연락 줘."

□ ◆ □

커다란 차고 문이 열리고 안에서 고급 세단의 자동차가 부드럽게 빠져 나왔다. 하지만 그 자동차는 바로 코앞에 있는 도로변으로 나가지 못하고 멈춰 서야 했다. 강우가 미간을 구기며 자동차에서 내렸다.

"자동차를 저따위로 세워 두면 어쩌자는 거야."

바로 옆집, 자신의 단독 주택보다는 조금 작은 집에 누군가가 이사를 온 모양이다. 이삿짐센터의 커다란 트럭과 사다리차는 그렇다고 치는데, 그 바로 옆에 주차된 스포츠카가 강우의 심기를 건드렸다. 지나갈 공간 자체가 없었다. 거기다가 이곳은 주차할 수 없는 공간이기도 했다.

짐을 옮기느라 정신없는 직원들을 붙잡고 이야기하는 것은 시간 낭비라는 것을 알기에 스포츠카에 붙어 있는 전화번호로 전화를 걸었다. 정말 번거로운 일이었다. 신호음이 계속 이어지다가 얼마 후에 달칵, 소리가 났다.

— 여보세요?

스포츠카의 주인은 여자인 듯했다.

"잠시 차 좀 빼 주시죠."

— 차요?

여자는 반문했다.

"이삿짐센터와 그쪽 자동차 때문에 빠져나갈 수가 없으니, 오셔서 차 좀 빼 달라고 한 겁니다."

— 아아! 네. 알겠어요. 금방 갈게요.

전화를 끊고 얼마 있지 않아 강우에게 다가온 여자는 다름 아닌 서아였다. 서아는 푹 눌러썼던 모자를 굳이 벗으며 강우에게 다가왔다.

"어머, 신강우 씨 아니에요?"

짐을 나르느라 바쁜 남자들을 쳐다보던 강우가 시선을 옮겨 주택을 올려다보았다.

"저 여기로 이사 왔어요. 이쪽 동네에 사시나 봐요."

혹여나 동네에서 서아를 만날 생각을 하니 벌써부터 피곤해지는 강우였다.

"차나 빼시죠."

그래서 강우는 서아가 하는 말들을 일절 무시하고서 여전히 떳떳하게 버티고 있는 스포츠카를 눈짓했다.

"제가 이쪽 동네로 온 것이 반갑지 않으세요?"

서아가 조심스러운 목소리로 물었다. 강우는 그런 서아의 면전에 대고 길게 한숨을 내쉬었다.

"쓸데없는 말로 시간 잡아먹지 말고 차나 빼시죠. 출근해야 하니까."

"……."

다시 한번 차갑고 냉정한 목소리를 내는 강우에 서아는 아랫입술을 지그시 깨물며 자동차에 올라탔다. 그러곤 시동을 걸어 자동차를 앞쪽으로 빼서 이삿짐 트럭 앞에 붙였다.

"진작 저렇게 주차할 것이지. 번거롭게."

자신의 자동차에 올라탄 강우가 미련 없이 떠나며 중얼거렸다.

도로 위로 진입한 강우는 바뀐 신호 앞에서 자동차를 멈추고 휴대 전화를 들었다. 그리고 윤이에게 전화했다. 신호음이 길게 이어졌다.

"……."

하지만 윤이는 끝내 받지 않았다.

한편, 서아는 차에서 내리며 강우가 사라진 방향을 노려보았다.

"여전히 까칠하네."

이웃 주민으로 자주 보면 정이라도 좀 들까 싶어서 이곳으로 이사 오게 되었다. 하지만 강우의 저런 태도를 보면, 그나마 가졌던 희망이 아주 박살이 나는 것 같았다.

"그 여자는 대체 어떻게 사귄 거야? 저런 남자랑?"

윤이를 떠올리며 이해 못 하겠다는 듯 고개를 내저으면서도 자신의 집보다 훨씬 크고 으리으리한 그의 저택을 보며 마음을 다잡았다.

연예계에서 대단한 인기를 누리고 있지만, 서아는 사실 일 욕심이 없었다. 그저 언제나 풍요롭고 권력과 재력을 마음껏 누리면서 살고 싶었다.

잘하면 BK그룹의 유일한 후계자의 아내가 될 수도 있다. 이 정도의 서러움이 감당될 정도로 대단한 자리라는 것을 알기에 서아는 조금 참기로 했다.

"아하아아암."

윤이가 절제하지 못하고 입을 크게 벌리며 하품했다. 그와 동시에 눈에 눈물이 피잉, 하고 돌았다.

어제 자기 위해 누운 침대 위에서 몸을 뒤척이며 자신을 복잡하게 만든 강우의 고백에 대해서 생각하다가 고민을 분산시키기 위해 조금만 한다는 업무를 밤을 새워 해 버렸다. 그래서인지 눈꺼풀이 매우 무겁고 몸이 붕 뜬 것처럼 피곤하고 졸음이 쏟아졌다. 자신이 누구인지, 여기가 어디인지 혼란스러울 정도였다.

벌써 커피를 석 잔째 마시고 있지만, 카페인이 효력을 전혀 발휘하지 못하고 있는 이 순간에 윤이의 시야는 점점 어둠으로 바뀌기 시작했다. 그리고 자신도 인지하지 못하는 사이에 그대로 고개가 떨어졌다.

"윤……."

사무실 반대쪽 문이 열리고 안으로 들어오는 정운의 존재도 모른 채 윤이는 그렇게 꾸벅꾸벅 졸았다.

정운은 윤이를 깨울 생각이 없었다. 그래서 아주 조심스럽게 다가가서는 윤이의 허리춤에 있는 쿠션을 살짝 빼서 책상 위에 올려 주었다. 그러고는 꾸벅꾸벅 졸고 있는 머리를 쿠션 위에 내려 주었다. 너무 피곤했는지 정운의 그런 동작에도 윤이는 깨지 않고 그대로 더욱 편안하게 잠이 들었다.

"일한다고 밤이라도 샌 건가."

곤히 잠든 윤이의 얼굴을 보며 정운이 낮게 중얼거렸다. 하얀 피부와 도톰하고 작은 입술이 눈에 들어왔다. 귀엽고 예뻤다. 집무실로 들어가지 않고 이렇게 앉아서 계속 쳐다보고 싶을 정도였다.

대학을 다니던 시절에도 윤이를 보고 있으면 자꾸 실없이 웃음이 나올 때가 많았다. 하지만 그녀와 연애를 할 생각은 없었다. 그녀가 자신을 좋아하기는 하지만, 연애는 할 생각이 없어 보였기 때문이다.

그렇게 윤이를 보고 있는데, 휴대 전화가 울렸다. '하나뿐인 보스'라고 쓰여 있는 화면이 눈에 들어왔다. 전화를 걸어 온 이가 누구인지 단번에 알 것 같았다. 그래서 정운이 휴대 전화를 뒤집어 놓으려고 손을 뻗었을 때였다.

윤이가 무거운 눈꺼풀을 겨우 뜨며 일어났다.

"어? 언제 오셨어요?"

울리는 휴대 전화엔 눈길도 주지 않고 정운에게 물었다.

"방금. 너 전화 와."

정운의 말에 그제야 윤이가 휴대 전화를 쳐다보았다.

"커피 가져다드릴게요."

하지만 그녀는 받지 않고 몸을 일으켰다.

"피곤하면 조금 더 쉬어도 돼."

"사실, 지금 잠깐 존 것도 민망해 죽겠어요."

"그러지 않아도 되는데."

"금방 커피 타서 가져다드릴게요."

윤이는 빠르게 말을 돌리며 탕비실로 향하려 했다. 그런 윤이를 정운이 불러 세웠다.

"나 봤어."

뭘요? 윤이가 질문 대신 눈빛으로 그렇게 묻고 있었다.

"이제 너의 하나뿐인 보스는 나, 맞지?"

아무래도 화면 속에 박혀 있던 글자가 신경 쓰여서 넌지시 던져 보았다. 유치하다고 할 수도 있고, 기분 나빠할 수도 있었다. 하지만 자꾸만 강우와 윤이가 엮이는 것 같다는 생각은 정운을 묘하게 초조하게 했다.

정운은 윤이의 대답을 심장 떨려 하며 기다렸다. 그녀가 입가에 엷은 미소를 띠며 말했다.

"네. 그렇죠. 이제 제가 모셔야 할 상사는 백정운 대표님뿐이죠."

그녀는 자신의 책상 위에 올려놓은 휴대 전화를 슬쩍 보았다.

"그 전 상사와의 관계는 곧, 정리하겠습니다."

그 한마디가 정운을 만족스럽게 했다.

어두운 조명이 잔잔하게 깔린 이탈리안 레스토랑. 여자는 앞에 앉아서 생각에 잠겼다가 피식, 웃어 버리는 정운을 의아하게 바라보았다.

"오빠?"

불렀지만, 정운은 대답이 없다. 이런 경우는 흔치 않았다. 만나면 늘 자신에게 집중해 주던 정운의 변화에 여자는 미묘한 불안감을 느꼈다.

"정운 오빠."

여자가 정운의 눈앞에 대고 손을 흔들고 나서야 그의 시선이 돌아왔다.

"날 앞에 두고 무슨 생각 하는 거야? 설마, 여자 생각 한 건 아니지?"

일부러 더 서운한 척, 애교 섞인 목소리로 칭얼거렸다.

"맞아."

"뭐?"

어이가 없고 놀랍기도 해서 여자는 정색하며 되물었다.

"여자 생각 하고 있었다고."

아무렇지도 않게 한껏 여유로운 미소를 지으며 대답하는 정운에 여자는 멋쩍게 웃었다.

"장난치는 거지?"

"아니. 정말 여자 생각 했어."

정운은 덤덤하면서도 당당하게 대답했다. 싱긋, 눈웃음을 치는 그를 보니 화도 나지 않는 이상한 상황이었다.

"나랑 연애하면서 다른 여자를 생각하면 어떡해?"

"연애?"

되묻는 정운에 여자의 뒤통수는 싸해지는 것 같았다. 일주일에 세 번은 만나서 영화를 보거나, 식사한다. 그리고 함께 호텔에서 밤을 보내기도 했다. 손을 잡고 거닐기도 하고, 서로의 집 앞에서 키스한 적도 여러 번이었다. 그렇게 두 달가량을 만나 온 사이였다. 여자는 당연히 자신과 정운이 연인 관계임을 의심치 않았다.

하지만 그에게서 돌아온 대답은 황당하기 그지없는 말이었다.

"난 너한테 연애하자는 말을 해 본 적이 없는데."

그런데 또 생각해 보니 그렇다. 그는 자신에게 연애하자는 말을 한 적이 없다.

당황해 하는 여자를 보며 정운은 싱긋, 미소를 지었다.

"그래도 같이 있는 시간 재밌잖아. 그러면 된 거 아니야?"

"……늘 여자를 이런 식으로 만나?"

"그럴 때도 있고, 아닐 때도 있고."

그러지 말아야 하는데, 비참하고 황당해서 여자는 목소리가 다 떨렸다. 주변 친구들에게도 게임 회사 대표와 연애한다고 온갖 자랑을 다 해 놓은 터라 창피하기도 했다. 자존심이 깔아뭉개졌을 때 나오는 건 분노였고, 그 분노가 치밀어 오르자 여자의 눈에는 눈물이 차올랐다.

"그럴 때의 기준과 아닐 때의 기준이 뭔데?"

지금 이 와중에 그게 뭐 그리 중요할까 싶지만 여자는 물었다. 억울해서. 하지만 더 억울한 건 이 와중에도 그가 너무 좋다는 거였다. 특히 자신에게 짓는 다정한 미소와 눈빛이. 여자가 처음부터 반했고 지금도 좋아하는 정운의 모습이었다.

"딱히 없어. 사귀는 거나, 지금 이런 식의 만남이나 언젠가는 헤어지게 될 테니까."

"그럼 지금, 오빠가 생각하고 있는 여자는 누군데?"

"음…… 평생 귀여움을 안고 살아갈 것 같은……."

정운은 잠시 말을 멈췄다. 지금쯤 뭘 하고 있을까, 문득 궁금해졌다.

"오빠."

말을 멈춘 정운에게 재촉하듯, 여자가 불렀다. 정운은 잠시 멈췄던 말을 이었다.

"내 비서."

□ ◆ □

"와, 여기 오랜만이다."

"그러게. 오랜만에 입이 호강 좀 하겠어."

고급 중식당 안으로 들어서면서 직원들은 한껏 들떠 있었다. 주말을 앞
둔 금요일, 퇴근 후에 회식을 하기 위해 중식당 룸을 빌렸다. 커다란 룸에
는 몇 개의 테이블이 있었고 친한 사람들끼리 모여 앉았다.

윤이는 정운을 따라 앉았다. 직원들이 테이블을 다 채우자, 미리 주문한
음식들이 나왔다. 먹기 아까울 정도로 화려한 모양을 낸 비싼 요리들이 테
이블을 빈틈없이 채웠다.

정운은 직원들에게 잔에 술을 채울 것을 권했다.

"오늘은 서 비서의 환영식 겸 앞으로 진행하게 될 우리의 새로운 시즌 프
로젝트를 미리 응원할 겸 회식 자리를 준비했습니다. 택시비는 물론, 내일 해
장할 음식까지 전부 지원해 드릴 테니까 오늘은 실컷 먹고 마시고 즐기세요."

모두가 술잔을 공중에 대고 건배사를 한 후에 입에 털어 넣었다. 룸 안
은 금방 화기애애해졌다. 각자 놀기도 했고 이리저리 옮겨 다니면서 노는
사람들도 있었다.

그리고 정운과 윤이, 팀장, 대리가 있는 테이블에도 그 시끄러움은 퍼져
있었다.

"서 비서님 저희 회사 분위기 좋죠?"

홍 대리는 술 두 잔에 붉어진 얼굴을 하고서는 윤이의 빈 술잔을 채워
주었다.

"네. 그런 것 같아요."

"그게 다 무게 잡지 않는 대표님 때문인 것 같아요."

팀장이 옆에서 덧붙이자, 홍 대리가 맞는다는 듯이 허벅지까지 치며 공감
했다. 그러는 사이, 윤이는 짤막하게 울리는 자신의 휴대 전화를 확인했다.

[내가 기다리고 있다는 거, 신경 쓰면서 마셔.]

강우에게서 온 문자였다. 오늘도 자신을 기다린다는 강우에게 회식이

잡혀 있다고 미리 얘기해 뒀다. 그래서 이렇게 답장이 온 거다. 정말 강우다운 반응이었다. 윤이는 테이블 밑에서 빠르게 답장을 보냈다.

[불편하게 왜 그래요?]
[마음 편하게 마시다가 취하면 어쩌려고 그래? 너 술 취한 거는 나만 감당할 수 있는 일이야.]
[안 취해요. 그러니까 그냥 들어가세요.]
[같은 소리 여러 번 하게 하지 마세요. 서윤이 씨.]

그가 기다리는 것이 미안하고 부담스러웠다. 그래서일까, 이제 막 시작한 회식 자리가 빨리 끝나기를 바라고 있었다. 저녁밥도 안 먹고 주야장천 차 안에서만 기다릴까 싶어서 뭐라도 먹고 있으라는 문자를 보내고 있을 때였다.

"서 비서님."

홍 대리가 불쑥, 윤이를 불렀다.

"네?"

차마 문자를 다 쓰지 못하고 고개를 들었다.

"남자 친구예요?"

잔뜩 기대에 찬 얼굴을 하고서 묻는 홍 대리에 윤이가 머쓱하게 웃으며 대답을 회피했다.

"사실, 제가 예전부터 궁금한 게 있었는데 물어볼게요."

눈이 한껏 음흉해진 홍 대리가 윤이와 정운을 번갈아 쳐다보았다. 윤이는 홍 대리가 대충 어떤 이야기를 꺼낼지 예상이 되어 얼굴을 굳혔다.

"어떤 걸요?"

하지만 정운은 그런 윤이와 달리 부드러운 미소를 지으며 물었다.

"두 분이 대학교 때 엄청 친하다고 하셨잖아요. 그런데 세상에 남자와 여자는 친구가 될 수 없다, 라는 말이 있거든요. 그때 두 분 서로에게 호감 가진 적 없어요?"

윤이가 예상한 질문과 정확하게 맞아떨어졌다. 홍 대리의 질문을 듣고 있던 정운의 시선이 윤이에게로 옮겨졌다.

"그런 적 없어요."

윤이는 제법 단호한 목소리로 대답했다. 거짓말이기는 하지만, 인제 와서 과거에 이성으로서의 감정이 조금 있었다고 말하는 것은 무의미했고 괜히 쓸데없는 말들을 옮기기 좋은 소스가 될 수도 있었다. 그런 상황을 윤이는 원하지 않았다.

"맞아요, 홍 대리님. 우리는 그런 사이 아니었어요."

그러자 정운도 얼른 덧붙였다.

"그러셨구나."

너무 단호하게 잘라 버린 윤이 때문인지 홍 대리는 머쓱해하며 대답했다. 그러더니 곧 주변을 둘러보고서는 모여 있는 자신의 팀원들에게로 가 버렸다.

"한 잔 하시죠."

남아 있던 팀장이 정운의 빈 잔에 소주를 따르며 말했다.

"저 잠깐, 통화 좀 하고 올게요."

윤이는 아무래도 강우가 신경이 쓰여서 이 자리에 집중하지 못할 것 같았다. 그래서 양해를 구하고 나와서 바로 강우에게 전화를 걸었다.

— 끝났어?

"아니요. 이제 막 시작했어요. 그냥 정말 가시면 안 돼요? 기다리시는 거 부담스러워요."

— 너 술 취하면 집에 제대로 못 들어가잖아.

"안 취할 거예요. 오늘은."

— 난 너의 그 장담이 제일 무서워.

그에게 술에 취한 모습을 몇 번 보여 준 터라 반박할 수가 없었다.

"후. 저녁은 먹었어요?"

— 아니. 아직. 입맛도 없어.

"그러지 말고 기다리는 동안 뭐라도 좀 먹고 있어요."

— 내가 신경 쓰이나 봐.

"당연…… 아휴, 이렇게 저 없이 아무것도 못 하실 거였으면 그냥 비서로 다시 받아 달라고 애원할 때 좀 받아 주지 그러셨어요?"

— 아니, 나는 그때도 그렇고 지금도 그렇고, 너를 내 비서로 둘 생각 없어.

"……."

— 네가 상사니까 챙겨 주는 거 말고, 남자 친구니까 더 애정 깊게 챙겨 줬으면 싶으니까. 아무튼 끝나면 연락해. 술 작작 마시고.

"알았어요."

윤이가 전화를 끊고 돌아서는데 정운이 서 있었다. 딱히 다른 볼일이 있는 것 같지 않아 윤이가 정운에게 다가갔다.

"왜 나오셨어요?"

"기분 나빠한 것 같아서 조금 달래 주려고."

"홍 대리님이 말씀하신 거요?"

"응."

나름 표정 관리를 한다고 했는데, 전혀 안 된 듯하다. 상사에게는 전부 다 솔직하게 말할 수도 없는 일이었다.

"아니에요. 기분 나쁠 게 뭐가 있어요. 대표님이랑 저랑 대학 시절에 친했을 거 같다는 뜻일 텐데요."

"난 또, 기분 나빠했을 줄 알고."

"전혀 그런 사이도 아니었고 앞으로도 그럴 일 없으니까 기분 나쁘지 않아요."

윤이의 말이 끝날 무렵에 정운의 입가에 씁쓸한 미소가 걸쳐졌다. 하지만 그 씁쓸함은 금세 감추어졌고 훈훈함을 담은 미소만 남아 있었다.

"앞으로의 일을 어떻게 장담해?"

누군가는 그냥 흘려들을 수도 있고, 심장이 쿵 내려앉을 정도로 설렐 수도 있는 말이었다. 하지만 윤이는 두 쪽 다 아니었다. 사실, 윤이의 신경은 온통 강우에게 쏠려 있어서 다른 사람에게 신경 쓸 여유가 없었다.

"대표님."

그래서 윤이는 진지한 표정으로 정운을 불렀다. 그리고 자신의 의견을 막 말하려는데, 닫혀 있던 문이 열리고 직원들 몇 명이 우르르 나왔다.

"어? 두 분 여기서 뭐 하세요?"

"그러니까요. 술자리에 대표님 안 계시니까 심심해요. 얼른 들어가세요."

다가온 직원들이 정운에게 편안하게 팔짱을 끼고서 안으로 데리고 들어갔다. 그 정도로 정운은 직원들에게 정말 스스럼없는 대표였다.

윤이가 그런 정운과 직원들을 따라 무거운 걸음을 옮겼다.

술자리는 계속 이어졌다. 빠져나오기도 애매한 것이 '서 비서님의 입사를 축하합니다.' 라는 말을 반복해서 하는 몇몇 사람들 때문이었다. 그리고 또 직속 상사인 정운도 집에 들어갈 생각이 전혀 없어 보였기에 윤이는 그 자리에서 안절부절못하며 앉아 있어야 했다.

강우가 걱정이었다. 제발, 집에 가 줬으면 좋겠건만 무슨 고집이 이리도 센지 그는 꼼짝하지 않았다. 그런데 또 그것이 마냥 부담스럽고 싫지만은 않았다. 그저 회식하는 자신이 걱정되어 집까지 데려다주겠다며 기다리고 있는 것이 꼭 대단한 사랑을 받는 것 같아서 살짝 든든하기도 했다.

"노래방 가요. 노래방."

2차로 온 작은 맥줏집 자리가 거의 마무리되어 갈 때쯤 홍 대리가 입방정을 떨었다. 대부분의 사원들은 회식이 연장되는 걸 별로 좋아하지 않는데, 이 회사 사람들은 연어 떼를 만난 곰들처럼 신이 나서 더 앞장섰다.

"그럴까요? 배도 부르니까 노래방에서 소화 좀 시키고 4차 갑시다."

한 숟가락 더 얹어서는 4차를 제안하고 있는 정운을 윤이는 넋이 나간 얼굴로 쳐다보았다.

"서 비서님도 가실 거죠? 제가 거기서 환영 노래 불러 드릴게요."

"가시겠지. 오늘 서 비서님이 주인공이신데."

정말 난감하기 그지없었다. 하는 수 없이 윤이는 노래방으로 이동하는 동안 강우에게 문자했다.

[여태껏 기다리셨는데 이런 말 해서 죄송해요. 아무래도 저 오늘 밤샐 것 같아요.]
[괜찮아.]

"왜 이래…… 정말."
돌아온 답장에 윤이의 마음이 뒤숭숭해진다.

[부담스러워요.]
[나도 어차피 잔업 중이야. 끝나면 연락이나 해.]

이제야 마음이 조금 편안해졌다. 윤이는 어서 오라는 직원들의 외침에 노래방 안으로 들어섰다. 너 나 할 것 없이 노래 예약을 하고 술을 마시고 탬버린을 흔들고 땀을 흘리면서까지 노는 직원들을 보며 윤이는 박수만 쳤다.
"우리 직원들 잘 놀지?"
손이 발이 될 것처럼 손뼉을 치고 있던 윤이의 곁으로 다가온 정운이 한껏 신난 얼굴로 물었다.
"네. 그런 것 같아요."
"회식하는 날은 아침에 집에 들어간다고 생각하면 돼."
"아침에요?"
"응. 아마 4차도 갈 거고, 해장까지 하고 들어 갈 거야. 늘 그랬거든."
윤이의 눈동자가 심하게 떨렸다.
"피곤해?"
"조, 조금이요."
"적응해."

약 올리기라도 하는 것처럼 정운이 생글생글 웃으며 말했다. 윤이의 안색이 창백해지자 정운이 장난스럽게 어깨를 툭, 쳤다.

"농담한 거야. 힘들면 먼저 들어가. 안 잡아."

"제 환영식 때문에 회식하는 거라고 다들 그러셔서, 들어가기가 부담스럽네요."

"노래방에서 나가면 집으로 가자. 나랑 같이 해장 간단하게 하고."

아. 난감하네. 앞으로 노래방 시간은 대략 20분가량 남았고 해장이야 금방 할 수 있다. 강우에게서는 아무런 연락이 없는 걸 보니 업무에 집중하고 있는 것 같았다. 그래도 여전히 불편한 마음은 어쩔 수가 없었다.

그렇게 모두가 찜질방이라도 다녀온 모양새로 노래방을 나섰다.

하지만 정운은 약속을 지키지 못했다. 노래방에서 홀짝홀짝 맥주를 꽤 마시더니, 나올 때쯤에는 몸을 가누지 못할 정도로 취해 버렸기 때문이다.

"대표님, 잠시만요. 아이고."

정운을 부축한 홍 대리가 비틀거리자 다른 직원들도 다가와서는 함께 부축했다. 모두가 4차를 갈 생각에 한껏 기대하고 있다가 취한 대표를 챙기려니까 서로 눈치만 살폈다.

"제가 모시고 갈 테니까 다들 4차 가세요."

그런 직원들을 향해 윤이가 해결책을 내놓듯이 말했다. 워낙 친근감 있고 친해 보이기에 본인들이 책임지겠다고 말할 줄 알았는데 기다렸다는 듯이 홍 대리는 정운을 윤이에게 넘겼다.

"그럼 잘 부탁드려요, 서 비서님. 도착하시면 꼭 연락 주시고요."

행여나 정운을 함께 책임지자고 말이라도 할까 싶어서 서둘러 멀어지는 직원들을 보며 윤이는 고개를 내저었다.

"의리 없어. 으차아."

성인 남자는 너무 무거웠다. 그것도 보통의 성인 남자가 아닌 182cm의 체구에 술까지 마신 남자는 더 무거웠다. 윤이는 낑낑거렸다.

"대표님, 정신 좀 차려 보세요."

회사에 주차해 놓은 차까지 가야 하는데, 도저히 몸을 가누지 못하는 정운에 윤이는 정말 미칠 것 같았다. 낑낑거리며 정운을 거의 끌다시피 하며 가는데, 힘이 다한 바람에 비틀거렸다.

"아약!"

정운에게 그대로 깔려 바닥에 나자빠지는 줄 알았다. 하지만 아니었다. 자신의 어깨를 짓눌러야 할 무게는 사라지고 비틀거리던 몸을 누군가가 잡아 세웠다.

"여긴 어떻게 알고……."

정신을 차려 보니 강우가 취한 정운을 부축한 채 다른 한쪽 팔로는 자빠지려던 윤이의 팔을 잡고 있었다.

"이 시간이면 끝났을 것 같아서 네 회사 쪽으로 가다가 봤어."

"아."

"그런데 이 남자는 뭔 술을 이렇게 마신 거야?"

"여기 회사 분위기가 그래요. 직원들과 스스럼없이 드시다 보니까 취하신 것 같아요."

"아무리 그래도 이렇게 취할 때까지 마시면 어쩌자는 거야? 사람이 조절을 할 줄 알아야지. 내 차로 움직여."

"번거롭잖아요. 대리 부를게요."

"대리 부르면 너는 이 남자랑 그 자동차 타고 가야 하잖아. 그 꼴 보기 싫어. 내 차로 움직여."

"제가 미안해서 그래요. 신강우 씨가 저 좋아한다는 이유로 제가 꼭 부려 먹는 것 같아서."

"미안하면 잘해. 연락도 좀 자주 하고, 밥도 좀 자주 먹어 주고. 그럼 되잖아."

"……."

단순하다. 늘 복잡하고 까다롭다고 생각했는데 이 남자는 사랑에 빠지면 너무 단순하게 직진만 해 온다.

결국, 정운은 뒷좌석에 태우고 윤이는 조수석에 올라탔다. 미리 외우고 있던 정운의 집 주소를 내비게이션에 입력했다.

"하다하다, 내가 서윤이의 새로운 상사 대리운전 기사 노릇을 할 줄이야."

은근히 현타가 오는 건지 강우가 시동을 걸며 중얼거렸다.

"내릴까요?"

묻는 윤이에게 가까이 다가온 강우는 그녀의 뒤에 있는 안전벨트를 쭉 잡아당겨 직접 매 주었다. 그리고 가까이 다가가자 한껏 긴장한 윤이를 깊은 눈동자로 빤히 쳐다보았다.

"아니. 절대 내리지 마."

그는 강압적이지 않은 부드러운 목소리로 말했다. 자동차는 천천히 출발했다.

"술 별로 안 마셨나 보네."

"네. 별로 안 당기더라구요."

"다행이네."

"저녁은 하셨어요?"

"아니. 어차피 들어가서 바로 자야 해."

"설마."

윤이는 강우가 한 말에 미간을 구겼다.

"내일 출장 일정이 잡혀 있는 건 아니죠?"

"맞아. 출장 가."

그런 게 아니길 바라며 물은 질문에 그의 대답은 단조롭게 돌아왔다. 윤이가 팔짝 뛰었다.

"몇 시에 가시는데요? 내일 출장 가시는 분이 이렇게 늦게까지 저를 기다리시면 어떡해요?"

"늦게 출발해. 일정이 일요일부터라서."

"……아무리 그래도 그렇지. 비행기 탈 때 컨디션 조절 잘해야 하시는 분이 정말."

속상하고 걱정되어서 얼굴이 저절로 찌푸려졌다. 어깨가 들썩일 정도로 한숨이 나오기도 했다. 그러자 또다시 걱정이 앞섰다.

"비서실장님이랑 가세요?"

"응."

"어디로 가시는데요?"

"타이완."

"2시간 30분 정도네요."

다른 곳에 비하면 비교적 짧은 비행이었지만, 걱정이 안 되는 건 아니었다. 함께하지 못하기에 더 챙겨 줄 수 없다는 것이 안타까웠다.

"백 대표님 모셔다드리고 잠깐 저희 집 좀 들러요."

"왜? 라면 끓여 주게?"

윤이가 찌릿, 강우를 쳐다보았다.

"집에 가자마자 자야 해서 저녁 안 먹어도 된다면서요."

"네가 끓여 준다면 먹지."

진지한 눈빛의 그를 보며 윤이는 고개를 내저었다.

"얼마나 다녀오시는데요?"

"4박 5일."

"아."

"우리 타이완으로 출장 갔을 때, 기억나?"

윤이가 살짝 고개를 끄덕였다. 기억난다. 점심을 먹기 위해서 나갔던 거리. 가뜩이나 까다로운 강우의 입맛은 향신료 강한 대만 음식과는 맞지 않았다. 그래서 최대한 향신료 없고 자극적이지 않은 음식들을 찾아서 시먼딩 거리를 꽤 헤맸던 기억이 있다. 실컷 헤매고 겨우 찾은 음식점에 데리고 가서 먹였을 때, 맛있게 먹던 강우를 보고 아주 뿌듯해서 밥을 먹지 않아도 배불러했던 기억이 있다.

"너랑 온천도 갔었잖아."

하지만 강우가 기억하고 있는 건 전혀 다른 내용이었다.

"온천? 그게 기억이 나요?"

"응. 기억나."

"와, 다행이다."

윤이가 진심으로 기뻐서 손뼉을 쳤다. 사실, 요즘 강우의 상태는 많이 호전되어 있었다. 아직도 뜨문뜨문 기억이 나지 않는 것도 있지만 순간적으로 떠오르는 기억들이 많았다.

"아, 네. 했었죠."

"그날 너의 생얼을 처음 보고 참……."

강우가 말을 잇지 못하자 윤이가 미간을 구겼다.

"저 생얼이랑 화장한 얼굴이랑 크게 차이 안 나거든요?"

"왜 발끈해? 화장 안 한 게 더 예뻐서 신기했다는 말 하려고 한 건데."

윤이가 놀란 반응을 보였다.

"저 꾀려고 입에 발린 소리 하시는 거죠?"

"응."

"아!"

억울하다는 듯 크게 반응하는 윤이에 강우가 활짝 웃는다. 그 바람에 윤이도 피식, 웃어 버리고 말았다. 정운은 집에 다 도착해서도 깨어나질 못했다.

"일어나요. 백정운 씨."

강우가 그의 어깨를 잡고 흔들며 언성을 높여도 소용없었다. 찰싹찰싹. 살짝 감정이 실린 것같이 뺨을 때리는 강우에 윤이가 얼른 그를 말렸다.

"아무래도 못 일어나실 것 같아요. 모셔다드리고 올게요."

"됐어. 만지지 마."

강우가 정운을 안으려는 윤이를 살짝 밀어 내고선 대신 나섰다. 정운이 강우에게 막 안겼을 때였다.

"으음."

정운이 앓는 소리를 내며 눈을 떴다. 그러자 강우가 바로 정운을 내팽개치듯 놨다.

301

쿵!

"윽."

그 바람에 정운이 반대쪽 차 문에 머리를 아주 세게 박았다. 아픈 듯 뒷머리를 감싸는 정운에 윤이가 놀랐다.

"괜찮으세요? 대표님?"

머리를 쥐고 있는 정운이 크게 다친 건 아닐까, 걱정되어 물었다.

"딱 봐도 괜찮잖아."

누가 봐도 괜찮아 보이지 않았지만, 강우는 정운에게 가까워지려는 윤이의 어깨를 제 쪽으로 잡아끌며 말했다. 윤이가 그런 강우를 제지하듯 노려보았다. 하지만 강우는 정운과 가까워지려는 윤이의 몸을 놓치지 않았다.

"놔요. 혼나기 전에."

그런 강우에게 윤이가 눈을 부릅뜨며 경고했다. 강우가 슬쩍 윤이를 놓았다.

"괜찮으세요?"

"아, 술이 확 깨네."

정운이 한쪽 눈과 콧잔등을 찡긋하며 자신의 뒷머리를 문질렀다.

"어디다 대고 끼를 부려?"

그런 정운을 보며 윤이의 뒤에 있는 강우가 발끈했다. 윤이는 정운을 잡아당겨 주며 강우를 제지하듯 팔꿈치로 툭 쳤다. 윤이의 부축을 받으며 뒷좌석에서 나온 정운은 우두커니 서 있는 강우를 보고 살짝 당황한 눈치였다.

"신강우 대표님께서 여기엔 왜……."

"기껏 데려다줬더니 보따리 내놓으라는 심보네."

그 정도까지는 아니었기에 윤이는 강우가 지금 매우 '예민'한 상태라는 것을 깨달았다. 얼른 상황을 정리하는 것이 나을 듯했다.

"백 대표님. 어서 들어가 보세요."

"하아, 나 취해서 여기까지 데려다준 거야? 너랑 신 대표님이랑 지금?"

고마움과 미안함이 절묘하게 섞인 표정이었다.

"그걸 지금 깨닫다니. 눈치가 없는 거야, 술이 덜 깬 거야."

혼잣말 같지만, 크다. 하지만 이 와중에도 정운은 그걸 또 못 들었다. 다행이다 싶으면서도 정신없었다.

"어서 들어가세요. 저희도 가 볼게요."

"이거 너무 미안하고 고마워서 어떡하지? 추한 모습을 보인 것 같기도 하고."

"괜찮아요. 술 마시면 그럴 수 있고, 또 추하지도 않았어요."

"그렇게 말해 주다니 고마워."

정운과 대화를 주고받는 동안 윤이는 뒤통수가 아주 따가웠다. 정운은 뻐근한 목을 한 번 돌리더니 피곤한 눈으로 강우 쪽을 보았다.

"고맙습니다. 신 대표님."

강우는 대답이 없다. 정운은 머쓱해진 눈빛으로 윤이를 다시 보았다.

"잘 들어가. 주말 잘 보내고."

"네. 대표님도 잘 보내세요."

인사를 한 후 정운은 자신의 아파트 안으로 들어섰다. 끝까지 들어가는 것을 보고 가고 싶은데, 그 잠깐 사이를 강우가 못 버텼다.

"가자."

"들어가는 거 다 보구요."

"다 들어갔잖아."

"눈 안 좋으세요? 저기 가고 계시는 거 보이잖아요."

윤이가 새끼손톱보다도 작지만, 어쨌든 눈에 보이는 정운을 손짓했다.

"어디?"

강우가 몸을 낮춰서 윤이의 뺨에 자신의 뺨을 가까이 들이대며 물었다. 윤이가 옆을 쳐다보았다. 금방이라도 키스할 정도의 거리에 선 강우가 당당한 눈빛으로 윤이를 쳐다보고 있었다.

"안 떨어지세요?"

"응. 안 떨어질 건데. 네 옆에 이렇게 맨날 붙어 있을 거야."

"후우."

윤이가 못 말린다는 듯 강우를 슬쩍 밀어 내고는 먼저 조수석에 올라탔다. 뒤이어 올라탄 강우가 시동을 걸며 자연스럽게 도로로 빠져나와 윤이의 집 방향으로 운전했다.

"배고파."

"저희 집 앞에……."

"아니. 나 라면 먹고 싶어."

"갑자기 무슨 라면 타령이에요? 라면 좋아하지도 않잖아요."

"사람이 맨날 좋아하는 음식만 먹어? 가끔 안 좋아하는 음식이 당길 때도 있잖아. 넌 안 그래?"

물론 그럴 때가 있다. 하지만 문제가 하나 있었다.

"저 지금 힘들어서 라면 못 끓여 드려요."

"내가 끓여 먹을게. 넌 같이 먹어 주기만 해."

하필이면, 직전에 다녀온 곳이 노래방이라서 허기가 졌다. 물론, 마이크를 잡고 제대로 노래한 것은 한 번뿐이지만 직원들 분위기 맞춰 주겠다고 소파에 앉아 열심히 몸을 좌우로 흔들며 손뼉 치지 않았던가.

"후. 알겠어요."

그가 자신의 집까지 와서 라면을 끓이겠다고 하는 이 상황이 귀찮지 않다는 것. 만족스러운 대답을 들은 그가 입가에 옅은 미소를 띠고 있는 것이 기분 좋고 귀여워서 자신도 함께 피식, 웃어 버리고 있다는 것. 그냥, 지금 이 순간이 미묘하게 설레고 편안하다는 것.

윤이는 그 모든 감정을 담고서 창밖을 보았다. 별들을 박아 놓은 것 같은 서울의 야경이 시야로 기분 좋게 퍼져 있었다.

□ ◆ □

아침 일찍 나갔던 호텔에 늦은 밤에야 돌아올 수 있었다. 강우는 피곤했

304

고 옆에 있는 태민은 더 피곤했다.

"대표님, 저녁 하셔야죠."

태민의 말에 강우는 고개를 내저었다.

"전 됐습니다."

그냥, 식사고 뭐고 당장 침대로 가서 쉬고 싶었다. 출장 온 대만에서는 잠깐이라도 쉴 틈이 없는 살인적인 스케줄이 진행되었다. 그간 아프면서 미루어졌던 일들이 한꺼번에 쏟아지면서 여유라고는 조금도 느낄 수 없는 일정이 잡힌 거였다.

이런 스케줄을 앞으로 3일 동안 더 소화해 내야 하는데, 곁에 윤이가 없다는 것이 괜히 맥 빠졌다.

"그럼 쉬세요, 대표님. 내일 아침 7시까지 오겠습니다."

"네."

태민의 배웅을 받으며 자신의 룸으로 들어온 강우는 바로 샤워실로 직행했다. 침대에 누워서 게으름을 피우고 싶었지만, 그랬다가는 씻지도 못하고 바로 잠들어 버릴 것 같아서였다.

샤워를 하며 따뜻한 물줄기로 노곤함을 풀었다. 그리고 윤이를 떠올렸다. 저녁은커녕 점심도 샌드위치로 대충 때워야 할 정도로 바쁜 스케줄 속에서도 윤이는 수시로 강우의 머릿속으로 찾아왔다. 강우는 윤이가 생각났고 보고 싶었다.

샤워를 끝내고 나와서 시간을 확인했다. 밤 12시가 다 되어 가는 시간. 한국과 한 시간 차이가 나니 그곳은 새벽 1시가 다 되어 가고 있을 거였다.

자고 있을까? 잠을 깨우고 싶지는 않지만 목소리는 듣고 싶었다. 잠결에 젖은 목소리를 잠깐이라도 듣고 싶은 마음에 전화를 걸었다.

몇 번의 신호음이 흘렀다.

— 여보세요?

윤이의 맑은 목소리를 듣는 순간, 어깨를 짓누르던 피로가 사라지는 것 같았다.

"안 자고 뭐 해?"

— 잠이 안 와서요. 지금 들어오신 거예요?

"응."

대만에 온 첫날. 윤이가 먼저 전화를 걸어 와 '몸은 좀 어때요?' 하고 물었었다.

그날 윤이의 집에 가서 라면을 먹지는 못했다. 윤이가 자동차 안에서 잠들어 버렸고 극심한 피로에 시달리는 그녀를 붙잡고 라면을 먹을 수는 없었다. 자신의 욕심을 채우기에는 무거운 그녀의 눈꺼풀이 너무 안쓰러웠으니까.

하지만 그녀는 강우를 자신의 집으로 불렀다. 그러고는 심신 안정에 좋다는 차와 전에도 발라 준 적이 있던 라벤더 오일을 챙겨 주었다. 마음의 평온을 불러온다는 노래 목록이 적힌 종이까지 주면서 걱정이 이만저만이 아니던 윤이의 표정이 생생하게 떠오른다.

심신 안정에 좋다는 차와 라벤더 오일, 노래 같은 건 사실 크게 효과가 없었다. 그날, 비행기 안에서 강우가 그토록 원하고 간절하게 바랐던 건 윤이의 손이었다.

— 피곤하겠네요.

"응. 피곤해. 그래서 너한테 전화했어."

— 바로 주무시지. 뭘 전화까지…….

"주무시지, 이런 말투 좀 쓰지 마. 무슨, 노인한테 얘기하는 거 같아."

— 습관 때문에 그래요.

본인도 어쩔 수 없다는 윤이의 대답에 강우는 쐐기를 박아야겠다 생각했다.

"말 놔 봐."

— 갑자기요?

"말 놓는 습관을 길러야지. 우리 이제 곧 연인 될 사이인데. 계속 나한테 상사 대하듯 존댓말 쓸 거야?"

— …….

윤이가 대답하지 않는다. 미묘한 애달픔이 강우의 몸을 사로잡았다.

"어?"

대답해 보라는 듯 재촉했지만 그녀에게서는 다른 말이 흘러나왔다.

— 암튼. 내일은 몇 시에 나가요?

"그럼 나도 너한테 존댓말 쓸까요?"

— 아니, 왜 묻는 말에 대답 안 하세요?

"후……. 꼭두새벽부터 나가. 스케줄이 아주 빡빡해."

— 얼른 자요.

담백한 윤이의 목소리를 들으며 강우는 침대로 향했다. 몸이 나른해지는 것 같다.

"넌 오늘 회사 생활 어땠어?"

— 전 그냥 늘 똑같죠.

"백정운 대표가 끼는 안 부리고?"

— 쓸데없는 소리 하실 거면, 그만 끊어요.

"뭐가 쓸데없는 소리야? 나한테는 매우 중요한 얘기야."

— 그게 왜 중요해요?

"물론, 내가 훨씬 잘난 남자라는 걸 네가 알기에 그럴 일은 없겠지만, 혹시라도 그 남자의 끼에 네가 넘어갈까 봐 걱정돼. 온종일. 욱, 하고 감정이 치밀어 오를 만큼."

— 차암나.

어이없어서 웃는 것일 테지만, 분명 윤이가 웃었다. 자신을 걱정해 주는 윤이도 좋지만, 윤이의 웃음을 더 듣고 싶은 것이 강우의 마음이었다.

"새벽 내내 통화하고 싶지만 이만 끊을게. 너 자야지."

— 네. 신강우 씨도 잘 자요.

"왜 정 없게 성을 붙여?"

성을 떼고 불러 줬으면 좋겠다. 어딘가 모르게 벽이 있는 것 같은 저 존댓말도 그만 썼으면 좋겠다.

강우는 그런 생각을 하며 입술을 떼어 냈다.

— 강우 씨.

윤이가 성을 떼고 자신을 부르는 순간, 심장이 터질 것 같았다. 강우의 얼굴 가득 아주 진한 미소가 떠올랐다.

— 잘 자.

윤이의 목소리에 고함이 나올 것 같은 걸 놀랄까 봐 겨우 참았다.

"응. 윤이 너도 잘 자. 내 꿈 꾸고."

어서 시간이 지났으면 좋겠다. 한국으로 귀국해서 그녀를 볼 수 있게.

월요일 아침. 엘리베이터에서 내리기 직전 정운은 거울로 자신의 상태를 살폈다.

금요일 회식이 끝난 날, 사실 정운은 그다지 취하지 않았다. 취한 척했을 뿐. 그러지 않았다면, 직원들이 정운을 그렇게 곱게 보내 줬을 리가 없다. 대리운전 기사를 만나면 자연스럽게 술에서 깬 척하려고 했다. 그리고 윤이의 동네에서 해장을 핑계 삼아서 함께 밥도 먹고 들어갈 계획이었다.

적어도 강우가 오기 전까지는.

자신의 모든 계획을 망친 강우에게 대놓고 티를 낼 수도 없어서 끝까지 취한 척 연기를 했던 정운이었다.

"오셨어요?"

정운이 들어서자 이미 출근한 윤이가 몸을 일으키며 인사했다.

"금요일에 집에는 잘 들어갔어? 내가 주말에 연락해 본다는 게, 쉬는 날까지 상사 전화 받으면 불편할까 봐 안 했어."

"그날 잘 들어갔어요. 아차, 머리는 좀 괜찮으세요?"

"응. 괜찮아."

"죄송해요."

자신을 패대기친 것은 강우인데, 사과는 윤이에게서 듣는 것이 불편했다.

"네가 왜 죄송해?"

꼭 강우를 대변하는 것 같아서. 두 사람의 관계가 생각보다 더욱 가깝고 깊은 애착이 있는 것 같다는 기분은 정운을 정색하게 했다.

"제가 잘 케어하지 못한 것 같아서요."

"아니야. 뭐, 취한 내 탓이지."

정운은 하고 싶은 말이 많았다. 하지만 그런 정운을 잘라 내듯 윤이가 은근히 단호한 말로 말했다.

"커피 준비해 드릴게요. 보셔야 할 보고서들이 아주 많고요."

"……그래."

윤이는 바로 몸을 돌려 탕비실로 향했다. 그녀는 분명 친절하다. 하지만 온도가 차가워서 정운은 마음을 쉽게 드러내기가 어려웠다. 거기서 몰려오는 답답함에 한숨이 저절로 터져 나왔다.

한편, 윤이는 확인하고 있던 보고서로 시선을 다시 한번 옮겼다.

"하필이면……."

이 회사의 게임 시즌은 세 개가 있는데, 그중에서 출시를 앞둔 한 개의 게임 모델이 서아였다. 서아와 체결해야 하는 계약서와 광고 촬영 콘티에 관한 보고서를 멀거니 바라보니 마음이 무거웠다. 별 사이 아니었다는 해명은 나왔지만, 어쨌든 강우와 얽혀 있는 것 자체가 윤이를 껄끄럽게 했다.

광고 촬영은 며칠 후에 잡혀 있었고 정운이 직접 방문을 하기로 되어 있는 스케줄이었다. 정운이 간다면, 윤이도 가야 했다.

윤이는 서류와 커피를 들고 집무실 안으로 들어섰다.

"그날, 원래 신 대표가 너를 데리러 오기로 했던 날이야?"

정운은 넌지시 물었다.

"……네."

"그랬구나."

"그때도 말씀드렸지만, 회사 일에 대해서는 절대 누설하지 않습니다."

"그 부분에 대해서는 나도 걱정되는 건 없어. 다만……."

정운의 말이 끊긴 것은 갑자기 울리는 인터폰 때문이었다. 정운은 낮게 한숨을 내쉬며 인터폰을 받았다.

"네. 과장님."

— 광고 콘티 관련 서류 확인하셨어요?

"아니요. 아직. 무슨 일 있으세요?"

— 감독 쪽에서 수정을 조금 원한다고 해서 서류 다시 보내 드리려고요.

"네. 그렇게 하세요."

인터폰을 끊고 나니 이미 놓쳐 버린 타이밍을 다시 잡기에는 애매했다.

"나가 보겠습니다."

윤이는 가볍게 인사를 한 후에 집무실을 나섰다. 자신의 자리로 돌아온 윤이는 굳게 닫혀 있는 방문을 보았다.

"왜 이렇게 불편하지……."

자신도 인식하지 못하는 혼잣말이 흘러나왔다.

퇴근 무렵, 오랜만에 강 여사에게서 연락이 왔다. 시간이 된다면 함께 저녁이나 먹자는 강 여사의 말에 윤이는 그녀가 있다는 백화점 명품 숍으로 들어섰다.

이것저것 가방을 구경하고 있던 강 여사가 윤이를 발견하곤 반가워했다.

"윤이야!"

"잘 지내셨어요?"

윤이도 자신을 반기는 강 여사가 반가워 다가가 환한 미소와 함께 손을 잡았다.

"난 그럭저럭. 자나 깨나 강우랑 네 걱정뿐이야."

슬쩍 눈치를 살피는 윤이에 강 여사가 인자하게 웃으며 그녀의 볼을 쓰다듬었다.

"고생하나 봐. 살이 좀 빠진 것 같아."

"아니에요. 고생 안 해요."

"고생 좀 하면 좋겠는데."

"……."

"그래야 윤이 네가 우리 강우를 더 자주 생각할 테니까. 아휴, 내가 말하고도 염치없네. 우리 강우보다 힘들게 할 상사가 어디 있다고. 그렇지?"

강 여사는 여전히 윤이와 강우가 다시 만나기를 바라고 있었다. 여자는 질색팔색하면서도 윤이 하나만큼은 옆에 끼고 살다시피 했던 지난날도 그렇고, 비록 강우의 기억 오류 때문이지만 두 사람이 연애할 때도 아주 보기 좋았다.

"신상 나왔는데, 윤이 너한테 딱 어울릴 것 같아서. 어때?"

강 여사는 윤이에게 가방을 보여 주었다.

"저 사 주시려고요?"

"응."

"부담스러워요. 안 받을래요."

"뭐가 부담스러워? 가짜로 애인 역할 해 달라는 내 부탁 들어줘서 고마운 마음에 선물하려는데."

"그래도……."

"나 돈 많아. 나도 부담 안 갖고 주는 거니까, 너도 부담 없이 받아. 예쁘기는 해?"

"네. 예뻐요."

윤이의 대답이 끝나기 무섭게 강 여사는 바로 계산을 끝냈다. 그러고 나서는 쇼핑백마저도 고급스러워 보이는 명품 숍을 나섰다.

"잘 쓸게요."

"아끼지 말고 펑펑 써."

"네."

"저녁 먹자. 배고프다."

백화점 위층으로 향하며 강 여사는 슬쩍 윤이에게 팔짱을 꼈다.

"여기 맨 위층에 맛있는 초밥집이 있어. 거기로 가자."

"네."

"초밥 좋아하지?"

"환장……. 아니, 엄청 좋아해요."

"환장해? 호호호호. 말투가 웃겨."

별로 웃기지 않는데, 강 여사의 얼굴에는 주체하지 못할 웃음이 자꾸 피어 났다. 그저 윤이와 함께하는 시간이 마냥 즐거운 듯 보였다. 그런 모습이 꼭 강우와 비슷했다. 문득 그런 생각을 하자 둘 다 귀여워져서 윤이가 웃었다.

초밥집 안으로 들어갔고 두 사람은 룸으로 안내받은 후 주문했다.

강 여사는 궁금한 것이 많은 눈치다. 하지만 윤이가 부담 느낄까 봐 하지 못하고 빙빙 둘러서 물었다.

"요즘 날씨도 좋은데, 매일 회사 아니면 집이고?"

"네. 뭐, 대부분."

"그렇구나. 우리 강우도 그러겠지?"

"지금 출장 가셨잖아요."

윤이의 말에 강 여사의 눈이 반짝였다.

"강우랑 연락해?"

"네. 연락하고 있어요."

반짝이던 눈동자는 이제 기대에 한껏 차 있었다. 어쩌면 그 기대를 저버 리게 할 수도 있지만, 지금은 바로 말해 주고 싶었다.

"대표님, 좋은 쪽으로 생각해 보려고요."

"어머, 정말?"

강 여사는 쥐고 있던 젓가락을 놓고 박수까지 치면서 좋아했다. 티끌 하나 묻지 않은 해맑고 순수해 보이는 강 여사의 모습에 윤이도 살짝 김칫국물을 마셨다. 이런 시어머니를 둔다면, 더 좋은 며느리가 될 수 있을 것 같았다.

"얼른 먹어. 이쪽 살이 정말 맛있는 거 알지?"

초밥을 윤이의 빈 접시에 놓아 주는 강 여사에 윤이도 가장 먹음직스러워 보이는 초밥을 강 여사의 접시에 놓아 주었다. 두 사람은 편안한 마음으로 식사를 할 수 있었다.

□ ◆ □

윤이가 달력을 보았다. 오늘은 강우가 돌아오는 날이었다. 그는 오후에 도착한다며 퇴근 후에 함께 저녁 먹을 것을 제안했다. 정운의 스케줄도 그렇고 자신도 그렇고 딱히 다른 약속이 없었기에 그러자고 했다.

"수고했어."

"수고하셨어요."

회의가 끝나고 마무리를 지으며 윤이와 정운은 나란히 사무실을 빠져나왔다. 엘리베이터에 타자, 정운에게 전화가 걸려 왔다.

— 백정운. 일 끝났어?

톤이 높은 남자의 목소리였다.

"응."

— 은형이랑 같이 너희 회사 근처에서 술 한잔하고 있는데, 와. 은형이가 이번에 너희 게임 시나리오로 출판하게 될 '게임 판타지 소설' 작가님 상황에 대해서 할 말이 좀 있다니까.

정운이 곁에 있는 윤이를 힐끔 쳐다보았다. 윤이는 주차장의 층수를 취소하고 로비 층수를 누르고 있었다.

"알겠어."

— 뭐 먹고 싶은 거 없어? 우리 카페 왔는데.

"그냥, 아무거나 시켜 놔."

전화를 끊자 로비에 도착한 엘리베이터가 문을 열었다. 윤이가 열림 버튼을 누르고 정운에게 먼저 내리라고 손짓했다.

"배 안 고파?"

"네. 괜찮아요."

"많이 피곤하지?"

정운은 윤이와 함께 가고 싶어서 질문했다. 윤이는 회사 문으로 걸어가며 느슨하게 눈을 감았다가 떴다.

"제가 필요한 자리인가요?"

상냥하게 묻는 그녀에 정운은 쉽게 대답할 수 없었다. 굳이 따지자면, 필요한 자리는 아니었다. 작가와 관련된 상황은 자신이 보고받아야 할 일이지, 비서인 윤이가 보고받을 자리는 아니었다. 더군다나 전화한 친구들이 정운을 불러내기 위해 업무 핑계를 대고 있다는 것도 알고 있었다.

업무 얘기가 끝나면 시답지 않은 개인적인 이야기들이 오고 갈 테고, 윤이에게는 그 자리가 불편할 수도 있었다. 더 같이 있고 싶다는 아쉬움이 들어도 어쩔 수가 없었다. 괜찮다고 대답하려던 정운이 그 대답을 쉽게 하지 못한 건, 시야로 들어온 존재 때문이었다.

강우였다.

정운이 옆에 있는 윤이를 쳐다보자, 웃는다. 강우를 보며 입꼬리를 예쁘게 올려 웃는 윤이에 정운은 마음이 폭행당하는 것 같았다. 분명, 자신에게는 친절하지만 차가운 온도를 보이던 윤이는 강우 앞에서는 차갑지만 따뜻한 온도를 품는 것 같았다.

강우는 자신이 기대고 있던 고급 세단에서 몸을 일으켜 거리를 좁혀 왔다.

"생각보다 일찍 내려왔네."

"네."

자신이 옆에 서 있는데 강우는 눈길도 주지 않고 있었다. 그것이 묘하게 자존심이 상해서 큼, 하고 헛기침으로 자신의 존재를 알렸다. 하지만 반응을 보인 건 윤이뿐이었다.

"바로 카메로 가실 거죠?"

"응."

"모셔다드릴까요?"

'모셔다드릴게요.'가 아닌 질문에 정운은 잠시 고민했다. 사실 '카메'라는 가게는 데려다주고 말 것도 없이 회사 바로 뒤에 있었다. 하지만 정운은 윤이에게만 시선을 고정한 채 서 있는 강우가 자꾸만 신경 쓰였다.

"응."

그래서 대답해 버렸다.

"네."

정운을 보며 대답하는 윤이의 표정엔 난감하거나, 당황스러워하는 기색은 없었다. 윤이는 강우를 올려다보았다.

"여기서 기다리고 있을 테니까, 다녀와."

"그럴게요."

아. 정운이 속으로 깊게 한숨을 내쉬었다. 타이밍을 놓쳤다는 것을 깨달은 것이다. 강우를 만날 줄 알았더라면 그녀가 지루해하더라도 비서도 있어야 하는 자리라고 핑계 대며 데리고 갔을 것이다.

강우를 그 자리에 두고 윤이는 정운과 걸음을 옮겼다. 3분 거리도 되지 않는 가게에 도착해 윤이는 정운을 향해 가볍게 목례했다.

"식사 끝나면 집에 조심히 들어가세요."

"그래."

혹시, 데리러 올 수 있어? 라고 말하고 싶었지만, 그건 너무 찌질하고 질척이는 것 같아서 관뒀다. 하지만 다른 말은 궁금해서 참을 수가 없었다.

"직장 상사와 비서 사이가 아닌 연인으로서 발전이라도 하는 사이인 거야?"

자신의 질문에 윤이가 눈을 치켜떴다. 그녀의 눈동자는 분명히 그건 사생활이라고 따져 말하는 것처럼 보였다. 확실히 상사로서 물어보는 것과 개인적으로 물어보는 질문에 윤이는 다른 반응을 보였다.

"기분 나빴다면 미안하지만, 확실하게 얘기해 줘야 나도 오해를 안 할 것 같아서."

"오해라니요?"

"뭐, 네가 그 전 직장 상사랑 계속 연락 주고받고 하는 거 기분이 썩 유쾌하지는 않다고 말했지만, 만일 두 사람이 남녀 사이로 만나는 거라면, 말릴 수 없는 일이니까."

"글쎄요. 아직은 무슨 사이다, 라고 확실하게 말씀 못 드릴 것 같아요."

살짝 차가워진 윤이의 목소리에 정운도 한발 물러서야 했다.

"그만 가 봐. 신 대표님 기다리시겠다."

"네. 내일 봬요."

"그래."

만족스러운 대답은 아니었다. 하지만 그다지 불만족스러운 대답도 아니었다. 그녀가 확실한 대답을 하지 않은 것에 정운은 애써 다행이라 생각하기로 했다.


한편, 회사 앞으로 돌아온 윤이는 세단에 몸을 기대고 애꿎은 바닥을 발로 툭툭 치고 있는 강우에게 다가갔다. 가까이 다가오고 있는 윤이의 발걸음을 알아차린 건지, 바닥에 두었던 강우의 시선이 올라왔다.

"뭐 그리 일찍 와?"

"가까운 거리라서요."

"3분 거리도 안 되는 걸, 데려다 달라고 한 거야? 그 남자는?"

"세상에는 귀찮다며 비서에게 고기 썰어 달라는 사람도 있는데요, 뭘."

윤이의 지적에 강우가 아무 말 하지 못했다. 대신 조수석 문을 열어 주었다.

"타. 저녁 먹으러 가게."

"저녁은 안 먹어요."

조수석으로 올라타며 윤이가 말했다.

"왜?"

문을 닫아 주기 직전, 강우가 고개를 숙이며 물었다. 그가 늘 즐겨 뿌리는 코튼 향이 은은하게 코끝을 스쳤다. 기분 좋고 설레게 하는 냄새였다. 다사로운 햇살이 비치는 아침에 보송보송한 이불에서 날 것 같은 그런 냄새.

"지금 시간이 너무 늦어서요. 살쪄요."

"그럼, 나 먹는 거 봐."

운전석에 올라타며 대답하는 강우를 윤이가 째려봤다.

"아직 착각하고 있나 봐요. 저 이제 신강우 씨 비서 아니거든요?"

"누가 상사로서 지시 내리는 거래? 같이 더 있고 싶어서 하는 소리지."

"……."

"잠깐만. 뺨 안 간지러워?"

시동을 걸고 출발하려던 강우가 윤이의 얼굴로 가까이 다가왔다. 그리고 손을 뻗더니 그녀의 뺨에 묻은 머리카락을 떼어 주었다. 예고도 없이 자신의 뺨을 스친 강우의 손길에 윤이의 심장이 쿵, 하고 내려앉더니 이내 조금씩 뛰어올랐다.

"저 너무 피곤해서 눈 좀 감고 있을게요."

너무 크게 뛰는 심장 소리가 혼란스러워서 차분하게 가라앉히기 위해 윤이는 몸을 편안하게 하고 눈을 감았다.

"안 돼."

하지만 강우가 윤이의 어깨를 잡고 흔드는 바람에 눈을 감을 수 없었다.

"왜요?"

"얘기해. 네 목소리 듣고 싶어."

하지만 다른 남자도 아닌 강우에게는 딱히 통하지 않을 거라고 생각은 했다.

"할 얘기 없어요."

"텃세 부리는 사람은 없어?"

"딱히 없어요. 아차, 비서는 언제 구해요? 비서실장님한테 전화……. 아니, 언제 구해요?"

할 얘기 없다던 조금 전과는 달리, 윤이는 머릿속에서 늘 궁금해했던 것을 저도 모르게 불쑥 꺼냈다. 그러자 강우가 미간을 구겼다.

"비서실장이 전화했어?"

"아, 사실 대표님께서 식사를 잘 안 하신다고, 걱정스러워서 전화하셨어요."

빨리 새로운 비서를 뽑고 싶다고 한참 투정을 부리던 태민의 목소리가 아직도 귀에서 앵앵거리는 것 같았다.

"이번 주에 면접 진행하기로 했어."

"이번에는 조금만 이해심 넓히셔서 새로운 비서와 잘 지내보세요."

"그럴게."

의외로 순순히 대답하는 강우에 윤이가 의아해했다.

"웬일로 제 말에 반박 안 하세요?"

"그럼, 네가 나를 좀 더 예뻐해 주지 않을까 해서."

강우는 정말 윤이가 뜨끔할 정도로 신기한 사람이다. 기억 상실증에 걸려서 자신을 연인으로 착각했을 때도, 그리고 스스로가 윤이를 향한 감정을 자각하고 있는 지금도, 4년이라는 시간을 상사로 지내 왔던 강우와는 너무 다른 모습이다.

자신을 기다릴 줄 몰랐고, 저렇게 예쁨받겠다고 말을 잘 듣는 남자일 줄도 몰랐다. 그리고 알고 있던 남자의 의외의 모습은 여자를 묘하게 설레게 한다.

창밖을 보고 있던 윤이의 시야로 소고기 전문점이 들어왔다. 강우가 참, 좋아하는 소고기.

"설마 해서 묻는 건데, 저녁 안 드시고 기다리신 거예요?"

"네. 안 먹었습니다."

"그럼 저기서 간단하게 먹고 갈래요?"

윤이가 소고기 전문점을 손짓했다.

"그럴까요?"

"왜 존댓말 쓰세요?"

"윤이 씨가 계속 쓰셔서요."

"하지 마세요."

"싫습니다."

강우가 바로 소고기 전문점으로 핸들을 꺾었다. 이후 주차를 끝내고 가게 안으로 들어갔다. 직원의 안내를 받아 창가 쪽에 자리를 잡고 주문했다.

"이거 받으세요."

강우는 아까부터 궁금했던 쇼핑백을 윤이에게 내밀었다.

"아, 정말!"

"존댓말이 듣기 싫으시면, 반말을 쓰시는 걸 연습해 보는 게 어떠실까요?"

"아니, 제가 반말 쓰는 것에 왜 그렇게 집착하세요?"

"백정운 대표가 된 것 같아서 그럽니다."

"후. 알았어. 그만해."

강우가 하는 존댓말은 정말 듣기 싫었다. 윤이가 반말을 해 오자 강우가 바로 씩 웃는다.

"그런데 이거 정말 뭐야?"

"네가 좋아하는 거."

윤이는 쇼핑백 안을 들여다보았다. 대만 출장 갔을 때 사 왔던 유명한 과자들이었다.

"내가 과자 좋아했던 거 기억났구나……."

"감동했지?"

"응."

활짝 웃으며 대답하는 윤이가 너무 예뻐서 강우는 잠시 넋이 나간 눈빛으로 쳐다보았다. 그녀는 과자 하나를 바로 뜯어서 먹었다.

"음! 맛있어. 먹어 볼래요?"

윤이가 과자 하나를 내밀었지만 강우는 사양했다.

"내 취향은 아니야."

"맛있는데……."

"입 주변에 과자 부스러기 좀 묻히면서 먹어 봐. 왜 그렇게 깔끔하게 먹어?"

"부스러기?"

"응. 털어 주고 싶어."

"어림도 없습니다!"

과자를 입에 쏙 집어넣고 자신의 입가를 직접 터는 윤이에 강우가 피식, 웃었다. 같이 있으면 그저 즐겁다. 그건 명백한 사실이었다.

두 사람이 소소한 대화를 나누는 동안 테이블이 세팅되었다. 윤이가 자연스럽게 집게를 집어 들었다.

"내가 구울게."

"귀찮아하잖아."

"이젠 아니야. 이리 줘."

정말 자신의 마음 사로잡아 보겠다고 고기를 썰어 먹는 것도 귀찮아하던 사람이 굽기까지 하다니. 대단한 정성에 또다시 심장이 간질간질해지는 것 같았다.

집게를 가져간 강우가 소고기를 굽기 시작했다. 하지만 영, 어설픈 것이 윤이의 손을 꼼지락거리게 했다.

"벌써 자르면 안 돼! 소고기 육즙 달아나!"

거의 익지도 않은 고기를 힘으로 썰려고 드는 강우를 윤이가 제지했다.

"아, 그래?"

"이리 줘. 그냥 내가 구울래."

"아니야. 너 피곤하잖아."

"줘요. 이건 또 타잖아. 소고기 이렇게 굽는 거 아니라구."

결국, 강우가 들고 있던 집게와 가위를 다시 찾아온 윤이는 평온한 마음으로 비싼 소고기를 구웠다.

"정말, 나 없으면 어째? 소고기 하나 못 굽고."

"그걸 이제 알았어? 나 너 없으면, 아무것도 못 해."

고기를 열심히 굽다가 무심결에 맞은편에 앉아 있는 강우를 쳐다보았다. 강우는 윤이를 보며 짙은 미소를 짓고 있었다.

"왜 웃지?"

"그냥, 이 밤에 너랑 이러고 있는 게 좋아서."

"……."

"기다리는 동안 지루하고 힘들었는데, 잘 기다렸다 싶어서. 내일도 기다리려고."

"그러지 마세요. 부담스러워."

윤이는 그러면서 잘 익은 고기 몇 개를 강우의 접시에 놓아 주었다. 그러자 강우가 자신의 접시와 윤이의 빈 접시를 바꿨다.

"너도 얼른 먹어."

"살찌는데……."

하지만 먹음직스러운 소고기의 유혹을 뿌리칠 수는 없었다. 한두 개만 먹어 보려고 했지만, 결국 처음 시켰던 고기 양의 세 배 정도를 더 주문했고 윤이는 아주 배부른 상태에서 후회하며 가게를 나와야 했다.

□ ◆ □

배도 부르겠다, 몸도 피곤하겠다, 가게에서 나와 집으로 가는 동안 깜빡 잠들었던 윤이가 떨어지는 꿈을 꾸며 벌떡 일어났다. 너무 놀라서 일어났다가 강우와 덜컥, 눈이 마주치자 민망함이 확 몰려왔다. 이미 자동차는 멈춰 있고 주변은 자신의 동네였다. 그건 이미 집 앞에 도착한 지 한참 지났다는 것을 의미했다.

"왜 안 깨웠어?"

"내가 왜 깨우겠어? 깨우면 더 못 보는데."

"만약, 내가 계속 안 일어났으면 어쩌려고?"

"밤새 보고 있으려고 했지."

능청스럽게 말하며 핸들에 몸을 기댄 강우의 시선은 여전히 윤이를 향해 있었다. 그의 도회적인 눈빛은 고즈넉한 새벽의 고요함과 무척 잘 어울려 보였다. 사연이 담겨 있을 것만 같은 그의 눈동자를 오래 쳐다보고 있으면 마음이 약해질 것 같았다. 더욱 신중한 감정으로 그를 대해야 한다는 것을 알기에 윤이는 빠르게 시선을 피했다.

"가 볼게. 조심히 들어가."

"내일도 회사 앞으로 갈게."

오피스텔 단지 안으로 들어가는 자신을 향해 말하는 강우를 윤이는 돌아보지 않았다.

"아휴."

집에 도착하자마자 지친 몸을 이끌고 바로 침대로 직행했다. 푹신한 침대에 누워서 하얀색 천장을 멀뚱멀뚱 쳐다보았다.

*'밤새 보고 있으려고 했지.'*

화앗. 갑자기 떠오른 강우의 한마디에 윤이의 얼굴이 달아올랐다.

"그 얼굴에 그 비주얼을 소유한 남자가 그런 말을 하는데, 안 설렐 여자가 어디 있어?"

애써 아무렇지 않은 척했지만 윤이에게 있어서 강우의 존재는 그렇게 단순하게 정의를 내릴 만한 사람이 아니었다. 이상하게도 강우에게 잘리고, 그에게 냉정하게 군 적은 있지만 정말 그와의 연이 아예 박살이 나는 건 싫었다. 비록 그에게 상처받아서 지금은 화가 나 있는 상태이기는 하지만, 그가 자신의 인생에서 아주 많이 '소중한 사람'이라는 것 또한 변하지 않는다.

사실 백정운 대표님이 1순위라고 했지만, 여전히 윤이의 마음과 머리를 차지하고 있는 건 강우뿐이었다.

하지만 그의 고백을 쉽게 받아 줄 수 없는 건, 연애를 시작했다가 끝나 버리면 그를 다시는 못 볼지도 모른다는 불안감 때문이다. 늘 실패만 한 연애 때문인지 그와의 연애에도 썩 자신감은 없었다. 연애를 조금만 덜 실패했어도, 강우라는 존재를 조금 더 쉽게 받아들였을지도 모른다.

하지만 윤이의 연애는 평생 함께할 것 같다가도 결국은 이별이었고 강우와도 그 사달이 날 것 같아서 쉽게 받아들일 수가 없었다. 진심이 알려지면 받게 될 이별을 각오하고 시작한 '가짜 연애'와 그가 고백하고 시작할 '진짜 연애'는 책임감의 무게가 다르게 느껴졌다.

"집에는 잘 들어갔나 몰라."

강우의 걱정을 하고 있는데 손에 든 휴대 전화가 짤막하게 울렸다.

[자?]

정운에게서 온 문자였다.

*'직장 상사와 비서 사이가 아닌 연인으로서 발전이라도 하는 사이인 거야?'*

문자를 확인하자마자 정운이 제게 묻던 것이 떠올랐다. 그가 공적인 이유로 강우를 경계하는 건 이해할 수 있어도 사적인 이유로 경계하는 건 조금 신경이 쓰였다.

하지만 그가 이렇게 사적인 일에 대해서 궁금해하고 경계하는 데 여러 이유가 있는 건 아닐 것이다. 오지랖이 넓은 편이거나, 아니면…….

"설마. 선배 나 좋아하는 거 아니야?"

윤이의 눈이 휘둥그레졌다.

"아, 그런 거라면 같이 일하는 거 불편한데."

몸을 일으킨 윤이는 답장을 기다리고 있을 정운의 문자를 멀거니 쳐다보았다.

다음 날 아침.

윤이가 시계를 보았다. 이미 출근을 하고도 남아야 할 시간인데, 정운이 모습을 드러내지 않는 것에 불안함을 느꼈다. 전화해 보았지만, 받지 않았다.

"왜 연락을 안 받으시지?"

어제 자냐는 정운의 문자에 무슨 일 있냐고 보낸 후부터 답장이 없었다. 윤이는 아무래도 불안해서 자동차 키를 챙겨 들고 몸을 일으켰다.

이후 정운의 아파트에 도착한 윤이는 보안실로 가서 사정을 이야기했다. 전에도 본 적 있는 보안 직원과 함께 정운의 집으로 올라갔다.

"대표님!"

윤이가 문을 두들기며 정운을 부르다가 다시 전화를 걸었다. 휴대 전화는 안에서 울리고 있었다. 보안 직원도 살짝 당황한 눈치였다. 윤이의 눈동자가 불안함 속에서 일렁거렸다. 다시 한번 초인종을 눌러 보았지만, 정운의 목소리는 들리지 않고 휴대 전화만 울렸다.

"아무래도 안 되겠어요. 119에 연락을 해 봐야 할 것 같아요."

윤이의 말에 보안 직원도 고개를 끄덕였다. 휴대 전화를 열어 119 번호를 눌렀을 때였다. 도어 록 누르는 소리가 들리더니 정운이 문을 열고 나왔다. 그는 금방 일어난 차림새였고 땀으로 흠뻑 젖은 상태였다.

"대표님."

"안 불러도 돼."

"네."

윤이는 휴대 전화를 내리고 보안 직원에게 가볍게 인사했다. 보안 직원은 두 사람에게 인사를 하고 자리를 비켜 주었다. 열린 문 사이로 윤이가 들어갔다.

"어디 아프신 거예요?"

"별일은 아니고, 술병 난 것 같아."

말을 하면서도 염치가 없었는지 정운이 멋쩍어했다. 허탈했지만, 한편으로는 정운이 무탈해 다행이라는 생각이 들었다.

"조절 못 하시기는 하구나……."

"어?"

"아니에요. 출근 못 하실 것 같아요?"

"……응. 좀 쉬어야 할 것 같아."

"네. 제가 회사에는 잘 말해 둘게요. 정 힘드시면 응급실 가서서 포도당이라도 맞으시는 거 어떠세요?"

"그 정도는 아니고, 좀 쉬면 나을 것 같아."

말을 하는 동안에도 속이 쓰라린지 정운은 제 심장 쪽을 문지르며 미간을 구겼다. 윤이는 자신이 이곳에 더 있는 것이 민폐일 것 같았다.

"쉬세요. 저 가 볼게요."

"너한테 추한 모습 너무 많이 보여 준다. 내가."

"아니에요. 신경 쓰지 마시고 얼른 주무세요."

"그래. 내일 보자."

정운은 기다렸다는 듯이 몸을 일으켜서 침실로 향했다. 윤이는 그런 정운을 보다가 현관문 쪽으로 발걸음을 옮겼다. 그러다 불현듯 무언가가 파앗, 하고 머리를 스쳤다.

"……후."

반쯤 구겨 넣었던 신발에서 다시 발을 뺀 윤이는 팔을 걷어붙이고 주방으로 향했다.

이후 한참이 지나서야 정운의 집에서 나온 윤이는 다시 회사로 돌아왔다. 다행스러운 건, 오늘 직원들이 대표인 정운을 찾을 만한 일이 딱히 없어서 변명할 필요도 없다는 것이다.

하지만 대표가 없다고 윤이가 할 일이 없는 건 아니었다. 얼마 전에 작성한 회의록을 다시 한번 점검하고, 해외 회사들의 문제점이나 보고서들을 번역하고 스케줄표를 다시 작성하며 한참 동안이나 업무에 집중했다.

그렇게 집중해도 오후 3시에는 어쩔 수 없이 노곤함이 찾아오기 마련이었다.

"으챠."

윤이가 시원한 커피 한 잔을 마시며 정신을 차려야겠다 생각하고 일어섰을 때였다. 휴대 전화가 울렸고 '신강우 씨'라는 글자가 화면을 채웠다.

"여보세요?"

— 회사야?

"응. 회사."

— 잠깐 내려와.

"우리 회사 로비?"

— 응. 내려와.

전화는 끊겼다.

"아니, 내가 지금 회사가 아니면 어쩌려고 무작정 찾아온 거야?"

윤이가 강우를 핀잔하며 얼른 로비로 내려갔다. 그는 게이트 바로 앞에서 작은 쇼핑백을 하나 들고 서 있었다.

"요즘 쇼핑백 많이 들고 다니시네."

"마카롱."

"마카롱?"

"시찰 갔다 오는 길에 새로 생긴 집 같아서 사 와 봤어. 너 마카롱에 환장하잖아."

"그냥 좋아하잖아, 라고 해도 될걸."

말은 그렇게 하면서도 마카롱을 보며 자신을 떠올리고 사다 준 강우에 윤이는 은근히 감동하였다.

강우에게 마카롱을 받고 상자 안을 살펴보았다. 알록달록하고 아기자기한 마카롱들이 나란히 누워 있었다. 아이스아메리카노랑 먹으면 딱일 듯싶었다.

"고마워. 잘 먹을게."

"오늘도 야근해?"

"확실한 건 아니지만, 아마도 안 할 것 같아."

"6시까지 데리러 올게. 영화 보러 가자."

"영화?"

그의 적극적인 데이트 신청이 왜 싫지 않은 건지, 자신이 망설이는 이유가 무의미해질 정도로 윤이는 강우라는 존재를 밀어내고 싶지 않았다. 그와 헤어지면 영원히 인연이 끊어질지도 모른다는 불안감을 안고 있으면서…….

"응. 네가 좋아하는 짜릿한 공포 영화."

"공포 영화 싫어하잖아."

"네가 좋아한다며."

"……"

"나는 네가 좋으니까, 그깟 싫은 영화쯤 언제든 볼 수 있어."

다쳤을 때는 그가 분명 기억의 오류로 인해, 감정의 오류도 느끼고 있기에 자신을 좋아하는 것이라 여겼었다. 하지만 지금은 아니다. 그는 정말, 자신을 좋아하는 것 같다. 그것도 아주 많이.

"……봐서."

흐지부지한 윤이의 대답이 마음에 들지 않는지, 강우가 미간을 구겼다.

"지금 째려보시는 거예요?"

"아무튼 6시에 봐."

"응. 이제 올라가 봐야 해."

"그래."

윤이는 강우와 짤막하게 인사를 하고서는 사무실로 올라왔다. 탕비실로 가서 커피를 내리고 테이블 위에 마카롱을 펼쳐 보았다.

"……뭔 놈의 하트가 이렇게 많아."

지금 보니 마카롱마다 디자인이 다르긴 하지만, 대부분 하트로 장식되어 있었다. 윤이가 피식 웃었다.

한 입 베어 물자, 입안 가득 기분 좋은 달달한 맛이 퍼졌다. 강우가 떠올라서 다시 한번 활짝 웃어 버리고 말았다.

6장

정운은 침대에 눕자마자 곯아떨어졌다.

다시 일어났을 때는 커튼 사이로 어둠이 스며들고 있었다. 깨질 것 같던 머리와 유리 조각으로 긁는 것 같은 통증을 유발했던 속 쓰림은 한껏 나아져 있었다.

*'쉬세요. 저 가 볼게요.'*

자신의 집에 왔던 윤이가 떠올랐다.

"꿈은 아니겠지."

반쯤 취해 있는 상태라서 윤이가 정말 왔었는지 긴가민가했다.

"한심하다. 백정운."

이번에는 정말 취해서 회사도 안 나가고 윤이를 집까지 오게 만들었으니, 한심한 게 맞았다.

어젠 유난히도 술이 달콤하게 느껴졌고 잘 받았다. 그래서 술을 조절하지 못했고 결국 완전히 취해서 집으로 기어오다시피 들어와야 했다. 안주를 챙겨 먹지 않고 독한 술만 들이부운 탓에 속은 견디지 못했다. 그런 추한 모습을 윤이에게 들켰다는 것이 부끄럽고 한심스럽게 느껴졌다.

"후."

허한 속을 해장이라도 해 줘야겠다는 생각으로 침실을 나왔다. 그런데 라면이나 끓여 먹으려고 들어간 주방 냉장고에 붙어 있는 낯선 메모지가 정운의 시선을 잡았다.

「콩나물 해장국 끓여 놨어요. 데워 드시기만 하면 돼요.」

윤이였다. 역시, 그녀가 자신의 집에 온 것은 꿈이 아니었다는 것이 느껴지는 순간이었다. 깊은 한숨이 흘러나왔다. 술에 취해서 회사까지 빼먹는 대표를 뭐라고 생각할까.

그 와중에 손은 본능에 따라서 냉장고 문을 열었다. 냄비가 보였고 꺼내서 열어 보니 콩나물국이었다. 허기가 콩나물국을 보자마자 아우성을 피웠다.

"밥이……."

집에서 밥을 잘 해 먹지 않는 편이다. 혹시 몰라 열어 본 전기밥솥 안에서는 새로 한 하얀 쌀밥이 김을 모락모락 피우고 있었다. 이것 역시, 윤이가 한 밥이었다. 꽤 부산스럽게 움직였을 텐데, 듣지도 못하고 곯아떨어진 자신이 한심해서 정운은 다시 한번 깊게 한숨을 내쉬었다.

콩나물국을 데우고 밥을 크게 퍼서 식사를 시작했다. 적당히 칼칼하고 시원한 것이 정운의 입맛을 제대로 저격했다.

"음."

밥이 술술 잘 들어갔다. 속이 다 풀리는 것 같았다.

"윤이 요리 잘하는구나."

한참 먹고 있으니 문득 윤이가 떠올랐다. 그래서 정운은 휴대 전화를 찾아 그녀에게 전화를 걸었다.

□ ◆ □

한창 영화가 진행되고 있을 때였다. 윤이는 가방 안에서 진동으로 울리는 휴대 전화를 확인하더니, 그대로 영화관을 빠져나갔다.

영화가 시작될 때부터 옆에 있는 윤이에게만 신경을 쓰고 있던 터라, 뭔 내용인지도 모를 영화를 혼자 보고 있고 싶지는 않았다. 강우는 바로 몸을 일으켜 윤이를 따라 나왔다.

"네. 대표님."

— 지금 바빠?

"아니요. 괜찮······."

자신을 따라 나온 강우를 발견한 윤이의 눈이 커다래졌다.

'왜 나왔어? 가서 보고 있어.'

입 모양과 눈짓으로 그렇게 말했지만, 강우는 단호한 표정으로 윤이의 곁에 더욱 바짝 붙었다.

순간 떨어지라는 듯이 손짓하는 윤이의 팔을 그가 잡아끌었다. 강우만 보고 뒤는 확인하지 않은 터라, 팝콘과 콜라를 들고 가던 사람하고 하마터면 부딪칠 뻔한 윤이가 끌어당겨 준 강우 덕에 부딪치지 않을 수 있었다.

하지만 큰일은 그의 품에 안겨 있다는 거였다. 귀에서 그의 심장 소리가 들린다. 보지 않아도 귀가 잘 익은 사과처럼 붉게 달아올랐다는 것이 느껴졌다.

— 윤이야?

"아, 대표님."

잠시 넋이 나갔던 윤이가 휴대 전화로 들려오는 정운의 목소리에 겨우 정신을 차렸다. 강우의 품에서 나온 윤이가 헛기침을 하며 눈을 굴렸다.

한두 번 안겨 본 품도 아닌데, 왜 이리 떨리는가.

"말씀하세요. 무슨 일 있으세요?"

― 다른 게 아니라, 오늘 너한테 너무 추한 모습 보인 것 같아서. 해장국도 잘 먹었고. 고맙고 미안해서 전화했어.

"아니에요. 속은 괜찮으세요?"

― 응. 덕분에 좋아졌어. 그런데 네가 나 취한 모습만 기억하면 어떡하냐.

"취한 모습보다 일하는 모습을 더 자주 보니까, 그럴 일은 없을 거예요. 민망해하지 마세요. 내일은 무리 없이 출근 가능하신 거죠?"

― 당연하지.

"내일 모시러 갈까요?"

― 그래 주면 고맙고.

대화가 오고 가는데, 얼굴이 뚫어질 것 같았다. 이유는 간단했다. 바로 옆에서 자신을 '뚫어져라' 쳐다보고 있는 강우 탓이었다.

― 그런데 지금 뭐 하고 있어? 쉬고 있는데, 내가 정말 방해한 거 아니야?

"괜찮아요."

― 퇴근은 한 거지?

"네."

― 주변이 시끌시끌한 거 보니까 누구 만나기라도 했나 보네.

대화가 길어질수록, 강우의 반응도 더욱 까칠해졌다. 급기야 그는 팔짱을 끼고서는 금방이라도 휴대 전화를 빼앗아 던져 버릴 사람처럼 눈빛이 사나워졌다.

"네. 잠깐 누구 좀 만났어요."

― 대화 길어지면 안 되겠다. 그만 끊을게.

"네, 들어가세요."

전화를 끊고서는 왜 나왔냐고 말하기 위해 입술을 연 순간이었다. 그에게서 황당한 말이 단숨에 날아와 귀에 꽂혔다.

"너 나한테 시집올래?"

"네?"

윤이는 너무 당황해서 입을 쩍, 벌리고 되물었다.

"다른 남자 해장국 끓여 주고, 데리러 가고, 이런 거 꼴 보기 싫은데."

윤이는 여전히 입을 벌린 채 고개를 갸웃했다. 사귀지도 않는 사이에 무슨 결혼이람? 그의 사상과 고백이 당황스러워서 말을 잇지 못했다.

그런 윤이를 두고 강우는 너무 진지한 얼굴을 하고서 말을 이어 갔다.

"생각해 보니까 그 대표를 1순위로 만들지 않을 방법은 하나야. 너 일 안 하게 하는 거. 내가 먹여 살리는 거. 네 사원증 책임 말고, 네 인생 책임 지겠다고. 내가."

"아니, 무슨 시집오라는 말을 서점에서 시집 한 권 사 줄 것처럼 그렇게 쉽게 하는 거야?"

"어려울 이유가 뭐 있어? 내가 너랑 살고 싶다는데."

"……."

"빙빙 둘러서 얘기 안 해. 내 감정 참는 짓도 하기 싫어. 너랑 온종일 있고 싶어. 예전처럼."

강우의 말에 함께 병실 생활을 했던 날들이 떠올랐다. 생각해 보면, 그가 기억 상실에 걸렸다는 걱정과 언젠가는 솔직하게 말해야 한다는 압박감에 늘 편안하지는 않았지만, 그래도 분명 설렘과 미묘한 평온이 존재했던 날들이었다.

윤이는 좋았다. 강우에게 사랑받아서. 다른 사람도 아닌 강우가 사랑해 줘서 분명 행복했던 날들이었다.

"너랑 마주 보고 앉아서 밥 먹고, 잠잘 때 나란히 누워서 자고, 시도 때도 없이 뽀뽀도 하면……."

시한폭탄처럼 터지는 강우의 말에 윤이가 얼른 그의 입술을 틀어막았다. 그리고 주변을 살폈다. 다행히 주변에 사람들은 없었다.

강우는 자신의 입을 틀어막고 있는 윤이의 손을 부드럽게 잡아서 내렸다.

"윤이야."

"……."

"결혼하자. 우리."

정말 뜬금없고 당황스러운 프러포즈가 아닐 수 없었다.

"하지만 결혼이라는 것이 그렇게 쉬운 일이 아니야. 거기다가 지금 우리는 사귀는 사이도 아니잖아. 신강우 씨."

"뭐가 안 쉬운데?"

"강우 씨는 나에 대해서 잘 모르잖아."

"내가 너에 대해서 모르는 게 뭔데?"

"그러니까."

뭘 어디서부터 어떻게 말해야 할지 고민스러워서 눈을 굴렸다. 하지만 고민을 한 윤이보다 강우의 목소리가 더 빨리 흘러나왔다.

"너 잘 때 이 갈고, 욱하는 성질머리 있고, 빚도 있고, 말대답도 잘하고, 술 취하면 개 되고……."

윤이가 발끈했다.

"내가 언제 술 마시면 개가 된다고 그래? 어머머."

"아무튼, 나 너에 대해서 모르는 거 없어. 맥주랑 달콤한 거 좋아하고, 책임감 강하고, 웃는 거 예쁘고. 무엇보다도."

떨어져 있던 거리를 강우가 한 발자국 다가와 좁혔다. 가까운 거리에 선 강우는 상체를 수그려 윤이와 눈높이를 맞췄다.

그의 사연 있을 것 같은 눈동자에 가두어진 윤이는 빠져나갈 틈이 없다는 것을 감지했다. 끝도 없이 빨려 들어갈 것만 같은 그 눈동자에 자신을 가득 채운 강우가 확신에 찬 목소리로 말했다.

"넌 날 좋아하잖아."

"그걸 왜 확신해?"

"그러지 않고서는 네 성격에 나랑 영화를 보고 밥을 먹어 줄 일이 없을 것 같아서. 상사도 아닌데."

"……."

"내가 아직도 너에 대해서 모르는 거야?"

솔직해지고 싶다. 정말 밑도 끝도 없이 솔직해지고 싶다. 강우의 말은 틀리지 않았다. 전부 다 맞았다. 싫은 것에는 크게 감정이나 시간 허비를 하고 싶지 않은 윤이이기에 강우가 제안한 저녁 식사라든지, 영화 관람은 싫지 않기 때문에 한 것이다.

"무서워. 그래. 나는 무서워."

윤이의 뜬금없는 대답에 강우는 인상을 찌푸릴 줄 알았다. 하지만 아니었다. 그는 오히려 부드러워진 표정을 하고서는 윤이의 바라보았다.

"뭐가 무서워?"

"그냥, 남자들한테 다 상처만 받았잖아. 내 인생 맡겨도 될 것 같은 남자한테도 못 보일 꼴, 못 들을 말 들었고."

"지금 그딴 새끼들이랑 나를 비교하는 거야? 지난 4년 동안 정말 내 옆에서 일만 한 거야?"

"상사와 비서 사이와 연인 사이는 엄연히 다르지."

"넌 나를 남자로서 훨씬 더 좋아하고 있어. 그건 병원에서 느껴 봤잖아."

아, 이번에도 역시 부정할 수 없는 말이었다. 확신하는 그의 눈동자는 지나치게 당당해 보였다.

"윤이야."

그러면서도 입술 밖으로 부드럽게 자신을 부르는 목소리에 윤이는 공연히 마음이 설레었다.

"응."

"나 사고 났던 날. 기억난다."

그의 말은 윤이를 긴장하게 했다.

"벨트 풀면서 난 죽어도 윤이는 살았으면 좋겠다고 생각했어. 너 꼬시고 싶어서, 너한테 장가가고 싶어서 하는 거짓말 아니야."

"……."

"그리고 우습게도 혹여나 그런 일이 또 우리에게 닥친다면, 나는 똑같이 행동했을 거야. 이 세상에 너 대신 죽어 주겠다는 남자 있어?"

"후회 안 한다는 뜻이야? 물리 치료 받으면서 많이 아팠잖아."

"후회 안 해."

조금의 망설임도 없이 돌아온 그의 대답이 윤이를 울컥하게 만들었다.

"이 세상에 저 대신 죽어 주겠다는 남자, 아마 있을걸?"

윤이는 울먹이는 목소리로 말했다.

"말로는 뭔들 못 하겠어? 하지만…… 정말, 나를 위해서 그렇게 해 준 사람은 강우 씨뿐이겠지."

그날이 떠오른다. 아직도 두렵고 무섭다. 자신이 죽을지도 모르고 강우를 두 번 다시 볼 수 없다는 두려움은 아직도 윤이를 떨게 했다. 그가 살아 있는 것이 고맙고 이렇게 눈앞에 있는 게 다행이라 생각했다.

"잃을까 봐 무서워. 그때는 신강우 씨가 정말 세상에서 사라질까 봐 그랬고, 지금은 연애 하고 싶은데, 연애하다가 내가 질리고 싫어져서 사라질까 봐 무서워. 고백받은 후에 일부러 튕긴 거 아니야. 뭐, 초기에는 조금 그랬지만…… 싫어서 튕긴 거 아니라구."

이렇게 횡설수설, 콧물과 눈물 다 짜면서 고백을 하게 될 줄은 몰랐다.

"안아 줄까?"

그런 윤이의 마음을 아는 듯 강우가 다정한 목소리로 물었다. 윤이가 고개를 끄덕였다. 그녀는 커다랗고 따뜻한 품에 안겼다. 다시 안기고 싶은 품이었고, 오래도록 안겨 있고 싶은 품이었다.

윤이의 오피스텔 단지 앞에 자동차가 멈춰 섰다.

"얼굴 좀 봐 봐."

품에 안겨 울어 버린 것이 민망해서 이곳까지 오는 내내 창밖만 쳐다보고 있었더니 뒤통수에 대고 강우가 한마디 했다.

"화장이 번진 거 같아서 보여 주기 싫은데."

윤이는 여전히 창밖만 쳐다본 채 고개를 푹 숙이고 웅얼거리듯 말했다.

"나도 널 보고 싶지만, 네가 날 봐 줬으면 좋겠어."

강우가 윤이의 어깨를 조심스럽게 찔렀다.

"날 좀 봐 봐. 어?"

제 어깨를 콕콕 찌르는 강우의 손가락이 간지러워서 윤이가 어깨를 들썩이며 돌아보았다.

"많이 번졌네⋯⋯."

"거봐. 내가 많이 번졌다고 했잖아."

민망함에 웃고 있던 얼굴이 굳어지고 다시 고개를 푹 숙였다. 강우가 그런 윤이를 따라 고개를 숙이며 쳐다보았다.

"번졌다고 했지, 추하다고는 안 했어."

"⋯⋯."

"화장 번져도 예쁘고 귀여워. 계속 쳐다보고 싶을 만큼."

그의 부드러운 속삭임에 윤이가 슬쩍 얼굴을 들었다.

"그래서 내 프러포즈에 대한 대답은 뭐야?"

"결혼하자는 말에 대한 대답?"

"응."

연애도 아니고 결혼에 대한 대답을 지금 당장 내놓는 건 절대로 쉬운 일이 아니었다. 겉으로 보기에는 쉬워 보여도 강우 역시 쉽게 내놓은 말이 아니라는 것쯤은 윤이도 충분히 알고 있다. 그는 모든 여자에게 결코 쉬운 남자가 아니기 때문이다. 어쩌면 오롯이 제게만 쉬운 남자⋯⋯.

그러고 보면 회사에서 일할 때도 그에게 따박따박 말대꾸할 수 있는 유일한 사람도 자신뿐이었던 것 같다. 그렇다고 우월감이 드는 건 아니고, 그에게 이래저래 사랑받고 보호받는 것 같아서 기분이 좋았다. 그리고 이런 좋은 기분을 느끼게 해 준 그도 저와 똑같은 기분을 느끼게 해 주고 싶었다.

윤이는 강우에 대해서 모르는 것이 없었다. 지난 4년간 연인보다도 더 많이 붙어 다니며 볼 것 못 볼 것 다 보여 준 사이였다.

거기다가 비록 가짜였지만, 두 달가량 연애하기도 했다. 자신을 위해 목숨까지 던지고 앞으로도 그럴 각오가 되어 있다는 남자를 놓치고 싶지 않았다. 더는 애타게 하고 싶지 않고 곁에 있고 싶었다.

"그래."

"……."

"내가 받아 줄게. 그 프러포즈."

강우가 화사하게 웃었다.

"그렇게 좋아? 입 찢어지겠다."

그런 강우를 보며 윤이도 자꾸 웃음이 나와서 미칠 것 같았다.

"너 콧잔등이 코끼리 코처럼 주름 생길 것 같아."

강우는 지적하면서도 자꾸 웃었다.

"아, 왜 자꾸 웃어?"

"너무 좋은 걸 어떡해."

핀잔하면서도 역시 웃음이 터져 버렸다. 두 사람의 마냥 해맑고 좋은 웃음이 밀폐된 자동차 안을 채웠다.

□ ◆ □

윤이가 눈을 번쩍 떴다. 새하얀 천장과 포근한 침대, 새벽 특유의 서늘한 바람과 분위기가 훅 밀려들었다. 윤이는 누워 있던 몸을 벌떡 일으켰다.

*'그래. 내가 받아 줄게. 그 프러포즈.'*

너무 선명한 자신의 목소리와 상황에 꿈이 아니라는 것은 알아차렸다.

"결혼……. 나 정말 신강우랑 결혼해?"

윤이가 믿을 수 없다는 듯이 심각하게 혼잣말을 내뱉었다. 이렇게 엉덩이에 불똥 떨어진 망아지처럼 결혼하는 사람들이 있을까 싶을 정도로 섣부른 감이 있다는 생각이 들었다.

하지만 매일 아침과 밤을 강우와 함께 보낼 생각을 하니, 입술 끝이 근질근질했다.

"아, 몰라. 몰라."

윤이가 침대 위에서 발을 마구 움직이며 몸부림쳤다.

아침부터 혼자 발악을 하고 있을 때, 휴대 전화가 울렸다. 강우였다. 이른 시간이었지만, 그도 벌써 깨어난 부지런한 인간형이라는 것을 알려 주고 있는 전화였다.

"큼큼."

목소리를 가다듬고 통화 버튼을 눌렀다.

"여보세요?"

— 잘 잤어?

부드러운 그의 목소리가 귓가에 기분 좋게 퍼졌다. 윤이는 손가락으로 자신의 머리카락을 배배 꼬았다.

"응."

— 난 잘 못 잤는데.

"내 생각에?"

— 우리 애들은 3남매가 좋겠어.

"아휴! 아침부터!"

그러면서도 윤이도 머릿속으로는 슬쩍 애들 이름까지 정해 놓고 있었다.

— 오늘 바로 사직서 내.

"에?"

그러다 들려오는 강우의 말에 모든 것이 거품처럼 사라졌다.

"그렇게 할 수는 없어. 책임감이라는 게 있지."

— 거기서 일한 지 두 달 정도밖에 지나지 않았나? 지금이라도 새로운 비서 뽑아서 인수인계하는 게 편하지.

"아니, 그래도……."

— 나는 너의 그 '비서'로서의 책임감이 너무 싫어. 이제는 신강우의

'아내'로서의 책임감만 갖고 살았으면 싶어.

어쩌면 이건 오래전부터 윤이가 꿈꿔 왔던 상황이기도 하다. 일이 너무 고단하고 힘들 때는 돈 많은 남자를 만나서 일하지 않고 사는 것을 꿈꾸기도 했다.

하지만 지금은 못내 한 남자의 '부인'으로만 살아가야 할지도 모른다는 것이 아쉬웠다. 그렇다. 묘하게 아쉬웠다.

스스로 일 잘하는 비서라는 자부심도 컸고 일을 하는 동안 자존감도 많이 올라가 있었다. 빚 때문에 하는 일이라며 핑계를 대긴 했지만, 윤이는 자신의 직업이 좋았다.

─ 그렇게 정 일하고 싶으면, 신정윤한테 가든가.

망설이는 듯, 빠른 대답을 하지 않는 윤이의 마음을 읽었는지 강우가 덧붙였다. 그러자 윤이의 눈이 동그래졌다.

"당신 사촌 누나?"

─ 응.

"왜 하필?"

─ 여자잖아. 아무리 상사라고 해도 남자랑 일하는 거 신경 쓰여. 출장이라도 가면 따라가야 하고. 이건 널 믿고 안 믿고의 개념이 아니야. 그냥 싫어.

"……."

─ 그리고 특히 백정운 대표가 너를 쳐다보는 눈빛이 마음에 안 들어.

강우가 잔뜩 경계 서린 목소리로 단호하게 말했다.


'직장 상사와 비서 사이가 아닌 연인으로서 발전이라도 하는 사이인 거야?'

'뭐, 네가 그 전 직장 상사랑 계속 연락 주고받고 하는 거 기분이 썩 유쾌하지는 않다고 말했지만, 만일 두 사람이 남녀 사이로 만나는 거라면, 말릴 수 없는 일이니까.'


그건 윤이도 요즘 간간이 느끼고 있는 감정이기에 애써 정운의 편에 서서 대변하지 않았다. 특히 얼마 전에 했던 말들은 윤이도 곰곰이 되새겨 볼 정도로 어딘가 모르게 의미심장했다. 부디 자신이 김칫국물을 마신 것 이었으면 좋을 정도로 윤이는 자신의 감정을 부정하고 싶었다.

— 넌 같이 일하면서 그런 거 못 느꼈어?

"뭐, 그냥……."

— 대답이 뭐 그렇게 애매해? 느꼈나 본데. 너도 입장 바꿔서 생각하면, 네 남편인 내가 여자 비서와 프랑스 출장…….

"어. 싫어."

반사적으로 튀어나온 대답에 윤이 자신도 놀랐다. 하지만 비행기 타는 것을 힘들어하는 그를 위해 행여나 새로운 여자 비서가 책임감을 내뿜는다 며 그의 손이라도 잡는 모습을 상상했다. 정말 꼴도 보기 싫은 그림이었다.

— 거봐, 싫잖아.

"그래서. 비서 뽑았어?"

— 남자로 뽑을 예정이야.

이런 부분에서 아주 철저한 것 같은 강우의 행동이 윤이는 아주 뿌듯하 고 마음에 들었다. 하지만 그 기분도 잠시, 윤이는 다시 시무룩해졌다.

"그런데 나 어려울 때 선배가 도와준 건데, 이렇게 시집간다는 이유로 그만두는 게 너무 개념 없는 것 같고 책임감도 없는 것 같고……."

— 그럼 내가 만나서 얘기하지.

"어?"

— 아주 합리적인 설득으로 너에 대한 인식도 올바르게 박아 주고 나올 테니까 걱정하지 말고 대표 전화번호 불러.

낄끼빠빠를 잘 모르는 듯한 강우가 못 말린다는 듯이 윤이는 고개를 내 저었다.

"어휴, 됐습니다. 제가 알아서 합니다. 너무 모든 일에 낄 생각을 하면 안 돼."

— …….

"이제 씻고 준비해야 할 것 같은데."

— 회사까지 데려다줄게.

"네. 한 시간 뒤에 봅시다."

윤이는 강우의 제안을 거절하지 않았다. 아침부터 그를 볼 생각에 살짝 들뜬 마음을 안고 욕실로 향했다.

"아주 신났네. 신났어."

아침부터 싱글벙글한 자신의 모습을 거울로 보며 윤이는 혼잣말을 했다. 그러다 문득 이런 생각이 들었다.

강우가 자신에게 다가오지 않았다면, 아마도 자신이 계속 강우의 곁을 맴돌았을지도 몰랐을 거라는 생각. 윤이는 사표를 내는 순간에도 강우와의 인연을 아예 끊어 버릴 거라고 생각한 적은 단 한 번도 없었으니까.

강우가 정운의 존재를 계속 신경 쓴다면 그만두는 것이 맞는 것 같다. 더군다나 정운이 정말 자신에게 비서 이상의 감정을 느끼고 있다면 더욱 곤란했다. 곤란한 처지에 놓이는 건 질색이다.

"일단, 그걸 확인해 봐야겠네."

확실한 게 좋을 것 같아 다짐했다. 일이야 강우의 제안대로 여자 상사가 있는 곳으로 가는 것이 좋을 것 같았다.

"아."

순간, 이런저런 생각을 정리하다가 번뜩 떠오르는 것이 있었다.

"그래, 그거였어……. 그거였던 거야."

자신은 여태 강우가 1순위가 되었던 것이 단순히 제 밥줄을 쥐고 있는 상사이기 때문이라 생각했다. 하지만 지금 생각해 보면 아니었던 것 같다. 윤이에게 강우는 상사라서가 아니라, 그저 강우이기에 1순위였다. 지금도 그가 가장 행복하길 간절히 바라니까.

"물론, 그가 행복하려면 내가 곁에 있어야 하는 거지."

그의 곁에 머물 수 있게 되어서 좋았다. 그것이 지금, 윤이가 품고 있는 진심이었다.

□　◆　□

　집무실 문을 열고 들어온 윤이는 평소와 같은 차분한 발걸음과 함께 고소한 커피와 서류를 책상 위에 올려놓았다. 버건디 셔츠와 은은한 베이지색의 A라인 스커트를 입은 그녀는 성숙하면서도 청초한 모습을 품고 있었다.

　그렇다. 정운의 눈에 윤이는 오늘따라 유난히도 예뻐 보였지만, 표정은 아주 무거워 보였다.

　"무슨 일 있어?"

　커피와 서류를 두고 바로 나갈 줄 알았던 윤이가 그 자리에 우두커니 서서 자신을 쳐다보고 있자, 정운은 직감할 수 있었다. 윤이는 자신에게 지금, 분명 할 말이 있다는 것을.

　"제가 이런 질문 하는 거 조금 어처구니없으실 수도 있는데, 그래도 확실한 대답을 들어야 할 것 같아서요."

　"응. 뭔데?"

　아무것도 모르는 척 되물었지만 정운은 머리 한구석에서 조용히 몰려오는 불안한 직감을 그냥 버릴 수가 없었다.

　"혹시, 대표님께서 저를 비서 이상으로 생각하시는 건 아니죠?"

　그것은 자신의 예상에 적중하는 질문이었다.

　정운은 윤이가 귀여웠다. 예전에도 그랬지만, 같이 있을 때는 제법 즐겁고 최근엔 더 예뻐졌다. 틈만 나면 생각나는 것이 비서 이상의 감정을 느끼고 있었다. 이성으로서의 약간의 호감과 관심. 하지만 그간 만났던 여자에게 보였던 호감, 관심과 크게 다를 건 없었다.

　정운은 솔직해져야 할까, 말까를 고민했다. 솔직하게 대답했을 때와 그러지 않았을 때, 윤이의 태도가 어떻게 달라질까 그것이 걱정되었다.

　"대표님?"

　망설이는 정운에게 재촉이라도 하듯, 윤이가 힘을 주어 그를 불렀다.

342

"그런데 그걸 왜 갑자기 물어보는 거야?"

"그게⋯⋯."

갑자기 윤이가 자신의 머리카락을 귀 뒤로 넘겼다. 뽀얗던 볼이 순식간에 불그스름해지더니 그녀가 입술을 꾹 다물고 겨우 미소를 참는 듯했다.

"윤이야?"

그런 윤이를 이번에는 정운이 재촉하듯 불렀다.

"⋯⋯저 프러포즈받았거든요."

"프러포즈?"

"네."

정운은 얼이 빠지는 것 같았다. 약간의 호감을 느낀 윤이에게 아무것도 해 보지도 못하고 이대로 보내야 한다는 것이 살짝 어처구니가 없었다.

"설마, 신강우 대표에게?"

"그걸 어떻게 아셨어요?"

새삼스럽게 깜짝 놀라 묻는 윤이에 정운은 자신이 너무 늦었다는 것을 깨달았다. 상대가 신강우라면, 절대 이길 수가 없었다.

"그래서? 결혼 때문에 일을 그만두기라도 해야 한다는 거야?"

"무책임하게 보일 수도 있는데, 아무래도 그래야 할 것 같아요."

"신 대표가 집안 살림에만 집중하길 바라고 있어? 자신의 아내 될 사람의 능력을 너무 무시하는 거 아니야?"

"아, 그건 아니에요. 다만, 출장도 가야 하고 제가 워낙 책임감이 특출난 걸 아니까 상사에게 매달릴까 싶어서 신경 쓰는 것 같아요. 남자 상사를."

남편 될 남자가 신경 쓰는 일은 작은 거라도 하기 싫다는 의지가 강하게 들어간 대답이었다. 정운도 결혼까지 하기로 한 남자가 있는 여자에게 껄떡대는 취미는 없었다.

"그래. 그렇게 해. 그러면 대신, 한 달 정도 인수인계 부탁할게."

"네. 걱정하지 마세요. 그리고 이해해 주셔서 너무 감사하고요. 선배."

그래서 정운은 쉽게 윤이의 퇴사를 허락해 주었다. 그리고 또 하나, 윤이가 물어본 질문에 답하기 전에 몇 번은 고민해 보길 잘한 듯하다.

"아차, 그리고 아까 네가 물어본 질문 있잖아. 비서 이상의 감정으로 너를 생각하느냐는 그 질문."

"아, 네."

"아니야. 그 이상의 감정이라면, 대학 시절 같이 지냈던 귀여운 후배를 보는 선배의 마음뿐이야."

여태 살짝 긴장하고 있던 윤이의 표정이 풀렸다.

"다행이네요. 저는 또 행여나 대표님이…… 아휴, 더는 쓸데없는 소리 안 할게요. 나가서 일하겠습니다."

그런 윤이의 반응에 자존심은 지켰지만, 어딘가 모르게 씁쓸해지는 정운이었다.

□ ◆ □

광고 촬영 현장은 마무리 단계로 향해 가고 있었다.

꼭두새벽부터 움직여 초저녁을 맞이하며 서아는 콘티대로 연기하고 움직였다.

마지막 신을 앞두고 잠시 갖게 된 휴식 시간.

"백정운 대표님 오셨대."

"그래요? 그럼 가서 인사해야죠."

대기실에 앉아 있던 서아는 매니저의 말에 마시고 있던 커피를 내려놓고 일어섰다. 대기실을 나가니, 촬영 스튜디오에 정운으로 추정되는 남자와 윤이가 보였다. 괜히 껄끄러운 여자였다. 하지만 서아는 여유롭게 다가가서는 정운, 윤이와의 간격을 좁혔다.

"오셨어요, 백 대표님?"

서아의 인사에 등을 보이던 남자가 돌아섰다. 서아는 살짝 놀랐다. 얼마 전, 잡지사에 실린 사진보다 훨씬 잘생긴 외모와 바로 휘어지는 화사한 눈웃음 때문이었다. 별 관심 없는 남자이지만, 사람 기분 좋게 만들 만한 눈웃음이었다.

"처음 뵙겠습니다. 김서아 씨."

광고 계약은 담당자와 했기 때문에 정운과는 처음 만나는 자리였다. 정운이 자연스럽게 악수를 청해 왔다.

"여기서 뵙네요."

정운과 인사를 끝낸 서아는 그의 곁에 서 있는 윤이에게 바로 관심을 돌렸다.

"그러게요."

윤이가 억지 미소를 지으며 대답했다. 그녀가 자신만큼이나 이 만남을 달가워하지 않는다는 것을 바로 알아차렸다.

"두 사람은 초면이 아닌가 보네요."

"네. 전에 한번 잠깐 뵀었어요. 앞으로 1년가량 광고 모델로서 잘 부탁드려요."

서아는 윤이와의 인사를 빠르게 끝내고 정운을 향해 가볍게 묵례했다.

"저야말로 잘 부탁드립니다."

"그런데 사실, 제가 '스위트가든'이라는 회사에 대해서 모르는 게 많아요. 뭐라도 좀 알고 있어야 여기저기 홍보를 더 해 줄 텐데."

뒷말을 슬쩍 흘리며 서아는 정운과 윤이의 반응을 살폈다. 정운은 다음 말을 관심 있게 기다리는 듯했고 윤이는 살짝 경계 서린 눈빛으로 서아를 쳐다보았다.

"음, 오늘 저녁 식사 같이하면서 스위트가든이 어떤 곳인지, 좀 알려 주세요. 윤이 씨도 이렇게 다시 만난 거 반가운데, 같이 가요."

"그럴까요?"

정운은 긍정적인 반응을 보였다.

"네. 사실, 백 대표님이랑 저랑 둘이 가면 오해의 소지가 생길 수도 있구요. 저랑 매니저랑, 대표님이랑 윤이 씨. 이렇게 넷이서 가고 싶은데."

두 사람은 오히려 윤이의 대답을 기다리는 듯, 동시에 윤이에게로 시선을 옮겼다.

"어때, 윤이야?"

회사의 홍보 모델이 회사에 대해서 잘 알고 싶다며 대표에게 식사를 제안하는 경우는 처음 봤다. 윤이는 그렇게 생각하면서도, 긍정적인 반응을 보이는 정운 때문에 가기 싫은 티를 내고 싶지는 않았다. 갑작스러운 퇴사를 별말 없이 허락해 준 정운이었다. 퇴사 전까지는 되도록 그의 심기를 건드리는 일은 하고 싶지 않았다.

"네. 알겠습니다."

□ ◆ □

"누구?"

강우가 잘못 들은 줄 알고 반문했다.

— 김서아 씨.

단조로운 윤이의 대답에 강우는 자신이 잘못 듣지 않았다는 것을 알게되었다. 일정을 끝내고 저녁 약속이 있다는 윤이는 저녁을 함께할 사람들이 누구인지 말해 주었다. 그리고 또 서운한 소리를 덧붙였다.

— 기다리지 말고, 먼저 집으로 가.

"왜 맨날 그 소리야?"

— 미안하니까 그러지. 한가한 사람도 아니고.

"회사에서 일 보고 있을 거니까, 다 먹으면 연락해."

— 아주 그냥, 나를 잠깐이라도 안 보면 입안에 가시가 돋아?

단어에는 전부 핀잔이 들어가 있는데, 그 단어들을 건네고 있는 목소리에는 웃음기가 가득하다. 윤이가 기분이 좋으면 강우도 덩달아서 기분이 좋다. 그래서 그녀의 좋은 기분을 깨트리고 싶은 마음은 없었다.

"어. 가시가 돋아. 어디 입안에만 돋는 줄 알아? 온몸에 다 돋아서 못

견뎌."

— 치이……. 알았어. 그러면 저녁 식사 끝나고 연락할게.

전화를 끊고 강우는 자신의 의자에 깊숙이 몸을 기대었다. 윤이와 저녁 약속을 잡은 서아의 존재가 매우 신경이 쓰이고 거슬렸다. 살랑살랑 웃는 얼굴로 헛소리를 아무렇지도 않게 지껄이는 그 여자의 입에서 어떤 말들이 나올지 궁금했다.

의도를 갖고 접근하는 것이 적나라하게 보일 정도로 노골적이던 여자. 물론, 자신이 오해한 걸 수도 있지만, 강우는 그렇게 느꼈기에 더욱 큰 거부감이 들었다.

윤이가 서아의 잡소리를 믿을 만한 여자가 아니라는 걸 안다. 그래도 마음이 불편한 건 어쩔 수 없었다.

고급 이탈리안 레스토랑 룸 안에 마주 보고 앉은 네 사람은 이제 막 나온 음식들을 앞에 두고 있었다. 서아는 세 사람의 의견도 없이 벨을 눌러 직원을 불렀다.

"와인 리스트 하나 가져다주시겠어요?"

연예인. 그것도 요즘 한창 주가를 올리고 있는 서아를 본 직원은 황홀한 미소를 한껏 보이며 얼른 리스트를 가져다주었다.

"와인 한잔해도 되죠?"

"같이하시죠."

서아의 물음에 정운이 대답했다. 윤이는 속으로 한숨을 쉬었다. 술병 난 지 얼마나 지났다고 또 술을 마시고 싶을까.

그러고 보니, 정운은 대학 시절 때도 술을 참 좋아했던 선배였다. 취해서 해롱거리는 걸 몇 번 본 적이 있었는데, 그 술버릇을 아직도 못 고친 게 조금 한심하게 느껴졌다.

"윤이야, 너도 한잔해."

"저는 괜찮습니다."

윤이는 두 손까지 들고 거절했다.

"왜요? 한잔해요. 이렇게 만난 것도 반가운데."

정운의 제안을 거절하는 윤이를 향해 서아가 한 번 더 권했다.

"반갑다고 꼭 술을 마셔야 하나요? 저는 자몽에이드로 이 반가운 마음을 대신하겠습니다."

친절한 목소리지만, 단호하게 술을 거절했다. 자신의 제안을 거절하는 윤이를 향해, 서아는 잠시 굳은 눈빛을 보이다가 메뉴판을 접었다.

"그래요. 그렇게 해요, 그러면."

서아와 정운, 그리고 매니저는 와인을 윤이는 자몽에이드를 주문하고 나서 식사를 이어 나갔다.

"봉봉이 캐릭터는 어떻게 하다가 만들게 되신 거예요? 너무 귀엽던데."

서아는 정운에게 회사와 관련된 것들을 이것저것 많이 물어보았다. 서아를 의심한 것이 미안할 정도로 그녀는 회사에 대한 궁금증과 관심이 많은 듯했다.

한참이나 그렇게 대화가 무르익어 갈 때쯤이었다. 매니저의 휴대 전화가 울렸다.

"네, 여보세요. 예, 형님."

매니저는 전화를 받으러 급하게 일어서서 룸을 나섰다. 그리고 그 타이밍에 윤이의 휴대 전화도 울렸다. 엄마였다.

"어, 저 잠시만요."

어차피 서아와 정운의 대화만 즐비하게 늘어지고 있던 터라, 윤이도 양해를 구하고 룸에서 나왔다. 그러곤 통화 버튼을 눌렀다.

"어, 엄마."

— 아직도 회사니?

"아니. 회사는 아니고. 왜 무슨 일이야?"

— 다른 게 아니라, 이번 주에 혜은이네 돌잔치가 있어서.

"어머, 지유가 벌써 돌이야?"

혜은이는 윤이의 사촌으로 꽤 가깝게 지냈지만, 취업하고 시집가면서 자연스럽게 멀어졌다.

— 응. 혜은이가 오랜만에 윤이 너 보고 싶다고, 같이 올 수 있냐고 물어보더라고.

"아…… 이번 주 주말?"

— 응.

"간다고 전해 줘. 나도 오랜만에 혜은이 보고 지유도 보고 해야지."

— 그래. 알았어. 그럼 어떻게 할까? 따로 가서 만날까?

"음…… 아니. 내가 렌트해서 엄마 데리러 갈게."

— 알았어. 그러면 12시까지 데리러 와. 2시부터 시작이니까.

"응."

전화를 끊고 기왕 나온 거, 화장실이라도 들를 생각으로 윤이는 룸 반대 방향으로 몸을 돌렸다.

강우는 뭘 하고 있을까. 잠깐이지만 전화라도 걸어 봐야지, 생각하며 윤이는 서둘러 걸음을 옮겼다.


한편, 룸에 정운과 단둘이 남겨진 서아는 이때가 기회다 싶어 입술을 열었다.

"백 대표님, 윤이 씨가 그 전에 어디에서 일했는지 알고 계시죠?"

"네. 잘 알고 있습니다."

"그러면, 그건 알아요?"

정운은 대답 대신 눈빛으로 묻고 있었다. 어떤 거 말입니까?

"윤이 씨와 강우 씨 사귀었다가 헤어진 거."

"헤어진 거 아닌데."

놀란 반응을 보일 줄 알았던 정운의 대답에 서아가 고개를 갸웃했다. 등골이 싸했다.

"헤어진 게 아니라니요?"

"당사자도 없는 곳에서 이런 말을 하는 건 예의가 아닌 것 같습니다. 곧 윤이가 돌아올 테니까 궁금한 거 있으면 직접 물어보세요."

부드럽게 생긴 것과 다르게 정운은 차갑게 상황을 일축시켰다.

"직접 못 물어봐요."

서아는 그런 정운을 향해 필살기를 사용했다. 머리카락을 귀 뒤로 넘기며 보통의 남자들이라면 눈이 마주치는 순간, 서아의 부탁을 안 들어주고는 못 배기는 사연 있는 듯한 눈빛으로 쳐다보았다.

"솔직히 제가 신강우 씨한테 관심이 있거든요."

"그런 이유라면 더더욱 윤이에게 직접 들으셔야겠네요."

주변 소문에 의하면 백정운 대표는 여자를 쉽게 만나고 헤어지는 남자라고 했다. 그래서 성격 자체도 가벼울 거라고 여겼던 서아는 살짝 뒤통수를 맞은 기분이었다.

"그런데 아까부터 호칭을 계속 '서 비서'가 아니라 '윤이'라고 하는 걸 보니, 두 분 무슨 특별한 사이라도 되나 봐요."

"특별하다면 특별하다고 할 수 있죠. 대학교 때 친하게 지냈던 선후배 사이니까."

"아."

안 그렇게 생겨서, 서윤이 그거 은근 여우네? 남자를 옆에 안 끼고 살면 못 사는 여자구나, 그것도.

서아는 그렇게 생각하며 스테이크를 먹기 위해 입술을 벌렸다. 그때 잠시 밖에 나갔던 윤이가 돌아왔다.

"김서아 씨가 신강우 씨한테 관심이 있대. 알고 있었어?"

그런 윤이를 향해 정운은 망설임 없이 단도직입적으로 말했고 서아는 예상하지 못한 반격에 당황해서 사레에 걸렸다.

"캑."

"네. 알고 있었어요."

"그럼 사실대로 말하는 게 좋겠네."

"마음 접는다고 했는데……."

"지금 보니까, 아닌 것 같은데?"

자신을 앞에 두고 대화를 하는 두 사람에 서아는 얼굴을 찌푸렸다. 서아는 큼, 하고 헛기침을 하며 자신이 들고 있는 포크로 테이블을 툭툭 쳤다. 그러자 두 사람이 서아를 동시에 쳐다보았다.

"저 신강우 씨한테 프러포즈받았어요."

윤이는 기다렸다는 듯이 단번에 말했다. 그러자 서아의 입이 다물어지질 않았다.

"두 사람 헤어진 거 아니었어요?"

"헤어졌었는데, 다시 만나게 됐어요."

서아는 짜증이 확 솟구쳤다.

"그런데 신강우 씨가 결혼하자는 프러포즈를 했다구요?"

"네."

뭐가 그렇게 빨라? 자신의 계획에 찬물을 뿌려 버린 윤이에 서아는 열불이 났다. 마치 자신이 찜해 놓은 명품 가방을 윤이가 그 자리에서 낚아챈 기분이다.

"들으셨죠? 김서아 씨가 갖고 있는 신강우 씨에 대한 관심 거두셔야 하는 거예요."

옆에서 한 번 더 상기시켜 주는 정운이 더 얄미웠다. 하지만 대놓고 티를 낼 수는 없었다. 그래서 '환한 미소'를 지으며 가면을 썼다.

"그래야겠네요. 축하해요, 윤이 씨."

"네. 감사합니다."

대답하면서도 미심쩍어하는 윤이의 표정에 서아는 속이 한 번 더 뒤집어졌다. 당장이라도 이 자리를 벗어나고 싶은 창피함도 있었다. 자존심이 그대로 뭉그러지는 것 같았고 민망해서 견딜 수가 없었다.

서아는 오늘 자신이 겪은 이 굴욕을 잊지 않을 생각이다. 결단코.

계산하고 가게 밖으로 나왔는데, 서아는 보이지 않았다. 주차장에 나란히 세워 두었던 밴이 보이질 않고 대리기사 한 명만 덩그러니 서 있는 걸 보니, 서아는 인사도 없이 가 버린 듯하다.

"참⋯⋯."

그런 서아에 정운도 못내 씁쓸한 기분이 들었는지 고개를 내저었다.

"신 대표가 데리러 오기로 했지?"

"그런 건 아니지만, 기다리고 있어요."

"그러면 너는 신 대표님 차 타고 가."

"아니에요. 같이 갔다가 대표님 잘 들어가시는 거 보고⋯⋯."

"나 하나도 안 취했어."

정운이 격하게 손짓했다. 그러고는 곁에 서 있는 대리운전 기사에게 두 손으로 차 키를 건넸다. 기사가 운전석에 올라타 시동을 거는 동안, 정운은 윤이의 앞에 섰다.

"윤이야."

"네?"

"사실, 나 너한테 조금 관심 있었다."

"역시, 제 예상은 빗나가질 않았네요."

윤이는 자신의 촉에 감탄했다.

"그냥, 어차피 너 곧 그만둔다니까 솔직해지고 싶어서 하는 얘기야. 그래도 나는 임자 있는 사람은 안 건드려. 임자 없어도 나 좋아해 줄 여자는 많거든."

"그럼요. 선배, 워낙 인기 많으신 분이잖아요."

"그런데 마음에 걸리는 건 김서아 씨야."

서아의 이름을 듣고 윤이의 표정도 무거워졌다. 아까 룸에서 대화를 주고받으면서 강우에게 프러포즈를 받았다는 말에 차갑게 굳어지는 그녀의 얼굴을 보며 윤이 역시 느꼈던 부분이었다.

"김서아 씨, 우리 회사 광고 모델이지만, 뭔가 분위기가 좀 싸해. 경계할 필요가 좀 있을 것 같아."

"충고 감사합니다."

꾸벅, 인사하는 윤이에 정운이 피식 웃었다. 그리고는 똑같이 배꼽 인사를 했다.

"네. 조심히 들어가세요. 제 두 달 비서님."

"하하하하. 참, 선배는 그런 걸 꼭 집어서 얘기해야 해요?"

"이제 편안해졌나 보네. 선배라는 호칭 나오는 거 보니까."

"그런 거 같네요."

"피곤하다. 이제 가 볼게. 내일 봐."

"네. 조심히 들어가세요. 선배."

윤이는 정운을 배웅한 후 휴대 전화를 열었다. 그리고는 통화 목록의 반을 차지하고 있는 이름을 꾹 눌렀다.

전화한 지, 10분여 만에 강우의 자동차가 윤이의 앞에 멈춰 섰다. 더 시간이 걸릴 줄 알았던 그가 너무 일찍 온 것에 윤이는 의아했다.

"금방 왔네. 좀 걸릴 줄 알았는데."

"응. 밟았어."

"그런 거 당당하게 하지 마. 그러다가 사고라도 나면 어쩌려고 그래? 나는 좀 오래 기다려도 상관없으니까, 제발 안전 운전 하세요."

"입만 열면 잔소리네."

조수석에 앉은 윤이를 향해 살짝 불평이 실린 강우의 목소리가 날아왔다. 벨트를 매려던 윤이가 멈칫하며 강우를 쳐다보았다.

"그래서 싫어? 결혼하면 더 할 수도 있는데."

"좋아서 한 소리야."

윤이가 눈을 얇게 떴다.

"거짓말."

"진짠데. 다른 사람이 하는 잔소리는 싫은데, 네가 하는 잔소리는 좋아."

"강우 씨가 날 많이 좋아하기는 하나 보다."

"그래. 내가 너 좋아하는 거 맨날 느끼면서 살게 해 줄게."

벨트를 매며 싱글벙글한 윤이의 뺨을 강우가 부드럽게 쓰다듬어 주었다. 꼭 귀여운 강아지가 된 기분이었지만, 그의 손길이 워낙 보드라워서 좋았다.

"그런데 반말하는데 강우 씨라는 호칭은 좀 이상하지 않아?"

윤이는 문득, 자신이 강우를 부르는 호칭이 어색하고 마음에 들지 않았다.

"착착, 입에 안 달라붙어."

"그럼 어떤 호칭이 달라붙을 거 같은데?"

"음……."

이게 뭐라고 진지하게 고민까지 하던 윤이는 머릿속에 몇 개의 호칭 후보를 펼쳐 보았다. 여보, 남편…….

프러포즈를 승낙했지만, 아직은 너무 앞서 나간다는 기분이 들었다. 자기……는 뭔가 오글거려서 입 밖으로 잘 나오지도 않았다. 그러다 순간적으로 스치는 호칭을 윤이는 무의식중에 내뱉었다.

"오빠."

친오빠도 없고, 주변에 오빠라고 부를 만한 사람도 없었다. 그러니 윤이가 부르는 '오빠'는 강우뿐이었다. 아주 마음에 드는 호칭이었다.

"결혼 전까지는 오빠라고 할래. 혹시, 어색하거나 듣기 싫어?"

부르는 사람은 아주 마음에 들지만, 듣는 사람이 거슬릴까 싶어 물었다. 그는 아무 말 없이 윤이를 빤히 쳐다보았다.

"마음에 안 들어?"

"……."

"마음에 들어?"

묻는 말에 대답도 없이 쳐다보기만 하는 강우에 윤이가 한쪽 입꼬리를 올렸다.

"대답을 좀 해 주세요, 신강우 씨. 마음에 드십니까, 안 드십니까."

"다시 불러 봐."

"오빠?"

"이름 붙여서 불러 봐."

"강우 오빠."

강우가 두 눈을 감는다. 대체 왜 저러는지 누가 설명 좀 해 줬으면 싶다, 할 때쯤 그가 다시 눈을 떴다.

"다시 불러 봐."

"왜 이러실까, 정말?"

"빨리."

재촉하는 강우에 윤이가 하는 수 없이 다시 입술을 떼어 냈다.

"강우 오빠."

"너무 좋아. 미칠 것 같아."

답은 결국 이거였다.

"나도 너무 마음에 드는 호칭이야. 그러니까 다시 불러 봐."

그의 반응이 귀엽고 사랑스럽다. 얼마나 좋으면 저렇게 환한 미소가 다 나올까 싶어서 윤이는 몇 번이고 똑같은 호칭을 불러 주었다.

그러다 화제가 바뀐 건, 윤이의 동네에 거의 다 도착했을 무렵이었다.

"이번 주말에 놀러 가자."

"아차, 나 주말에 약속 있어."

"누구랑?"

"엄마랑 사촌 조카 돌잔치 가기로 했어."

"같이 가면 되겠네."

"에?"

"이제 결혼할 사이이니까, 장모님께 미리미리 인사도 드리고 해야지. 이번에 뵙는 김에 상견례 날짜까지 다 잡아야겠다."

윤이는 자신이 시집을 가는 것도 얼떨떨한데, 그 상대가 강우라는 것이 더욱 믿어지지 않았다. 몇 개월 전까지만 해도 '네가 대표님에게 시집가면 되겠네.'라고 했던 정아의 말에 콧방귀를 뀌었던 윤이였다. 사람 일은 모른다는 말이 괜히 나온 것이 아닌 듯했다.

"회장님이랑 어머님께는 말씀드렸어?"

"아니, 아직. 어차피 좋아하실 거야."

강 여사는 의심의 여지가 없다. 하지만 윤이의 마음에 걸리는 건, 신 회장이었다.

"돌잔치 몇 시에 하는데?"

그런 윤이의 마음을 알아차리지 못했는지 강우의 관심은 오로지 '장모님과의 첫 만남'에 쏠려 있었다.

"2시쯤 시작한다니까, 아마 4시쯤 끝날 거 같아."

"어머니 뭐 좋아하셔?"

"우리 엄마 갈비 좋아하셔. 그래서 하루에 삼시 세끼 내내 갈비만 먹은 적도 여러 번 있어."

"그럼 저녁은 갈빗집에서 먹고, 꽃 알레르기 같은 건 없으시지?"

"우리 엄마 꽃 사 주게?"

"응."

윤이는 자신이 강우를 잘 알고 있다는 자부심이 늘 강했다. 하지만 남자로서의 강우는 확실히 모르고 있었다는 것을 하나둘씩 깨닫는다. 그는 남자로서 무뚝뚝하지 않다. 상냥하고 다정하고 센스 있다.

"없으셔. 꽃이나 식물 엄청 좋아하시거든. 그래서 오빠한테 꽃 선물 받으면 엄청 좋아하실 거야."

"오빠······."

강우는 아직도 윤이가 부르는 호칭에 감동하는 중이었다. 예전에 강우

같은 남자와 결혼할 여자는 참 불쌍하다고 생각했는데, 지금 생각해 보니 복이 터진 여자인 것 같다. 저렇게 잘생겼는데 귀엽기까지 하고, 제 작은 한마디에도 저리 좋다고 행복해하는 남자는 어느 여자든 쉽게 남편으로 둘 수 없을 테니까.

"그날 드라이브 갈까, 쇼핑할까? 어머니께서 뭘 좋아하셔?"

"음. 둘 다 좋아하실 거야, 아마. 우리 엄마 창고형 매장 같은 곳에서 쇼핑하는 거 좋아해."

"그럼, 그날 거기 가면 되겠네. 그리고 아침에 와서 나 옷 좀 골라 줘."

"옷?"

"어머니가 좋아할 만한 옷으로. 잘 보이고 싶어."

"추리닝을 입고 나와도 좋아하실 텐데."

"사촌 돌잔치에 어떻게 추리닝을 입고 가?"

"그냥 한 소리여요. 왜 이리 고지식할까, 강우 오빠."

'오빠'라는 소리에 그가 또다시 함박웃음을 터트린다.

그러는 사이 도착한 창밖의 거리는 익숙한 곳이다. 윤이의 동네였다. 아쉬웠다.

"여기서부터 쭉 한 바퀴만 더 돌면 안 돼?"

그래서 윤이는 동네 한 바퀴를 더 돌고 들어갈 것을 제안했다.

"나랑 떨어지기 싫구나, 우리 윤이."

"……뭐, 살짝."

"그럼 차 한잔 마시고 올라가. 널 못 보니까, 운전은 별로 하고 싶지 않아."

윤이의 맞은편에 있는 작은 카페를 눈짓하며 강우가 역제안했다. 드라이브를 원한 것이 아니라, 강우와 함께 있는 시간을 원했기에 윤이가 거절할 이유는 없었다.

"그래."

두 사람은 차를 주차하고 내렸다. 강우가 자연스럽게 팔을 뻗어 윤이의 손을 잡았다. 커다랗고 따뜻한 손이라 뿌리치고 싶지 않아 윤이가 힘을 주어 맞잡았다.

서로의 손을 소중하게 붙잡고서 두 사람은 나란히 카페 안으로 들어섰다.

□ ◆ □

"정말 괜찮아?"

벌써 몇 번을 물어보는지 셀 수가 없었다.

윤이는 강우의 옷차림을 다시 한번 점검해 주었다. 흠잡을 곳이라고는 먼지만큼도 없을 정도로 그는 완벽함을 뽐내고 있었다.

"너무 멋져."

"멋진 건 당연하고, 어머니가 좋아하실 만한 사윗감처럼 보이냐고."

"우리 엄마 말 예쁘게 하는 남자 좋아해."

"그럼, 또 나지."

얼굴 가득 물음표를 그려 두는 윤이에 본인도 머쓱했는지 강우가 헛기침하며 옷매무새를 가다듬었다.

주말이 왔고 두 사람은 엄마를 모시러 가기 전에 미리 만났다. 꼭두새벽부터 데리러 온 강우에 뭔 요란을 이렇게 떠나, 싶다가도 자신의 엄마에게 잘 보이고 싶어서 폭풍 노력 중인 그가 예뻐 보였다.

엄마의 집에 도착하기 직전엔 꽃집에 들렀다. 아주 신중하게 제일 아름답고 비싼 꽃으로 고른 강우는 아까부터 굳은 얼굴을 하고서 다시 차를 출발시켰다. 꽃을 실은 자동차 안에서는 금세 향긋한 향이 퍼져 나갔다.

그 향을 있는 힘껏 들이마시던 윤이가 강우에게로 시선을 옮겼다. 아까부터 굳어 있던 표정, 엄마 집에 가까워질수록 더욱 자주 반복되는 헛기침.

"긴장돼?"

"조금."

지금 강우는 그답지 않게 '긴장'이라는 것을 하고 있었다.

"조금이 아닌 것 같은데."

"만져 봐 봐."

심장이 많이 뛰고 있는지, 자신의 가슴 언저리를 손짓하는 강우에 윤이가 당황했다.

"아니, 갑자기 그렇게 만져 보라고 하면……."

감사하죠.

윤이는 본능적으로 두 팔을 뻗었다.

"아니, 왜 거길 만져?"

정신을 차려 보니, 자신이 강우의 민감한 두 가슴을 더듬거리고 있었다. 그 와중에 참 탄탄하고 야무진 근육이 박혀 있구나, 감탄했다.

"어?"

윤이의 손목이 강우 때문에 정확히 심장이 있는 쪽으로 향했다. 강우의 심장은 윤이의 손바닥 위에 생선을 올려놓기라도 한 것처럼 심하게 뛰고 있었다. 윤이는 도마가 된 기분으로 그의 심장을 진정시켜 주고 싶었다.

"긴장 안 해도 돼. 우리 엄마, 무서운 사람 아니야."

"무서운 사람 같아서 긴장하는 거 아니야. 혹시나 나 마음에 안 들어서 반대하실까 봐 그렇지."

"그럴 분 아니야. 우리 엄마는 나의 안목을 가장 믿어 주는 사람이거든."

"그래도, 너 나한테 잘리고 질질 짜는 모습 보면서 마음 아파하셨을 거 아니야."

"……그건 그렇지."

강우가 절망스럽다는 듯 어깨까지 들썩이며 한숨을 내쉬었다. 이제 막 집 앞에 도착해서 핸들에 머리를 박고 좌절하는 그의 어깨를 윤이가 다독여 주었다.

"걱정 마. 오빠한테는 내가 있잖아. 엄마가 쉽게 허락해 주시지 않아도 내가 흔들리지 않으면 되지. 안 그래?"

윤이의 위로에 그가 여전히 핸들에 기댄 채 얼굴만 돌려 눈을 마주했다.

"미안했어. 앞으로 진짜 잘할게."

"응. 믿을게."

대답을 끝낸 윤이는 엄마에게 전화를 걸어 도착했음을 알렸다. 그러자 강우는 운전석에서 내려 정확히 반대쪽으로 걸음을 옮겼다.

"그쪽 아니야."

서둘러 내린 윤이의 말에 몸을 휙 돌려 다가온 강우가 다시 엄마 집 쪽을 바라보고 섰다. 강우는 얌전하게 두 손을 앞으로 모은 채 정자세로 서서 엄마의 집을 '뚫어져라' 쳐다봤다. 너무 긴장하는 그가 안쓰러우면서도 귀여웠다.

그때, 정미가 자동문을 지나 걸어 나왔다. 윤이를 발견한 정미가 신나게 팔을 흔들다 말고 옆에 서 있는 강우에 흠칫했다. 잠시 걸음을 멈췄던 정미의 곁으로 강우와 윤이가 다가왔다.

"신강우 대표님이 이 시간에 윤이랑 왜 이곳에……."

"안녕하십니까. 장모님."

강우가 허리를 90도로 꺾으며 아주 예의 바르게 인사를 건넸다.

"잠깐, 지금 뭐라고 그랬어요? 장, 장모님?"

그리고 인사 뒤에 야무지게 덧붙인 '장모님'이라는 호칭을 들은 정미의 눈이 휘둥그레졌다.

"장, 장모님?"

혼란스러움이 가득 들어찬 눈빛을 한 정미가 상황 설명을 해 보라는 듯 윤이를 쳐다보았다. 너무 놀라서 말문도 막혀 버린 듯한 엄마에 윤이는 어제 정리한 말들을 차분한 심정으로 꺼내 놓았다.

"우리가 서로 늘, 곁에 있어서 몰랐던 감정을 떨어져 지내면서 알게 된 것 같아. 나 신강우 씨가 좋아, 엄마. 신강우 씨도 나를 많이 좋아하고. 그래서 연애하기로 했……. 아니, 결혼하자고 프러포즈해서 받아 줬어."

"그러니까, 너랑…… 신강우 대표랑 결혼한다고?"

정미는 여전히 믿지 못하겠다는 얼굴을 하고서 강우와 윤이를 번갈아 가며 손짓했다. 그럴 만도 했다.

"아니, 이렇게나 갑자기? 너무 서두르는 거 아니니?"

"지난 4년 동안 함께했기 때문에 서로에 대해서는 모르는 것이 없습니다. 그리고 여자 친구인 윤이를 많이 사랑합니다."

정미의 질문에 윤이 대신 강우가 대답했다. 강우는 윤이의 손을 잡고 팔짱을 끼웠다.

"저희 잘 살겠습니다."

강건한 목소리와 눈빛은 흔들림이 없었다. 하지만 정미는 여전히 얼떨떨함을 감추지 못하고 있었다. 커다래진 눈과 살짝 벌어진 입술, 그리고 어정쩡하게 서 있는 자세가 그랬다.

"자세한 얘기는 오늘 저녁 식사 대접하면서 마저 드리겠습니다. 일단, 돌잔치 장소로 출발하시죠."

강우는 상황을 정리한 뒤 뒷좌석 문을 열어 정미를 태우고, 조수석에 앉으려는 윤이를 제지했다.

"어머니랑 같이 타."

"꼭 오빠를 기사로 데리고 온 것 같잖아. 그냥 조수석에 탈……."

"그런 생각 전혀 안 해. 옆에 앉아서 놀라셨을 어머니 달래 드려."

윤이가 슬쩍 정미를 보았다. 엄마는 멍, 하니 생각을 정리하는 얼굴을 하고 앉아 계셨다.

"엄마."

옆으로 다가오는 윤이를 세게 끌어당긴 정미는 운전석에 타기 위해 차보닛을 지나가고 있는 강우를 곁눈질하며 귓속말했다.

"정말 신 대표랑 결혼할 거야? 그쪽에서는 허락한 거야? 혹시, 너 신 대표한테 돈 꿨어?"

맥락이 하나도 맞지 않는 질문을 숨도 쉬지 않고 던졌다. 하지만 강우는 금방 운전석에 올라탔고 정미는 윤이의 대답도 듣지 않고 몸을 떼어 냈다.

"모시겠습니다. 장모님."

"그, 그래요."

"편안하게 말 놓으세요."

"하하하. 그, 그렇게 하지."

편안하게 말을 놓으라 했지만, 전혀 편안해 보이지 않는 정미를 실은 자동차가 돌잔치가 열리는 장소로 향했다. 정미는 내내 여전히 믿지 못할 현실에 빠져서 혼란스러워하는 듯했다. 궁금한 것이 아주 많다는 눈빛으로 운전하는 강우와 자신의 옆에 있는 윤이를 수십 번은 넘게 번갈아 쳐다보았다.

세 사람은 돌잔치가 진행될 장소에 도착해 홀 안으로 들어섰다. 윤이가 축의금을 내는 곳으로 가서 흰색 봉투에 돈을 넣는 정미를 멍하니 쳐다보고 있는데 옆쪽이 부산스러웠다. 윤이가 힐끔 보니, 강우가 지갑에서 돈을 꺼내고 있었다.

"엄마가 대표로 내는 거라 괜……. 아니, 여기에 왜 천만 원짜리 수표를 내! 그것도 두 장이나!"

봉투 안으로 들어가는 엄청난 금액의 수표를 발견한 윤이가 놀라서 그를 제지시켰다.

"천만 원권 수표를?"

정미도 덩달아 놀랐다. 하지만 두 사람을 놀라게 한 장본인은 덤덤하기만 했다.

"보통 이렇게 내지 않나요?"

조심스러운 목소리로 묻는 강우에 윤이와 정미는 그제야 아, 하며 깨달았다. 상대는 재벌이다.

"오늘은 그렇게 안 내도 돼."

"그래도 어떻게 그래. 한 사람이 더 온 건데."

"내가 낼게."

윤이는 강우의 수표를 집어넣고 대신 자신의 지갑에서 몇만 원을 더 꺼내 추가로 냈다.

축의금을 내고 나서 룸 안으로 들어서자, 사람들의 시선이 죄다 강우에게로 꽂혔다. 초대받지 않은 손님이라 의아해하면서도 훤칠한 체격과 남다른 분위기 탓에 사람들의 시선을 끌지 않을 수가 없는 존재였다.

"언니 왔어?"

혜은이 정미를 알은척하며 곁으로 다가왔다.

"안녕하세요, 이모. 지유 세상에 태어난 지 1년 된 거 너무 축하해요."

"어, 고마워, 윤이야. 바쁠 텐데 여기까지 다 와 주고. 그런데 누구?"

한껏 윤이를 반겨 주던 혜은의 관심은 바로 옆에 있는 커다란 덩치를 가진 강우에게로 향했다. 강우가 혜은을 향해 예의 바르게 인사했다.

"쟤네 곧 결혼한대."

혜은의 질문에 정미가 대신 대답했다. 꼭 남 일처럼 말하는 걸 보니, 아직도 두 사람의 결혼을 온전히 받아들이지 못한 듯했다.

"어머, 그럼 언니 예비 사위야?"

"어? 어, 그렇지."

"훤칠하네! 윤이 시집 못 가면 어쩌느냐고 그렇게 걱정을 하더니, 걱정할 일도 아니었네!"

"누구? 윤이 남편 될 사람이래?"

"어디어디."

뒤에서 얘기를 듣고 있던 친척 어른들이 하나둘씩 모여들었다. 이모를 제외하고 삼촌과 외숙모는 윤이가 썩 달가워하지 않는 사람들이었다. 늘 자신의 자녀들과 윤이를 비교하며 은근히 깎아내리는 걸 즐기는 부부였다.

"정말 훤칠하네. 그런데 무슨 일 하는 사람이야?"

"그래. 겉만 멀쩡한 건 별로더라. 돈 걱정 없이 사는 게 최고지."

이런 말들이 나올까 봐 윤이는 되도록 자신의 남자 친구를 친척 모임에 데리고 오고 싶지 않았다. 대기업 연구직에 종사하는 두 자녀와 변호사와 성형외과 의사인 사위들. 예전에 윤이도 대기업 다닌다는 정미의 말에 '비서와 연구원이 같냐?'라는 말로 면박을 준 적도 있었다.

아무튼 본인들 자녀와 사위를 자랑하고 싶어서 안달이라도 난 것처럼 보였다. 윤이는 그런 삼촌과 외숙모를 말리고 싶었다. 전에는 자랑하는 꼴이 보기 싫어서였지만, 지금은 괜히 자랑했다가 망신만 당할 것 같아서였다. 이모의 딸을 축하해 주려고 온 자리에 찬물을 끼얹고 싶지는 않았다.

"그냥, 잘 먹고 잘 살 정도로 벌어요."

윤이의 대답에 그냥 대충 넘어가 주면 참 좋으련만, 눈치 없는 삼촌과 외숙모의 자랑 세포는 계속해서 제 몸을 으스댔다.

"요즘 웬만큼 벌어서는 잘 먹고 잘 산다고 할 수 없지. 아, 우리 큰애가 대기업 다니거든요. 그 애 남편이 변호사고. 들어 봤어요? 윤앤김이라고 그 유명한 로펌 있잖아요."

외숙모 제발 그만하세요…….

윤이는 속으로 그렇게 울부짖고 있었다. 엄마 역시 같은 생각인지 외숙모의 손을 잡고 말렸다.

"그래. 은혜도 결혼 참 잘했죠. 잘했어요. 그거 다 아니까, 그만해요."

"아가씨도 참. 지금 윤이 시집갈 나이 됐다고, 이것저것 안 따져 보고 막 보내면 안 돼요. 그러다가 윤이 시집가서 고생하면 어떡해? 뭐, 인물만 훤하다고 다 되는 건 아니잖아?"

외숙모는 눈을 위아래로 흘기며 강우를 스캔했다. 솔직히 이렇게 말하면 안 되지만, 난쟁이 똥자루 같은 겉모습에 능력만 좋은 본인 사위에 비하면 강우의 겉모습은 지극히도 부러운 완벽함을 소유하고 있다는 것을 인정하지 않으려야 인정하지 않을 수 없을 거였다.

그래서 살짝 배알이 꼬이는지, 외숙모는 계속 말을 이어 나갔다.

"변호사처럼 머리 좋은 사람도 좋지. 그래야 그 DNA 받아서 2세들도 머리 좋아질 확률이 높으니까. 우리 고 서방이 한 달에 이천만 원 정도 버는데……."

말을 이으며 외숙모의 눈빛은 더욱 우월감을 내뿜고 있었다.

"이천만 원?"

그때, 강우가 반문했다. 실컷 자랑하던 외숙모의 말문이 턱, 막힌 듯했다.

"그걸로 뭐, 어떻게 먹고살 수는 있습니까?"

강우는 걱정하는 듯 물었다. 진심은 아니었고 연기 중인 듯하다. 윤이는 올 것이 왔구나, 하는 심정으로 그냥 한 발자국 물러섰다. 늘 엄마와 자신을 무시하는 삼촌과 외숙모에게 한 방 정도는 먹이고 싶었다.

"에?"

외숙모가 기가 막힌다는 듯이 고개를 갸웃했다. 지금, 이 룸에 있는 대부분의 사람들 표정이 그랬다.

"변호사가 생각보다 돈을 못 버는 직업이었군요. 안타깝습니다."

"이천만 원이 적다고? 하아! 아니, 뭐 당신은 얼마나 벌기에 이천만 원이 적대?"

외숙모는 발끈했다. 그럴 만도 했다. 한 달에 이천만 원을 번다고 하면 모두가 부러워해야 하는데, 그것을 한껏 무시하고 있으니 어이가 없었을 거였다.

"어? 잰덤 대표님 아니세요? 아까부터 긴가민가했었는데……!"

그때, 룸 한구석에서 자신과 동갑인 외사촌이 외쳤다. 외숙모와 삼촌의 눈이 휘둥그레졌다.

"잰덤이라면, 거기 윤이가 내내 다니던 회사잖아."

잠자코 듣고 있던 이모가 엄마에게 재촉하며 물었다.

"응. 맞아."

"어머머머머! 그러면, 둘이 같이 일하다가 눈 맞은 거야? 어머!"

이모는 신기하다는 듯이 손뼉을 치며 좋아했다. 그러는 사이 주변을 보니, 삼촌과 외숙모는 벌써 자신의 자리에 가서 조용히 앉아 있었다. 얼굴이 잔뜩 붉어진 상태로 서로를 원망하듯 손가락질하는 두 분을 보며 윤이는 낮게 한숨을 내쉬었다.

"내 앞에서 돈 자랑은……."

강우는 모두에게 들리지 않을 정도로 낮게 속삭이다가 윤이와 눈이 마주치자 싱긋 웃었다. 돈으로 우월감을 느껴서는 안 되지만, 늘 삼촌과 외숙모가 돈으로 무시해 왔기에 윤이도 오늘만큼은 느껴 보기로 했다.

"맞아요. 제 예비 남편이 잰덤 대표입니다. 내 남편 될 사람 돈 많이 벌어요. 그것도 엄청 많이요."

윤이는 생글생글 웃으며 룸에 있는 어른들에게 자랑했다. 그럴수록 삼촌과 외숙모의 얼굴은 더 붉어졌다.

그 뒤로 몇몇 어른들이 강우에게 다가와 인사를 건넸고 강우는 윤이의 걱정과는 달리 인상 한번 찡그리지 않고 예의 바르게 어른들을 대했다. 그런 그의 모습이 겸손하고 멋져 보였다.

□ ◆ □

돌잔치를 끝내고 나온 세 사람은 주차가 되어 있는 자동차까지 걸어갔다.

"저녁 식사 하기에는 시간이 애매해요. 드라이브할까요, 아니면 쇼핑하시겠습니까?"

"커피숍 가서 아까 못 한 대화를 마저 나누지."

"아, 그게 좋겠습니다."

엄마 앞에서 쩔쩔매며 순종적인 강우의 모습이 낯설었다.

세 사람은 근처에 있는 자작나무 숲 안에 위치한 카페에 들어왔다.

"여기 분위기 좋네."

정미가 안으로 들어서자마자 카페 특유의 온화한 분위기에 감탄했다.

"제가 직접 찾은 카페입니다."

강우가 덥석, 칭찬의 미끼를 물었다.

훈련에 잘 따른 뒤 칭찬해 달라는 듯이 꼬리를 흔드는 대형견처럼 엄마를 쳐다보고 있는 강우가 귀여워서 윤이는 자꾸만 웃음이 나오려고 했다.

"그래. 센스 있네."

엄마가 무심하게 던진 칭찬에 강우는 활짝 웃었다. 그에게 꼬리가 달려 있었다면 모터 달린 것처럼 흔들었을 것이 분명하다.

강우가 주문하는 동안 윤이와 정미는 창가 테이블에 마주 보고 앉았다.

"무슨 일이니, 정말. 여러모로 너 엄마 이렇게 놀라게 할 거야?"

"엄마, 남자들이 여자한테 그런 말 잘하잖아. 나는 너를 위해 목숨도 바칠 수 있다고."

"그렇지. 간쓸개 다 줄 것처럼 해 놓고 변하는 남자들 많지. 네 아빠도 그……. 에휴, 말을 말자."

"아무튼. 그런데 생각해 보니까, 저 사람은 진짜 그랬다?"

"……."

"나 안심시켜 주려고 자기 벨트 풀고 그렇게 다쳤는데도 원망 한번 안 하더라. 후회도 안 한대."

그것만으로도 강우를 충분히 의지하고 믿고 살 이유가 된다. 정미가 윤이의 손을 다정하게 어루만졌다.

"사람들이 그러더라. 딸 시집보낼 때 남편 될 사람 이것저것 많이 따져 봐야 한다고. 특히 돈을 잘 벌어 와야 네 딸 고생 안 시킨다고. 부잣집으로 딸 시집보내는 거 자랑처럼 얘기하는 사람들 보면서 나는 늘 한 가지밖에 생각 안 했어."

"……."

"네가 많이 사랑하고, 많이 사랑받으면 된다고. 널 아주 많이 사랑해서 너 없으면 정말 죽고 못 사는 남자한테 시집갔으면 좋겠다고. 돈이야, 있다가도 없고 없다가도 있을 수 있는 건데. 굶어 죽지 않을 정도만 벌면, 남편한테 사랑받고 사는 아내의 삶이 최고야."

정미는 윤이의 손을 문지르며 말을 이어 나갔다.

"그 부분에서는 엄마도 인정. 너 달래겠다고 벨트 풀고 그렇게 다쳤는데도 후회 한번 안 했다니. 멋진 남자야."

흐뭇한 표정으로 계산하고 있는 강우를 쳐다보던 윤이가 벌떡 일어섰다.

"아니, 지금 차를 몇 개나 주문한 거야?"

강우 앞에 있는 쟁반에 직원이 컵을 꽉꽉 채우고 있었다. 윤이가 얼른 강우에게 다가갔다.

"무슨 차를 이렇게나 많이 시켰어요?"

"어머니 이것저것 맛보시라고."

"아휴! 진짜!"

결국 쟁반 두 개에 음료를 나눠 담아 테이블로 돌아왔다. 정미도 과한 강우의 행동에 놀라서 입과 눈이 벌어졌다.

"이렇게까지 안 해도 되는데, 그래도 잘 마시겠네."

"네."

강우가 다시 긴장한 모습으로 윤이의 옆에 앉았다. 정미는 강우가 사 온 차를 마시고 내려놓았다.

"앞으로 두 사람 어떻게 살 건지, 한번 얘기해 주겠나?"

"솔직히, 평생을 함께 살면서 절대 싸우지 않고 잘 지내겠습니다, 라고는 말씀 못 드립니다. 몇십 년을 따로 살아온 저희가 순간마다 서로 잘 맞지 않는 부분이 있겠죠."

그는 차분한 목소리로 말을 꺼냈다.

"하지만 화가 난다고 막말을 하거나, 몇 날 며칠을 말하지 않고 꽁하게 지내지는 않겠습니다. 싸우면 풀도록 노력하고, 이해하고, 보듬어 주면서 살겠습니다. 나중에 윤이가 검은 머리가 백발이 될 때쯤에 '영감, 그래도 나 결혼 참 잘한 것 같아.' 라고 말할 수 있도록……."

상상했다. 어느 햇살 좋은 날, 흔들의자에 나란히 앉아서 강우의 든든한 어깨에 얼굴을 기댄 어느 백발의 노인. 쭈글쭈글해진 손을 여전히 예쁘다는 듯이 다정하게 쓰다듬어 주는 백발의 노인 남편을 쳐다보며 '고마워요.' 라고 말하는 자신의 모습. 마음이 훈훈해지는 장면이었다.

"남편으로서, 부부로서, 평생 든든한 편이 되어 서로 의지하고 사랑하며 살겠습니다."

"그래. 그렇게 살아야지. 부부라면."

강우의 다짐에 정미는 흐뭇해했다. 하지만 그것도 잠시, 얼굴 한가득 그림자가 드리웠다.

"이제 우리 윤이 안 울릴 거지?"

"그럼요."

"윤이 너도, 잘하고."

"응."

"그런데, 자네 부모님은 허락하신 일인가? 사실, 나는 그게 좀 걱정이 되네."

"버선발로 뛰어나올 정도로 좋아하실 겁니다. 특히 저희 어머니는 제가 윤이하고 떨어져 지낼 때 빨리 윤이 데리고 오라고 하루가 멀다 하고 닦달하셨던 분이니까요."

엄마는 안심하는 눈치다. 이제야 조금씩 받아들여지는 건지, 얼떨떨했던 엄마의 표정이 서서히 풀리고 온화한 미소가 떠올랐다.

"너희 둘이 좋다면야, 이 결혼 내가 반대할 이유 없지."

엄마에게 결혼 허락을 받고, 나머지 주말을 강우와 함께했다. 근처 공원 산책도 하고 마주 보고 앉아서 소소한 대화를 나누며 식사를 하고, 소파에 팔베개한 채로 낮잠도 자며 평온한 주말을 보냈다.

스위트가든에서는 윤이를 대신할 비서를 구하는 공고를 올렸고, 이번 주 주말에는 강우의 부모님을 찾아뵙기로 약속했다.

그리고 오늘, 윤이는 자신이 강우와 결혼한다는 것을 가장 친한 친구인 정아에게 알려 주고 싶어 약속을 잡았다.

— 오늘은 너를 못 데리러 갈 수도 있는데, 어떡하지?

정아와 약속을 잡았다는 말을 하기 위해서 전화를 하던 도중, 강우가 먼저 말을 꺼냈다. 아쉽기는 했지만, 한편으로는 다행이다 싶었다.

"괜찮아. 나도 오늘 약속 있어."

— 누구랑?

"정아랑. 우리 결혼하는 거 말해 주려고. 더 늦게 알리면 서운해할 거 같아서."

— 몇 시쯤 들어갈 건데?

"그렇게 늦지는 않을 것 같아. 오빠는?"

— 난 많이 늦을 것 같아. 비서실장이라도 보낼게.

"아니야. 괜찮아. 정아가 불편해할 것 같아. 정아랑 택시 타고 들어갈게."

— 택시 타기 전에 바로 전화해.

"응."

윤이는 업무를 끝낸 후 퇴근하고 정아와 신입 시절 때 많이 갔던 홍대의 작은 선술집에서 만났다. 먼저 도착한 정아는 벌써 맥주 한 잔을 시켜 반 정도 마신 상태였다.

"정아야."

"아휴, 너무 갈증이 나서 먼저 시켜서 마시고 있었어. 오랜만이야, 친구."

"잘했어. 너 살 좀 빠졌지?"

"티 많이 나?"

정아가 자신의 얼굴에 꽃받침을 하고서는 눈을 예쁘게 떴다 감았다를 반복했다.

"어. 얼굴이 갸름해졌어."

"요즘 매일 저녁 거르고 있거든. 그래서 오늘은 오래간만에 마음먹고 많이 먹으려고. 그러니까 말리지 마."

"절대 안 말릴게. 오늘 먹고 싶은 거 다 먹어."

"어? 그럼, 여기서부터 여기까지 다 시킨다?"

메뉴판의 처음과 끝을 손짓하는 정아에 윤이는 당당하게 손가락으로 동그라미를 그렸다. 하지만 정말로 모든 메뉴를 다 시키지는 않았다.

주문한 맥주가 나오고 가뜩이나 갈증이 났던 윤이도 시원하게 들이켰다.

"뭐야, 뭔데? 복권에라도 당첨됐어?"

"음, 기쁜 거로 따지자면 그것보다 훨씬 좋지."

어제도 마주 보고 앉아서 라면 끓여 먹는데, 어찌나 웃음이 나오던지.

윤이는 그의 숨소리만 들어도 좋았다. 평생을 함께할 사람이 생긴다는 것……. 그건, 상상 이상으로 설레는 일이었다.

"뭔데, 무슨 일인데, 너무 궁금해. 빨리 말해 봐."

"나 결혼해."

"결혼? 누구랑?"

느닷없는 결혼 얘기에 정아는 화들짝 놀랐다. 며칠 전에 만났던 엄마를 보는 것 같았다.

"신강우 대표님이랑."

"뭐? 자세히, 자세히 좀 얘기해 봐! 어쩌다가 다시 만난 건데? 와, 대박이다. 정말!"

꽥. 정아가 고함을 질러 버리는 바람에 가게에 있던 손님들까지 덩달아 놀랐다. 이 가게에 자기들만 있나, 하는 험상궂은 표정을 짓는 몇몇 손님들과 눈이 마주친 윤이는 다급하게 정아의 흥분을 가라앉혔다.

"목소리 몇 단계만 낮추자. 정아야."

"불가능해! 연애도 아니고 결혼이라니! 그렇게 초고속 다이렉트로 가도 되는 거야?"

윤이는 엄마에게 했던 것처럼, 자신과 강우의 상황을 전부 이야기해 주었다. 정아는 맥주를 마시면서 들었고 혼자서 석 잔째를 마시고 났을 때야 윤이의 이야기가 끝났다.

"돌고 돌아도 만날 사람은 만난다더니, 그게 딱 네 이야기인가 보다."

"응. 그런 것 같아."

실컷 이야기하고 났더니, 목이 말라서 윤이도 남은 맥주를 원샷했다.

"예전에 너랑 강우 대표님 연애해라, 결혼해라, 했던 내 말에 아주 눈에 불을 켜고 싫다고 온갖 정색을 다 하더니, 결국 이렇게 되는구나."

"……."

"그런데 나는 딱 느낌이 왔어. 너도 그렇고 대표님도 그렇고 서로가 서로에게 너무 익숙했었잖아. 두 사람은 꼭 신발 같았고 젓가락 같았어."

"신발? 젓가락?"

"하나만 있으면 사용 가치가 없어지는 것들이잖아. 꼭 둘이 붙어 있어야만 하는 것들. 너랑 대표님도 그랬다고."

"너 천재야."

"그걸 지금 알았어? 축하 기념으로 소맥 달리자."

"축하 핑계질? 그냥 소맥 마시고 싶은 거잖아."

윤이의 지적에 정아가 헷, 하고 헛바닥을 내밀며 가당치도 않은 애교를 부렸다.

"아무튼, 너무 축하해. 내 친구 이제 너도 품절녀가 되는구나. 내가 아주 외롭겠는걸? 그런 의미에서 소맥 마셔야 해."

말릴 새도 없이 정아가 벨을 눌러 소주와 맥주를 주문했다. 소맥을 야무지게 말아 건네는 정아에 윤이도 건배를 하고 쭉 들이켰다.

아아, 위험하다. 오늘 술이 너무 달았다.

"아! 2차, 2차 가야 하는데? 우리 윤이 결혼하면 이제 술도 잘! 못, 딸끗!"

취한 정아가 비틀거렸다.

"앞에 계단, 계단."

이미 윤이가 밟고 있는 바닥도 돌고 있었지만, 몸을 가누지 못하는 정아를 데리고 나오느라 그래도 어느 정도의 정신은 겨우 잡고 있었다. 이제 겨우 술집을 내려왔을 뿐인데 온몸이 땀으로 흠뻑 젖고 다리가 후들거렸다.

"택시! 택시!"

윤이는 겨우 택시를 잡아 정아를 뒷좌석에 패대기치듯 눕혀 놓았다. 그러고 나서 정아를 집까지 데려다준 후에 윤이는 자신의 집으로 향했다.

"아, 힘들어."

정아를 데려다주고 나니 긴장이 조금 풀린 걸까. 윤이는 자신의 집으로 오는 길에 속이 심하게 울렁거리고 머리가 깨질 것처럼 아팠다.

"아저씨. 죄송한데, 차 좀, 차 좀 세워 주세요!"

"왜요? 얼마 안 남았는데."

"우읍!"

"아가씨 안 돼!"

입을 틀어막는 윤이를 발견한 택시 기사가 황급하게 차를 세웠다. 윤이는 택시 기사에게 오만 원권을 건네주고 거스름돈을 받을 여유도 없이 밖으로 튀어나왔다.

자신의 오피스텔 단지 앞에 있는 작은 공원으로 들어간 윤이는 공중화장실 문을 열었다.

변기에 엎드려서는 역류하는 것들을 전부 게워 냈다. 그제야 술이 깨는 것 같았다.

"미치겠다. 이 나이 먹고 토할 때까지 마시니……."

스스로 생각하기에도 한심해서 머리를 쾅쾅 때리고 나왔다. 입안이 텁텁하고 찝찝해서 핸드백에 항상 넣어 가지고 다니는 칫솔로 양치질까지 하고 나왔다.

"오빠는 아직도 술자리에 있나."

한 시간 전에 잠깐 주고받았던 문자를 제외하고는 그에게서 아직 연락이 오지 않았다. 혹시 그사이에 연락 온 것이 있나 싶어서 휴대 전화를 살피려는데, 없다.

"어? 내 휴대 전화 어디 갔지?"

몸 구석구석 살펴보고 가방도 살펴봤는데 역시 없다. 마지막으로 휴대 전화를 만진 곳은 선술집 화장실이다.

"아, 거기다가 두고 왔나 보네. 환장하겠다."

술 마시고 물건이나 잃어버리는 자신이 너무 한심해서 견딜 수가 없었다. 윤이는 제 머리를 주먹으로 쾅쾅 치며 공원 후문 쪽으로 걸어갔다.

"정신 좀 차리자. 서윤이."

그렇게 걷고 있는데, 뒤에서 이상한 기운이 느껴졌다. 돌아보니 검은색 후드 티를 입은 남자가 우두커니 서서 윤이를 쳐다보고 있었다. 순간 온몸에 기분 나쁜 소름이 확 돋았다. 심장이 발등으로 곤두박질치는 것처럼 무섭고 두려움에 휩싸였다.

멈춰 있던 남자는 갑자기 윤이를 향해 돌진하기 시작했고, 놀란 윤이도 반대쪽으로 달리기 시작했다. 12시가 다 되어 가는 늦은 밤의 공원에는 사람의 인기척 하나 느껴지지 않았다.

"까아아!"

윤이는 목에 핏대를 세울 정도로 고함을 지르며 무작정 공원 후문을 향해 달렸다. 남자의 발걸음이 더욱 가깝게 느껴지고 있었다.

술기운에 다리 스텝이 꼬이는 것 같고 두려움이 엄습한 몸은 간절한 마음과는 달리, 힘과 속도를 잃어 가고 있었다. 살면서 처음 느껴 보는 최상의 공포였다.

남자의 발걸음은 바로 뒤에서 들려왔다. 휙, 남자가 손을 뻗어 윤이의 머리카락을 잡으려고 했지만, 간발의 차이로 잡지 못했다.

그러는 사이에 공원 후문이 보였다. 조금만, 조금만 더……!

"악!"

하지만 결국 윤이의 머리카락이 남자의 손에 잡혔다. 쥐어뜯기는 것 같은 고통이 느껴졌지만, 그것보다 더한 것은 이제 자신이 죽을지도 모른다는 두려움이었다.

"조용히 안 해? 입 닥쳐. 뒤지기 싫으면."

하지만 남자는 꼼짝하지 않았고 윤이를 질질 끌고 가는 데 더욱 힘을 썼다. 너무 아프고 두려워서 목소리도 나오지 않았다.

저도 모르게 눈물이 펑펑 쏟아졌다. 끌려가지 않으려고 발악을 하며 바닥을 손톱으로 긁었다. 연약한 손톱들이 순식간에 망가졌다. 하지만 두려움에 휘말려 있는 탓에 아픈 줄도 몰랐다.

"왜 이러세요, 살려 주세요!"

윤이는 목에 핏대를 세우고 고함을 질렀다. 잡힌 머리카락으로 인해 두피뿐만이 아니라 온 얼굴의 살결까지 뜯기는 것 같았다.

남자에게 끌려가지 않으려고 필사적으로 발악하고 또 발악하고 있을 때였다.

"윤이야!"

공원 후문에서 강우의 목소리가 났다.

"아이씨!"

남자는 바로 윤이의 머리카락을 놓고 달아났다. 윤이는 본능적으로 몸을 일으켜 빠르게 기어가 제게 다가온 강우의 품으로 안겼다. 두려움과 눈물이 가득 찬 눈으로 윤이는 강우를 올려다보았다.

"괜찮아. 이제 괜찮아."

강우는 그런 윤이를 달래 주려는 듯, 품으로 더욱 세게 끌어안으며 커다란 손으로 등을 다독여 주었다. 윤이의 여린 몸이 커다란 강우의 품에서 여전히 파르르, 떨고 있었다.

□ ◆ □

"마셔."

윤이는 강우가 건넨 캐모마일차를 받아 들었다. 하지만 한 모금도 마시지 못했다. 경찰서에 다녀왔고, 간단한 진술을 했다. 형사의 질문에 윤이가 대답할 수 있는 건 한 가지뿐이었다.

*'검은색 후드와 바지를 입고 있었어요.'*

형사는 인근 CCTV를 살펴보고 범인을 찾게 되면 연락을 주겠다고 했다. 윤이는 강우와 함께 자신의 집으로 돌아왔다. 어떻게 왔는지, 기억이 나지 않을 정도로 정신이 없었다.

집에 돌아오고 나서, 깊은 밤은 지나고 어느새 아침이 다가오고 있는데도 놀란 심장은 아직도 가라앉지 않았다. 아마, 며칠은 후유증에 시달릴 것이다. 길면 몇 개월, 더 길면 몇 년을 후유증 때문에 두려워하겠지.

남자에게 끌려 가던 순간이 여전히 생생해서 떨리는 몸이 진정이 되질 않았다.

"윤이야."

그런 윤이를 강우가 꼭 끌어안아 주었다. 그의 커다란 품에서는 어느 정도 일정한 심장 소리가 들렸다. 그건, 그래도 최악의 상황이 일어나지 않았다는 증거였다. 윤이는 여전히 두려우면서도 안도되는 마음에 또다시 눈물이 차올랐다.

"무서웠어. 너무 무서웠어."

아이처럼 강우의 품에 매달려서 소리 내서 울었다. 목이 찢어질 것처럼 아프고 몸에 오한이 들었다. 그런 윤이를 강우는 더욱 따뜻하게 안아 주었다.

"많이 놀랐지? 하지만 이제 괜찮아. 정말 괜찮아."

그녀를 씩씩하게 달래고 싶은데, 강건하게 지켜 주고 싶은데, 얼마나 두려웠을지 생각을 하니 강우도 그게 쉽지 않았다.

모든 것이 후회되었다. 자신이 식사 자리에서 조금만 더 빨리 마무리 짓고 일어섰더라면, 그래서 윤이를 직접 데리러 갔다면 그녀에게 이런 일이 일어나지 않았을 것이다.

"미안해. 미안해. 윤이야."

모든 것이 제 탓처럼 느껴졌다. 자꾸만 울컥울컥 치밀어 오르는 안타까움과 분노에 강우의 눈시울도 한껏 붉어져 있었다.

□ ◆ □

언제 잠들었는지도 모르게 잠이 들어 버렸던 것 같다. 코끝을 스치는 코튼 향과 얼굴 위로 쏟아지는 햇빛을 느끼며 윤이는 천천히 눈을 떴다. 제게 팔베개를 해 주고 있는 강우는 이미 잠에서 깨어나 윤이를 바라보고 있었다. 이제 막 일어났는데도 흐트러짐 하나 없는 그가 윤이는 새삼 신기했다.

"무슨 꿈 꿨어?"

그가 가라앉은 목소리로 물었다. 악몽을 꿀 줄 알았는데, 의외로 정말 편안하게 잤다. 아무 꿈도 꾸지 않았다.

"아무 꿈도 안 꿨어."

"다행이네."

강우가 윤이의 머리를 쓰다듬어 주며 이마에 가볍게 입을 맞췄다. 어제의 그 불안하고 두려웠던 마음이 완벽하게 달아난 것은 아니지만, 그래도 어느 정도 안정이 된 상태였다.

그러다 스치는 생각.

"아, 회사."

늦었다는 걸 알면서도 무거운 몸을 일으키기가 어려웠다.

"내가 한 시간 전에 백 대표한테 직접 연락했어."

"백 대표님께서 뭐라셔?"

"사정 다 듣고 나서 많이 놀라 하면서 사표 바로 처리해 줄 테니까, 회사 일은 신경 쓰지 말고 편히 쉬라고 했어."

"인수인계도 못 하고, 제대로 된 인사도 못 했는데……."

"천천히 하자. 백 대표도 네가 바로 나오는 거 불편해할 테니까."

그의 말에 공감하면서 최대한 이른 시일 내에 정운에게 전화를 해 줘야겠다, 생각했다.

윤이는 또다시 몸에 오한이 드는 것 같았다. 추워서 품으로 파고드는 윤이를 강우가 꼭 끌어안아 주었다. 머리를 쓰다듬어 주는 손길에 눈꺼풀이 나른해지는 것 같다.

"너 조금 더 쉬고, 우리 집으로 가자."

그가 나지막한 목소리로 말했다. 혼자 있는 것이 두려울 것 같아서 응, 이라고 대답하고 싶은데, 한없이 무거워지는 눈꺼풀과 입술을 움직일 힘이 없었다.

윤이는 다시 그렇게 잠이 들었다.

윤이가 일어난 때는 늦은 오후였다. 입맛도 없어서 끼니도 건너뛴 채로 캐리어에 대충 짐을 싸서 강우와 함께 그의 집으로 향했다.

　왜 회사에 가지 않았냐고 묻는 윤이에게 강우는 한동안 재택근무로 업무 체계를 바꿨다고 했다. 그가 놀란 자신의 옆에 있어 주려고 그랬다는 걸 알고 있다.

　오랜만에 오는 집인데도 크게 낯설지가 않았다.

　"욕조에 따뜻한 물 받아 줄 테니까, 몸 좀 풀어."

　윤이의 짐을 드레스 룸으로 옮긴 후, 강우가 팔을 걷어붙였다.

　"고마워."

　별것도 아니라는 듯 곁으로 다가와서 어깨를 다독여 준 강우는 욕실로 들어섰다. 곧, 욕조를 채우는 물줄기 소리가 들려왔다. 윤이가 욕실 쪽으로 걸음을 옮겼다. 물 온도가 적당한지 확인한 강우는 몸을 일으켜서 선반으로 가더니, 입욕제를 살폈다.

　"이게 좋으려나."

　윤이가 자신을 바라보고 서 있는지도 모르고 입욕제 향을 맡고 효능을 살펴보며 신중하게 고르고 있는 그의 뒷모습이 어찌나 든든해 보이는지, 마음껏 의지하고 싶은 충동이 생겼다.

　윤이가 그에게 다가가 뒤에서 안았다. 부산스럽게 움직이던 강우가 멈칫했다.

　"나 너무 놀라서, 그래서 얼마간은 계속 이렇게 무서워하고 멍할지도 몰라."

　"응. 그래도 돼. 같이 있어 줄게."

　자신을 안고 있는 윤이의 손을 강우가 어루만져 주며 차분한 목소리로 대답했다. 지금 이 순간에 그와 함께 있다는 것이 정말 다행스러웠다. 그가 없었다면, 아마 혼자서 끙끙거리고 무서움에 떨고 있었을 거였다.

"그래도 금방 극복할 거니까, 너무 걱정은 말고."

"네가 조금 덜 힘들었으면 하는 게, 지금 내가 가장 크게 바라는 일이야."

"알고 있어. 오빠가 같이 있어 줘서 나 정말 점점 더 괜찮아질 것 같아."

윤이가 그의 널찍한 등에 얼굴을 기대었다. 절대 무너지지 않고 늘, 든든하게 곁에서 버텨 줄 것만 같은 그에게.

□ ◆ □

두 사람은 매일 같은 침대 위에서 아침을 맞이하고 마주 보고 앉아 늦은 식사를 했다. 식사가 끝나면 커피를 마시면서 정원의 따사로운 햇살을 받으며 잠깐의 휴식을 취했다. 그러고 나면 강우는 업무를 보러 서재로 들어갔고, 윤이는 전부터 관심 갖고 있었던 그림을 온라인으로 배웠다.

초저녁 무렵에 각자 서로의 일이 끝나면 대형 마트로 가서 장을 보기도 하고, 근처에 있는 식당에 가서 저녁을 먹기도 했다. 시원한 맥주를 앞에 두고 서로의 취향을 배려하여 때로는 공포 영화, 때로는 액션 영화를 보면서 저녁을 보냈다.

밖이 어두워지면 잠이 쏟아지는 무거운 눈꺼풀을 깜박거리며 푹신한 침대로 향했다. 강우는 졸린 윤이의 머리를 쓰다듬어 주며 도란도란 이야기했고, 윤이는 그 이야기를 자장가 삼아서 잠들곤 했다.

시간이 지날수록 윤이의 어둡고 두려움에 서려 있던 얼굴빛은 점점 괜찮아졌고, 완전히 무뎌지는 않았지만 틈만 나면 생각났던 그 공포의 날이 반 정도는 무뎌졌다.

평소와는 다르게 오늘, 눈을 먼저 뜬 것은 윤이였다. 자신을 바라보며 아플 법한데도 한 번도 불평 없이 풀지 않는 그의 팔베개에서 조심스럽게 벗어난 윤이가 침실을 나섰다.

범인을 잡았다는 연락을 받은 강우는 윤이를 두고 혼자 경찰서로 향했다. 가는 동안 피가 거꾸로 솟고, 차오르는 분노로 인해 그의 표정은 섬뜩할 정도로 차갑고 서늘했다.

"저 처음이에요. 어차피 재판 가도 초범이라 벌금만 내고 끝 아닌가?"

"야야. 말조심해. 너 이 새끼야."

"아, 그리고 아까부터 제가 말했잖아요. 진짜 그 여자가 먼저 저를 유혹했다니까요? 취한 상태에서 윙크했다고요."

안으로 들어선 강우에게 가장 먼저 날아와 박힌 것이 저 말이었다. 담당 형사가 범인 어깨 너머로 들어오는 강우를 발견하고 자리에서 일어나 인사를 했다.

그런 형사의 행동에 뒤를 돌아본 범인의 몸이 그대로 의자에서 추락해 바닥으로 패대기쳐졌다. 일어날 틈도 없이 강우의 몸에 깔린 남자의 뺨이 주먹으로 이리저리 휘둘렸다.

퍽퍽.

"윽!"

남자는 눈도 제대로 못 뜬 상태로 강우의 매섭고 강한 주먹질을 그대로 받아야 했다. 그 바람에 입술이 금방 터지고 광대뼈가 무너지는 것 같은 고통을 느껴야 했다.

"살, 살려 줘……!"

남자가 비명을 내질렀다. 하지만 강우의 주먹질은 멈추지 않았다.

"선생님!"

형사들 몇 명이 달려들어 강우를 말렸다. 하지만 이미 이성을 잃은 강우를 말리는 것은 쉬운 일이 아니었다. 형사 네 명이 겨우 달려들어서 강우를 남자로부터 떨어트릴 수 있었다.

"어때? 살려 달라는데 계속 처맞는 기분이?"

남자는 두려운 눈빛으로 강우를 쳐다보았다. 입에서 피비린내가 나고 얼굴에서 안 쑤시는 곳이 없었지만, 가장 크게 와닿는 건 정말 자신을 죽여 버릴 기세로 달려드는 강우의 행동과 살의에 찬 눈빛이었다.

강우는 자신을 붙잡고 있는 형사들을 있는 힘껏 뿌리치고 여전히 바닥에 주저앉아서 두려움에 떨고 있는 남자의 멱살을 잡았다. 뒤에서 형사들은 안절부절못하고 있었지만, 상대가 강우라서 어떻게 말리지도 못하고 있었다.

"그래. 초범이라서 재판 가도 벌금형밖에는 못 받겠다. 그렇지? 내가 그 법을 아주 잘 알지."

강우의 말에 남자는 침을 삼켰다. 핏덩이를 삼키는 기분이었다.

"그런데 너, 벌금형으로 끝나게 된 거 평생 두고두고 후회하게 해 줄 거야."

"……."

"취업은 물론이고, 어디서 마음 편하게 발 뻗고 잠도 못 자게 만들어 줄 거거든, 내가. 그래서 그딴 짓 저지른 거, 평생 후회하게 해 줄 테니까."

"……."

"내가 못 할 거 같지? 아니, 돈만 있음 못 할 거 없어. 내가 돈이 아주 많은 사람이거든. 돈이 넘쳐나는 놈의 가장 소중한 사람을 건드리면 어떻게 되는지, 처절하게 느끼게 해 줄 거야."

강우는 남자의 멱살을 잡고 어깨를 툭툭 털어 주었다. 비소를 머금고 있는 얼굴이 소름 끼칠 정도로 사악했다. 남자는 절망했다. 얻어터진 바람에 몸이 쑤셨지만, 꾀병을 부릴 여유도 없이 남자는 대뜸 무릎을 꿇었다.

"잘못했어요. 정말 잘못했어요."

벌써 눈물범벅이 된 얼굴을 하고서 남자는 손을 싹싹 빌었다.

"다시는 안 그럴게요. 그분에게 가서 이렇게 사과할게요. 한 번만, 한 번만 용서해 주세요."

하지만 강우는 이 남자를 절대 용서할 생각이 없었다. 강우는 자신을 붙잡고 비는 남자를 밀쳐 내며 몸을 일으켰다. 그러고는 뒤에서 여전히 안절부절못하고 있는 형사들을 향해 무거운 목소리로 말했다.

"폭행으로 고소하겠다고 하면 그렇게 하라고 하세요. 전 당연히 합의 없습니다. 담당 검사 나오면 연락 주시죠."

"네. 알겠습니다."

"선생님!"

남자가 울부짖으며 강우의 다리에 매달렸다.

"제가 어떻게 해야지 용서하시겠어요? 네?"

"널 용서하는 건, 내가 아니야."

"……."

"내 여자 친구가 할 일이지. 그게 무슨 뜻인지 알겠어?"

그건, 용서를 빌어야 할 상대가 자신이 아니라는 것을 뜻하는 거였다. 남자가 용서를 빌어야 할 상대는 윤이였고, 용서를 해 줄 자격이 있는 사람 또한 윤이뿐이었다.

"제가 그분에게 용서를 빌겠습니다. 꼭 빌겠습니다!"

남자는 울부짖듯이 강우를 불렀지만, 그는 단 한 번도 돌아보지 않고 경찰서를 나섰다.

□ ◆ □

강우의 잠을 깨운 건, 볼에서 느껴지는 촉촉한 입술 감촉이었다. 잠을 밀어내고 눈을 뜨니, 앞치마를 맨 윤이가 강우를 보며 생글생글 웃고 있었다.

아침에 눈을 떴는데, 가장 먼저 볼 수 있는 것이 윤이라서 저절로 미소가 흘러나올 정도로 행복했다. 창문을 비집고 들어온 햇살보다도 더 빛나는 윤이를 보며 강우는 잠에서 깨길 잘했다는 생각이 들었다.

"일어나. 밥 먹게."

강우는 대답 없이 안아 달라는 뜻으로 팔을 뻗었다.

"달걀프라이도 했어. 식으면 맛없는데."

핀잔하면서도 윤이는 냉큼, 강우의 품으로 파고들었다. 그녀에게서는 샴푸 특유의 과일 향과 함께 음식 냄새가 섞여서 났다. 상관없었다.

"너한테서 음식 냄새 나."

"헐."

"괜찮아. 너한테서는 하수구 냄새가 나도……."

"그런 냄새가 나한테 왜 나냐?"

발끈하는 윤이를 강우는 말없이 세게 끌어안았다. 아악! 윤이가 장난으로 발버둥을 쳤다. 오늘 그녀는 확실히 전보다 훨씬 밝아 보였다.

"오늘 기분 어때?"

"아주 좋아."

자신의 품에 안긴 윤이의 대답에 강우는 아주 조금, 안심되었다. 자신이 사랑하는 사람이 곁에서 힘들어하는데, 해 줄 수 있는 거라고는 몇 마디의 위로와 안아 주는 것뿐이라서 강우를 괴롭게 했다. 할 수만 있다면, 윤이의 두려움이 제게로 넘어와 줬으면 했다. 사랑하는 윤이는 늘 행복하고 즐거워하고 아무 고민 없이 살게 해 주고 싶었다.

"그래서 나 오늘, 온라인에서 알게 된 미술 동아리 사람들 만나서 같이 수업 좀 들으려고."

그런 자신의 간절한 바람을 알기라도 하는 듯, 윤이가 살짝 들뜬 목소리로 말했다. 초롱초롱 빛나는 눈동자가 자신을 향해 있는 것에 강우는 울컥했다.

다행이다, 다행이야. 자꾸만 속으로 그런 생각만 들었다.

"같이 가자."

"아니, 혼자 갔다 올게. 대신, 수업 끝나고 오빠한테 전화할 테니까 데리러 와."

윤이가 혼자서 밖으로 나가는 건, 거의 한 달 만의 일이었다. 살짝 걱정되었지만 윤이가 재택근무까지 하는 강우에게 조금씩 미안해하는 것을 느끼고 있었다. 윤이가 느끼는 미안함의 무게를 더 실어 주고 싶지는 않았다. 그래서 그녀의 제안을 강우는 받아들였다.

"응. 꼭 전화해. 데리러 갈 테니까."

윤이가 강우의 뺨을 보드라운 손길로 어루만졌다.

"나 이제 정말 괜찮아. 그러니까 이제 내 걱정 그만하고 회사에도 다시 나가."

"너랑 집에 같이 있으니까, 좋아. 그래서 재택근무 조금만 더 하려고."

강우의 대답에 윤이는 피식 웃었다.

"이제 가서 밥 먹자. 진짜로 달걀프라이는 식으면 맛없어."

하지만 강우가 윤이를 안은 상태로 꼼짝도 하지 않았다. 아침부터 일어나서 식사 준비를 하느라 한참 허기가 졌던 윤이는 그런 강우의 어깨를 앙, 하고 물었다.

"아."

예기치 못한 윤이의 귀여운 공격에 강우의 팔에 힘이 풀렸다. 그 틈을 타서 윤이가 얼른 일어섰다.

"빨리 나와. 안 그러면 혼자 먹는다?"

경고하고서는 재빠르게 침실을 뛰쳐나가는 윤이를 따라서 강우도 가볍게 몸을 일으켰다.

그리고 주방으로 왔을 때는 너무 놀랐다. 식탁을 채운 음식들이 하나같이 예쁘고, 많았기 때문이다.

"힘들었겠네. 이걸 왜 혼자 준비했어. 날 좀 깨우지."

강우는 윤이의 뒤에 바짝 붙어서 어깨를 주물러 주었다.

"짜잔, 하고 싶어서 안 깨웠지. 내가 왜 그렇게 빨리 일어나라고 했는지, 이제 이해 가십니까?"

강우가 고개를 끄덕였다.

"얼른 앉아서 먹자."

저를 안고 있는 강우를 앉히고 나서야 윤이도 반대쪽으로 가서 앉았다.

같이 식사를 하며 윤이는 이틀 전부터 머릿속에서 정리했던 이야기를 꺼내 놓았다.

"부모님들 찾아 봬야지."

원래대로라면, 진작 찾아뵈었어야 했다. 하지만 윤이에게 사정이 생겨서 어쩔 수 없이 미뤄졌던 약속이었고, 이제 상황이 괜찮아졌기에 계획대로 하고 싶었다.

"이번 주로 약속 잡을까?"

"응. 그게 좋을 것 같아."

"그래. 그렇게 할게. 이거 맛있다."

"어떤 거?"

강우가 윤이가 만든 음식을 하나하나 다 손짓하며 말했다.

"뭐야, 다 맛있다는 거네."

"응. 다 맛있어."

입이 짧은 편인 강우는 밥 두 그릇을 해치웠다. 강우를 위해 아침부터 일어나서 요리한 것이 아주 뿌듯해지는 순간이었다.

□ ◆ □

미술 수업을 가기 전, 윤이는 스위트가든에 들렀다. 정운에게 하지 못한 마지막 인사와 고마움의 표시를 하기 위해서였다. 그래서 예전에 정운이 꽤 잘 먹었던 샌드위치를 포장해서 점심시간에 맞춰 들렀다. 아직 비서는 뽑지 않았는지, 윤이의 자리는 공석이었다. 괜히 미안함에 마음이 무거웠다.

"어서 와."

미리 연락했기에 집무실로 들어서는 윤이를 보며 정운은 반갑게 맞이해 주었다.

"몸은 좀 어때? 괜찮아?"

걱정스럽게 묻는 정운에 윤이가 고개를 끄덕였다.

"배려해 주신 덕분에 많이 좋아졌어요. 아차, 아직 점심 안 드셨죠?"

윤이는 들고 있던 쇼핑백을 건넸다.

"같이 먹자."

"전 아침을 워낙 든든히 먹어서요. 대신 드시는 동안 앞에 앉아 있어 드릴게요. 드릴 것도 있고."

"또 줄 게 있어?"

정운의 맞은편에 앉은 윤이는 그에게 USB를 건네주었다.

"이게 뭐야?"

"인수인계하는 거 정리한 파일이에요. 다음으로 오게 될 비서에게 전달해 주시면, 도움이 될 것 같아서요."

"고마워. 안 그래도 내일부터 비서 면접 진행하거든."

"도움 주셨는데, 무책임하게 떠나는 것 같아서 마음이 많이 안 좋네요."

"너 마음 안정 찾았으면 됐어."

자신을 온전히 이해해 주는 정운이 너무 고마웠다. 윤이의 미소가 온화해졌다.

"결혼하면 청첩장 꼭 줘. 안 주면 서운하다."

"네. 짧은 시간이었지만, 선배 덕분에 마음 편하게 일했어요."

"다행이네."

정운이 샌드위치 포장을 뜯어 크게 한 입 베어 먹었다.

"맛있는데, 진짜 안 먹을 거야?"

넉넉하게 싸 온 샌드위치 하나를 정운이 윤이에게 건넸다. 정말 별생각 없었는데, 앞에서 정운이 너무 맛있게 먹으니까 윤이도 은근히 허기가 졌다.

"그럼 하나만 먹을게요."

그래서 결국 손을 뻗어 버리고 말았다.

소파에 누워 있던 강우가 벌떡 일어섰다. 그러고는 굳게 닫혀 있는 윤이의 작업실 문 앞까지 성큼 다가가서는 노크도 없이 벌컥 열었다. 스케치하고 있던 윤이가 깜짝 놀라 돌아보았다.

"그림 좀 그만 그리고 나랑 놀아."

요즘 윤이는 그림 그리는 재미에 잔뜩 빠져서 하루에 짧게는 다섯 시간을, 길게는 그 두 배의 시간을 이 작업실에서 보내고 있었다. 그 바람에 강우는 대부분 업무를 보거나 수시로 그녀의 작업실 방문을 여닫는 것이 일상이 되어 버렸다.

"이것만 마저 그리고."

"한 시간 전에도 그렇게 말했잖아. 오늘은 진짜 그만 그려."

급기야, 강우는 윤이가 들고 있던 연필을 뺏었다.

"어어?"

윤이가 그런 강우를 노려보았다.

"나 심심하다고. 놀아 줘."

투정 부리듯 고개를 숙여서 볼을 비비는 강우에 윤이의 잔뜩 힘을 준 눈이 풀리고 곡선으로 휘어졌다.

윤이가 어깨 너머에 걸려 있는 시계를 보았다. 벌써 초저녁이 다 되어 가는 시간. 자신이 얼마나 이곳에 오래 앉아 있었고, 강우를 얼마나 오래 기다리게 했는지 알 것 같았다. 그러자 감정 하나가 장마처럼 쏟아져 내려 윤이를 적셨다.

"너무 기다리게 했네, 미안해. 벌써 시간이 이렇게 흐른 줄 몰랐어."

그녀가 앉아 있던 의자에서 일어섰다.

"놀자."

그러곤 그의 목에 팔을 둘렀다. 폴짝, 뛰어오르자 강우가 그대로 윤이를 안아 올렸다. 윤이는 강우의 허리에 자신의 다리를 두르고 매달린 채 작업실을 나섰다.

"뭐 하고 놀까?"

"글쎄. 너하고는 뭘 하든 재밌어서."

윤이를 안은 강우는 테라스 밖으로 나왔다. 그리고 서울의 야경과 함께 산산한 바람을 맞을 수 있는 흔들의자에 앉았다. 윤이는 강우의 허벅지 위에 앉아 그와 마주 보았다.

강우가 천천히 의자를 움직였다. 행여나 흔들리는 의자 위에서 윤이가 뒤로 넘어지기라도 할까 봐 강우는 한쪽 팔은 의자를, 다른 한쪽 팔은 윤이의 허리를 감쌌다.

"커피랑 마카롱 먹으러 갈까?"

"마카롱 먹고 싶어?"

"아니. 사실 그렇게 먹고 싶지는 않아. 그러면 마트라도 다녀올까?"

"살 거 있어?"

"아니. 딱히 살 것도 없어. 그러면, 한강이라도 다녀올까?"

"가고 싶어?"

그는 윤이가 하는 말마다 반문했다.

뭔가를 해야 할 것 같아서 한 말들인데, 생각해 보니까 굳이 뭔가를 하지 않아도 될 것 같았다. 자신을 올려다보고 있는 강우의 표정이 너무 행복해 보이는 탓에.

그가 자신의 말에 계속 반문하는 이유도 알 것 같았다. 굳이 무언가를 하지 않아도, 그는 이렇게 마주 보고 있기만 해도 충분한 행복을 느끼는 듯했다.

"왜 웃어?"

"좋아서."

"아무것도 안 하는데, 뭐가 그렇게 좋고 즐거워?"

"너랑 있는데 안 즐거울 이유가 하나도 없으니까."

산산하게 불어오는 적당한 바람. 서서히 거두어지는 햇살 대신 찾아온 초저녁 특유의 산뜻함. 어디선가 울리는 클랙슨 소리와 사람들의 수다 소리가 들려오는 초저녁.

강우의 무릎 위에 앉아 안기다시피 있는 이 시간이 윤이에게는 그저, 오래 느끼고 싶은 평온함이었다.

잘생긴 강우의 두 뺨을 손바닥으로 눌러 보았다. 볼과 입술이 몰려서는 윤이의 입술과 더 가까워졌다. 그렇게 뺨을 누른 채로 손가락을 이용해 그의 눈썹을 올려 보았다.

"어떻게 얼굴을 이렇게 찌그러트려도 잘생겼지?"

"이 잘생긴 얼굴, 감상만 할 거야?"

"아니. 그러기에는 아쉽지."

"아쉽게 살면 안 되지. 특히, 마음껏 누릴 수 있는 것에 대해서는 말이야."

윤이의 입술이 강우의 입술로 향했다. 두 사람의 촉촉한 입술은 금방 포개졌다. 안으로 뜨거운 숨결을 밀고 들어온 강우는 혀끝을 세워 여린 점막들을 쓸며 헤집었다.

윤이는 마치 자신이 녹지 않는 달콤한 사탕이 된 것 같은 기분이었다. 그 사탕에 중독된 사람처럼 강우는 핥고 빨았다. 아무것도 생각이 나지 않을 정도로 그의 키스는 달콤하면서도 격렬했다. 헐떡이듯 내쉰 윤이의 호흡은 강우의 입안으로 세게 빨려 들어갔다.

두 사람의 입안이 타액으로 금방 흥건히 젖었다. 서로가 서로에게 더 깊숙이 들어가기 위해 바짝 매달리고 달라붙었다.

숨이 거칠어질 정도로 서로의 입안에 머물러 있던 두 사람이 잠시 입술을 떼어 냈다. 이마를 맞닿고 가까운 곳에서 눈을 마주했다.

"너무 좋아."

윤이가 번드르르하게 젖은 입술을 말아 올려 웃으며 말했다. 그런 윤이의 미소가 번지기라도 하는 것처럼 강우도 따라 웃었다.

"또 하자. 우리."

대답 대신, 이번에는 그가 먼저 입술을 맞춰 왔다. 방금까지 서로에게 머물러 있던 입술은 여전히 달아오른 채로 다시 한번 서로의 안을 파고들었다.

맞닿은 입술은 그렇게 오래도록 떨어지지 않고 서로를 머금었다.

7장

"나 정말 괜찮아?"

질문하던 윤이의 눈이 커다래졌다. 이 질문은 얼마 전에 강우가 자신에게 한 말이었다.

오늘은 안 좋았던 상황 때문에 미뤄졌던 강우의 부모님을 뵈러 가기로 한 날이었다. 윤이는 너무 긴장한 탓에 어제 새벽 내내 잠을 제대로 이루지 못했고, 잘 보이고 싶어 옷을 몇 번을 갈아입었다.

"아마 네가 누더기를 입고 가도 우리 부모님은 좋아하실 거야."

"내가 누더기를 왜 입어⋯⋯."

"이리 와, 단추 잠가 줄게."

강우가 얼른 화제를 바꾸었다.

"단추?"

몰랐는데, 목 뒤에 있는 단추를 잠가야 하는 원피스인 듯하다. 윤이는 강우에게 뒤를 보였다. 순간, 목덜미에 촉촉한 입술이 닿았고 기분 좋은 소름이 확 돋았다.

"아, 뭐야."

한껏 웃음을 머금으며 핀잔했다. 그의 손길이 목덜미의 살결을 스치며 단추를 잠가 주었다. 그리고 앞으로 다가왔다.

"키스할까?"

"안 돼."

"왜?"

단호한 윤이의 대답에 강우가 실망한 듯 되물었다.

"빨리 출발해야 하고, 립스틱 번져."

"그럼 갔다 와서는?"

"어…… 그래. 그때 하자."

한두 번 뵀던 분들도 아닌데 왜 이리 긴장이 되는지. 윤이의 심장이 귀에 다 들릴 정도로 뛰었다.

집에서 나와 판교에 있는 크다 못해 웅장한 강우의 본가인 블랙 철문 앞에 서 있으려니 윤이는 입이 바싹바싹 마르는 것 같았다.

"아버님이 나를 반대하시면 어떡하지?"

"그럴 일 없어."

"그래도 만약에 그러시면……."

"우리 아버지는 어머니 절대 못 이겨."

"……."

"우리 어머니가 너를 너무 좋아하시니까, 그런 걱정은 할 필요가 없는 거야. 그리고 만약, 아버지가 너를 반대하면 끝까지 설득시켜서 너 세상에서 제일 귀여움받는 며느리로 살게 해 줄 테니까 걱정하지 마. 나만 믿어."

손을 잡고 손등에 가볍게 입을 맞추며 흔들리지 않는 동공으로 자신을 응시하는 강우에 바짝 긴장해서 격하게 뛰던 윤이의 심장이 아주 조금은 차분해지는 것 같았다. 그는 늘 그랬듯, 오늘도 변함없이 제게 너무나도 든든한 남자였다.

닫혀 있던 철제문이 양쪽으로 열리고 안으로 자동차가 미끄러지듯 들어갔다. 관리가 아주 잘된 나무들이 양쪽으로 박혀 있는 정원을 지나니, 커다란 분수대가 나타났다. 그 분수대를 지나니, 박물관처럼 생긴 본관이 나왔고 그 앞에 벌써 직원들이 나와서 강우를 기다리고 있었다.

자동차가 멈춰 서자, 직원들이 양쪽으로 다가와 각각 운전석과 조수석 문을 열어 주었다. 윤이가 직원에게 인사를 하며 내렸다.

"윤이야!"

그때, 안쪽에서 강 여사의 목소리가 들렸다. 강 여사는 한달음에 달려 나와서는 윤이의 손을 꼭 붙잡았다.

"내가 두 사람 이렇게 될 줄 알았어. 우리 강우 받아 줘서 고마워."

"절 이렇게 반겨 주시고 좋아해 주셔서 감사해요."

강 여사는 뿌듯한 눈길로 윤이의 옆으로 와서 강우를 올려다보았다.

"장가 안 갈까 봐 하루가 멀다고 노심초사했던 내 마음이 이제야 안도가 돼. 거기다가 윤이를 아내로 맞이하고 내게도 좋은 며느리를 만들어 줘서 고맙다, 아들."

하지만 문제는 따로 있었다. 강 여사만큼 자신을 반겨 주고 반대할 이유가 없다던 강우의 말과는 달리, 안으로 들어서는 윤이를 바라보는 신 회장의 눈빛은 영 시큰둥했다.

"저희 왔어요. 아버지."

"오랜만에 뵙는 것 같아요. 잘 지내셨어요?"

윤이가 상냥한 목소리로 예의 바르게 인사했다.

"어. 그래."

신 회장의 무심함이 윤이를 불안하게 했고, 자연스럽게 눈치가 보였다.

네 사람은 웬만한 아파트 거실보다도 훨씬 큰 주방으로 들어섰다. 고급 레스토랑 못지않은 인테리어와 속 재료 가격이 상당한 요리들로만 식탁이 가득 채워져 있었다.

"어서 앉아. 먹자. 윤이가 그때 나랑 초밥 먹을 때, 간장 새우를 정말 좋아한다고 해서 해 봤어."

강 여사는 앉자마자 간장 새우며 몸에 좋고 맛도 좋아 보이는 음식들을 죄다 윤이 쪽으로 은근슬쩍 밀어 주며 말했다.

"직접 하셨다구요?"

"응. 입맛에 맞을지 모르겠네. 한번 먹어 봐."

자신을 이렇게까지 좋아해 주는 강 여사에 너무 큰 감동을 받았지만, 사실 윤이의 신경은 온통 신 회장에게로 쏠려 있었다.

어른들이 먼저 수저를 들고 국을 한 숟갈씩 먹고 나서야 윤이도 젓가락을 들어 간장 새우를 먹었다. 통통한 살과 적당히 짭짤한 것이 윤이의 입맛에 정말 잘 맞았다.

"너무 맛있어요!"

하지만 윤이의 눈길을 힐끔, 신 회장에게로 향했다. 신 회장은 무표정한 얼굴로 깊은 한숨을 내쉬고 있었다. 자신을 마음에 들어 하지 않는 것이 분명한 태도였다. 그러지 말아야 하는데, 그러면 강우도 어머님도 불편해할 걸 알면서도 윤이의 눈빛이 시무룩해졌다.

아버지의 눈치를 살피는 윤이를 발견한 강우가 아버지에게 한마디 하려고 입술을 떼어 낸 순간이었다.

"여보. 내가 아까 분명히 말했죠? 윤이 눈치 보게 하는 일 만들지 말라고."

강 여사가 더 빨랐다. 그녀는 남편에게 분명 예의를 지키고 있었지만, 분위기는 금방 살벌해졌다.

"내가 뭘 어쨌다고 그래?"

그런 강 여사를 향해 신 회장이 발끈한 듯 따지고 물었다.

"지금, 그런 표정으로 한숨 휙휙 쉬고 계시면 윤이가 편하겠어요?"

"그래. 말이 나와서 하는 얘기인데."

신 회장은 자신이 들고 있던 숟가락을 식탁에 탁, 소리 나게 내려놓았다. 신 회장은 잠시 묵언하다가 큰 결심이라도 한 듯 비장한 표정으로 입을 열었다.

"나는 이 결혼에 대해서 다시 한번 생각해 봤으면 좋겠구나."

탁!

신 회장의 말이 끝나기가 무섭게 강 여사가 들고 있던 숟가락을 아주 세게, 남편과는 비교가 되지 않을 정도로 세게 내려놓았다. 그 바람에 신 회장이 움찔했다.

"내가 말했죠? 윤이, 반대할 생각 하지 말라고."

"나는 정말, 당신이 이해가 안 가."

환장하겠다는 듯이 신 회장이 펄쩍 뛰었다. 윤이는 그런 신 회장의 마음을 어느 정도 이해하는 바였다.

"뭐가 이해가 안 가요? 난 당신이 더 이해가 안 가."

그런 신 회장을 강 여사가 무서울 정도로 매서운 눈으로 노려보았다.

"윤이만큼, 우리 강우 내조 잘해 줄 아내가 어디 있다고? 솔직히 내 아들이지만, 성격이 좀 지랄맞아? 그런 애가 저렇게 온순해진 것 봐. 저거 윤이만 가능한 일이야."

강 여사의 말에 강우가 옆에서 고개를 끄덕였다.

"옳은 말씀."

아내는 쪼아 대고 거기다 아들이 인정하는 모습을 보려니 속이 터지는지 신 회장의 얼굴은 더욱 찌그러졌다.

"그리고 잊었어요? 우리 윤이 아니었으면, 강우 이 자리에 앉아 있지도 못했어요. 그때 윤이가 발견하지 못했다면 수술이 늦어져서 강우 죽었을지도 모른다고……."

울컥.

강 여사는 그날이 떠오르는지 제대로 말을 잇지 못했다. 그날 느꼈던 두려운 감정이 또다시 밀고 들어오는 듯했다. 그녀의 눈시울은 금방 붉어졌고 고개를 들지 못했다.

"어머니……."

그런 강 여사의 모습이 안타깝고 자신도 그때의 두려움이 떠올라 윤이가 자리에서 일어나 강 여사의 어깨를 감쌌다. 강 여사는 자신을 위로해 주는 윤이의 손등을 다정하게 어루만져 주었다.

"여보, 괜찮아?"

그 옆에서 안절부절못하고 있던 신 회장이 조심스러운 목소리로 물었다. 고개를 숙이며 눈물을 훔치던 강 여사가 고개를 들어 남편을 째려보았다.

"기억 안 나냐구요. 의사가 그렇게 말했던 거."

"기억나지……."

"그 고마움도 잊고, 어떻게 윤이 앞에서 결혼을 다시 생각해 보라는 말을 해요?"

"아니, 그래도 나는 강우가 앞으로 사업하면서 실질적인 도움이 될 만한 아내와 사돈을 만났으면 해서 그랬지."

"당신은 우리 강우한테 참, 관심도 없어."

신 회장은 자신이 모르는 것이 무엇인지 몰라서 힌트라도 얻을 생각으로 강우를 쳐다보았다. 하지만 강우는 낮은 한숨과 함께 아버지의 시선을 외면했다.

"쟤, 윤이 회사에서 쫓아낸 뒤부터 업무 제대로 마무리한 게 없어요. 몸은 회사에 있어도 마음이 윤이 옆에 가 있는데 무슨 일을 해? 한마디로, 강우는 윤이 없으면 아무것도 못 한다는 말이에요."

"고작 여자 때문에 그 중요한 일을 못 한다고? 내가 널 그렇게 키……."

탁!

강 여사가 식탁을 손바닥으로 내리쳤고 신 회장이 다시 어깨를 움찔거렸다. 그러는 사이, 윤이는 조용히 자신의 자리로 돌아갔다.

"누가 누구한테 뭐라고 하는 거예요? 당신 나한테 프러포즈 거절당하고 한동안……."

"그만, 그만. 애들 앞에서 그만!"

두 팔로 엑스 자를 그리며 신 회장이 아내의 발언을 필사적으로 제지시켰다.

"나도 윤이 좋아. 고마운 거 알고. 저 개차반 같은 놈 유일하게 제지시킬 사람이라는 것도 알고. 하지만 조금 아쉬운 거지. 배경이 더 좋은 여자랑 결혼하면……."

신 회장이 말을 이으며 아내의 눈치를 살폈다.

"좋겠다는 거지……."

"윤이 배경 좋은 여자입니다."

이번에는 강우가 말을 꺼냈다. 흥분했던 강 여사와는 다르게 아주 차분하지만 단호함이 깃들어 있는 목소리와 표정이었다.

"아주 상냥하시고, 책임감 있으시고, 정직하시고, 성실하시고, 무엇보다도 혼자서 딸을 키우신 강한 어머니 밑에서 자란 아이입니다."

강우의 말에 윤이의 코끝이 시큰해지는 것 같았다. 도박에 미쳐서 자신을 버리고 간 아버지 대신, 모든 역할을 해야 했던 건 고작 스물일곱 살의 꽃다운 여자였다. 안 해 본 일이 없었다. 식당 설거지, 택배, 청소, 부업…….

윤이는 한 번도 오천 원짜리 싸구려 티셔츠를 입고 졸업식에 왔던 엄마를 부끄러워해 본 적 없었다. 강우의 말대로 늘 자랑스럽고 고마운 엄마일 뿐이었다. 그걸 자신이 아닌 다른 누군가가 알아주는 것이 감동적이었다.

"'돈'이 전부인 줄 알고, 무조건 '갑'으로 키워서 개념 상실한 여자들보다 훨씬 더 좋은 배경을 가졌다고 생각합니다. 그리고 무엇보다도."

고개를 숙이고 투명한 눈물을 후드득, 떨어트리고 있던 윤이의 손을 강우가 감쌌다. 그것이 마치 윤이의 외로웠던 삶을 전부 다 안아 주는 것만 같았다.

"제가 유일하게 사랑하고 지켜 주고 싶고, 부끄러운 삶을 살지 않게 만들어 주는 여자예요."

갑자기 박수 소리가 들려왔다. 강 여사가 한껏 감동에 젖어서는 손뼉을 치고 있던 거였다.

"멋지다. 우리 아들. 그래. 삶은 부끄럽지 않게 살아야지. 그래야 하는 거야. 그렇게 살아야 할 이유가 윤이뿐이라는데, 나는 이 결혼 당장 시키고 싶어."

강우의 말에 여태 탐탁지 않아 하던 신 회장의 표정도 풀렸다. 원래부터

심한 반대를 할 생각은 없었다. 그저 아쉬운 부분에 대해서 의견을 낸 것뿐인데, 그것을 아들이 제대로 채워 준 듯했다.

"어서 상견례 날 잡자."

□ ◆ □

윤이는 날짜를 잡은 상견례 장소를 직접 보러 다녔다. 다른 사람을 시켜서 메뉴와 장소를 사진으로 전달받아도 되었지만, 직접 보고 확인을 하는 것이 더 적성에 맞았다.

"나는 여기가 가장 마음에 들어."

그리고 당연히 강우가 함께했다. 그는 직원이 보여 준 룸과 메뉴판을 보며 말했다. 하지만 윤이는 그 말을 곧이곧대로 듣지 않았다.

"……돌아다니는 곳마다 그 소리네."

빨리 장소를 정하고 어딘가로 가고 싶어 하는 강우의 속내가 훤히 다 보여서였다. 테이블 위에 있는 자신의 손가락을 괜히 만지작거리는 강우 때문에 윤이는 피식, 웃어 버렸다.

"그러면 여기로 할까?"

여기저기 네 군데 정도를 돌아다녀 보았는데, 분위기도 그렇고 음식 질도 그렇고 이곳이 가장 좋은 것 같긴 했다.

"어. 여기로 결정하자. 장모님께서 한식을 가장 좋아한다고 하시니까."

"음, 어머니와 아버님도 좋아하실까?"

"뭐든 잘 드셔. 좋아하실 거야."

"그러면, 뭐, 여기로 하는 게……."

윤이의 대답이 다 끝나기도 전에 강우는 직원에게 날짜와 시간대를 예약했다. 그리고 두 사람은 오늘 첫 번째로 가기로 한 쇼핑몰로 향했다.

상견례 날짜는 잡았지만, 최대한 빨리 결혼했으면 좋겠다는 의사를 밝힌 두 부모님의 의견에 따라 결혼 준비를 미리 하기 위해서였다.

두 사람이 쇼핑몰에 들어서서 가장 먼저 간 곳은 가구점이었다. 지금 킹 사이즈보다도 조금 더 큰 라지킹 사이즈를 쓰고 있는 강우는 멀쩡한 침대를 바꾸겠다고 혈안이 되어 있었다.

"침대는 그냥, 지금 있는 거 쓰지."

"아니, 지금 쓰는 침대는 너무 커."

"크면 좋은 거 아니야?"

윤이가 어리둥절해져서 물었다.

"응. 좋은 거 아니야. 퀸 사이즈 정도가 좋아."

"혹시나 해서 묻는 건데, 침대가 너무 넓으면 더 못 붙어 있을까 봐 그래?"

"어. 맞아. 침대 크기가 작아야 우리가 더 붙어 있지."

강우는 싱긋 웃으며 직원을 불러서 퀸 사이즈 침대 샘플들을 보여 달라고 요청했다. 한껏 즐거워하며 침대를 고르는 그의 기분을 깨뜨리고 싶지 않아서 내버려 뒀다.

윤이가 쓰게 될 화장대, 장롱들을 새로 맞추기도 했다. 전부터 꿈꿔 왔던 '넓고 좋은 집 사면 이런 그릇 써야지.' 하는 바람도 이루었다. 원했던 예쁜 그릇과 주방용품들도 전부 배달 예약을 해 둔 후에 두 사람은 패션 매장이 있는 2층으로 향했다.

"아이스크림 먹을래?"

"먹자."

2층에 올라오자마자 보이는 젤라또 가게를 발견한 두 사람은 늘어져 있는 줄의 맨 끝에 가서 섰다. 그러다 윤이는 화장실에 가서 볼일을 보고 오고 싶었다.

"잠깐만."

쇼핑하는 동안에도 한 번도 놓지 않은 손을 빼려고 하자, 강우가 힘을 주었다.

"왜."

"나 화장실."

그가 손을 놔주지 않고 윤이의 손을 자신의 재킷에 집어넣었다.

"오빠, 나 지금 화장실 급……."

윤이의 말이 다 이어지지 못했다. 재킷 안에서 무언가 꼼지락거리더니 이내 강우가 윤이의 손을 놔 주었다. 재킷에서 손을 빼니, 자신의 왼쪽 네 번째 손가락에 반지가 끼워져 있었다.

"이거, 뭐야?"

"커플 반지."

그걸 몰라서 묻는 건 아니었다. 윤이가 강우를 올려다보자, 그도 지금 이 순간에 반지를 끼워 준 이유에 대해서 대답해 줘야겠다고 생각했다.

'반지가 '나 임자 있어요.'를 대신 말해 주잖아. 화장실 가는 동안, 어떤 놈이 너한테 말이라도 걸면 어떡해?"

"참, 쓸데없는 걱정은……."

그러면서도 자신의 손가락에 끼워져 있는 반지와 어느새 강우의 길고 고른 손가락에 끼워져 있는 똑같은 반지를 보며 윤이는 싱글벙글했다.

"무슨 맛 먹는다고 했지?"

"난 코코넛."

"이제 다녀와."

강우가 윤이의 이마에 가볍게 입을 맞추며 말했다.

"응. 금방 다녀올게."

아이스크림 가게에 강우를 두고 윤이는 몇 미터 떨어져 있는 화장실로 향했다. 그런데 반지를 보며 그저 싱글벙글하고 있던 윤이의 귓전으로 어수선한 소리가 들려왔다.

"야야. 대박 미쳤나 봐."

"저런 것들은 당해도 싸."

슬쩍 고개를 돌려 반대쪽을 보니, 사람들이 동그랗게 모여서 무언가를 구경 중이었다. 그냥 신경 쓰지 말고 가야지 하면서도 사람의 호기심이란 생각보다 강한 감정이었다.

윤이도 슬그머니 걸음을 옮겨 안쪽을 살폈다가 깜짝 놀랐다. 사람들이 보고 있는 건 다름 아닌 무릎을 꿇고 있는 태훈과 그 앞에서 팔짱을 낀 채 분노에 차 있는 효진이었다. 그리고 무릎 꿇은 태훈의 옆에서 머리를 넘기던 여자는 주변을 둘러싼 사람들을 보며 신경질을 냈다.

"뭘 봐요! 다들 안 꺼져요?"

"미안해. 내가 잘못했어, 여보. 그냥, 내가 잠깐 미쳤었나 봐. 아주 잠깐 연락한다는 게……!"

여자의 앙칼진 목소리와 달리, 태훈의 목소리는 그 어느 때보다 간절하게 들렸다.

"됐고, 우리 아버지가 당신에게 투자했던 사업비들 다 거둬 가게 할 거야. 우리는 당연히 이혼이고!"

"여보. 여보!"

효진을 따라가려는 태훈을 옆에 있던 여자가 붙잡았다.

"이태훈! 너 이대로 간다고?"

"놔아!"

태훈은 여자를 세게 밀치고서는 효진을 빠르게 따라갔다. 흥밋거리가 떨어진 것을 알게 된 사람들이 하나둘씩 흩어졌다. 그 자리에 덩그러니 남겨져 있던 윤이는 눈을 깜빡였다.

"내가 지금, 뭘 본 거야?"

대충 어떤 상황인지 짐작 갔다. 한 번도 바람피우지 않은 놈은 있어도, 한 번만 바람피운 놈은 없다는 말에 충성이라도 하듯 태훈은 또 효진을 두고 바람을 피웠다가 들킨 것이 분명했다.

"윤이야."

당황스러움에 혼잣말을 하던 윤이의 뒤로 강우의 목소리가 들렸다. 그는 이미 두 손에 아이스크림을 든 채 서 있었다.

"왜 그러고 서 있어? 화장실은 다녀온 거야?"

"어? 아니, 아직. 저 가게 옷이 좀 예쁜 거 같길래. 금방 다녀올게."

이곳에서 태훈을 봤다는 이야기는 딱히 하고 싶지 않았다. 오늘 분명 기분 좋게 쇼핑하게 될 시간을 이태훈이라는 오물로 더럽히고 싶지 않아서였다.

□ ◆ □

쇼핑을 끝내고 오늘 두 사람은 함께 호텔로 향했다. 그곳에서 마사지를 받고 룸마다 설치된 온천을 즐기기로 했다. 온천이 끝나고 나면, 루프탑에 가서 시원한 맥주 한잔을 때리기로 했다.

그래서 오게 된 호텔. 두 사람은 각자 마사지를 받은 후, 예약해 둔 룸으로 향했다. 호텔 구석 한편에 나무로 되어 있는 미닫이문이 있었고 그곳을 열어 보니, 온천을 할 수 있는 탕과 간단하게 샤워할 수 있는 기구가 설치되어 있었다.

윤이가 안으로 들어가서 꼭지를 돌리자, 수증기를 뿜으며 뜨거운 물이 탕을 채웠다. 당장이라도 들어가서 몸을 지지고 싶었다. 윤이는 밖으로 나와서 자신의 가방을 챙겨 들어 준비해 온 수영복을 꺼내 침실 문을 닫고 갈아입었다. 수영복을 다 갈아입고 보니 강우는 보이지 않았다.

"오빠?"

이곳저곳 다 찾아봐도 보이지 않는 강우가 마지막으로 갈 만한 곳은 굳게 닫혀 있는 온천실뿐이었다. 윤이는 미닫이문을 열었다. 문을 열자마자 후덥지근한 공기가 훅 몰려왔고 뿌연 수증기로 가득 차 있었다. 강우는 이미 탕 안에 들어가 있었다. 트집 잡을 곳 한 군데도 없을 정도로 똑같은 크기로 키운 단단해 보이는 근육은 물기로 한껏 젖어 있었다. 어깨는 유난히도 넓고 피부는 적당히 그을려 있었다.

아아. 그의 몸은 정말 너무 위험한 충동을 일으킬 정도로 야하고 매력 있었다. 코피가 터질 것 같았다. 머리 역시 물에 젖어 뒤로 완전히 넘겼고, 피부는 유난히도 촉촉해 보였으며 그것과 대조적으로 진회색 빛의 눈동자는 더욱 짙어 보였다.

"들어와."

그가 윤이를 향해 손을 뻗었다. 윤이가 홀린 듯 눈도 못 떼며 들어가려고 하자, 그가 가까이 다가와서는 팔을 뻗었다.

"이건 벗고 들어와야지."

강우의 손길에 의해 윤이의 가운이 그대로 벗겨졌다. 맨살을 간질이며 미끄러지듯 벗겨진 가운이 바닥에 툭, 하고 떨어졌다. 윤이가 강우의 손을 잡고 탕 안으로 몸을 담갔다.

"크흐."

따뜻한 물에 몸을 담그자, 감탄사가 절로 나왔다. 벽에 기댄 강우가 이쪽으로 오라는 듯 팔을 뻗어 공간을 만들었다. 윤이는 그런 강우에게로 다가가 팔을 베고 얼굴을 살포시 기대었다.

"아, 따뜻하고 좋다."

"신혼집에 이렇게 커다란 욕조 하나 만들까?"

"온천도 아닌데?"

"종종 같이 샤워도 할 텐데, 욕조 큰 거로 바꾸는 게 낫지."

순간, 그와 서로 맨몸을 보이며 함께 샤워하고 때로는 격렬한 사랑을 나누는 장면을 떠올린 윤이가 저도 모르게 마른침을 삼켰다.

"갑자기 왜 말이 없어?"

엉큼한 상상에 집중하느라(?) 말을 잇지 못한 윤이를 향해 강우가 넌지시 물었다. 온천의 뜨거운 열기와는 별개로 그녀의 얼굴은 한껏 달아올라 있었다.

"무슨 생각 해?"

윤이의 시야에 대고 강우가 손을 휙휙 저으며 물었다. 그제야 윤이가 정신을 차리고 강우를 올려다보았다.

"샤워는 혼자 할래!"

"뭐?"

"서, 서로 씻겨 준다는 건, 아무래도 좀 부끄러운 일인 것 같아."

"샤워를 같이한다고, 꼭 서로를 씻겨 줘야 하는 건 아닌데."

"악!"

혼자 너무 앞서갔다는 것을 깨달은 윤이가 민망함에 얼굴을 물에 푹 담갔다. 뭐라고 생각할까? 정말 변태라고 생각하는 거 아니야? 성적 취향이 특이하다고 생각하면 어쩌지?

온갖 걱정이 난무하는 가운데 물속에 잠겼던 윤이의 얼굴이 빠져나왔다.

"어어?"

강우가 윤이를 가볍게 들어 올려 자신의 무릎 위에 앉혔다. 두 사람은 마주 보고 앉았고 윤이는 얼굴에 잔뜩 묻은 물 때문에 눈을 제대로 뜰 수가 없었다. 강우의 손이 윤이의 눈을 못 뜨게 만드는 물기를 닦아 주었다.

"설마, 나 씻겨 주는 거 상상이라도 한 거야?"

"그 말 안 했으면 좋겠어."

윤이가 기어들어 가는 목소리로 말하며 강우의 어깨에 얼굴을 파묻었다.

"제발……. 너무 민망해."

"귀여워."

제 어깨에 파묻은 윤이의 머리를 쓰다듬어 주며 강우가 기분 좋은 웃음소리를 냈다.

"민망해할 거 없어. 난 자주 상상해."

"에?"

어깨에 파묻었던 얼굴을 들어 그를 마주 보았다. 물기에 젖어 한껏 나른해 보이는 그의 모습은 깊숙이 숨겨 두었던 윤이의 어떠한 것을 자꾸만 자극하는 것 같았다. 윤이는 그 '어떠한 것'이 무엇인지 잘 알고 있기에 못 나오게 하려고 필사적으로 버티고 있었다.

"너랑 있을 때, 틈만 나면 몸이 달아올라서 꼭, 짐승 같기도 해."

"……."

"만지고 싶고, 안고 싶고, 깨물고 싶어."

"왜 깨물어……."

"귀여워서."

말이 끝나기 무섭게 강우는 윤이의 손을 자신의 입으로 가져가 앙, 하고 깨물었다. 아프지 않아서 때리지 않았다.

순간, 눈이 마주쳤고 누가 먼저랄 것도 없이 서로의 입술을 포개었다. 필사적으로 버티고 있던 '어떠한 것'이 주춤한 빈틈을 타서 완전하게 튀어 오른 것이다.

그 '어떠한 것'은 강우를 원하는 욕망이었고 윤이는 이제 막을 수도 없었다. 강우의 입안에서 혀가 마구 굴려졌다. 끈적거리는 소리와 타액이 헝클어지고 뜨거운 호흡이 서로의 쾌감을 끌어올렸다.

강우는 격렬하고 집요하게 안으로 들어왔고 어느 곳 하나 빠트리지 않고 혀끝을 세워 핥고 빨며 윤이를 욕망이라는 감정으로 더욱 몰아세웠다.

"오빠……."

신음을 한껏 머금은 목소리가 새어 나왔다. 한껏 풀려 야릇해진 눈동자가 강우를 가득 담고 있었다. 세상에 태어나 이렇게 심장이 세게 뛰고 몸이 뜨거워지는 것은 처음이었다. 모든 세포가 팽창하여 금방이라도 터질 것처럼 위태롭기도 했다.

강우는 윤이를 있는 힘껏 안고 싶었다. 그녀를 원했지만, 안을 수 없었던 지난날부터 쌓인 극심한 갈증을 모두 해소하고 싶었다.

잠시 떨어졌던 입술이 다시 부딪쳤다. 왜 이렇게 울컥하고 감정이 치밀어 오르는지 모르겠다. 너무 좋아서, 너무 행복하고 황홀해서. 꿈이라면 이대로 죽어 버려도 좋으니까 깨지 않길 바랄 정도였다.

깊숙이 파고들수록 더욱 가빠지는 그녀의 호흡마저 전부 다 집어삼켜 버릴 기세로 강우는 맹렬하게 달려들었다.

주변의 열기만큼이나 두 사람의 입안도 뜨거웠다.

찰칵. 찰칵.

서울 야경이 너무 예뻐서 눈에만 담기에는 아쉬웠다. 그래서 윤이는 서울의 야경을 신나게 찍어 댔다.

"너도 같이 찍어 줄까?"

어느새 곁으로 다가온 강우가 윤이를 뒤에서 끌어안으며 나지막한 목소리로 말했다. 귓가를 스치는 그의 입김 때문에 기분 좋은 소름이 돋았다.

똑같은 샴푸와 바디 클렌저를 사용해서 그런지 그에게서 저와 같은 향이 났다. 기분이 묘했다.

"아니. 화장 안 해서 안 찍고 싶어."

"무슨 상관이야, 그래도 예쁘기만 한데."

"그럼 한 장 찍을까?"

"응."

윤이가 강우에게 자신의 휴대 전화를 건넸다. 강우가 뒤에 있는 테이블을 치우더니 한 장, 몸을 숙여서 한 장, 급기야는 긴 다리를 바닥에 쭉 뻗어 비율 좋은 사진을 찍어 주니, 윤이는 그의 열정이 다소 민망했다.

"아, 아니. 그렇게까지 안 찍어 줘도 되는데……."

하지만 그런 남자의 극성맞은 노력 덕분인지 화장기 하나 없어서 싫다는 이유로 사진을 찍지 않았으면 후회할 정도로 엄청난 인생샷이 나왔다.

"오! 나 비율 정말 좋아 보이네! 오빠도 찍어 줄까?"

"같이 찍어."

"그러자."

여러 포즈를 취한 두 사람의 사진이 휴대 전화를 가득 채웠다.

이마에 닿았던 입술이 떨어진다. 이번에는 볼, 그다음은 콧잔등, 그다음은 입술.

윤이는 아침부터 제게 키스를 퍼붓고 있는 강우로 인해 웃으면서 잠에서 깼다. 사랑받는 기분은 좋은 거였다.

"잘 잤어?"

"응."

윤이가 강우의 품 안으로 파고들며 대답했다. 강우는 제 품으로 안기는 윤이를 절대 놔 주지 않을 사람처럼 세게 안았다.

"요즘, 매일 잠에서 깨기 직전이 제일 설레."

"깨어나자마자 나를 볼 수 있어서?"

"응. 깨어나면, 널 볼 수 있다는 생각이 날 너무 행복하고 설레게 만들어."

그건 윤이도 마찬가지였다.

"오빠가 그렇게 말해 주니까, 나 너무 행복해."

"사랑해."

갑작스러운 그의 고백에 아직 완전히 깨지 못한 잠 때문에 무거운 눈꺼풀을 덮고 있던 윤이가 천천히 눈을 떴다.

"사랑해."

윤이가 올려다보자, 그가 다시 한번 말했다.

"사랑해. 윤이야."

들어도 들어도 질리지 않는 목소리로.

"나도, 사랑해."

그래서 윤이도 많이 말해 주기로 했다.

"정말 많이 사랑해."

하면 할수록, 강우의 미소를 더욱 짙게 만드는 사랑한다는 말을.

□ ◆ □

"아무리 피곤해도 들어가서 대본 꼭 다시 한번 확인해. 알았지?"

걱정스러움에 당부하는 매니저의 말이 잔소리처럼 들려왔다.

그럴 만한 이유가 있었다. 오늘 촬영장에서 서아는 대사를 제대로 외우지 못해서 엄청난 NG를 냈고 선배와 감독, 스태프들의 질책을 한 몸에 받았다.

그래서 당장이라도 촬영장을 뛰쳐나가 버리고 싶었다. 하지만 그놈의 돈 때문에 꾹 참았다.

"그거 조금 못했다고 사람을 죽일 듯이……."

"그러니까 내일 촬영하는 대사 분량은 꼭 다 외워서 와. 어?"

"알았다구요! 몇 번을 말해요, 도대체?"

가뜩이나 잠도 못 자서 예민한 상태인데, 매니저의 말이 길어지자 서아는 어딘가에 화풀이라도 하고 싶어 버럭, 고함을 내질렀다.

"너 요즘 왜 그렇게 예민하게 굴어? 툭하면 성질내고. 내가 무슨 샌드백이야?"

늘 서아의 예민함을 받아 주던 매니저도 참다못해 언성을 높였다. 서아는 별것도 아닌 게 제게 반항하는 꼴이 같잖아 보였다.

"지금 나한테 짜증 낸 거야? 내가 번 돈으로 먹고사는 주제에?"

"뭐?"

"내가 틀린 말 했어? 요즘 내 덕에 인센티브도 넉넉하게 챙겨 가잖아. 거기에 내 부정도 포함된 거야. 듣기 싫고 하기 싫으면 그냥 때려치워!"

기가 막혀서 얼이 빠진 매니저를 두고 밴에서 내린 서아는 문을 아주 있는 힘껏 닫았다. 쾅! 금방이라도 문짝이 떨어질 것 같은 큰 소리가 났다.

운전석에 앉아서 자신을 노려보는 매니저를 외면하며 집으로 막 들어가려는데, 앞으로 고급 세단이 지나갔다.

"뭐야?"

얼핏 보니 차 안에서 강우와 윤이가 환하게 웃고 있었다. 가뜩이나 허했던 속이 확 뒤틀리는 것 같았다.

두 사람이 타고 있는 자동차는 자연스럽게 그의 차고 안으로 들어갔다.

"내가 저 꼬락서니 보려고 이 동네로 이사 온 건 절대 아니지."

서아의 눈이 가느다래졌다.

□ ◆ □

스팀다리미로 정성껏 다린 와이셔츠를 보니 윤이는 새삼 뿌듯했다.

그가 오늘 입을 정장과 넥타이까지 죄다 준비를 끝내고 드레스 룸에서 나와 주방으로 향했다. 원래 둘 다 아침은 잘 먹는 편이 아니라서 간단하게 토스트와 커피 정도만 준비했다.

"그냥 쉬라니까."

샤워를 끝내고 나온 강우가 이제 막 내린 커피를 식탁 위에 올려놓고 있는 윤이에게 다가왔다.

"괜찮아."

강우는 오늘부터 다시 회사에 출근하기로 했지만, 윤이는 집으로 돌아가지 않기로 했다.

"내일 이삿짐센터 불러서 짐 가져오려고."

"집 내놓을게."

"응."

"아니다. 그 집, 그냥 둘게."

"왜?"

"나중에 공방이 필요할 수도 있잖아."

"그런가?"

공방을 필요로 할 정도로 미술을 하지는 않을 생각이지만, 자신의 취미 생활을 적극적으로 밀어주겠다는 의사를 밝히는 예비 남편에 윤이는 슬쩍 감동이었다.

강우가 앉은 반대편으로 가려 했지만, 윤이는 한 발자국도 움직이지 못했다. 강우가 윤이의 허리를 잡고 자연스럽게 자신의 허벅지 위에 앉히고 식사를 시작했다.

"오늘 나 회사 가 있는 동안 뭐 할 거야?"

"음. 그럼 그리고 먹고 자려고."

"좋은 생각이네."

커피 한 모금을 마시고 내려놓은 강우는 윤이의 등에 자신의 얼굴을 비볐다.

"나도 네 옆에서 같이 먹고 자고 싶다."

"오빠는 일하는데, 나만 너무 놀고먹는 거 같아서 미안하네."

"너 편하게 놀고먹으라고 일하는 거야. 그러니까 실컷 놀고먹어."

"우리 정원에 꽃이랑 채소 좀 심어 보려고."

"채소?"

되묻는 강우에 윤이가 신이 나서 말했다.

"응. 상추랑 깻잎이랑 허브. 재밌을 것 같아. 전에도 한번 키워 보고 싶었는데, 일하느라 바쁘고 원룸이라서 좀 어려웠거든."

"그래. 윤이 하고 싶은 거 다 해."

"사실, 워낙 일하는 거 좋아하고 내 능력 썩히기 아까워서 재취업할까 했는데, 오빠 말대로 나 하고 싶은 거 조금만 더 해 볼게."

"많이 해도 돼."

"저녁에 맛있는 것도 해 줄게."

"응. 일찍 올게."

윤이는 강우의 무릎에 앉아 토스트와 커피를 끝까지 다 먹었다. 윤이가 정성스럽게 직접 다린 옷을 챙겨 입은 강우는 차고지까지 윤이의 배웅을 받으며 내려왔다.

"잘 다녀와."

윤이가 까치발을 들고서 입술을 쭉 내밀었다. 그러자 강우가 윤이의 허리를 꽉 끌어안고 아주 진하게 입을 맞추다가 비비며 장난을 쳤다. 윤이는 발버둥을 치는 자신을 놔 주지 않고 폭격기처럼 뽀뽀를 퍼부으며 장난치는 강우에 까르르, 아이 같은 웃음이 새어 나왔다.

그렇게 한참 장난을 치다 말고 윤이는 정신을 차렸다.

"아아. 빨리 가. 지각해……."

"저녁에 봐."

"응."

차고지 밖으로 나와 출발하기 전에 운전석 문을 내리고 인사하는 강우가 완전히 사라질 때까지 배웅을 한 후에 윤이는 집으로 들어섰다.

□ ◆ □

똑똑—

서류를 보고 있던 강우는 멀찍이서 들려오는 노크 소리에 입술을 열었다.

"네."

문이 열리고 안으로 비서실장과 새로 뽑은 비서가 들어왔다. 훤칠한 키와 고집스러워 보이는 쌍꺼풀 없이 찢어진 눈매를 소유한 비서는 신입치고 떨지도 않는 덤덤한 모습으로 강우의 앞까지 걸어왔다.

"오늘부터 대표님의 전반적인 업무를 봐줄 권주혁 비서입니다."

아주 그냥 얼굴에 웃음꽃이 만개로 피어 있는 비서실장의 소개로 주혁이 허리를 굽혀 인사했다.

"안녕하십니까."

인사하는 주혁에 강우도 가볍게 눈으로 인사했다.

"제가 앞으로 한 달 동안 인수인계할 예정입니다."

"잘 배워서 대표님께서 더욱 편안한 업무를 보실 수 있게 하겠습니다."

주혁은 당돌하면서도 야무졌다. 첫인상 자체가 전에 뽑았던 비서들보다 훨씬 마음에 들었다.

"당연히 그래야 할 겁니다. 제가 아무리 돈이 많아도 헛된 곳에 돈 쓰는 건 아주 완벽히 질색하는 편이라."

강우의 경고에 주혁보다는 비서실장이 흠칫했다. 그런 비서실장에 강우는 가볍게 고개를 내저었다.

"네. 돈 주시는 거, 헛되지 않구나, 느끼실 수 있게 해 드리겠습니다."

그저 당당하기만 한 주혁을 비서실장이 힐끔거리며 놀라움을 감추지 못했다. 대부분이 강우의 분위기에 짓눌리기 마련이었다. 비서실장 역시 몇년 동안 함께 일을 하고 있지만, 때로는 눈도 제대로 못 마주칠 정도로 강우는 위압적인 존재였다. 그런 강우 앞에서 저리 당돌할 수 있는 신입 주혁이 비서실장에게는 아주 신선했고 놀라울 뿐이었다.

물론, 신선한 건 강우 쪽도 마찬가지였다.

"인수인계하는 한 달 동안, 맛있는 거 많이 먹으세요. 법인 카드로. 첫인상이 마음에 드니까 맛있는 거라도 사 줘서 도망 못 가게."

강우의 말에 비서실장의 얼굴이 다시 환해졌다. 주혁도 피식, 작게 웃었다.

두 사람이 가볍게 인사를 하고 나간 후, 강우는 다시 업무를 보려고 했지만 흐름이 끊겼다는 걸 느꼈다.

그래서 윤이에게 전화했다. 몇 번의 신호가 갔지만 받질 않았다. 아직 대낮인데 받지 않는 전화에 슬그머니 걱정의 안개가 끼려고 할 때였다.

— 여보세요! 헉.

윤이가 숨에 찬 목소리로 전화를 받았다. 강우의 심장이 쿵, 내려앉으며 자리에서 벌떡 일어섰다.

"무슨 일 있어? 어디야, 지금."

— 그게 아니구, 지금 먹을 거랑 꽃 심을 것들 재료 사서 집에 돌아왔는데, 힘들어 죽겠네.

당장이라도 집무실을 뛰쳐나갈 기세였던 강우의 발걸음이 멈칫했다.

"차 안 가지고 갔어?"

— 응. 졸려서 그냥 버스 타고 다녀왔어.

"그럼 택시를 좀 타지."

— 아, 그 생각을 못 했네.

"그 생각을 왜 못 했을까?"

아무 일 없다는 사실에 안도하며 강우가 의자에 다시 앉았다.

— 이따가 마트 다녀올 때는 차 가지고 갔다 와야지.

"조심히 운전해."

— 자나 깨나 내 걱정뿐인가 봐요, 신강우 씨는?

"숨 쉴 때마다 보고 싶어."

— 이보시오, 그건 너무 과한 거 아니오?

윤이는 참 능청스럽게도 장난을 친다. 그게 귀여웠다.

"절대 과한 거 아니니, 그리 알고 그대도 숨 쉴 때마다 나를 보고 싶어 하시오."

자신을 따라 하는 남자 친구가 재밌는지, 핸드폰 너머로 그녀의 맑은 웃음소리가 들려온다. 그러다 뚝.

— 얼른 일해.

"알았어."

— 저녁에 봐. 내 사랑.

"어?"

들었지만, 못 들은 척. 좋은 건 몇 번이고 더 들어야 하니까.

— 저녁에 보자구.

"아니 그거 말고."

— 그럼 어떤 거?

하지만 이미 눈치챈 윤이가 장난을 치느라 호락호락하게 대답해 주지 않는다.

"빨리."

간절하게 보채야만,

— 저녁에 봐, 다음으로 한 말?

겨우 대답을 해 준다고 해도 상관없다.

"응. 그거."

— 내 사랑, 신강우 씨.

윤이가 말하는 사랑을 들을 수만 있다면, 강우는 그걸로 대만족이었다.

□ ◆ □

상견례 장소에 가장 먼저 도착한 사람은 다름 아닌, 강 여사와 신 회장이었다. 당연히 아무도 오지 않았을 거라고 예상하고 들어선 룸에 두 사람이 앉아 있는 것에 윤이는 살짝 놀랐다.

"언제 오셨어요?"

"우리 한 10분 정도 됐어. 오늘 윤이 너무 예쁘다. 꼭 아기 병아리 같아."

강 여사는 오늘따라 유난히도 화사하고 온화한 미소를 지으며 윤이를 반겼다. 개나리색의 원피스를 입은 윤이를 보며 귀여워 죽겠다는 듯한 반응을 보이는 강 여사 옆에 앉아 있는 신 회장이 큼, 하고 헛기침했다.

"아차, 이거. 오다가 네 생각 나서 주고 싶다면서 시아버님께서 직접 사셨어."

작은 쇼핑백에 들어 있는 건 너무 예쁜 모양을 가진 조각 케이크였다.

"와."

"우리 집에 왔을 때, 후식으로 케이크 먹던 윤이 모습이 인상적이었다나 뭐라나. 케이크 전문 셰프 데려와서 가게 차려 놓고 실컷 먹이고 싶다고 하시네."

남편의 발언이 마음에 드는지, 광대가 한껏 승천한 강 여사가 아주 뿌듯해했다.

"그렇게까지 생각해 주시다니, 아주 감동적이에요. 잘 먹겠습니다. 아버님."

윤이 역시 감격한 눈을 하고서는 신 회장을 바라보았다. 웃음을 감추지 못하며 그만하라고 손짓하는 신 회장의 행동은 무뚝뚝했던 아들도 웃게 했다.

"우리 남편이 막상 자기 사람이라고 생각하는 사람들에게는 옆에서 지켜보면 지나치다고 느낄 정도로 잘해 줘. 아마, 윤이 너한테도 시아버지 사랑이 이런 거다, 라는 걸 느끼게 해 주실 거야."

"저도 잘할게요. 정말."

대화를 나누는 사이, 윤이의 엄마도 도착했다.

"어서 오세요, 사돈."

"오셨어요? 장모님."

문을 열고 들어오는 정미를 향해 모두가 일어나서 인사했다.

"제가 늦었습니다. 죄송합니다."

"늦으신 거 아닙니다. 저희가 일찍 온 거죠."

강 여사와 정미는 반가움을 표시하며 서로 악수를 청했다.

"강우, 오늘 같은 날은 네가 좀 모시러 가지 그랬니."

자기 아들을 툭, 치며 강 여사가 한마디 했다. 그러자 정미가 손사래 쳤다.

"제가 오늘 아침부터 개인적인 약속이 있어서, 안 그래도 고맙게 데리러 온다는 걸 거절했어요."

"약속 장소로 데리러 오라고 하시지. 강우를 아들처럼 편안하게 대하세요. 사돈."

강 여사는 넉살 좋게 웃으며 말했다. 새삼 느끼는 거지만, 윤이는 시어머니를 정말 잘 만났다고 생각했다.

강 여사는 몇 번이고 강조했다.

"아무것도 해 오지 않으셔도 됩니다. 저희 집 있을 거 다 있어요. 애들 신혼도 강우가 살던 곳에서 시작하려고 하는 거 같던데, 맞지?"

"네. 윤이도 그 집이 좋을 것 같다고 해서요."

재차 확인하는 강 여사를 향해 강우가 대답했고, 윤이가 이어서 덧붙였다.

"맞아요. 그 집 좋아요. 예전에 일할 때, 몇 번 가 봤을 때도 그 집에서 항상 살아 보고 싶다는 생각을 했었어요. 햇빛도 잘 들고 옥상 가면 서울 전경도 보이고. 무엇보다도 텃밭처럼 쓸 수 있는 정원이 마음에 들어요."

비서로 일하던 시절이 떠오른다. 어쩌다 한 번씩 강우의 집에 갈 때마다 윤이는 '나는 언제 이런 집에서 살아 보나?' 하는 부러움을 쏟아 낼 때가 있었다. 그런데 그 꿈같은 집에서 지금 가장 좋아하는 남자와 함께 살 수 있게 되었다.

자신의 공간을 침범당하는 것을 매우 싫어하던 그가 그 집을 윤이에게 마음껏 꾸미라고 말했다. 그래서 윤이는 지금 집 꾸미는 일에 재미가 들려 있었다. 여러모로 집순이가 될 것 같았다.

지금, 윤이가 강우의 집에 머물고 있다는 걸 아는 사람은 아무도 없었다. 강우의 집에서 머무는 이유를 말했다간 어른들이 놀라고 걱정하실까 봐 굳이 그 얘기를 꺼내지 않았다.

"집이 마음에 든다니, 다행이구나."

강 여사는 사돈인 정미에게로 시선을 옮겼다.

"저는 괜찮으시다면, 사돈께서 서울로 올라오시면 어떨까 싶어요. 아무래도 우리 윤이가 결혼하고 나면 엄마가 많이 보고 싶어질 수도 있으니까. 그리고 효도라는 것이 가까운 데 있어야 잘 받더라구요. 서울로 오셔서 강우한테 효도받으세요."

"제 딸아이를 이렇게 예뻐해 주시는데, 저까지 신경 써 주셔서 감사해요."

"하나밖에 없는 며느리일 테고, 이제 제 손주들의 엄마가 되기도 할 거고, 제 소중한 아들이 사랑하는 아내가 될 테니까요. 제게도 당연히 소중한 존재가 되는 거죠. 그런 소중한 아이의 어머니시고."

"말씀 너무 감사합니다. 하지만 지금, 제가 살고 있는 아파트는 추억이 많은 곳이라서 더 지내고 싶어요."

"언제든 서울에 올라오고 싶으면 말씀하세요. 오셔서 저랑 쇼핑도 하고, 영화도 보고, 사돈이지만 친구처럼 지내요."

"너무 좋네요. 저희 집에 언제 한번 오세요. 제가 크게 대접 한번 해 드리고 싶어요."

"네. 조만간 놀러 가겠습니다."

오고 가는 대화가 너무 훈훈했다. 결혼 날짜는 강우와 윤이가 정하기로 하되, 두 달 안에 올리기로 했다.

이후로 더 얘기를 나누다가 상견례 자리를 마무리 짓고 강 여사는 자신의 기사에게 정미를 부탁했다.

"엄마, 집에 도착하면 전화해."

"응. 너희 어머니랑 아버님 덕분에 잘 먹고 가. 청첩장 나오면 연락하고. 엄마가 조만간 서울에 올라올게."

"네."

대답하는 윤이의 옆으로 강우가 슬쩍 끼어들었다. 그러고는 아까는 보이지 않았던 쇼핑백 하나를 정미에게 건넸다.

"이게 뭔가?"

"시찰 나갔다가 생각나서 샀습니다."

쇼핑백 안에 있는 박스를 열어 본 정미의 눈이 휘둥그레졌다.

"어머, 시계잖아."

화려하고 예쁜 시계였다.

"비싼 건 아닙니다. 그냥 장모님께 잘 어울릴 것 같아서요."

"가격이 뭐가 중요해. 나를 생각해서 이렇게 사 와 준 게 너무 고맙지. 잘 쓸게."

"네."

좋아하는 정미를 보니 강우가 더욱 뿌듯함을 느끼는 듯했다. 엄마가 좋아하니 윤이도 좋았지만, 생각해 보면 자신이 너무 받기만 하는 것 같아서 마음에 조금 걸리기도 했다.

"조심히 들어가세요. 장모님."

"조만간, 정말 사돈 모시고 우리 집으로 와. 내가 상다리 부러질 정도로 챙겨 주고 싶어."

"네. 정말, 조만간 찾아뵙겠습니다. 잘 모셔다드려요."

강우는 기사에게 신신당부하는 것도 잊지 않았다.

"가세요, 사돈. 오늘 짧은 시간이었지만 즐거웠어요."

강 여사와 신 회장도 인사를 했다.

"네. 저도 시간 가는 줄 몰랐네요. 고맙습니다. 다음에 뵐게요. 사돈."

윤이에게 인사까지 한 후에야 자동차는 출발했다. 강 여사는 으차차차, 소리를 내며 기지개를 켰다.

"이제 너희는 어디로 갈 거니?"

"텃밭에 물 주러 가야 해요."

강우가 대답했다.

"아, 텃밭에 뭘 벌써 심었어?"

"네. 그럼 저희는 이만 가 보겠습니다."

행여나 강 여사가 어디 가서 차라도 한잔 더 하자고 할까 싶었는지, 강우는 서둘러서 부모님께 인사를 했다.

"가 볼게요. 어머니, 아버님. 다음에 또 뵈어요. 오늘 너무 감사하고 즐거웠습니다!"

강우가 데리고 가는 바람에 윤이도 빠르게 인사를 건넬 수밖에 없었다. 성질 급한 아들의 모습에도 그저 뿌듯한지, 강 여사는 팔을 흔들며 두 사람을 배웅했다.

□ ◆ □

그로부터 얼마간의 시간이 흘렀다. 두 사람이 직접 디자인한 청첩장이 나왔고 웨딩 촬영 날짜도 잡았다. 웨딩 촬영 때 입을 드레스를 고르기 위해 윤이는 청담동에 있는 숍으로 향했다.

"어서오세요."

"안녕하세요. 오늘 오후 7시로 예약한 '서윤이'입니다."

"아, 서윤이 신부님. 안녕하세요."

직원은 상냥한 표정과 목소리로 윤이를 맞이했다. 그러다 혼자 덩그러니 서 있는 윤이에 주변을 두리번거렸다. 남편을 찾는 제스처였다.

강우가 퇴근하고 집에 들러서 여기까지 같이 오려면 너무 늦을 거 같았다. 그래서 윤이는 따로 움직이자고 했고 이 숍에 들어오기 전 퇴근길이라

막힌다며 강우의 불만 서린 목소리를 들으며 통화를 끝낸 상태였다.

"저희 남편은 지금 퇴근하고 오는 길이에요."

"금방 오시죠?"

"네."

"그러면 안쪽으로 들어가서 드레스 먼저 고르고 계시는 게 어떠세요? 남편분 오시면 저희가 따로 안내해 드릴게요."

"그럴게요."

심장이 조금 두근두근했다. 진열된 화려하고 우아한 드레스는 윤이의 눈길을 한 번에 사로잡았고 입을 헤, 벌리게 했다.

"와, 정말 예쁜 드레스가 너무 많네요."

윤이는 뭘 어떻게 골라야 할지 감이 오질 않았다. 그래서 이리저리 눈을 굴리며 심각한 고민에 빠져 있자, 직원이 옆에 섰다.

"허리가 워낙 잘록하셔서 머메이드와 백리스의 디자인을 함께한 이런 드레스도 잘 어울리실 것 같아요."

직원이 추천한 드레스는 윤이도 유난히 눈길이 갔던 것이었다.

"그런데 제가 정말, 이 드레스와 잘 어울릴까요?"

"네. 잘 어울리실 거예요."

직원이 서글서글하게 웃으며 대답했다. 허리가 잘록하기는 하지만, 요즘 활동량 없이 먹기만 해서 은근히 배가 나와 있었다. 그것이 못내 걱정되었다.

"다이어트를 해야 하나."

고민하며 드레스를 어루만지고 있을 때, 커튼 밖에서 소리가 들렸다.

"신랑분 오셔서, 턱시도 준비 들어갈게요."

앗, 왔구나. 반가운 마음에 윤이는 커튼 쪽을 보며 싱긋 웃었다.

"저 오늘 이거 세 개 입어 볼게요."

윤이는 마음에 드는 드레스 세 개를 골랐다. 첫 번째로는 가장 마음에 드는 것을 입어 보기로 했다. 윤이의 결정이 끝나자, 직원들이 다가와 피팅을 도왔다.

그러는 사이, 직원이 끼고 있는 무전기에서 연락이 왔다.

"신랑님 준비 다 되셨대요."

"벌써요?"

"네. 신랑님들은 대부분 빨리 끝나요."

윤이의 피팅을 돕는 직원들의 손길이 조금 더 빨라졌다.

얼마 후, 가봉을 끝내고 윤이는 닫혀 있는 커튼 앞에 섰다. 자신을 비추는 조명과 온 사방이 거울로 둘러싸인 곳에 서 있는 윤이가 드레스를 입은 자신과 마주 보게 되었다.

"너무 예쁘잖아……. 생각보다 배도 안 나왔네."

자신이 봐도 넋이 나가고 여러 장의 사진을 찍고 싶을 정도로 예쁜 모습이었다. 마음 같아서는 평소에도 드레스를 입고 생활하고 싶을 정도였다.

"내가 봐도 이렇게 예쁜데, 오빠는 또 얼마나 반하려나."

혼자서 어깨까지 들썩이며 설레는 미소를 짓던 윤이의 시야로 커튼이 조금씩 열렸다. 그러자 윤이의 심장이 더 세게 뛰었다. 극한 긴장감에 갈증이 나기도 했다.

커튼 사이로 강우가 보였다. 무미건조했던 그의 표정에 조금씩 생기가 돌기 시작하더니, 이내 진회색 빛의 동공을 담은 눈이 커다래졌다.

"어때? 어울려?"

"……미쳤네."

"어?"

"뭐가 이렇게……."

그가 숨을 크게 한 번 들이쉬었다가 내쉬었다.

"예뻐? 너무 예뻐서 숨도 잘 안 쉬어져?"

"어떻게 알았어?"

강우가 곁으로 다가왔다.

"내가 그쪽 신부야."

자신을 쳐다보며 넋이 나가 있는 강우의 옆구리를 쿡, 찌르며 윤이가 장난쳤다. 괜스레 쑥스럽고 부끄러워서 해 본 장난이었다.

"그러게. 네가 내 아내라고 하니까 내가 전생에 나라를 열댓 번은 넘게 구한 것 같다."

"그만."

주변에서 자신들을 쳐다보고 있는 직원들을 의식한 윤이가 강우를 말렸다.

"사진 찍어 줄까?"

강우가 넌지시 물었고 윤이가 고개를 끄덕였다. 그는 또다시 열정적인 포토그래퍼가 되어서 몇 번이고 드레스를 바꿔 입는 윤이를 찍어 주고 또 찍어 주었다.

씻고 나온 윤이는 침대에 누워서 오늘 찍은 사진들을 확인했다. 여러 가지의 드레스를 입은 자신의 모습과 턱시도를 입은 강우의 모습, 그리고 나란히 뺨을 맞대고 찍은 사진들을 보며 실실거렸다.

"뭐가 그렇게 즐거워?"

"우리 사진 찍은 거 보고 있었어."

윤이의 옆에 누운 강우도 사진에 관심을 보였다. 윤이는 강우와 함께 사진을 감상했다.

"이거 너무 예쁘다. 이것도, 이것도 예쁘네."

사진을 한 장, 한 장 넘길 때마다 놓치지 않고 말하는 강우의 얼굴이 세상에서 가장 달달했다. 꿀이 떨어질 것 같은 눈으로 사진을 보던 강우가 윤이를 끌어안고서는 뺨에 입을 맞췄다.

"사진 보내 줘."

"알았어."

"내일 보내 줘. 지금은 나한테 집중하고."

휴대 전화를 들고 내려놓을 생각을 하지 않는 윤이에게서 강우가 휴대 전화를 가져갔다. 휴대 전화를 손에서 놓게 된 윤이도 자연스럽게 자신을 바라보며 누워 있는 강우를 마주 보았다. 자신을 바라보는 담백하고도 고요했던 눈동자의 깊이가 점점 더 진해지는 것 같았다.

그는 금세 갈증에 헐떡이는 눈빛을 하고서 윤이를 바라보며 입술을 열었다.

"키스해 줘."

"키스를 왜 이렇게 좋아해."

"네 입술을 좋아하는 거야. 윤이야."

그의 시선이 윤이의 입술로 향했다.

이 매력적인 시선이 자신을 황홀하게 한다는 것을 이미 알기에 윤이는 강우와 키스를 하지 않을 이유가 없었다.

윤이는 그에게 다가갔다. 매끄러운 입술을 쓸며 안으로 들어가 금방 그의 뜨겁고 촉촉한 혀를 끌어당겼다. 장난치듯 입천장을 간질이는 것도, 뺨의 여린 살결을 문지르고 치열을 훑는 것도, 그게 강우라면 윤이는 전부 다 좋았다.

잠시 입술을 떼어 낸 윤이가 강우의 볼을 쓰다듬으며 세상 다정한 눈빛으로 바라보았다.

"나도 좋아. 오빠 입술."

"그러면 좋아하는 만큼 키스해 줘."

"밤새워야 할걸? 밤만 새는 게 웬 말이야. 아마 몇 년은 이 침대에서 꼼짝도 못 할 거야."

"겨우 몇 년? 몇십 년은 되야지."

윤이가 강우의 목을 꼭 끌어안았다.

"몇십 년 대신, 오늘 밤새도록 하는 건 어때?"

다소 도발적인 윤이의 제안에 강우의 입술이 곡선을 그리며 웃었다. 매력적인 미소였다.

"졸려 한다고 안 봐줘."

떨어졌던 입술이 서로를 찾아 다시 파고들었다. 금방 엉겨 붙은 입안 온
도는 뜨거워지고 헐떡이는 숨소리는 그 주변을 채웠다. 그 숨소리가 마치,
두 사람의 증폭제라도 되는 것처럼 움직임은 더욱 격렬해졌고 서로의 안으
로 더욱 깊이 파고들었다.

윤이의 몸이 그가 주는 극한 쾌감으로 인해 만들어진 뜨거움으로 녹아
버릴 것만 같았다. 미묘했던 흥분이 이제는 완벽하게 느낄 수 있는 흥분으
로 변해 버렸고, 이성을 찾을 수 없을 만큼 정신없이 매달리며 입안을 헤
집었다.

키스가 길어지고 짙어질수록, 두 사람의 몸도 더욱 밀착되었다.

강우가 벽에 걸린 시계를 보았다. 퇴근 1분 전. 더는 업무에 집중할 수
가 없었다.

그래도 신입 비서 앞에선 체면을 지키고자 업무 시간을 준수하고 있던
강우는 1분이 지나자마자 미련 없이 의자를 박차고 일어났다. 집에서 윤이
가 기다리고 있어서 최대한 빨리 퇴근하고 싶었다.

업무 내용이 정리된 태블릿을 들고 집무실 문을 열고 나오자, 업무를 보
고 있던 비서실장과 주혁이 고개를 들었다.

"퇴근합니다."

지나쳐 가려던 강우의 발걸음을 세운 건, 주혁이었다.

"모셔다드리겠습니다."

앞으로 주혁도 상사의 집은 알고 있어야 할 것 같아서 강우는 흔쾌히 허
락했다. 그리고 무엇보다도 가는 길에 윤이와 문자라도 주고받으려는 이유
가 더 컸다.

내일은 주말이었고 웨딩 촬영이 있는 날이기도 했다. 이미 청첩장은 다

돌렸고, 신혼여행지도 잡았고, 혼수 장만도 끝냈다. 오늘은 퇴근하고 집으로 가서 내일 있을 웨딩 촬영을 위해 포즈를 함께 연습하기로 했다.

그래서 강우의 발걸음이 더 급했다.

"대표님."

차 키를 챙기고 있는 주혁의 너머로 비서실장이 광대 승천의 미소를 지으며 강우를 불렀다.

"네."

윤이를 빨리 보러 가고 싶은데, 자꾸만 발걸음을 세우게 되는 상황에 강우는 살짝 짜증이 나려고 했다.

"저는 월요일부터 다시 인사팀으로 돌아가서 업무를 볼 것 같습니다."

그건, 벌써 주혁이 일한 지 한 달이 되었다는 것을 의미하고, 윤이와 자신의 결혼식이 한 달 정도밖에 남지 않았다는 것을 의미했다.

"네. 수고했습니다. 실장님."

"감사합니다. 앞으로 우리 권 비서 잘 부탁드립니다. 대표님."

비서실장을 뒤로하고 강우와 주혁은 함께 집무실을 나섰다. 강우는 로비 밖에서 주혁이 끌고 오는 자동차를 기다리는 동안 윤이에게 전화를 걸었다.

— 어, 지금 끝났어?

연결음이 더 이어지기도 전에 들려오는 윤이의 목소리.

"휴대 전화 보고 있었어?"

— 응.

"백화점 들러서 오늘 아침에 말한 샐러드 사 갈게."

— 아, 안 그래도 돼. 그냥 오늘 마트 가서 샐러드 사 왔어. 바로 와.

윤이는 결혼식과 촬영에 앞서 빡듯한 다이어트에 들어갔다. 그 좋아하던 마카롱을 앞에 두고도 시무룩하게 돌아서는 윤이가 귀여우면서도 안쓰러웠지만, 기왕 마음먹은 거 찬물 끼얹기 싫어서 강우도 함께 다이어트를 하고 있었다.

"알았어. 금방 갈게."

대화의 흐름상 이대로 전화가 끊길 것 같았다. 집으로 가는 동안 강우는 윤이의 목소리를 조금이라도 더 듣고 싶었다.

"그런데, 지금 뭐 하고 있어?"

— 휴대 전화 보고 있었어. 조만간 살 별로 안 찔 것 같은 버섯샤브샤브 해 먹으려고.

다이어트하면서도 음식을 찾아보고 있는 모순적인 윤이가 귀엽다.

그러는 사이 주혁이 운전한 자동차가 강우가 서 있는 곳까지 부드럽게 미끄러져 와 멈춰 섰다. 강우가 뒷좌석에 올라탔다.

"오랜만이다, 버섯샤브샤브."

— 그렇지? 내가 육수부터 죽까지 전부 풀코스로 직접 만들어 볼게. 기대하라구.

"윤이가 하는 건 뭐든 맛있어. 메주로 팥빙수를 만든다고 하더……."

— 내가 메주로 왜 팥빙수를 만드냐?

윤이에게 한마디 듣고 머쓱해하는데, 백미러로 누군가 자신을 힐끔거리는 시선이 느껴졌다. 주혁이 무표정한 얼굴로 강우를 힐끔거리고 있었다. 아무래도 통화 내용을 다 들은 듯하다. 괜히 더 뻘쭘해졌다. 그래도 전화를 끊고 싶지 않아서 통화는 계속되었다.

"다이어트 끝나면, 팥빙수 먹으러 가자."

— 오빠, 성격 정말 많이 변했어.

윤이가 큭큭, 웃으며 말했다.

"내가 변했다고?"

— 응. 정말 무드라고는 먼지만큼도 없던 사람이 어쩜 이렇게 다정다감하게 변했는지. 내가 신강우의 여자라는 것이 새삼 기뻐서 발바닥으로 박수를 치고 싶을 정도야.

"발바닥으로 박수를 왜 쳐……."

또 한 번 힐끔, 주혁의 시선이 느껴졌다. 아무래도 이쯤 되면, 주혁이 자신과 윤이를 실없는 커플로 생각할 것 같았다.

창밖을 살폈다. 내려서 10분 정도만 걸어가면 집이 나온다. 윤이와 조금 더 통화하면서 걸어가는 것이 좋을 것 같았다.

"나 이 앞에서 세워 줘."

"이 앞에서 말씀입니까?"

"응. 나 세워 주고 바로 퇴근해."

"제가 대표님 집을 알고 있는 게 좋을 것 같아서……."

"저기 꺾어서 쭉 올라가면 검은색 집이 하나 나와. 거기야."

"……네."

주혁의 제안을 차단하듯 단호한 목소리를 낸 강우는 멈춘 자동차 안에서 내렸다.

— 어디야?

휴대 전화 너머로 두 사람의 대화를 듣고 있던 윤이가 넌지시 물었다.

"마중 나오게?"

— 응.

"사거리 코흔 카페 앞이야. 천천히 나와."

— 네에.

강우는 집 방향으로 천천히 걸음을 옮겼다. 마중 나오는 윤이를 보고 싶어서 아주 느리고, 느린 걸음으로 걸었다.

"오빠!"

저만치에서 자신을 부르는 윤이의 맑은 목소리가 들려왔다. 짧은 구간이지만, 내리막길을 뛰어 내려오는 윤이가 아찔해 보여서 두 팔을 벌렸다.

"넘어져. 뛰지 마."

강우가 뻗은 품으로 윤이가 날아와 안겼다. 폴싹. 향긋한 과일 향이 코끝을 스쳤다. 윤이의 향이었다.

"보고 싶었어. 온종일, 이렇게 널 안고 싶었어."

품에 꼭 끌어안고 그녀의 어깨에 얼굴을 파묻으며 강우가 낮은 목소리로 속삭였다. 별 의미 없다고 느꼈던 퇴근길이 마냥 기다려지고 발걸음이 가벼워지는 건, 윤이가 있기 때문이다.

"나도, 보고 싶었어. 너무너무."

내일도 윤이와 함께할 수 있다는 것만으로도 강우는 벅차고 행복했다. 두 사람은 길거리 한복판에서 한참을 그렇게 서로를 부둥켜안고 있었다.

□  ◆  □

"나 포토샵 잘해 주겠지?"

새벽부터 시작해 초저녁까지 다소 무리하게 이어졌던 웨딩 촬영을 끝내고 돌아오는 길에 윤이가 걱정스럽게 물었다.

"잘 못해 주면 또 해 달라고 하면 되지. 그런데 포토샵에 왜 그렇게 집착하는 거야?"

"오빠도 아까 봤잖아. 나 팔뚝 두껍게 나온 거."

"안 두껍던데."

"아니야. 두꺼웠어. 아, 다이어트를 더 일찍 시작했어야 하는 건데!"

낙담하듯, 어깨를 축 늘어트리는 윤이가 강우는 조금 이해가 가지 않았다. 자신은 몇 번을 봐도 마냥 예쁘기만 해서 벽에 전부 다 걸어 두고 싶은 심정인데, 윤이는 불만이 많았다. 팔뚝이 굵게 나왔다고, 광대가 크게 나왔다고, 표정이 이상하다고……

그녀는 촬영이 끝나고 사진작가를 붙잡고 포토샵에 대한 구체적인 요구 사항들을 이야기하고는 했다.

"오빠는 포토샵 할 거 하나도 없더라."

"너도 그래."

강우가 가까이 다가와 입술을 내밀었다.

"오늘 그렇게 주야장천 뽀뽀를 했는데, 또 하고 싶어?"

"응. 그러니까 해 줘."

고개를 내저으면서도 윤이는 기꺼이 뽀뽀를 해 줬다. 하지만 잠시 거두 어졌던 포토샵 이야기가 끝나는 건 아니었다.

"……포토샵 할 게 없다니. 오빠 눈에만 그래 보이는 거겠지."

"아까 사진작가도 그랬잖아. 그렇게까지 할 필요 없을 것 같다고."

그러긴 했던 터라, 윤이도 할 말이 없는 듯했다.

"그런가?"

그러다 금방 설득당해서 걱정스러웠던 얼굴이 슬그머니 풀어졌다. 강우는 윤이의 이런 단순함을 사랑한다.

"피곤하지는 않아?"

"조금 피곤해."

"자."

"도착하면 깨워 줘."

"도착하면 안고 들어갈 거야."

"나 무거워."

"내가 말했잖아. 너 100kg 나가도 내가 안아 주고 업어 주고 다 할 거니까, 아무 걱정 하지 마."

"오빤 나밖에 모르는구나."

"맞아. 나한테는 너밖에 없으니까."

그래도 오빠는 운전하는데 나는 어떻게 옆에서 잠을 자, 라고 말하던 윤이는 코까지 골면서 잠이 들었다.

"드르르. 푸우, 드르르. 푸우—"

코골이가 신기할 정도로 일정했다.

"귀여워."

집에 도착했을 때, 강우는 윤이를 깨우지 않고 아주 조심스럽게 안고서는 침실로 향했다. 촬영이 끝나고 따로 마련되어 있는 샤워실에서 다 씻고 나왔기에 바로 잠들어도 무관했다.

"오늘 고생했어. 내 사랑."

강우는 윤이의 이마에 가볍게 입을 맞췄다. 그리고 곁에 앉아서 곤히 잠든, 아니 여전히 코를 골면서 자고 있는 윤이를 바라보았다. 손을 뻗어 조심스럽게 골고 있는 코를 어루만져 보기도 하고 감고 있는 눈썹을 만져 보기도 했다.

"으음."

그런 강우의 움직임에 윤이가 미간을 구기며 팔을 휘적거렸다. 그래도 깨어나진 않는다.

"뭐가 이렇게 귀여워. 자는 거 쪼개서 계속 보고 싶게."

그의 눈에서는 금방이라도 달콤한 꿀이 떨어질 것 같았다.

"사랑해."

돌아오는 대답이 없어도 상관없었다. 피곤한 하루였음에도 불구하고 윤이를 바라보고 있는 그는 무척 즐거워 보였다.

아보카도샌드위치가 또 먹고 싶다는 강우의 말에 윤이는 장을 보기 위해 나섰다. 택시를 타고 가라고 했지만, 마트까지의 거리는 걸어서 고작 15분이었고 날씨도 좋고 운동도 할 겸 택시를 부르지 않았다.

부지런히 마트 쪽으로 가고 있는데, 갑자기 뒤에서 빵! 아주 세게 클랙슨 누르는 소리가 들렸다. 구석으로 가고 있었기에 윤이는 깜짝 놀라면서도 클랙슨을 누른 차주가 이해되지 않았다. 자신도 모르게 온갖 미간을 찌푸리며 돌아보았다.

운전석에는 모자와 선글라스까지 낀 여자가 앉아 있었다. 윤이를 쳐다보며 여자는 자동차를 몰고 사라졌다.

"김서아 씨 같은데?"

아무리 가려도 알아볼 수 있는 사람이 있다. 윤이는 자신의 눈과 직감을 의심하지 않았다. 분명히 김서아였다. 윤이는 김서아가 왜 자신에게 쓸데없는 클랙슨을 울렸는지 의아해하며 걸어서 마트에 도착했다.

아보카도를 포함하여 필요한 생필품과 오늘 저녁에 해 먹을 재료들을 열심히 골랐다. 슬라이스 된 관자를 버터에 구워 먹으면 맛있을 것 같아서 담으려고 막 팔을 뻗을 때였다.

"아!"

윤이의 카트가 누군가 와서 부딪치는 힘 때문에 밀렸다. 그 바람에 윤이의 배가 손잡이에 정통으로 맞아 비틀거렸다.

"어머, 죄송해요! 제가 재료만 보느라 앞에 있는 사람을 못 봤……. 서윤이 씨?"

바닥에 엉덩방아를 찧고 앓는 소리를 내던 윤이가 자신을 알은척하는 목소리에 고개를 들었다. 선글라스와 모자를 썼지만, 티가 너무 나던 서아가 서 있었다.

선글라스를 살짝 내리고 유감스럽다는 표정을 짓고 있는 서아에 윤이는 알게 모르게 신경질이 확 올라왔다. 자신의 직감이 틀리기를 바라고 있지만, 윤이는 서아가 제게 고의적인 것 같았다. 아니겠지, 하면서도 그녀가 여전히 강우에게 미련을 버리지 못한 걸까, 하는 의문이 생기기도 했다.

"괜찮아요?"

서아가 손을 내밀었다. 그 손을 잡고 일어서는 순간, 다시 놔 버려서 또 한 번 엉덩방아를 찧는 상상을 하며 윤이는 스스로 일어났다.

"괜찮아요."

윤이는 마지못해 대답하며 관자 한 팩을 담아서 카트에 넣었다.

"신 대표님 집에서 지내고 있어요? 결혼하기 전부터?"

지나치게 오지랖을 펼치는 서아에 윤이가 발끈했다.

"무슨 상관이세요?"

"아, 기분 나빴다면 미안해요. 나는 별생각 없이 한 얘기인데."

"사람이 사람을 상대할 때는 생각이라는 걸 하고 해야지……."

"네?"

워낙 낮게 중얼거린 말이라 서아는 제대로 듣지 못한 듯하다. 기분 나빠서 불쾌한 티를 내고 싶지만, 싸우고 싶지는 않아서 선택한 윤이 나름의

복수였다.

그런데, 그런 윤이의 마음을 서아가 들쑤셨다.

"그런데, 좀 예민하시다."

"네?"

"물어볼 수도 있는 거잖아요. 이웃이고, 지인인데."

"지인이요?"

뭐라는 거야, 저 여자가?

"네. 지인이요. 그런데 서윤이 씨. 그거 알아요?"

"어떤 거요?"

"명품이 어울리는 사람은 따로 있어요."

말이 애매모호했다. 그래서 윤이가 한마디 하려는데, 갑자기 마트 직원이 나와서 수산물 할인 행사 멘트를 쳤고 사람들이 순식간에 몰려들었다. 그러는 사이 서아는 반쯤 내려 쓰고 있던 선글라스를 다시 끼고 홀연히 사라졌다.

"뭐야, 정말."

윤이는 찜찜한 마음을 무시할 수가 없었다.

합의를 해 주지 않았던 범죄자에게 재판 결과가 나왔다.

그런데 그렇게 당당하게 자신은 '초범'이라고 외치던 남자는 초범이 아니었다. 물론, 성폭행 미수는 초범이었지만, 뺑소니로 인해서 집행 유예 중이었고 영락없이 가중 처벌을 받게 되었다.

"나쁜 새끼. 이런 새끼들은 이 세상에서 없어져야 하는 건데."

윤이는 재판 결과를 듣고 남자에게 저주를 퍼부으며 분노했다. 강우는 그 옆에서 윤이의 말에 전적으로 공감했다.

그리고 그날 밤.

두 사람의 잠을 깨우는 날카로운 전화벨 소리가 울렸다. 윤이는 무거운 눈꺼풀을 겨우 올리며 전화를 받았다.

"여보세요……."

— 윤이니? 나 동윤이네 아줌마야.

동윤이네라면 엄마의 옆집에 사시는 아주머니였다. 옆에서 자고 있던 강우의 눈이 번쩍 떠졌다. 윤이도 예감이 좋지 않았다.

"어, 아주머니 이 시간에 무슨 일이세요?"

— 다른 게 아니라, 너희 엄마가…….

전화를 받은 윤이는 곧장, 강우와 함께 엄마가 있는 대전으로 내려갔다. 정미는 화장실 전구를 바꾸다가 넘어졌고 그 바람에 손목과 발목이 골절되어 현재 병원에 입원 중이라고 했다.

두 시간이 지나 도착한 병실에 들어서는 윤이와 강우를 보고 정미는 화들짝 놀랐다.

"내가 불렀어. 결혼 준비 때문에 아무리 바빠도 자기 엄마 다쳤는데 알아야 할 것 같아서."

옆에 있던 동윤이네 아주머니가 엄마에게 상황을 설명했다.

"미안해. 민폐만 끼치는 것 같네."

엄마가 그런 동윤이네 아주머니의 손을 잡고서 사과했다.

"뭐가 미안해. 어려울 때 서로 돕고 사는 게 이웃이지. 나는 윤이 엄마 그래도 이 정도 다친 것만으로도 너무 다행이라고 생각해."

"그렇게 생각해 주니 너무 고마워. 나 퇴원하면 크게 한번 쏠게."

"아휴, 그런 생각 말고 몸 관리 잘해. 알았지?"

"응. 집에는 어떻게 가야 하나?"

"나 택시 타고 가면 되니까, 신경 쓰지 말어."

하지만 정미는 자신을 위해 밤늦게까지 함께 있어 준 지인에게 미안한지, 얼굴이 무거워 보였다. 그때 나선 사람이 강우였다.

"제가 댁까지 모셔다드리겠습니다."

"그래 줄 수 있나? 신 서방, 미안하고 고마워서 어떡해?"

정미는 진심으로 염치없다는 미소를 지으면서도 내심 반가워했다.

"아휴, 나 정말 택시 타고 가면 되는데."

"타고 가세요. 그래야 제 마음도 장모님 마음도 편할 것 같습니다."

차마, 한 번 더 당당하게 말하지 못하는 정미를 대신해서 강우가 상황을 확실히 정리했다. 정미도 마음이 한결 편안해졌는지, 어두웠던 얼굴이 풀렸다.

"그럼, 그럴게요. 나 갈게, 윤이 엄마. 윤이야 갈게."

"네. 감사했어요. 아주머니."

윤이가 고마운 마음을 표현하고 강우에게 잘 갔다 오라는 듯이 눈짓했다. 강우가 걱정하지 말라는 듯 고개를 끄덕이고는 아주머니와 함께 병실을 나섰다.

"신 서방, 내일 출근 아니야?"

"맞아. 그래서 아마 바로 올라가야 할 것 같아."

"정말, 내가 여러 사람에게 무슨 민폐인지…….."

"많이 아파? 많이 놀랐지? 어떻게 된 거야?"

엄마를 향한 걱정으로 윤이의 표정은 한껏 가라앉아 있었다.

"욕실 전구가 나가서 그거 바꿔 끼우려다가 의자에서 떨어졌어. 그런데 샤워하고 물기 제거를 잘 안 했는지 미끄러져 넘어지는 바람에…….."

너무 속상해서 눈물이 다 핑, 돌았다. 혼자 사는 엄마에게 너무 신경을 안 쓴 것 같아서 죄스럽고 한심하기도 했다. 엄마가 이렇게 다치다 보니, 혼자 두는 것이 너무 불안했다.

"그 집 전세로 내놓고 서울에 올라와서 사는 거 어때? 어머니 말씀대로 엄마 가까이서 살았으면 좋겠어. 가까이 와서 효도받으면서 살아. 나 지금 살던 집 팔리면, 그 돈으로 집 구하자."

재벌이라고 하지만, 남편에게 대놓고 바랄 수는 없었다. 그건, 엄마도 부담을 느낄 것 같아서였다.

"그 돈 너 빚 갚아야지."

"어차피 나 아르바이트할 거고 그걸로 빚 갚으면 되니까 올라와서 살아. 엄마 그 집…… 나 시집보낸다고 팔겠다고 했었잖아."

망설이는 엄마의 손을 잡았다. 예전에는 참 희고 고왔던 손이었는데, 지금 만져 보니 까슬하고 작은 손이 되어 있었다.

"나 나중에 후회하게 만들지 말고, 불효녀 만들지 말고 그렇게 해 엄마. 어?"

"생각해 볼게."

"나 엄마 수술 끝나고 괜찮아질 때까지 같이 있을 거야. 서울 가기 전까지 대답해 줘."

"뭐 하러 그래. 수술 끝나는 것만 보고 가. 결혼식 준비 때문에 바쁘잖아."

"엄마는 참. 지금 결혼식이 문제야? 그거야 엄마랑 같이 있으면서 준비해도 돼."

"그래도 갑갑하지 않겠어? 너 오래도록 병실 생활 해야 하는데."

"괜찮아."

"내가 정말, 여러 가지로 민폐네."

한숨을 쉬며 자책하는 엄마 때문에 그러지 말아야 하는데, 윤이는 울컥 화가 치밀었다.

"뭐가 자꾸 민폐래? 엄마가 일부러 아프고 싶어서 아파? 그리고 엄마가 아프면 딸이 오는 게 당연하지. 같이 있어 주는 게 당연한 거지. 그게 뭐 자꾸 민폐라고 미안해하고 그러냐고!"

"왜 화를 내고 그래……."

놀라는 엄마를 보고 순간, 감정을 이기지 못한 자신이 괘씸했다.

"그러게. 나 왜 화를 내고 지랄이야. 아픈 엄마한테."

"왜 울어? 누가 보면, 네 엄마 죽는 줄 알겠다."

"엄마아. 미안해."

윤이는 정말로 하고 싶은 말을 했다. 그러고 나서 엄마의 작은 품에 안겨서 눈물을 퐁퐁 쏟아 냈다. 코끝이 시큰하고 뜨겁다.

"하나밖에 없는 엄마한테 신경도 못 써 주고, 정말 너무 미안해."

눈물에 잔뜩 젖어 흐느끼며 겨우 말을 이어 갔다. 그런 윤이의 등을 정미는 다정하게 쓰다듬어 주었다.

"얘가 곧 결혼하려니까 감정이 격해지나. 하기는 엄마도 그랬었지."

"……."

"미안할 거 없어. 그러니까 울지 마."

"앞으로…… 훌쩍, 잘할게. 엄마아아."

윤이는 한동안 정미의 품에 안겨 위로를 받았다. 바보처럼, 아픈 엄마에게.

□ ◆ □

VIP 병실로 이동한 정미의 눈이 휘둥그레졌다.

"나 이렇게 큰 병실 안 써도 되는데……."

"제 마음 편하려고 옮겨 드리는 거니까 너무 부담스러워하지 않으셔도 됩니다. 장모님."

"이래저래 정말 미안해. 따뜻한 밥 한 끼는 못 해 줄망정."

"그런 생각 절대 하지 마시고, 쾌유에만 신경 쓰세요."

"고마워. 정말 고마워."

정미는 강우의 손을 잡고 몇 번이고 고마움을 표시했다. 그러고 나서 피곤했는지 꽤 금방 까무룩 잠이 들었다.

새벽의 어둠은 거두어지고, 점점 아침이 밝아 오고 있었다. 윤이는 서울로 올라갈 강우를 배웅하기 위해 함께 병실을 나와 주차장으로 향했다.

"한 달 정도는 여기 있어야 할 것 같아."

"입을 옷들은?"

"엄마 집에 전에 같이 살면서 쓰던 것들 있어."

"이번 주 주말에 올 때 짐 챙겨 올게."

"그래 주면 고맙고."

"어머니 수술이 이번 주 맞지?"

"응."

최대한 느리게 걸었는데도 자동차 앞에 너무 빨리 도착해 버렸다. 아쉬운 듯 강우는 자동차에 바로 올라타지 않았고, 윤이도 강우의 옷자락을 잡고 늘어졌다.

"주말에 오면 자고 가."

"알았어."

"……이럴 줄 알았으면, 와이셔츠라도 미리 몇 개 더 다려 놓을걸."

"안아 줄게."

강우가 팔을 뻗었고 윤이가 그 품으로 망설임 없이 안겼다.

"너 없는 집이 아주 썰렁할 거야. 그래도 어머니랑 있는 동안에는 나 신경 쓰지 말고."

"응."

"그렇다고 너무 신경 안 쓰지는 말고."

"알았어. 1일 1통화 할게."

"1일 10통화 해."

고개를 끄덕이던 윤이가 무언가 떠올랐는지 움찔했다.

"이번 주부터 우리 그때 봐 뒀던 가구들 택배로 올 텐데……. 내가 자리 비워 놨으니까, 알아서 옮겨 달라고 해 줘."

"알았어."

"저녁 굶지 말구."

"너도."

"난 그럴 일 없……. 아차, 나 다이어트 중이지."

"든든하게 먹어야 어머니 간호도 잘해 드릴 수 있는 거야."

대화가 길어진다. 그 정도로 두 사람은 떨어지기 싫다는 뜻이었다. 하지만 윤이는 알고 있다. 이제 그만 강우의 품에서 나와야 한다는 걸.

"바로 출근해야 하는 거지?"

"응. 집에 들러서 옷만 갈아입고."

"서울 올라가면 전화해."

"갈게."

　운전석 문을 열고 몸을 반쯤 넣었던 강우가 다시 나왔다. 그리고 조금의 망설임도 없이 윤이의 뺨을 감싸고서는 진하게 입을 맞췄다. 마침 윤이도 기다렸던 탓에 그의 허리를 끌어안았다.

　상황이 그렇지만, 떨어지는 것이 아쉬운 건 어쩔 수 없는 일이었다.

□　◆　□

"대표님, 도착했습니다."

　주혁의 낮은 목소리에 강우가 감고 있던 눈을 떴다. 밤늦게까지 야근했고 먼저 퇴근하라는 말에도 야근을 자처한 주혁은 늘 그를 집 앞까지 모셨다.

"그래. 수고했어."

　자동차에서 내린 강우는 찌뿌드드한 몸으로 기지개를 켰다. 윤이의 목소리를 듣고 싶었지만 장모님까지 깨울까 봐 강우는 전화하지 못했다.

"문자 답장이라도 해 주지."

　집 안으로 들어서면서 강우는 답장도 없는 문자에 서운해했다. 그리고 현관문을 연 순간, 차가운 온기가 훅 하고 몸을 해치는 것만 같았다.

　곳곳에 박혀 있는 윤이에 대한 그리움 때문인지, 전에는 한 번도 느껴 본 적 없던 공허함이 느껴졌다. 크다고 생각하지 않았던 집이 지나치게 큰 것 같고, 쓸쓸하다.

"후……."

　소파에 몸을 기대 누웠다. 이틀 후면 윤이에게 간다. 미리 싸 놓은 윤이의 짐이 들어 있는 캐리어가 눈에 들어왔다. 아쉬운 대로 함께 찍은 웨딩 사진을 보았다. 환하게 웃는 윤이의 얼굴을 확대하던 강우의 한숨이 더욱 깊어졌다.

"보고 싶어."

살짝 투정 섞인 목소리.

"보고 싶다고, 서윤이."

밤이 너무 길 것 같다. 어서, 이틀이라는 시간이 흐르기를 바랄 뿐이었다.


□ ◆ □


테라스 쪽에 서 있으면 강우의 집 불이 켜져 있는지 안 켜져 있는지가 보인다. 그리고 서아는 요 며칠 동안, 불이 켜 있지 않고 늘 정원과 집을 오고 가며 분주하게 움직이던 윤이가 보이지 않는다는 것을 알게 되었다.

드라마 촬영이 끝나고 쉬는 동안 서아는 강우의 집에 무한한 관심을 보였다. 그러다 강우의 자동차를 발견했다. 지친 기색이 역력한 강우가 내리더니 기지개를 켠다. 커다랗고 잘 관리한 체격 때문인지 기지개 한 번 했을 뿐인데 피지컬이 시야를 사로잡았다.

"오늘도 이 시간에 퇴근하네."

요즘 그는 늘 밤 11시가 다 되어 갈 때쯤에 퇴근하곤 한다. 같이 지내던 윤이는 집에서 보이지 않고, 강우는 늘 늦게까지 일하다 오고…….

"뭐지? 두 사람 어떻게 된 거지?"

중얼거리는 서아의 입술이 사악하게 올라갔다.

"혹시 헤어진 건가? 하긴, 한번 헤어진 사람들은 대부분 또 헤어지고는 하더라."

서아는 들고 있던 와인을 한 모금 마셨다. 달달하면서도 신 와인 맛이 입안에 가득 퍼졌다.

"어떻게 된 건지 알고 싶은데."

누군가의 화를 부를지도 모르고 서아는 쓸데없는 호기심을 키웠다.

□　◆　□


　　잠든 엄마에게 이불을 덮어 준 윤이는 휴대 전화를 들고 조용히 병실을 나왔다. 강우 퇴근 시간에 맞춰 전화하고 싶었지만, 깜빡하고 잠이 들어 버린 바람에 그러지 못했다.

　　시간은 벌써 12시가 넘어가고 있었다. 전화할까, 하다가 곤히 잠들었을까 싶어서 문자를 먼저 보냈다.


[나 깜빡 잠들었어. 지금 통화 가능해?]


　　문자를 보내자마자 통화가 걸려 왔다.

　　"혹시, 내 문자 소리 때문에 깬 건 아니지?"

　　— 안 자고 있었어.

　　"그럼 뭐 하고 있었어?"

　　— 네 사진 보고 있었어.

　　짠하다.

　　"기다려. 내가 영상 통화라도 걸게."

　　휴게소로 향한 윤이는 전화를 끊고 영상 통화를 걸었다. 그는 오늘도 매우 잘생긴 얼굴로 윤이를 맞이했다.

　　— 장모님은 좀 어떠셔?

　　"수술 때문에 긴장하는 것 같아."

　　— 잘되실 거니까, 너무 걱정하지 마시라고 해.

　　"응."

　　— 수술 몇 시에 한다고 했지?

　　"오전 11시."

　　— 일찍 갈게.

윤이는 휴게소 벽에 머리를 기대고서 작은 화면 속에 있는 강우를 보았다. 강우도 그런 윤이를 조용히 눈에 담았다.

"뽀뽀하고 싶다. 오빠랑."

계속 쳐다보고 있으려니, 문득 그런 충동이 들어서 윤이가 작은 목소리로 속삭였다. 늦은 시간이라서 환자들은 없고 간호사들은 멀리 떨어져 있어서 들을 일은 없었지만, 그래도 작게 속삭였다.

— 나도. 너랑 키스하고 안고 싶고, 만지고 싶어.

느슨하게 눈을 감았다가 뜬 그의 눈동자가 짙은 어둠을 띠고 있었다.

"눈빛이 야해진 것 같아."

윤이의 말에 그가 엷게 미소 지었다. 정말, 눈앞에 있었으면 벌써 진하게 입을 맞췄을 텐데, 아쉽다.

아아, 아쉽다니. 정말 밝히는 사람이 된 것 같아서 부끄럽지만, 그 와중에도 그의 뜨거운 품에 안기고 싶은 건 어쩔 수 없었다.

"가구들은 잘 왔어?"

깊어지려는 욕망을 거두고자, 화제를 돌렸다.

— 보여 줄까?

"누워서 쉬고 있는 거 아니야?"

— 괜찮아.

강우는 바로 일어나서 화면을 전환한 후, 윤이가 원하는 자리에 놓여 있는 가구들을 보여 줬다. 마음에 쏙 들었다.

"집이 훨씬 더 예뻐졌어."

— 응. 너의 센스 감각 덕분에.

"입만 열면 내 칭찬이네. 나를 춤추게 만들어."

신나게 웃으면서 대화하다가도 그 커다란 집에 혼자 있을 강우를 생각하면 윤이가 더 적적해졌다.

"나 없는 집이 허전하지?"

— 응. 전에는 어떻게 여기서 혼자 지냈나 싶어.

"이제 내가 오빠 삶의 큰 부분이 된 거야."

— 응. 너 커.

어쩌, 대답이 그렇게 썩 듣기에 좋진 않았다. 하지만 분명 자신이 한 말에 대해 대답을 한 건 맞기에 반문할 수도 없었다.

— 여기는 비 오는데, 거기는 안 와?

"응. 여기는 안 오네."

간단하게 하고 끊을 줄 알았던 전화는 몇 시간 동안 계속 이어졌다. 아주 소소한 이야기를 나누면서 진한 미소를 지으며.

□　◆　□

커피와 서류를 동시에 책상 위에 올려놓은 주혁이 한 발자국 뒤로 물러섰다.

"업데이트하는 과정에서 생긴 접속 오류로 인해서 컴플레인이 많이 들어온 상황인 것 같습니다. 즉시 긴급 점검에 들어갔고 10분 전 복구했다는 보고를 받았습니다."

"복구 시간은 얼마나 걸렸는데."

"30분 정도 걸린 것 같습니다."

회의에 들어가 있어서 알지 못한 내용이었다. 30분, 짧다면 짧은 시간이라고 할 수 있지만, 그 30분이라는 시간 동안 답답함을 호소한 고객들, 광고, 오르락내리락했을 주식들을 생각하니 강우는 머리가 아팠다.

"아무래도 대표님께서 회의에 들어가 계신 상황이라, 바로 보고를 올리지 않은 것 같습니다."

"오류 원인, 광고주들 항의 건, 주식 파악 보고서 지금 당장 올리라고 해."

"네. 알겠습니다."

주혁이 나가고 강우는 의자에 몸을 풀썩 기대며 낙담했다. 짜증이 머리 끝까지 차올랐다. 오늘은 그토록 기다리던 윤이가 있는 곳으로 가는 날인데, 일이 제대로 꼬인 거였다.

예전에는 이런 생각을 해 본 적 없는데, 일이고 나발이고 다 팽개치고 그냥 윤이를 보러 가고 싶었다. 하지만 자신의 사심만 채우기에는 책임져야 할 직원들과 일의 무게가 무겁다. 아무래도 윤이를 만나러 가는 시간을 조금 미뤄야 할 것 같았다.

윤이에게 전화했고 그녀는 괜찮다, 일 잘 마무리하고 오라며 오히려 강우를 달랬다. 그래서 결국 강우는 야근을 해야 했다.

급한 건 어느 정도 처리했지만 나머지는 어쩔 수 없이 내일 윤이와 함께 있을 때 틈틈이 보려고 태블릿에 정리해 왔다.

"바로 대전으로 내려가시는 거예요?"

오늘도 역시, 야근을 자처한 후에 강우를 집 앞까지 데려다준 주혁이 물었다.

"응."

"피곤하지 않으십니까? 제가 모셔다드릴까요?"

"아니. 내 차 갖고 가는 게 편해."

"네. 혹시, 중간에 피곤하시면 드세요."

주혁이 건넨 것은 아주 시원하면서도 맵다고 할 수 있는 졸음운전 사탕이었다.

"고맙다."

강우가 그것을 재킷에 넣었다.

이후 집 앞에 도착했고 뒷좌석에서 막 내릴 때, 윤이로부터 전화가 걸려왔다. 강우는 전화를 받느라 주혁에게는 가볍게 눈인사만 하고 집 안으로 들어갔다.

— 무리하지 말고 내일 아침에 오는 게 어때?

"주말 꽉 채워서 같이 보낼 거야."

— 졸음운전이라도 하면 어떡해. 걱정돼.

"걱정 마. 지금 하나도 안 졸리니까. 일단 끊어. 나 짐 좀 실어야 해."

— 알았어.

강우는 거실 한복판에 있는 윤이의 짐이 들어 있는 캐리어를 자신의 자동차에 싣고 운전석에 올라탔다. 차고지가 열리고 후진해서 나온 강우가 큰길 쪽으로 핸들을 능숙하게 돌려 액셀을 밟을 때였다.

"에헤에엥."

앞에서 서아가 요란한 소리와 함께 휘청거리며 털썩 주저앉았다.

끼익! 강우가 급브레이크를 밟게 되었고 고운 미간이 거칠게 구겨졌다. 신경질적으로 클랙슨을 눌렀지만, 술을 마신 듯 서아는 바닥에 드러눕다시피 하며 꼼짝도 하지 않았다.

자기가 알아서 하겠지, 무관심하게 차를 옆으로 살짝 빼려던 강우의 머릿속으로 세차게 무언가가 스쳤다. 만일 김서아를 저대로 두고 갔다가 최악의 상황이 발생하고, 그렇게 되면 경찰서에 이래저래 불려 다니며 진술을 해야 하는 상황이 발생할 수도 있다.

하는 수 없이 강우는 자동차에서 내려 바닥에 납작 엎드려 있는 서아에게로 향했다.

"이봐, 김서아 씨."

강우는 한 발자국 뒤로 물러선 상태에서 서아를 만지지도 않고 이름만 불렀다. 하지만 좀비가 된 것처럼 몸을 흐느적거리기만 할 뿐, 서아는 정신을 차리지 못했다.

"아이씨."

욕이 절로 나왔다. 그러다 안 되겠다 싶어서 휴대 전화를 들었다. 이럴 때는 경찰을 부르는 게 최고다. 강우는 바로 112에 전화를 걸었다.

"경찰서죠? 여기……."

"신강우 씨!"

그런데 절대 깨어나지 않을 것 같았던 서아가 갑자기 몸을 벌떡 일으키더니, 순식간에 강우의 휴대 전화를 뺏어 통화를 종료시켰다.

"뭐 하는 겁니까?"

서아의 행동에 강우는 굉장히 불쾌한 표정을 지었다.

"저 공인이에요. 술 마시고 경찰 부르면 어떤 루머가 나돌지 모른다고요."

"그걸 아는 사람이 취해서 길거리에 드러누워 있습니까? 아니지. 취한 게 아니라 연기하는 중인 거지."

강우의 말에 서아가 자신의 긴 머리를 쓸어 넘겼다. 그러더니 곧 강우 쪽으로 비틀거렸다. 하지만 강우가 잡아 주기는커녕 몸을 피하는 바람에 그대로 바닥에 자빠지고 말았다.

"아!"

"풉."

그때, 전봇대 뒤쪽에서 아주 희미하지만 웃는 남자의 목소리가 들렸다. 강우가 반사적으로 고개를 그쪽으로 돌리자, 커다란 카메라가 뒤로 숨는 게 보였다.

강우가 넘어진 서아를 쳐다보았다. 서아 역시, 전봇대 쪽을 보며 답답함을 감추지 못하고 한숨을 내쉬다가 강우의 시선을 느끼고 얼른 표정을 고쳤다.

강우는 대충, 이 상황을 눈치챘다. 서아로 인해서 감돌았던 불쾌감이 분노로 변하고 있었다.

"혹시나 해서 말하는 건데, 만일 당신과 내 기사가 단 한 개라도 나온다면."

"……"

"그때는 진짜, 연예계에서 활동할 때는 물론이고 대한민국에서 사는 거, 아주 피곤해질 줄 알아."

눈치 한번 정말 빠른 남자다. 경고하는 강우를 향해, 서아는 본색을 폭발시켰다. 몸을 벌떡 일으켜 다가가려 하자, 강우가 손을 뻗어 제지시켰다.

"이 이상 다가오지 마."

"사람을 무슨 벌레 취급 하는 거야? 하, 됐고. 내가 더 예쁘지 않아? 당신 옆에 붙어 다니는 그 비서보다 말이야. 남자들은 더 예쁘고 어린 여자들을 좋아하잖아."

"뭔 개소리를 그렇게 정성 들여서 해? 거울 제대로 안 보고 살아? 너보다 우리 윤이가 훨씬 예뻐. 비교할 걸 비교해야지."

지나가는 사람 누구를 붙잡고 얘기하든, 강우의 말에 공감을 해 주는 이는 아무도 없을 거였다. 그 정도로 서아는 몸매와 얼굴에 아주 자신감이 넘치는 여배우 중에서도 여배우였다.

"아주 콩깍지가 제대로 쓰였나 보네."

"내 사랑을 그깟 콩깍지 따위에 비교하지 마. 아무튼, 조심해. 너, 나 함부로 건드렸다가는 곧 결혼을 앞둔 남자에게 질척거린 여배우라는 꼬리표 평생 달고 살게 해 줄 테니까."

그건 살짝 무서운 발언이었다. 아니, 살짝이 아니라 아주 무서운 발언이었다.

"정말 그 여자랑 결혼이라도 하겠다는 거야?"

"나를 꾀어서 네 인생 좀 펴 보려고 하나 본데. 어디 한번 해 봐. 평생 후회하게 해 줄 테니까."

좀 전보다 훨씬 더 살벌한 눈빛으로 경고하는 강우에 서아는 저도 모르게 얼어붙어 버렸다. 전에 제게 가만 안 둔다고 난리를 치던 인찬과는 차원이 다른 분위기에 서아의 등골이 서늘해졌다.

"미치려면 좀 곱게 미치고."

쯧쯧.

강우는 혀를 차며 자신의 자동차에 올라탔다. 그대로 강우가 사라져 버린 곳을 바라보며 서아는 솟아오르는 신경질을 이기지 못하고 그 자리에서 방방 뛰었다.

"김서아 씨."

그러는 사이, 전봇대 뒤에서 바퀴벌레처럼 숨어 있던 기자가 슬그머니 다가왔다.

"어떡할까요? 이거라도 기사 낼까요?"

자신이 휘청거리면 강우가 당연히 잡아 줄 거라고 예상했다. 그때 사진을 찍어서 열애설 기사를 한 번 더 내려고 했는데, 기자가 보여 준 사진은 피하는 강우와 자빠지는 자신의 모습뿐이었다.

"이걸로 뭔 기사를 내요? 당장 없애고 오늘 일 없던 거로 해요."

"네. 그런데 정말 신강우 씨한테 임자가 있었던 거예요?"

기자의 관심은 엉뚱한 곳으로 튀었다.

"수고비 받기 싫어요?"

"큼, 그건 아니구요."

"오늘 일 밖으로 새어 나가면, 알죠?"

"알겠어요. 절대 새어 나가게 하지 않을게요."

신인 때부터 종종 인터뷰 기사를 내 줬던 기자였다. 유부남이었지만, 다른 여자와 바람피우는 걸 서아가 우연히 보게 되었다. 그래서 이번 일을 맡게 된 거고, 겨우 협박해서 기자의 입은 틀어막을 수 있었다.

기자를 보내고 서아는 허탈함에 다리에 힘이 다 풀리는 거 같았다. 신강우 대표와 빼도 박도 못하는 스캔들을 만들려고 했지만, 실패했다. 서아가 생각한 가장 최고의 방법이었는데, 실패한 거였다.

"휴, 실패한 것도 짜증 나는데, 뭐가 저렇게 확고해?"

흔들리지 않고 강건하던 강우의 모습이 계속 눈에 밟힌다. 만일 사소한 오해로 두 사람이 헤어진다 하더라도 강우는 절대로 자신을 사랑해 주지 않을 것 같았다.

"갖고 싶은데."

그래도 모든 것을 가진 강우에 대한 미련은 쉽게 버려지지 않는다.

'평생 후회하게 해 줄 테니까.'

하지만 그의 살벌한 경고에 서아는 소름이 돋아 몸서리쳤다. 갖고 싶다고 욕심냈다가 갖지도 못하고 평생 인생 망한 채로 살 것 같은 상상이 여지없이 머릿속에 펼쳐지면서 한 발자국 뒤로 물러서게 만든다.

"됐어. 세상에 재벌 남자는 많고 나는 예쁘니까…… 분명 나한테 미치

445

는 남자가 있겠지."

서아는 여전히 자신의 집보다 훨씬 더 으리으리한 강우의 집을 올려다보았다. 강우가 경고했다고 이 동네를 벗어날 생각은 없었다. 전부 으리으리한 집들을 보면 자신이 정말 성공하고 갑이 된 것 같은 우월감을 느낄수 있으니까.

"그래도 멋있긴 하다. 한 여자밖에 모르는 거."

정말, 들어갈 틈이라고는 조금도 보여 주지 않는 강우가 이 와중에 멋있어 보였다.

"아쉽다, 아쉬워."

강우에 대한 미련을 깨끗하게 지우는 건 어려웠다. 하지만 인생을 걸 수는 없었다. 상대는 자신보다 훨씬 많은 것을 누리고 있는 사람이다.

서아는 아쉬움에 한숨만 훅훅, 내쉬었다.

자신의 머릿결을 만지는 손길에 윤이는 눈을 떴다. 커다란 창문 안으로 들어온 영롱한 달빛을 고스란히 받으며 강우가 자신을 바라보고 있었다.

"왔……."

강우가 쉿, 하며 검지를 입술에 가져다 댔다. 강우가 의식하고 있는 사람은 어깨 너머로 새근새근 잠이 든 엄마였다. 오늘 아침이면 수술실로 들어갈 엄마는 좋은 컨디션을 유지해야 했다.

"잠 깼으면 나가자."

강우가 낮게 속삭였다. 윤이는 얼른 몸을 일으켜 강우와 함께 병실을 나섰다.

일주일 만에 보는 강우는 반가웠다. 그 바람에 병실에서 나오자마자 윤이는 강우의 손을 꼭 잡고서는 팔에 몸을 기대었다.

"안 피곤해? 내내 야근하다가 올라온 거잖아."

"피곤해. 그래서 일부러 너 깨운 거야."

휴게실로 가다가 비상구 문을 연 강우가 윤이를 가볍게 끌어당겼다. 그가 뭘 할지 충분히 예상되었다. 그래서 윤이는 냉큼 입술을 틀어막았다. 그런 윤이의 손등을 보며 강우가 멈칫했다.

"나 지금 자다 일어나서……."

"괜찮아. 그렇다고 지금 들어가서 양치질하는 것도 이상하잖아."

"아니, 그래도……."

강우가 재킷에서 무언가를 꺼냈다. 사탕이었다. 비닐을 까고서는 그대로 윤이의 입안에 넣어 주었다. 시원하다 못해 매운 박하 향이 입안에 화악 퍼졌다.

"이제 됐지?"

그가 욕망에 굶주린 짐승 같은 눈을 하고서 물었다. 지금 당장 키스를 해 주지 않으면 말라 죽을 것처럼 자신을 간절히 원하는 듯한 강우를 더는 거부할 수 없었다.

"사탕이 너무 매워. 다시 가져가."

윤이가 강우의 목을 끌어안으며 한껏 나른해진 눈빛으로 속삭이듯 말했다. 강우의 입술이 바로 윤이의 입술을 덮쳤다. 시원한 박하 향이 강우에게도 똑같이 스며들었다.

"보고 싶었어."

잠시 입술을 뗀 강우가 윤이의 얼굴을 다정하게 쓰다듬어 주며 말했다.

"나도, 보고 싶었어. 그런데 오빠. 나 정말 입안이 너무 매워."

"그 사탕, 빨리 녹이자."

매끄러운 혀끝이 윤이의 여린 살을 자극하듯 문질렀고, 윤이는 그 매혹적인 감각에 금방 빠져들었다. 두 사람의 혀로 인해, 사탕이 이리저리 굴려졌다. 맵긴 하지만 그래도 뜨거워진 숨결을 식혀 주는 것 같아서 두 사람은 굳이 사탕을 버리지 않았다.

타액으로 젖은 혀가 서로를 향해 깊숙이, 그리고 격렬하게 엉겨 붙었다.

일주일.

떨어져 있던 기간.

다른 사람에게는 '고작' 일주일이겠지만, 두 사람에게는 일주일 '씩이나'
되었던 긴 시간이었다. 그래서 두 사람의 키스는 더 길었고 더 집요했다.

□ ◆ □

엄마의 수술은 잘 끝났고 윤이는 한 달 조금 넘는 시간 동안 병간호했
다. 강우는 주말이 되면 꼭 내려와 윤이와 소소한 데이트를 즐겼고, 서울로
올라가면 마무리 짓지 못한 결혼 준비를 혼자 해냈다.

그렇게 고작 결혼을 일주일 앞두고 윤이는 엄마의 성화에 못 이겨 서울
로 올라가야 했다.

"간병인도 구했는데 뭣 하러 계속 여기에 있어? 올라가서 결혼 준비 마
무리 지어야지."

"그래도……."

"결혼식 전날에나 나 좀 데리러 와. 알았지?"

"그냥 서울로 가서 나랑 같이 지내는 게 어때?"

"됐다는데도 그러네. 너는 몰라. 익숙한 곳이 훨씬 더 편하다는 걸. 여
기가 내 고향이고, 친구랑 나의 모든 추억과 생활들이 여기에 있고 익숙한
데, 서울 가면 나 정말 심심할 것 같아."

"다리 나을 때까지만이라도."

"너 결혼하고 나면 신혼여행도 안 가고 엄마랑 있을 거야?"

순간, 윤이는 대답을 머뭇거렸다. 그러자 정미가 눈을 얇게 떴다.

"거봐."

"아니, 있을게."

"늦었거든?"

뜨끔해진 윤이가 괜히 큼, 헛기침을 하며 엄마에게 달려가 와락 안겼다.

"걱정돼서 그러지."

"간병인이 여섯 분이나 계시는데, 뭐가 걱정이니……."

강우는 두 분씩 삼교대로 여섯 명의 간병인을 채용했다. 과한 판단인 걸 알면서도 윤이는 굳이 말리지 않았다. 엄마가 조금이라도 편안했으면 싶었고, 간병인을 여섯 명이나 채용해야 마음이 편하다는 강우의 말에도 따라 주고 싶어서였다.

"신 서방."

엄마가 여태껏 윤이의 옆에 서 있던 강우를 넌지시 불렀다.

"네. 장모님."

"이래저래 신경 써 줘서 고마워."

곁으로 다가온 강우의 손을 꼭 잡은 정미가 환한 미소를 지었다.

"당연한 일인걸요."

"그렇게 생각해 줘서 더 고맙고. 나 이제 정말 괜찮으니까 두 사람 모두 더는 나 신경 쓰지 말고, 어?"

정미는 윤이와 강우를 번갈아 보며 나아진 안색으로 당부했다. 두 사람은 한동안 휠체어 신세를 져야 하는 정미가 걱정되었지만, 너무 당부하는 바람에 티 내지 않기로 했다.

"네. 대신 필요한 거 있으시면 주저하지 말고 전화하세요. 제가 바로 달려오겠습니다."

"든든해라. 결혼식 때 보세."

정미를 남겨 두고 두 사람은 서울로 올라왔다. 윤이는 대략 한 달 만에 와 보는 집이 낯설기보다는 마냥 반가웠다. 그래서 자신의 캐리어를 거실에 내려놓는 강우의 허리를 꼭 끌어안았다.

"데리러 와 줘서 고마워."

"나 아니면, 누가 너를 데리러 가."

"맞아."

"배 안 고파?"

"조금 고파."

"쉬고 있어. 내가 해 줄게."

"오빠가?"

강우가 요리를 해 준다는 말에 윤이가 화들짝 놀랐다. 요리는 정성이 매우 많이 들어가야 하는 장르로, 귀차니즘이 많은 사람에겐 매우 번거로운 작업이었다.

고기 썰어 먹는 것도 귀찮아하는 그가 직접 요리를 해 준다고 하니, 윤이는 놀랄 수밖에 없었다.

"뭐 해 주려고?"

"해물탕."

"해물탕? 그 손 많이 가는 거?"

"응. 얼마 전에 네가 해물탕 먹고 싶다고 했잖아."

일주일 전쯤, 갑자기 당기는 해물탕에 강우와 전화 통화를 하며 흘리듯 꺼낸 말이었다. 그런데 그가 그걸 기억하고 있을 줄은 몰랐다.

하지만 감동적이면서도 걱정되는 것이 있었다. 윤이가 알기로 그는 요리를 제대로 해 본 적도 없을뿐더러 못하는 걸로 알고 있다.

"그냥 나가서 사 먹을까?"

"재료 다 사다 놨어."

뜨악.

"그럼 같이하자."

윤이가 팔을 걷어붙이고 나서자 강우가 제지했다.

"쉬어. 나 혼자 할 수 있어."

"아니야. 오빠도 운전하느라 힘들었을 텐데 같이해."

"내가 정말 해 주고 싶어서 그래."

강우는 매우 적극적으로 윤이를 막아 세웠다.

"어?"

여자 친구에게 직접 요리해 주고 싶어 하는 남자 친구의 정성을 무시하는 건 너무 잔인한 일인 것 같았다.

"알겠어. 대신 모르는 거 있으면 바로 얘기해야 하고, 해산물 손질 잘해야 해."

"응. 걱정하지 말고 들어가서 쉬고 계세요. 다 되면 부를게."

결국 강우에게 떠밀려 침실로 들어온 윤이는 언제든 뛰어나갈 마음의 준비를 하고 있었다. 밖에서 끽, 소리만 나도 뛰쳐나가야지.

"……."

우당탕탕.

"뭔 일이야!"

그때, 윤이가 잽싸게 침실 문을 열고 주방으로 달려 나갔다. 강우가 바닥에 떨어진 프라이팬을 들고 있었다.

"왜 나왔어."

"뭔 일 난 줄 알고."

윤이는 대답하며 슬그머니 상황을 살폈다. 싱크대 안에는 전복, 새우, 낙지가 흐트러져 있었고 그 외에 채소와 양념장들이 보였다.

"같이하자."

"쉬라니까."

"빨리 먹고 싶어서 그래. 배고파서. 나랑 같이하면 좀 더 빨리할 수 있잖아."

강우가 잠시 멈칫하더니 틀린 말은 아니라고 생각했는지 더는 윤이에게 들어가라는 소리를 하지 않았다. 윤이는 내심 안도했다. 그리고 얼른 팔을 걷어붙이고 싱크대 안에 있는 재료들을 깨끗하게 씻었다.

얼마 후, 두 사람은 푸짐한 재료가 가득 들어간 해물탕을 사이에 두고 마주 보고 앉았다.

"크흐."

한 숟가락 떠먹은 윤이가 절로 감탄하며 엄지손가락을 척 들었다.

"와, 진짜 얼큰하고 시원해."

강우도 한 숟가락 먹어 보더니, 인정하는 듯 눈썹을 치켜올리며 고개를 끄덕였다. 윤이는 이렇게 얼큰한 해물탕을 먹고 있으려니, 저절로 생각나는 것이 있었다.

"소주 한잔할까?"

정말, 위험한 충동이었다.

"아니지, 다이어트해야지……."

현실을 직시하려고 중얼거리다가도 멈출 수가 없었다.

"마시고 싶으면 마셔. 먹고 운동하면 되잖아."

"같이 마실 거야?"

"같이 마시고 싶어?"

"응."

"그래. 같이 마시고 같이 운동 가자."

저절로 콧노래를 부르며 윤이가 자신 있게 냉장고 문을 열었다. 대체 이 자신감이 어디서 나왔는지 모르겠지만, 냉장고에 소주는 없었다.

"소주 없어."

술을 마실까 다이어트를 할까, 고민하던 사람이 술이 없다면 대부분은 그냥 포기하겠지만 윤이는 그 대부분에 속해 있는 인간형이 아니었다.

강우에게 달려가 뒤에서 꼭 끌어안고 가볍게 볼에 뽀뽀하며 그녀가 외쳤다.

"같이 편의점 가 줄 사람!"

생글생글. 아주 예쁜 미소와 함께.


딸랑.

편의점 문을 열고 두 사람이 안으로 들어갔다.

"소주 몇 병 살까?"

"사고 싶은 만큼 사."

"나 오늘 달려도 되는 거야?"

"응. 집 안의 모든 문을 자물쇠로 걸어 잠가야겠다. 술 마시고 2층 올라가거나, 냉장고 뒤에 숨지 않는다고 약속해."

대화를 나누며 소주가 진열된 곳으로 향하던 윤이와 강우는 수상한 움직임을 한 사람을 봤다. 모자를 쓰고 선글라스까지 낀 채로 품에 맥주 몇 캔을 들고 빠르게 카운터로 향하는 사람.

누가 봐도.

"김서아 씨네."

다 티 나는데, 아닌 척 힐끔힐끔 보며 손으로 얼굴을 가리는 행동에 윤이와 강우는 애써 모른 척해 주었다. 서아는 빠르게 계산을 하고 편의점을 나섰다.

"이번에 제작비 100억 원 들인 영화 찍던데."

"그렇구나. 무슨 소주 마실 거야?"

강우는 서아 얘기를 꺼내는 윤이의 말을 무시하지는 않되, 크게 관심을 두지는 않았다.

"난 이거."

두 사람은 소주 몇 병을 사 들고 다시 집으로 돌아왔다. 그러고 나서 잔에 소주를 채우고 건배를 한 후에 들이켰다. 해물탕을 한 숟가락 떠 먹으니,

"아, 이게 행복이야!"

이런 말이 저절로 나왔다.

"술이 그렇게 좋아?"

"무슨 그런 서운한 말을? 오빠랑 같이 마시니까 너무 좋은 거지."

"이제 좀 사람 사는 집 같다."

윤이는 살이 통통한 게를 씹어 먹다 말고 강우를 바라보았다.

"내가 있어서?"

"그럼. 당연히 네가 있어서지."

만족스러운 대답에 윤이가 배시시, 웃으며 술잔을 들었다. 건배하는 소리가 청량하다.

"오빠랑 집에서 마시니까 마음 편하게 많이 마시고 싶어."

"그래. 그렇게 해."

술은 아주 달았고 안주는 끝도 없이 먹어도 질리지 않을 정도로 맛있었다.

윤이가 눈을 번쩍 뜨며 자리에서 벌떡 일어섰다.

"아."

그 순간 띵— 하고 아픈 머리에 관자놀이를 누르며 다시 누웠다.

"속 쓰리지?"

옆에서 한껏 가라앉아 허스키한 목소리로 강우가 물었다. 윤이는 울상이 된 얼굴로 고개를 끄덕였다. 어제의 마지막 기억은 자신이 먹은 게의 집게로 강우의 뺨을……

"아니, 내가 왜 오빠 뺨을 게 집게로 꼬집었지?"

"취해서."

"미치겠다. 나 얼마나 마셨어?"

"한 병 정도."

"그렇게 많이 마신 것도 아닌데……!"

윤이의 평소 주량에 비하면 터무니없는 양이었다.

"집이고, 나랑 마시니까 마음 편해서 금방 취했나 보지."

충격에 말을 잇지 못하는 윤이를 강우가 끌어안으며 품으로 당겼다. 윤이는 그런 강우의 뺨부터 살폈다.

"다치지 않았어?"

"너 웃었으면 됐어."

"게 집게로 남자 친구 뺨 꼬집으면서 웃는 여자라……. 사이코처럼 보였겠다."

"사이코까지는 아니고."

"……."

"좀 또라이?"

강우가 말하면서도 소리 내어 웃었다. 또라이라고 해도, 진상녀라고 해도 할 말이 없었다. 윤이가 생각해도 자신이 한 술주정은 상당히 이해 못할 진상 짓이었으니까.

"이제 술 안 마실게."

"마셔도 돼. 취해도 되고."

"내가 그 진상을 피웠는데도?"

"응. 대신 내 앞에서만 취해."

"취해도 돼?"

"응. 귀여우니까 내가 봐줄게."

볼을 손등으로 쓰다듬다가, 손가락으로 살짝 꼬집어도 보는 강우의 손길이 좋았다. 일어나야 하는데, 그래야 하는데, 강우의 손길이 너무 나른해서 눈이 저절로 감긴다. 무거운 눈꺼풀은 결국 윤이를 다시 잠재웠다. 그런 윤이를 보며 강우도 다시 눈을 감았다.

느지막하게 일어나서 해장으로 라면을 끓여 먹은 뒤 씻기 위해 들어온 욕실에서 윤이는 면도하려고 크림 통을 들고 있는 강우 앞에 섰다.

"내가 해 줄래."

"그래."

강우가 욕조 옆 공간에 앉아서 자신의 다리 사이로 윤이를 끌어당겨 안았다. 윤이는 크림을 듬뿍 짜서 강우의 고운 턱에 발라 주었다.

"나 예전부터 이거 되게 해 보고 싶었는데. 이 정도면 돼?"

"응."

윤이가 이어서 자동 면도기를 들었다. 그런데 막상 이걸 들고 있으려니 행여나 강우의 얼굴에 상처라도 낼까 봐 덜컥 겁이 났다.

"그냥 안 할래."

"이거 상처 안 나. 해 봐."

"아, 그래?"

강우의 말에 다시 자신감이 생겨난 윤이가 버튼을 누르고 조심스럽게 면도를 해 나갔다. 아주 심각하고 진지한 윤이의 표정을 보고 있으려니 강우는 자꾸만 웃음이 새어 나왔다.

인생은 늘, 톱니바퀴처럼 굴러가는 지겹고 지루한 것으로 생각했던 강우는 요즘은 하루하루가 설레고 마냥 즐겁기만 했다. 그것이 늘 저와 함께해 주고 있는 윤이 때문이라는 걸 알고 있다.

"사랑해."

갑작스러운 그의 고백에 크림을 물로 닦아 주고 있던 윤이의 손이 멈칫했다.

"갑자기 사랑한다니, 심장이 쿵쿵했잖아."

"우리 일주일 뒤면 정말 결혼해. 윤이가 내 아내가 되고, 내가 너의 남편이 되지."

강우의 말에 윤이도 내심 감정이 깊어지는지 잠깐 침묵했다.

"기분이 어때?"

넌지시 물어보는 강우에 윤이는 어깨가 살짝 들썩일 정도의 한숨을 내쉬었다.

"좋으면서도 긴장되고, 행복하면서도 미묘해. 내가 앞으로 오빠와 평생을 함께해야 한다는 게, 기분을 미묘하게 만들어."

"네가 내 아내가 되길 잘했다. 늙어서 꼬부랑 할머니가 될 때까지 그 마음 간직하며 살게 해 줄게."

강우가 팔에 힘을 줘 윤이를 끌어당겼고 두 사람의 입술이 한순간에 서로에게 닿았다.

포박된 입술 때문에 말해 줄 수는 없지만, 윤이도 마음속 깊이 강우에게 말하고 있었다.

당신도 내 남편이 되길 잘했다. 그 마음 간직하며 살게 해 줄게.

늙어서 꼬부랑 할아버지가 될 때까지.

□ ◆ □

당 떨어졌다며 오자마자 케이크와 라떼를 순식간에 먹어 치운 정아를 보며 윤이는 입맛만 다셔야 했다.

"너 웨딩 사진 너무 예쁘게 나왔어."

추가로 아메리카노를 한 잔 더 주문한 정아가 이제야 윤이의 결혼 이야기에 관심을 가졌다.

"포토샵 한 거야."

"안 하는 신부가 어디 있어? 대부분 다 하지. 크흐. 이 옆 라인. 윤이 너는 옆 라인이 정말 예뻐."

정아의 칭찬에 윤이가 슬쩍 자신의 옆 라인을 보였다.

"이게 정말 예쁘단 말이지? 오빠 앞에서 늘 이러고 있을까?"

"대표님을 오빠라고 하다니, 정말 신기한 일이야. 역시, 한 치 앞도 모르는 게 인생살이야."

정아는 여전히 신기하다는 듯이 반응했다. 그러더니 갑자기 시무룩해진 얼굴을 하고서 턱을 괸 정아가 우울한 목소리를 냈다.

"나 근데, 요즘에 너랑 같이 일하던 시절이 너무 그리운 거 있지?"

"……."

"나 과장한테 된통 깨지면, 너한테 연락해서 옥상에서 커피 한잔 마시면서 신나게 욕하고 그랬잖아. 비품실에서 만나서 초콜릿 나눠 먹은 추억도 있고. 너랑 있으면 마치 아무 걱정 안 해도 되는 초등학교 시절 때로 돌아간 기분이었는데."

"초딩?"

"응."

"칭찬 맞지?"

"즐거웠단 얘기지. 요즘은 그런 소소한 즐거움이 없어서 살짝 우울해. 결혼하고도 회사로 복귀는 안 할 거야?"

안 할 생각이다. 하지만 자신을 그리워하는 친구에게 너무 단호하게 대답할 수는 없었다.

"우리 정아 봐서라도 다시 한번 생각해 볼게."

"치, 그건 그렇고. 결혼 축하 선물로 뭐 필요한 건 없어?"

"없어. 굳이 말하자면 너의 열렬한 축하 정도?"

"내가 공연이라도 한번 펼쳐 줘야겠구만?"

공중에 대고 탈춤 흉내를 내는 정아에 윤이가 큭큭거렸다. 그러다 정아는 시계를 한 번 확인한 후, 의자에 털썩 기대었다.

"점심시간 30분 남았다. 그런데 회사까지 왔는데, 대표님 안 보고 가도 돼?"

"회의 들어간 거 같더라고. 끝나면 연락 준다고 해서."

"아, 부럽다. 나는 결혼은커녕 언제 연애하……. 아차, 너 이번에 새로 온 대표님 비서 봤어, 못 봤어?"

"아직 제대로 못 봤어."

"겁나 잘생겼어. 요즘 트렌드에 딱 맞는 모델 같아."

두 엄지를 들고 광대 승천 미소를 짓는 정아를 보며 윤이는 이런 생각을 했다.

"우리 신혼여행 다녀와서 집들이할 때 권 비서도 초대할 테니까 너 꼭 와."

"나 숍에 들렀다가 갈게."

그 뒤로도 이런저런 대화를 나누다 점심시간이 지나 버렸다. 정아는 허겁지겁 사무실로 복귀했고 윤이는 회사 주변을 어슬렁거렸다.

"잠깐이라도 보고 가고 싶은데, 아직 멀었나."

여전히 연락 없는 강우에 윤이는 로비에 앉아 있다가 주변 문구점 구경을 하며 기다렸다.

그렇게 얼마간의 시간이 흘렀을까. 윤이의 휴대 전화가 울렸다.

"이제 끝났어?"

— 어디야?

"나 지금 회사 앞 문구점."

윤이는 문구점을 얼른 나와서 회사 쪽으로 걸어갔다. 하지만 회사에 도착하기도 전에 강우를 발견한 윤이는 중간에서 걸음을 멈추었다.

"오래 기다렸지?"

강우 역시 윤이를 발견하고서 전화를 끊고 거리를 좁혀 왔다.

"정아랑 있어서 괜찮았어. 회의가 길었네. 점심도 못 먹었겠어."

"응. 하도 열변을 토해 냈더니 배고파."

"뭐라도 먹으러 가자."

"샌드위치 사서 집무실 가서 먹자."

"밥 먹는 게 낫지 않아?"

"단둘이 있고 싶어."

윤이의 손을 잡은 강우가 상체를 살짝 숙여 그녀의 귀에 대고 속삭였다. 뜨거운 입김이 귓불을 자극하는 것 같았다. 오소소, 기분 좋은 소름에 윤이가 몸서리쳤다.

"그래. 나도 오빠랑 단둘이 있고 싶어졌어."

두 사람은 가까운 카페로 가서 먹을 것을 사 들고 다시 강우의 집무실로 향했다. 자리는 비어 있지만, 누군가의 흔적으로 가득한 비서 자리를 힐끔 쳐다보던 윤이의 기분이 괜스레 묘해졌다.

"권 비서 말이야, 그렇게 잘생겼다며?"

"누가 그래?"

집무실 안으로 들어서면서 묻는 윤이에 강우가 은근히 민감하게 반응했다.

"내 의견은 아니고, 정아 의견이야."

"뭐, 못생긴 건 아닌 것 같아."

경계하던 눈빛이 풀리는 걸 보니 윤이는 '이 남자가 어쩌다 이렇게 단순해졌지?'라는 생각을 했다. 그리고 그 '단순함'이 왜 이리 귀여운지, 가만히 있을 수가 없었다.

"귀여워, 내 남자."

샌드위치를 테이블 위에 올려놓고 있는 강우의 뺨을 끌어다가 손바닥으로 부비부비 문지르며 장난쳤다.

"귀여운 거로 따지자면, 내 여자가 훨씬 더 귀여운데?"

자신의 뺨을 문지르고 있는 윤이의 허리를 잡아끌어다가 허벅지 위에 앉힌 강우는 앗, 할 틈도 없이 바로 입술을 부딪쳐 왔다. 그렇게 아주 살짝 닿았던 입술이 윤이로 인해서 떨어졌다.

"회사에서는 공사 구분을 하셔야죠."

"네 앞에서 어떻게 공사 구분을 해? 못 해. 아니, 안 해."

그가 다시 입술을 맞춰 왔다.

"어어?"

"못 한다고, 네 앞에서는."

그가 다시 한번 반복하듯 말하며 진하게 입술을 맞춰 왔다. 그 감각이 너무 좋아서 윤이도 에라 모르겠다, 하는 심정으로 그를 받아들였다.

매끄러운 촉감이 유연하게 입안을 헤집는다. 윤이의 숨결이 금방 차오르고 뜨거워졌다.

"딸꾹!"

"엄마야!"

윤이의 갑작스러운 커다란 딸꾹질에 메이크업하던 아티스트가 화들짝 놀랐다. 그 바람에 아이라이너가 눈 옆으로 화악— 번졌다.

"어머, 어떡해."

흡사 가부키 화장법처럼 번져 버린 아이라이너를 거울로 멍—하니 바라보았다. 아티스트가 다급하게 라이너를 닦고 새로 그려 주는 과정에서 윤이는 또다시 딸꾹질했다. 하지만 이번에는 놀라지 않은 아티스트가 같은 실수를 반복하지 않았다.

윤이는 결혼식을 앞두고 있어 미친 듯이 떨렸다. 면접을 보러 갈 때보다, 강우와 첫 키스를 했을 때보다 더 떨리는 것 같았다.

긴장감에 갈증이 나서 계속 물을 마시다 보니, 화장실도 수시로 가게 되었다. 그러다 정신을 차려 보니, 자신은 신부 대기실에 앉아 있고 눈앞에는 시부모님과 엄마가 서 있었다.

"오늘 우리 윤이 너무 예쁘지 않아요?"

강 여사가 입이 찢어질 기세로 웃으며 정미에게 말했다.

"우리 강우도 멋지던데요?"

정미가 그런 강 여사에게 맞장구쳤다. 두 사돈이 까르르, 숨넘어갈 듯 웃으며 자녀들의 결혼에 행복해했다.

그 뒤로 대기실 안으로 하객들이 찾아왔다. 집에서 연습을 많이 했는데 도 한껏 굳은 미소로 사진을 찍었다.

"오늘 너무 예쁘다, 윤이야."

"그러게. 서 비서…… 아니지, 이제 사모님이라고 해야 하나? 웨딩드레스가 너무 잘 어울리네."

"결혼 축하해."

"잘 살 거야, 우리 윤이랑 대표님은!"

정아와 비서실장의 축하도 받고.

"반가워요."

"강우와 잘 살아요."

처음 보는 강우의 친척들과 사진도 찍고.

"윤이야! 내가 네 덕에 이런 으리으리한 호텔도 다 와 본다?"

"뭐, 우리도 마음만 먹으면 오는 곳인데, 뭐."

신나 하는 이모와 시큰둥한 삼촌네도 만났다.

그렇게 많은 사람의 축복 속에서 윤이가 또다시 정신을 차려 보니, 신부 대기실은 텅 비어 있고 강우가 천천히 다가오고 있었다. 다른 사람들 앞에서는 절대 티 내지 않았는데, 강우가 오니 어리광을 피우고 싶어졌다.

"나 떨려 죽겠어."

그래서 냉큼, 그를 보며 입술을 삐죽거렸다.

"내가 있으니까, 떨어도 돼."

"응?"

"내가 다 커버해 줄 테니까, 실수해도 된다고."

든든하다. 그러다 문득 궁금해지는 것이 있어 물었다.

"오빠는 안 떨려?"

"나도 떨려."

"……."

"그런데 네가 있으니까, 괜찮아."

강우는 커다란 품으로 윤이를 감싸 안았다. 자신의 심장 소리인지, 강우의 심장 소리인지 알 수가 없지만, 부딪친 살결에서 옅은 진동이 느껴지는 것 같기도 하다.

"정말 너랑 결혼한다. 너무 좋아."

그가 낮게 속삭였다. 윤이가 팔을 들어 강우를 힘껏 끌어안았다.

"나도 너무 좋아."

더 오래 끌어안고 싶었지만, 이제 곧 결혼식이 시작된다는 것을 알기에 두 사람은 떨어져야 했다.

"갈까?"

"응."

강우가 손을 내밀었고 윤이가 그 손을 잡고서 막 한 걸음 내디딜 때였다.

"아."

발목에 묶여 있던 리본 끈이 풀려 버리고 말았다. 순간 당황한 윤이의 시선으로 강우가 망설임 없이 무릎을 꿇는 것이 보였다. 그는 풀어진 윤이의 리본을 정성스럽게 묶어 주었다. 엉성하지만, 그의 손길이 무척 조심스럽고 신중했다는 것을 알기에 윤이는 리본을 보며 함박웃음을 지었다.

자신이 어려울 때, 늘 이렇게 곁에 있어 줄 것만 같은 남자. 그 남자가 내민 손을 윤이는 꼭 잡고 신부 대기실을 나섰다.

윤이는 버진 로드 맨 끝에서 강우와 함께 섰다. 아버지가 없는 윤이는 강우와 동반 입장을 하기로 했다.

하객들이 웃음기 섞인 눈빛을 하고서 윤이와 강우를 쳐다보았다. 이렇게 많은 사람들로부터 주목을 받아 보는 게 흔치 않은 윤이는 긴장되었고, 속으로 제발 딸꾹질만은 하지 말아 다오, 빌었다.

행진곡이 울려 퍼지고, 입장해 달라는 사회를 맡은 태민의 목소리가 들려왔다.

"가자."

손을 잡고 있던 강우가 윤이를 이끌었다. 절대 놓치지 않겠다는 듯, 그러면서도 그녀의 발걸음에 맞춰 강우는 윤이와 함께했다.

그가 함께 있어서 그런지, 신부 대기실에 혼자 있을 때보다 훨씬 차분해지는 것 같았다. 그래서 여유롭게 하객들에게 눈인사하고 손까지 흔들며 주례사 앞까지 향했다.

"다른 말 필요 없어요. 아내는 지혜로운 사람이 되어야 하고, 남편은 그런 아내에게 순종적인 사람이 되어야 합니다."

아주 간단명료한 말이었다.

"신강우는 서윤이를 아내로 맞이하여 사랑할 것을 맹세합니까?"

"'평생' 사랑할 것을 맹세합니다."

'평생'이란 단어에 하객들은 박수갈채를 보내며 호응했다.

"서윤이는 신강우를 남편으로 맞이하여 사랑할 것을 맹세합니까?"

"저도 '평생' 사랑할 것을 맹세합니다."

오직, 서로만을 위해서 존재하는 반지를 끼워 준 후, 사회자의 말에 가벼운 키스를 나누기도 했다.

"이상! 신강우와 서윤이 앞으로 꽃길 같은 결혼 생활 하시라고, 박수 한 번 뜨겁게 주세요."

사회자의 외침에 결혼 행진곡이 울려 퍼지고 꽃잎이 공중에 휘날리며 두 사람의 앞길에 펼쳐졌다. 강우는 윤이를 바라보았고 윤이도 강우를 바라보았다. 서로의 빛나는 눈동자에 웃고 있는 자신들의 모습이 들어차 있었다.

말하지 않아도 알 것 같았다. 그는 자신에게 사랑한다고 속삭이고 있었고 그녀 역시, 그에게 사랑한다고 말해 주고 있었다.

잡았던 손을 더욱 꼭 잡았다. 꽃길을 함께 걷는 행복한 순간이었다.

— fin

www.b-books.co.kr

www.b-books.co.kr